清代宮廷大戲叢刊續編（一）

封神天榜

【上册】

詹怡萍◎主編
宋啓發◎校點

北京大學出版社
PEKING UNIVERSITY PRESS

國家古籍整理出版專項經費資助項目

整理説明

《封神天榜》創作於乾隆時期，撰者佚名。體式遵循清代宫廷連臺本戲的編寫規範，全劇十本，每本二十四齣，共計二百四十齣。劇情基本上依明代神魔小説《封神演義》敷衍而成。基本情節爲：殷商末期，國運將移，無道之君商紂王褻瀆女媧神，女媧遂指派一隻修煉千年的狐狸精去禍害商朝。狐狸精把美人妲己害死，幻化其身入宫迷惑紂王，使紂王愈發昏暴。朝中許多正直大臣均無辜受害，直言進諫的西伯侯姬昌也被囚於羑裏。神通廣大的姜子牙奉元始天尊之命，下山助周滅商，以順天命。姬昌爲手下大臣們救回西周，在草澤中訪得姜子牙，封姜子牙爲丞相。不久，姬昌病逝，太子姬發繼位，接納了殷商的叛臣黄飛虎父子。紂王屢派軍隊攻周，均被姜子牙帶兵打敗。後商朝第一重臣聞太師親征。聞太師忠閫盡職、法術强大，得到多位「仙友」和魔道中「截教」勢力的支持，姜子牙也得到仙界「闡教」勢力以及元始天尊和老子等上仙的扶助，雙方反復交戰，最後聞太師兵敗而死。商朝氣數將盡，雖朝中忠臣能將相繼赴難衛國，均難挽頹勢。周朝轉守爲攻，以姜子牙爲帥，哪吒爲先鋒，出兵伐商，與八百諸侯會師孟津。姬發誓師後驅兵直搗殷都朝歌，紂王自焚而死，商滅周興，天下重歸太平。姜子牙築臺封神，完成天意安排好的「劫數」。

劇本作者應是文化修養很高的詞臣，在取材於小説的過程中，不免會進行一些改編，如據文王《禮記・文王世子》章補出武王説自己夢見上帝給自己增加九齡之事，據《史記・伯夷列傳》補出二人乃孤竹君二子，因推讓君位而隱居的故事等，將「金光陣」改爲「毫光陣」，「紅砂陣」改爲「緑沙陣」等，也可能另有來源。

《封神演義》雖然以興周滅商作爲歷史背景，但内容基本上脱離了社會現實，集中筆墨鋪陳仙魔鬥法的光怪離奇故事，在文學上另闢蹊徑取得成功。《周易・革・彖傳》云「天地革而四時成。湯武革命，順乎天而應乎人」，肯定了周革商命，建立新政權的正義性。但中國儒家的正統思想，更多的是致力於對現政權合法性的維護和辯解。《封神演義》採用神魔小説的體裁，且把天命思想與忠孝節義正統觀念貫穿始終，就巧妙地調和了這個矛盾，從而在獲得人民群衆喜愛的同時，也得到了清朝統治階級的欣賞，被改造成連臺本戲搬上宫廷的大舞臺演出。

全劇場面宏大，文詞工雅，昆弋合奏，體制嚴謹，編排、扮演、曲調、器樂、穿關等表演形式具備清代宫廷大戲的典型風格。場上人鬼雜遝、神魔聯翩，面具千百、裝扮各異。各種角色出場千次有餘，僅姜子牙所封正神就有三百六十五位。除了紂王、姬昌、姬發、聞太師、姜尚、蘇護、黄飛虎、南宫适、散宜生等人物以外，山精水怪、天罡地煞，以及元始天尊、太上老君、燃燈道人、廣成子、赤精子、楊戩、李靖、四大天王等佛道尊者，各類形象無所不有。更兼風、雨、雷、電、祥雲、火彩等場面變化多端，風火輪、火尖槍、打神鞭、陰陽鏡、乾坤網等切末奇形怪狀，水遁、土遁等法術時有出現。衆多奇裝異服的角色在場上你來我往，各種機關、切末、動作讓人眼花繚亂，可想而知演出時的熱鬧風光。

一部連臺本戲，每天演一本，也要用十天才能演完。恢宏豪華的場面只有宫廷舞臺才有條件表現出來，繁複的劇情，衆多的角色、道具和機關設置，也只有宫廷才有人力物力承應。《封神天榜》等連臺本戲誕生的時期，是清朝的盛世頂峰時期，也是昆曲在内廷舞臺上占統治地位的時期。這些劇本真實反映了清代宫廷大戲的舞臺藝術風貌，在中國戲劇史上具有珍貴的史料價值。

現存北京圖書館藏清内務府抄本，惜遺失第二本全本二十四齣。中華書局於一九六二年出版影印，收録在《古本戲曲叢刊》第九輯中，本書即據以整理。

目録

上册

第一本

第三本

第四本

第五本

下　册

第六本

第七本

第八本

第九本

第十本

第一本

第一齣　慶春臺挈領提綱（魚模韻）

〔場上安樓，東西側滿安地平。樓前拉靈霄門幃幙，後面拉彩雲幃幙。東西安城門。昇天門東西側安山子科。雜扮六十四八卦神，各戴八色紥巾額帶、八卦硬臉、黄紙錢，紥八色靠，穿戰靴，執八卦旗，同從兩場門分上舞科。仍從兩場門分下。内作樂，場上設香几科。雜扮開場人，各戴大頁巾、紥額，簪孔雀翎，穿開場衣帶朝珠，執爐盤如意從上場門上，將爐盤安香几上，焚香三頓首，執如意分白〕

〖玉女搖仙珮〗江山遷轉(句)，刼數輪迴(句)，有意天亡商祚(韻)。神怒邪淫(句)，妖狐迷媚(句)，怎奈昏沉不悟(韻)。西伯開疆土(韻)。得賢臣良將(句)，匡襄扶助(韻)。問罪師(讀)，子承父業(句)，血濺朝歌、位隆九五(韻)。多少静修人(句)，奔走塵寰(句)，分開部伍(韻)。一榜列名定職(句)，鬬寶争强(句)，縱是一番虚度(韻)。怪迹奇形(句)，魔星惡祟(句)，正果盡成此處(韻)。好把宫商譜(韻)。看當日(讀)，節烈精忠無數(韻)。歸總到（讀），死後垂名（句），高臺一火（句），廟堂傾覆（韻）。姜尚父（韻），對神異績標千古（韻）。〔從下場門下。場上隨撤香几科。內作樂，衆同念淨臺咒〕哩拉蓮拉蓮哩蓮，哩拉蓮拉哩拉蓮，哩拉蓮、拉哩蓮。〔九轉〕

第二齣　陞金殿明因定劫 (先天韻)　弋腔

〔雜扮八儀從，各戴大頁巾、黃紙錢，穿蟒箭袖排穗褂，執旗。雜扮八神將，各戴紥巾額、黃紙錢，紥靠執鎗。雜扮四金童，各戴紫金冠額、黃紙錢，穿氅繫絲，執提爐、玉珮；雜扮四玉女，各戴過梁額、仙姑巾、黃紙錢，穿氅繫絲，執符節、龍鳳扇，引生扮昊天大帝，戴冕旒，穿蟒，束帶，執圭，同從靈霄門上。昊天大帝唱〕

【仙吕調合曲・北賞花時】混沌初分不記年(韻)，則這位定三才一炁先(韻)，孕清寧紫氣合三千(韻)。鴻鈞默轉(韻)，萬象共周環(韻)。〔中場設高臺、帳幔、圭架，内作樂。昊天大帝陞座，白〕鑒破洪濛後，淳風日以澆。民情多變詐，劫數豈能逃。〔作將圭安架上科，白〕朕乃金闕調元昊天至尊玉皇上帝，位尊太上，握一元形氣之樞機，統御中天；掌四大部州之品彙，統攝衆神。總司萬劫，作諸天之宰制，爲三教之主持。今值商周繼統之時，正當劫運輪迴之候，免不得早宣定數，委奉遵行。正是：天心默運乾坤内，帝德丕彰寰宇中。〔雜扮四方采訪使者，各戴紥紅貂、黃紙錢，穿蟒，束帶，執笏。净扮元始天尊，戴冕旒，穿蟒，束帶，執笏。同從上場門上。唱〕

【仙吕調合曲・南排歌】看一帶玉宇輝明(讀)，瑶題彩絢(韻)，飄來瑞靄祥烟(韻)。正好是金扉雙啟共朝元(韻)，掩映着瓊霄紫氣連(韻)。〔作朝見科，同白〕臣等恭同參叩，願至尊聖壽無疆！〔同合唱〕瞻御座(句)，仰天顔(韻)，旒凝笏搢共趨前(韻)。彤墀叩(句)，玉陛連(韻)，山呼齊祝萬斯年(韻)。〔金童白〕平身。〔四方采訪使者、元始天尊起科，作分侍科。昊天大帝白〕你看諸神分職，各有所司，今當朝賀，不無所陳。而今新故相承，劫運已至，想見下界又是一番氣象也。〔唱〕

【仙呂調合曲・北哪吒令】早輪迴暗轉(韻)，正氣運宜遷(韻)。世界滄桑須變(韻)，好一似陰陽迭擅(韻)。亂而復治，氣數使然(韻)，有誰能回挽(韻)。想當年舜禹傳(韻)，到今日商周禪(韻)，聿司他化柄有衡權(韻)。〔白〕爾等各將所司職事，並邇來下界景象，一一陳奏。〔東方采訪使者、西方采訪使者同跪科，分白〕臣東方采訪使者，臣西方采訪使者。〔同白〕奏聞至尊。〔金童白〕奏來。〔東方采訪使者白〕臣職司東方糾察，照得邇來下界民俗日近澆漓，人習漸成變詐。東伯侯姜桓楚，以中宫之親居鎮東方，爲國家之扞禦。然當昏虐之主，難免殺身之禍。大數使然，難以救拔。其先世有功於人，其後裔當獲善報，理合奏聞。〔西方采訪使者白〕臣職司西方糾察，照得邇來下界祥兆盡鍾於岐山，王氣總生於豳地。西伯侯姬昌，繼祖父之聖德，宣仁義於黎民。周之代商，雖大數已定，不必再陳，然臣之所見所聞，理合具奏。〔東方采訪使者同唱〕

【仙呂調合曲・南三疊排歌】這的是天心驗(韻)，物兆全(韻)。代惡原須善(韻)，作福應除亂(韻)，更離散復周全(韻)。則今日玄功默運(句)，玄機暗佑(句)，太平不久易昏殘(韻)。這也是從來氣數總如然(韻)，暗裏推移造化權(韻)。〔合〕明陳奏(句)，玉陛前(韻)，賴神功補斡德周全(韻)。將來事(句)，定在先(韻)，又賴這九

重深處默昭懸(韻)。〔金童白〕平身。〔二采訪使者同起科。昊天大帝白〕此乃大數使然，非人可轉，吾自有運用於其中也。〔唱〕

【仙呂調合曲·北鵲踏枝】且漫言去不還(韻)，却原來覆又翻(韻)。一般的滄海桑田(句)，幾度移遷(韻)。莫道是天意能將人事轉(韻)，又誰知人功到處可回天(韻)。〔南方采訪使者、北方采訪使者同跪科，分白〕臣南方采訪使者，臣北方采訪使者，〔同白〕奏聞至尊。〔金童白〕奏來。〔南方采訪使者白〕臣職司南方糾察，照得邇來下界百姓遭亂離之劫，天下待安定之君。將來塗炭生靈，南方尤甚。今有南伯侯鄂崇禹，奉身宣化，正直無私。然逢暴虐之時，難免遭於慘刑。雖當拔濟，實有天心，難以救度，理合奏聞。〔北方采訪使者白〕臣職司北方糾察，照得邇來下界殺氣横生於燕薊，怨聲遍散於殷疆。今有北伯侯崇侯虎，暴横順君，施毒億兆，助虐者五十餘國。今當繼代之時，既逢天命之主，不得不昭彰果報，合當陳奏。〔南方采訪使者同唱〕

【仙呂調合曲·南桂枝香】這的是心欺天眼(韻)，法彰天譴(韻)。一般兒善惡攸分(句)，這蒼蒼豈無聞見(韻)。正劫數時逢(句)，正劫數時逢(疊)，輪迴運轉(韻)，憑誰救挽(韻)！〔合〕至尊前(韻)，盡糾司一一明陳奏(句)，專候着層層果報全(韻)。〔金童白〕平身。〔二采訪使者同起科。昊天大帝白〕這也是逢此大劫，不得不然。惡者不消，則善者不長。然吾自有果報昭彰也。〔唱〕

【仙呂調合曲·北寄生草】善的呵只爲着垂名後(句)，惡的呵全想着顧目前(韻)。而今呵盈虛消息應輪轉(韻)，善當獲福人難見(韻)，惡當降禍天公譴(韻)。雖道是皆由自造怨誰來(句)，也都緣時當大劫應遷變(韻)。〔元始天尊跪科，白〕臣專壬奏聞至尊。〔金童白〕奏來。〔元始天尊白〕今當商周交代之時，此番劫運大數，應作如何定案？〔昊天大帝白〕昔日成湯開基創業，也曾施義行仁。今日國運已終，還須得忠義之士報效於商，以表成湯弔民伐罪之正。今日此番劫數，着汝掌管。你可分遣汝徒前往人間，廣收忠臣義士，以俟交代之時、盡命於商之後，各封爲有司之神，以便民間永遠事奉。但定此封神榜者，須救一有德之人、可爲王佐之材者方妙。汝其用心前往，選擇而用。〔元始天尊白〕謹領玉旨。〔起科。昊天大帝唱〕

【仙呂調合曲・南安樂神】這的是元功不淺(韻)，大輪環休作等閒看(韻)。須索是訪求道德掌斯權(韻)，好使那諸神正位分同憲(韻)。〔合〕可見是天心隨物感(句)，人事莫違天(韻)。看不久的萬象更新又一番(韻)。〔元始天尊跪科，白〕雖然如此，然臣更啟至尊：商辛暴虐無道，君德有失，將來作何處分？〔昊天大帝白〕這也不難。大凡人之將亡，自有惡行作出。此亦無人使之，自召滅絕。商辛暴虐，將必興妄爲之事。臨期自有權衡。〔唱〕

【仙呂調合曲・北六么序】並不是天喜殺(句)，也是他自召譴(韻)。到臨頭回首悔應難(韻)。全憑伊自作昏殘(韻)，自取尤愆(韻)，不由的破家邦社稷危顛(韻)。俺這裏隨他的勢運把凶神遣(韻)。〔元始天尊起，復同衆神作拜別科。同唱〕今日裏數定幾先(句)，同尊成憲(韻)。看他日刀兵一霎把乾坤換(韻)。人都道亡由暴虐(句)，誰曉得劫有輪還(韻)。〔四方采訪使者、元始天尊從兩場門分下。内作樂，昊天大帝下座，隨撤高臺、帳幔、圭架科。衆同唱〕

【南慶餘】不久的九鼎安西岐奠(韻)，合天心正名革命改天年(韻)。看多少義士忠臣相繼的把正果全(韻)。〔同從靈霄門下〕

第三齣　西伯侯樂宴思朝（江陽韻）　昆腔

〔小生扮姬發，戴紫金冠額，穿蟒，束帶，從上場門上，唱〕

【仙呂宮引·望遠行】恩榮坐享（韻），定省趨庭無曠（韻）。常棣連枝（句），名譽昭聞漢廣（韻）。齊家化本房中（句），肯負親心期望（韻）。前賢訓還須探講（韻）。〔中場設椅。轉場，坐科。白〕典謨訓誥貫胸中，繼述深慚未有功。南國謳歌邦已治，西岐遐邇被仁風。小生姬發，乃西伯姬昌次子。自我始祖后稷始封於邰，曾祖亶父遷邠到此西岐，祖公季禮敬承三讓傳位，父親恪謹臣節，叨爲西路諸侯之長。母親太姒賢淑著名，哥哥姬考孝友無間。父親探索先機，曾把先天八卦參以河圖、洛書，變爲三百八十四爻，分爲六十四卦。把我兄弟二人推測終身：哥哥是離卦初九之爻，只恐他將來福薄；小生是謙卦九三之爻，日後貴不可言。這也不在話下。今日家庭無事，牡丹盛開。早間哥哥吩咐備下家筵，請爹爹、母親宴賞良辰，以盡天倫之樂。正是：願將春酒申家慶，須奉親顏盡子情。道猶未了，哥哥出來也。〔起。隨撤椅科。生扮姬考，戴紫金冠額，穿蟒，束帶，從上場門上。唱〕

【又一體】喜天倫聚首一堂（韻），怎報春暉千丈（韻）！〔姬發作相見科，白〕哥哥拜揖！〔姬考白〕賢弟少禮！今早吩咐家臣備宴，未知完備了麽？〔姬發白〕完備多時了。〔姬考白〕既如此，同往宮門敬請爹媽可也。〔姬發白〕説得有理。〔作遶場向内同請科。雜扮四太監，各戴太監帽，穿貼裏衣，引生扮姬昌，戴巾、穿氅，從上場門上。唱〕世守西岐(句)，稱國治、敦龐俗尚(韻)。〔雜扮四宮娥，各戴過梁額、穿宮衣，引旦扮太姒，戴鳳冠、穿氅，從上場門上。唱〕辭閨暫出庭前(句)，報道園中花放(韻)。盡歡娱、樽前玩賞(韻)。〔姬考、姬發作相見科。同白〕爹爹、母親在上，兒輩稟請萬安！〔姬昌、太姒同白〕罷了。〔場上設椅，各坐科。姬考、姬發跪科，同白〕孩兒等稟上二親。〔姬昌、太姒同白〕起來説。〔姬考、姬發各起科，同白〕近日邦家大治，春景融和，牡丹盛開。兒輩已備家筵在於前殿，專候二親賞玩名花，少伸爲子之意。〔姬昌白〕原來爲此，生受！爾等就此入席暢飲。〔各起，隨撤椅科。同作遶場科。姬昌、太姒同白〕正是：身居錦國花城裏，〔姬考、姬發同白〕人在光天化日中。〔場上預設桌椅、筵席、牡丹花欄。姬昌、太姒同入席，坐科。姬考、姬發同白〕看酒來！〔内作樂。姬考、姬發作送酒科。姬昌、太姒虚白，姬考、姬發各虚白坐科。内侍送酒科。各作飲酒科。同唱〕

【南呂宮集曲・梁州新郎】【梁州序】（首至合）融和天氣(句)，名花齊放(韻)，紅紫交加千狀(韻)。中分星鳥(句)，將過一半春光(韻)。喜覩乾坤清泰(句)，暖日和風(讀)，屋角晴絲颺(韻)。枝頭宛轉也(讀)，鳥如簧(韻)，向日欣欣萬木芳(韻)。【賀新郎】（合至末）憑杯酒(讀)，齊歡暢(韻)，願民安物阜調豐象(韻)。歌帝德(句)，共擊壤(韻)。〔太姒白〕相公，我曾命家中女樂演成寶花之舞，當此春光明媚，喚上他們來舞演一回，筵前侑酒，何如？〔姬昌白〕如此甚好。〔太姒白〕内侍，唤女樂上前舞演侑酒者。〔内侍應，作向内宣科。雜扮八宫娥，各戴過梁額，穿宫衣，各執寶花一對，同從上場門上。内作樂。衆宫娥作舞科，唱〕

【又一體】喜階庭正吐芬芳（韻），堪欣羨春光蕩漾（韻）。趁當前好景（讀），一片春光（韻）。舞袖翩翩霞綺（句），綺席承歡（讀），一曲新歌唱（韻）。東君恩澤普（讀），遍晴光（韻），春滿乾坤樂未央（韻）。憑杯酒（讀），齊歡暢（韻），願民安物阜調豐象（韻）。歌帝德（句），共擊壤（韻）。〔復作舞科。從下場門下。太姒白〕昨日相公説，而今四鎮方伯，正當朝聘之期，又值新建儲君，要入覲天顔，奉表稱賀，不知何日起程？〔姬昌白〕表已修下，正欲與諸臣商議，擇日起程，前去朝賀。内侍宣散宜生、南宫适進見，夫人、公子迴避。〔各虚白起，隨撤桌椅筵席科。四宫娥引太姒、姬考、姬發同從下場門下。場上設椅，姬昌坐科。内侍向内宣科。生扮散宜生，外扮南宫适，各戴紗帽，穿圓領，束帶執笏，同從上場門上。唱〕

【南吕宫正曲·節節高】君王國祚長（韻），撫千方（韻）。青宫新建綸音降（韻），蒼生望（韻），四海揚（韻），人歡暢（韻）。堪稱吾國成平象（韻），黎民共得相依仗（韻）。〔合〕猶慚我輩少匡襄（韻），無由展報君恩貺（韻）。〔分白〕下官上大夫散宜生是也。下官下大夫南宫适是也。〔同白〕主公相召，就此進見。〔作相見科，同白〕主公在上，臣等參見。〔姬昌白〕四路方伯，今歲正當朝聘之期，又值天子新建儲君，特宣爾等商議，進表奉賀，擇日起程。〔散宜生、南宫适同白〕請問主公，已曾修下表章否？〔姬昌白〕已曾修下，專候二卿到來，商議起程之事。〔唱〕

【又一體】輸誠達表章(韻)，到朝堂(韻)，偏藩稱慶葵心向(韻)。向皇畿往(韻)，賀上方(韻)，休疏曠(韻)。西岐小國欣瞻仰(韻)，誠惶誠恐頻稽顙(韻)。〔合〕拜手彤墀更悚惶(韻)，願祈四海無波漾(韻)。〔白〕爾等就此備理行儀，擇日起程便了。〔散宜生、南宮适同白〕臣等領命。〔場上隨撤牡丹花欄科。姬昌起，隨撤椅科。同唱〕

【尚按節拍煞】君臣共樂昇平象(韻)，祝黎民化成治長(韻)，但願得人沐和風德澤光(韻)。〔四内侍引姬昌從下場門下。散宜生、南宮适仍同從上場門下〕

第四齣　女媧神論原赴會（蕭豪韻）　昆腔

〔雜扮八巨靈神各戴紮巾額、黃紙錢，穿門神鎧，執鞭，同從上場門上，跳舞科。同唱〕

【仙呂調隻曲·點絳唇】侍列重霄韻，威嚴虎豹韻。神光浩韻，終日裏駕馭祥飈韻，來往青天表韻。〔白〕吾等女媧娘娘座下衆巨靈神是也。神威赫赫，趨侍在紫鳳臺前；浩氣昂昂，排列着青鸞鳥後。今日乃女媧娘娘陞殿之辰，吾等肅忝伺候。你看道猶未了，煉石五丁神來也。〔各分侍科。雜扮五五丁神，各戴帥盔、黃紙錢，穿靠持劍，同從上場門上。唱〕

【又一體】幾費推敲韻，將嵯岈劈倒韻，把乾坤造韻。則看這五色光毫韻，一氣成蒼皛韻。〔同白〕吾等女媧娘娘座下衆煉石五丁神是也。自當年劈破洪濛，隨將石煉，到今日補全缺陷，造得天成。遨遊碧落之中，來往清虛之境。今日乃娘娘陞殿之期，特來朝參叩賀。〔內作樂，五丁神白〕忽聞仙樂鏗鏘，御香繚繞，娘娘駕已臨也。〔內作樂。雜扮八鬼卒，各戴鬼臉、鬼髮額、花紙錢，穿蟒箭袖卒褂，執器械。雜扮四判官，各戴判官帽、黃紙錢，穿圓領武紮扮，執筆簿。雜扮二金童，各戴紫金冠額、黃紙錢，穿氅繫絛，執符節。雜扮二玉女，各戴過梁額、仙姑巾、黃紙錢，穿氅繫絛，執龍鳳扇，引旦扮女媧娘娘，戴鳳冠、仙姑巾，穿蟒，束帶，執圭。同從上場門上。女媧娘娘唱〕

【又一體】日月光昭韻，星辰象表韻，皆吾造韻。今日裏二氣開交韻，誰知我工夫到韻。〔場上設高臺、帳幔，内作樂。女媧娘娘陞座。五丁神同作參拜科，白〕臣等五丁神，叩賀娘娘，願娘娘聖壽無疆！〔金童玉女白〕平身。〔五丁神起，作分侍科。女媧娘娘白〕當年煉石見元功，補斡蒼茫一氣中。試看清空無質處，倩誰分剖認洪濛。吾神女媧聖后是也，乃伏羲之妹，爲天上之尊。我兄開闢乾坤，爲功不小；吾神補修缺陷，其德尤多。人只知天之無形，清空一氣，却不道無形之中而有具形之物。自當年煉五色神石補天之後，兩儀既闢，萬象攸分，吾神端拱其中，無爲而化，至今萬有餘年。俯視下界，不知觀過了多少滄桑，經過了幾番劫數，位崇冠冕，福佑人民。今當商朝天子紂王在位，每逢三月十五日乃吾誕辰，想來紂王今年必親臨降香祈福。想吾神既受其香火，必當默爲之護庇也。〔五丁神同白〕啟上娘娘：目今商周交代，鼎革相承，又當劫運變遷之際，輪迴流轉之期，娘娘默掌元功，當作如何處分？〔女媧娘娘白〕這事吾已周知，但天心不無可轉，君德亦足挽回。那受辛果能修德行仁，雖當劫數輪迴，亦未必即便還轉。昨日我兄相約赴乾元大會，正爲此事，吾神到彼看是如何便了。須索就此前行，速唤雲駕伺候。〔金童應，向内唤科。雜扮十二雲使，各戴雲巾、雲臉，繫雲跳包，執彩雲。雜扮推雲車力士，戴鬼髮臉，穿蟒箭袖，繫跳包，推雲車。同從上場門上。女媧娘娘下座科，隨撤高臺科，女媧娘娘作上雲車坐科，白〕衆鬼判用心看守殿宇！〔衆鬼判、五丁神、巨靈神應科，仍同從上場門下。女媧娘娘白〕就此起行。〔衆應科，同唱〕

【正宫正曲・玉芙蓉】祥光列九霄㊙，萬里紅光罩㊙。列金戈電旆㊙，彩護星軺㊙。不同那飈輪風馬天邊到㊙，直比着日馭霞輪海上飄㊙。〔合〕相輝耀㊙，耀天衢萬道㊙，萬道的㊙、氤氲香度瑞烟飄㊙。

【慶餘】太清六合無私照㊙，看了這下界輪迴又一遭㊙。這的是劫數當然，有誰把機關暗裏費猜度㊙。〔同從下場門下〕

第五齣　爲降香淫詞褻瀆（古風韻）　弋腔

〔外扮比干，生扮微子啟，副扮費仲，丑扮尤渾，各戴紗帽，穿蟒，束帶，執笏，同從上場門上。分唱〕

【中呂宮引・菊花新】旌旗羽蓋出龍闈（韻），恭謁瑶宮獻祝禋（韻）。偃武更修文（韻），恭祝風調雨順（韻）。〔分白〕吾乃亞相比干，吾乃石相微子啟，下官中諫大夫費仲，下官下大夫尤渾。〔同白〕今日聖上往女媧廟中拈香，只得在此伺候。〔外扮商容，戴紗帽，穿蟒，束帶，執笏。生扮黃飛虎，戴金貂，穿蟒，束帶，執笏。同從上場門上。分唱〕

【南呂宮引・生查子】忠義輔吾皇（句），燮理尊王制（韻）。貔虎統賢良（句），赫赫勳名奕（韻）。〔分白〕下官少傅商容，下官武成公黃飛虎。〔同白〕今日聖上往女媧廟中拈香，我等護駕前往，只索在此伺候。〔衆同作相見科。四臣白〕老丞相、老國公請了。〔商容、黃飛虎同白〕列位請了。今日聖駕拈香，爲民祈福，吾等須當各整威儀，同抒誠敬。〔四臣白〕正是。〔商容白〕你看御香靄靄，宫樂鏘鏘，聖駕將次臨也。〔各分侍科。雜扮四内侍，各戴大太監帽，穿蟒，束帶，帶數珠，執拂塵，引浄扮紂王，戴王帽，穿蟒，束帶，同從上場門上。紂王唱〕

【中呂宮引・柳稍青】位尊九五(韻)，大業承先祖(韻)。多賴着文武匡扶(韻)，成就得民安物阜(韻)。〔場上設桌椅，内作樂。紂王轉場入座科。衆臣作參拜科，分白〕臣微子啟，臣比干，臣商容，臣黄飛虎，臣費仲，臣尤渾，〔同白〕朝見。願吾皇萬壽無疆！〔紂王白〕衆卿平身。〔衆臣白〕萬歲！〔分侍科。紂王白〕日月光天德，山河壯帝畿。八方沾聖化，四海樂雍熙。孤乃商君，御諱受辛。自先祖成湯放桀南巢，始成帝業，傳至寡人，二十八世。承祖宗之大德，守奕世之山河。享屢代之洪基，四方無事；布八方之聖化，萬姓同歡。此皆賴神天之福佑，托靈感之扶持。昨有首相商容奏聞寡人道：女媧乃上古神女，生有聖德。那時共工氏頭觸了不周山，天傾西北，地陷東南。女媧乃采五色神石，煉之以補青天，故有功於百姓黎庶，合禋祀以報之。今朝歌祀此福神，則四時康泰，國祚綿長，風調雨順，災害潛消。乃福國庇民之正神，請寡人親詣拈香。寡人准他奏章，今朝親詣。爾等衆卿，俱各護駕前去。〔衆臣白〕領旨。〔紂王白〕傳旨排駕。〔衆應科，向内白〕傳旨排駕！〔内應科。雜扮四祗從，各戴大頁巾，穿蟒箭袖排穗褂，執儀仗。雜扮四護駕虎賁將，各戴帥盔，紥靠，執槍隨。雜扮二推輦人，各戴大頁巾，穿蟒箭袖，繫鸞帶，推輦。同從上場門上。紂王起，隨撤桌椅科。紂王上輦，衆同作遶場科。衆同唱〕

【中呂宮正曲・喬合笙】看文臣武將(韻)，看文臣武將(疊)，忠烈成行(韻)，一般兒垂紳搢笏隨天仗(韻)，一般兒曳劍鳴珂護碧幢(韻)。才略勳猷壯(韻)，輔君德作養(韻)。神庇佑(讀)，萬姓同歡暢(韻)。明禋堪享(韻)，好則是誠意敷將幣帛香(韻)。〔合〕似那般彈丸魍魎(韻)，時消刻亡(韻)，怎似這金湯萬載常安蕩(韻)。争誇得國祚綿長(韻)，萬國無争攘(韻)，天下仁風暢(韻)。〔同從下場門下。雜扮二内侍，各戴大太監帽，穿蟒，束帶，帶數珠，執拂塵，同從上場門上。同白〕吾等奉有聖旨，今日女媧聖誕，聖駕親至拈香，命吾等前來伺候。俎豆香帛諸務已畢，大駕將到，須索整儀肅迓。〔一内侍白〕老哥，咱們前來伺候，這是頭一次，不知這娘娘有甚麽功德，聖上親來叩祀？〔一内侍白〕自然有個道理，非無謂而然，吾等那裏曉得。〔一内侍白〕閒話少説。紅日已升，聖駕將到，咱們廟前接駕去便了。〔一内侍白〕有理。〔各虚白科，同從下場門下。衆引紂王同從上場門上。同唱〕

【中吕宫正曲・馱環着】擁彩輿仙仗(韻)，擁彩輿仙仗(疊)，畫鼓聲揚(韻)。駿馬朱纓(讀)，紫駝白象(韻)，一派笙簫嘹喨(韻)。玉珮丁冬(句)，又見羽扇齊開(讀)，渾如仙掌(韻)。洵赫奕萬民共仰(韻)，道聖主如堯德廣(韻)。〔合〕英豪相(韻)，忠義匡(韻)，看一統車書(讀)，歌衢舞巷(韻)。〔作到科。二内侍仍從下場門上，虚白，跪接科。紂王白〕俎豆玉帛，都曾齊備了麽？〔二内侍白〕齊備多時，專候聖駕拈香。〔紂王虚白，作下輦科。衆祇從、二推輦人推輦，仍同從上場門下。場上預拉彩雲幃幙，隱設香案、供器、供品，女媧娘娘神龕放神幔。旦扮女媧替身，戴鳳冠、仙姑巾，穿蟒，束帶，執笏，從上場門暗上，坐龕内科。紂王作拈香叩拜科，衆臣同作叩首科。同唱〕

【正宫正曲・玉芙蓉】皇圖願保長(韻)，神德人欽仰(韻)。賴靈明護佑(讀)，物阜民康(韻)。金湯鞏固邀佳貺(韻)，社稷清寧帝道昌(韻)。〔合〕祈靈貺(韻)，願永安帝壤(韻)。好從今(讀)，風調雨順樂安康(韻)。〔各起科，紂王白〕孤今到此，見山明水秀，殿宇巍峨，果然人傑地靈，物華天寶。壯哉廟宇，洵帝里之大觀也。但是女媧神像，是何儀表，寡人從未見過，内侍可將龍幔高捲，待朕瞻仰一番。〔二内侍應，作捲幔科。紂王作看科，白〕看此豐姿標致，容態鮮妍，臉映桃花，眸含秋水，香腰嫋嫋，玉指纖纖，好不動一派春興也。左右取文房四寶來，待孤題詩一首在壁，以記今日奇逢。〔二内侍應科，同從下場門下，取筆硯隨上。紂王作寫詩科，唱〕

【又一體】仙寵世少雙（韻），玉體今無兩（韻）。嬝婷婷嫵媚（讀），似蕊珠神女瀟湘（韻）。若還得侍鴛鴦帳（韻），不往親臨香案旁（韻）。〔白〕詩已題完，待朕念來。〔二内侍接筆科，仍送筆硯同從下場門下，隨上。紂王念詩科，白〕鳳幃鸞帳景非常，盡是泥金巧樣裝。曲曲遠山飛翠色，翩翩舞袖映霞裳。梨花帶雨爭嬌艷，芍藥籠烟騁媚香。但得妖嬈能舉動，取回長樂侍君王。〔作大笑科，白〕妙嗄！〔唱合〕心還想（韻），非孤家意放（韻），却何能（讀），神姬相降侍君王（韻）。〔商容跪科，白〕臣啟陛下：神聖貌似乾儀，行同上帝。三皇一派，五帝同流。乃上古之正神，朝歌之福主。老臣請駕拈香，祈求福德，使萬民樂業，四海奠安，兵火寧息，灾眚消滅。今陛下作詩，褻瀆聖明，毫無誠敬，是獲罪於神明，非天子爲民祈福之意也。願陛下以水洗之，恐天下百姓傳觀，言聖主無德行耳。〔紂王白〕卿家，非孤孟浪，有慢神聖，但此絶世之姿，令人遐想，作詩讚美，並無他意，卿毋多言。況孤乃萬乘之尊，留與百姓觀之，可見女媧美色絶世，亦見孤之遺筆耳。卿可平身。〔商容白〕萬歲！〔起科。紂王白〕將龍幔仍舊放好。〔二内侍應，作放幔科。紂王白〕排駕還宫。〔一内侍應，作向内虚白傳科。衆祇從，推輦人推輦，仍同從上場門上。場上隨拉彩雲幃幙，隨撤神龕、供器、供物科。女媧替身從下場門暗下。紂王作坐輦遶場科，唱〕

【慶餘】仙姿一見魂遊蕩(韻)，怎能勾消我心中春興狂(韻)，未審佳人在那廂(韻)。〔同從下場門下〕

第六齣　遇回宮神怒昏殘（皆來韻）　弋腔

〔雜扮四判官，各戴判官帽、黃紙錢，穿圓領、武紮扮，掖笏，同從上場門上，跳舞科。同白〕吾等女媧娘娘座下衆判官是也。趨侍瓊堦，善惡有專司之簿；追隨玉殿，灾祥有分降之科。娘娘聖駕，昨日往火雲宮朝賀伏羲、神農、軒轅三帝去了。今日乃娘娘聖誕之期，紂王至此降香，忽見娘娘法像，淫心頓起，作得邪詩題於粉壁，寔是令人可恨。今當商周交代之際，這也是不期而然。吾等奉旨守宮，遇此等事不敢隱蔽，因此將詩已經抄下，俟聖駕回來，將詩陳奏便了。〔作跳舞科，同從下場門下。雜扮二金童，各戴紫金冠額、黃紙錢，穿氅繫絲，執符節。雜扮二玉女，各戴過梁額、仙姑巾、黃紙錢，穿氅繫絲，執龍鳳扇，引旦扮女媧娘娘，戴鳳冠、仙姑巾，穿蟒，束帶。同從上場門上。女媧唱〕

【南呂宮正曲·一江風】過天街(韻)，踏遍黃金界(韻)。空際飄旛蓋(韻)，漫歸來(韻)。駕霧騰雲(句)，馭鳳驂鸞(句)，遊覽乾坤外(韻)。〔合〕祥飇輦下來(韻)，祥飇輦下來(疊)，晴光天際排(韻)，早又見珠宮在(韻)。〔作到科。四判官，內一判官持詩摺，同從下場門上，虛白科。場上設高臺、帳幔科。內作樂，女媧娘娘轉場陞座科。衆各分侍科。女媧娘娘白〕踏遍乾坤任往還，香輿高駕五雲端。昨聞大劫當逢話，始信人功轉敗難。吾神昨日往火雲宫去赴乾元大會，因而講到劫數輪迴之道，方知昊天大帝已曾諭旨發下元始天尊，令他掌管此劫，其中多少妙用，不便明言。昨日大家説及此事，言當商周交代之時，劫運變遷之候，天命歸於西岐，商祚亡於受辛。今日是吾神聖誕，朝歌百姓年年禋祀維勤，吾神暗中登載，善者降之以福，惡者罰之以殃，以明至公至明之意。衆判官，可有禋祀人民，一一開陳具奏。〔四判官白〕昨日紂王到此親叩拈香，爲民祈福。及至拈香甫畢，忽然唤内侍等捲開娘娘龕前龍幔，紂王一見法像，遂爾題詩於壁。小判開寫在此，不敢不奏。〔女媧白〕那紂王作何詩句，呈上我看。〔一判官作遞詩科。女媧娘娘作念科，白〕鳳幃鸞帳景非常，盡是泥金巧樣裝。曲曲遠山飛翠色，翩翩舞袖映霞裳。梨花帶雨爭嬌艷，芍藥籠烟騁媚香。但得妖嬈能舉動，取回長樂侍君王。〔遞詩，一判官作接科。女媧作怒科，白〕受辛這厮，好生無禮，爲何題此淫詩，褻瀆吾神？甚是可惡！〔唱〕

【仙吕宫正曲・風入松】這的是成湯國祚已將衰(韻)，降昏君作禍胚胎(韻)。他罪呈淫褻難姑貸(韻)，必須要攪亂他江山破壞(韻)。〔合〕可歎那遭劫運黎民可哀(韻)，方顯得天意判、有安排(韻)。〔白〕似這等昏虐之人，理當誅譴，思之更覺可恨，好令吾神怒不自由。不免與他個報應，方知神靈之赫奕。碧霞童兒何在？〔内應科。雜扮碧霞童兒，戴綫髮，穿采蓮衣，從上場門上，白〕時將寶劍侍仙座，常控青鸞奉玉車。〔作見科，白〕娘娘呼唤，有何法旨？〔女媧娘娘白〕今有紂王無道，於來此拈香之際，淫詞褻慢，理合誅譴。爾可速駕青鸞，捧了寶劍，隨我到朝歌誅戮這厮去者。〔碧霞童兒白〕啟上娘娘：受辛無道，理合神誅，然而氣數由天，還當酌量。依臣愚見，不若暫查他的國運何如，再行譴罰未遲。〔女媧娘娘白〕說得也是。判官，爾等可查受辛國運何如？〔一判官作查科，白〕啟上娘娘：紂王尚有二十八年氣運。〔一判官白〕臣啟娘娘：方纔有兩道紅光，直沖霄漢。他朝中尚有大根行之人，伏啟娘娘睿鑑。〔女媧娘娘白〕原來如此。這兩道紅光，乃受辛之二子殷郊、殷洪，將來還有一段因果，未可即便明言也。罷！我這裏寫下表章，轉奏昊天大帝，差遣妖魔下界迷惑與他，使之亡身喪國，以應劫數便了。碧霞童兒，你可於後宮備了表章，速喚飛符使者轉奏昊天，不得有誤。〔碧霞童兒白〕領法旨。〔仍從上場門下。內作樂。女媧娘娘下座，隨撤高臺、帳幔科。女媧娘娘白〕正是：惡貫將盈神降禍，到頭不顧喪身家。〔衆同唱〕

【慶餘】成湯劫運將傾敗(韻)，使盡機關莫浪猜(韻)，方顯得天心神意有安排(韻)。〔衆同從下場門下〕

第七齣　聞邊警紂王遣相（東鐘韻）

弋腔

〔浄扮聞仲，戴黑貂，穿蟒，束帶，執笏，從上場門上，唱〕

【正宫引·燕歸梁】遥望螭頭旭日紅（韻），天開霽（讀），曙光融（韻）。紫宸居所衆星同（韻），威儀肅（讀），穆和雍（韻）。〔中場設椅。轉場坐科，白〕戎服上趨承北極，儒官列侍映東曹。太平時節身難遇，郎署何須歎二毛。老夫聞仲，身爲帝族，乃成湯之後裔；躬贊朝綱，作兩朝之宰輔。先王武乙，係老夫之嫡侄；今上受辛，乃老夫之侄孫。先王有二子，長曰微子，次即今上。當年箕子爲東宫未定之時，曾勸先王，有建長不建幼之説，先王不從，卒成建愛不建長之議。今上即位以來，德化未敷，萬幾難理。老夫掌握朝政，燮理廟謨，是以百姓乂安，四方寧静。昨接邊報，報稱北戎番王賽罕作反，擾我邊疆，理合奏聞。今當早朝時分，因此領班上朝。〔内白〕請了。〔聞仲白〕道猶未了，衆臣早到。〔外扮比干、商容，副扮費仲，丑扮尤渾，各戴紗帽，穿蟒，束帶，執笏。生扮黄飛虎，戴金貂，穿蟒，束帶，執笏。同從上場門上，分唱〕景陽向曉鐘聲響（句），列鴛行揖讓雍雍（韻），映丹墀靄靄瑞雲濃（韻）。鳴玉珮（讀），共拜宸聰（韻）。〔分白〕老夫亞相比干，下官少傅商容，下官武成公黄飛虎，下官中諫大夫費仲，下官下（夫）〔大〕夫尤渾。

〔同白〕請了。〔比干白〕請了。聖上將次臨朝，我等就此進見。〔衆官同白〕説得有理。呀，老太師先在此了。〔聞仲起，隨撤椅科。衆作見聞仲科，白〕老太師。〔聞仲白〕列位少禮。〔內喝朝科。聞仲白〕聖駕陞殿，我等一同朝見便了。〔各分侍科。雜扮四太監，各戴太監帽，穿貼裏衣。雜扮二內侍，各戴大太監帽，穿蟒，束帶，帶數珠，執拂塵。雜扮四宮娥，各戴過梁額，穿宮衣，執符節、龍鳳扇，引淨扮紂王，戴王帽，穿蟒，束帶。同從上場門上。紂王唱〕

【正宮引・新荷葉】玉帛車書萬國同(韻)，位尊九五群生咸拱(韻)，明良相慶喜雍雍(韻)，惟願取四方承教如風動(韻)。〔場上設高臺、帳幔、桌椅，內作樂。紂王轉場陞座科。衆官同作朝見科，分白〕臣聞仲，臣比干，臣商容，臣黃飛虎，臣費仲，臣尤渾，〔同白〕參見。願吾皇萬歲萬歲萬萬歲！〔內侍白〕平身。〔衆官起，各作分侍科。紂王白〕萬國朝宗拱大商，股肱颺拜頌明良。君多樂事安天下，海不揚波運自昌。朕乃大商天子受辛是也。我祖成湯，亳都創業，有夏多罪，特興弔伐之師，救人民於水火，因此天下背夏歸商，我祖得踐帝祚。相傳二十八代，年數六百有餘，傳位於朕。朕自即位以來，實賴皇叔祖聞仲主持萬幾，百職無乖，四方安堵。今日坐視早朝，卿等有事奏聞，無事退班。〔聞仲作跪科，白〕臣聞仲有事奏聞陛下：老臣昨接邊報，報稱北戎番王賽罕不道，擾我邊疆，相應遣將征伐，伏乞聖明睿裁。〔紂王白〕北戎小國番夷，敢擾邊疆，或勦或撫，須商廷議，衆臣其直言之。〔聞仲起。比干作跪科，白〕臣比干啟奏聖上：外邦狡詐，不比三苗，正宜大震天威，命將征伐。臣想那北戎呵，〔唱〕

【正宮正曲·玉芙蓉】雖居荒服中(韻)，久缺遐方貢(韻)。似潢池小醜(讀)，敢弄兵戎(韻)。〔白〕今日裏呵(唱)，天王赫怒牙旗動(韻)，剿取兇頑大有功(韻)。〔合〕邊疆重(韻)，休教略縱(韻)。選良臣(讀)，速頒旄鉞在宸衷(韻)。〔紂王白〕皇叔之言甚善，就此命將出師便了。〔比干起。商容作跪科，白〕臣商容謹奏聖上：從來將兵易，將將難。北戎雖係小國，然命將不可不慎。〔唱〕

【又一體】兵家最忌庸(韻)，要在隨機動(韻)。爲偏邦不道(讀)，竊弄威風(韻)，天兵征伐從來重(韻)，命將出師莫暫容(韻)。〔合〕還須是求人用(韻)，要群臣議公(韻)。選良臣(讀)，速行委詔領兵戎(韻)。〔起科。紂王白〕卿言〔即〕〔極〕是，畢竟何人可當此職？〔黃飛虎作跪科，白〕臣黃飛虎啟奏聖上：皇叔祖太師聞仲，文武兼全，可當此任。〔唱〕

【又一體】糾糾氣吐虹(韻)，忠義誠堪誦(韻)。信仁嚴智勇(讀)，良將休風(韻)，斯人可托干城重(韻)。自昔群推德望隆(韻)。〔合〕還須用(韻)，望仁明聽從(韻)。領兵權(讀)，凱歌早晚奏膚功(韻)。〔起科。紂王白〕皇叔祖威望兼隆，朕所畏憚，卿言正合朕意。皇叔祖，〔聞仲跪科，白〕萬歲！〔紂王白〕北戎跋扈，勢在征誅，有勞太師，領兵前往。〔聞仲白〕出兵大事，臣豈敢辭。但念臣聞仲呵。〔唱〕

【正宮正曲·朱奴兒】自揣的一長不重(韻)，年衰邁久沐恩隆(韻)，無任叨蒙德澤鴻(韻)。因此上自省謙躬(韻)，〔合〕丘山重(韻)，無地自容(韻)，怎當得兵權重(韻)。〔紂王白〕皇叔祖休得過謙。今賜你黃鉞一柄，領兵五萬，便宜行事。即着虎賁將鄧九公，隨爾一同領兵前往。其餘諸將，任爾選用。〔聞仲白〕領旨。〔起科。紂王白〕明日領兵起程，即着商容、比干送至郊外便了。〔商容、比干同作跪科，白〕領旨。〔起科。紂王白〕皇叔祖可出朝點集將士，整頓行威。諸卿亦各散朝。〔衆同白〕萬歲！〔内作樂。紂王下高臺，隨撤高臺、帳幔、桌椅科。衆同唱〕

【不絶令煞】明朝郊外軍威重(韻)，佇看朝臣祖餞同(韻)，但願得早早班師大功整(韻)。〔紂王從下場門下，衆隨下。衆官同從上場門下。雜扮鄧九公、雷鯤、雷鵬、魯仁傑，各戴帥盔，紥靠背、令旗，佩劍，同從上場門上。分白〕黄河豈長濁，澄清亦有時。功名三尺劍，不用萬言書。小將鄧九公，小將雷鯤，小將雷鵬，小將魯仁傑。〔同白〕只因北戎番王賽罕作反，邊報奏來，聖上命太師聞仲出師，我等隨往。今早辭了聖駕，即便到教軍場祭纛興師。我等在此伺候。〔各分侍科。雜扮四軍卒，各戴馬夫巾，穿蟒箭袖卒褂，執旗。雜扮四軍卒，各戴大頁巾，穿蟒箭袖排穗褂，執標槍。雜扮四將官，各戴紥巾額，紥靠。雜扮二中軍，各戴中軍帽，穿蟒箭袖通袖褂，佩刀，引聞仲紥靠背、令旗，襲蟒佩劍，從上場門上，唱〕

【仙吕調隻曲・點絳唇】小醜興戎(韻)，王畿騷動(韻)。天威重(韻)，滅寇除兇(韻)，掃蕩憑機勇(韻)。〔中場設椅。轉場坐科。衆將參見科，同白〕太師在上，衆將打躬。〔聞仲白〕諸將少禮。〔衆各分侍科。聞仲白〕老夫奉命出征，掃除逆寇，安定邊疆，專司節鉞。今早辭駕，即到教軍場祭纛興師。衆將官俱已整齊，就此往教軍場去者。〔衆應科。聞仲起，隨撤椅科。衆同唱〕

【仙吕調隻曲・混江龍】軍聲震動(韻)，弓刀萬騎擁元戎(韻)。看旌旗霞綺(句)，劍戟芙蓉(韻)。天上王師雲外至(句)，穴中螻蟻怎投生(韻)。奠邊疆(句)，消兇鬨(韻)。俺這裏神威赫赫(句)，他那裏敗勢忡忡(韻)。

〔作到科。場上設香案。雜扮一執纛人，戴馬夫巾，穿蟒箭袖，繫跳包，執纛，從上場門上。二中軍白〕請太師爺拈香。〔執纛人跪香案側，作建纛科。聞仲作拈香率衆行禮科。同唱〕

【仙吕調隻曲・油葫蘆】一瓣心香告上穹(韻)，達精誠(韻)。〔聞仲白〕俺聞仲呵，〔唱〕隆恩世受列天宗(韻)，肯教那潢池小寇把兵戈弄(韻)，好是把天威遠播遐方重(韻)。〔衆同唱〕願天佑(句)，成功頌(韻)，掃平寇攘皇圖鞏(韻)，神助默運其中(韻)。〔各起科。場上隨撤香案科。二中軍白〕請太師爺登壇發令。〔場上預設高臺。聞仲上臺立科，白〕衆將官聽吾號令：〔衆應科，聞仲白〕衆將官，方今北戎不道，擾我邊疆，理宜誅勦，以靖烽烟。老夫奉命出師，得專征伐，凡爾從征將士，俱當恪守軍規。仗天子之神威，耀全師之大勇。聞鼓則進，聞金則退，左則盡左，右則盡右。共奮忠心，毋干軍令。如有專擅不用命，及畏縮不前者，定按軍法從事。〔衆應科。聞仲白〕就此扯旗放炮，一路趲行前去。〔衆應科，内作放炮吶喊科。聞仲御蟒下高臺，隨撤高臺科。衆作遶場科，同唱〕

【慶餘】摇山撼岳軍威重(韻)，掃蕩烽烟反掌中(韻)。暢好是，底定狂瀾鞏皇圖，萬載同(韻)。〔衆擁護聞仲，同從下場門下〕

第八齣　奉玉敕女媧招妖（家麻韻）　弋腔

〔雜扮四儀從，各戴大頁巾、黃紙錢，穿蟒箭袖排穗褂，執儀仗，引小旦扮玉女，戴過梁額、仙姑巾、黃紙錢，穿蟒繫絛，捧旨，同從昇天門上。玉女唱〕

【南呂宮正曲·賀新郎】遍踏雲霞（韻），俯城郭江山如畫（韻），過重霄飛行一霎（韻）。馭天風（句），高捧着一紙丹書諭女媧（韻），只爲着無道主當亡天下（韻）。〔白〕一封丹詔下層霄，天怒全憑人自招。爲勸人君宜積德，莫將邪念致魔妖。吾乃昊天大帝駕下披香玉女是也。掌制誥之文章，天上非無女博士；專傳宣之命敕，人間休羨老黃門。昨日有女媧神，遣飛符使者奏上表章，言紂王前去拈香，淫詞褻瀆，無道之極，斷難姑容。況又當商周交代之際，劫運輪轉之時。成湯國運已終，西岐天命有在。彼時即欲親到朝歌，明彰報應。但受辛尚有二十八年氣運，未便遷移，思欲差遣妖魔，下界迷惑與他，使彼身亡心喪，自取滅亡。因此上昊天大帝，差我前來宣敕，令女媧遵諭遣妖，須索趲行前去。〔唱合〕神誅譴（讀），天怒罰（韻），且漫誇封疆安奠有須彌大（韻）。一霎裏（句），敗喪似風飄瓦（韻）。〔同從下場門下。雜扮四巨靈神，各戴紥巾額、黃紙錢，穿門神鎧，執鞭。雜扮五五丁神，各戴帥盔、黃紙錢，紥靠。雜扮四鬼卒，各戴鬼臉、鬼髮額、花紙錢，穿蟒箭袖卒褂，執器械；雜扮二判官，各戴判官帽、黃紙錢，穿圓領，武紥扮，執筆簿；雜扮二金童各戴紫金冠額、黃紙錢，穿氅繫絛，執符節；雜扮二玉女，各戴過梁額、仙姑巾、黃紙錢，穿氅繫絛，執龍鳳扇，引旦扮女媧娘娘，戴鳳冠、仙姑巾，穿蟒，束帶，從上場門上，唱）

【南呂宫引·一剪梅】神明公正不虛花(韻)，能保國家(韻)，能喪國家(韻)。自來君德貴修加(韻)，得也堪嗟(韻)，失也堪嗟(韻)。（場上設高臺、帳幔，内作樂。女媧娘娘轉場陞座科，白）可恨昏殘慢正神，豈知天遠自能聞。暗中靈目原如電，莫道人情薄似雲。吾神女媧聖后是也，作上古之正神，爲朝歌之福主。可恨受辛這廝，淫詞褻瀆，吾已奏聞昊天，差遣妖魔下界，迷惑與他，想玉音亦將到也。（内白）天音下。（女媧娘娘起，下座科。四儀從引玉女捧旨，從上場門上。女媧作迎接跪科。玉女作宣旨科，白）天音下，跪聽宣讀。昊天詔曰：自古興隆之國，妖不勝德，敗亡之國，德不勝妖。禍福由人自召，灾祥遇事而生。兹爾女媧表奏，言受辛無道昏淫，褻慢神聖，欲差遣妖魔下界，迷惑與他，使彼自亡家國。方今天命有在，西岐王氣當興，人事難回，成湯國運已盡，正是劫運當遷，大數已定。准爾所奏，便宜施行，差遣妖魔，下方惑亂。欽此，欽遵。（女媧娘娘叩首科，白）聖壽無疆！（起作接旨，付金童送下隨上。玉女白）就此回覆玉旨去也。（女媧作送科。玉女仍從昇天門下，四儀從隨下。女媧娘娘仍陞座科，白）既奉天敕，須當速行。彩雲童兒何在？（小生扮彩雲童兒，戴綫髮，穿采蓮衣，從上場門上，白）娘娘呼喚，有何法旨？（女媧娘娘白）你可到後宫，將招妖旛取來，不得有誤。（彩雲童兒應科，仍從上場門下。女媧娘娘唱）

【南呂宫正曲·節節高】他那裏猶自把暴殘誇(韻)，戀繁華(韻)，怎知我暗中早設下天羅帕(韻)。可見是天聰大㊓，鬼神察㊓，非虛假㊓。〔彩雲童兒執旛，仍從上場門上，白〕啟上娘娘，招妖旛取到。〔女媧娘娘作接旛科，白〕這旛呵，〔唱〕好一似催他喪命的勾牌架㊓，又一似逼他上路的招魂馬㊓。〔作搖旛合科，唱〕但則見金鈴響處起黃沙㊓，綉幢飄動群魔迓㊓。〔白〕衆妖速至！〔雜扮六妖，各戴本形，穿衫道袍，從兩場門分上，跳舞科，作見叩首科，同白〕娘娘在上，衆妖參叩。〔女媧娘娘白〕爾等衆妖俱集，那軒轅墓中三個精靈，爲何不到？〔衆妖白〕啟上娘娘：他三個秉先天之氣，采混沌之精，洞中修煉，不記春秋，雖有妖名，寔成仙體。所以吾等各隊之中，無他名號，招聚敕令，也催不到彼處，因此上未曾前來。〔女媧娘娘白〕原來如此。吾想受辛氣運尚强，非尋常妖魔所能動蕩，那三個精靈既有這般修煉工夫，須得差遣他們，爾等各自去罷。〔衆妖白〕領法旨。〔跳舞科，仍從兩場門分下。女媧娘娘白〕彩雲童兒，你可執此寶旛，親到軒轅墓中，傳與三妖敕旨，還令他前來相見，不得有誤。〔彩雲童兒應科，接旛從上場門下。女媧娘娘白〕吾且後宮等候，待三妖來時，當面吩咐可也。〔下座科。隨撤桌椅帳幔科。女媧娘娘白〕正是人惡人怕天不怕，人善人欺天不欺。〔衆擁護女媧娘娘同從下場門下。丑扮兔仙，戴本形膗腦，紥汗巾，穿道袍氅，軟紥扮，從上場門上，白〕九尻生就天然秀，月窟曾經搗藥來。自家兔仙是也，修煉百年，頗能變化，在這軒轅墓中，與九尾狐仙、玉石琵琶仙、九頭雉雞仙結爲姊弟。今日乃九尾狐仙姐姐生辰，兩個姐姐與我備下酒筵請他上壽。你看二位姐姐出來也。〔虛白科。雜扮二小妖，各穿衫，簪小狐形，引旦扮九頭雉雞精、玉石琵琶精，各戴本形膗腦，穿衫，同從上場門上，分白〕九頭生就天然秀，五音彈出怪形新。

煉精采氣原難老，合志同心遠世塵。吾乃九頭雉雞仙是也，吾乃玉石琵琶仙是也。〔同白〕吾等修煉多年，頗能變化，向遇九尾狐仙，我等結爲姊妹，同在軒轅墓中養氣修仙，志同道合。今日乃姐姐壽誕之辰，吾等已備下酒筵請他上壽。兄弟，就此大家請出姐姐來。〔兔仙虚白向内科。同白〕姐姐有請。〔雜扮二小妖，各穿衫、背心，繫汗巾，簪小狐形，引小旦扮九尾狐精，戴本形膗腦，穿衫，同從上場門上。九尾狐精唱〕

【中吕宫引・柳梢青】修成變化(韻)，功行千年大(韻)。服氣餐霞(韻)，終有日飛昇高駕(韻)。〔作相見科。三妖白〕姐姐拜揖。〔九尾狐精白〕三位萬福。三位請我出來，有何話説？〔三妖白〕今日乃姐姐仙降之辰，我等備有酒筵，特請姐姐入席獻壽。〔九尾狐精白〕生受了。〔三妖白〕好説，姐姐請上。〔場上設桌椅筵席。四妖各虚白拜壽畢，坐科。同白〕看酒來。〔衆小妖作送酒科。四妖飲酒科，同唱〕

【中吕宫正曲・駐馬聽】山海餚嘉(韻)，露滴花梢新釀生華(韻)。抵多少冰桃雪藕(句)，火棗交梨(讀)，栢葉松花(韻)。何須海屋把鶴來跨(韻)，早將天地長年假(韻)。〔合〕有一日名列仙家(韻)，雲霄萬里(讀)，笑把罡風高駕(韻)。〔彩雲童兒執旛從上場門上，白〕纔離神聖宫門外，又到妖仙洞府中。〔作進見科。三妖同起，隨撤桌椅筵席科。三妖同白〕彩雲仙子何來？〔彩雲童兒白〕吾奉娘娘諭旨，〔三妖作跪科。彩雲童兒白〕特來宣諭：九尾狐、玉石琵琶、雉雞三妖，今當商祚當滅，周室當興，受辛不道，好色慢神。命爾等前往宫中，相機迷惑。此時娘娘還命爾等前去見駕，當面吩咐，不可少停，就此一同前去。〔三妖起科，白〕

既有聖敕相召，吾等相隨前去便了。爾等迴避了。〔小妖應，從下場門下。兔仙虛白科，仍從上場門下。衆作遶場科，三妖唱〕

【又一體】仙使自天涯(韻)，奉召有何使令咱(韻)。〔彩雲童兒白〕今日呵(唱)，亞賽過丹書墨敕(句)，紫綬紅封(讀)，白草黃麻(韻)。〔三妖唱〕這的是公而原可共忘家(韻)，聞宣自古不俟駕(韻)。〔彩雲童兒同唱合〕速馭烟霞(韻)，向前恭謁(讀)，金蓮座下(韻)。〔同從下場門下。衆引女媧娘娘從上場門上，白〕自古妖原不是妖，只因人念自相招。今朝妖氣相連處，總是邪詞一筆邀。〔場上設椅。女媧娘娘轉場坐科，白〕吾神使彩雲童兒，前去軒轅墓中召取三妖，怎麼還不見來？〔彩雲童兒執旛，從上場門上，白〕回旛繳聖敕，聚怪奉宣差。〔作見科，白〕啟上娘娘：三妖已到宮門候旨。〔女媧娘娘白〕傳宣進見。〔彩雲童兒應，作喚科。三妖同從上場門上，作參見科，同白〕娘娘在上，吾等參叩。〔起科，白〕娘娘相召，有何法敕？〔女媧娘娘白〕三妖聽吾令旨：成湯王氣黯然，受辛當失天下。鳳鳴岐山，西周已生聖人，代商而有天下。天意已定，氣數使然。方今受辛暴虐無道，爾等可隱妖形，托身宮院，百般迷惑，俟有人伐紂之時，以助成功。但不可殘害生靈，殺傷人命。事成之後，使爾等亦成正果。謹記吾言，切不可妄生毒害。〔三妖同白〕領法旨。〔女媧娘娘起，隨撤椅科，白〕速向宮闈惑暴君，〔三妖白〕迷他何用舊釵裙。〔女媧娘娘白〕成功自得仙名録，〔三妖白〕天意須知屬聖人。〔衆引女媧娘娘同從下場門下。二妖同白〕吾等得奉天差，須當如何行事？〔九尾狐精白〕吾等惑亂於他，須是漸次而入，使他迷於不覺纔好。〔九頭雉雞精白〕姐姐，我倒有個主意在此。方今紂王迷於酒色，必然各處搜尋美女，姐姐有變化元功，何不乘機而進，前去行事？〔九尾狐精白〕説得有理。〔兔仙仍從上場門上，白〕三位姐姐得受天差，小弟不勝欣賀。〔九尾狐精白〕雖然如此，我自去深宫之中，一時難通音問，孤掌難鳴，倘得兄弟相扶纔好。〔兔仙白〕倘然有用兄弟之處，生死不辭。但姐姐此去，處於深宫之中，兄弟何以接應？〔九尾狐精白〕這也不難。如有相煩之處，即便焚起信香，務期必至。〔兔仙白〕謹領姐姐之命。〔九尾狐精白〕多感盛情。既奉聖旨，不可少延。吾等各覓機會，以便行事。洞中一應事體，兄弟代我等料理。諸事須要小心，不可妄動。

〔兔仙白〕曉得。〔同作拜别科，三妖唱〕

【慶餘】向深宫托跡運仙機大㊀，〔兔仙唱〕這的是姊妹同心原來是一樹花㊀，〔九尾狐精唱〕我且去把天上豐姿着意誇㊀。〔九尾狐精從下場門下，三妖仍同從上場門下〕

第九齣　記私仇二奸定計（支思韻）　弋腔

〔副扮費仲，戴紗帽，穿鞶，從上場門上。雜扮一院子，戴羅帽，穿道袍，繫縧帶，隨上。費仲唱〕

【仙吕宫引・卜算子】滿袖御香携（韻），退食回私第（韻）。花裏排衙設酒筵（句），知己來相會（韻）。〔中場設椅，轉場坐科，白〕誰從雙眼辨賢愚，正是無機不丈夫。暗室漫言天眼近，目前且把肚腸烏。下官費仲是也。賄賂公行，爲朝廷之寵幸；逢迎自得，作天子之腹心。叵耐太師聞仲這老兒，十分骨梗，不知怎樣，只是不喜吾等。所以有他一日在朝，吾君臣不得一日快樂。思欲用計除他，他偏又是甚麽皇祖，聖上還懼他七分，不能下手。目今反了北戎番王賽罕，聖上命他出兵，不知幾時方得平定。昨邇來重蒙聖上寵眷，言聽計從，朝權半歸我掌，所以内外官員干謁我者最多，打的關節也不少。昨日那四鎮方伯姬昌、鄂崇禹、姜桓楚、崇侯虎等，各率所管諸侯前來朝聘。常言道得好：未去朝天子，先來謁相公。他四人先使人到我家，送我禮物，那姜、鄂、崇三人送的約值萬金，其餘的也值五六千金。這還罷了，只有那姬昌與蘇護二人送的，兩處併來值不上一千兩銀子，爲此心上氣憤不過，思量要暗算他二人。我有個心腹同僚尤渾，足智多謀，與我兩心相契，況且聖上也是喜歡他的。

方纔已着人請他去了，且等到來，酒席筵前與他商一條妙策，擺佈那二人便了。院子，尤老爺到時，疾忙通報。〔院子應科。費仲起，隨撤椅科，白〕正是：金風未動蟬先覺，管教你暗算無常死不知。〔從下場門下，院子隨下。丑扮尤渾，戴紗帽，穿蟒，從上場門上。雜扮一長隨，戴毡帽，穿布箭袖，繫鑾帶，隨上。尤渾唱〕

【中呂宫引·菊花新】諂諛得奉聖恩施(韻)，那遺臭流芳總莫提(韻)。同類慣相宜(韻)，不管名標青史(韻)。〔白〕下官下大夫尤渾，與費兄心契氣同，深相交結。今日退朝之後，他那裏使人請我赴席，因此减從而來。已到費兄門首，通報。〔長隨白〕門上有人麽？〔一院子從下場門上，白〕甚麽人？〔作見科，白〕呀，尤老爺到了。〔向内白〕老爺有請。〔費仲仍從下場門上，虛白科。院子白〕尤老爺到了。〔費仲白〕待我出迎。〔作出迎科，白〕尤兄那裏？〔尤渾白〕費兄那裏？〔各作相見大笑科，費仲白〕尤兄請。〔尤渾白〕費兄請。〔場上設椅，各虛白坐科。尤渾白〕費兄相召，有何見諭？〔費仲白〕今日退朝尚早，正是春色芬芳，備有小酌，請兄一叙。〔尤渾白〕多謝仁兄。〔各虛白起，隨撤椅科。費仲白〕院子，看酒來。〔場上設桌椅筵席，費仲、尤渾各虛白入座科。院子、長隨送酒。同作飲酒科。費仲白〕尤兄，〔唱〕

【中呂宫正曲·駐雲飛】知己逢時(韻)，盡醉花間直吃到日向西(韻)。你看這入座花香細(韻)，好鳥知人意(韻)。嗏(格)，遇酒莫辭推(韻)。良辰有幾(韻)，且自追歡(讀)，莫管興和廢(韻)。〔合〕一任旁人説是非(韻)。〔尤渾白〕費兄，我看那些正人君子，空自勞心，怎似吾等，得以逍遥快樂也。〔唱〕

【又一體】人要知時(韻)，君不見日出東來又没西(韻)。何苦把冤仇繫(韻)，何苦把身家棄(韻)。嗏(格)，順勢得便宜(韻)。人生有幾(韻)，只顧生前(讀)，死後何須慮(韻)。〔合〕那青史誰能辨是非(韻)。〔費仲白〕尤兄大是明人，小弟還有一事要動問動問。〔尤渾白〕請教。〔費仲白〕昨日按期來的那四個方伯與各路諸侯，可曾送禮到尊兄府上？〔尤渾白〕哎呀呀，不消説起！那姜、鄂、崇三侯，還有萬金禮物，其餘的還有五六千金。那個甚麽姬昌、蘇護送的禮物，一共腦兒值不上七八百兩銀子，因此心上有些惱他。〔費仲白〕小弟今日請兄來，正爲此耳。〔尤渾白〕呀，這等説起來，送兄的也是薄薄兒的了？〔費仲白〕我兩個通是一樣的。〔尤渾白〕了不得，了不得！他兩個把我二人不當人看了，如何放得過去！〔費仲白〕我們設一個法兒，把這兩個狗頭算計了纔好。〔尤渾白〕要算計他也不難嗄。〔費仲白〕怎樣算計？〔尤渾白〕聖上自那日降香，看見女媧姿色，十分羨慕，傳旨與咱兩個，教遍選美人，又被商容這老狗才一番議論，諫止不行。及至前日四鎮方伯來朝，咱兩個奏聖上，教傳與四鎮，在本境刷選。商容這業障，又不知怎樣曉得了，反來將聖上排場了一頓。因爲講理不過，只索罷了。小弟想來，聖上正在血氣方剛之際，除了聲色二字，難以蠱惑其心。況且聖上又心心念念不離此道，如今還是把這二字作個主兒，早晚在聖上面前將機就計，牽扯到他們身上去便了。〔費仲白〕妙嗄！小弟倒想了一條主意。聞得蘇護有一女，名喚妲己，乃今世絕色佳人。咱們如今在聖上面前，遇個機會贊揚一番，攛掇聖主，那時不怕他不來俯就。後來遇事行讒，連姬昌一網打入，豈不是好！〔尤渾白〕仁兄所言，甚合吾心。凡事總由吾二人之手，全要兩相協助便了。〔費仲白〕計較已定，不須細商。〔各起，隨撤桌椅筵席科。費仲白〕可恨蘇、姬禮未周，〔尤渾白〕君前且去運機謀。〔費仲白〕從今你我聲名出，〔尤渾白〕暗算場中第一籌。〔費仲白〕天已過午，請到書房小飯。〔尤渾白〕請。〔各虛白科，同從下場門下。院子、長隨隨下〕

第十齣　遊御園一女搆讒（尤候韻）　弋腔

〔雜扮一內侍，戴大太監帽，穿蟒，束帶，帶數珠，執拂塵，從上場門上，白〕一片韶光望處迷，花開紅樹亂鶯啼。庭前時有東風入，楊柳千條盡向西。咱家奉皇爺之命，爲因天氣晴和，春光明媚，百花齊放，正好開懷。特宣費、尤二大夫，隨駕遊園侍宴。不免宣名去者。〔唱〕

【南呂宮正曲・一江風】語温柔(韻)，三殿春如綉(韻)，桂露浮天酒(韻)。喜相投(韻)，上下同心(句)，魚水相扶(句)，一德應無咎(韻)。〔白〕我終日侍奉聖上，時常聞得聖上説及美人，要與他二人商議。咱家細想起來，他兩個現爲聖上心腹，非尋常人可比。咱家何不在他二人面前，把聖上的心事暗暗的告知，好教他應答聖上，也表表我的好意。〔唱合〕先將密信投(韻)，先將密信投(疊)，好教他無疑巧應酬(韻)，也顯我結權臣情深厚(韻)。〔虛白科，從下場門下。雜扮四太監，各戴太監帽，穿貼裏衣；雜扮二內侍，各戴大太監帽，穿蟒，束帶，帶數珠，執拂塵；雜扮四宫娥，各戴過梁額，穿宫衣，引浄扮紂王，戴九梁巾，穿氅，從上場門上，唱〕

【南呂宮引・石竹花】玉沼風和(句)，嫋嫋紅花緑柳(韻)。喜看春光(句)，幾朝吹透(韻)。〔中場設椅。紂王轉場坐科，白〕坐享昇平無事時，惟將花酒樂情思。春光可惜空消瘦，相伴何來絶世姿。孤家自女媧廟中拈香之後，朝思暮想，未能忘懷。寒暑盡忘，寢食俱廢。每見六院三宫，實似土羹塵飯，不堪諦視。費仲、尤渾曾勸寡人選刷美女，以充掖庭。寡人自思，以萬乘之尊，天下所有皆爲吾有，何求不得。所以令他二人領旨采訪。争奈少傅商容直言進諫，大義明陳，只得罷了。前者四鎮方伯朝聘寡人，他二人又勸寡人發下諭旨，令四鎮方伯各於本境選刷進獻。不料旨尚未頒，又被商容諫阻。寡人心念此事，時刻不忘。今當春光明媚，萬花齊放，特宣費仲、尤渾前來陪宴。内侍——〔一内侍應科。紂王白〕宣費仲、尤渾見駕。〔一内侍應，向内唤科。副扮費仲，丑扮尤渾，各戴紗帽，穿蟒，束帶，執笏，同從上場門上，分白〕淑氣來金殿，春光滿上林。〔作見駕科，白〕臣費仲、尤渾見駕。〔紂王白〕二卿平身。〔費仲、尤渾白〕臣等蒙聖恩宣召，陪宴遊園，天顔眷顧，何以克當！〔紂王白〕二卿，朕因天氣晴和，春光明媚，萬花齊放，百鳥和鳴，特召卿等隨朕遊玩，以盡君臣一德之心，顯上下明良之慶。〔費仲、尤渾白〕念臣等何德何能，敢邀天寵。聖駕所幸，臣等恭扈鑾輿。〔紂王白〕如此，起駕到御園中去。〔内侍白〕領旨。〔紂王起，隨撤椅科。衆作遶場科。同唱〕

【商調正曲·梧桐樹】仙園景物優(韻)，上苑芬菲秀(韻)。萬紫千紅(句)，爛熳春如綉(韻)。高低碎錦枝枝鬬(韻)，遠近明霞樹樹浮(韻)。紫燕黄鶯(讀)，相和笙簧奏(韻)。〔合〕韶華一片何鮮茂(韻)。〔作到科，紂王白〕對此良辰美景，寧無玉液仙漿。内侍，看宴過來。〔内侍白〕領旨。〔場上設桌椅筵席科。紂王入座科，白〕

二卿賜坐賜酒。〔費仲、尤渾同虛白作謝坐，各坐飲酒科。衆同唱〕

【南呂宫正曲·浣沙溪】園有花(句)，樽有酒(韻)，趁時光恣意遨遊(韻)，休等到落花亂點蒼苔秀(韻)。好趁這花裏風來香氣流(韻)，〔合〕直醉倒斜陽候(韻)。看取那(讀)，擁狂蜂蜨翅守(韻)，向花香深處淹留(韻)。〔紂王白〕二卿，朕聞人之常言，展卷披香篆，當花憶美人。寡人對此名花，惜無美人以付之。〔費仲、尤渾白〕陛下御有萬方，富有四海，六宫之中，嬌姬盈幙，榮如陽春。陛下即刻傳旨，召取二三百名到此，以備遊興之助，豈是難事。〔紂王白〕二卿有所不知。寡人宫中粉黛雖多，可意人兒絶少。自從那日見了女媧絶色，心中逐日思維，怎得如此佳人以充掖庭之樂？前者二卿勸朕令四大方伯進獻美人，又被商容諫阻。這事寡人終不放懷，朕欲明日於四鎮方伯辭朝歸國之日，親降密旨，令他們選來進獻，二卿以爲何如？〔費仲白〕首相諫止，陛下容納，此美德也。臣下共知，庶民共曉。今復一旦行之，是陛下不足取信於天下矣，竊爲不可。臣近訪聞得冀州侯蘇護，有一女名妲己，儀容出衆，品格不凡。那女子呵，〔唱〕

【商調正曲·黄鶯兒】似仙子下凡遊(韻)，俊龎兒粉黛羞(韻)，眼兒波俏眉兒秀(韻)，柳腰兒款柔(韻)，蓮步兒款留(韻)，情兒和順心兒厚(韻)。〔合〕若使向夢兒求(韻)，訝廣寒月姊(句)，携手上瓊樓(韻)。〔尤渾白〕費仲所奏不差。臣亦早聞此女之名，但未曾訪得精細，是以不敢陳奏。若將此女選進宫闈，堪供左右。況選一人之女，不致驚擾衆心。但他之女得侍天顔，他未必不肯，而亦不敢不從。〔紂王大笑科，

白〕妙哉，妙哉！　蘇護之女有此美貌，倘得他來陪侍，今日之樂，殊付朕懷多矣。〔唱〕

【南呂宫正曲·金蓮子】又何須秉燭遊(韻)，盼得來儘拚沉湎樽前侑(韻)。〔費仲、尤渾同唱〕忙降旨(讀)，休遲停少留(韻)。〔紂王白〕既如此，内侍——〔一内侍應，跪科。紂王白〕到館驛宣旨，着冀州侯蘇護到龍德殿見駕，不得有誤。〔唱合〕似星飛電奔馳(讀)，紫泥封召取冀州侯(韻)。〔一内侍白〕領旨。〔起科，從上場門下。紂王白〕二卿可回私第，寡人駕至龍德殿，好去面見蘇護，親諭一番便了。〔起，隨撤桌椅筵席科。紂王唱〕

【尚按節拍煞】嬌姿管取崇朝遣(韻)，須教他不日到帝州(韻)，從此後長夜歡娱樂未休(韻)。〔從下場門下，衆内侍宫娥隨下。費仲白〕尤兄，這事有些不妥。萬一他將女兒獻上朝庭，得蒙殊寵，他益發輕視你我，那時難以制他，却怎麽處？〔尤渾白〕不妨不妨。他爲人素日剛直，斷不肯將女兒獻上。一則怕人談論，二來恐那四鎮方伯譏誚他以色惑主。只怕少時還有一番議論，惹動聖上大怒，難免殺身之禍。你我且不要回家，看少時光景如何，再作區處。〔費仲白〕妙嗄！　尤兄，果然你識見不差，這樣聰明人，只是那名兒上一個字不對了。〔尤渾白〕是那一個字？〔費仲白〕哪、哪、哪就是那個「渾」字。〔各虛白大笑科，同從下場門下〕

第十一齣 直蘇護爲女反商（古風韻） 昆腔

〔雜扮四手下，各戴大頁巾，穿蟒箭袖，繫鑾帶，引生扮蘇護，戴金貂，穿蟒，束帶，執笏，從上場門上，唱〕

【中呂宮引・金菊對芙蓉】得受金戈（韻），鎮安偏左（韻），忠心從不消磨（韻）。安寧烽火（韻），奠封疆護守山河（韻）。爵承列土（句），分茅賜鉞（句），仰聖顏和（韻）。〔白〕斧鉞恩承鎮冀州，常將國計費綢繆。傳家忠義應無忝，安定邦家自算籌。吾乃冀州侯蘇護是也。茅土分頒，掌征誅之宰制；鉞麾承賜，轄列國之權衡。今當按期朝聘之年，吾與各位方伯，俱至朝歌入覲，公務已畢，明日將辭朝回家。正在館驛閒坐，忽有內侍傳宣，説聖上召吾到龍德殿見駕，商議國政。吾想天下承平已久，聖上多有失德，吾既奉五爵之恩，須盡三陳之義，不免隨事進言，以完臣道便了。已到午門，手下迴避。〔四手下應科，仍同從上場門下。副扮費仲，丑扮尤渾，各戴紗帽，穿蟒，束帶，執笏，同從下場門上，作相見科，白〕呀，老賢侯到了，吾等在此等侯多時，特來奉賀。〔蘇護白〕二位大夫，下官有何喜事，有煩奉賀？〔尤渾白〕賢侯尚然不知，聖上相召，只因賢侯有一令愛，才貌上聞，所以要親見賢侯，結皇親之好。〔費仲白〕將來賢侯乃朝廷貴戚、國家重臣，吾等敢不奉賀。〔蘇護驚科，白〕呀，有這等事！二位，下官聞得，阻君之惡，乃爲忠臣，逢君之惡，是爲小人。聖上有此舉動，二位理應諫阻，爲何反來承順？〔尤渾白〕呀，賢侯女占椒房之寵，難道父無國戚之榮？怎麽反倒爲難起來？〔蘇護白〕咳，二位！我蘇護豈惜一女？但使聖上有失德之名，則天下之人必將問下官以色惑君之罪，下官何以當之？少時見君，下官必以大義固辭，列位還須相助。〔費仲白〕賢侯，聖上一團高興，我等如何可阻！但田舍翁積有銀錢，尚然娶妻買妾，何况天子？這個不敢領命。〔蘇護怒科，白〕咳，二位説那裏話來！以正導君，雖死何礙，看下官少時如何便了。〔費仲、尤渾同白〕賢侯只怕死時有些費難。〔虚白科，從下場門下。内喝朝科，蘇護白〕聖駕臨軒，肅恭伺候。〔各分侍科。雜扮四太監，各戴太監帽，穿貼裏衣；雜扮二内侍，各戴大太監帽，穿蟒，束帶，帶數珠，執拂塵；雜扮四宫娥，各戴過梁額，穿宫衣，引净扮紂王，戴王帽，穿蟒，束帶，同從上場門上。紂王唱〕

【雙調正曲·普賢歌】紅鸞未審信如何(韻)，日夜空勞夢想多(韻)。如能得月娥(韻)，拚將醉綺羅(韻)，〔合〕暮宴朝歡快樂我(韻)。〔中場設桌椅，紂王轉場入座科。蘇護作叩見科，白〕臣冀州侯蘇護見駕，願陛下萬壽無疆！〔紂王白〕賢卿平身。〔蘇護白〕萬歲。〔起侍科。紂王白〕朕今日宣卿，非有他故。朕聞卿有一女，德性幽閒，舉止中度，朕欲選侍進宫，以供左右。〔蘇護跪科，白〕臣啟陛下：陛下宫中，上有后妃，下有嬪御，不啻數千，妖冶嫵媚，何不足以悦耳目？乃聽左右諂諛之言，陷陛下於不義。况臣女呵，〔唱〕

【中呂宫正曲・駐馬聽】蒲柳微身(韻)，怎向深宫相接引(韻)。全無德色(句)，不諳禮度(讀)，何有丰神(韻)。那山雞怎入碧鸞群(韻)，看蓬蒿玉樹難相近(韻)。〔白〕願陛下留心邦本，速斬此進讒言之小人，使天下後世，知陛下正心修身，納言聽諫，非好色之君，豈不美哉。〔唱合〕還須是修德行仁(韻)，莫將聲色(讀)，來動摇國本(韻)。〔紂王大笑科，白〕卿言甚是不諳大體。自古及今，誰不願女作門楣。況女爲后妃，貴敵天子，卿爲皇親國戚，赫奕顯榮，孰過於此？卿可自審，毋生迷惑！〔蘇護起，作大聲科，白〕咳，陛下説那裏話來。臣聞人主修德勤政，則萬民悦服，四海景從，天禄永終。昔日有夏失政，荒淫酒色，惟我祖宗不邇聲色，不殖貨物，方能割正有夏，彰信兆民，邦乃其昌，永保天命。今陛下不取法祖宗，而效彼夏王，是取敗之道也。君爲臣之表率，君不向道，臣不將化之，而朋比作仇，天下事尚何忍言！〔冷笑科，白〕臣恐商家六百年基業，至陛下而紊亂矣。〔紂王作拍案大怒科，白〕哇！蘇護好生無禮。自古道：君命召，不俟駕；君賜死，不敢違。況選汝一女爲后妃乎？敢以惡言忤旨，面折朕躬，以亡國之君比朕，大不敬孰過於此，氣死寡人也！隨侍官何在？〔雜扮二隨侍官，各戴紮巾額，穿蟒箭袖排穗褂，佩刀持繩，同從上場門上，跪科，白〕萬歲。〔紂王白〕將蘇護綁出午朝門外，即刻正法施行。〔二隨侍官應、起，作綁科，從上場門下。費仲、尤渾内白〕刀下留人！〔同從上場門急上，作跪科，白〕臣等啟奏陛下：蘇護忤旨，本該斬首。但因選侍其女，以致得罪，使天下聞之，道陛下輕賢重色，阻塞言路。不若赦之歸國，彼感聖上不殺之恩，自然將女進獻。庶天下知陛下寬仁大度，納諫如流，而保護有功之臣。一舉兩得，望陛下天裁。〔紂王白〕就依二卿所奏，着隨侍官鬆綁赦回，押出午門，令彼歸國，不得久羈朝歌。〔費仲、尤渾同白〕領旨。〔同起，作向内傳旨，内應科。費仲、尤渾分侍科。紂王白〕二卿暫退，朕亦還宫。〔費仲、尤渾白〕領旨。〔紂王起，隨撤桌椅科。費仲、尤渾分白〕可恨而今骨梗人，不知時務苦傷身。〔紂王白〕何時得遂于飛樂，又惹相思一倍春。〔從兩場門分下。蘇護從上場門上，白〕奸臣蒙主眷，忠士險遭刑。安得明君出，人民慶太平。我蘇護今日直言忤上，險遭重刑，奉旨回國，不得少羈。可恨奸臣作弄威福。來此已是驛亭。〔中場設椅，轉場坐科，白〕衆將何在？〔雜扮八軍卒，各戴大頁巾，穿蟒箭袖排穗褂，執標槍；雜扮八將官，各戴紮巾額，紮靠，佩刀執槍，同從上場門上，白〕不聞天子宣，專聽將軍令。〔作見科，白〕將軍在上，諸將打躬。〔蘇護白〕諸將少禮。〔衆將卒白〕請問將軍：聖上宣召入朝，有何商議？〔蘇護大怒科，白〕咳，不消提起。無道昏君，不思量祖宗德業，寵信讒臣諂媚之言，欲選吾女進宫爲妃。此必是費仲、尤渾以酒色迷惑君心，欲專朝政。我聽旨不覺直言諫諍。昏君道我忤旨，拿送法司，午門斬首。二賊子又奏昏君赦我歸國，諒我感昏君不殺之恩，必將吾女送進朝歌，以遂二賊奸計。我想太師聞仲遠征北戎，昏君荒淫酒色，紊亂朝綱，可憐成湯社稷，化爲烏有。我自思若不獻女，昏君必興問罪之師，若進此女使昏君日後失德，使天下之人皆笑我以色迷君，是爲不智。進退兩難，諸將必有良策。〔衆將卒白〕方今昏君無道，天下皆知。吾等聞得：君不正，臣投外國。目今聖上輕賢重色，眼見江山不保，不若反出朝歌，自守一國，上可以保宗社，下可以保一家，將軍以爲如何？〔蘇護白〕也罷！事雖如此，大丈夫不可做不明之事。手下取文房四寶來。〔一卒應科，從下場門下，取筆硯隨上。蘇護寫科，白〕君壞臣綱，有敗五常。冀州蘇護，永不朝商。〔作擲筆科。一手下拾筆，作送筆硯科，仍從下場門下隨上。蘇護白〕可將此使人送到午門，貼在牆上，以示我永不歸商之意，使昏君自相警悟。〔一卒應，作接詩科，從上場門下暗上。蘇護白〕衆將官，就此整頓軍馬，待我換了袍帶。〔衆應科。蘇護起，隨撤椅科，從下場門下。衆白〕主公反商，並非有意不臣，只因昏君逼迫所致，吾等各當竭盡心神，輔成大事。〔唱〕

【中呂宮正曲・山花子】君綱昏廢人心亂(韻)，江山頹喪堪憐(韻)。逼忠良抱屈含冤(韻)，爲裙釵殺正誅賢(韻)，〔合〕致刀兵動起烽烟(韻)。今日裏干戈光耀城市邊(韻)，旌旛彩颺街陌前(韻)，應悔當初(讀)，不納忠言(韻)。〔蘇護換帥盔，紥靠背令旗，佩劍。一卒向下扛槍隨上，八將向下取器械隨上。蘇護白〕衆將官，就此殺出都城，急速回國。一路上不許擅動刀鎗，塗毒百姓。殺害生靈，取罪不便。〔衆白〕得令。〔作遶場科，同唱〕

【中呂宮正曲・駐環着】擺旌旗萬桿(韻)，擺旌旗萬桿(疊)，金鼓喧闐(韻)。馬隊紛紜(讀)，步卒精選(韻)，浩浩軍聲一片(韻)。貔虎桓桓(句)，争看逐前驅(讀)，光騰組練(韻)。並不是生心造反(韻)，多只爲奸權作患(韻)。〔合〕天心壓(韻)，國勢殘(韻)，警動君心(讀)，是爲兵諫(韻)。

【尚如縷煞】回本境把士氣全(韻)，應不免幾番鏖戰(韻)，好則是自保封疆方算得識勢賢(韻)。〔同從下場門下〕

第十二齣　暴崇侯違朋討罪（古風韻）　昆腔

〔樓上安「建章宮」匾額科。净扮魯雄，戴帥盔，穿蟒，束帶，執笏，從上場門上，唱〕

【仙呂調隻曲·點絳唇】長樂鐘傳(韻)，又陞金殿(韻)。聞宣唤(韻)，疾步趨前(韻)，拜叩向金龍案(韻)。

〔白〕下官統領軍馬殿前將軍魯雄是也。專轄貔貅，日追隨於豹尾；統率虎衛，夜守宿於龍墀。方纔聖上傳旨，宣唤吾等，言冀州侯蘇護題詩一首，反出朝歌，聖上思欲親統六師，以滅其國。下官聞命之下，甚是驚疑。我想蘇護乃忠良之士，素懷忠義，何事觸忤天子？親征一舉，冀州休矣。且待衆官到時，一同進見，再作道理。〔雜扮晁田、殷破敗，各戴帥盔，穿蟒，束帶，執笏；副扮費仲，丑扮尤渾，各戴紗帽，穿蟒，束帶，執笏，同從上場門上，分唱〕

【商調引·三臺令】羽林統制三千(韻)，轄馭王師大權(韻)，順主不爲奸(韻)，原本的主正臣賢(韻)。〔分白〕下官晁田，下官殷破敗，下官費仲，下官尤渾。〔同白〕聖上宣召吾等，欲興問罪之師於冀州，只得大家見駕。〔魯雄白〕列位請了。〔衆白〕老將軍請了。〔魯雄白〕吾等俱奉宣召，大家到齊，就此到建章官見駕。〔作遶場、作朝見科，分白〕臣魯雄，臣晁田，臣殷破敗，臣費仲，臣尤渾，〔同白〕見駕，願陛下萬壽無疆。〔内白〕平身。〔衆白〕萬歲。〔各起分侍科。雜扮一内官，戴大太監帽，穿蟒，束帶，帶數珠，執拂塵，捧旨從樓門上，白〕聖旨到，跪——〔衆作跪科。内官白〕聽宣讀。詔曰：朕惟人之大倫，君臣爲重；人之大節，忠義爲先。今有蘇護反商，題詩午門，甚辱朝綱。情殊可恨，法紀難容。卿等可統人馬，以爲前隊；朕當親率六師，以聲其罪。爾等衆臣，若有攄忠效節，獻謀進言，可以佐理太平、安邦弭亂者，一一陳奏。欽哉。〔衆白〕萬歲萬歲萬萬歲！〔各起科。内官捧旨仍從樓門下。内白〕有事者奏，無事退班。〔魯雄跪科，白〕臣魯雄謹奏。〔内白〕奏來。〔魯雄白〕蘇護得罪於陛下，何勞御駕親征？況且四大鎮諸侯俱在都城，尚未歸國。陛下可點一二路征伐，明正其罪，自不失撻伐之威。〔起科。内白〕聖上有旨，問四侯之内，誰可征伐？〔費仲作跪科，白〕臣費仲謹奏。〔内白〕奏來。〔費仲白〕冀州乃北方之國崇侯虎屬下，可命侯虎征伐。〔起科。魯雄作跪科，白〕臣尚有一事奏聞。〔内白〕奏來。〔魯雄白〕侯虎雖鎮北地，恩信尚未孚與人，恐此行未必能伸朝廷威德。不如西伯侯姬昌仁義素聞，陛下假以節鉞，自不勞矢石，可奏成功。〔起科。内官捧旨從樓門上，白〕聖旨到來。〔衆作跪科。内官白〕奉旨。兹准二卿所奏，即着近侍官傳旨與侯虎、姬昌，令他二人問罪興師，不得有違。〔魯雄、費仲同白〕萬歲。〔起科。内官仍從樓門下。内白〕散朝。〔衆臣從下場門下。外扮姜桓楚，末扮鄂崇禹，生扮姬昌，净扮崇侯虎，各戴金貂，穿蟒，束帶，從上場門上，分唱〕

【南吕宫引·生查子】宣化代宸功(句)，誰敢辭勞瘁(韻)。仁義鎮封疆(句)，共仰炎炎勢(韻)。〔分白〕分掌諸侯占四方，全憑忠義輔吾皇。人心和合天心順，共慶昇平國運昌。吾乃東伯侯姜桓楚，吾乃南伯侯鄂崇禹，吾乃西伯侯姬昌，吾乃北伯侯崇侯虎。〔同白〕吾等同受國恩，有黄鉞白旄之賜；共承天命，假彤弓旅矢之權。今當朝聘之期，各率本鎮二百國小諸侯朝覲天顔。明日辭駕回國，特奉聖旨，在顯慶樓賜宴，命二位丞相陪席。吾等先來伺候。你看道猶未了，二位丞相早到。〔雜扮四手下，各戴大頁巾，穿蟒箭袖，繫鑾帶，引外扮商容、比干，各戴紗帽，穿蟒，束帶，同從上場門上，分唱〕

【又一體】燮理愧無功(句)，叨燮陰陽寄(韻)。一片赤心忠(句)，可表明天日(韻)。〔分白〕下官少傅商容，下官亞相比干。〔同白〕吾等奉有聖旨，因四鎮方伯朝覲天顔，明朝回國，今日在顯慶樓賜宴，特命吾等陪席。來此已是。〔各作相見科，白〕四位賢侯請了。〔四侯白〕二位丞相請了。〔商容、比干白〕吾等奉有聖敕，前來陪宴。四位賢侯就此入宴可也。〔四侯白〕如此聖恩，吾等何以克當。請。〔樓上預掛「顯慶樓」匾額科，設桌椅筵席科。各虛白，從兩場門分下，作上樓叩首入座科。衆手下送酒，衆作飲酒科，同唱〕

【正宫正曲・玉芙蓉】恩叨湛露晞(韻)，曲詠彤弓什(韻)。看玉筵揖讓(讀)，穆穆熙熙(韻)。〔四侯唱〕小臣自愧蒙殊禮(韻)，聖德全周自不遺(韻)。〔同唱合〕酬尊醴(韻)，喜恩波沛矣(韻)。這風光(讀)，好一似虞庭賡拜肅威儀(韻)。〔内白〕聖旨下。〔衆各起，隨撤桌椅筵席科。衆作下樓從兩場門分上。雜扮四儀從，各戴大頁巾，穿蟒箭袖排穗褂，執儀仗，引雜扮天使，戴紗帽，穿蟒，束帶，捧旨，同從上場門上。衆作接旨科。天使作轉場宣旨科，白〕聖旨到，跪——〔衆作跪科。天使白〕聽宣讀。詔曰：朕聞冠履之分雖嚴，事使之道無二。故君命召，不俟駕，乃所以降尊卑，崇任使也。茲不道蘇護，狂悖無禮，正殿忤君，紀綱已失。被赦歸國，不思自新，輒敢寫詩午門，安心叛主，罪在不赦。特命姬昌、侯虎二人，假以節鉞，便宜行事，往懲其忤，毋得寬縱，罪有攸歸。故茲詔示汝往。欽哉。謝恩。〔姬昌、崇侯虎同白〕萬歲萬歲萬萬歲。〔起科，各作虛白科。四儀從引天使，仍從上場門下。比干白〕二位此去得成大功，下官在此候賀。但不可濫逞塗毒，斯爲至要。〔姬昌白〕二位丞相，我想蘇護朝商，未進殿庭，未參聖上。今詔旨有正殿忤君之言，不知此語從何而來？再者午門題詩，必有詐僞，天子聽信何人之言，欲伐其罪？恐天下諸侯不服，還望二位丞相，明日入朝進諫的是。〔衆白〕西伯侯之言甚善。〔崇侯虎白〕咳，西伯侯說那裏話來！〔唱〕

【黄鐘宫正曲·啄木兒】自古道言如絲出似綸(韻)，難道是君反誣臣臣當犯君(韻)。一封的詔已頒陳(句)，三軍的誰敢逡巡(韻)。〔白〕況蘇護題詩作反，必然有據，天子豈無故而發此端。今不討而縱之呵，〔唱〕只怕這諸侯八百皆不順(韻)。這不是王言不足使臣民信(韻)，〔合〕難道把天子觀同木偶人(韻)。〔姬昌白〕公言雖善，但執其一端耳。那蘇護乃忠良君子，素秉丹誠，忠心爲國，教民有方，治兵有法。數年以來，並無過失。今聖上不知爲誰人所惑，興師問罪於善類呵，〔唱〕

【黄鐘宫正曲·三段子】只怕天下離心(韻)，那禁得衆怨詛君心日昏(韻)。又只怕諸侯不親(韻)，那禁得共抗違君親莫尊(韻)。〔白〕而今只願聖上不事干戈、不行殺伐，共樂堯年，何等不善？〔唱〕那兵爲兇器言須信(韻)，戰爲危事還當慎(韻)。〔合〕又何必黷武窮兵(讀)，傷財害民(韻)。〔崇侯虎白〕公言故是有理。但是一件，君命有差，概不由己。且煌煌天語，誰敢抗違，以自取欺君之罪？倘或聖上大怒，目爲惡黨，那時有口亦難分剖，不如順者爲是。〔姬昌白〕既然如此，公可領兵前行。我兵隨後即至，以爲接應便了。〔崇侯虎白〕如此甚好，就此告别列位，前去教場點齊人馬，星夜殺奔冀州，擒捉叛臣去也。〔衆白〕賢侯請。同侯軍中奏凱歌，〔崇侯虎白〕叛臣强暴待如何。〔衆白〕天威一鼓何難勝，〔崇侯虎白〕管取尸山與血河。請。〔從下場門下。商容、比干白〕三位賢侯，你看他這般暴虐，言語非常，長君逢君，此人之謂也。西伯侯却怎生區處？〔姬昌白〕我暫回西岐，領兵觀勢。只須以計善解，以理開陳，那蘇護亦未必不從，何必大動干戈，終無寧日。〔衆白〕西伯侯果賢人也。〔姬昌白〕不敢。多承過獎，就此告别列位前去也。〔衆白〕賢侯請。〔姬昌從下場門下。姜桓楚、鄂崇禹同白〕御筵已畢，大家散出可也。〔同唱〕

【不絶令煞】明朝共仰龍墀彩(韻)，舞蹈明良慶泰階(韻)，自愧的無稷契夔龍調鼎鼐(韻)。〔同從下場門下，衆手下隨下〕

第十三齣　大戰爭劫營得勝（古風韻）　弋腔

〔雜扮趙丙、陳季貞，各戴帥盔，紥靠，執器械，同從上場門上，分白〕黄河豈常濁，澄清亦有時。功名仗三箭，不用萬言書。小將趙丙是也，小將陳季貞是也。〔同白〕今日元帥陞帳，我等在此伺候。〔小生扮蘇全忠，戴紫金冠額，紥靠，背令旗，佩劍，執鎗，從上場門上，白〕公子將門種，傳家忠義先。少年事武略，謀勇靖烽烟。俺冀州侯長子蘇全忠是也。今日爹爹陞帳，特地前來伺候。〔雜扮四將官，各戴帥盔，紥靠，執器械，從上場門上，分侍科。雜扮四軍卒，各戴馬夫巾，穿蟒箭袖卒褂，執旗；雜扮四軍卒，各戴大頁巾，穿蟒箭袖排穗褂，執標鎗，一卒扛鎗，引生扮蘇護，戴金貂，紥靠，襲蟒，背令旗，佩劍，同從上場門上。蘇護唱〕

【中吕宫引・行香子】羽報喧傳(韻)，大敵前來(句)，恨昏主忠賢遭慘(韻)。一番争戰(句)，務在機先(韻)。要封疆定(句)、人民保(讀)，靖烽烟(韻)。〔場上設高臺、虎皮椅，蘇護轉場陞座科，白〕只爲忠言反遇刑，昏迷堪恨不分明。非關背主甘稱叛，天下原多事不平。俺冀州侯蘇護，只因昏君欲選吾女進宫，我以直言抗旨，險被重刑，因此一怒反出朝歌。想紂王必興師問罪，已差探子探聽去了。只不可不預爲准備。今日陞帳，齊集諸將，傳宣號令。〔衆作相見科，蘇全忠白〕爹爹在上，孩兒拜見。〔衆將白〕主公在上，諸將打躬。〔蘇護白〕諸將少禮。衆將官，聽吾號令。〔衆應科，蘇護白〕當今天子失政，任用奸讒，無道無德，耽淫酒色。爾等既承訓練之功，須知争先之義。老夫以一女而遭讒，險遭大辟；統三軍以拒主，欲掃群奸。此際那昏君必點諸侯前來問罪，老夫亦當齊集諸將，迎彼交鋒。分侍兩旁，聽我道者。〔衆應，作分侍科，蘇護白〕趙丙聽令。〔趙丙應科，蘇護白〕爾可將人馬訓練，務工擊刺之能；戈甲整齊，必精超騰之用。不得有違。〔趙丙應科，蘇護白〕陳季貞聽令。〔陳季貞應科，蘇護白〕爾可護守城垣，以防攻打之虞；准備木石，以需戰守之具，不得有違。〔陳季貞應科，蘇護白〕爾等各整營伍，共練甲兵，不可休息偷安，不可怠逸玩法，違令者定按軍法從事。〔衆將應科。净扮一報子，戴鷹翎帽，穿報子衣，繫肚囊，背包，持馬鞭，從上場門急上，作到下馬報門科，白〕報子進。〔作進門跪科，蘇護白〕探事的，你且喘息定了，慢慢的講。〔報子應科，起作跳舞科，白〕但見旌旗閃閃，渾如壓地兵山；戈甲層層，亞似飜天軍勢。有北伯侯崇侯虎，奉命殺奔前來。只覺得虎鬬龍争，眼見山川流戰血；神愁鬼哭，一時畿甸起征塵。那天兵有破竹之勢，這冀州有壘卵之危哩。〔蘇護白〕知道了，再去打聽。〔報子應，作出門騎馬科，仍從上場門急下。蘇護白〕若是别鎮諸侯，還有他議。此人素行不道，斷不能以禮解釋，不若乘此以逸待勞，大破其兵以振軍威，且爲萬姓除害。衆將官，聽吾號令。〔衆應科，蘇護白〕此番大戰，不比尋常。爾等各宜奮勇，毋干軍令。就此殺上前去。〔場東邊城上安「冀州」匾額科，衆應科。蘇護下高臺，隨撤高臺、虎皮椅科，作卸蟒、接器械。衆同從上場門下，作出城遶場科，同唱〕

【南呂宮正曲・金錢花】旌旆招颭連天（韻），連天（格），兵甲光耀山川（韻），山川（格）。横戈耀馬共爭先（韻）。〔合〕除暴虐（讀），靖烽烟（韻）。安禍亂（讀），顯忠賢（韻）。〔同從下場門下。雜扮四軍卒，各戴馬夫巾，穿箭袖卒褂，執旗；雜扮四軍卒，各戴大頁巾，穿蟒箭袖排穗褂，執標鎗；雜扮梅武、金葵、黃元濟、孫子羽，各戴帥盔，紥靠，執器械；小生扮崇應彪，戴紫金冠額，紥靠、背令旗，執刀，引净扮崇侯虎，戴金貂，紥靠、背令旗，佩劍執刀，同從上場門上，同唱〕

【越調正曲・水底魚兒】統領雄軍（韻），專來伐叛臣（韻）。功成一戰（句），〔合〕鐘鼎勒奇勳（韻），鐘鼎勒奇勳（疊）。〔白〕俺北伯侯崇侯虎，奉命來征冀州，勦滅叛臣蘇護。一路行來，已到他境内。那老賊帥兵出城，前來拒戰。衆將官，就此殺上前去。〔衆應，作遶場科。衆引蘇護同從下場門上，作對敵科。崇侯虎白〕來者莫非蘇護麽？〔蘇護白〕然也。賢侯别來無恙，不才盔甲在身，不能全禮。方今天子無道，輕賢重貨，不思留心邦本；荒淫酒色，强欲納我女進宫。不久天下變亂，不才自各守邊疆，賢侯何故興此無名之師？〔崇侯虎怒科，白〕呔！蘇護，少得胡言。你忤逆天子詔旨，題反詩于午門，罪不容誅。今奉詔問罪，則當肘膝轅門，尚敢巧語支吾，持兵貫甲，以騁其强暴。〔梅武白〕呔！蘇護，少得無禮，看我取你。〔蘇全忠對敵科，白〕來將何名？〔梅武白〕吾乃北伯侯麾下大將梅武，孺子何名？〔蘇全忠白〕我乃冀州侯公子全忠。〔梅武白〕黄口幼童，敢來爭戰。你父子得罪天子，尚敢抗拒天兵。不要走，吃我一斧。〔作虚白對戰科，蘇全忠作刺死梅武科，從下場門下。蘇護白〕衆將官，一齊掩殺上去。〔衆應，同作掩殺科，各作對敵科，崇侯虎作大敗科，仍同從下場門下。蘇護白〕你看此賊大敗一陣，必然整兵復仇，不然定請兵益將，冀州必危，如之奈何？〔趙丙白〕咳，君侯何必畏懼。君侯今日雖勝，征戰似無已時。前日之事、今日之爲，此皆不赦之罪。況諸侯不止侯虎一人，倘朝廷盛怒之下，又點幾路兵來，冀州不過彈凡之地，誠所謂以石投水，必見傾危。依小將愚見，一不做二不休，侯虎營寨，不過十里之遥，不如乘其不備，去劫營寨，殺他個片甲無存，豈不又除了一害。〔蘇護白〕此計甚妙。今晚劫營，恐未必盡斬渠魁，他若大敗而逃，必自五崗鎮經過。蘇全忠聽令：你領精兵五千，到五崗鎮埋伏，如遇敗軍賊將，務須奮勇劫殺，不得有違。〔蘇全忠應科，從下場門下，四軍卒隨下。蘇護白〕人馬不用進城，天色將晚，准備劫營大戰。〔衆白〕得令。〔遶場科，同唱〕

【中吕宫正曲・紅繡鞋】殺得他喪膽驚魂(韻)，驚魂(格)，管教無路逃奔(韻)，逃奔(格)。兇暴性(句)，怎敵忠臣(韻)。把戈甲棄(句)，亂紛紛(韻)。〔合〕一戰裏(句)，建奇勳(韻)。〔同從下場門下。衆引崇侯虎，仍同從上場門上，白〕哎呀，好殺呀。今日纔臨彼境，就被他殺了個大敗虧輸，此恨此仇，如何不報。我兒，天色已晚，吾等安下營寨，歇息一宵，明日整兵復仇便了。〔崇應彪白〕爹爹言之有理。〔崇侯虎白〕衆將官，爾等可各回營隊，歇息一宵，明日再去復此一敗之仇。〔金葵白〕君侯此言雖是，但兵家要着，以慎爲先，還須防備他今晚劫寨。〔崇侯虎白〕此言亦是。雖然防備，但我軍遠來疲乏，又且傷了鋭氣，不歇息一番，怎生整頓。傳令諸營：人不許解甲，馬不許卸鞍，倘有動静，大家好闖重圍。〔衆白〕得令。〔遶場

科，同從下場門下，衆軍卒隨意發諢科，亦同從下場門下。衆引蘇護，同從上場門上，同唱〕

【正宮正曲·四邊静】今宵劫寨休安頓(韻)，且把軍聲隱(韻)。銜枚共疾行(句)，雄心何猛奮(韻)。〔蘇護白〕老夫今晚劫侯虎營寨，出其不意，斬此逆賊。衆將官，須索趲行前去。〔衆應科，同唱合〕俺這裏心雄氣伸(韻)，殺教他兵傷將奔(韻)。一陣可成功(句)，把天兵輕覷甚(韻)。〔蘇護白〕已離賊營不遠。你看他刁斗無聲，燈火漸息。衆將官，吩咐軍中響炮，殺入營去。〔衆應科，同從下場門下，作放炮吶喊科。衆引崇侯虎作狼狽狀科，仍同從下場門上，唱〕

【越調正曲·水底魚兒】勇似天神(韻)，重圍若布雲(韻)。投戈棄甲(句)，〔合〕捨命共逃奔(韻)，捨命共逃奔(疊)。〔崇侯虎白〕哎呀，不好了，被他漫天遮地殺進營來，大家捨命冲殺出去，再作道理。〔衆引蘇護，仍從下場門上，作與崇侯虎對敵科。蘇護白〕呔！侯虎，今中我計，看你走往那裏去！〔衆作混戰科，趙丙作斬金葵科，從下場門下。衆引崇侯虎出圍大敗科，同從下場門下。衆將白〕啟上君侯：侯虎大敗，率領殘兵逃命去了。〔蘇護白〕自古窮寇不追，他必從五崗鎮經過，自有孩兒全忠埋伏截戰，雖不能斬厥渠魁，亦可大獲全勝。且暫駐雄師，待孩兒回來，一同進城可也。〔衆白〕得令。〔遶場科，同唱〕

【又一體】堪恨奸臣(韻)，呈兇助虐君(韻)。今朝得勝(句)，〔合〕原有暗中神(韻)，原有暗中神(疊)。〔同從下場門下。衆引崇侯虎作棄甲曳兵科，同從上場門上，崇侯虎白〕吾自提兵以來，未嘗大敗。今被逆賊暗劫吾營，黑夜交戰，未曾准備，以致損兵折將，此恨如何不報。吾想西伯侯姬昌自討安然，違避聖旨，按兵不動，坐觀成敗，寔是可恨。〔崇應彪白〕爹爹不必愁煩。軍兵新折，鋭氣已失，不如按兵不動，遣一軍催西伯侯前來接應，再作區處。〔崇侯虎白〕我兒言之有理。左右，這是甚麽地方了？〔衆白〕啓上君侯，此處五崗鎮了。〔崇侯虎白〕且待天明收聚人馬，再作區處。〔蘇全忠内白〕呔！侯虎逆賊，快些下馬受縛，免汝一死。〔衆虚白大驚科。衆卒引蘇全忠從上場門上，白〕吾奉爹爹之命，在此候爾多時。可速倒戈受死，還不下馬，更待何時！〔崇侯虎白〕好賊子，你父子謀反，忤逆朝廷，罪重如山。寸磔汝尸，不足贖罪，尚敢耀武揚威，大言不慚。衆將官，大家殺上，擒此賊子。〔衆應，作混戰。蘇全忠作戰刺死孫子羽，從下場門下，挑崇侯虎甲，傷崇應彪左臂科。衆引崇侯虎作大敗科，從上場門下。蘇全忠白〕你看逆賊父子俱被吾戟刺着傷，負痛而逃，思欲追趕，黑夜不當穩便，不免收了人馬，回覆爹爹軍令去便了。衆將官，就此回兵。〔衆應，作遶場科，同唱〕

【南呂宫正曲·金錢花】殺教血海尸群（韻），尸群（格），上天入地無門（韻），無門（格）。方知忠虐有攸分（韻）。〔合〕天助善（讀），建奇勳（韻）。天禍惡（讀），喪亡身（韻）。〔同從下場門下〕

第十四齣　邪法術愛子遭擒（庚青韻）　弋腔

〔雜扮四軍卒，各戴大頁巾，穿蟒箭袖排穗褂，執標鎗，引净扮崇黑虎，戴黑貂，紥靠、背令旗、葫蘆，執器械，同從上場門上。崇黑虎唱〕

【正宮引·破陣子】法術復誇勇戰（句），神機獨顯奇能（韻）。爲助同胞全至愛（句），又解重圍盡友情（韻）。何時奏蕩平（韻）。〔白〕得受奇人秘訣傳，全憑神術奮争先。重圍未解徒傷費，何不同心助正賢。俺崇黑虎，乃北伯侯崇侯虎之弟，官拜曹州侯，與冀州侯蘇護自幼相交，聞得他爲女反商，聖上命吾兄來討，被他殺敗。俺想吾兄不達時務，以蘇侯之賢，何不善言解諭，而乃苦動干戈？因此俺提兵前來，一則爲吾兄幫助，二來爲蘇侯解圍，以全俺友誼之情。衆將官，就此往北伯侯營中去者。

〔衆應，作遶場科，同唱〕

【正宮正曲·普天樂】耀重霄旌旗整（韻），逐弓刀軍聲勁（韻）。黄金甲千隊精兵（韻），紫絲鞭萬騎長征（韻）。〔合〕呀（格），看貔貅凛凛（韻），威風莫敢攖（韻）。鬬勇争强（讀），誰來敢阻横行（韻）。〔同從下場門下。雜扮四軍卒，各戴馬夫巾，穿蟒箭袖卒褂，執旗；雜扮四軍卒，各戴大頁巾，穿蟒箭袖排穗褂，執標鎗；雜扮趙丙、陳季貞、四將官，各戴帥盔，紥靠；小生扮蘇全忠，戴紫金冠額，紥靠、背令旗，佩劍，引生扮蘇護，戴金貂，紥靠、背令旗，佩

劍，同從上場門上，蘇護唱〕

【正宮引・錦堂春】計算消磨毒氣(句)，精强殺敗雄兵(韻)。王師抗阻稱無敵(句)，疆界可安寧(韻)。

〔中場設高臺、虎皮椅，蘇護轉場陞座科，白〕拒捕非關抗帝朝，只因奸佞逞英豪。安能得遇賢良者，擾攘干戈一旦消。俺蘇護只因一時性起，爲女反商。昨日連敗侯虎二陣，殺得他鼠竄狼奔，俺這裏軍威大振。目下雖可粗安，只怕日後有一番大戰，那時寡不敵衆，如何是好？方今侯虎大敗而逃，却不知他那裏怎生動静，已差人打探去了，怎生還不見來？〔净扮一報子，戴鷹翎帽，穿報子衣，繫肚囊，背包，執令旗，從上場門急上，白〕令字金旗映日紅，如飛健足走追風。回營特繳將軍令，賊勢分明在眼中。〔作到、下馬、報門科，白〕報子進。〔作進門跪科，蘇護白〕探子，我且問你，那侯虎目下作何動静？〔報子白〕侯虎自大敗之後，率衆逃生，勢已不支。忽有他親弟曹州侯黑虎帥兵相助，已合成一處，復又前來，已離冀城不遠，特來報知。〔蘇護白〕知道了，再去打探。〔報子應科，仍從上場門急下。蘇護白〕這事怎了？那黑虎與吾曾爲至友，他武藝精通，曉暢（元）〔玄〕理，滿城諸將，皆非對手，如何是好？〔蘇全忠白〕爹爹爲何長他人志氣，滅自己威風？自古道兵來將擋，水來土掩，諒一黑虎何足懼哉。孩兒不才，願前去擒來，獻於麾下。〔蘇護白〕你年少不諳事體，自負英勇，不知黑虎曾遇異人傳授道術，百萬軍中取上將首級，如探囊中之物，不可輕覷。〔蘇全忠白〕咳，爹爹説那裏話來，孩兒不擒黑虎，誓不回來。〔蘇護白〕我兒，此是你自取敗亡，勿生後悔。〔蘇全忠白〕爹爹且請放心。衆將官，隨吾迎殺出城去者。〔從上場門下，四軍卒隨下，隨出城門科，從下場門下。蘇護白〕此子不遵吾言，必有大敗。老夫且在城中候之，以爲接應便了。〔作下高臺，隨撤高臺、虎皮椅科。衆作遶場科，同唱〕

【正宮正曲·醉太平】且軍屯冀城(韻)，作他接應(韻)。倘邀天幸勝雄兵(韻)，〔合〕邊界又略寧(韻)。〔同從下場門下。衆引崇黑虎從上場門上，白〕俺崇黑虎領兵前來，見了兄長，命我引兵要戰，擒賊成功。我想蘇護聞我前來，必然親自出城，與吾對敵，那時以善勸之，以理諭之，有何不可。衆將官，可就此殺上前去。〔衆應，作遶場科。衆引蘇全忠從下場門上，作對敵科，白〕呔！黑虎休得施威，俺奉爹爹將令，特來擒你。〔崇黑虎白〕全忠賢侄，你不用逞血氣之勇，前來拒捕。你可回去，請你父親出來，我自有話説。〔蘇全忠白〕崇黑虎，俺與你勢成敵國，俺爹爹又與你論甚交情，可速倒戈退軍，饒你性命，不然悔之晚矣。〔崇黑虎白〕小畜生，焉敢無禮！〔作對敵科。崇黑虎作詐敗科，率衆從下場門下，蘇全忠作大笑科，白〕原來如此不濟，那裏英雄！聽俺爹爹之言，竟爲所誤。衆將官，追殺上去，誓拿此人，以滅爹爹之口。〔衆應科，同從下場門追下。衆引崇黑虎從上場門上，白〕你看全忠年幼無知，自恃英勇，吾今詐敗，也就罷了，爲何反來追趕？待俺以法擒他。〔衆引蘇全忠從上場門追上，白〕黑虎休走！〔崇黑虎白〕全忠賢侄，休來怨我。〔作對戰，葫蘆内出烟，噴倒蘇全忠，衆作綁科。四卒從下場門敗下。崇黑虎白〕衆將官，就此回營。〔衆應，作遶場科，同唱〕

【中呂宮正曲·紅繡鞋】鞭敲金鐙聲聲(韻)，聲聲(格)。幼兒無故横行(韻)，横行(格)。仙法妙(句)，奇術能(韻)。捉賊子(句)，振軍聲(韻)。〔合〕指日裏(句)，望成功(韻)。〔同從下場門下。雜扮四軍卒，各戴大頁巾，穿蟒箭袖排穗褂，佩刀，引净扮崇侯虎，戴金貂，紥靠、背令旗，跨臂，從上場門上，白〕兵敗含羞怎見人，幸天得使遇胞親。仗他法術成吾志，始信英雄勇似神。〔中場設椅，轉場坐科，白〕俺崇侯虎奉命來征，一到此間，就被蘇賊殺敗了兩陣。俺父子俱帶重傷，不能争戰，只得營中調養。可恨姬昌按兵不舉，坐觀成敗，他違旨不前之罪，也難逃脱。幸喜吾弟前來，引兵要戰，未知勝敗如何。〔雜扮一軍卒，戴馬夫巾，穿蟒箭袖卒褂，執旗，從上場門上，白〕啟上君侯：二爺前去得勝回來，生擒反臣之子全忠，已到營外下馬。〔崇侯虎白〕謝天謝地，待我出迎。〔軍卒從下場門下。衆引崇黑虎從上場門上，白〕得勝交兄令，思方救故人。〔作見科，白〕小弟托賴兄長神威，大得全勝，擒得賊子全忠，前來交令。〔崇侯虎白〕吾弟果英雄也。〔場上設椅，各虚白坐科。崇侯虎白〕傳令將賊子推轉帳前。〔衆應，作綁蘇全忠從上場門上。蘇全忠作不跪科。崇侯虎大怒科，白〕賊子！今日惡貫滿盈，已被吾擒，尚敢稱强抗禮。前日五崗鎮英雄，那裏去了？〔蘇全忠白〕呀呸！逆賊嗄逆賊，我全忠視一死輕如鴻毛，要殺就殺，何必作此威福。只不忍成湯基業，被你等斷送了，恨不能生啖其肉耳。〔崇侯虎白〕咗！黄口孺子，今已被擒，尚敢鼓舌。推出轅門，斬首號令。〔衆應科，崇黑虎白〕住了，兄長暫息雷霆。全忠被擒，雖則該斬，奈他父子皆係朝廷犯官，聖上有拿解朝歌，以正國法之旨。但他有女妲己，姿貌甚美，倘聖上終有憐惜之意，一朝赦其不臣之罪，反歸擅殺之罪與吾等。但西伯未至，我兄弟何苦獨任其咎，不若將他囚禁，待等破了冀州，擒獲滿門，解入朝歌，自有聖裁，此爲上策。〔崇侯虎白〕賢弟之言有理。衆將官，可將他囚禁起來，不可疏忽。〔衆應，作綁蘇全忠仍從上場門下。崇侯虎白〕左右，後營設宴，與你二爺慶功。〔衆應科。崇侯虎、崇黑虎同起，隨撤椅科，同唱〕

【慶餘】且同將尊酒訴離情㊞，管不日裏共欣全勝㊞。〔崇侯虎白〕蘇護嗄蘇護，〔唱〕你父子雖兇，怎及俺兄弟能㊞。〔同從下場門下〕

第十五齣　坐香閨佳人聞變（古風韻）

昆腔

〔雜扮四梅香，各穿衫、背心，繫汗巾，引老旦扮夫人，穿氅，小旦扮妲己，穿衫，同從上場門上，唱〕

【商調引·憶秦娥】情煩惱（韻），可憐無故遭强暴（韻）。遭强暴（格），只怕干戈滿地（讀），家園莫保（韻）。

〔場上設椅，各坐科，分白〕『清平樂』花容惹禍，惱恨無回和。堪恨昏殘施暴虐，紊亂綱常大左。鎮日不展愁眉，此情料少人知。骨肉可能完聚，不禁腸斷憂思。〔夫人白〕老身楊氏，夫君蘇護，所生一女，名喚妲己，美貌無雙，豐姿絶少。昏君聽信了費仲、尤渾之言，於老爺朝覲之時，宣入便殿，諭以聖意，要選吾女進宫。老爺直言忤主，險問重刑，又是那費仲、尤渾保奏，赦回本國。老爺不肯獻女贖罪，題詩反出朝歌。聖上差人討罪，目下終日戰争，無個了期。我兒，你爹爹這裏，地小兵微，身家莫保，如何是好？〔妲己白〕母親且少愁煩，我哥哥文武雙全，帳下諸將英勇者甚衆。聞得爹爹大得全勝，想大勢料也無礙。〔夫人白〕我兒，話雖如此，你哥哥不見回來，你爹爹又不到内寢，外邊事勢，盡不知聞，教我怎生放心得下。〔妲己、夫人各作悲科。生扮蘇護，戴金貂，紮靠，佩劍，從上場門急上，唱〕

【商調引·接雲鶴】思量斬斷禍根苗（韻），只因爲禍事相遭（韻）。〔作見科，夫人、妲己各起科。妲己白〕

爹爹回來了。〔場上設椅，各坐科。夫人白〕老爺來了，外邊事勢如何？〔蘇護白〕哎呀，夫人，不好了。〔夫人驚科，白〕怎、怎麽樣？〔蘇護白〕侯虎有一親弟，名喚黑虎，武藝高强，兼善邪法。他領兵相助，前來城下要戰。孩兒不聽吾言，自恃血氣，出城拒戰，被他用法生擒去了。〔夫人白〕哎呀，我那兒嗄，〔作哭跌科，妲己白〕母親甦醒。〔蘇護白〕夫人醒來。〔夫人作哭科，白〕我那兒嗄，〔唱〕

【商調正曲・山坡羊】唬得人(讀)，魂飛魄悸(韻)。痛得人(讀)，如痴似醉(韻)。驚得我(讀)，心懸膽驚(句)，疼得吾(讀)，寸斷肝腸碎(韻)。細思之(韻)，〔滚白〕你與他勢成敵國，情似寇仇，一旦陷入羅網，他怎肯輕輕放釋。〔唱〕一定是頭顱劍下移(韻)，嘆少年作了无头鬼(韻)。若要母子相逢(讀)，除非夢裏(韻)。〔合〕撇得我孤恓(韻)。念雙親一旦離(韻)，止不住傷悲(韻)。恨冤家情性痴(韻)。〔白〕老爺，如此怎好？〔蘇護白〕夫人，我想孩兒已被人擒，斷無生理，這是他不聽父言，自取喪敗。但我爲豪傑一場，豈可束手就縛。目今强敵壓境，冀州不久爲他人所守矣。〔夫人白〕老爺意要怎樣？〔蘇護白〕哎，夫人，我想此城一破，使我一家解送朝歌，露面抛頭，尸骸殘暴，惹天下諸侯笑我爲無謀之輩。〔各起，隨撤椅科。蘇護拔劍科，白〕不若先殺妻女，然後自刎，庶幾不失大丈夫之所爲。〔夫人作大驚科，白〕哎呀，老爺快不要如此。〔妲己跪哭科，白〕哎呀，爹爹嗄，〔唱〕

【又一體】你須思(讀)，祖宗基址(韻)。你須思(讀)，恩深罔極(韻)。怎生忍(讀)，一旦成空(句)，却緣何(讀)，把父女情抛棄(韻)。〔白〕哎呀，爹爹嗄，〔唱〕悔當時(韻)，投生是女兒(韻)。不能彀分憂彌亂把雙親庇(韻)。

眼見得命似懸照(讀)，恨自恨朱顏付之流水(韻)。〔白〕哎呀，爹爹嗄，〔唱合〕三思(韻)，莫輕將性命虧(韻)。還須是度機宜(韻)，把邊疆奠定之(韻)。〔蘇護作不忍動手，顫驚收劍悲科，白〕哎，冤家，爲你兄被他人所擒，城被他人所困，父母被他人所殺，宗廟被他人所有。生你一人，斷送我蘇門九族。〔各作哭科。雜扮一家將，戴大頁巾，穿蟒箭袖，繫鑾帶，從上場門急上，白〕啟上老爺：衆將請老爺陞殿議事，言有崇黑虎城下要戰。〔蘇護白〕傳令各城門，嚴加防守，准備攻打，將免戰牌懸起，不得有違。〔家將應科，從下場門下。蘇護白〕夫人，我想這彈丸之地，怎可支撐。我且前去議論軍情，萬有疏虞，你母子亦須早爲之計。〔夫人白〕老爺但請放心，咱蘇門那一個是不賢之輩。但目下老爺須運用機謀，守得一日城池，免得一日屠戮。〔各作悲泣科。一家將從上場門上，白〕啟上老爺：今有督糧官鄭倫到來，求見老爺。〔蘇護白〕知道了。夫人，守節還須一着先，〔夫人白〕忠臣屈死怨蒼天。〔妲己白〕還思反敗成功日，〔同白〕共樂安寧勝目前。〔夫人、妲己從下場門下，四梅香隨下。蘇護作回頭悲科，從上場門下，家將隨下〕

第十六齣　奉善辭大夫解圍（古風韻）　昆腔

〔雜扮四軍卒，各戴大頁巾，穿蟒箭袖排穗褂，佩刀，引浄扮崇侯虎，戴金貂，紥靠、背令旗，佩劍，從上場門上，唱〕

【南呂宮引·生查子】威武貫三軍(句)，共仰炎炎勢(韻)。〔雜扮四軍卒，各戴馬夫巾，穿箭袖卒褂，執旗，引浄扮崇黑虎，戴黑貂，紥靠、背令旗，背葫蘆，佩劍，從上場門上，唱〕勇智更兼全(句)，常是存忠義(韻)。〔場上設椅，各虛白坐科。崇侯虎白〕賢弟，那蘇賊將免戰高懸，總不出城拒戰，吾弟兄可議一條妙策攻打他，省得兩相拒敵。〔崇黑虎白〕兄長，不必攻打，不用勞心，今只困其糧道，使城中百姓不能接濟，則此城不攻自破矣。〔崇侯虎白〕此計甚妙。〔浄扮一報子，戴馬夫巾，穿箭袖，繫肚囊，執令旗，從上場門急上，白〕報：冀州城中來了一員上將，名喚鄭倫，指名要與二爺交鋒，特來報上。〔崇黑虎白〕知道了。〔報子應科，從下場門下。崇黑虎白〕小弟暫别兄長，前去拒敵去也。〔各起，隨撤椅科。崇侯虎白〕兄弟須要仔細，愚兄營中專候捷音，請。〔從兩場門分下。雜扮四軍士，各戴大頁巾，穿蟒箭袖排穗褂，執標鎗，引浄扮鄭倫，戴紥巾額，紥靠，持降魔杵，從上場門上，唱〕

【小石調引・粉蝶兒】摩雲志氣(韻)，法術有誰能比(韻)。〔白〕俺鄭倫聞得冀州被困，因此星夜催糧，來到城中。誰知公子被擒，主公無計，言黑虎妖法多端，莫能抵擋。俺想自古邪不侵正，我學的法術比他爲正，因此心中不忿，一怒當先，務要擒回，以顯奇功。你看迎面塵頭起處，想是黑虎來也。衆將官，與我排開隊伍者。〔衆應，作排隊科。衆引崇黑虎從下場門上，白〕來將就是鄭倫麽？〔鄭倫白〕然也。你莫非就是崇黑虎？擒我主將之子，可速獻出，下馬受縛，免你一死。若道半字不從，管教你頃刻碎尸。〔崇黑虎大怒科，白〕哎呀，氣死我也！好匹夫，蘇護違犯天條，你等皆爲逆黨，尚如此大膽，妄出浪言，放馬過來。〔作對戰科。内作號筒聲，鄭倫作以鼻哼科，黑虎作跌倒，衆同從下場門敗下，作綁科。鄭倫白〕黑虎已擒，回覆主公去者。〔衆作遶場科，同唱〕

【越調正曲・水底魚兒】妙法通神(韻)，靈光捉敵人(韻)。須知正氣(句)，〔合〕邪法不能親(韻)，邪法不能親(疊)。〔同從下場門下。雜扮四軍卒，各戴大頁巾，穿蟒箭袖排穗褂，執標鎗；雜扮四將官，各戴帥盔，紮靠，佩刀，引生扮蘇護，戴金貂，紮靠、背令旗，佩劍，同從上場門上，蘇護白〕耳聞鼙鼓震，不斷使心驚。未卜軍前事，將軍功可成？〔中場設椅，轉場坐科，白〕俺蘇護被困城中，一籌莫展。督糧官鄭倫心中不忿，與我賭下人頭，前去拒戰。我想黑虎邪法難勝，方纔戰鼓如雷，大料鄭倫休矣。〔衆作綁崇黑虎，引鄭倫同從下場門上。鄭倫白〕纔向沙場捉將，即來帳下報功。〔同從城門下，隨從上場門上，作見科，白〕啟主公：黑虎被小將鼻中靈氣運出而擒，帶來帳下交令。〔蘇護白〕不知將軍有此神功！左右，將黑虎推轉上來。

〔衆應，作推崇黑虎科。蘇護作起、解綁、跪科，白〕賢弟嗄，護爲得罪天子，無地可容之犯臣，鄭倫不知觸犯虎威，護當死罪。〔崇黑虎跪科，白〕仁兄與小弟一拜之交，未敢忘義，今被部下所擒，愧身無地，又蒙厚禮相看，黑虎感恩不淺。〔蘇護白〕賢弟請坐。〔各起，場上設椅，各虛白坐科。崇黑虎白〕仁兄，鄭將軍道術精奇，使我終身悦服。〔蘇護白〕賢弟，劣兄一段衷腸，寔難剖訴。〔崇黑虎白〕仁兄委屈，小弟盡知。小弟此來，一則爲兄失機，二則爲仁兄解圍。不期令郎年幼無知，自恃剛强，不肯進城請仁兄答話，使小弟一腔心事不得明陳，因此小弟擒到後營，寔爲仁兄也。〔蘇護白〕此德此情，何敢有忘。左右，後營備宴。〔四軍卒應科，從下場門下。崇黑虎白〕仁兄多有費心。〔蘇護白〕好説。〔各起，隨撤椅科。蘇護白〕賢弟請。〔崇黑虎白〕仁兄請。〔同從下場門下。生扮散宜生，戴紗帽，穿蟒，束帶，持書從上場門上，白〕一紙書如百萬兵，自來天子重書生。管教解釋君臣怨，不用干戈自太平。下官散宜生，奉西伯侯之命，以書勸解蘇侯，令他獻女贖罪。下官已到侯虎營中，他先問我主公以遷延之罪，他説刀兵尚不能成，何況一書。下官想來，蘇侯仁義之士，與我主公同心，想來未有不從，且看如何。來此已是他城門了，門上有人麽？〔一軍卒從城門上白〕甚麽人？〔散宜生白〕特煩通報：西伯侯遣大夫散宜生，特來拜問。〔一軍卒虛白作引從城門下，隨從上場門上，作請科，向内虛白科。衆引蘇護、崇黑虎同從下場門上。蘇護白〕甚麽事？〔軍卒白〕西伯侯差大夫散宜生，前來拜訪。〔蘇護白〕道有請。〔場上設椅，各坐科。軍卒作請散宜生，從上場門上，作見、叩首科，白〕君侯在上，下官參見。〔蘇護白〕大夫今到敝郡，有何見諭？〔散宜生

起科，白）君侯聽稟：下官此來呵，（唱）

【正宫集曲·普天帶芙蓉】【普天樂】（首至七）並非關爲虚假㊞，並非關施奸詐㊞。只爲着一封書解怨息嘩㊞，勝似過百萬兵賭鬬争殺㊞，寧獨是仗才用辯平空架㊞。不過爲息事仁民意兒大㊞，豈誇張巧舌伶牙㊞。（白）吾主公素知君侯忠義，故此按兵不動，未曾侵犯耳。（唱）【玉芙蓉】（合至末）心無假㊞，全圖國家㊞。望昭垂㊞，魚緘一啟筆生花㊞。（作呈書，蘇護看科，白）西伯侯姬昌百拜冀州君侯蘇公麾下：昌聞率土之濱，莫非王臣。足下有女淑德，天子欲選以自侍，善莫大焉。足下乃與天子相抗，罪在不赦。足下徒知小節，爲愛一女而失君臣大義，昌竊爲君侯不取焉。夫明者啟福於未至，智者避危於無形，昌素知公忠義，特進一言，可轉禍爲福。大丈夫當捨小節而全大義，豈可效區區無知之輩自取滅亡哉！幸賢侯留意。草草奉聞，即候裁决。（蘇護作點頭不語科，散宜生白）君侯不必猶豫，如許允主公，以一書而罷干戈；如其不從，下官回報主公，再調人馬。下官此來，無非上從君命，中和諸侯，下免三軍之苦。此吾主公一段好意，君侯何故緘口無言？（蘇護白）賢弟，你看姬伯之書，寔乃爲國爲民，仁義君子也，俺蘇護敢不如命。大夫可於館驛安歇一宵，待我修書大夫，先回西岐，我隨即收拾，送女朝商贖罪。（散宜生白）君侯言之有理。（蘇護白）左右，送大夫館驛安置，小心款待。（各起，隨撤椅科，散宜生虚白科。二軍卒引散宜生從下場門下。崇黑虎白）小弟恭賀仁兄，目今大事已定，可作速將令愛送進朝歌，遲恐有變，小弟回去送令郎進城，與家兄收兵歸國，具表先奏朝廷便了。〔蘇護白〕蒙賢弟之愛與西伯之德，吾何愛此一女，自取滅亡？但我止此一子，被令兄囚禁行營，賢弟可速放回來，以慰老妻懸望。〔崇黑虎白〕仁兄只管放心，全在小弟，就此拜別。〔同作拜別科，崇黑虎唱〕

【南呂宮引·哭相思】一別關山幾萬重（韻），〔蘇護唱〕不知何處又重逢（韻）。〔崇黑虎唱〕交情義結金蘭契（句），〔同唱〕只倩鱗鴻音問通（韻）。〔各虛白科，蘇護從下場門下，崇黑虎從上場門下，隨出城門科，從下場門下。隨撤「冀州」匾額科〕

第十七齣　隱妖形托女進宮（真文韻）　弋腔

〔雜扮九尾狐精原身，穿戴九尾狐切末衣，從上場門上，白〕賦性雖云獸，機權有變通。生成癡與媚，吟吐便成風。我乃軒轅墓中九尾妖狐是也。當今紂王無道，恣意荒淫，褻瀆靈神，有關天譴。女媧娘娘使人相召吾等，令我等隱住妖形，前往宮中，百般迷惑，混擾商朝，務使他敗國亡身。我辭了兩個妹子，獨自前來，相機行事。俟得手時，然後漸次而進，將兩個妹子也唤進宫，同心惑亂。我在此等候多時，未得其便，恰好冀州侯蘇護之女名唤妲己，只因紂王聽信讒言，選召入宫，在此經過，必歇此恩州馹中。可憐此女今當命盡，我今投入其竅，借他形骸前往宫中便了。〔作望科，白〕你看塵頭起處，蘇護車仗到來，我且回避。〔從下場門下，雜扮四軍卒，各戴馬夫巾，穿蟒箭袖卒褂，執旗；雜扮四軍卒，各戴大頁巾，穿蟒箭袖排穗褂，執標鎗，引小旦扮妲己，穿衫，作乘車科。雜扮一車夫，戴馬夫巾，穿蟒箭袖，繫肚囊，推車科，從上場門上。雜扮四梅香，各穿衫、背心，繫汗巾；雜扮二家將，各戴大頁巾，穿蟒箭袖，繫鸞帶，佩刀，引生扮蘇護，戴大帽，穿蟒箭袖，繫鸞帶，佩劍，執綵鞭作騎馬科，隨上。衆同唱〕

【仙吕宫正曲・六么令】行行繡韌㊇。萬水千山㊈，迢遞關津㊇。羊腸曲折路途頻㊇。驅彩幰（讀），又黄昏（韻）。〔合〕征夫指點郵亭近（韻），征夫指點郵亭近（疊）。〔蘇護白〕我蘇護拒抗王師，幾番争戰。多蒙西伯大義開陳，我觀他來書甚爲近理，因此打點行裝，與夫人、孩兒商議，親自送女入朝贖罪。但女兒自幼嬌柔，不諳侍君之禮，這也無可奈何，只得聽之而已。因此留孩兒全忠鎮守冀州，與女兒一路同行。女兒思念母親，忽成一病，曉行夜宿，不敢消停，來此恩州驛，已離朝歌不遠。左右，唤驛丞來。〔家將應，作唤科。丑扮驛丞，戴紗帽，穿圓領，束帶，從下場門上，白〕終日接官府，傳呼耳絮煩。〔叩頭科，白〕驛丞接老爺。〔蘇護白〕館驛可曾備齊？〔驛丞白〕這個卑職不敢説，預備是都齊備了，只是住不得。〔蘇護白〕爲着何來？〔驛丞白〕此驛中三年前來了一個妖精，終日胡鬧，以後凡有一應過往老爺，俱不在裏面安歇。可請貴人權在行營安歇一宵，保重要緊。〔蘇護白〕哇！胡説。天子貴人，豈懼甚麽邪魅。你可小心伺候，不許閑人窺探喧譁，如違重處。〔驛丞應，起科，仍從下場門下。蘇護白〕軍校們，小心四下巡邏，不可懈怠。一到天明，就要起程。〔衆應科，同從上場門下。蘇護白〕梅香，扶小姐安置罷。〔四梅香作扶妲己下車科，車夫推車從上場門下，二家將隨下。妲己白〕爹爹，方纔那驛丞説此處有妖精，却怎麽處？〔作悲科，蘇護白〕我兒不要信他。此乃人烟凑集之所，皇華駐節之區，那裏的妖邪？你爹爹夜看兵書，前後護視，你且放心。你身子有病，早早安歇罷。〔妲己白〕既如此，爹爹請便。〔蘇護白〕梅香小心伺候。〔梅香白〕曉得。〔蘇護作掩門、四面探望科，從上場門下。場上設椅，東西側設桌，上安爐瓶三式燈燭科。妲己坐科，四梅香白〕小姐路上辛苦，請睡了罷。〔妲己白〕你們也各自歇息歇息。〔梅香應科，作虚白、盹睡科。妲己白〕奴家出門之後，思念母親，水土不服，厭厭染病，勉强登車。今夜到此馹中，不覺神魂恍惚。我那母親嗄，不知你此時睡也不曾，奴家好不慘傷也。〔悲科，唱〕

【大石調正曲·春霽】爲想萱堂(句)，把母女恩情(句)，一旦抛忍(韻)。孤館思家(句)，殘燈照影(句)，何方可通音問(韻)。空勞夢引(韻)，從今苦亂人方寸(韻)。聽頻頻(韻)、更漏(讀)，鄉心滴碎淚血暈(韻)。殘裝慵卸(句)，嬾擁鴛衾(句)，淹淹病體(句)，空憐瘦損(韻)。膝輕離(讀)，關山萬里(句)，鱗鴻怎得到長門近(韻)。〔内打三更科，妲己起，隨撤椅科。妲己唱〕似我這百轉柔腸轉不盡(韻)。〔合〕誰要邀歡承寵(句)，羞殺獻笑龍筵(句)，繡幃深處(句)，倍添愁悶(韻)。〔内打五更科。場上預設帳幔、桌椅，妲己作入帳聽科，暗瞥形科。九尾狐精從上場門上，白〕國運已知劫數定，殺人也是順天心。你看妲己此時沉睡已熟，待我急急向前將他撲死，乘勢投入其竅便了。〔作入帳投竅科，從下場門隱下。四梅香作驚醒科，白〕哎呀，不好了，老爺快來。〔蘇護從上場門急上，白〕爲何大驚小怪？〔梅香白〕方纔睡夢之中，聽見了風聲響處，倒像有一物跳入小姐帳中去了。〔蘇護白〕有這等事？〔作掀帳科，妲己替身作醒科，白〕爹爹來了。〔蘇護白〕我兒受驚了，可曾見甚麼來？〔妲己替身出帳科。場上設椅，蘇護、妲己替身各坐科。妲己替身白〕孩兒夢中聽得侍兒叫喊，及至醒時，爹爹即在此，並未有甚麼受驚之處。孩兒呵，〔唱〕

【高大石角隻曲·秋霽】路隔慈幃(句)，正夢裏看成(句)，把斷魂驚損(韻)。〔蘇護白〕夢見甚麼來？〔妲己替身唱〕夢返家鄉(句)，重歸故里(句)，斷魂又返冀門(韻)，親通音問(韻)。〔蘇護白〕原來夢見你母親來。〔妲己替身唱〕風霜道路迢遥甚(韻)。萱堂近(韻)，因此(讀)，傷神脉脉情難隱(韻)。〔蘇護白〕你身子好些麽？〔妲己替身唱〕瘦骨伶仃(句)，孤館蕭條(句)，未報雙親(句)，恩深莫盡(韻)。〔蘇護白〕病體好生將養。〔妲己替身白〕咳，〔唱〕悵行行(讀)，慵凝望眼(句)，怕朝歌城闕望中新(韻)。〔蘇護白〕我兒，將到朝歌了嗄。〔妲己替身唱〕愁見龍城雲氣隱(韻)。如催玉漏(句)，天鷄雲外聲高(句)，又將車馬(句)，長途前奔(韻)。〔場上隨撤帳幔、桌椅科。蘇護、妲己替身各起，隨撤椅科。蘇護白〕我兒不必悲傷，天色已明，且自開懷上路。〔向内白〕衆將官，就此前行者。〔衆同從上場門上，梅香作扶妲己替身上車科，蘇護白〕吩咐起行。〔馹丞從下場門上，跪科，白〕馹丞送老爺。〔蘇護白〕不消。〔馹丞應，起科，仍從下場門下。衆作遶場科，同唱〕

【仙吕宫正曲・六么令】晨曦光隱(韻)。繡幰花驄(讀)，奔走香塵(韻)。倩誰折柳送行人(韻)。雙鳳闕(讀)，路何新(韻)。〔合〕征夫指點皇都近(韻)，征夫指點皇都近(疊)。〔同從下場門下〕

第十八齣　貪狐媚加官免罪（家麻韻）　弋腔

〔副扮費仲，丑扮尤渾，各戴紗帽，穿蟒，束帶，執笏，同從上場門上，分唱〕

【仙呂宫引・番卜算】智算敢相誇(韻)，機辯原非假(韻)。全憑惑君心，巧舌與伶牙(韻)，權勢把群僚壓(韻)。〔分白〕下官費仲，下官尤渾。〔費仲白〕尤兄，蘇護送女來朝，又不先送禮物來與你我，殊覺可恨。〔尤渾白〕費兄，逆賊雖然獻女，天子之喜怒不測，凡事俱在我二人點綴，其生死存亡，只在我等手握之中。且等聖上設朝，隨機行事便了。〔外扮商容，戴紗帽，穿蟒，束帶，執笏；生扮黄飛虎，戴金貂，穿蟒，束帶，執笏。同從上場門上，分唱〕

【又一體】竭盡輔皇家(韻)，忠義安天下(韻)。贊皇猷敢自愛身家(韻)，誠敬把天恩迓(韻)。〔分白〕下官商容是也，下官黄飛虎是也。〔同白〕冀州侯蘇護獻女贖罪，今日聖上臨軒，吾等前來伺候。〔各作相見虚白科，内喝朝科。雜扮四太監，各戴太監帽，穿貼裏衣；雜扮二内侍，各戴大太監帽，穿蟒，束帶，帶數珠，執拂塵；雜扮四宫娥，各戴過梁額，穿宫衣，執符節、龍鳳扇，引净扮紂王，戴王帽，穿蟒，束帶，同從上場門上，紂王唱〕

【仙呂宫引・天下樂】佳人不易到皇家(韻)，幾度春心亂似麻(韻)。今朝贖罪獻嬌娃(韻)，略慰相思望眼賒(韻)。〔中場設桌椅，紂王轉場坐科，白〕寡人欲選蘇護之女進宫，這逆賊强辭亂正，反出朝歌，欺邈朕躬，殊爲可恨。今雖獻女贖罪，法難姑容，今日臨軒親問。傳旨當駕官，將蘇護帶至殿前。〔一內侍應，作向內傳科。雜扮四當駕官，各戴紮巾額，穿蟒箭袖排穗褂，佩刀，引生扮蘇護，穿罪服，從上場門上，俯伏科，白〕犯臣蘇護見駕，願吾王萬壽無疆。〔紂王白〕蘇護，你題反詩午門，永不朝商，拒敵天兵，尚有何説？今不斬汝，則國將爲無法之國矣。當駕官，可將這厮推出午門外斬首。〔四當駕官應，作欲綁下科。商容、黄飛虎同白〕刀下留人！〔同跪科，白〕臣等謹奏聖上：蘇護之罪，本當正法，但西伯姬昌有本，令彼進女贖罪，以完君臣大義。今蘇護進女朝王，情有可原，但前因不進女而加罪，今又因進女而得罪，甚非陛下本心，乞陛下憐而赦之。〔紂王白〕卿等言之有理。〔商容、黄飛虎同起科，費仲、尤渾跪科，同白〕陛下不可。法者天下之公，非人君之私也，且宣妲己入見，如果容貌出衆，禮度幽閑，可供陛下左右，則赦其大罪；如不稱聖意，可連其女斬於市曹，庶陛下不失信於臣民。〔紂王白〕二卿之言甚善。〔費仲、尤渾同起科，紂王白〕內侍，宣妲己上殿見駕。〔一內侍應，作向內宣科。小旦扮妲己替身，簪形，穿衫，從上場門上，白〕本來面目誰能識，金殿龍樓侍帝王。〔作叩見科，白〕犯臣女妲己，願陛下萬歲萬歲萬萬歲。〔宫娥白〕平身。〔妲己替身白〕臣父得罪朝廷，罪在不赦，臣女不敢仰聖瞻天。〔紂王白〕擡起頭來。〔妲己替身作擡頭，紂王看科，白〕咦，妙嗄！〔作大笑科，白〕果然好絶色也。〔唱〕

【仙吕宫正曲·皂羅袍】杏靨含情紅亞(韻)。喜眉横山翠(讀)，宫鬢堆鴉(韻)。合趁那金蓮裙妬石榴花(韻)，不争的玉纖袖挽鴛鴦鏬(韻)。〔又作大笑科，白〕美人請起。〔妲己替身白〕萬歲。〔起科，紂王白〕寡人封你爲貴妃，美人休嫌薄倖。〔妲己替身跪科，白〕臣妾叨蒙聖恩，謬選入宫，焉敢過望。〔紂王白〕衆宫娥，將美人送至壽仙宫，更换宫裝，候寡人一同飲宴。〔二宫娥白〕領旨。〔引妲己替身從下場門下，紂王白〕蘇護聽旨——〔蘇護跪科，紂王白〕今赦賢卿滿門無罪，官復舊職，國戚新增黄金千鎰、白璧十雙、加功五秩，顯慶樓設宴，即着四臣相陪。〔四臣白〕領旨。〔蘇護白〕萬歲。〔起科，宫官白〕散朝。〔衆官作散朝科，從上場門下。紂王起，隨撤桌椅科，紂王白〕排駕到壽仙宫去。〔衆白〕領旨。〔作遶場科，紂王唱合〕愛煞他仙肌玉骨(句)，丰姿可誇(韻)。待寡人偎紅倚翠(句)，風流興奢(韻)。頓教萬種心都罷(韻)。〔作到科，内侍白〕駕到。〔雜扮四宫娥，各戴過梁額，穿宫衣，引妲己替身，戴鳳冠簪形，穿蟒，從下場門上，虚白、跪接科。紂王虚白、扶起科，白〕妃子，你本仙姿絶色，寡人求之恐難。一旦得侍禁庭，寡人心願足矣。〔妲己替身白〕念賤妾蒲柳微姿，只恐有污聖眷。〔紂王白〕妃子不必過謙。内侍，看宴過來，妃子把盞。〔場上預設桌椅、筵席，紂王入席坐科，宫娥送酒，妲己替身作進酒科，唱〕

【仙吕宫正曲·解三酲】嫋瓊裾捧來玉斝(韻)，獻君王純嘏無涯(韻)。雲漿幸得承歡亞(韻)，喜得並龍飛高駕(韻)。〔紂王虚白，妲己替身虚白坐科，宫娥送酒科，衆同唱〕好一似蟾宫桂酌嫦娥伴(句)，不亞如玉洞霞傾阿母家(韻)。〔合〕應無價(韻)。君王掌上(讀)，一顆珠華(韻)。〔紂王白〕妃子，寡人看你姿容絶世，體度幽閒，好不教朕愛你哩。〔唱〕

【又一體】幸相逢傾城不假(韻)，羨偎傍玉樹無瑕(韻)。輕盈穠媚還嬌姹(韻)，頓教朕春生一霎(韻)。

〔白〕妃子，你今得待寡人，何等寵眷，强似生長侯門，聘於富室。〔唱〕煞强如雲沉滄海迷紅玉(句)，霧擁瑶池隱艷花(韻)。〔白〕妃子，寡人還有一説，〔唱合〕休牽掛(韻)。管教你雙親富貴(讀)，兄弟榮華(韻)。〔紂王作醉科，摟妲己替身科，白〕妃子，酒興已闌，春光正足，寡人與你入後宫安寢去者。〔妲己替身白〕宫娥掌燈，送駕入宫。〔宫娥應科，從下場門下，取宫燈隨上。紂王大笑科，白〕妙嗄，妃子，你好知趣也。〔各起，隨撤桌椅、筵席科，紂王作携妲己替身醉態科，唱〕

【慶餘】且向鴛衾鳳枕把山盟話(韻)，〔妲己替身白〕聖上，〔唱〕今夜裏帶綰同心並蒂花(韻)，〔紂王大笑科，白〕妃子，〔唱〕朕與你日夜歡娱與自賒(韻)。〔同從下場門下，衆内侍、宫娥隨下〕

第十九齣　苦婆心進劍除妖（先天韻）　昆腔

〔西邊山子上安「終南山玉桂洞」匾額科。雜扮金霞童兒，戴綫髮，穿采蓮衣，引外扮雲中子，戴道冠，穿道袍，繫縧，執拂塵，從上場門上，唱〕

【南呂宮引・一剪梅】九轉功成上碧天（韻）。妙法難言（韻），妙道難言（韻）。欲將秘訣暗中傳（韻）。枉自心專（韻），誰解心專（韻）。〔場上設椅，轉場坐科，白〕白雲飛雨過南山，碧落蕭疏春色閑。此是仙凡隔塵世，誰知遊戲五雲端。貧道終南山煉氣士雲中子是也，千百年始成大道，億萬劫不壞金身，正向虎兒崖采藥，但見正南上一股妖氣直透雲霄，乃千年妖狐假托人形，潛匿宫院，若不早除，必爲大患。我出家人慈悲爲本，方便爲門。童兒——〔金霞童兒白〕仙師有何吩咐？〔雲中子白〕你與我將松枝取一段來，待我幻一寶劍，前去除妖。〔金霞童兒白〕仙師何不用照妖寶劍斬斷妖邪，永絶禍根？〔雲中子作笑科，白〕千年老狐，豈足當吾寶劍？只此足矣，快去取來。〔金霞童兒白〕曉得。〔從下場門下，雲中子白〕妖狐嗄妖狐，你只知邪媚威風駭，怎曉得金仙法術高。〔金霞童兒作持松枝切末，仍從下場門上，白〕松枝取到。〔雲中子作接科，白〕我看這松枝呵，〔起，隨撤椅科，唱〕

【黄鐘宮正曲·降黄龍】他也曾截斷寒雲(句)，冲透了青霞(讀)，原可以比作龍泉(韻)。〔作以松枝拂地、虚白變科，地井内出木劍切末科，雲中子作拿起科，唱〕則看這千重焰芒(句)，光射雲霄(讀)，只比似鐵劃犀剸(韻)。〔白〕此劍妙用非常，不知者以爲木劍三尺，不過兒童戲物，那老妖一遇，管教魄散魂飛。我且將此，前往朝歌走遭。童兒小心看守洞府，我去去就來。〔金霞童兒白〕領法旨。〔仍從下場門下。雲中子從下場門下，隨出洞門科，唱〕修仙(韻)。今日裏除妖顯法(句)，這的是救蒼生良緣不淺(韻)。〔合〕駕天風嬉遊一霎(讀)，早見了鳳城金殿(韻)。〔從下場門下。雜扮四太監，各戴太監帽，穿貼裏衣；雜扮二内侍，各戴大太監帽，穿蟒，束帶，帶數珠，執拂塵；雜扮四宫娥，各戴過梁額，穿宫衣，執符節、龍鳳扇，引浄扮紂王，戴王帽，穿蟒，束帶，從上場門上，紂王唱〕

【南吕宫引·一剪梅】終日鴛幃興自牽(韻)，不捨嬋娟(韻)，常守嬋娟(韻)。管甚麽朝臣侍漏五更寒(韻)，且自高眠(韻)，今日裏權罷高眠(韻)。〔中場設桌椅，紂王轉場入桌坐科，白〕寡人自得了蘇美人，終日裏倚翠偎紅、嬌歌艶舞，何等快樂。無奈這些群臣，每每請朕陞殿。朕想天下太平，那裏有甚麽要事。登朝負扆，怎及寡人倒鳳顛鸞；坐對群臣，怎及寡人常看絶色。今日在朝諸臣又請寡人，少不得勉强來到便殿，宣召他們見駕，看又有甚麽話説。内侍，宣諸臣見駕。〔内侍白〕領旨。〔向内白〕聖上有旨，宣諸臣見駕。〔内白〕領旨。〔外扮比干、商容，生扮梅栢，各戴紗帽，穿蟒，束帶，執笏；生扮黄飛虎，戴金貂，穿蟒，束帶，執笏，同從上場門上，唱〕

【商調引・接雲鶴】今朝纔得共瞻天(韻)，臣襄同去獻忠言(韻)。〔同作見駕跪叩科，分白〕臣比干，臣梅栢，臣商容，臣黄飛虎，〔同白〕見駕，願吾王萬歲萬歲萬萬歲。〔宫娥白〕平身。〔四臣同白〕萬歲。〔起，各分侍科，紂王白〕衆臣請朕陞殿，有何事奏？〔四臣同白〕天下諸侯本章候命，伏乞天裁。〔紂王白〕既有本章，二相儘可料理，何必又來聒絮。〔商容跪科，白〕君權不可下移，臣等何敢當此。陛下何事，旬月不臨正殿，日坐深宫，全不把朝綱整理，此必有在王左右迷惑聖心者，大拂臣民之望。〔紂王白〕一派無稽之談。〔比干跪科，白〕乞陛下留心邦本，痛改前非，則天下效順，人民乂安矣。〔紂王白〕朕聞天下太平，人民樂業，止有北海逆命，不過疥癬之疾，何足掛慮。朝中百事，二相足可與朕代勞，原無壅滯，何必嘵嘵口舌，自取罪過。二卿平身。〔二臣同白〕萬歲。〔起科。梅栢跪科，白〕臣奏陛下：臣等方纔入朝，見有一煉氣士入朝求見，言有機密重情。臣等未敢擅便，伏乞聖裁。〔紂王白〕宣來見朕。〔梅栢白〕領旨。〔向内白〕聖上有旨，宣方士見駕。〔雲中子内白〕來也。〔作持木劍切末從上場門上，白〕只爲除妖魅，先來謁帝王。〔作見紂王科，白〕陛下在上，貧道稽首了。〔紂王白〕道者何來？〔雲中子白〕從雲水來。〔紂王白〕何爲雲水？〔雲中子白〕心似白雲常自在，意如流水任東西。〔紂王白〕雲散水枯，汝歸何處？〔雲中子白〕雲散時皓月當空，水枯後明珠出現。〔紂王大笑科，白〕妙嗄！方纔見朕抗禮，大有慢君之心，今聽此言，乃通智大慧之賢也。内侍看坐。〔一内侍應科，從下場門下，取椅隨上。雲中子虚白坐科，白〕天子只知天子貴，三教原來道德尊。〔紂王白〕何見其尊？〔雲中子白〕陛下聽者：〔唱〕

【黄鐘宫正曲・畫眉序】遊戲半青天（韻），十二瓊樓自在眠（韻）。更驅神役鬼（讀），駕霧騰烟（韻）。煞强似凝旒坐衣染爐香（句），不羡那拜群臣雲開雉扇（韻）。〔合〕似這三花頂上常生也（句），萬劫難逃雙眼（韻）。〔紂王白〕朕聆此言，不覺精神爽快，如在塵世之外。先生何處洞府，來此何事？〔雲中子白〕貧道住終南山玉柱洞，道號雲中子，山中采藥，見妖氣貫於朝歌，怪魅生於禁闈，因此道心一動，善念隨生，特來朝見，爲陛下除此妖魅耳。〔紂王白〕先生差矣。深宫密地，又非山林，妖魅從何而來？〔雲中子白〕陛下若識妖物，則妖物自不敢來，惟其不知，是以來也，從而不除，將成大害。〔紂王白〕既然如此，將何物以鎮之？〔雲中子獻劍科，白〕可將此劍掛在分宫樓，三日内自有應驗。〔紂王白〕先生又來了，此木劍，如何除怪？〔雲中子白〕陛下那裏知他妙用，〔唱〕

【黄鐘宫正曲・三段子】寒彩冲天（韻），比干將還高萬千（韻）。陰精煉全（韻），似巨闕還誇淬堅（韻）。不須龍虎交功煅（韻），不須丁甲爐中炭（韻）。〔合〕管使妖魅魂消（讀），神功自然（韻）。〔紂王白〕既如此，内侍可將此劍掛在分宫樓前，看是如何。〔一内侍應，作接劍，從下場門下。紂王白〕先生有這等仙術，明於陰陽，能察妖魅，何不棄終南而保朕躬，官居顯爵，名揚後世？〔雲中子白〕貧道山野慵懶之夫，不識安邦治國之術，還是隱匿山林，自有無窮受用，就此告辭陛下。〔紂王白〕先生執意不從，朕亦難以固留，爾諸臣可送出午門。〔四臣同白〕領旨。〔雲中子起，隨撤椅科，白〕多謝陛下。〔同四臣仍同從上場門下。紂王虚白起，隨撤桌椅科，白〕擺駕往壽仙宫去。〔衆白〕領旨。〔一内侍急從下場門上，跪科，白〕聖上，不好了。〔紂王白〕怎麽樣？〔内侍白〕方纔蘇娘娘在分宫樓前接駕，忽見掛一寶劍，驚成疾病，人事不知，命在旦夕，特命奴婢來請聖駕。〔紂王大驚科，白〕有這等事？此乃方纔雲中子所作，寡人一時不明，幾爲方士所誤。他言將此除妖，誰知竟於妃子作祟。方士誤人，朕爲所賣。内侍，速將木劍焚燬，待寡人親到壽仙宫看視去者。〔内侍應科，仍從下場門下。紂王唱〕

【尚如縷煞】恨邪道煽妖言㊙，險把個傾國佳人送斷㊙，從此後厮守鴛鴦，再不信他進獻言㊙。

〔從下場門下，内侍、宫娥隨下〕

第二十齣　毒狠計非刑殺諫（古風韻）　弋腔

〔外扮杜元銑，戴紗帽，穿蟒，束帶，執笏，從上場門上，唱〕

【雙調引・賀聖朝】忍看綱紀紛紜(韻)，不辭蹈尾批鱗(韻)。惟知忠孝輔吾君(韻)，一死有何論(韻)。

〔場樓上安「摘星樓」匾額科，杜元銑白〕下官太史杜元銑是也。昨日下朝回家，見許多人圍看，言府牆上有一道人題詩四句，下官看來，上寫着「妖氣穢亂宮庭，聖德播揚西地。要知血染朝歌，戊午歲中甲子」。我想其意頗深，令人莫解，因此令門役人等洗去其字，不令人惹亂心思。下官想來，此必是那獻劍道人所作，其言道有些着要。連日我夜觀乾象，見妖星日盛，直逼紫微，定有不祥。方今天子荒淫，天愁民怨，我等受先帝重恩，不忍坐視。然而滿朝文武俱不敢言，不若趁此具一本章，直諫天子，以盡臣節。非爲賣直沽名，寔爲國家治亂。正遇老丞相商容觀本，下官已備告與他，他却也不勝誇羨，只得直言進諫，雖死何辭。來此已是摘星樓下，不免就此陳奏。〔作俯伏科，唱〕

【中呂宮正曲・駐馬聽】嵩祝皇庥(韻)，願聖壽無疆天共久(韻)。〔內白〕堦前俯伏者何人？有事奏來。〔杜元銑白〕臣杜元銑謹奏，爲保國安民、除妖定國事。〔內白〕奏來。〔杜元銑白〕臣聞國家將興，必有嘉祥，國家將亡，必有妖孽。臣連夜仰觀天象，見妖星射冲紫微，直透斗府，兇光生於内殿，慘氣籠罩深宫。前者有雲中子進劍之事，不爲大謬。〔唱〕這也是神人告警（句），國運還隆（讀），不致令怪毒旁流（韻）。〔白〕乃陛下不聽大賢之言，火焚仙家之寶，以致妖光復長，日盛一日。〔唱〕恐將來貽害禍殃憂（韻），使江山社稷皆傾覆（韻）。〔白〕小臣竊思蘇護進貴人之後，陛下貪戀美色，日夜歡娱。御案生塵，朝綱大紊，君臣不會，如雲蔽日。臣受三世隆恩，不忍坐視，因此不避斧鉞，冒昧進言。〔唱合〕願吾皇德政兼修（韻）。悔之無及（讀），莫待江心補漏（韻）。〔起科。雜扮一内官，戴大太監帽，穿蟒，束帶，帶數珠，執拂塵，捧旨從摘星樓門上，白〕聖旨到。〔杜元銑虚白，内官作宣讀科，白〕聖旨到，跪——〔杜元銑作跪科，内侍白〕聽宣讀。詔曰：雲中子乃方上術士，假捏妖言蔽惑朕躬，摇亂萬民，此乃謡言亂國之徒。元銑身爲太史，不思切齒，却反假此爲題，皆是朋黨亂衆，駕言生事。自來王制，凡妖言惑衆者，殺無赦。衆武士何在？〔内作應科。雜扮二武士，各戴大頁巾，穿蟒箭袖排穗褂，執金瓜，同從上場門上，作相見科。内官白〕將杜元銑推出午門斬首，不得有違。〔二武士應，綁杜元銑科，杜元銑虚白科，内官仍從樓門下，二武士作押杜元銑從下場門下。生扮梅栢，戴紗帽，穿蟒，束帶，執笏，從上場門急上，白〕刀下留人！待我見駕。〔作虚白，遶場科，作到摘星樓科，白〕來此已是。〔俯伏科，内白〕堦下何官，有事奏上。〔梅栢白〕臣梅栢謹奏。〔内白〕奏來。〔梅栢白〕杜元銑何事干犯國法，致於賜死？〔内白〕元銑與方士同謀，妖言惑衆，朕故斬之，以爲不臣者戒。〔梅栢作高叫科，白〕嗳，聖上。臣聞堯舜之治天下，應天順人。今陛下呵，〔唱〕

【又一體】好色忘憂㊇，終日裏沉醉笙簫常勸酒㊇。全不思紀綱廢墜㊀，反倒要殺害忠良㊁，致使那神怒民愁㊇。〔白〕臣願聖上赦元銑毫末之生，天下幸甚。〔内白〕梅栢之言，竟與元銑一黨，當與其罪同科。但前侍朕有勞，姑免其罪，削去上大夫，永不敘用。〔梅栢大呼起科，白〕呀，昏君！那個求你赦我。〔唱〕只可惜成湯基業付東流㊇，可憐那祖宗開創功勞厚㊇。〔合〕我視死何憂㊇，只怕你昏名萬古㊁，永垂不朽㊇。〔内官捧旨，仍從摘星樓門上，白〕聖旨到。〔梅栢作背站不跪科，白〕甚麼聖旨？〔内官作宣讀科，白〕聖旨到，跪聽宣讀。詔曰：梅栢何人，敢來欺忤朝廷，當面罵君，恩不知報，反視如讐。罪比元銑更加百倍，殺之不足蔽辜，可將所造炮烙新刑處死，令百官看視知懼，以爲不臣之戒。衆武士可將炮烙推上者。〔内應科。雜扮衆武士，各戴大頁巾，穿蟒箭袖，繫鸞帶，執人推炮烙切末，同從上場門上。内官白〕宣諸臣見駕。〔内白〕領旨。〔外扮比干、商容，生扮微子啟，副扮費仲，丑扮尤渾，各戴紗帽，穿蟒，束帶，執笏；生扮黄飛虎，戴金貂，穿蟒，束帶，執笏，同從上場門上，各虛白遶場作到科。同作俯伏科，分白〕臣比干，臣商容，臣微子啟，臣黄飛虎，臣費仲，臣尤渾〔同白〕見駕，願吾王萬歲。〔内官白〕梅栢當面毁罵朕躬，甚爲不法，如此人者，正復不少。寡人新造此刑，將他處死，以爲衆警，爾衆卿其各慎之。衆武士，可將梅栢拿下。〔衆武士應科。内官仍從樓門下，衆武士虛白科，作欲拿科，梅栢白〕那個來拿！〔向内白〕嗳，昏君嗄昏君，我梅栢一死不足爲惜，可憐成湯天下喪於你手，你復何面目見先王於地下。〔作大笑科，白〕列位，我梅栢今日死得着也。昏君嗄昏君，〔唱〕

【雙角隻曲・沽美酒帶太平令】【沽美酒全】我拚逍遥身兒隕(韻)，拚逍遥身兒隕(疊)，又何必兇嗔震(韻)。似這暴虐難將與同群(韻)，肝腸自忠忿(韻)。這也是作忠良逢劫運(韻)。〔作摘紗帽棄科，唱〕【太平令全】這烏紗有何要緊(韻)，〔解玉帶棄科，唱〕這玉帶有何憑信(韻)。〔脱蟒科，唱〕誰説道戀朱紫心中不忍(韻)，〔脱靴上打科，唱〕權當作足擊你心中氣憤(韻)。〔脱衣科，唱〕俺呵(格)，拚今日身損(韻)，命損(韻)，煞强似在亂朝作臣(韻)。呀(格)，笑泉臺風流安頓(韻)。〔作自上炮烙，作虛官模。衆武士作動刑，地井内出烟火切末科。微子啟、黄飛虎、比干、商容各作掩泣，費仲、尤渾各作虛白含笑科。衆武士同跪科，白〕啟聖上，梅栢已經烙死。〔内白〕聖上有旨，可將他屍首揚灰。〔衆武士應，作推炮烙切末，仍同從上場門下，内白〕聖上有旨：爾諸臣各宜謹慎，毋干國法，反怨朕之不明也。散朝。〔衆官應科。比干、商容、微子啟、黄飛虎仍同從上場門下，費仲作扯尤渾科，白〕尤兄，你看梅栢死得好苦。〔尤渾白〕費兄，似那樣人，須得如此非刑處治，以一警衆。〔費仲白〕這等看來，還是咱們好，不用提心吊膽，終日裏愁死。可不知聖上怎麼想起巧法，作出這個刑法來。〔尤渾白〕我聽得説是蘇娘娘恐進諫人多，勞煩聖聽，想出此處治的法子來，以杜其口，故此奏過聖上，連夜造成的。〔費仲白〕哎呀呀，這等説，尤兄，以後聖上面前倒是小事，這娘娘跟前，却要小心。〔尤渾白〕這個自然。娘娘正當殊寵，言聽計從。咱們委曲侍奉，聽候驅使，身家富貴，益發穩似泰山了。〔費仲白〕尤兄言之有理，正是：正直無好事，〔尤渾白〕忠臣人不爲。〔費仲白〕罵名且莫管，〔尤渾白〕哪目下得便宜。〔各虛白大笑科，同從下場門下〕

第廿一齣　妖狐巧計殺中宮（古風韻）　弋腔

〔丑扮兔仙，戴本形瞌腦，紥汗巾，穿道袍氅，軟紥扮，從上場門上，唱〕

【南呂宮正曲・香柳娘】念區區兔妖(韻)，念區區兔妖(疊)，聞香來到(韻)，遵依行事休違拗(韻)。〔白〕我兔仙自軒轅墓中與九尾狐仙妲姐相别之後，不覺數載。妲姐投入妲己軀竅，入宮沐寵，昨晚焚起信香，召我前來，言欲暗害姜后，命我撲死内監姜環，投入其竅，假作行刺，誣賴姜后，妲姐自用計策，催那昏君登朝，我好就中行事。不免撲死了他，暗中等候去者。〔唱〕定牢籠計高(韻)，定牢籠計高(疊)，咬定口供招(韻)，中宮命難保(韻)。〔合〕料成功及早(韻)，料成功及早(疊)，暗中禍苗(韻)，有誰知曉(韻)。〔從下場門下。小旦扮妲己替身，戴鳳冠簪形，穿蟒，束帶，從上場門上，唱〕

【仙呂宮正曲・風入松】蛾眉見妬逞坤儀(韻)，管教伊災禍常隨(韻)。算他縱有神仙智(韻)，也難脱精靈巧計(韻)。〔合〕恨他行横行亂爲(韻)，遭毒害死無知(韻)。〔中場設椅，轉場坐科，白〕實幻從來人不分，雙蛾似劍慣追魂。恨他孟浪無知輩，枉自生心妬美人。我妲己自入深宮，特邀殊寵，終日在壽仙宮侍君歌舞。不料皇后姜氏那日去見聖上，聖上教我歌舞一回與他賞鑒。他却正眼不睬，反説了許多不知趣的混話。聖上又命我與別宫衆妃嬪等朝見中宫，他又在衆人面前將我訓誨一番，耻辱至極。我想此恨在心，終難解釋，况且我也是有爲而來，非尋常佳人可比，思欲用計害死姜氏，方消吾恨。與侍兒穌娟商議，他道費仲、尤渾爲聖上寵臣，以娘娘密旨發下與他，他不敢不獻謀除害。恰好費仲上言，有姜后隨嫁内監，本是其父家丁，名喚姜環，爲人不端，長通他的賄賂，何不買囑了他，使他暗中假作行刺聖上，誣賴姜后。我想其計雖好，倘或姜環不從，泄漏此事，反爲不美。我臨行時曾與兄弟説，有用他時，焚起信香，即便來到，因此我請了兄弟到來，令他撲死姜環，投入其竅，就中行事。兄弟已經領命而去。今日五鼓，我特用計將聖上催迫臨朝，想兄弟必然行事，且待聖上回宫，便知分曉。姜氏嗄姜氏，心頭只把蛾眉妬，怎曉蛾眉慣殺人。〔起，隨撤椅科，從下場門下。雜扮四太監，各戴太監帽，穿貼裏衣；雜扮二内侍，各戴大太監帽，穿蟒，束帶，帶數珠，執拂塵，引净扮紂王，戴王帽，穿蟒，束帶，作怒科，從上場門上，唱〕

【仙吕宫引·鵲橋仙】禍生禁闥(句)，中宫謀逆(韻)。忍把奸人驅使(韻)，教寡人群臣羞對講因依(韻)。早夫婦大綱抛棄(韻)。〔作到科，内侍白〕駕到。〔雜扮四宫娥，各戴過梁額，穿宫衣，引旦扮妲己替身，從下場門上，作跪接科。妲己替身白〕臣妾接駕。〔紂王作携手科，白〕御妻請起。〔妲己替身轉身虚白作起科。場上設椅，各坐科。妲己替身白〕聖上下朝而回，爲何天顔有變？〔紂王白〕哎，妃子，都是你教寡人上朝，險些兒被人刺死。〔妲己替身白〕怎麽樣？〔紂王白〕妃子不要説起，那姜氏賊狗賤，謀爲不軌，使他隨嫁内侍姜環暗中行刺。寡人命費仲勘問，逆賊俱已招承。寡人已將那賊子並姜氏一同押至馨慶宫，命黄妃勘問。〔妲己替身白〕有這等事！姜氏嗄，虧你下得這般狠心毒手，偏今早賤妾又請聖上陞殿，萬有疏虞，妾罪難辭矣。〔作掩泣科，紂王白〕美人不消如此。想那姜氏斷不肯招，然而性命亦斷不能保。將那賊狗賤處死，即封你爲正宫。〔妲己替身作叩謝科，白〕多謝聖恩。〔仍坐科，白〕妾還有一言啟奏：那姜氏不招，可加以非刑拷問。自古目乃心苗，指連心竅，如不招時，可剜目烙手，不怕他不吐實情。非妾不仁，陷君不義，實是亂臣賊子，人人得而誅之也。〔紂王白〕妃子言之有理。内侍可傳旨黄妃，姜氏不招，先剜二目，後烙兩手，不得有違。〔一内侍應科，從下場門下。妲己替身白〕宫娥，後宫備宴，與聖上壓驚。〔宫娥應科。紂王、妲己替身同起，隨撤椅科，紂王大笑科，白〕妃子，寡人今日一驚，再不上前朝去了，還是與你飲宴的好。〔作虛白攜妲己替身手科，從下場門下，四宫娥、四太監隨下。雜扮二太監，各戴太監帽，穿貼裏衣；雜扮四宫娥，各戴過梁額，穿宫衣，引旦扮黄妃，戴鳳冠，穿蟒，束帶，從上場門上，唱〕

【商調引·接雲鶴】宫中異變好徬徨(韻)，教人碎攪斷柔腸(韻)。〔中場設椅，轉場坐科，白〕我乃馨慶宫黄妃是也。今早宫中正坐，忽聞聖旨到來，言正宫姜后差遣内監姜環行刺聖上，外庭已具供招，押至内庭與姜后對質，命我勘問實情，前去覆旨。内侍，將旨意懸起，帶姜后上來。〔一太監白〕領旨。〔向内白〕娘娘有旨，帶姜后上來。〔内白〕領旨。〔雜扮四太監，各戴太監帽，穿蟒箭袖，繫鸞帶，帶旦扮姜后，穿罪服，從上場門上，唱〕

【小石調引・粉蛾兒】冤填恨悵（韻）。毒計誰將吾喪（韻）。〔作到，黃妃起，隨撤椅科，各虛白科。中場設桌，上安旨意架，供旨卷科。姜后向上跪科，黃妃傍立科，白〕姜氏，你身爲中宫元后，還欲何爲？你行刺聖上，大逆無君，你可從實招來。〔姜后白〕哎呀，娘娘嗄，念我乃名門之女，位正中宫，爲蒼生主母，榮貴無加，還想何來？那有使人行刺之理，娘娘。〔黃妃作悲科，白〕現有姜環作證，娘娘只得招了罷。〔姜后白〕有這等事，待我問他。〔黃妃白〕内侍，帶姜環上來。〔二太監應科，同從上場門下。一内侍捧劍，一内侍作帶丑扮姜環替身，戴太監帽，簪形，穿箭袖，繫鸞帶，隨上。黃妃虛白科，姜環跪科，姜后作見大怒起科，白〕你這賊子，是何人買囑與你，誣我主謀弑君？〔姜環白〕娘娘所使，奴婢怎敢有違。娘娘爲何不認？使奴婢一人就死，於心何忍。〔姜后白〕哎呀，奸賊嗄，此話從何而來？〔唱〕

【仙呂宫正曲・風入松】無端駕禍恁猖狂（韻），枉屈吾山魈計長（韻）。〔滚白〕賊，我與你無怨無仇，多年恩養，一旦爲人所買，頓起蛇心，教我天大冤情無由分剖，賊却不道天網恢恢，報應不爽了。賊，〔唱〕無端惡計將人枉（韻），胡亂吠桀犬無狀（韻）。〔姜環白〕娘娘所使，不要抵賴了。〔姜后白〕呀呸，賊嗄，〔唱合〕舌劍毒凴伊使張（韻），從實訴休恁荒唐（韻）。〔一内侍從上場門上，作到科，白〕聖上有旨，姜氏不招，可即剔去雙目，再加嚴審。〔黃妃白〕領旨。衆内侍綁了。〔衆内侍應，作綁姜后跪科。黃妃作悲科，白〕娘娘招了罷。聖旨剜目，敢不遵行？屈招了罷。〔姜后唱〕

【南呂宫正曲・一江風】叩穹蒼（韻），平地遭灾障（韻）。把我身軀喪（韻），苦難當（韻）。冤恨難明（句），死向黃泉（句），肯把奸奴放（韻）。〔滚白〕哎呀，昏君，我與你髫年結髮，況兼是你正宫，明明聽信妖婦之言，忘了夫婦之情了。昏君，〔唱合〕把恩情一旦忘（韻），把恩情一旦忘（疊），心中自慘傷（韻）。少不得死爲魂伸冤狀（韻）。〔黄妃虚白，衆内侍作剜目科，一内侍取盤隨上，作捧雙目切末科，從上場門下。姜后作昏倒科，黄妃悲科，白〕快扶起來。〔衆内侍扶科，黄妃幫扶科，白〕娘娘醒來。〔姜后作醒科，黄妃白〕娘娘屈招了罷。〔姜后白〕哎呀，招不得。〔唱〕

【又一體】冤血沾裳（韻），已是三魂喪（韻），怨屈添惆悵（韻）。〔滚白〕哎呀苦，好教我心痛難當。不見三光，昏昏暗暗，似入枉死城中，一霎裏三魂七魄，悠悠蕩蕩。苦〔唱〕斷迴腸（韻）。神喪心離（句），氣咽聲吞（句），不久歸泉壤（韻）。〔滚白〕殷郊我的兒，你在東宫，怎知你娘親被人誣害，莫説母子恩情，就是要見一面，也是不得能彀了，不得能彀了。兒，〔唱合〕思之更慘傷（韻），思之更慘傷（疊），誰將此恨償（韻）。除非是夢兒中相依傍（韻）。〔一内侍從上場門上，白〕聖上有旨，姜氏如再不招，可即烙去兩手，嚴刑審訊。〔黄妃白〕領旨。哎呀娘娘，聖旨又賜非刑，只得招了罷。〔姜后白〕哎，娘娘説那裏話來，寧可慘死，實難屈招。〔黄妃白〕哎呀，娘娘不要怨我，妾亦是無可如何，只得動刑了。〔作虚白科，衆内侍虚白，向下取火器作烙手。一内侍取盤隨上，作捧雙手切末科，從上場門下。姜后作痛跌科。生扮殷郊，小生扮殷洪，各戴紫金冠額，穿蟒，束帶，同從上場門急上，分白〕聞奇變事，飛步入宫庭。〔作見黄妃科，同白〕妃母，母后在那裏？〔黄妃作悲科，白〕哎呀，兒嗄，那堦下的就是你母后了。〔殷郊、殷洪同白〕這、這、這就是我母后？〔作抱哭科，白〕哎呀，我那親娘嗄。〔姜后大叫科，白〕我那兒嗄，你母親死得好苦也。〔作氣絶科，衆太監白〕啟娘娘，姜娘娘已歸大夢了。〔殷郊、殷洪同哭科，白〕我那親娘嗄。〔黄妃哭科，白〕我那娘娘嗄。〔殷郊起科，白〕哎，氣死我也！　請問妃母，姜環在那裏？〔黄妃白〕兒嗄，跪的那個人，就是你母親對頭，這寶劍就是兇器了。〔殷郊作奪劍科，白〕賊，母后與你何恨何仇，敢自生心屈害？〔作欲斬姜環科，黄妃白〕哎呀，皇兒，不可造次。〔殷郊作怒、不聽，斬姜環，拋劍科，姜環替身作倒地。雜扮兔仙，穿本形切末衣，從地井上，急從下場門下。内侍作拾劍，殷郊跪哭科，白〕哎呀，妃母，孩兒一時憤恨，將他殺了。　我殷郊爲母而死，也死得無怨了。〔黄妃白〕兒嗄，你兄弟二人將欽犯殺死，不留活口，你母情罪越發難逃，我亦難以覆旨。你二人罪亦不免，在此不便，你不如奔往前殿，只怕衆文武救你二人。〔殷郊、殷洪同白〕多謝妃母。〔同起，仍從上場門急下，黄妃白〕内侍，將姜環尸首拖出宫去，娘娘尸首用被掩蓋，請至宫中，待我覆旨去者。〔衆内侍應，作扛姜后、姜環尸，各從兩場門分下。　黄妃唱〕

【有結果煞】一場勘問使我神魂蕩(韻)，恨妖邪强梁無狀(韻)，〔白〕咳，我想姜娘娘位正中宫，尚然如此屈害，何況我等。〔唱〕從此後憂患防危，難解這愁悶腸(韻)。〔從下場門下，四宫娥隨下。　場上隨撤旨意桌科〕

第廿二齣　勇將赤心救太子 (古風韻)　昆腔

〔雜扮黄明、周紀、龍環、吴乾，各戴紥巾額，紥靠，同從上場門上，分白〕生就昂藏大丈夫，腰間寶劍血糢糊。　有朝得展擎天手，除惡鋤奸社稷扶。　小將黄明是也，小將周紀是也，小將龍環是也，小將吴乾是也。〔同白〕吾等與武成公情同手足，義則官僚，終日追隨，不離左右，常聽調遣，每侍呼宣。　方纔有聖旨發下，言方弼、方相反出朝歌，救出太子，命武成公擒捉回來。　武成公領旨而行，吾等前來伺候。〔各分侍科。　雜扮四軍卒，各戴馬夫巾，穿蟒箭袖卒褂，執旗；雜扮四軍卒，各戴大頁巾，穿蟒箭袖排穗褂，執標鎗，一卒扛鎗；雜扮二中軍，各戴中軍帽，穿蟒箭袖通袖褂，佩刀，引生扮黄飛虎，戴金貂，紥靠、背令旗，佩劍，袖玉玦切末，從上場門上，唱〕

【黄鐘宫引・點絳唇】追獲龍儲(句)，特聞鳳敕(句)，難輕緩(韻)。　這也是天公數管(韻)，應把蒼穹怨(韻)。

〔中場設椅，轉場坐科，白〕下官武成公黄飛虎是也。　今日早朝，聖駕臨軒，忽有一刺客行兇，擒而勘問，名爲姜環，乃中宫内監，奉姜后之命行刺謀弑。　聖上大怒，把姜后拿問訊質。　吾等想來斷無此事，必有奸人調撥，因此俱未散朝，共候消息。　忽然二位殿下飛奔前來，哭訴皇后屈死，殿下怒斬姜環，罪在不赦。不料方弼、方相弟兄二人，怒髮衝冠，忠心頓現，將二位殿下劫下金鑾，反出朝歌去了。聖上傳下諭旨，令我帥衆追擒。可惜丞相商容告老回家，在朝文武無一人似他弟兄者。他二人乃一鹵夫，猶能如此，可見商朝尚然未斷忠良。既奉差遣，怎敢停留。〔起，隨撤椅科，白〕衆將官，爾等不必俱行，恐他二人急中生智。待我單身前去，擒他二人便了。〔衆應科。一卒遞鎗，黄飛虎接鎗科。衆仍同從上場門下，黄飛虎白〕此去不擒太子，有違君命；擒了太子，是爲不忠。進退兩難，怎生區處？〔作想科，白〕哎，也罷，既作忠良事業，何難棄却身家。趁此單身獨騎，何不趕上太子，就放他逃生便了。〔從下場門下。雜扮方弼、方相，各戴紮巾額，紮靠，佩劍。方弼作拉生扮殷郊，方相作拉小生扮殷洪，各戴紮金冠額，穿蟒，束帶，同從上場門上，唱〕

【黄鐘宫正曲・喜看燈】奔馳的鳳闕鳳闕辭來遠(韻)，恨奸徒結下冤(韻)。向天涯海角學龍蟠(韻)，好待風雷催上天(韻)，〔合〕願蒼穹(讀)，把孤臣孽子暗周全(韻)。〔殷郊白〕二位將軍救我弟兄，此恩何日得報？〔方弼、方相同白〕臣等不忍二位千歲遭此屈陷，故爾心下不平，反出朝歌。如今計議前往何方逃生？〔黄飛虎内白〕方弼、方相休走，我來請二位殿下還朝。〔殷郊、殷洪各作驚畏虚白科，方弼、方相同白〕哎呀，二位殿下，來者乃武成公黄飛虎，我二人難以抵擋，性命休矣。〔黄飛虎從上場門上，白〕二位殿下請住，臣來請駕。〔殷郊、殷洪同作跪科，白〕哎呀，將軍莫非來擒我等？〔黄飛虎作抛鎗跪科，方弼作拾鎗科，黄飛虎白〕二位殿下請起。臣該萬死，奉有聖旨，來擒殿下與方家弟兄二人。非臣敢逼殿下，蓋由上命，請二位殿下速行。〔各起科，殷郊、殷洪同白〕哎呀，將軍盡知我母子之情，母遭慘死，沉冤莫白，再殺幼子，一門盡絶了。〔作哭科，黄飛虎白〕臣豈不知，臣欲放殿下，便得欺君賣法之罪；欲待不放，其寔身負沉冤，臣心何忍。〔殷郊白〕也罷，將軍既奉君父之命，不敢違法。〔唱〕

【中吕宫正曲・撲燈蛾】拚得個龍泉身自刎㊁，龍泉身自刎（疊）。早赴幽冥路（韻）。〔白〕將軍可捋我殷郊首級拿去報功，可憐我幼弟殷洪，放他逃往他國。〔唱〕成人好報冤（句），雪奇冤取朝歌一鼓（韻）也（格）。那時復仇共憤（句），一旦裏禍亂皆除（韻），尚不失成湯故土（韻）。〔合〕我在陰司（讀），猶生應不怨昆吾（韻）。〔殷洪白〕黄將軍，此事不可。哥哥乃正位東宫，年長計全，我無知幼弱，怎能恢復。倒不如，〔唱〕

【又一體】將吾來殺取（句），將吾來殺取（疊），君言應不誤（韻）。儲君國本關（句），怎生輕死中路（韻）也（格）。〔白〕求將軍放我皇兄，或往東魯，或往西岐，〔唱〕借雄師一旅（句），洗盡了母弟冤誣（韻），正名位尊登九五（韻）。〔合〕我在陰司（讀），歡呼應不怨昆吾（韻）。〔各作虚白哭科。方弼、方相同作哭科，白〕哎呀，痛殺人也！黄將軍，此皆我二人將殿下劫出，罪有攸歸，可將吾二人殺了，救了太子。我二人作忠臣而死，於心無怨。〔黄飛虎白〕你二人不必憂傷，二位殿下休生悲痛，此事惟有你我君臣五人共知，倘有漏泄，我舉族不保。方弼過來，你保殿下往東魯姜侯處去，方相你去見鄂崇禹，就言我在中途放殿下往東魯，令他各路調兵，靖奸洗怨。想你二人一怒，自朝中而來，不曾帶有路費。〔作出玉玦切末科，白〕我有玉玦一枚，價重連城，拿去罷，一路須要小心。〔方弼、方相作接玉玦切末，同白〕末將等領命。〔黄飛虎白〕二位殿下，前途保重，爲臣覆旨去也。〔方弼作遞鎗，黄飛虎作接鎗虚白科，仍從上場門下，方弼白〕臣還有一條主意，如今君臣四人一路而行，恐人盤詰，反爲不便。此去東南大路，料也不妨，二位殿下可各潛行，臣二人亦尋他路，方爲妥協。〔殷郊白〕將軍言之有理。但是救我深恩，何日得報，就此拜别。〔同作拜别科，殷郊白〕救難多蒙恩義施，〔殷洪白〕不知後會是何期。〔方弼白〕願將雪盡沉冤日，〔方相白〕共慶明良致治時。〔各虚白起科，各從兩場門分下〕

第廿三齣　失儲君老臣死節（先天韻）　昆腔

〔雜扮四仙童，各戴綫髮，穿采蓮衣，引生扮廣成子，副扮赤精子，各戴道冠，穿道袍、氅，繫絛，同從上場門上，唱〕

【中呂調隻曲·粉蝶兒】弱水三千(韻)，早渡了弱水三千(疊)。看塵寰浮漚一點(韻)，熱鬧浮夢幻紛纏(韻)。則俺這馭烟霞(句)，驂鸞鶴(句)，起足下罡風漫捲(韻)。端則爲刦運當遷(韻)，度有緣秘傳心願(韻)。

〔分白〕朝遊北海暮蒼梧，袖裏青蛇膽氣粗。妙道(元)〔玄〕功誰得識，自將文武養金爐。吾乃太華山雲霄洞赤精子是也，吾乃九仙山桃源洞廣成子是也。〔同白〕吾等只因一千五百年神仙犯了殺戒，崑崙山玉虚宫掌闡道發揚聖教元始天尊閉了講筵，不闡道德，因此閑暇無事，逍遥五岳，遊覽三山。〔廣成子白〕道兄，你看朝歌城中殺氣連綿，愁雲捲結，乃是紂王二子有難。吾想成湯王氣已終，西岐聖人已出，這二人頂上紅氣沖霄，命該不絕，況且將來俱爲有用之人，何不救他一救？你我二人帶回山去，以爲將來之用。〔赤精子白〕道兄言之有理，吾二人即命黄金甲士攝來便了。〔同唱〕

【越調正曲·水底魚兒】救難功(元)〔玄〕(韻)，慈悲結善緣(韻)。天心默運(句)，〔合〕預卜是神仙(韻)，預卜是神仙(疊)。〔同從下場門下。外扮比干，生扮微子啟、趙啟、楊任，副扮膠高，各戴紗帽，穿蟒，束帶，執笏；生扮黃飛虎，戴金貂，穿蟒，束帶，執笏，同從上場門上，同唱〕

【中呂調隻曲·粉蝶兒】滅國想由天(韻)，非人功可能回挽(韻)。且休道計無成袖手旁觀(韻)。自古道有急臣(句)，匡君過(句)，讜言頻獻(韻)。今日個大變難全(韻)，共諫阻金臺銀殿(韻)。〔分白〕下官比干，下官微子啟，下官膠鬲，下官趙啟，下官楊任，下官黃飛虎。〔同白〕今日二位殿下，被殷破敗、雷開二賊擒回，奉旨欲行誅戮，大家同來捨命諫阻。〔黃飛虎白〕二位殿下去了不遠，又被此灾，大料性命難逃。〔比干白〕不知怎生被獲？〔黃飛虎白〕二殿下投至軒轅廟，被人擒回。大殿下投至丞相商容家，亦被擒獲。〔比干白〕如此説，老丞相也要來了。〔黃飛虎白〕列位老殿下、列位大夫，今日安危，俱在列位，吾乃武臣，又非言路。〔衆官白〕有理。〔雜扮雷開、殷破敗，各戴紥巾額，紥靠，持旨意牌，引雜扮四武士，各戴大頁巾，穿蟒箭袖排穗褂，作綁生扮殷郊，小生扮殷洪，各穿戴罪服，同從上場門上。衆官作見、各虛白、大驚科，殷郊白〕哎呀，好苦嗄。〔作見衆官科，殷郊、殷洪同白〕列位，可憐我成湯二十九世之孫，一旦死於非命了。〔黃飛虎白〕二位將軍，將殿下送往那裏去？〔雷開白〕奉旨行刑。〔趙啟作大怒，奪牌擲地科，白〕呀呸，奸徒嗄，那個敢殺殿下？ 似今朝綱大變，禮義全無，列位俱要犯顏諫諍，以定國本。 武成公，你是武官，言路不用你來，可將太子交付與你，好生看守，我等見駕，拼條性命與昏君大鬧一場。〔黃飛虎白〕有理，守太子一事下官當得。〔作引雷開、殷破敗、四武士綁殷郊、殷洪，同從下場門下。內作大風聲科。外扮

商容，戴巾，穿道袍，繫縧，從上場門上，唱〕

【仙呂宮引・番卜算】告罷隱林泉(韻)，不忍看國變(韻)。願拚將一命入黃泉(韻)，直把昏君諫(韻)。〔作見衆官科，白〕列位請了。〔衆官白〕老丞相請了。〔趙啟白〕老丞相來得恰好，今日之事，全在丞相。〔商容白〕老夫雖身老蓬茅，心懸魏闕。近日之事，我已盡知，所以連夜具本，前來直言進諫。〔作冷笑科，白〕拚將一死，報先王於地下也。〔黃飛虎、雷開、殷破敗仍同從下場門上，白〕老丞相請了。〔商容作向雷開、殷破敗冷笑科，白〕二位將軍，可曾殺了殿下，得了大功。〔雷開、殷破敗作不語科，黃飛虎白〕老丞相，下官方纔保護二位殿下，忽然一陣香風，二位殿下不知何方去了。〔商容大笑科，白〕妙嗄，天不殺含冤之子也。列位可同我一同見駕。〔衆官白〕老丞相請。〔各虛白作遶場科，作到科。場樓上安「建章宮」匾額科。商容作俯伏科，白〕致仕丞相臣商容見駕。〔雜扮一內侍，戴大太監帽，穿蟒，束帶，帶數珠，從樓門上，白〕聖上有旨，卿既歸林下，復至都城，有何奉章？〔商容白〕臣昔居相位，未報國恩。近聞聖德日失，特來昧死上言。〔唱〕

【中呂調隻曲・石榴花】今日裏紀綱俱廢摻難言(韻)，暴虐萬方傳(韻)。却緣何沉昏酒色在讒奸(韻)。全不念生靈塗炭(韻)，全不思社稷傾顛(韻)。又殺中宮、誅太子把倫常變(韻)，戮諫臣毒害忠賢(韻)。〔內侍從樓門下，商容白〕老臣呵，〔唱〕不忍看成湯大業教他人禪(韻)，因此上捫心未語淚漣漣(韻)。〔內侍從樓門上，白〕聖上有旨：商容以告罷之臣，擅談國政，污蔑君王，罪當萬死。衆武士拿下，將這老匹夫金爪碎頂。〔從樓門下，內應科。商容起。雜扮四執瓜武士，各戴卒盔，穿打仗甲，執金瓜，執繩鎖，同從上場門上，欲動手科。商容作大怒科，白〕我乃三世股肱，托孤舊輔，誰敢拿我？呀呸！昏君嗄昏君，吾不惜死，但臣救無功，愧見先王耳。可笑你這昏君，天下一旦失與他人。〔作撞堦死科，從下場門下。內侍從樓門上，白〕聖上有旨：將這老匹夫尸首，不許掩埋，拖出朝門。〔四武士應科，內侍從樓門下，趙啟白〕哎呀，氣死我也！呀呔，昏君，你絶首相，退忠良，諸侯失望；寵妲己，信讒佞，社稷傾頹。我且把你的積惡，數來你聽。〔唱〕

【中呂宮正曲·撲燈蛾】你不義中宮命捐(韻)，你不慈儲君抱怨(韻)。你不道國政荒(句)，你不德正士完(韻)。你不明奸邪並進(句)，你不正酒昏色戀(韻)。你不智三綱倒翻(韻)，你不恥五紀摧殘(韻)。〔白〕昏君，你人倫道德，一字全無，枉爲人君，空忝帝座，有辱成湯，死有餘愧。〔內侍從樓門上，白〕聖上有旨：趙啟何人，敢侮駡君王。衆武士將炮烙推上，將這匹夫處死。〔從樓門下。四武士應科，隨下，放金瓜，作推炮烙切末科，同從上場門上，作綁趙啟科。趙啟白〕昏君嗄昏君，你把死來唬誰？你把死來唬誰？〔唱〕我忠孝傳留萬世(句)，不似你臭名兒標書史簡(韻)。〔合〕在地下看你到江山傾覆有何言(韻)。〔衆武士作拿趙啟上炮烙科，趙啟作虛白、虛官模、死科。衆武士同白〕啟聖上，趙啟炮死了。〔內侍從樓門上，白〕將這廝剉骨揚灰。〔衆武士應，作推炮烙切末，仍持金瓜，同從上場門下。內侍白〕聖上有旨，問雷開、殷破敗何不斬却逆子回奏？〔雷開、殷破敗同作跪科，白〕方纔正欲行刑，忽然一陣狂風，不知去向。〔起科，內侍白〕既如此，待我轉奏便了，散朝。〔從樓門下，衆官白〕領旨。〔同從下場門虛白下〕

第廿四齣　收義子西伯長行（家麻韻）

弋腔

〔外扮南宫适，戴帥盔，紮靠、背令旗，佩劍，執綵鞭，作騎馬科，從上場門上，白〕去國離家路幾程，風塵迢遞黯旗旌。生憎渭水堤邊柳，折盡長條送客行。下官西岐西伯侯駕下下大夫南宫适是也。我主公奉天子之命宣召進京，不知有何大事。主公一聞旨到，即便起程，着我隨駕而來。離了本國，一路趲行，相近岐山界口了。昨日駐中安歇，今早裝束伺候。道猶未了，主公出來也。〔雜扮四軍卒，各戴馬夫巾，穿蟒箭袖卒褂，執旗；雜扮四軍卒，各戴大頁巾，穿蟒箭袖排穗褂，執標鎗；雜扮四將官，各戴打仗盔，穿打仗甲，繫櫜鞬；生扮散宜生，戴紗帽，穿圓領，束帶，執綵鞭，引生扮姬昌，戴金貂，穿蟒，束帶，執綵鞭，作騎馬科。同從上場門上，姬昌白〕駐舍雞鳴候，征人曉起時。千山雲樹杪，極目動離思。我西伯侯姬昌奉聖旨宣召入京，不知何事。我母親替我起了一課，與我所起相同，該有七年之難，不致傷害。大數已定，不可逃也，因此命長子姬考守國，辭了母親，趲路而來。已近香山界口了。南宫大夫，〔南宫适白〕千歲。〔姬昌白〕吩咐趲行。〔南宫适白〕領鈞旨。衆將官，就此趲行。〔衆應，遶場科，同唱〕

【仙吕宫集曲·甘州歌】【八聲甘州】（首至六句）揚鞭策馬（韻）。度雙溪夾鏡（讀）。十里平沙（韻）。千層雲樹句，風景果堪圖畫韻。〔雜扮閎夭，戴紗帽，穿圓領，束帶，執笏，從下場門上，跪科，白〕岐山守界官臣閎夭迎接主公，預備供應伺候。〔姬昌白〕君限緊急，不消了。〔閎夭起科，從下場門下。同唱〕途遥漫勞瞻王國句，客夢休教憶故家韻。〔天井内下鳳凰切末，内作鳳鳴科。南宫适白〕臣啟主公：那壁廂有一五彩異鳥，在那裏長鳴數聲。〔姬昌白〕大夫，此乃鳳也。吾聞聖王御世，鳳鳥乃出，此鳥非梧桐則不栖，非竹實則不食，乃祥瑞之鳥。〔南宫适白〕那鳳鳥向着主公而鳴，祥瑞應着主公了，臣等敢不預賀。〔姬昌白〕吩咐與守界官，曉諭軍民人等，改名鳳翔邑，以應祥瑞之兆。〔南宫适白〕領鈞旨。〔内作大風科，姬昌白〕大夫，大風過處，少刻必有大雨大雷，吩咐前隊，快往前村避雨。〔南宫适白〕主公又來了。這樣晴天，那裏有雨？〔姬昌白〕大夫不知，方纔大風過處，我已袖占一課，乃是地雷復卦，五爻發動，變爲水雷屯卦，定主今日今時必有雷雨，且有異人出世。〔散宜生白〕主公的卦是極準的，不可不信。衆將官作速趲行，前村避雨。〔衆應科，同從下場門下。外扮雲中子，戴道冠，穿道袍，繫縧，執拂塵，從上場門上，白〕我雲中子自從進劍之後，誰知吾術不行，反生大害。終日閑遊碧落，爲覓奇人。方纔雷雨過處，知有異人出現，當與西伯侯爲子，與我爲徒，此乃前定之數，不免前去，會西伯侯言明，收得他來便了。〔從下場門下。衆引姬排歌，合昌同從上場門上，唱至末句〕天方霽句，晴景佳韻。迴看深樹萬人家韻。〔姬昌白〕大夫——〔南宫适白〕有。〔姬昌白〕方纔雷震一聲，敢聞百里，必有將星出世。大夫，你可率領軍士，往震方乾向，仔細看來。〔南宫适白〕啟上主公，震方乾向，乃是一所古墓，看些甚麼來？〔姬昌白〕

就在古墓中看去。〔南宮适白〕是。〔從下場門下，作取嬰兒切末隨上，白〕啟主公：古墓之中，只有空棺木一口，內有此嬰兒啼哭，今特取來獻上。〔姬昌白〕妙哉此兒，看他英風奕奕，格象雄雄，面如桃蕊，眼放光華，將來必成大器也。想我命中應有百子，今止有九十九人，該得此兒以成百子之兆，不免到了驛中，再另差人送回家去便了。吩咐攢行。〔衆同唱〕流泉瀉(句)，啼鳥譁(韻)。行人指點彩霞遮(韻)。〔雲中子從下場門上，作相見科，白〕君侯在上，貧道稽首了。〔衆作下馬科，姬昌白〕不才姬昌失禮了。請問道長何處修仙，來此何幹，今見不才，有何見諭？〔雲中子白〕貧道乃終南山煉氣士雲中子是也。方纔雨過雷鳴，將星出現，貧道不辭千里而來，已知爲郡侯所得，乞借一觀。〔姬昌白〕呀，原來如此。大夫，送與道長觀看者。〔南宮适應，作付嬰兒，雲中子抱科，白〕妙嗄此子，天出奇姿，迥非凡品。貧道欲度爲徒，待君侯回日奉還，不知尊意何如？〔姬昌白〕道長若肯收留，乃此子幸也，只是日後相見，以何名爲證？〔雲中子白〕因雷而得，取名雷震便了，後來自有相會之日，貧道去也。正是：仙機不可測，引領向高山。〔仍從下場門下，南宮适白〕主公好容易認得個乾兒子，怎麽被這道人拐去了？〔姬昌白〕大夫，我看這位道長也不是凡人，他收爲徒弟，自有妙用。天已開霽，吩咐攢行罷。〔衆白〕領鈞旨。

〔衆作騎馬遶場科，同唱〕

【有結果煞】相逢奇蹟叨清話(韻)，轉眼處夕陽西下(韻)，又聽得古寺鐘聲隨風兒出晚霞(韻)。〔同從下場門下〕

第三本

第一齣　遇追兵欣逢子救（古風韻）

昆腔

〔雜扮四軍卒，各戴馬夫巾，穿蟒箭袖卒褂，執雙刀；雜扮四軍卒，各戴大頁巾，穿蟒箭袖排穗褂，執鎗，引雜扮雷開、殷破敗，各戴紥巾額，紥靠，執器械，同從上場門上，唱〕

【中呂宮正曲・駐環着】擺旌旗一路(韻)，擺旌旗一路(疊)，戈甲喧呼(韻)。追取逃臣(讀)，休失長途(韻)。好是前行追取(韻)。似鳥入籠中(句)，肉上几難逃(讀)，魚游大釜(韻)。堪恨彼無知莽鹵(韻)，全不念君恩廣布(韻)。〔合〕喧鼉鼓(韻)，趲士卒(韻)。看擒逆還朝(讀)，功高萬古(韻)。〔分白〕俺雷開是也，俺殷破敗是也。〔同白〕只因西伯侯姬昌，聖上憐他無罪，赦出加封，遣他歸國。他却不知進退，寅夜私逃。有驛官報與費、尤二位大夫，奏聞聖上。聖上大怒，命吾等點取三千飛騎，星夜來追。〔雷開白〕殷兄，我想姬昌吉兇有準，禍福精通，他豈有不知我等來追之理，只怕別有接應，另有安身之處，也未可知。〔殷破敗白〕賢弟，這一帶尚是朝歌境界，他總有兵馬接應，也不能就進五關，況且你我武藝，怕他怎的？如果另有安身處所，這一帶居住百姓沿門搜捕，他若知道，必然獻出。想他去也不遠，我等儘勢追去可也。〔雷開白〕説得有理。〔同白〕衆將官，作速趲行去者。〔衆應，作遶場料，同唱〕

【中呂宫正曲·添字紅繡鞋】幢幡萬隊霞鋪(韻)，霞鋪(格)。搜呼聲震村墟(韻)，村墟(格)。齊奮勇(句)，逐前驅(韻)。飛騎似(句)，御風速(韻)。〔合〕追電齊趨(韻)，齊趨(格)。快去莫踟躕(韻)，快去莫踟躕(疊)。〔同從下場門下。生扮姬昌，戴大頁巾，穿箭袖，繫鸞帶，佩劍，執綵鞭，從上場門急上，唱〕

【中呂宫正曲·念佛子】走奔馳關城路(韻)，爲避難逃向長途(韻)。望甚日出樊籠(讀)，家鄉何處(韻)。〔合〕難住(韻)。爲有忠良勸語(韻)，度關津全仗銅符(韻)。少遲延(讀)，便教身喪須臾(韻)。〔白〕我姬昌聽了武成公相勸之言，與我銅符執照，逃往西岐，因此星夜而來，却不知天命何如也，須索趲行前去。〔唱〕

【又一體】區區(韻)。山行路宿(韻)，飲食休相顧(韻)。怕關津或有攔阻(韻)。〔合〕欺侮(韻)。威雄氣粗(韻)，天命知何許(韻)。且行且計(讀)，有誰來救取(韻)。〔白〕哎呀，不好了，前面就是臨潼關了，只有二十多里路程，後面追兵看看切近，這却怎好？少不得放膽奔行前去，詐開關城，好爲逃生之路。〔唱〕

【中呂宫正曲·紅繡鞋】臨潼好比酆都(韻)，酆都(格)。追兵不亞神荼(音伸音舒)(韻)，神荼(音伸音舒)(格)。施詐巧(句)，仗銅符(韻)。知他上(句)，此機無(韻)。〔合〕該一命(句)，喪昆吾(韻)。〔從下場門急下。衆引雷開、殷破敗同從上場門上，唱〕

【中呂宫正曲・會河陽】雉堞重重(讀)，鐵鎖誰呼(韻)。似籠開候鳥網尋魚(韻)。追逐(韻)，前有雄關(讀)，似鐵圍城四箍(韻)。誰放那逃魂出(韻)。〔合〕將軍(句)，統萬騎紅塵蹕(韻)。叛臣(句)，馳一騎黃沙速(韻)。〔同白〕將近臨潼關了，想他斷不能出此關城，行逢絶地，何怕難擒。衆將官，且略停馳逐，一路追上關來，不怕他飛上天去。〔衆應科，白〕得令。〔遶場科，同唱〕

【南呂宫正曲・金錢花】略停鐵馬追呼(韻)，追呼(格)。關城怎放人孤(韻)，人孤(格)。他何方竊取詐門符(韻)。〔合〕須束手(讀)，就吾縛(韻)。誰來救(讀)，阻吾徒(韻)。〔同從下場門下，衆隨下。浄扮雷震子，戴道冠髮，穿飛翅鬼衣，執金棍，從上場門上，唱〕

【越調正曲・浪淘沙】自幼侍明師(韻)，洞府修持(韻)。忽成幻體有誰知(韻)。〔合〕金棍一條能變化(句)，肋下風雷(韻)，脇下風雷(疊)。〔白〕本來面目誰能認，肋下風雷妙道藏。但知袖裏乾坤大，不管壺中日月長。我雷震自幼上山，拜雲中子爲師，學成道術，武藝精通。今早師傅吩咐，説有我義父西伯有難，令我前去相救。我告以没有兵器，我師傅教我山洞去尋，忽見二枚紅杏，被我吃了，陡然間變了原形，脇生雙翅，面目如神。我師傅一見大喜，傳了我飛行秘訣，於雙翅上書符，用氣寫了「風雷」二字，傳授了一條金棍，命我到臨潼關等候救父。臨行囑咐，不許隨父歸家，只送過五關，即回洞府，又不可傷了紂王軍將。我奉命前來，空中飛舞，早不知過了幾千里也。〔唱〕

【中呂宫正曲・耍孩兒】奉着仙師言甚悉(韻)。爲念天倫重(句)，半途逢濟困扶危(韻)。〔白〕已到臨潼關了，不知父親却在何處。待我上山一望，便知分曉。〔唱〕忙行(句)，顯神通(讀)，笑煞那追風驥(韻)。那怕他(讀)，鐵甲千群至(韻)。〔合〕遲和早不投機，都廢棄(韻)。〔場上設山石切末科，雷震子上山科。內吶喊，雷震子看科，白〕呀，那邊一隊軍馬，追一人如飛而來，想是我父親了。待他到來，我問他一聲。〔姬昌從上場門急上，唱〕

【中呂宮正曲·會河陽】撲速紅塵(讀)，喊殺聲催(韻)。今朝不免蹈危機(韻)。〔雷震子白〕山下的可是西伯侯姬老爺麽？〔姬昌驚科，白〕呀，那裏有人相問，吾命合休，鬼神相戲。〔作四望科，雷震子白〕山下的可是西伯侯姬千歲麽？〔姬昌看，作驚科，白〕哎呀，唬死人也。你看他面如靛染，髮似硃塗，巨口獠牙，脇生雙翅。且住，若是鬼魅，必無人聲，想是我命不該休，神人相助，也未可知，待我問來。那位傑士，如何認得我是姬昌，莫非神人麽？〔雷震子作急下山，隨撤山石切末，作抛棍跪科，白〕父王在上，孩兒救駕來遲，望乞恕罪。〔姬昌驚科，白〕我姬昌一向不識，爲何父子相稱？〔雷震子白〕父王休疑，孩兒乃燕山所收義子雷震是也。〔姬昌白〕如此説，你且起來。〔雷震子起科，姬昌白〕我兒，你今年方七歲，爲何變了如此形容？〔雷震子白〕父王，説來話長。我師傅知父親有難，命我下山救父，退避追兵，送父親過了五關，方完公事。〔姬昌背科，白〕呀，此子面非善人，若使他下山退兵，只怕惹下大禍，我便罪上加罪了。如不令他下山，這追兵到來，却怎麽處？有了，待我囑咐他便了。〔向雷震子白〕我兒，你是救你爹爹，還是害你爹爹？〔雷震子白〕父王，此語孩兒不解。〔姬昌白〕你若是救我，須是善退追兵，不許有傷兵將；你若逞兇鬭狠，使我罪上加罪，便是害了你爹爹了。〔雷震子白〕父王放心，我師傅也曾囑咐，不許傷他兵將，孩兒自用好言勸回，父王休得過慮。〔姬昌白〕我兒，你看追兵到了。〔雷震子白〕父王在此，待孩兒退回他們便了。〔作展翅飛科，從下場門下。姬昌作驚訝虛白科，從下場門下。衆引雷開、殷破敗從上場門上，唱〕重圍(韻)。下手擒捉(讀)，休教少遲(韻)。莫使向山中避(韻)。〔同白〕你看姬昌一馬如飛去了，我等令軍士們作速趕上，擒捉這厮便了。〔同唱合〕解他(句)，疾忙向朝歌裏(韻)。論功(句)，顯得我雄威勢(韻)。〔雷震子從下場門上，作大叫科，白〕呔！不要來，有我在此。〔衆卒見，作虛白蹼跌科，從上場門急下。雷開、殷破敗白〕汝是何人，敢來阻路？〔雷震子白〕吾乃西伯侯第百子雷震是也。吾父既已放歸，又來追趕，反覆無常，豈天子之所爲？因此上奉師傅法旨，前來相救。我勸你二人可好好回去。〔殷破敗白〕呔！胡説。諒你有何本事，也來施展，看刀！〔作刀劈科，雷震子棍架科，白〕休要動手。我與你比併雌雄，只是有乖師傅、爹爹之言，不許我傷害生衆。也罷，我有個比方問你。〔殷破敗白〕甚麽比方？〔場上預設活山石切末科，雷震子作指科，白〕你的頭可有這石頭堅固麽？〔殷破敗白〕胡説，人頭如何比石。〔雷震子白〕却又來，待我打一棍你看。〔唱〕

【中呂宮正曲·越恁好】巉巉之石(句)，巉巉之石(疊)，一下碎如泥(韻)。層層崩裂(句)，遍空際嶙峋飛(韻)。〔作打石作裂碎科，隨撤山石切末科。雷開白〕殷兄，看這光景，着實不好。我們何不作個人情，只説追不上，五關將軍自然擒獲，回去覆旨，何苦枉送性命。〔殷破敗白〕有理。〔雷震子白〕你二人可禁得這一下，即便前來拒戰。〔雷開、殷破敗白〕公子不消如此。我二人此來，亦是蓋不由己，既然如此，我等暫回朝歌見駕，且讓你父子過去便了。〔雷震子白〕多謝，二位請了。〔作展翅科，從下場門下。雷開、殷破敗虛白科，同從上場門下。姬昌、雷震子從下場門上，姬昌白〕我兒，那二將可曾退去？〔雷震子白〕被孩兒勸回去了，孩兒送父王出了五關便了。〔姬昌白〕我有銅符照驗，料無方礙了。〔雷震子白〕如此豈不有誤歸期？萬一又有兵來，如何是好。待孩兒背了父王，一直飛過五關，豈不免了後禍。〔姬昌白〕如此甚好。〔同唱〕好則是飛行父子到西岐(韻)，休生驚異(韻)。〔合〕些時(讀)，早離卻了朝歌地(韻)。些時(讀)，早能到了岐邠裏(韻)。〔雷震子白〕待孩兒背了父王，一同前去。〔作背科，白〕父王請閉了眼，孩兒要飛了。〔姬昌作閉眼科，雷震子唱〕

【慶餘】騰身直入雲霞裏(韻)，俯視山川九點微(韻)，我便是能行千里駒(韻)。〔從下場門下〕

第二齣　投村店恰喜榮歸（庚青韻）

昆腔

〔雜扮四太監，各戴太監帽，穿貼裏衣，引小生扮姬發，戴紮金冠額，穿蟒，束帶，從上場門上，唱〕

【正宫引·破陣子】終日思親望遠(句)，今朝喜慰離情(韻)。玉輅輾雲郊外迓(句)，逐隊花驄夾路迎(韻)。歡忭看行旌(韻)。〔中場設椅，轉場坐科，白〕我乃西伯侯之子姬發是也。昨日母親占得一課，言父王今日回家，命我與衆官迎迓。只待衆官來時，一同前去迎候便了。〔生扮散宜生，雜扮祈恭、尹籍、畢遂，各戴紗帽，穿圓領，束帶執笏；外扮南宫适，雜扮太顛、閎夭、辛甲，各戴帥盔，穿圓領，束帶執笏，同從上場門上，唱〕

【正宫引·朝中措】心懸望主歲頻更(韻)，終日苦牽縈(韻)。今日得聞歸信(句)，拜迎喜氣歡生(韻)。〔分白〕下官南宫适是也，下官散宜生是也，下官太顛是也，下官閎夭是也，下官畢遂是也，下官辛甲是也，下官尹籍是也，下官祈恭是也。〔同白〕昨日世子傳下令來，言奉娘娘之命，説算得主公今日回國，命吾等相隨世子，一同迎接，吾等特來伺候。〔作相見科，白〕世子在上，衆臣參見。〔姬發白〕衆臣少禮。今日父王歸國，你我大家備下法駕，前去迎接，不得少延，就此一同前去。〔衆白〕世子言之有

理。〔姬發起，隨撤椅科。衆作遶場科，同唱〕

【正宫正曲·普天樂】擁鳴鸞和聲動（韻），絢旌旗祥光迸（韻）。今朝裏歡忭喜相迎（韻），慰君臣七載離情（韻）。〔合〕呀（格），天須佑聖（韻），從今國運興（韻）。率土均瞻（讀），吾王德化高明（韻）。〔同從下場門下。浄扮雷震子，戴道冠髮，穿飛翅鬼衣，持金棍，引生扮姬昌，戴大頁巾，穿箭袖，繫鸞帶，佩劍，同從上場門上，唱〕

【中吕調隻曲·朝天子】飛行（韻）。過杳冥（韻），早離了朝歌境（韻）。岐山烟翠影層層（韻），光景與他鄉迥（韻）。〔雷震子白〕父王，已出五關，來到這西岐地方了。〔姬昌白〕今日復見我故鄉，皆賴孩兒之功也，你可同我到西岐去罷。〔雷震子白〕父王，孩兒就此告辭。〔姬昌白〕我兒，爲何中途拋我？〔雷震子白〕孩兒奉師傅之命，止救父王出了五關，即歸山洞。孩兒與父王後會有期，父王前途保重，孩兒就此拜辭。〔作拜科，白〕父子相離再後逢，〔姬昌白〕我兒，分開怎忍半途中。〔雷震子白〕會面纔歡心喜喜，〔姬昌白〕臨岐話別又匆匆。〔雷震子起科，白〕父王保重，孩兒去也。〔仍從上場門下，姬昌白〕你看他竟騰空而去了。少不得徒步而行，覓一村店，先使人國中報信，以便孩兒與衆臣迎接可也。〔唱〕且投棲再行（韻）。向荒村聽鐘（韻），茅舍誰迎送（韻）。聽雞聲（韻）、犬聲（韻），知是郊墟静（韻）。〔白〕這裏是一所村店，待我投宿一宵。〔作叫科，白〕店主人有麽？〔丑扮店小二，戴毡帽，穿喜鵲衣，繫腰裙，從上場門上，白〕花中村口店，千里客來投。〔作見科，白〕客官從何處來，敢是要投宿麽？〔姬昌白〕正是。〔店小二白〕客官，我們這西岐風俗與衆不同，先將禮交，然後投宿。〔姬昌白〕遠路行來，囊資匱乏，權且暫記。容我投宿過了，到得西岐，着人加倍送來。〔店小二白〕胡説。我們此處與別處不同，俺這西伯侯爺以仁義化萬民，行人讓路，道不拾遺，撒不得野，騙不得人。好好拿出銀子來，讓你投宿。若是遲延，送你到西岐，見上大夫散老爺，只怕悔之晚矣。〔虚白發諢科。外扮申傑，戴毡帽，穿道袍，拄杖，從上場門上，白〕忽聽門前聲沸語，西岐從少這般人。〔作見科，白〕店小二，何事吵鬧？〔店小二虚白發諢科，申傑白〕我看這人精神不凡，丰彩各別，待我問他。〔向姬昌白〕客官，你到我們西岐，有何貴幹，因何騙人？想是不知我們法度。〔姬昌白〕店主人，吾非別人，乃西伯侯是也。只因紂王放我歸國，却又使人追襲，故爾逃出五關，囊資匱乏。權記你數日，俟吾到西岐，差官送來，决不相負。〔申傑跪科，白〕哎呀，原來如此。大王千歲，小民肉眼，有失接駕，萬望恕罪。〔姬昌白〕你姓甚名誰？〔申傑白〕小民姓申名傑，五世在此居住。〔姬昌白〕你這村店，離西岐城還有多遠？〔申傑白〕千歲，此處到國城，只有十數里路了。〔姬昌白〕如此，天色尚早，不便投宿，可以入朝。你可有馬，取一匹來。〔申傑白〕千歲，子民皆小户之家，那裏有馬？現有子民所騎一個驢兒，大王不棄，暫借一乘，何如？〔姬昌白〕如此甚好。〔申傑白〕店小二，快將驢兒牽來。〔店小二應科，仍從上場門下，牽驢隨上。申傑作扶侍姬昌騎驢科，白〕店小二，好生看守，待我送千歲入城。〔店小二應科，仍從上場門下。姬昌唱〕

【正宫正曲·普天樂】可羡你守成規把王章敬(韻)，居村落把朝廷重(韻)。〔申傑白〕千歲，小民呵，〔唱〕止不過仁風被洽喜良明(韻)，那裏有敦鄉風素樸高名(韻)。〔姬昌白〕呀，你看前面，戈甲紛紛，旌旗對對，好像我國人馬，莫非來接孤家麽？〔唱合〕呀（格），看前遮後擁（韻），輝明耀日星（韻）。今日裏父子君臣（讀），相會慰離情（韻）。〔雜扮四軍卒，各戴馬夫巾，穿蟒箭袖卒褂，執旗。雜扮四軍卒，各戴大頁巾，穿蟒箭袖排穗褂，執標鎗。雜扮四將官，各戴打仗盔，穿打仗甲，佩刀。雜扮二中軍，各戴中軍帽，穿蟒箭袖通袖褂，佩刀。引姬發與衆官同從下場門上，作跪接科。姬發白〕兒臣姬發恭迎父王大駕，念孩兒不能代患分憂，寔爲有罪。〔姬昌白〕我兒，勞你守國治民，正爲肖子，何罪之有。〔衆官同白〕臣等恭迎大王，賀大王歸國。〔姬昌白〕有勞衆卿代孤宣化，匡贊吾兒。〔姬發白〕請問父王，爲何這般衣妝，乘此村騎而來？〔姬昌白〕我兒，你爹爹被赦而歸，又恐後患，所以寅夜私逃。不料昏君知曉，命將來追，是你兄弟將我救出，飛過五關，得到此處。〔姬發白〕是那個兄弟？〔姬昌白〕你也不知，就是你爹爹去之那年、所收義子雷震也。〔衆官白〕如此，恭賀大王父子重逢。〔姬發白〕爲何不同父王到此？〔姬昌白〕他恐有違師訓，自回洞中去了。我徒行到了這申傑店中，是他將這驢兒送我入城，不料與爾等相遇。散大夫，〔散宜生白〕臣在。〔姬昌白〕我在羑里坐演先天，盡得微妙，今欲造一靈臺，爲百姓占吉兇，爲邦界看氣候，不知可否？〔散宜生白〕此乃主公爲民而設，本非圖一己之私，百姓聞之，想亦樂于服役也。〔姬昌白〕既如此，即着爾中軍官傳下令旨，與衆百姓知之，隨衆之樂從，不可勒强差派。〔散宜生白〕領令旨。中軍，爾速傳與衆百姓。〔二中軍應科，姬發白〕請父王換了法駕，好進都城。〔姬昌作下驢科，白〕中軍官，你可將申傑領去，重賞財幣，令他回去罷。〔二中軍應科。申傑作叩頭科，白〕多謝千歲。〔作牽驢科，隨二中軍從上場門下。姬發白）速備法駕。（衆應，作向內傳科。雜扮四執儀仗人，各戴大頁巾，穿蟒箭袖排穗褂，執儀仗，引雜扮二輦夫，各戴馬夫巾，穿蟒箭袖，繫跳包，推輦從下場門上。姬昌作上輦遶場科，衆同唱）

【中呂調隻曲・朝天子】歡生(韻)，衆情(韻)，黎庶皆稱幸(韻)。西岐千載樂昇平(韻)。看麟鳳來佳境(韻)。聽笙管和鳴(韻)，望霞綺輝明(韻)。白叟黃童焚香夾道擁(韻)。天清(韻)，慶雲橫(韻)，一片祥光映(韻)。

【尾聲】歡呼黎民俱賀慶(韻)，這的是聖澤仁風共化成(韻)，從今後明德當陽遍西岐物效靈(韻)。（同從下場門下）

第三齣　宴靈臺飛熊入夢（皆來韻）　弋腔

〔雜扮一靈臺監督官，戴紗帽，穿圓領，束帶，從上場門上，唱〕

【中呂宮正曲·駐馬聽】司掌靈臺(韻)，不日成之人盡駭(韻)。看經之勿亟(句)，經且營之(讀)，庶姓同來(韻)。這的是與民共樂聖心該(韻)，因此上群心共濟工程大(韻)。〔白〕下官靈臺監督官是也。主公發下令旨，曉諭衆民，言欲造靈臺一座，一爲百姓占吉兇，二爲國家驗氣候，還不差派征夫，總是聽民所願。那些百姓見了這篇諭示，一個個鼓舞而前，莫不用功。我這作監督的，竟可以坐待其成，不勞指顧。可見爲國爲民之事，主公無一件不想得到，所以下民無一處不喜去當。不過幾日，這樣浩大工程都成就了，這也不在話下。今日靈臺告竣，主公還要率領衆臣大宴慶賀，又發下令來犒賞這些服役的百姓，下官只得在此伺候。〔唱合〕可見得不用傷財(韻)。民不知勞苦(讀)，還共欣恩賚(韻)。〔從下場門下。雜扮四太監，各戴太監帽，穿貼裏衣。雜扮二內侍，各戴大太監帽，穿蟒，束帶，帶數珠，執拂塵。引生扮姬昌，戴王帽，穿蟒，束帶，從上場門上，唱〕

【又一體】聞報道造罷靈臺(韻)，怎恁的速似神工應暗駭(韻)。因此上登臨占候(句)，大壯雄觀(讀)，寮衆同來(韻)。〔中場設椅，轉場坐科，白〕我自從發下令旨，聽百姓之所願，建造靈臺，以爲占氣驗候之所。誰知令纔一下，而百姓莫不奮勇作興，不日之間得以告竣。　所以今日孤家率領諸臣，登臺置宴，還要犒賞那些服役的百姓，一則可以知吾民之親上，二則可以觀山海之雄圖。　內侍，〔內侍應科，姬昌白〕宣諸臣見駕。〔內侍應，作向內宣科。　生扮散宜生，雜扮畢遂、祈恭、尹籍，各戴紗帽，穿圓領，束帶執笏。　外扮南宮适，雜扮太顛、閎夭、辛甲，各戴帥盔，穿圓領，束帶執笏。　同從上場門上，白〕百姓工成日，吾王共樂時。　非圖便遊戲，全爲萬民思。〔同作見科，分白〕臣散宜生，臣南宮适，臣太顛，臣閎夭，臣辛甲，臣畢遂，臣祈恭，臣尹籍〔同白〕見駕，願大王千歲。〔姬昌白〕諸卿少禮。　今日靈臺告竣，特與衆卿置酒稱賀。〔衆臣白〕大王深厚之恩，臣等何以克當，臣等理應扈從。〔姬昌白〕既如此，擺駕前行。〔衆官白〕領令旨。〔向內白〕擺駕。〔內應科，內作樂。　雜扮八執儀仗人，各戴大頁巾，穿蟒箭袖排穗褂，執儀仗，引雜扮二輦夫，各戴馬夫巾，穿蟒箭袖，繫跳包，推輦同從上場門上。　姬昌起，隨撤椅科，作乘輦科。　衆同唱〕一聲聲鳴珂曳珮羽旄排(韻)，一層層執戈摺仗威嚴大(韻)。〔姬昌唱合〕我豈爲遊賞徘徊(韻)。〔衆同唱〕這的是心周億兆(讀)，天恩廣大(韻)。〔場上預拉彩雲幃幔，隱設臺切末，上挂「靈臺」匾額科。　作到科，姬昌作下輦，八執儀仗人、推輦人推輦，仍從上場門下。　衆同作登臺科。　監督官引雜隨意扮衆百姓，同從下場門上，白〕臣靈臺監督，率領服役衆民見駕。〔衆同白〕願大王千歲。〔姬昌白〕衆百姓，爾等各知用功，不日告成，孤心深爲嘉悦。〔衆百姓白〕大王爺，小民等蒙大王天地之恩，日出而作，日入而息，坐享太平之福，雖胼手胝足，無以圖報。　這些小工程，小民等不顯勞苦，不知不覺的就成就了。況且又是爲衆子民，我等敢不用功。〔姬昌白〕可見吾民之善化也。衆卿，爾等看此靈臺呵，〔唱〕

【又一體】氣度崔巍(韻)，一上須知天地窄(韻)。按配着二儀四象(句)，配合了八卦五行(讀)，暗合那九宫三才(韻)。〔衆臣同唱〕前後把君臣之義早安排(韻)，週圍把風雲之氣全環帶(韻)。〔同唱合〕寔是個大觀壯材(韻)。那鹿臺瓊室(讀)，誰來比賽(韻)。〔姬昌白〕就此帶了衆百姓去，加倍賞賚。〔監督官白〕領令旨。〔衆百姓白〕多謝。大王爺寔是聖德之君，只願大王爺千歲不老。〔各虚白科，隨監督官仍同從下場門下。姬昌白〕内侍看宴。〔臺上設桌椅、筵席。二内侍應科，姬昌入桌坐科，虚白科，衆臣作謝坐、各坐科，同作飲酒科，同唱〕

【又一體】玳瑁筵開(韻)，自古應無超萬載(韻)。喜君臣同樂(句)，魚水相投(讀)，上下心諧(韻)。〔衆臣唱〕匡襄自愧短於才(韻)，〔姬昌唱〕我宣猷布化還依賴(韻)。〔衆同唱合〕共舉金杯(韻)。虞庭當日(讀)，今朝應再(韻)。〔姬昌白〕酒已數巡，禮飲已畢。吾聞君子只卜其日，未卜其夜。天色已晚，亦難回宫，可就在此駐蹕一宵，明早入朝可也。〔衆同白〕大王之言極是，臣等領命。〔各起，隨撤桌椅、筵席科。姬昌白〕就此下臺去者。〔衆應科，同作下臺科，隨拉彩雲幃幔、撤靈臺切末科。同唱〕

【又一體】日落景佳哉(韻)，看金碧輝煌，別是一仙世界(韻)。好扶梯漫轉(句)，躡蹬徐行(讀)，似下自天來(韻)。回頭還自費疑猜(韻)，可是那雲霄碧落三千外(韻)。〔合〕可喜的是不費多財(韻)。萬民義舉(讀)，萬民歡戴(韻)。〔姬昌白〕衆卿可歸私寓，孤家亦當歇息。〔衆官虚白，同從下場門下。姬昌虚白，作摘王帽，卸蟒，換九梁冠氅科，白〕衆内侍，爾等亦可暫息片時。〔衆内侍應科，同從下場門下。場上設桌椅、帳幔科，姬昌白〕我想吾民如此樂爲之用，可見孤家七載離家，吾兒與衆文武教養之有方也。雖然如此説，創業開基，必得大賢相輔，待孤家漫漫尋訪，只怕我國有人，也未可知。〔内打三鼓科，姬昌白〕夜已三鼓，待孤家少睡片時。〔作入帳睡科。雜扮飛熊，穿飛熊切末衣，從上場門上，跳舞，作入夢撲帳桌科，從下場門下。姬昌作驚醒、出帳，隨撤桌椅、帳幔科，白〕呀，内侍們那裏？〔衆内侍仍從下場門上，白〕大王怎麽樣？〔場上設椅，姬昌坐科，白〕快宣散大夫進見。〔一内侍應科，從上場門下。姬昌白〕我方纔朦朧睡去，忽見東南方有一怪物，脇生雙翼，望帳中撲來，急呼爾等，却是一夢。内侍，外邊漏下幾鼓了？〔衆内侍白〕漏已五鼓了。主公，此夢想是吉兆。〔姬昌白〕你們那裏曉得。散大夫到來，便知分曉。〔内侍引散宜生從上場門上，白〕主公相召至，未審有何言。〔作見科，白〕主公有何見諭？〔姬昌白〕大夫，孤家方纔朦朧睡去，忽見一怪物呵，〔唱〕

【又一體】氣勢雄哉(韻)，跳躍自東南威甚駭(韻)。他脇生雙翼(句)，四足如風(讀)，異類難猜(韻)。〔白〕不知此夢兇吉如何，特召卿來詳解。〔散宜生白〕微臣恭賀大王，此夢乃大吉之兆，大王當得棟梁之臣。〔姬昌白〕何以見得？〔散宜生白〕昔商高宗夢飛熊而得傅説，今主公所夢，乃飛熊也。〔唱〕必將得大賢，爲國棟梁材(韻)。但則是草茅，須是尋求在(韻)。〔合〕這是天啟祥來(韻)。吉無不遂(讀)，何須詳解(韻)。〔姬昌白〕如此，待孤家訪賢，以應此兆可也。大夫，天已將明，可擺駕回宫。〔散宜生白〕大王有令，擺

駕回宮。〔內應科，衆臣引衆儀從隨輦同從上場門上。姬昌起，隨撤椅科，作上輦科。同唱〕

【意不盡】靈臺宴樂同稱快(韻)，共喜萬民依賴(韻)。〔姬昌唱〕俺則待訪明賢何在(韻)，〔衆同唱〕管望取萬里山河總自這西岐一境開(韻)。〔同從下場門下〕

第四齣　求救難孝子投師（古風韻）　弋腔

〔外扮姜尚，戴巾，穿土布道袍，繫腰裙，持釣竿、魚籃，從上場門上，唱〕

【南呂宮正曲·一江風】釣魚臺(韻)，渭水洵堪愛(韻)。滚滚流江海(韻)，去不來(韻)。世事茫茫(句)，苦海滔滔(句)，轉眼知誰在(韻)。〔合〕把絲綸漫展開(韻)，把絲綸漫展開(疊)，不須香餌排(韻)。這直鈎兒任你心相愛(韻)。〔白〕我姜尚自從遁出五關，救了百姓，來到西岐，隱在這渭水磻溪，待時而動。今日閒暇無事，不免在此垂釣一番。〔場上設椅，姜尚坐科，作釣魚科。生扮武吉，戴草帽圈，穿喜鵲衣，繫腰裙，挑柴，從上場門上，唱〕

【中呂宮正曲·駐雲飛】自砍生柴(韻)，記得仙家一局排(韻)。挑向天街賣(韻)，老母倚閭待(韻)。嗏(格)，笑傲樂情懷(韻)，無灾無害(韻)。一束薪芻(讀)，看日月如梭快(韻)。〔合〕呀，不覺行來到釣臺(韻)。〔白〕我武吉挑柴去賣，將近城了。那邊有一老者釣魚，待我招呼一聲，略爲少憩。〔作放柴擔向姜尚白〕老丈，我與你來作段故事。〔姜尚起，隨撤椅科，白〕甚麽故事？〔武吉白〕漁樵問答。〔姜尚白〕好個漁樵問答。〔作看科，武吉白〕老丈，别人釣魚是彎鈎，你怎麽是直鈎？〔姜尚白〕你那裏曉得我：自從直内取，不向曲中求。有朝身得志，還去釣王侯。〔武吉笑科，白〕老人家，你還要釣王侯，這話休要出口。我且問你：你老人家姓甚名誰，家鄉何處？〔姜尚白〕我姓姜名尚，字子牙，道號飛熊，東海許州人氏。你呢？〔武吉白〕問我麽，我祖貫西岐人氏，姓武名吉，日以砍柴爲生，奉養老母。方纔砍得柴薪，挑向城中去賣，見老丈在此，特來訪問。〔姜尚白〕原來是個孝子。我寔對你説罷，你今日不要進城了，滿目兇光，一團殺氣，只怕進城没有好處，還要打死人。〔武吉白〕哎，老人家好没正經。我好心與你談論，怎麽惡口傷人。我這樵子呵，〔唱〕

【仙吕宫正曲·桂枝香】無間煩惱（韻），自安於道（韻）。家在幽僻山村（句），有甚麽灾星來到（韻）。〔白〕我賣得幾文，買些米兒回去，作出飯來，我娘兒兩個吃得好不快活哩。〔唱〕只圖飽煖（句），只圖飽煖（疊），母子相依相靠（韻），别無計較（韻）。〔合〕砍柴燒（韻），那裏有禍事天來大（句），傷人一命銷（韻）。〔虚白科，姜尚白〕我的話是最准的，不聽我言，便遭横禍。〔唱〕

【又一體】非裝虚套（韻），我早知分曉（韻）。看你氣色昏沉（句），目下有灾星高照（韻）。勸伊歸去（句），勸伊歸去（疊），大殃將到（韻），休尋煩惱（韻）。〔合〕有蹊蹺（韻）。勸你袖手深藏性（句），安身可保牢（韻）。〔武吉怒，作挑柴擔科，白〕誰聽你這瘋話。〔從下場門下，姜尚白〕你看他竟自去了，少不得還來尋我。我看他將來有用，不終於此，只得救他一難，借此收他可也。正是：分明指與平川路，却把忠言當惡言。〔從下場門下場上場。西側安城、幃幙，上安「南門」匾額科。雜扮王相同三門軍，各戴軍牢帽，穿箭袖，繫鸞帶，佩刀，同從城門上,白〕我等西岐南門門軍是也。今日主公上靈臺占驗,出此城門,我等前來把守此門。〔衆白〕王大哥,你看有個樵夫挑了柴來了,這樣狹窄地方,怎麽放得過去?〔内作傳蹕科。武吉挑柴擔從上場門急上,白〕千歲出此城門,道路窄隘,不好躲避,只得趲進城來。〔衆門軍虚白發諢,作推阻,武吉虚白驚避,作擔落打死王相科,從城門急下。衆門軍虚白科。雜扮四軍卒,各戴馬夫巾,穿蟒箭袖卒褂,執旗。雜扮四軍卒,各戴大頁巾,穿蟒箭袖排穗褂,執標鎗。雜扮八執儀仗人,各戴大頁巾,穿蟒箭袖排穗褂,執儀仗。生扮散宜生,戴紗帽,穿圓領,束帶,執綵鞭。外扮南宫适,戴帥盔,穿圓領,束帶,執綵鞭。引生扮姬昌,戴王帽,穿蟒,束帶,執綵鞭,從上場門上。雜扮一傘夫,戴馬夫巾,穿蟒箭袖,繫肚囊,執傘,隨上。姬昌唱〕

【商調引・接雲鶴】靈臺高建狀規模(韻),占星驗氣俯皇都(韻)。〔白〕孤家往靈臺占驗吉兇,行到南門,忽聽一片喧嚷之聲。散大夫,〔散宜生白〕臣在。〔姬昌白〕前去問來。〔散宜生白〕領令旨。〔作問科,白〕爾等何故喧嚷?〔衆門軍白〕有一樵子,進城争路,打死門軍王相了。〔散宜生白〕帶上來。〔衆應,作帶武吉跪科,散宜生白〕那樵子,你姓甚名誰,爲何打死了他?〔武吉白〕哎呀,老爺,小人姓武名吉,以賣柴養母。方纔進城,知千歲駕臨,不及躲避,不料擔兒脱落一頭,打死了他了。〔散宜生白〕王法無情,理應抵命。人來,將他畫地爲牢,囚禁在此。〔武吉白〕哎呀,老爺,小人打死人,理該償命。只是家中還有八十歲的母親,若無小人,就生生餓死了。〔散宜生白〕也倒是個孝子。待我奏過主公,再作道理。〔作見姬昌科,白〕啟主公:那樵子姓武名吉,因避駕誤傷王相。臣欲抵之以法,他道家有老母賴以爲生,請旨定奪。〔姬昌白〕他倒是個孝子。也罷,大夫,你可放他回家,辭别了他母親,再來領罪。〔散宜生作向武吉科，白〕千歲開恩，暫且放你回家。你可辭别了母親，再來抵罪，去罷。〔武吉白〕多謝天恩。〔作挑柴擔從上場門下，姬昌白〕衆將官，擺駕靈臺去者。〔衆應，遶場從下場門下，隨作出城科，同從上場門下。衆門軍虚白科，從城門下。隨撤城科。丑扮武吉母，戴鬏髻，紮花手帕，穿布老旦衣，繫花手帕，帶數珠，作敲木魚念佛科，從上場門上，唱〕

【南調正曲·山坡羊】遇貧窮(讀)，時光難度(韻)。有孩兒(讀)，不能相顧(韻)。只一子(讀)，終日樵薪(句)，娘兒們(讀)，只此相依護(韻)。〔中場設椅，轉場坐科，白〕孩兒武吉打柴去了，往常這時候都回家了，怎麽今日還不見來，好教我放心不下。〔唱〕兒在途(韻)，教娘望眼枯(韻)。緣何不見孩兒步(韻)。我白首倚閭(讀)，空勞瞻顧(韻)。〔武吉從下場門急上，唱合〕身孤(韻)，恨非灾天降吾(韻)。無辜(韻)，娘餓在家中兒在途(韻)。〔作見科，武吉母白〕我兒爲何這時候纔來？氣色也漏些不好。〔武吉白〕哎呀，娘，不好了！〔武吉母白〕怎、怎麽樣？〔武吉唱〕

【又一體】怨孩兒(讀)，遭時不遂(韻)。痛孩兒(讀)，飛灾來至(韻)。想孩兒(讀)，一死無冤(句)，教老娘(讀)，却把誰來倚(韻)。苦痛悲(韻)。〔白〕孩兒行到磻溪，見一釣魚老者，他説我面有兇氣，定主傷人。孩兒不信，走進城來，〔唱〕不料鑾輿漸近時(韻)。孩兒欲避無由避(韻)。脱落擔頭(讀)，把門軍打死在塵埃地(韻)。〔白〕那時要將孩兒畫地爲牢，拿去抵命。孩兒説有母親，千歲慈心頓起，放我回家，辭别了你老人家，前去抵罪。〔武吉母哭科，白〕哎呀，我兒，苦殺爲娘的了。〔同哭科，同唱合〕傷悲(韻)，這傷悲訴向誰(韻)。孤恓(韻)，這孤恓托與誰(韻)。〔武吉母白〕且住，我兒。我想那老者既有相法，必有救法，你何不求他救你。他若無心救你，起先也不告知你了。〔武吉白〕母親説得有理，孩兒就去。〔武吉母白〕爲救非灾全母子，〔武吉白〕好求明哲保身家。〔武吉母起，隨撤椅科，白〕我兒快回來。〔武吉白〕孩兒曉得。〔從兩場門分下。姜尚持釣竿從上場門上，白〕不聽良言惹禍灾，娘兒無計怎安排。吾今施法將他救，不是人間無用材。那武吉不聽吾言，果然惹了大禍。你看他如飛而來，想來尋我救他，我不免在此等候便了。〔場上設椅，姜尚坐釣科。武吉從上場門急上，白〕爲訪名人離大難，不辭疲困走如飛。呀，你看那老丈仍在此處，我武吉想是有命了。〔作上前跪求科，白〕老丈救命嗄。〔姜尚起，隨撤椅科，白〕孝子起來講。〔武吉起科，姜尚白〕何事至此？〔武吉白〕老丈聽禀：〔唱〕

【中呂宫正曲・駐雲飛】明訓有違(韻)，果向城門惹下是非(韻)。打死門軍輩(韻)，一定難逃罪(韻)。嗏(格)，求你發慈悲(韻)，廣施救濟(韻)。結草啣環(讀)，報德寧相背(韻)。〔合〕救取無知脱禍危(韻)。〔姜尚唱〕

【又一體】你好痴迷(韻)，你是誰來我是誰(韻)。我不是神仙輩(韻)，怎得相周庇(韻)。嗏(格)。〔武吉跪科，白〕哎呀，老丈，我死何足惜，但是家中還有八十歲的母親，也就必死無疑了。〔姜尚白〕也罷，看你這點孝心，待我救你。須是拜我爲師，纔能脱此大難。〔武吉白〕老丈再造之恩，寔爲難報，何况爲師。〔姜尚白〕既如此，你且起來。〔武吉起科，姜尚白〕你既爲吾弟子，吾不得不救你。你如今速回家去，在你床前，隨你身材掘一土坑，塹深四尺，今夜睡在坑内，令你母親於你頭前點燈一盞，脚下點燈一盞，或米或飲，抓兩把撒在身上，放上些亂草。睡過一宵，明早去做生意，再無事了。〔武吉白〕多謝師傅。〔作欲行科，姜尚白〕且住，我看你相貌非常，異日還有大用。你既拜吾爲師，早晚聽我訓誨。日間賣柴回來，到此講談兵法，將來還爲天子之臣。倘日後成功建業，輔保明君，也不枉你拜我一場。〔武吉白〕師傅之言有理。師傅請上，受武吉一拜。〔拜科，唱〕多謝發鴻慈㊞，救灾免死㊞。飽學韜鈐㊟，常聽明師誨㊞。〔合〕有一日輔佐明君上玉梯㊞。〔起科，姜尚白〕你自去罷，日久不可懈惰。〔武吉白〕弟子曉得。〔仍從上場門下，姜尚唱〕

【慶餘】我且收綸罷釣權歸去㊞，竚待風雲會有期㊞，那時節廣救蒼生終成爲王者師㊞。〔從下場門下〕

第五齣　明君郊獵爲尋賢（江陽韻）　昆腔

〔雜扮八軍卒，各戴鷹翎帽，穿箭袖，繫肚囊，牽犬擎鷹，執烏鎗、長鎗，同從上場門上，唱〕

【平調隻曲・木蘭花】並非闕（句），畋遊蕩（韻）。摻軍演武（句），爲國家保障（韻）。今日裏長驅合逐圍場敞（韻）。從禽雖戒（句），怎似這般雄壯（韻）。〔同白〕吾等西伯侯麾下衆軍卒是也。今早大王傳下令來，在這岐山下擺下圍場，事於較獵，命我等整頓弓矢、器械、鷹犬、鞍馬，不免前去圍場伺候者。〔同唱〕

【平調隻曲・于飛樂】戒選徒（句），一隊隊矢挾弓張（韻），儦儦俟俟相將（韻）。趁專攻元吉日（句），沿成矩莫敢不從王（韻）。金鈴雪爪（句），都等待獵罷共酌天漿（韻）。〔內作傳蹕科，衆白〕大王駕臨，我等肅恭伺候。〔各分侍科。雜扮辛甲、太顛、閎夭，外扮南宮适，各戴帥盔，穿打仗甲，繫櫜鞬。生扮散宜生，戴紗帽，穿圓領，束帶，執綵鞭。引生扮姬昌，戴大帽，穿蟒箭袖黃馬褂，執綵鞭。同從上場門上，唱〕

【又一體】駕田車（句），只爲是宣武通莊（韻）。臂蒼且復牽黃（韻）。獸人群效職（句），搏獸過平岡（韻）。勁箭雕弓（句），擁列着鐵騎鳴鎗（韻）。〔白〕孤乃西伯侯姬昌，爲因天子無道，大起刀兵，我自回到西岐，造一靈臺，以爲占驗之所。前者在靈臺大宴群臣，忽有飛熊入夢，孤命上大夫散宜生詳解。他道主得賢臣，以爲輔佐，須是訪求可見。孤便擇了吉日，傳下令旨，岐山之下，射獵一番，一則可演軍容，二來可訪賢輔。因此又命太史先爲卜筮，卜曰「非龍非彲，非虎非羆，所獲霸王之輔」。細想此言，正符吾夢。衆將官，就此開問圍場，務以得獲爲功，不可以多殺爲能，違令者軍法從事。〔衆應，遶場科，同唱〕

【平調隻曲·青玉案】耀武雄威放(韻)。從禽則獲加犒賞(韻)。休得要多害多殺誇狂蕩(韻)。圍場排列(句)，馳驅一晌(韻)。只以得獲爲能把功簿上(韻)。〔姬昌白〕衆將官，來此甚麽所在？〔衆白〕渭水了。〔姬昌白〕就此撤圍者。〔衆應科，同唱〕

【又一體】排列圍場廠(韻)。自古由來戒荒蕩(韻)。〔姬昌唱〕因只爲夢入飛熊心難忘(韻)。天遣王佐(句)，定非虚妄(韻)。〔衆唱〕只願得獲收師定加犒賞(韻)。〔同從下場門下。雜扮衆獸形，各穿衆獸形切末衣，從上場門次第上，作跳舞科。衆將卒從上場門次第上，作殺衆獸形科。同從下場門下〕

第六齣　賢輔垂綸欣得主(古風韻)　崑腔

〔姬昌内白〕衆將官，〔衆内應科，姬昌白〕諸獸多獲，就此收圍者。〔衆内同作應科。雜扮八軍卒，各戴鷹翎帽，穿蟒箭袖，繫肚囊，牽犬擎鷹，執鳥鎗、長鎗。雜扮辛甲、太顛、閎夭，外扮南宫适，各戴帥盔，穿打仗甲，繫櫜鞬。生扮散宜生，戴紗帽，穿圓領，束帶，執綵鞭。引生扮姬昌，戴大帽，穿蟒箭袖黄馬褂，執綵鞭，從上場門上，唱〕

【正宫正曲·錦纏道】馬連鑣(韻)，過郊隄如風偃草(韻)。逐隊列旌旄(韻)。耀軍威(讀)，閑來操演弓刀(韻)。練兵戎春蒐夏苗(韻)，策驕驄人歡將驍(韻)。萬騎到南郊(韻)。〔姬昌白〕衆將官玩景而行。〔衆應科，同唱〕滿眼裏緑楊芳草(韻)，紅梨間碧桃(韻)。〔合〕回頭處鳳城祥雲籠罩(韻)。任馬蹄(讀)，大塊遍和韶(韻)。〔雜扮四樵夫，各戴草帽圈，穿喜鵲衣，繫腰裙，掖斧，挑柴擔，同從上場門上，作歌科，咏〕鳳非乏兮麟非無，但嗟治世有隆污。世人漫惜求賢路。君不見那莘野夫，不遇成湯三使聘，懷抱經綸學左徒。〔各虚白遶場科，姬昌白〕聽此歌韻，甚是清奇。辛甲上前問來，此歌何人所作。〔辛甲應科，作問科，白〕大王問你們，方纔此歌，何人所作？〔四樵夫白〕千歲爺問這歌兒麽。前邊十里之遥，有一地名磻溪，溪上有一老叟釣魚，常唱此歌。我們聽得熟了，所以都會。〔辛甲白〕爾等暫避。〔四樵夫虛白，同從下場門下。辛甲作稟科，姬昌白〕孤家聽此歌聲，寔令人心清神朗也。〔唱〕

【正宮正曲·玉芙蓉】幽閒意趣高(韻)，得志行吾道(韻)。比當年伊、説(讀)，氣量還高(韻)。但得個名賢相輔來相保(韻)，俺這裏伐罪安民不費勞(韻)。〔合〕芳郊好(韻)，訪名人恁早(韻)。倘相逢(讀)，何須馳逐列弓刀(韻)。〔雜扮四漁人，各戴草帽圈，穿喜鵲衣，繫腰裙，持漁具，披簑，提魚，同從上場門上，作唱歌科，咏〕憶昔成湯誅桀時，十一征兮自葛始。堂堂正大應天人，義旗一舉民安止。今經六百有餘年，祝網恩波將歇息。安得明王共相輔，不辭所學登朝矣。〔各虛白遶場科，姬昌白〕散大夫，此歌所作，比前更奇，中必有大賢在内。太顛，你可前去，請作歌賢人相見。〔太顛應科，作問科，白〕内中有作歌賢人，請出來與大王相見。〔四漁人白〕我們都是閑人。〔太顛白〕怎麽都是賢人？〔四漁人白〕我等早起捕魚，這時纔歸，不是閑人是甚麽？〔太顛白〕啟主公：都是漁人，並無賢者。〔姬昌白〕問那漁人，此歌何人所作。〔四漁人白〕此歌乃磻溪有一老叟所作，終日裏唱此，我們往往在一處捕魚，所以都學會了。〔姬昌白〕既如此，爾等去罷。〔四漁人虛白，從下場門下。姬昌白〕正是：揚鞭靜聽曲中意，洗耳不聞亡國音。〔散宜生白〕大王，今日爲訪賢而來，所遇者盡是出塵之輩，臣等敢不敬賀。〔衆同唱〕

【正宮正曲·普天樂】這的是求意專誠心到(韻)，想是來指引招賢道(韻)。只聽他一聲清韻志量何高(韻)，比不得閑漁舟欸乃音遥(韻)。〔合〕呀(格)，新奇古調(韻)，求之莫憚勞(韻)。倘得賢人(讀)，同來輔佐吾朝(韻)。〔生扮武吉，戴草帽圈，穿喜鵲衣，繫腰裙，挑柴擔，從上場門上，作唱歌科，咏〕春水悠悠春草奇，金鰲坐釣隱磻溪。世人不知高賢志，只合溪邊老釣磯。〔虛白遶場科，散宜生白〕大王請看，這樵夫好似武吉模樣。〔姬昌白〕大夫差矣，孤已占得一課，武吉已死萬丈深潭，豈有還在之理。辛甲，你去拿來見我。〔辛甲應，作拿科，白〕武吉拿到。〔姬昌白〕匹夫，怎敢欺孤太甚！〔武吉白〕千歲爺，小民誤傷人命，蒙千歲放回探母，路過磻溪，見一漁翁，姓姜名尚字子牙，道號飛熊。小民拜他爲師，他教了救我之方，所以小民終日賣柴，無人看見。今日不料遇見千歲。〔散宜生白〕微臣恭賀大王，此人道號飛熊，正應主公之夢。武吉有引路之功，宜赦他無罪。〔姬昌白〕妙嗄。孤今特爲求賢，即得賢者，寔是天意相佐也。武吉，〔武吉白〕小民有。〔姬昌白〕你家師傅，所居何處？〔武吉白〕就在前面，磻溪水邊垂釣者，即是小民師傅。〔姬昌白〕既如此，你有荐賢之功，孤家還要封你。散大夫，可將他帶回朝去候旨。〔散宜生應科，武吉虛白拜謝科，同從上場門下。姬昌白〕衆將官，隨我到磻溪請賢去者。〔衆應科，同從下場門下。外扮姜尚，戴浩然巾，穿道袍，繫絲，執魚竿，從上場門上，唱〕

【平調套曲·文如錦】眺汪洋(韻)，好一似琉璃萬頃晴光颺(韻)。俺非關漁捕(句)，生意濠梁(韻)。趁此際(句)，棹孤舫(韻)。垂細綸(句)，風前漾(韻)。只爲奉師承榜(句)，完功果意在釣侯王(韻)。好風光(韻)。空鈎意取(句)，烟波佳貺(韻)。〔白〕老夫姜尚，奉師傅之命，下山封神，扶周滅紂。使了法術，逃到西岐，隱於磻溪，待時而動。西伯仁聖之君，必是求賢如渴，我若待時而動，得君而事，何愁大事不成。〔內作軍聲科，姜尚望科，白〕呀，原來是西伯到來，我且佯爲不知，垂釣則箇。〔場上設椅，姜尚坐科，作釣魚科。衆引姬昌從上場門上，唱〕

【平調套曲·古神仗兒】練貔貅分圍合場（韻），聽歌聲氣度悠揚（韻）。荐賢人得（句），天遣得臣良（韻）。且前行問候致恭（句），求輔吾邦（韻）。共欣稱（句），王畿廣（韻）。〔太顛白〕啟上大王，溪邊果有一老叟垂釣。〔姬昌白〕既如此，衆將官不必前行，恐致驚動大賢，待我上前問候。〔衆應科，同作下馬科。姜尚作持竿作歌科，咏〕西風起兮白雲飛，歲已暮兮將焉爲。五鳳鳴兮天命在，且垂釣兮知我稀。〔姬昌白〕老丈請了。〔姜尚起，隨撤椅科，白〕請了。〔姬昌白〕我乃西伯姬昌，知老丈大賢在隱，故爾驚動起居。〔姜尚作大驚跪科，白〕不知大王駕臨，多有得罪。〔姬昌扶起科，白〕老丈請起。念姬昌求賢如渴，日事訪尋，適遇令徒武吉，得知踪跡。老丈可是飛熊先生？〔姜尚白〕老朽便是。〔姬昌白〕妙嗄，正應夢境，又合卜言。先生不棄，願將國事相托。老丈呵，〔唱〕

【平調套曲·願成雙】欽儀範（句），好相將（韻）。奉天詔來佐姬昌（韻）。〔白〕方今天下紛紛，老丈大展經綸，則天下蒼生幸甚。〔唱〕從今後願君休更問漁梁（韻），霸王業全資上相（韻）。〔姜尚白〕老朽不堪重任，每日志在漁樵，那有若干本領。〔唱〕

【又一體】説甚麽欽儀範（句），特相將（韻）。垂綸芳餌足可徜徉（韻）。那六韜三略事非長（韻），況老矣不如少壯（韻）。〔姬昌白〕先生休得過謙。左右快備車輦，迎入朝中去。〔南宮适應，作向内唤科。雜扮二

軍卒，各戴馬夫巾，穿蟒箭袖，繫鞶帶，推輦從上場門上。姬昌虚白科，姜尚作遜讓上輦科。衆同作上馬遶場科，同唱〕

【慶餘】磻溪原來釣玉潢㊞，同載而歸更難推讓㊞，從今後風雲際會重看鷹揚㊞。〔同從下場門下〕

第七齣　沙山畔戎主演陣（古風韻）　崑腔

〔雜扮四番將，各戴盔，簪孤尾、雉尾、大鼻子，紥靠，同從上場門上，唱〕

【雙調正曲·回回曲】勒呢諦哈呢(韻)，兀突索哈呢(韻)。赤諦哈呢(讀)，兀諦波呢(韻)。西達諦(韻)，西達諦(疊)，〔合〕烏蠻蘇哈呢(韻)。〔分白〕俺北戎將軍阿拉爾拜是也，俺都統將軍忒母禄是也，俺大宰桑格類孤音是也，俺先鋒七龍八圖魯是也。〔同白〕俺家主公遠處沙漠，臨于瀚海，却與商朝世代有仇。近日俺家主公親領大軍，騷擾中華，商家皇帝差了太師聞仲前來征討。今日主公親操大軍，好爲迎戰，我等前來伺候。〔內作嗶嘈聲科，同白〕你聽嗶嘈聲喧，主公來也。〔各分侍科。雜扮八番卒，各戴小番帽，大鼻子，穿小番衣，執旗，引净扮賽罕，戴獅盔，簪狐尾、雉尾、大鼻子，紥靠，從上場門上，唱〕

【中吕調隻曲·粉蝶兒】僻壤稱王(韻)，遠中華人稀天曠(韻)。俺可也獨霸偏方(韻)。茹禽腥(句)，衣獸葦(句)，這的是天教安享(韻)。人馬争强(韻)，只聽俺一聲呼千欽萬仰(韻)。〔中場設椅，轉場坐科，白〕陣雲凝結日陰霾，雪嶺横戈驟馬來。天空地迥無飛鳥，射得黄羊笑一回。〔四番將作參見科，白〕臣等打躬。〔賽罕白〕少禮。〔四番將分侍科，賽罕白〕俺北戎國主賽罕是也。俺國開自洪荒，遠居沙漠，自商高宗領兵把俺祖爺爺殺敗，至今此仇未報，因此親統雄兵，侵他邊界。聞得商家天子，差了個甚麽太師聞仲，前來征討，俺且把部落將士，親自訓練一番。衆將校，與我擺齊隊伍，前往沙坡去者。〔衆白〕者。

〔賽罕起，隨撤椅科。衆作遶場科，同唱〕

【中呂宫正曲・好事近】隊伍整旗鎗(韻)，排列軍容前向(韻)。森嚴法令(句)，千群戰馬奔放(韻)。平沙路遠(句)，趁風高(讀)，彩幟空中颺(韻)。〔合〕天心佑鬼國鴻圖(句)，管平蕩商家邊障(韻)。〔作到科，賽罕白〕已到沙坡。衆將校，大敵臨前，不可輕視，待俺把冲鋒破陣之法，親自教導一番。〔衆白〕者。〔賽罕作勢科，唱〕

【中呂調隻曲・石榴花】兵機妙法不尋常(韻)，須奮勇各争强(韻)。懂得個分兵隊伍(讀)，各執刀鎗(韻)。齊心爲保障(韻)，合勢莫分張(韻)。只聽着鼓聲喧(句)，只聽着鼓聲喧(疊)，旗揚耀武冲刀仗(韻)。一聲吶喊(讀)，千人膽喪(韻)。還則要陷重圍(句)，還則待陷重圍(疊)，似飛翔斬取中軍將(韻)。好一似攪海與翻江(韻)。〔白〕都懂得了麽？〔衆白〕都懂得了。〔賽罕白〕者。既如此，爾等把那新學的幾件衝陣兵器，操演一番。〔衆白〕者。〔八番卒同從上場門下。場上設高臺、虎皮椅，賽罕作上高臺坐科。八番卒各扛鳥鎗從上場門上，作走陣打連環科，地井内放爆竹鞭科，八番卒從下場門下，賽罕白〕者。好鎗法，這一陣連環，管打他個尸山血海。〔作大笑科。雜扮八番卒，各穿戴虎膢腦、滚被，執鐵片刀，從上場門上，作勢科，從下場門下。賽罕白〕者。果然人人似虎，斬將搴旗，唾手成功矣。〔雜扮八番卒，各戴小番帽、大鼻子，穿小番衣，執遼刀，從上場門上，跳舞畢，各作分侍科。賽罕白〕好刀法，斬將誅馬，可以全勝。好操演精熟，各各有賞。就在這瀚海南沿，安下營盤，以逸待勞可也。〔衆白〕者。〔賽罕作下高臺，隨撤高臺科。衆同唱〕

【雙調正曲·清江引】旗門開處排兵仗㊞，以逸攻勞攘㊞。穹廬且醉歌㊂，擺隊回毡帳㊞。〔合〕好把那用兵機㊃，還從頭細細講㊞。〔衆擁護賽罕從下場門下〕

第八齣　鹿臺上妲己宴妖（先天韻）　昆腔

〔雜扮四太監，各戴太監帽，穿貼裏衣。雜扮二内侍，各戴大太監帽，穿蟒，束帶，帶數珠，執拂塵。引净扮紂王，戴九梁冠，穿氅，從上場門上，唱〕

【南吕宫引・生查子】臺上會群仙（句），來赴龍光宴（韻）。仙緣不易逢（句），今日欣相見（韻）。〔中場設椅，轉場坐科，白〕寡人看了御妻所獻之圖，命崇侯虎監工，建造了鹿臺一座，與皇后一同登臺歡宴。忽然想起一件事來，皇后説此臺一成，神仙可見，寡人問了皇后，煞是奇怪，皇后竟有請仙之法，説今日群仙畢集，奏朕大排佳宴，以宴衆仙，必要選一大臣陪席。文武班中，有名望的無過比干，因此傳旨與他，命他臺下伺候。天色已晚，爲何還不見神仙降臨。内侍，請皇后上殿。〔一内侍應，作向内宣科。雜扮二宫娥，各戴過梁額，穿宫衣，引小旦扮妲己替身，戴鳳冠簪形，穿蟒，束帶，從上場門上，唱〕

【又一體】聖澤九重深（句），金屋多嬌面（韻）。妝成下玉堦（句），終日陪歡宴（韻）。〔作虚白見駕科，紂王虚白科。場上設椅，妲己替身虚白坐科，紂王白〕御妻，月色已升，玉筵已備，爲何神仙還不見來？〔妲己替身白〕他們都是洞府分居，一時難得畢集，聖上只聽風聲響處，即是仙駕降臨。聖上須當先在鹿臺設宴等候。俟他們來時，待妾身下臺，先行相見説明，然後引上臺來相見，不然恐失仙歡。〔紂王白〕御妻之言有理。你好歹與他們説明，以慰朕之渴想之殷可也。〔各起，隨撤椅科，同從下場門下，衆隨下。雜扮八妖狐化身，各戴過梁額、仙姑巾簪形，穿舞衣，執拂塵，同從上場門上，唱〕

【仙呂宮正曲・清江引】花妖月媚人間現(韻)，來到深宮院(韻)。鏗鏘環珮聲(句)，各逞笑蓉面(韻)。〔合〕今日來(讀)，赴瑶臺閬苑前(韻)。〔場上預拉彩雲幃幔，隱設鹿臺、桌椅、筵席科。作到，各虛白科。衆引紂王、妲己替身暗上，妲己替身作下臺迎科，作虛官模科，白〕列位上仙到了。〔八妖狐化身白〕天子乃有道之君，精誠相感，是以我等前來，惟是保得千秋鴻基不改，以爲吾等報答之意。〔衆各虛白科，妲己替身白〕列位，聖上在臺上久候，渴慕仙緣，恐不告知，有失仙歡。今既承不棄，就請上臺見駕。〔各虛白，作上臺，各虛白入宴科。紂王白〕宣陪宴官在臺下奉陪。〔内應科。外扮比干，戴紗帽，穿蟒，束帶，執笏，從上場門上，白〕青鸞天外至，白鶴日邊來。〔作在臺下跪叩、山呼、起科，白〕列位上仙請了。〔八妖狐化身白〕請了。這是何人？〔妲己替身白〕是亞相比干，聖上宣來，特陪衆仙之宴。〔八妖狐化身白〕亞相乃忠誠君子，吾等亦當賜福與他。〔比干白〕多謝衆仙。〔臺下西側設桌椅、筵席，比干虛白謝科，作入桌坐科。八妖狐化身各虛白、飲酒、發諢科，同唱〕

【南呂宮集曲・梁州新郎】【梁州序】（首至合）笙歌嘹喨(句)，綺羅鋪展(韻)。一派香嬌玉軟(韻)。擎杯傳送(句)，歡呼玳瑁華筵(韻)。只見雲鬟霧鬢(句)，玉骨冰肌(讀)，總是神仙眷(韻)。恍疑王母降(讀)、下瑶天(韻)，不是蓬萊閬苑仙(韻)。【賀新郎】（合至末）皇家福(讀)，仙姬願(韻)。玉山頹處猶相勸(韻)。天不夜(句)，酒頻勸(韻)。（各作醉態，各戴本形臉作露形，妲己替身作遮紂王臉科。比干虛白科，起，隨撤桌椅科，從上場門急下。妲己替身白）衆位上仙不能多飲凡間之酒，恐失仙儀，請回。（衆作虛白科。八妖狐下臺，内作風聲科，八妖狐作醉態科，同從上場門下。紂王虛白科，衆同唱）

【南呂宫正曲·節節高】瑶臺結善緣(韻)。醉綺筵(韻)，星前月下金樽勸(韻)。情無限(韻)，意欣然(韻)，生歡忭(韻)。丁東玉珮歸天畔(韻)，山川一霎遊看遍(韻)。（合）鳳城遥在五雲邊(韻)，仙姬常是相留戀(韻)。（各虛白科，同作下臺科。隨拉彩雲幃幙，撤鹿臺科。紂王作大笑科，白）御妻果然神仙下降，寡人得一飽看，好慶幸也。（妲己替身白）此乃聖上之福，仙緣有分，是以如此。神仙已去，請聖上後宫飲宴。（紂王白）宫娥掌燈，往後宫去者。（二宫娥應科，從下場門下，取宫燈隨上。紂王作醉態，與妲己替身携手遶場科，同唱）

【尚按節拍煞】酒闌月轉群仙散(韻)，却又是更深夜殘(韻)，且再向芳幃又好去醉綺筵(韻)。（同從下場門下，衆隨下）

第九齣　絕狐蹤將軍掘墓（江陽韻）　昆腔

〔雜扮二手下，各戴大頁巾，穿蟒箭袖，繫䌙帶，佩刀，執燈籠，引外扮比干，戴紗帽，穿蟒，束帶，從上場門上。比干唱〕

【仙呂宮正曲·六么令】天將喪邦(韻)，妖邪入禁籞宮牆(韻)。玉筵擅至沐恩光(韻)。〔白〕下官比干，聖上命陪仙宴，誰知竟是些精靈。可見國家將亡，必有妖孽，思量起來，好不痛心疾首也。手下，打道回府。〔衆應科，比干唱〕金雞唤(讀)，五更長(韻)。〔合〕思量無計除妖黨(韻)，思量無計除妖黨(疊)。〔同從下場門下。雜扮四軍卒，各戴馬夫巾，穿蟒箭袖卒褂，佩刀，執鎗，紮背燈。雜扮黃明、周紀、龍環、吳乾，各戴紮巾額，穿打仗甲，執器械。引生扮黃飛虎，戴金貂，穿蟒，束帶，佩劍，執綵鞭，從上場門上，唱〕

【又一體】休辭勞攘(韻)。巡視王城(讀)，徹夜匆忙(韻)。〔白〕俺武成公黃飛虎，輪該今夜巡視王城，已曾各處巡察，來此已是天門街了。黃明，〔黃明白〕有。〔黃飛虎白〕甚麽時候了？〔黃明白〕五鼓了。〔黃飛虎白〕就此一路巡行回府。〔衆應，遶場科。二手下引比干從上場門上，唱〕行行來到禁城傍(韻)。天黯淡(讀)，月蒼涼(韻)。〔合〕妖狐未審知何向(韻)，妖狐未審知何向(疊)。〔作見科，白〕呀，我道是誰，原來是武成公。〔黃飛虎作下馬科，白〕原來是老丞相，爲何愴惶徒步，寅夜到此？〔比干白〕武成公，說也奇怪，夜來老夫奉旨，鹿臺陪宴，説有神仙下降。誰知醉後現形，竟都是些精怪。下官看了如此光景，不覺又恨又懼。〔黄飛虎白〕有這等事？黄明何在？〔黄明應科，黄飛虎白〕你可帶領衆軍前去採視，看是甚麽精怪，入於何地，速來交令。〔黄明應科，從下場門下，二軍卒隨下。黄飛虎白〕老丞相，已離寒舍不遠，大家到去，等候回音，何如？〔比干虚白科，同從下場門下，衆隨下。雜扮八妖孤化身，各戴過梁額、仙姑巾簪形，穿舞衣，執拂塵，作醉態科，從上場門上，白〕我等奉妲姐呼召，宫中赴宴，不覺大醉，風不能乘，霧不能駕，只得慢慢回去。〔一妖狐化身白〕列位姊妹，我等酒後失於點檢，只怕那比干看破，使人追趕，反爲不便。趁此月色，大家儹行罷。〔衆妖狐化身同白〕有理。〔遶場科，同唱〕

【正宫正曲·四邊静】誰知我等神通廣(韻)，變化原斷像(韻)。宫中惑暴君(句)，皆因有内黨(韻)。〔合〕酒兒性狂(韻)，形兒不藏(韻)。倘使洩機關(句)，難免身兒喪(韻)。〔各虚白科，同從下場門下。二軍卒引黄明從上場門上，白〕俺奉元帥將令，採視妖踪，竟是一群狐狸，醉難行動，出了西門，竟奔軒轅墓中去了。我已採得切實，回來交令。已到元帥府前，不免進去稟知便了。〔向内白〕元帥有請。〔衆引比干、黄飛虎同從下場門上，白〕纔講妖邪事，何人報事因。〔作見科，比干白〕黄將官回來了。〔黄飛虎白〕可有甚麽踪跡？〔黄明白〕末將奉令前去採視，見有許多狐精，醉難行動，出了西門，竟奔軒轅墓中去了。〔黄飛虎白〕老丞相，我想妖狐已醉，除之不難。一誤不可，豈容再誤。〔比干白〕將軍之言有理。我等一同前去，除了妖種，方消我恨。〔黄飛虎白〕既如此，衆將官，就此帶了器械，隨我等前去。〔衆應科，同從下場門下，

取鍬、钁、弓箭，隨上。〔黃飛虎白〕就此前去。〔衆應科，遶場科，同唱〕

【商調正曲・水紅花】行行不覺路途長(韻)。恁匆忙(韻)，風馳雲蕩(韻)。追尋邪媚莫使張狂(韻)。只見樹蒼蒼(韻)，應藏妖黨(韻)。曲折深山古澗(句)，妖氣合荒凉(韻)。〔合〕務使盡傷亡(韻)也囉(格)。〔場上設軒轅墓切末科，黃明白〕這就是妖狐巢穴了。〔黃飛虎白〕衆將官，就此與俺勦射者。〔衆應，作掘穴，地井緩撤軒轅墓切末科，衆作攢射科，同唱〕

【中呂宫正曲・撲燈蛾】弓弩忙攢射(句)，弓弩忙攢射(疊)，鍬钁紛紛向(韻)。窺覷洞中妖(句)，箇箇魂消魄喪(韻)也(格)。悲風四起(句)，須索是殄厥深藏(韻)，莫待要存留餘黨(韻)。〔合〕凈妖氛(讀)，須臾狐媚總消亡(韻)。〔作挑出衆死狐切末科，衆虛白科，同白〕妖狐俱已殲滅。〔比干白〕武成公，這狐皮，下官想來倒有用處，可以爲諫君之用。待下官將此皮製成一裘，獻上君王，看省悟與否，乘機奏聞陳諫。〔黃飛虎白〕老丞相言之有理。〔比干白〕手下，將這些死狐都拿起來。〔二手下應，作各挑起科。黃飛虎白〕衆將官，就此回城。〔衆應，遶場科，同唱〕

【中呂宫正曲・紅繡鞋】誰教共逞顛狂(韻)，顛狂(格)。難逃巢破身亡(韻)，身亡(格)。來禁院(句)，入宫牆(韻)。施嫵媚(句)，惑君王(韻)。〔合〕斷妖種(句)，再難颺(韻)。〔同從下場門下〕

第十齣　啟君惑比干獻裘(古風韻)　弋腔

〔天井作落雪科。雜扮四太監，各戴太監帽，穿貼裏衣。雜扮二內侍，各戴大太監帽，穿蟒，束帶，帶數珠，執拂塵。雜扮二宫娥，各戴過梁額，穿宫衣。引净扮紂王，戴王帽，穿蟒，束帶。小旦扮妲己替身，戴鳳冠簪形，穿當場變，束帶。携手科，同從上場門上，分唱〕

【南吕宫引·一剪梅】飛舞銀龍遍遠天(韻)。瓊屑紛然(韻)，琪蕊紛然(韻)。承歡玩賞厰華筵(韻)。咏絮情牽(韻)，琢玉情牽(韻)。〔場上設椅，各坐科，紂王白〕御妻，今日瑞雪漫空，正好玩賞，寡人與你開宴徵歌，以盡此興。〔妲己替身白〕聖上，當此瑞景紛呈，正宜歡賞，妾當陪奉。〔紂王白〕如此，就此往鹿臺去。〔一宫娥、一太監向下取雪具，隨上，作與紂王、妲己替身穿戴科，各虛白起，隨撤椅科。同唱〕

【正宫正曲·玉芙蓉】銀裝樓殿開(韻)，玉砌乾坤大(韻)。望鴛鴦瓦上(讀)，粉色磨揩(韻)。〔場上拉彩雲幃幔，隱設鹿臺、桌椅、筵席科。作到科，紂王白〕雪止天晴，就此上臺飲宴可也。〔同虛白，作脱雪具，一宫娥、一太監作接科，送下隨上。衆作上臺科，唱〕好比似醉扶月姊來蟾界(韻)，不亞如笑擁飛瓊步玉臺(韻)。〔紂王白〕御妻，上得高臺，萬頃一色，好一個大觀也。〔妲己替身白〕正是。〔唱合〕洵堪愛(韻)，兆君王恩澤(韻)。

慶三時讀，豐年有慶都賴聖恩該韻。〔紂王大笑科，白〕御妻好會説話。内侍看宴。〔衆應科。紂王作與妲己替身入桌坐科，衆作送酒科，同唱〕

【又一體】頻傾紫玉杯韻，坐對瓊壺彩韻。恍雲漿高酌讀，瑶島筵開韻。只見銀花爛熳翻銀海韻，好似玉樹參差布玉堦韻。〔合〕洵堪愛韻，這風光開銀界韻。問當年讀，英皇曾否在此侍君來韻。〔紂王白〕内侍，宣歌舞宫娥上前侑酒。〔一内侍應，作向内宣科。雜扮八宫娥，各戴過梁額，穿舞衣，同從上場門上，作上臺分侍科。妲己替身白〕妾當今日佳景開懷，歌舞一回，以爲聖上羽觴之樂。〔紂王白〕怎勞御妻這般侍奉。衆宫娥好生伏侍娘娘。〔衆宫娥應科。妲己替身起，内作樂，衆宫娥作與妲己替身翻當場變科，衆宫娥同作歌舞科，同唱〕

【又一體】丁東環珮鳴韻，嫋娜霞裾映韻。玉纖纖腰素讀，臉絢芙蓉韻。漫誇湘浦瑶絃浄韻，款鬭銀娥素練明韻。〔合〕笙簫擁韻，宛廣寒仙境韻。降姮娥讀，君王沉醉慶豐成韻。〔内作樂，紂王虚白，妲己替身仍歸座科。紂王作大笑科，白〕御妻，朕觀你之歌舞，果又添一番嫵媚也。〔雜扮一内侍，戴大太監帽，穿蟒，束帶，帶數珠，執拂塵，從上場門上，跪科，白〕啟聖上：有丞相比干來獻狐裘，臺下候旨。〔紂王白〕御妻迴避。〔妲己替身應科，起，作下臺科，從下場門下，衆宫娥隨下。紂王白〕宣比干見駕。〔内侍應，作向内宣科。外扮比干，戴紗帽，穿蟒，束帶，捧裘，從上場門上，白〕爲進煖衣臣意篤，特明邪媚啟君心。〔作上臺見駕科，白〕臣比干見駕，願吾王萬歲。〔紂王白〕皇叔平身，所持何物？〔比干白〕鹿臺高接雲，霄風雪甚寒。

微臣新得一裘，十分温煖，獻上陛下，少盡忱悃。〔紂王白〕賢卿平身。〔比干白〕萬歲。〔起科，紂王白〕皇叔年高，留當自用，今獻與孤，足見忠愛。內侍，將裘展開。〔一內侍應，作接裘展開科。紂王白〕妙嗄。朕爲天子，富有四海，實缺此物，皇叔之功，世莫大焉。風雪甚寒，皇叔可歸私第，賞雪娱心。〔比干白〕萬歲。〔作下臺科，仍從上場門下。紂王白〕內侍宣皇后上臺。〔一內侍應，作向內請科。二宫娥引妲己替身從下場門上，作上臺坐科，白〕聖上，方纔妾自簾內觀看，比干所獻之裘，實爲罕物，但以聖體而披此野畜之皮，甚爲褻瀆。〔紂王白〕御妻所見甚明。內侍，吩咐尚衣貯庫。〔一內侍應，作捧裘科，從上場門下。妲己替身白〕天色將晚，臺上風雪甚寒，聖上請入後宫，開了瓊室，飲宴玩賞罷。〔紂王白〕可見御妻之愛我也。〔各起虚白，作携手下臺科，隨拉幃幙，撤鹿臺、桌椅、筵席科。紂王作醉態扶妲己替身科，白〕御妻，〔唱〕

【慶餘】朕看你清歌妙舞把瑶觴奉㊝，悄不覺東皇沉醉梅花一夜風㊝。〔妲己替身白〕萬歲，〔唱〕但願得萬載承歡長登這玉界中㊝。〔紂王作大笑科，扶妲己替身從下場門下，衆隨下〕

第十一齣　進美人妖朋合黨（廉纖韻）　昆腔

〔雜扮四内侍，各戴大太監帽，穿蟒，束帶，帶數珠，執拂塵，同從上場門上，分白〕美人偏得侍君王，多少仙緣暗裏藏。添個仙姬陪宴樂，吾儕趨奉倍匆忙。〔同白〕吾等衆穿宫内侍是也。終日追隨聖駕，朝朝伺候華筵。昨日皇后娘娘與聖上鹿臺賞雪之後，回宫夜宴，娘娘舉荐了他一個義妹，名叫胡喜妹，十分姿色，聖上不勝羨慕。娘娘道，今日焚了信香，請他來此。聖上大喜，命我等設下華筵相候。我等收拾停備，伺候可也。〔同唱〕

【高宫套曲·端正好】玳筵開(句)，霞觴泛(韻)。神仙眷次第來前(韻)。喜盈盈笑將玉液樂，洽入人心坎(韻)。這浮生一度應無憾(韻)。〔各虛白科，同從下場門下。雜扮二小妖，各穿衫、背心，繫汗巾簪形，引旦扮九頭雉鷄精，戴本形瞌腦，穿氅，從上場門上，唱〕

【高宫套曲·滚繡毬】煉無形道術高(句)，學無生至理參(韻)。兀那莽乾坤如丸環轉(韻)，劫輪迴誰可先探(韻)。似俺這自潛修隱在山(句)，遠塵凡不用庵(韻)。騁妖光天不收地不管(韻)，化妖形成得藥劈得巖(韻)。說甚麽三尸斬斷陰陽劍(句)，還不用五炁包羅日月衫(韻)。一般的妙義中含(韻)。〔中場設椅，轉場坐科，白〕我乃九頭雉鷄仙，幻名胡喜妹，煉就美容顔，與九尾狐仙、玉石琵琶仙同在軒轅墓中，姊妹修持。女媧娘娘敕命我等下山，迷惑紂王。九尾狐仙投入妲己竅中，進宫被寵，玉石琵琶仙因宫中探視回來，被姜尚看破，煉出原形，妲己姐姐收在宫中，煉還元氣。爲因鹿臺請仙赴宴，命衆子孫變化前去，不想比干看破，與黄飛虎那厮一勦無餘。幸我有事他出，未曾被害。那比干又將狐皮作裘進獻，姐姐一見，十分着惱，昨晚前來相見，説將我舉荐與君，紂王十分羡慕。姐姐與我作成圈套，請我入宫，好便就中行事，作他幫手。我今日呵，〔唱〕

【高宫套曲・叨叨令】俺待把勾魂的眉兒眼兒(讀)，作得個嬌嬌滴滴的轉(韻)。調情的唇兒舌兒(讀)，作得個温温柔柔的賺(韻)。則待要環兒珮兒(讀)，嫋纖腰丁丁東東的顫(韻)。好將那裙兒袖兒(讀)，舞花枝妖妖嬈嬈的站(韻)。兀的不迷惑殺也麽哥(格)，兀的不迷惑殺也麽哥(疊)。儘教他魂兒魄兒(讀)，向佳人悠悠離離的絆(韻)。〔白〕小妖們，爾等好生看守洞府，我就此前去也。〔二小妖應科，從下場門下。九頭雉鷄精起，隨撤椅科，白〕待我幻作仙姬，變成嬌態，好去迷他。〔作變科，從下場門下。小旦扮九頭雉鷄精化身，戴過梁額、仙姑巾簪形，穿舞衣，執拂塵，隨上科，白〕妙嗄。此去乘機獻媚，昏君依戀情深，那比干、黄飛虎可談笑而除矣。就此駕起妖風，前去可也。〔遶場科，唱〕

【高宫套曲・滚繡毬】恁何須把毒手施(句)，怎知俺把大恨銜(韻)。你自獻忠肝義膽(韻)，怎敵這色劍情鑱(韻)。恁那裏死臨頭無足樂(句)，俺這裏正歡娛春色酣(韻)。你那裏一般兒同悲同慘(韻)，俺這裏三人的同樂同甘(韻)。恁總有懸天赤綆也難相續(句)，俺只將蔓草枯枝仔細芟(韻)。漫誇壽過彭鏗(韻)。〔白〕已到姐姐宮中了，待我假作不知，教紂王自來尋我。〔向内科，白〕姐姐那裏？〔雜扮二宮娥，各戴過梁額，穿宮衣，引小旦扮妲己替身，戴鳳冠簪形，穿蟒，束帶，從下場門上，作相見科，白〕哎呀，妹子到來了，請坐。〔場上設椅，各虛白坐科。妲己替身白〕妹子，我在天子面前讚揚大德，天子不勝羨慕，思欲一會丰標，因此焚了信香，特請妹子到來，以慰渴想。〔浄扮紂王，戴王帽，穿蟒，束帶，從下場門上，作虛官模後場偷看科。妲己替身白〕賢妹俯賜一觀，感之無盡。〔九頭雉鷄精化身白〕如今天子在哪裏？〔妲己替身白〕妹子，我恐仙凡不便，因此請聖上迴避片時，待妹子允諾，然後請出相見。〔九頭雉鷄精化身白〕姐姐差矣。我乃女流，又且出家，仙凡難會，男女不親，如何有失仙規，不分内外？〔妲己替身白〕不然。天子係天子之神，仙亦當相讓，況我與你義切同胞，相見何妨。〔九頭雉鷄精化身白〕姐姐如此吩咐，可請天子相見。〔各虛白起科，妲己替身作欲請科，紂王笑科，白〕不要請，寡人伺候下了。〔作虛官模相見科，白〕仙子請了。〔九頭雉鷄精化身白〕貧道稽首了，請坐。〔紂王作虛官模科。場上設椅，各虛白坐科。紂王白〕仙子降臨，寡人不勝欣幸。〔九頭雉鷄精化身白〕貧道山野之姿，何勞聖眷。〔妲己替身作虛官模，九頭雉鷄精化身作虛官模送情科。紂王作虛官模科，白〕好説，仙子。寡人呵，〔唱〕

【高宮套曲·倘秀才】羨煞你仙姿不凡(韻)，想煞俺心頭頓牽(韻)。早是把萬種相思一擔擔(韻)。休得要歎渴想(句)，須索是樂且耽(韻)。聊慰朕千思萬感(韻)。〔九頭雉鷄精化身作虛官模科，妲己替身白〕聖上，賤妾忽覺心神不爽，待我略息片時，再來奉陪。〔紂王白〕御妻請。〔妲己替身起，隨撤椅科，白〕妹子暫侍聖上，我去去就來。〔九頭雉鷄精化身白〕姐姐請。〔妲己替身虛白，從下場門下，二宫娥隨下。紂王白〕仙子，寡人有一句知心的話兒，可容納否？〔九頭雉鷄精化身白〕天子請講。〔紂王白〕這個——仙子何不棄此修行，與令姐同居宫院，共享榮華，朝夕歡娱，豈不是好？〔九頭雉鷄精化身作虛官模不言科。各起，隨撤椅科。紂王作背科，白〕咴，着實有些意思。〔作向九頭雉鷄精化身白〕仙子，〔唱〕

【高宫套曲・滚繡毬】且收了百藥囊(句)，早换了五色簪(韻)。享恩情把清凉休戀(韻)，伴君王朝夕情酣(韻)。〔白〕朕與你呵，〔唱〕似文禽其意同(句)，效鸞凰其味甘(韻)。百般的嬌柔温款(韻)，我萬種的留戀牽連(韻)。〔作拉九頭雉鷄精化身，九頭雉鷄精化身作虛官模科，紂王白〕妙嗄。〔唱〕恁好則是把月姿花貌多情奉(句)，朕只待把錦陣花圍着意貪(韻)。休説爲難(韻)。〔九頭雉鷄精化身白〕聖上不棄低微，貧道暫惹紅塵，以遂君王之意。〔紂王大笑科，白〕美人如此多情，朕當感之無盡。〔九頭雉鷄精化身白〕聖上，念妾呵，〔唱〕

【高宫套曲・倘秀才】正荳蔻芳苞尚含(韻)，正青帝春風未減(韻)。這雨意雲情未慣諳(韻)。好則是燈前憐嫩弱(句)，被底羡嬌憨(韻)。荷恩情九重深遠(韻)。〔紂王白〕美人，後宫備有佳筵，可同朕飲宴一番，然後把恩情細論。〔唱〕

【煞尾】你則向金樽款醉芙蓉面(韻)。天賜與(讀)，仙姿别樣兼(韻)。故意的將人賺(韻)。俺俏芳魂向佳人畔（韻）。則待換宮妝（讀），同照鴛鴦鑑（韻）。〔九頭雉鷄精化身唱〕但願長奉着君王千載遠（韻）。〔紂王作大笑科，摟九頭雉鷄精化身，同從下場門下〕

第十二齣　問病體毒計迷君（庚青韻）　弋腔

〔雜扮一宫娥，戴過梁額，穿宫衣，從上場門上，白〕天有不測風雲，人有旦夕禍福。我家皇后娘娘，昨晚與他妹子胡娘娘一同侍宴，忽然身子不爽，回到宫中，舊病復作，心疼起來，一夜無眠。已經奏知聖上。此刻日高三丈，娘娘要出來坐坐，只得在此伺候。〔雜扮一宫娥，戴過梁額，穿宫衣，扶小旦扮妲己替身，簪形，搭包頭，穿衫，繫腰裙，作痛容科，從上場門上，唱〕

【小石調引・粉蛾兒】思之淚痛（韻），無故病來纏定（韻）。〔場上設桌椅，轉場入桌坐科，白〕我與妹子昨日同侍聖上，忽然舊疾復作，心疼不止。宫娥，可曾奏過聖上了？〔二宫娥白〕奏聞去了。〔妲己替身白〕我病體十分沉重，聖駕到時，不能迎接，你等代我轉奏。〔二宫娥應科，妲己替身作伏桌呻吟、睡科。雜扮陳青，同三内侍，各戴大太監帽，穿蟒，束帶，帶數珠，執拂塵。雜扮二宫娥，各戴過梁額，穿宫衣。引净扮紂王，戴九梁冠，穿氅。小旦扮胡喜妹，戴鳳冠簪形，穿蟒，束帶。同從上場門上，分唱〕

【又一體】聞説中宫抱病（韻），好使神魂不定（韻）。〔作到科，二宫娥作虚白跪接駕科，紂王白〕娘娘病體好些麽？〔二宫娥白〕十分沉重。〔起科，紂王白〕怎麽十分沉重，這却怎好？〔作進見科，白〕御妻，御妻呀，

你看花容憔悴，翠黛含顰，此病從何而起？〔唱〕

【仙呂宫正曲・桂枝香】你是嬌痴成性（韻），緣何得病（韻）。料非關感冒傷神（句），爲甚的肌寒骨冷（韻）。〔胡喜妹白〕姐姐，〔唱〕想追歡未停（韻），想追歡未停（疊），不離形影（韻）。怎一旦未能承應（韻）。〔妲己替身白〕哎喲，疼死我也。〔場上設椅，紂王、胡喜妹各坐科，紂王白〕呀，御妻，〔唱合〕你且説分明（韻）。試把因由告（句），須憑妙藥靈（韻）。〔妲己替身作醒科，唱〕

【又一體】好教人神魂不定（韻），殘妝難整（韻）。〔紂王白〕御妻可好些麼？〔妲己替身白〕呀，聖駕到了。臣妾心疼病切，未能迎接，死罪死罪。〔紂王白〕御妻保重。〔妲己替身白〕咳，聖上，〔唱〕愧蒲姿叨沐恩光（句），恐從此長辭明聖（韻）。〔紂王白〕御妻怎説這話？〔妲己替身唱〕這心疼怎禁（韻），這心疼怎禁（疊）。〔白〕哎呀，不好了。〔唱〕一霎裏昏迷不省（韻）。〔紂王白〕咳，御妻，寡人看你這般光景，也心疼起來了。〔妲己替身作就桌叩首科，白〕聖上嗄，〔唱〕難勝此病（韻），〔合〕心意誠（韻）。我拜謝多恩愛（句），承歡是再生（韻）。〔紂王白〕御妻不須如此，內侍，速傳御醫調治，好了便罷，不好定行斬首。〔一內侍應科，胡喜妹白〕住了。〔紂王白〕住了。〔胡喜妹白〕臣姐此病，非藥石可能醫治。〔紂王白〕美人，難道無藥可治的？〔妲己替身白〕咳，罷，妹子説也無益，你自侍奉聖上罷。〔紂王白〕御妻怎説這話，如何用藥，快快説來。〔妲己替身白〕臣妾在家即有此病。有一醫人張元，他有仙方，可以醫治。〔紂王白〕既如此，就馳驛去唤了張元來，醫好御妻，封他個大大的官兒。〔妲己替身白〕聖上，這却不消。往還道路，此病如何可待，那藥我還記得。〔紂王白〕好，快些説來。〔妲己替身白〕總是妾命當休，説也徒然。〔紂王白〕説那裏話來，饒你海外奇物，國家異寶，也要取到，快説甚麼東西？〔妲己替身白〕既然聖上垂念，臣妾不得不説。要醫此病，只用玲瓏心一片。〔紂王白〕甚麼教作玲瓏心？胡美人，可是寶貝？〔胡喜妹白〕不是寶貝，就是活人的心。〔紂王白〕呀，人心各在腹中，怎知他玲瓏不玲瓏？〔作想科，白〕哦，有了。內侍傳旨，將朝歌百姓，殺他幾千只，揀玲瓏的取一片來。〔一內侍應科，妲己替身白〕住了。〔紂王白〕住了。〔妲己替身白〕聖上爲妾一命，殺這幾千人，也是無用的。〔紂王白〕這却怎處？〔妲己替身白〕臣妾已知一人，實在是一片玲瓏心。〔紂王白〕是甚麼人？朕心若是玲瓏的，就剖出來與你醫治。〔妲己替身白〕陛下龍心，焉敢冒犯。臣妾所知，此人乃朝中大臣，料難殺害，説也無益。〔紂王白〕這是何言？憑他甚麼大臣，就是那出兵的皇叔祖，他的心若是玲瓏的，也要取他一片來。〔妲己替身白〕滿朝文武，只有皇叔比干是玲瓏心，可是不能得來的。〔紂王白〕何不早説。那比干爲人耿直，朕去問他借心，不怕他不肯。〔妲己替身白〕臣妾多謝聖上，若再遲延，只怕性命難保了。〔紂王白〕這有何難。內侍，速宣丞相比干，便殿見駕。〔一內侍應科，從上場門急下。紂王唱〕

【商調正曲・琥珀猫兒墜】忙宣朝命（韻），急去莫消停（韻）。〔白〕內侍，快宣比干來，少有遲延，先將爾等斬首。〔一內侍應科，從下場門急下。胡喜妹唱〕可耐娉婷誤此生（韻），夫妻恩愛一霎斷前情（韻）。〔紂王白〕內侍再去，快宣比干。〔一內侍作應科，從上場門急下。衆同唱合〕相等（韻）。但願剖出玲瓏（讀），病體安寧(韻)。〔紂王、胡喜妹各起，隨撤椅科。紂王白〕待寡人到便殿等比干去。胡美人，你可看視你姐姐在此。〔胡喜妹應科，白〕宫娥們，伏侍娘娘，内殿安寢。〔衆宫娥應，作扶妲己替身起，隨撤桌椅科，同從下場門下。紂王作看科，白〕咳，御妻，〔唱〕

【有結果煞】無端害了淹煎病(韻)，禱蒼穹安痊僥倖(韻)。〔白〕陳青快去，再宣比干。〔陳青應科，從上場門急下。紂王唱〕好把那一片玲瓏達内庭(韻)。〔從下場門下〕

第十三齣　逼剖心冤埋忠士（古風韻）

弋腔

〔外扮比干，戴紗帽，穿蟒，束帶，內繫玲瓏心切末，從上場門上，唱〕

【黃鐘宮集曲·滴溜神仗】【滴溜子】（首至五）玉宣的(句)，玉宣的(疊)，奚容緩留(韻)。飛騎的(句)，飛騎的(疊)，三回馳驟(韻)。〔白〕下官比干，正在家中靜坐，忽有三次玉札來宣，不知有何要事，只得更了朝衣，疾忙前去。〔內白〕聖旨到了。〔比干白〕怎麽又來了，哦，是了。〔唱〕此番(讀)，因由須叩(韻)。〔雜扮陳青，戴大太監帽，穿蟒，束帶，帶束珠，執拂塵，從上場門急上，白〕聖上有旨：朕躬已御便殿，即刻前來議事，如遲未便。〔比干白〕領旨。〔陳青虛白，仍從上場門下。比干白〕手下，〔雜扮二手下，各戴大頁巾，穿蟒箭袖，繫鑾帶，一人執笏，一人執綵鞭，同從上場門上。比干白〕帶馬。〔作上馬遶場科，唱〕【神仗兒】（六至末）不須俟駕(讀)，急趨朝右(韻)。〔合〕不用去問因由(韻)，不用去問因由(疊)。〔從下場門下。雜扮四太監，各戴太監帽，穿貼裏衣。雜扮二內侍，各戴大太監帽，穿蟒，束帶，帶數珠，執拂塵。引淨扮紂王，戴王帽，穿蟒，束帶，從上場門上，唱〕

【中呂宮引·菊花新】數宣玉札已相催(韻)，何事相牽來恁遲(韻)。〔中場設桌椅，轉場坐科，白〕孤家爲因治御妻心疼病症，特宣比干，問他要借玲瓏心使用。數次傳宣，怎麽不見到來，好教寡人等得心煩。少再遲延，只怕御妻性命休矣，如何是好？〔雜扮一內侍，戴大太監帽，穿蟒，束帶，帶數珠，執拂塵，從上場門上，白〕啓聖上：比干外廂候旨。〔紂王白〕好了，問他一借，再無不依之理。內侍，速速宣他上殿見駕。〔內侍應科，起，作向內宣科，仍從上場門下。比干執笏，從上場門上，唱〕獻此赤心知(韻)，何用許多籌議(韻)。〔作見科，白〕臣比干見駕，願吾皇萬歲。〔紂王白〕快攙扶起來。〔內侍應，作扶起科，比干白〕陛下數次皇宣召臣，有何要政？〔紂王白〕皇叔，寡人相召，别無他事。只爲皇后忽患心疼，命在呼吸，特宣皇叔到此商議。〔比干白〕娘娘有病，正當命御醫調治，微臣素不知醫，何勞聖上下問？〔紂王白〕不是這等説。皇后之病，御醫調治不來，必要玲瓏心一片，方能痊可，爲此與皇叔奉借。〔比干白〕臣觀《素問》《本草》等書，並無玲瓏心這味藥名，微臣家中如何得有？〔紂王白〕皇叔不知，那玲瓏心原非藥品，就是皇叔腹內一片丹心，務必借來一用。〔比干作怒，將笏丟桌上科，白〕聖上差矣。臣聞心乃一身之主宰，心正則五官效靈，心邪則四肢不舉，人若無心，豈能復活！〔紂王白〕朕豈不知，但御妻病重，暫借片時，以應急需。況且救人一命，勝造七級浮屠，皇叔不必推脱。〔比干白〕咳，聖上，這是何言！老臣忝列宗室，上無得罪於先王，下無見怪於陛下，爲何無故急宣，索取老臣性命？〔紂王白〕唔，朕這裏低聲下氣，借重一二，爲何倒發起惱來。〔比干白〕咳，〔唱〕

【中呂宫正曲·漁家傲】怎不效古聖垂裳統萬幾(韻)。却緣何背理相加(句)，殺害我任意施爲(韻)。念我宗臣無他過(句)，三朝匡濟(韻)。〔紂王白〕皇叔在朝，原是個正人君子，故此奉借。〔比干滚白〕我身關係，〔紂王白〕關係甚麼來？〔比干悲科，滚白〕哎呀，先王嗄，曾記得昔年治國之時，念老臣身列天潢，秉心忠直，付我股肱之任，托爲佐命之臣，誰知今日這般相待，這般相待。我那先王，〔唱〕身關係佐命元勳(句)，也曾將綱紀維持(韻)。〔合〕忍教我剖腹屠腸受慘悽(韻)。〔紂王白〕不必多言，快剖出心來，在那裏等着煎湯哩，我的老皇叔。〔比干怒科，白〕哎呀，昏君嗄，你如此作爲，眼見得祖宗天下，斷送於汝也。〔紂王白〕老匹夫，你敢挺撞我麽？〔比干白〕咳，昏君！〔唱〕

【中呂宮正曲・剔銀燈】朝綱亂怎爲主儀(韻)。忘宗誼難保江山圖治(韻)，傷邦本早將政紀全傾廢(韻)。〔紂王白〕你這老匹夫！　心先不剖，只管這般嘮嘮叨叨。〔比干滚白〕一霎時，〔紂王白〕甚麼一霎時？〔比干滚白〕哎呀，昏君嗄，你身爲天子之重，我乃是宗派之臣，自古嚴刑不加勳戚，何况忠良。今日並無罪犯，令我剖心自裁，於理有礙，於心何忍，於心何忍了，昏君！〔唱〕一霎時賜我自裁何意(韻)？〔合〕昏迷(韻)。〔紂王白〕朕有甚麼昏迷？〔比干唱〕全無大體(韻)，心蒙昧暗藏嶮巇(韻)。〔紂王白〕哇！　一派妄談。待我令武士拿去剖了，倒覺得你有些不忠了。〔比干白〕哎呀，昏君，你無故逼死宗臣，實乃亡國之君也。〔紂王白〕朕的國亡不亡，不要你管，只要你一片心借用。內侍，取朕的龍鳳劍來。〔一內侍應科，從下場門下。比干白〕呀呸，昏君！〔唱〕

【中呂宮正曲・攤破地錦花】恣狂爲(韻)，怎把那臣民治(韻)。不辨是非(韻)，諫臣的一網誅夷(韻)。〔紂王白〕也不與你相干。〔比干怒科，白〕呀呸！　妲己賤妖婦嗄，〔唱〕你致使宮幃(讀)，讒陷相欺(韻)。〔合〕

病因依(韻)，無非是害人計(韻)。〔內侍持劍，仍從下場門上，紂王白〕哇！老匹夫，你的性命只在頃刻，還敢毀謗中宮麼！內侍，即刻押了比干，回家別他妻子，取心回奏。〔二內侍應科，比干虛白科。紂王起，隨撤桌椅科，白〕不管將心比心，只要按方治病。〔從下場門下，四太監隨下。比干白〕哎呀，昏君嗄昏君，你好忍心也。〔二內侍白〕老先，事已如此，快些回家剖心罷。〔各虛白科，同從下場門下。老旦扮比干夫人，戴鳳冠，穿氅。小生扮公子，戴紫金冠額，穿氅。同從上場門上，分唱〕

【中呂宮引・菊花新】三宣何事恁匆忙(韻)，使我心中驚又慌(韻)。嚴父在朝綱(韻)，自有忠謀獻讜(韻)。〔場上設椅，各坐科，夫人白〕我兒，你爹爹忽奉數次皇宣，急遽而去，不知何事？〔公子白〕母親，想是有要政相商，故爾如此。〔夫人白〕我兒，話雖如此，好教我放心不下。〔各虛白科。二內侍持劍，二家將引比干，同從上場門上。比干白〕一場禍事從天至，生死驚看頃刻間。〔一內侍白〕丞相，快些進去，與夫人、公子話別，剖了心罷。〔各虛白科，二內侍、二家將同從上場門下。比干作進門科，夫人、公子各起，隨撤椅科，各作虛白相見科。比干白〕夫人，我兒。〔作相看悲科，夫人白〕呀，老爺入朝，有何政事，這般光景？

〔比干白〕咳，夫人，方纔呵，〔唱〕

【越調正曲・下山虎】君王所限(韻)，時刻難延(韻)。追吾家一命捐(韻)，言之慘然(韻)。我這裏淚眼愁眉(讀)，羞與妻兒廝見(韻)。〔夫人白〕聖上宣召，想是有甚要政？〔比干白〕咳，夫人，〔滚白〕適纔三宣玉札，好似追命之符，並非國政，那有朝綱，言之可悲，思之可傷了。夫人，〔唱〕可奈那(讀)，暴昏君出妄言(韻)，全不把宗支念(韻)。果然是禍到臨頭夙世愆(韻)。〔夫人、公子同白〕老爺，甚麽禍事？〔比干唱合〕説起洵奇變(韻)，教人淚漣(韻)。難保身軀更瓦全(韻)。〔場上設椅，比干作怒坐科，夫人、公子同唱〕

【越調正曲·山麻稭】聽言詞渾難辨(韻)。有甚麽蕭牆禍起(讀)，自可周全(韻)。〔比干搖首科，白〕哎，還説甚麽周全。〔夫人白〕呀，〔唱〕何緣(韻)？長吁不語(讀)，怒髮衝冠難斂(韻)。〔比干白〕哎，夫人，我兒，〔唱合〕好則待因依説起(句)，只愁母子(讀)，腸斷淚波漣(韻)。〔起科，白〕罷，事到其間，不得不説了。〔夫人、公子白〕正要説個明白。〔比干白〕方纔昏君召我，我問因由，那昏君説皇后病患心疼，必要玲瓏心一片醫治，道我心是玲瓏，即刻候用。我想我以天潢宗派，遇此昏君，遭此慘禍，死得好不明白也。〔作跌坐椅科，夫人、公子同白〕老爺甦醒，老爺醒來。〔比干作醒科，白〕哎呀，夫人，我兒，我聞君命臣死，臣不死是爲不忠。我既遇了這事，難道脱過不成，少不得棄了餘生，剖出心來，死作忠魂便了。〔公子白〕哎呀，爹爹，父作忠臣，兒亦當爲孝子，待孩兒取一片心來，代了爹爹罷。〔比干白〕那也無用。我兒，我死之後，你與你的母親恪守家訓，就是孝子了。〔公子白〕爹爹，孩兒想起一件事來。那日姜子牙臨行之時，説爹爹將來必有大難，留下柬帖一張，何不取來看看？〔比干白〕哎呀，我倒忘記了，快去取來。〔公子應科，仍從下場門下，隨取柬帖上。比干看科，白〕原來子牙公寫得明明白白，説我今日今時，有此剖心之難，留下靈符一張，令我用火焚化，浄水吞之，剖出心來，依然無恙。上馬出東門，以聽吉兇讖語，到了東門外，自然有救。天機不可洩漏，但切不可與婦人答話。我兒，拿火焚了，再將浄水取

來。〔公子應科，仍從下場門下，取火、水、碗隨上。比干燒符飲科，唱〕

【越調正曲・亭前柳】符水有靈詮(韻)，料得保生全(韻)。赤心應不改(句)，義膽可回天(韻)。〔合〕此番(韻)，得遂餘生願(韻)。田野歸來(讀)，永不上金鑾(韻)。〔各虛白科。二内侍仍從上場門上，白〕丞相快些剖心罷，聖上久等，恐連累我們受罪。〔各虛白科，雜扮一内侍，戴大太監帽，穿蟒，束帶，帶數珠，執拂塵，從上場門急上，白〕聖上有旨：中宫病勢難延時刻，即刻取心回奏，少再遲延，定將監催太監斬首。〔二内侍白〕領旨。〔一内侍仍從上場門下，二内侍虛白發諢，作催科。比干白〕哎呀，昏君嗄昏君，你好忍心也。唔，罷，取劍來。〔作接劍、剖心、倒坐椅科，二内侍虛白作取心切末科，從上場門下。夫人、公子作哭科，比干作醒、起科，白〕手下，〔二家將仍從上場門暗上，比干白〕帶馬。〔作騎馬科，從下場門下。夫人白〕兒嗄，你爹爹此去，未知吉兇如何。你同手下人等趕出東門，看個下落回來，報我知道。〔公子白〕是。〔同唱〕

【慶餘】黄泉路遠可生還(韻)，掙扎上花驄去遠(韻)，但願化吉除兇答謝天(韻)。〔同從下場門下〕

第十四齣　遇賣菜苦死孤臣（皆來韻）

弋腔

〔小旦扮妲己化身，搭汗巾簪形，穿衫，繫汗巾，執菜籃，從上場門上，唱〕

【雙調正曲・鎖南枝】隨機變(句)，出竅來(韻)。又見郊原花正開(韻)。可恨老奸雄(句)，用計害同儕(韻)。〔白〕我妲己假裝心疼，要害比干，紂王信以爲寔，竟將他剖心，已在必死之勢。不想有姜尚靈符解救，又得生機。但是靈符雖有，忌的是與穿紅婦人答話。我因氣忿不過，元形出竅，變作村婦，身上穿戴了純紅一色，賣菜前去，使他與我問答，以破他的法術。他的性命休矣。你看比干馳馬如飛，往東門去了，待我迎上前去。〔唱合〕計纔行(句)，又遇了人救開(韻)。破他行(句)，心方快(韻)。〔從下場門下。外扮比干，戴紗帽，穿蟒，束帶，執綵鞭，作馳馬科，從上場門上，唱〕

【又一體】心如醉(句)，意似獃(韻)。此身半似赴泉臺(韻)。如風急捲黃沙(句)，勉强出城來(韻)。〔白〕我比干剖心盡忠，虧有靈符解救，無曾傷損，不免照依柬帖，往東門去便了。〔唱合〕奉仙言(句)，曠野來(韻)。願逢人(句)，占成敗(韻)。〔妲己化身從上場門上，白〕相逢狹路難迴避，眼見仇人分外明。〔作見科，比干白〕小娘子在此作甚麽？〔妲己化身白〕尊官聽稟：〔唱〕

【又一體】聽奴訴(句)，休亂猜(韻)。野菜時挑苦自挨(韻)。〔比干白〕這是甚麼菜？〔妲己化身笑科，白〕尊官，〔唱〕何必問釵裙(句)，一騎似風埃(韻)。〔合〕這是菜無心(句)，雨露栽(韻)。采其心(句)，根還在(韻)。〔比干唱〕

【又一體】聞斯語(句)，寔異哉(韻)。草木天生地養材(韻)。自從夏茂到秋時(句)，難保不生灾(韻)。〔白〕小娘子，我且問你：〔唱合〕這菜無心(句)，尚可栽(韻)。人無心(句)，可長在(韻)？〔妲己化身白〕尊官好不達理，心爲一身之主宰，心正則五官效靈，心邪則四肢難舉。〔唱〕

【又一體】豈不聞心爲主(句)，總百骸(韻)，能令流通諸竅開(韻)。全虧這一點是靈機(句)，四體賴安排(韻)。〔合〕天地間(句)，都有根與荄(韻)。人無心(句)，身自壞(韻)。〔比干白〕罷了，子牙柬帖上原寫着不可與婦人答話，我一時忘記，合當死也。〔作跌下馬死科，妲己化身白〕比干嗄比干，〔唱〕

【又一體】方纔語(句)，倒在埃(韻)。枉自匆匆策馬來(韻)。看他血濺滿懷襟(句)，舉目有誰哀(韻)。〔公子內白〕快快趕上。〔妲己化身唱合〕且回行(句)，莫暫挨(韻)。怕相逢(句)，難佈擺(韻)。〔從下場門下。雜扮四手下，各戴毡帽，穿箭袖，繫鸞帶。小生扮公子，戴紫金冠額，穿氅。同從上場門上，唱〕

【中呂宮正曲・縷縷金】嚴親命(句)，寔可哀(韻)。獨來郊野裏(句)，事難猜(韻)。急急追來者(句)，休教寧耐(韻)。莫非鬼使與神差(韻)。〔合〕但願無灾害(韻)，但願無灾害(疊)。〔院子白〕哎呀，不好了，老爺倒在這裏。〔公子哭科，白〕哎呀，我那爹爹嗄，〔同唱〕

【商調正曲·山坡羊】見老爺(讀)，身傾郊外(韻)。血淋漓(讀)，鬆寬袍帶(韻)。慘悽悽(讀)，倒在塵埃(句)。急煎煎(讀)，無物相遮蓋(韻)。苦痛哀(韻)，傷心淚滿腮(韻)。〔公子白〕老爺嗄，〔唱〕你向冥途誰與追魂魄(韻)。我心痛如割(讀)，一時難耐(韻)。〔合〕傷懷(韻)，父爲忠臣遇大灾(韻)。哀哉(韻)，歸家好葬埋(韻)。〔同作虛白哭科。雜扮四家將，各戴大頁巾，穿蟒箭袖排穗褂，佩刀，引生扮黄飛虎，戴金貂，穿蟒，束帶，從上場門上，唱〕

【中吕宫正曲·駐雲飛】聞説堪哀(韻)，剖腹出城事異哉(韻)。〔白〕俺黄飛虎，聞説丞相比干剖出心來，尚然不死，策馬出了東門，因此急急趕來。〔家將白〕老丞相已死在這裏了。〔黄飛虎虛白哭科，唱〕只見五内如崩壞(韻)，何故遭屈害(韻)。嗏(格)。〔白〕丞相嗄，〔唱〕自愧是吾儕(韻)，空爲將帥(韻)。見死生悲(讀)，無計來分解(韻)。〔合〕權且收尸去葬埋(韻)。〔公子哭科，白〕哎呀，元帥，我爹爹死在此處，如何是好？〔黄飛虎白〕公子，事已至此，權且回府殯斂。待下官明日會同衆臣奏明諫諍。〔公子虛白科，引衆扛尸科，從下場門下。黄飛虎唱〕

【慶餘】一門忠烈人難賽(韻)，具奏君王聽旨裁(韻)，少不得墓頂追封有詔來(韻)。〔從下場門下，衆隨下〕

第十五齣　大交鋒迅掃兇氛 (古風韻)

昆腔

〔雜扮八番卒，各戴小番帽，大鼻子，穿小番衣，執旗。雜扮四番將，各戴盔，簪狐尾、雉尾，大鼻子，紥靠，執器械。引浄扮賽罕，戴獅盔，簪狐尾、雉尾，大鼻子，紥靠，背令旗，從上場門上，唱〕

【小石調引·粉蛾兒】磨鋒待兇鬩(韻)，殺氣沖霄控縱(韻)。〔中場設椅，轉場坐科，白〕俺北戎王賽罕是也。陳兵秣馬，騷擾中原，操演人馬，已經停備。那聞仲不知進退，統領軍將，望北進發，豈不是自來納命。今早哨馬來報，商兵殺過沙山了，俺親自前去迎敵。衆將校，隨俺殺上前去。〔衆應科。賽罕起，隨撤椅科。衆作遶場科，同唱〕

【南吕宫正曲·金錢花】齊心躍上驕驄(韻)，驕驄(格)。如雷鼓震罡風(韻)，罡風(格)。忙迎大敵要成功(韻)。〔合〕休落後(讀)，整軍容(韻)。如虎嘯(讀)，似龍從(韻)。〔同從下場門下。雜扮八軍卒，各戴馬夫巾，穿蟒箭袖卒褂，執標鎗。雜扮鄧九公、魯仁傑、雷鯤、雷鵬，各戴帥盔，紥靠，背令旗，執器械。引浄扮聞仲，戴黑貂，紥靠，背令旗，執金鞭，從上場門上。同唱〕

【越調正曲·水底魚兒】爲奉恩隆(韻)，除兇自矢忠(韻)。今朝一戰(句)，〔合〕一霎掃狂烽(韻)，一霎掃狂烽(疊)。〔白〕俺聞仲奉旨出兵，征勦北虜，殺過沙山，那戎主親來拒戰。衆將官，就此迎殺上去。〔衆應，遶場科。衆引賽罕從下場門上，作對敵科。〔聞仲白〕來者可是賽罕麼？〔賽罕白〕然也，你可就是那聞仲麼？〔聞仲白〕知我名姓，何不下馬受縛？〔賽罕白〕呔！休得胡説，放馬過來。〔各虛白作對戰科。賽罕作敗科，從下場門下，聞仲追下。四將作與四番將對戰科，四番將作敗科，從下場門下，四將追下。八軍卒作與八番卒對戰科，八番卒作敗科，從下場門下，八軍卒追下。雜扮四仙童，各戴綫髮，穿采蓮衣，引浄扮元始天尊，戴大道冠，穿蟒繫絲，執拂塵，從上場門上，白〕從古有天嬌，不隨劫運消。爲因遵玉敕，救難下丹霄。吾乃元始天尊是也。自古天生夷種，各占一方，爲天之嬌子，不與中國相同。今者北戎國主被聞仲殺敗，眼看勢不能支，因此奉有玉敕，救他此難，以留此種。不免化一道者，前去指引他一條生路可也。童兒，好生看守宫門，我去去就來。〔四仙童應科，從下場門下。元始天尊白〕正是：自古胡華原並有，天心也自護嬌兒。〔從下場門下。衆引賽罕從上場門上，白〕俺與聞仲交兵，被他殺敗，逃過沙山，已到瀚海。衆將校，我等已渡瀚海，料想他追不到此，且自打圍行樂。〔四番將白〕萬一聞仲追來，怎生是好？〔賽罕白〕呸，你們那裏懂得，這瀚海沙深，水草俱無，商兵如何能到？他那裏總有雄兵，料難侵犯，我等且洒樂一回，再作道理。〔衆各虛白科，同唱〕

【黄鐘調合曲·北醉花陰】萬騎遥連陣雲起（韻），草枯時烟凝千里（韻）。鞭稍動喊聲齊（韻），沙場迴白草迷離（韻）。一望裏渾無際（韻）。且自樂行圍（韻），想商兵難存濟（韻）。〔從下場門下。衆引聞仲從上場門上，衆同唱〕

【黃鐘調合曲・南畫眉序】閫外挂戎衣(韻)，三戰籌邊定謀計(韻)。幸天時人事(讀)，正爾相宜(韻)。孤臣願誓掃欃槍(句)，須索是代天聲罪(韻)。〔合〕長驅險阻休辭也(句)，應勦滅使無遺類(韻)。〔白〕老夫奉命出師，征勦北虜，與他交戰，大敗賊兵，他却逃過瀚海。老夫想來，兵已多年，不爲不久，不得成功，何以覆旨，因此不避險阻，帥衆來追。幸喜上蒼默佑我軍，不畏此難，人馬無恙。探子來報，道那賽罕正在行圍取樂。他只道我軍膽怯，不敢深入。衆將官，奮勇争先，出其不意，殺上前去。〔衆應，遶場吶喊科，同從下場門下。衆引賽罕，同從上場門上，衆白〕已到沙坡。〔賽罕白〕就此前去射獵。〔衆應科，同唱〕

【黃鐘調合曲・北喜遷鶯】齊控着龍媒遊戲(韻)，齊控着龍媒遊戲(疊)。喊聲喧山上行圍(韻)，忙也麽追(韻)。各呈絶技(韻)，百獸紛紛供射馳(韻)。〔雜扮一番卒，戴小番帽，大鼻子，穿小番衣，執旗，從上場門上，白〕報，啟上大王：商兵殺過沙山，渡了瀚海，離此不遠了。〔賽罕白〕有這等事？再去探聽。〔番卒應科，仍從上場門下。賽罕白〕哎呀，氣死我也！就此撤了圍場，迎殺上去。〔衆應科，同唱〕冒鋒鏑(韻)，好共把狂氛滅取(韻)。只待要斬將搴旗(韻)，只待要斬將搴旗(疊)。〔同從下場門下。衆引聞仲從上場門上，同唱〕

【黃鐘調合曲・南畫眉序】逐隊列旌旗(韻)，萬騎弓刀似風起(韻)。望平沙漠漠(讀)，天曠雲低(韻)。滅兇頑盡攄忠直(韻)，掃巨寇順天誅逆(韻)。〔合〕一聲鼓舞天關動(句)，勦滅應無遺類(韻)。〔衆引賽罕從下場門上，作對敵科，白〕聞仲，你可是自來送死麽？〔聞仲白〕呔！胡説。〔作對戰科。賽罕作敗科，從下場門下，聞仲追下。四將作與四番將對戰科，四將作斬四番將科，從下場門下。衆引聞仲從上場門上，四將白〕啟上太師：衆番將俱被誅戮，那賽罕一人一騎逃去了。〔聞仲白〕鄧九公聽令：帶領鐵騎，追趕下去。〔鄧九公應科，從下場門下，四軍卒隨下。聞仲白〕鄧九公雖然驍勇，只恐失了路徑。衆將官，一同追上去。〔衆應科，同唱〕

【黃鐘調合曲・北出隊子】星馳電疾（韻），逐狂逃莫漏遺（韻）。須索兒（讀），捉取逆渠魁（韻）。誰教恁侵犯中原不自持（韻），自取傾亡復怨誰（韻）。〔從下場門下。衆引鄧九公從上場門上，唱〕

【黃鐘調合曲・南滴溜子】俺則爲（句），軍規（句），難教暫避（韻）。俺則因（句），寇攘（句），不可略棄（韻）。三軍（讀），行來恁疾（韻）。〔合〕擒兇忠義昭（句），報君心膽赤（韻）。欲掃兇頑（讀），雷行電急（韻）。〔從下場門下。賽罕作敗勢科，從上場門上，白〕哎呀，殺壞了。〔唱〕

【黃鐘調合曲・北刮地風】呀，乍交鬭一聲聲戰馬嘶（韻）。只見他冲突張威（韻），俺可也顯英雄馳騁兵戈隊（韻）。不覺的膽落神疲（韻），怎能勾對壘爭持（韻）。險陷入重圍深處（韻），怎還去賭勝交馳（韻）。〔內作吶喊科，賽罕唱〕只聽得急去追（句），響似雷（句），軍聲如沸（韻）。呀，驚慌故國迷（韻），日光寒不辨東西（韻）。〔衆引鄧九公從上場門上，白〕呔！那裏走。〔作戰科。賽罕作敗科，從下場門下。衆同唱〕

【黃鐘調合曲・南滴滴金】弓刀簇擁行來疾（韻）。曠望沙場軍正急（韻）。同心奮勇使他難存濟（韻）。陣雲凝（句），愁霧織（韻），路途迢僻（韻）。僻壤小夷休恁的（韻）。〔合〕欲掃兇頑（讀），雷行電威（韻）。〔從下場門下。

賽罕從上場門上，白〕哎呀，我一人一騎，難逃也。〔唱〕

【黃鐘調合曲・北四門子】覆全軍血染腥羶地(韻)，覆全軍血染腥羶地(疊)。嘆孤身泣路歧(韻)。〔內作吶喊科，賽罕唱〕商兵追逐聲何疾(韻)，恨無能插翅飛(韻)。〔衆引鄧九公從上場門上，賽罕白〕哎呀，將軍，可也放俺一條生路。〔唱〕恁把人兒緩馳(韻)，馬兒略遲(韻)。憐念吾(讀)，無門可告時(韻)。勢已危(韻)，路已迷(韻)。逞甚麽胸中豪氣(韻)。〔鄧九公白〕胡說。〔作戰科。賽罕作敗科，從下場門下，衆追下。外扮元始天尊化身，戴道冠，穿道袍，繫絛，執拂塵，袖束帖，從上場門上，唱〕

【黃鐘調合曲・南鮑老催】忙來不遲(韻)。遵來救難神敕移(韻)，駕雲行過天畔飛(韻)。順天心(句)，存逃虜(句)，相施濟(韻)。〔賽罕內白〕哎呀，不好了。〔元始天尊白〕呀，你看他一人徒步敗北來也。〔唱〕俺好把雲頭按落沙場地(韻)，再將生機指引慈悲意(韻)。〔合〕留遺類存胡祀(韻)。〔場上設雲杌，元始天尊化身作上杌科。賽罕從上場門上，白〕哎呀，不好了。俺的戰馬已死，今番料不能逃生也。〔唱〕

【黃鐘調合曲・北古水仙子】步步步(格)，步怎移(韻)。走走走(格)，走得俺足軟心慌神氣閉(韻)。怕怕怕(格)，他吶喊急忙來(句)，俺俺俺(格)，俺魂魄皆棄(韻)。〔作拜天科，白〕哎呀，蒼天嘎，〔唱〕苦苦苦(格)，苦今朝喪此軀(韻)。怎怎怎(格)，怎能來徒步馳(韻)。〔元始天尊化身下雲杌，隨撤雲杌科，白〕戎主不用拜，我來救你。〔賽罕白〕道者，那聞仲大兵將到，怎生逃遁？〔元始天尊化身白〕我自有退兵之物，你且閉了眼，隨我前去。〔賽罕虛白作閉眼科，元始天尊化身虛白作法科。雜扮四風神，各戴套頭，穿蟒箭袖通袖褂，執風旗，從上場門上，遶場科，同唱〕這這這(格)，這絶處逢生脱禍機(韻)。好好好(格)，好天公不斷相憐意(韻)。免免免(格)，免得個被誅夷(韻)。〔元始天尊化身作留柬帖科，同從下場門下。衆引鄧九公從上場門上，白〕那賽罕逃到此處，爲何不見了？〔一軍卒拾柬帖科，白〕沙坡上有一柬帖。〔鄧九公接看科，白〕呀，此事甚奇。〔内作吶喊科，衆白〕太師前隊已到。〔鄧九公虚白科。衆引聞仲從上場門上，聞仲白〕鄧將軍可曾擒得渠魁？〔鄧九公白〕正待啟報太師：末將到此，那賽罕忽然不見，留一柬帖在此。〔聞仲虚白，作接看科，白〕北戎已絶，種類難滅。天意如斯，留此柬帖。呀，〔唱〕

【黄鐘調合曲·南雙生子】這的是(韻)，這的是(疊)，天意兒相周庇(韻)。怎好的(韻)，怎好的(疊)，滅他把天心逆(韻)。今日裏(韻)，知端的(韻)。〔合〕天生此類(讀)，偏護無知(韻)。〔白〕也罷。其國已破，料難跳梁。衆將官，就此班師還朝者。〔衆應科，同唱〕

【北隨煞】三載勞臣功成矣(韻)，斂干戈南望神移(韻)，聽一派凱歌喧歡呼在途路裏(韻)。〔衆擁護聞仲從下場門下〕

第十六齣　狠撞堦頓亡賢輔（東鐘韻）　弋腔

〔雜扮二內侍，各戴大太監帽，穿蟒，束帶，帶數珠，執拂塵，一內侍捧羹盒，引淨扮紂王，戴王帽，穿蟒，束帶，從上場門上，唱〕

【中呂宮正曲・駐馬聽】一片玲瓏(韻)，應勝金丹仙藥捧(韻)。絶不用黄精白术(句)，亦附丹皮(讀)，異藥元功(韻)，管教調攝病無踪(韻)，何難再續恩情重(韻)。〔白〕寡人借了比干一片玲瓏心，親自煎湯與御妻醫治。是便是了，只是比干死與不死，尚未可知，只好由他罷了。待寡人親去看視，將此羹與他飲下便了。〔唱合〕但願手到成功(韻)。除他二豎(讀)，現出風流萬種(韻)。〔從下場門下，二內侍隨下。淨扮夏招，戴紗帽，穿蟒，束帶，佩劍，從上場門上，唱〕

【又一體】怒氣冲冲(韻)，作事昏殘偏作俑(韻)。不思社稷(句)，獻媚妖嬈(讀)，殺害臣工(韻)。拚將一死盡吾忠(韻)，肯將面諂隨君奉(韻)。〔白〕下官上大夫夏招是也。方纔與衆文武在前朝議政，許多官員都在此處，只不見了丞相比干。下官問及情由，武成公細細告訴，言妲己偶染心疼，昏君將他剖心治病。我想人心非醫病之物，宗臣非可害之人，必有甚麼緣故在內。〔作想科，白〕哦，是了。那日昏君在鹿臺請仙赴宴，酒後露形，被他看破，一殄無餘，又將那狐皮作一裘獻上，因此那妖婦懷恨在心，以報此仇。下官一聞此言，不覺髮冲冠上。〔唱合〕説甚麽冒瀆宸聰(韻)。似這般昏君失德(讀)，理應天公休縱(韻)。〔白〕我想人君有德，是爲天子；人君無德，是爲獨夫。似此昏虐，天下思亡，待我直到鹿臺，與他講究一番。若有妲己在傍，〔作冷笑科，白〕吾寧擔弑后之名，以爲天下除此大害，有何不可。就此前去走遭。〔唱〕

【又一體】不是俺鹵莽難容(韻)，只爲昏德無端誇暴勇(韻)。即便弑他何礙(句)，除害情深(讀)，重建中宮(韻)。成湯社稷可無崩(韻)，蒼生灾難應消浄(韻)。〔合〕急步怔忡(韻)。今日裏瑶臺瓊室(讀)，要化作尸棺血洞(韻)。〔從下場門下。二内侍引紂王，小旦扮妲己替身、胡喜妹，各簪形，穿氅，同從上場門上。雜扮二宫娥，各戴過梁額，穿宫衣，隨上。紂王唱〕

【又一體】神妙無窮(韻)，羨入心頭除病影(韻)。越添嬌媚(句)，重整妖嬈(讀)，喜煞孤窮(韻)。好一似鬼門放出又相逢(韻)，又一似仙山去也重歸洞(韻)。〔場上設椅，各坐科。紂王白〕御妻，你方纔吃下湯去，一刻沉疴頓起，分外添嬌，重整梳妝，又陪歡宴。寡人已命内侍在鹿臺設宴，同寡人前去可也。〔起，隨撤椅科。場上預拉彩雲幃幙，隱設鹿臺，隨撤幃幙科。内作樂，衆作遶場，作到科，虚白作上臺。臺上設椅，各坐科，虚白發諢科。夏招從上場門上，唱合〕急步怔忡(韻)。今日裏瑶臺瓊室(讀)，要化作尸棺血洞(韻)。〔作向紂王大叫科，白〕呀呔！昏君，我來也。〔作躍上臺按劍背站科。紂王白〕夏招，你不奉呼喚，按劍擅入内庭，見君后不跪叩山呼，敢是行叛逆麽？〔夏招白〕吱，昏君，如今時勢，還要人不叛逆麽？〔作冷笑科，白〕我特來斬除妖婦。〔紂王白〕哇！匹夫，妖婦是誰？〔夏招白〕就是妲己。〔紂王白〕擅呼后名。天下焉有以臣弑后之理？〔夏招大笑科，白〕昏君，你也知無臣弑后之理。我且問你，天下那有以侄害叔之情？〔紂王白〕怎麽寡人以侄害叔？〔夏招白〕昏君佯作不知，待我細細説來：比干乃乙帝之弟，妲己不過宫中一妾。死一妲己，天下何愁再無妲己之美；死一比干，朝廷那裏還得再有比干之忠？你却爲一妾心疼之病，剖宗臣忠義之心。昏君，你且聽我道來：〔紂王作虚白怒罵科，夏招唱〕

【又一體】國法相同(韻)，那裏有侄殺其叔還縱逞(韻)。你却行於宫禁(句)，怎治黔黎(讀)，杜絶狂兇(韻)。却因愛妾害同宗(韻)，把忠良殺盡無遺種(韻)。〔白〕昏君，你既然無故殺叔，我夏招救民，即可殺此妲己。〔作拔劍科，唱合〕且教他試試純鋒(韻)。死之後悔不當日(讀)，作個明明報應(韻)。〔作以劍拋擊妲己替身科，紂王、妲己替身、胡喜妹同起，隨撤椅科，内侍、紂王作同護妲己科。紂王白〕與我拿下。〔衆内侍作綁夏招科，紂王作怒科，白〕氣死寡人也！爾以鹵莽蠢夫，擅敢前來弑后，將這厮上炮烙施行。〔衆内侍作推欲下科，夏招白〕不用來拿。你却殺叔，我便弑后，此事天可表也。〔作撞死科，跳臺，從下場門下。紂王白〕無知匹夫，你威風那裏去了？〔唱〕

【又一體】逆惡難容(韻)，一旦無常歸杳瞑(韻)。這的是天教滅絶(句)，自取敗亡(讀)，故逞狂兇(韻)。〔白〕衆内侍傳旨：將這厮剁爲肉醢，抛入蠆盆，九族盡行誅滅，不可髫稚存留。〔一内侍白〕領旨。〔紂王怒科，唱〕一門受累怨蒼穹(韻)，誰教天生成愚莽無他用(韻)。〔作虛白下臺，場上拉彩雲幃幙，隨撤鹿臺科。紂王作與妲己替身虛白解驚科，白〕御妻，我同你到後宮飲宴壓驚便了。〔唱合〕且待醉倚妝紅(韻)，雙雙交頸(讀)，並肩鸞鳳(韻)。〔衆同從下場門下〕

第十七齣　十款方條聞變亂（古風韻）　弋腔

〔生扮微子啟、箕子衍，雜扮孫容，副扮費仲，丑扮尤渾，各戴紗帽，穿蟒，束帶。生扮黃飛虎，戴金貂，穿蟒，束帶。同從上場門上，白〕掃淨烽烟賀遠歸，衣冠相迓有光輝。而今四海無多事，庶職封章日以稀。〔分白〕下官微子啟是也，下官箕子衍是也，下官黃飛虎是也，下官孫容是也，下官費仲是也，下官尤渾是也。〔同白〕今日聞太師奏凱還朝，聖上御殿親勞，命我等出城迎接。〔內作軍聲科，衆官同白〕太師前隊已到，我等恭迓伺候。〔各分侍科。雜扮八軍卒，各戴大頁巾，穿蟒箭袖排穗褂，執標鎗。雜扮鄧九公、魯仁傑、雷鯤、雷鵬，各戴帥盔，紥靠，背令旗，執綵鞭。雜扮四中軍，各戴中軍帽，穿蟒箭袖通袖褂，佩刀，捧令箭架、應盒、纛韃、寶劍。引淨扮聞仲，戴黑貂，紥靠，背令旗，襲蟒束帶。同從上場門上，聞仲唱〕

【雙調引·玉井蓮】奏凱還朝(句)，重覩太平金闕(韻)。〔各作下馬相見科，衆官白〕吾等迎接太師。〔聞仲白〕有勞列位。〔衆官白〕不敢。老太師建此不世之功，我等不勝雀躍。〔聞仲白〕此乃我分內之事，不勞衆位過獎。〔向費仲、尤渾白〕請問費、尤二位大人，近來驟陞何官？〔費仲白〕老太師，下官叨居少師。〔尤渾白〕下官忝爲少傅。〔聞仲白〕有何功蹟？〔費仲、尤渾白〕靠我二人，有甚功蹟。這總是太師素日栽培，聖上洪恩。爲因朝中員缺無人，因此特簡陞轉的。〔聞仲冷笑科，白〕好個特簡陞轉！只怕從來没有這樣陞轉。朝中臣宰儘多，有甚員缺。今日迎接老夫，爲何只有列位前來？那商丞相、比丞相，還有那些衆大夫，爲何一個不見？〔費仲白〕老太師，這些朝臣，去世的多了。〔尤渾白〕正是，去世的多了。〔聞仲白〕呀，去世的多了？怎麽死得都這樣湊巧？〔孫容白〕太師在上：方今朝廷怠荒國政，事故多端，衆官齊言，有忝太師貴聽，只教武成公黄老大人，從頭至尾，説與老太師聽就是了。〔聞仲白〕孫大夫之言甚善。武成公，老夫洗耳静聽，願道其詳。〔黄飛虎白〕太師不嫌絮煩，下官細細稟上：天子自納了蘇護之女妲己爲妃，朝政日漸荒亂。將元配姜娘娘誣爲一内侍行刺聖上，剜目烙手而亡；二位殿下不忿，替母伸冤，即問成死罪，忽被大風吹去。〔聞仲白〕這便還好。難道滿朝文武，没一個人敢諫麽？〔黄飛虎白〕太師，怎麽無人諫阻？頭一個，太史杜元銑直諫，被斬了。〔聞仲白〕怎麽斬了？後來怎樣？〔黄飛虎白〕到後來，聽信妲己之言，造炮烙誅梅栢；作蠆盆，趙啟墜樓；商容諫君，撞堦而死；楊任諫君，剜目而亡；建鹿臺，命崇侯虎監工，百姓嗟怨；誆了四鎮方伯入京，醢鄂伯，斬姜侯，囚姬昌於羑里七年，赦回不久。〔聞仲怒科，白〕呀，原來有這些事體嘎。武成公，比丞相那裏去了？〔黄飛虎悲科，白〕哎呀，老太師，比丞相新近死了。〔聞仲白〕何病而亡？〔黄飛虎白〕那裏是病。只因前者鹿臺造成，聖上請仙赴宴，誰知竟是些狐精幻化前來，被比干看破，與下官盡滅其種。誰知妲己懷恨在心，不明不白，後宫又納一女，昨日忽言中宫心疼病作，要玲瓏心作羹療疾，將比丞相剖心而死了。看起來，下官也不久了。〔聞仲怒科，白〕哎呀，氣死我也！只因北海刀兵，以致天子紊亂綱常。我負先王，有誤國事，實老夫之罪也。吾已奉旨，今日到家歇息，明日入朝見駕。待老夫連夜草成奏疏，明日同諸公見駕，講個明白便了。〔黄飛虎、孫容白〕如此則天下幸甚。〔費仲、尤渾作虚官模科，聞仲白〕衆將官，擺隊進城。〔衆應科，同唱〕

【雙調正曲・五馬江兒水】忠心激憤（韻），昏殘多不純（韻）。嘆皇皇聖世（句），政事紛紜（韻）。願聽納吾皇作聖君（韻）。行行急去（句），金殿明陳（韻）。誰料數年之後（句），祖法無遵（韻）。紀綱傾覆滅彝倫（韻）。〔合〕金甌只恐（句），一旦瓜分（韻）。此日匡襄（讀），衆心歡甚（韻）。〔同從下場門下。雜扮四太監，各戴太監帽，穿貼裏衣。雜扮二内侍，各戴大太監帽，穿蟒，束帶，帶數珠，執拂塵。引浄扮紂王，戴王帽，穿蟒，束帶，從上場門上，唱〕

【黄鐘宫引・西地錦】聞報班師入奏（韻），教人心下添憂（韻）。〔中場設桌椅，轉場入座科，白〕朕想皇叔祖聞仲爲人執拗，與朕話不投機。自從出兵之後，猶如拔去眼中之釘，並無忌憚。誰知他得勝回兵復命，我教他昨日歇息一天，今日同衆官見我，想他必有一番規諫，這却怎處？哦，有了。常言道，説與不説由他，聽與不聽在我，且在殿上等候，待他來時慰勞一番便了。〔黄飛虎、孫容、微子啟、箕子衍、費仲、尤渾各執笏，聞仲穿蟒、執笏、袖本，同從上場門上。聞仲唱〕封章已具明陳奏（韻），十款不憚籌謀（韻）。〔作見科，白〕老臣聞仲復命見駕。〔紂王白〕皇叔祖平身。皇叔祖久勞王事，迅掃兇頑，名振遐荒，功標史册。不要説朕心歡豫，就是聖祖神宗，也自嘉許。〔聞仲白〕陛下還説及祖宗麽。祖宗天下開創艱難，列聖相傳，未有荒淫暴虐而可以安居民上者。早知陛下數年以來所作所爲，不以天下爲重，哎，老臣汗馬辛勤，安定邊界，也覺多事了。〔紂王白〕哎呀，皇叔祖賢勞王事，足見忠心，有話好商，何須着惱。内侍賜坐。〔内侍應科，聞仲跪科，白〕老臣不敢望坐。〔出本科，白〕今有奏章十款，上呈御覽。〔紂王白〕皇叔祖少禮。有本章，待朕回宫細覽便了。〔聞仲起科，白〕此本關係非輕，一椿椿、一件件，都是要面奏面准的。〔紂王白〕呀，都是要面奏面准的？〔聞仲白〕自然要是這等。〔紂王白〕既如此，待朕看來。〔作看科，白〕第一款，拆鹿臺以安民心。這是甚麽意思？〔聞仲白〕自古爲人君者，須要敬天法祖。燕處自有宫幃，何不拆此無用之物，以濟困窮？〔紂王白〕話便説得是，只是可惜。〔聞仲白〕可惜甚麽來？〔紂王白〕成功不毁呀。慢慢商議。再看後面第二款，廢炮烙而使諫官盡忠。這是爲何呢？〔聞仲白〕大舜造有五刑，並未有甚麽炮烙，自古未有之慘刑，那裏使得？〔紂王白〕呀，從古未有的刑法，務必要除的。〔聞仲白〕自然。〔紂王白〕不要惱，除了就是。第三款，去蠆盆以安宫壼。這是内庭刑法，也要諫起來？〔聞仲白〕怎麽不諫？請問陛下：那些宫人何罪，遭此慘死？〔紂王白〕又動氣了。不要了就是了。第四款，去酒池肉林，掩諸侯之謗議。第五款，開倉廩以賑飢饉。第六款，遣使招安於東南。第七款，訪遺賢於山澤，釋天下疑似之心。〔笑科，白〕這是甚麽要緊的事，也要皇叔祖費心，一概准行。第八款，詔求直言，使無壅塞之蔽。這倒不消了。不下這個詔，那些諫官沽名釣譽，時常聒絮個不了，那裏還用去求，免了罷。〔聞仲白〕還是求的是。〔紂王白〕就求，只是可聽則聽呀。第九款，乞斬費仲、尤渾。〔費仲、尤渾作虛宮模科，紂王白〕皇叔祖，這就錯認了人了，他兩個是極好的。〔聞仲白〕怎見得？〔紂王白〕朕說長，他兩個就說長；朕道短，他兩個就道短。滿朝文武，誰是這樣體貼君心的？〔聞仲作怒高聲科，白〕可見是逢君之惡了。〔紂王白〕又着惱了。没要緊，看完了再議。第十款，貶妲己別封正宮。〔作怒色科，白〕豈有此理，中宮乃天下母儀，爲何要廢？〔聞仲白〕陛下宸聰之明，誰欺誰蔽？自從得了妲己呵，〔唱〕

【黃鐘宮正曲·獅子序】心偏愛邦本休（韻），惹萬民皆相怨尤（韻）。〔紂王白〕怨尤甚麽？〔聞仲唱〕都只爲黎庶（讀），塗炭含愁（韻）。若論要邦家的長久（韻），〔紂王白〕怎麽樣纔好呢？〔聞仲唱〕須是斬奸佞頭（韻）。廢中宮（句），毀高樓（韻），勞心匡救（韻）。〔合〕休信那工讒欺罔（讀），日事嬉遊（韻）。〔紂王白〕別的都可商量，蘇后其實難廢。〔聞仲白〕那姜后是怎樣廢的？〔唱〕

【黃鐘宮正曲·太平歌】他無故（句），忍使血盈眸（韻）。可嘆他奇冤無搭救（韻）。〔紂王白〕這也不必言矣。〔費仲、尤渾白〕老太師，下官等有一言奉告。〔聞仲作怒科，白〕啐！你這兩個賊臣表裏弄權，互相回護。我自與聖上議論國政，你等何物，敢來僭越。〔作以笏打科，費仲、尤渾虛白，紂王虛白科。聞仲怒科，白〕衆武士何在？〔雜扮四武士，各戴大頁巾，穿蟒箭袖，繫鸞帶，從上場門上，應科。聞仲白〕奉旨准我所奏，將這兩個賊子綁出朝門，斬訖報來。〔四武士應科，作綁費仲、尤渾，從上場門急下。紂王虛白科，白〕皇叔祖不要如此。你的奏疏，朕俱准行，容當再議。他二人以忤皇叔祖而見誅，則皇叔祖反有欺君之名矣，且將他發下有司，再作道理。〔聞仲白〕也罷。聖上既如此説，老臣敢不從命。〔紂王白〕内侍傳旨：將他二人發下有司，拘禁候旨。〔内侍應科，從上場門急下。紂王白〕皇叔祖鞍馬辛勞，又且用心苦諫，且歸私第，再候商酌。〔聞仲白〕陛下，老臣呵，〔唱〕只願得君聖臣忠綱紀正(句)，四海從風民物阜(韻)。老臣的平生心願終日費籌謀(韻)，〔合〕總在這好中求(韻)。〔内侍持本，仍從上場門急上，白〕奏聖上得知：今有東海平靈王作反，勢甚猖獗，司馬特奏，請旨定奪。〔紂王作看本科，白〕皇叔祖，這却怎處？〔聞仲白〕陛下但請放心，待老臣呵，〔唱〕

【黄鐘宫正曲・賞宫花】丹心計籌(韻)，怎教那小潢池戈不投(韻)。削平天下亂(句)，盡愚謀(韻)。〔白〕待老臣前去征伐，無勞聖慮。如今留下黄飛虎守國，願陛下早晚以社稷爲重，那三款也要准了老臣的纔好。〔紂王白〕怎好又勞皇叔祖出兵？〔聞仲白〕陛下，〔唱合〕論臣節理應平寇亂(句)，願君心長是計綢繆(韻)。〔紂王白〕既如此，内侍看酒來，待我親奉三盃。〔二内侍應，從下場門下，取酒隨上。紂王作遞酒，聞仲跪、接酒、起科，白〕武成公，〔黄飛虎白〕末將在。〔聞仲白〕此酒你須先飲。〔黄飛虎白〕太師遠征，聖上所賜，飛虎怎敢先飲？〔聞仲白〕將軍飲了此酒，老夫有一言相告。〔黄飛虎接酒科，白〕多謝太師。〔飲科，聞仲白〕我此去後，朝内無人，全賴將軍扶護。如有不平之事，理當直諫，不可箝口結舌，非人臣愛君之心。〔黄飛虎白〕末將領命。〔紂王白〕再傾上酒來。〔内侍斟酒科，紂王虛白遞科，聞仲跪、接飲、起科，白〕臣此去無别事關心，只願陛下以社稷爲重，無亂舊章，則天下幸甚矣。老臣叨沐殊恩，實爲至重。

〔紂王白〕衆文武,送皇叔祖出城。〔衆官白〕領旨。〔同白〕太師請。〔隨聞仲仍同從上場門下。紂王起,隨撤桌椅科,作大笑科,白〕好個知趣的平靈王,來得凑巧,遲反三日,不能解這圍了。聞仲又去出兵,眼下朕心自得,等他起身之後,不免赦了費、尤二大夫,依舊如此如此,待他回來,再作區處。正是:拔却眼中釘,方解心頭悶。且與二位美人飲酒去者。〔唱〕

【三句兒煞】他犯顔諫諍思匡救㊥,何不作旁觀袖手㊥,朕且把逆耳的忠言付水流㊥。〔從下場門下,衆隨下〕

第十八齣　三軍致討滅兇頑(蕭豪韻)　弋腔

〔東邊城門上安「西岐」匾額科。外扮姜尚，戴幞頭，穿蟒，束帶，從上場門上，唱〕

【黄鐘宫引·翫仙燈】傳喧邊報(韻)，道是崇侯强暴(韻)。好待正名問罪逞英豪(韻)，百萬兵張天討(韻)。〔白〕老夫姜尚，自從到了西岐，君臣相得，魚水相投，稱爲尚父，職掌權衡。聞得邊報到來：紂王寵信奸佞，酒色荒淫，東海又反了平靈王，太師聞仲出兵征討。而今崇侯虎蠱惑聖聰，廣興土木，陷害生靈，潛通奸佞。此賊若不急切消除，爲後患不小。況且天子賜有節鉞，原可以將無道者伐之。因此主公准我所奏，今日祭纛興師，老夫前來等候。你看，主公出來也。〔雜扮四軍卒，各戴馬夫巾，穿蟒箭袖卒褂，執旗。雜扮四軍卒，各戴大頁巾，穿蟒箭袖排穗褂，執標鎗。雜扮二中軍，各戴中軍帽，穿蟒箭袖通袖褂，佩刀。外扮南宫适，生扮武吉，雜扮辛甲、辛免，各戴帥盔，紥靠。引生扮姬昌，戴王帽，紥靠，背令旗，襲蟒束帶，佩劍，從上場門上，唱〕

【又一體】奸惡亂皇朝(韻)，仗節鉞滅他殘暴(韻)。〔中場設椅，轉場坐科。姜尚白〕臣姜尚參見主公。〔姬昌白〕尚父少禮，請坐。〔姜尚起科，場上設椅，虚白坐科。姬昌白〕我姬昌自從請得尚父執掌政柄，邊境大治，紀綱肅清。昨日尚父奏聞孤家，言有邊報到來，道崇侯虎大肆元兇，不可不討。孤家既掌天

子節鉞之榮，自當救百姓水火之難。尚父，〔姜尚白〕臣在。〔姬昌白〕我想，〔唱〕

【黄鐘宫正曲・絳都春序】朝廷群小(韻)，自結固情深(讀)，黨連不少(韻)。蔽主殃民(句)，只管的施張殘暴(韻)。俺這裏兵機要審何爲要(韻)，莫待學勞無功空貽譏笑(韻)。〔合〕相機度勢(句)，運籌決勝(讀)，無煩攘擾(韻)。〔姜尚白〕主公在上：主公以賢聖之名，天下莫不響應。況天子假以節鉞，原可以將無道者伐之，並非擅動征誅。〔姬昌白〕既如此，孤拜尚父爲軍師。〔姜尚起，隨撤椅科，白〕多謝主公。〔姬昌白〕衆將官，往教場祭纛去者。〔衆應科。姬昌起，隨撤椅科，衆作遶場科，同唱〕

【又一體】旌旗紛遶(韻)。見觸目(讀)，萬隊雲霞籠罩(韻)。畫鼓聲高(韻)，弓刀逐羽旄耀(韻)。軒轅從此興兵勦(韻)，勦滅了蚩尤横暴(韻)。〔合〕齊聲稱頌(句)，道兇頑一鼓(讀)，何難清掃(韻)。〔作到科，南宫适白〕請主公拈香。〔場上設香案。雜扮一執纛人，戴馬夫巾，穿蟒箭袖，繫跳包，執纛，從上場門上，跪香案側，作建纛科。姬昌拈香行禮，衆隨行禮科，同唱〕

【又一體】明告(韻)，蒼穹應曉(韻)。應曉俺(讀)，忠國清奸除惡(韻)。〔姬昌白〕俺姬昌呵，〔唱〕並非是擅起刀兵(句)，同一樣把江山擾(韻)。端則爲救民水火心偏切(句)，敢自逞軍威雄浩(韻)。〔衆同唱合〕齊聲稱頌(句)，道兇頑一鼓(讀)，何難清掃(韻)。〔起，隨撤香案科。姜尚白〕請主公登壇發令。〔姬昌白〕尚父可與孤家同登。〔姜尚白〕領令旨。〔場上預設高臺、虎皮椅，姬昌、姜尚同上高臺坐科。姬昌白〕衆將官聽吾號令。〔衆應科，姬昌白〕方今北伯侯崇侯虎，素蓄奸雄之志，作成塗毒之謀，蠱惑宸聽，朋比佞黨，大興土木，陷害生靈。孤家既承天子節鉞之恩，須救百姓水火之難。今當獨仗義旗，興師致討。爾等凛遵號令，不可妄生兇暴；護救黎民，不可借此貪殘。須當奮勇建功，掃清大惡，功成之日，行賞論功。如有暴害黎民，及專擅不用命，退縮不前者，法應無赦。爾等俱各凛遵，無干軍令。〔衆應科，白〕得令。〔姜尚白〕中軍吩咐扯旗放砲，快些出城，竟奔崇城，殺上前去。〔衆應科，內作吶喊、放砲科。姬昌、姜尚同下高臺，隨撤高臺、虎皮椅，姬昌作卸蟒科。衆同唱〕

【又一體】軍聲浩浩(韻)。總到處(讀)，不見人驚物擾(韻)。仁聞名高(韻)，並未曾殺氣迷漫把江山罩(韻)。旌旗指處人争迓(句)，好則看歡呼童髦(韻)。〔合〕長征(句)，管不用動戰争(讀)，他那裏投戈歸早(韻)。〔同從上場門下，作出城門科，唱〕

【慶餘】奉天命張天討(韻)，好威風西伯明君把殘惡勦(韻)。這的是除惡安民也，只這一點丹心答皇朝(韻)。〔同從下場門下〕

第十九齣　蔑理傷天誇勇戰（蕭豪韻）　弋腔

〔西邊城門上安「崇城」匾額科。雜扮八軍卒，各戴大頁巾，穿蟒箭袖排穗褂，執標鎗，引小生扮崇應彪，戴紫金冠額，紥靠、背令旗，佩劍，從上場門上，唱〕

【仙呂調隻曲·點絳唇】俺嚴親貴顯當朝（韻）。文韜武略（韻），把兒曹教（韻）。勇似鴟梟（韻），誰敢相違拗（韻）。〔中場設椅，轉場坐科，白〕父顯朝廷子鎮邊，何妨內外共爲奸。笑看自作忠良者，誰是知時一等賢。吾乃北伯侯之子崇應彪是也。我爹爹與費、尤二大夫往來交好，共享富貴，又因建造鹿臺，大合聖意，寵眷日加。爹爹在朝隨侍，我自坐鎮邊疆。昨有探子來報，説姬昌與姜尚共領雄師，前來問罪致討。我聞言之下，不覺怒自心生，一面差人報知爹爹去了。因此出城列營，今日聚集諸將，先迎殺一陣，使他片甲無存，方消吾恨。且待衆將到來，一同商議。〔雜扮黄元濟、陳繼貞、梅德、金成，各戴帥盔，紥靠，佩劍，同從上場門上，分白〕腰懸三尺劍，不用萬言書。一戰誇功績，英名列畫圖。小將黄元濟是也，小將陳繼貞是也，小將梅德是也，小將金成是也。〔同白〕公子相召，只得上前參見。〔作相見科，白〕公子在上，衆將打躬。〔崇應彪白〕衆將少禮。相召爾等，並無他故，只爲姬昌暴横，無故興師。前歲逃關，聖上幾次欲點兵征伐，他却不思悔過，反興無名之舉，假稱問罪之師，深爲可恨，必須點將提兵，擒兇誅逆。〔四將同白〕公子言之有理。他自來送死，我豈容輕恕。這一番擒拿反叛，解上朝歌，以盡王章大法，方爲正理。〔雜扮一報子，戴鷹翎帽，穿報子衣，繫肚囊，執旗，從上場門急上，跪科，白〕報：今有西岐大將南宫适，城下指名與公子要戰，乞令定奪。〔崇應彪白〕知道了。〔報子起科，仍從上場門急下。崇應彪白〕待我親自出城拿這叛賊，挫他鋭氣。〔黄元濟白〕公子不消動怒，割鷄焉用牛刀。末將不才，前去擒回，獻於麾下。〔崇應彪白〕將軍前去，須當建功，無干軍令。〔黄元濟白〕不勞公子囑咐。〔仍從上場門下，内白〕衆將官，就此隨俺迎殺上去。〔衆内作應科，崇應彪白〕你看黄將軍果英雄也。

〔唱〕

【仙吕調隻曲·油葫蘆】他果是人中一俊髦(韻)，不辭勞(韻)。搴旗斬將勢雄驍(韻)，除兇耀武威風浩(韻)。〔内作鉦鼓聲科，崇應彪唱〕只聽得春雷般鼓震如山倒(韻)。應把奇勳建(句)，賊將梟(韻)。滅他鋭氣成功早(韻)，且坐待凱歌鐃(韻)。〔報子從上場門急上，白〕報啟公子在上：黄元濟出城迎敵，被南宫适斬於軍前，那姬昌大隊已到城下了。〔崇應彪白〕再去打聽。〔報子仍從上場門急下。崇應彪大怒科，白〕哎呀，好逆賊，氣死我也！衆將官，隨我出城，與他大戰一回。〔衆應科。崇應彪起，隨撤椅科。衆同從下場門下，隨出城門，作遶場科，同唱〕

【中吕宫正曲·紅繡鞋】逞兇堪恨鴟梟(韻)，鴟梟(格)。怎知俺藝勇偏高(韻)，偏高(格)。纔得志(句)，騁英豪（韻）。臨城下（句），應莫逃（韻）。〔合〕都寸斬（句），恨方消（韻）。〔同從下場門下。雜扮四軍卒，各戴馬夫巾，穿蟒箭袖卒褂，執雙刀。雜扮四軍卒，各戴大頁巾，穿蟒箭袖排穗褂，執鎗。外扮南宫适，生扮武吉，雜扮辛甲、辛免，各戴帥盔，紥靠，執器械，引生扮姬昌，戴王帽，紥靠、背令旗，佩劍，外扮姜尚，戴道冠，穿道袍氅，繫絛，執劍，同從上場門上。姬昌、姜尚同唱〕

【仙吕調隻曲·天下樂】萬隊精兵列鳳毛（韻）。量度（韻），賊運消（韻）。盈來惡貫天誅到（韻）。誅元首靖兇殘（句），滅渠魁消狂暴（韻），救黎民同快樂（韻）。〔姬昌白〕吾軍已臨崇地，賊將鬬狠來爭，南宫將軍大奮神威，斬了賊將。孤與尚父同至城下，問罪弔民，誰知崇侯虎尚在朝中，只有其子應彪在此鎮守。聞得他與衆賊將出城迎拒，衆將官，大排隊伍，務要剪厥渠魁，協從王事。〔衆應科。内吶喊科，衆將卒各執器械，引崇應彪執鎗，同從下場門上，崇應彪白〕呔！逆賊姬昌，快些下馬受縛。〔姜尚白〕崇城守將可來見我。〔崇應彪白〕你是何人？〔姜尚白〕吾乃西伯侯駕下首相姜尚是也。你父子造惡如山積海，貪民財行如惡虎，傷人命毒似豺狼。普天之下，雖三尺童子，莫不欲啖爾父子之肉。我主公受節鉞之權，起仁義之師，除殘伐暴。爾可下馬就縛，自招罪狀，免得血染鋼刀，死作不明之鬼。〔崇應彪白〕姜尚，你乃江湖術士，知恩不報，背主而逃，何敢擅出妄言，不識時務。你這老朽無用之物，斬你可惜寶刀，只唤姬昌見我。〔姜尚白〕我主公以明聖之君，怎見你無名孺子？〔崇應彪白〕氣死我也！〔作冲殺科，南宫适迎戰科。姜尚白〕衆將官，就此掩殺上去，務要擒此逆子。〔衆應，作掩殺科，各作混戰科，崇應彪作大敗科，率衆從城門下。衆白〕啟上主公、軍師：崇應彪大敗入城去了。〔姜尚白〕乘此一勝，勢如破竹，衆將官就此攻城。〔姬昌白〕軍師，我想罪在崇家父子，與百姓無干。今一攻城，只恐玉石無分，則救民之舉，反爲害民之事，軍師以爲何如？〔姜尚白〕既主公以仁義爲重，也罷，我有一條計策，庶幾崇城可下。〔姬昌白〕軍師有何妙策？〔姜尚白〕我軍暫且屯扎在此，待老臣修書一封，寄與曹州黑虎。那黑虎與他情雖兄弟，他却惡他奸惡，久不相會。請他到來，必然縛獻主公，豈不省事？〔姬昌白〕此計甚妙。軍師修下書柬，即着南宫將軍送去便了。衆將官傳令迴兵。〔衆應，遶場科，同唱〕

【上馬嬌煞】【上馬嬌】〔首至四〕鞭敲鐙㊁，凱歌鐃㊅。一戰挫兇獍㊅，勢難再振如催槁㊅。【賺煞】〔末二句〕同歡同笑㊅，這仁義師何怕不滅他殘虐凈皇朝㊅。〔同從下場門下〕

第二十齣　擒兄誅逆順天心（江陽韻）　弋腔

〔西邊城門上安「崇城」匾額科。雜扮八軍卒，各戴大頁巾，穿蟒箭袖排穗褂，執標鎗。雜扮四將官，各戴打仗盔，穿打仗甲，執鎗。引净扮崇侯虎，戴金貂，紥靠，背令旗，襲蟒，束帶，佩劍，從上場門上，唱〕

【雙調正曲·普賢歌】隨朝終日侍君王（韻），忽報邊疆受禍殃（韻）。吾兒兵將傷（韻），西岐智勇强（韻）。〔合〕自統雄師來抵擋（韻）。〔白〕俺崇侯虎自被召入京之後，以爲必死無疑，誰知費、尤二大夫齊心保舉，得以重生。我想他二人這樣有恩於我，正爲天子親信之臣，何不與他合志同心，共爲朋黨。久後唾駡由他，目下榮華在我。又因鹿臺建造有功，大加恩寵。雖是他二人保奏之功，也虧得我知時應變，得以長保爵位。這都不在話下。前者孩兒寄得書來，言姬昌無故興兵，直來犯境。我因此奏明聖上，回國拒敵，拿住姬昌，獻上朝歌報功。聖上准奏，因此我星奔前來。將到本境，又有孩兒使人來到，説折將損兵，勢在不支。我算來孩兒到底年幼無知，現有曹州他叔父黑虎，與崇城相距不遠，何不去請他一救。雖然我二人不睦，他看手足之情，祖、父之意，無有不來之理。我不免作速回到本城，使人請了兄弟來，一同計較，何怕姬昌不擒，西岐不滅，這又是一件天大奇功。衆將官，就

此作速趲行。〔衆應科，同唱〕

【雙調正曲·櫻桃花】展旌旗日月光(韻)，輝明戈甲耀星霜(韻)。縱鐵騎紅塵快(句)，轡頓鞭揚(韻)。無知休得逞顛狂(韻)，自取傷亡(韻)。〔合〕闗城望裏長(韻)，把强徒休放(韻)。〔同從下場門下。雜扮四軍卒，各戴馬夫巾，穿蟒箭袖卒褂，執旗。雜扮四將官，各戴帥盔，紥靠，佩劍。引小生扮崇應彪，戴紫金冠額，紥靠，背令旗，佩劍從城門上，唱〕

【雙調正曲·普賢歌】忽聞嚴父轉回鄉(韻)，不覺歡生喜氣揚(韻)。邊城不受殃(韻)，西岐空自忙(韻)。〔合〕款迓行旌眉鎖放(韻)。〔白〕我崇應彪自損兵折將之後，固守城池，那西岐只是困扎，不來攻打。忽然二叔父到來，我已喜出望外，又聽爹爹回來，叔父命我率領衆將，出城前去迎接。〔唱〕

【又一體】行旌恭迓荷恩光(韻)，不把千金擔子當(韻)。由他逞暴狂(韻)，吾家氣鼓揚(韻)。〔合〕這是他自己來投天地網(韻)。〔同從下場門下。雜扮四軍卒，各戴大頁巾，穿蟒箭袖排穗褂，執標鎗。雜扮高定同三將官，各戴紥巾額，紥靠。引净扮崇黑虎，戴黑貂，紥靠，背令旗，背葫蘆，佩劍，從上場門上，唱〕

【雙角隻曲·新水令】平生正氣植綱常(韻)，也曾把倫彝細講(韻)。肯從他爲佞諂(句)，拚一己作忠良(韻)。他自逞顛狂(韻)，到此際神難旺(韻)。〔中場設椅，轉場坐科，白〕俺崇黑虎乃崇侯虎之弟，情雖同胞，心性各異。他獨以奸險爲能，我却以忠良自任。自從那日他與蘇侯爭戰，西伯侯以理解圍，我就與他反目，説下斷頭話來，永不相見。誰知他造下許多惡事，以致那惡貫滿盈，西伯侯興問罪之師。

已到崇城，又恐傷了百姓，不去攻打。子牙使人下書請我，我想寧可得罪與祖宗，不可得罪與天下。方纔聽得兄長回來，我隨即將應彪與衆將用計調出城外，我在城中，先命沈岡將嫂嫂李氏並侄女已經看守，我這裏等他到時，我自擒拿解送周營便了。高定，你領衆刀斧手緊緊跟隨，聽吾腰下劍聲響處，與我把大爺拿下，不得有違。〔高定應科。崇黑虎起，隨撤椅科，同從下場門下。衆將卒引崇應彪、崇侯虎，同從上場門上。崇黑虎率衆作出城門、迎接、虛白，作進城門，從下場門上，各虛白作相見科。崇黑虎白〕兄長鞍馬勞頓，小弟未曾遠接，多有得罪。〔崇侯虎白〕賢弟此來，愚兄不勝欣慰。〔崇黑虎作拔劍出聲科，高定引三將作擒崇侯虎科。崇應彪白〕呀，原來有此歹人，害我爹爹。〔作拔劍砍科。崇黑虎拔劍對戰，以葫蘆出烟噴倒崇應彪，衆作擒綁科。崇侯虎白〕哎呀，好兄弟，爲何反拿兄長？〔崇黑虎白〕長兄，你位極人臣，不思忠報，反作了許多過惡，結怨神人。我不過得罪祖宗，焉肯得罪與天下，又焉敢得罪與後世？衆將官，罪在他父子二人，與爾等無干。〔衆將卒跪科，同白〕情願投降西岐聖主。〔崇黑虎白〕既如此，可隨我一同前去周營報功。〔衆應科，從下場門下，作出城門，作遶場科，同唱〕

【雙調正曲・三棒鼓】順天誅逆顯忠良(韻)，喜得聖主當陽(韻)也(格)。德化滂(韻)。救民受殃(韻)，除奸結黨(韻)。敢相忘(韻)，〔合〕傳家忠義綱常(韻)也(格)。休説道同胞莫傷(韻)，正自爲邪佞當戕(韻)。〔從下場門下。雜扮四軍卒，各戴大頁巾，穿蟒箭袖排穗褂，執標鎗。雜扮四將官，各戴帥盔，紥靠。外扮姜尚，戴道冠，穿道袍氅，繫絲，執拂塵。引生扮姬昌，戴王帽，穿蟒，束帶，從下場門上。姬昌虛白。雜扮一中軍，戴中軍帽，穿蟒箭袖通袖褂，佩刀，從上場門急上，作跪禀科，白〕禀我主知道：今有曹州侯崇黑虎來到營門求見。〔姬昌白〕待我出迎。〔作出迎科。崇黑虎從上場門上，作相見科。姬昌白〕賢侯請了，請進。〔各虛白進門科，姬昌白〕請坐。〔場上設椅，各虛白坐科。姜尚白〕賢侯大德，惡黨浄除，君侯乃天下奇男子也。〔崇黑虎白〕深感丞相玉札降臨，照明肝膽，故爾不避骨肉之嫌疑，以應人心之向背，將不仁之兄縛獻轅門，聽候軍令。〔姬昌白〕昌有一言奉告，君侯以奇男子建此大功，雖爲國家大賢，然而在此，昌等倒不好發落令兄了。尊嫂李氏併其女不干於罪，君侯好好待之。昌之意，君侯撤了曹州，鎮守崇地，便是一國，萬無一失。不才現奉聖諭，權操節鉞，原可以伐無道以安有道，即便具表奏聞可也，不知尊意如何？〔崇黑虎白〕君侯之言有理，不才就此告辭。〔各起，隨撤椅科。姬昌白〕待我送出轅門。從此永爲唇齒國，〔崇黑虎白〕自今變却佞邪城。〔仍從上場門下，衆隨下。場上設椅，姬昌、姜尚各坐科。姬昌白〕衆將官，將崇侯父子推來，待孤細細問他。〔姜尚白〕主公不消，恐他有乞憐之狀，主公動欲放之慈，反爲不便，不如斬了，以除大患。衆將官，推出轅門，斬訖報來。〔二將官應，從上場門下，内白〕開刀。〔姬昌白〕可見奸佞之結果也。〔二將官仍上，侍立科。姜尚白〕主公，大惡已除，請主公回兵歸國。〔姬昌白〕有理。〔各起，隨撤椅科。姜尚白〕衆將官，就此回兵歸國。〔衆應科，同唱〕

【雙調正曲・清江引】戎衣一戰除魍魎(韻)，大惡天不放(韻)。恢恢報應彰(句)，奸佞隨時喪(韻)。〔合〕還是那(讀)，作忠良的得歡暢(韻)。〔同從下場門下〕

第廿一齣　正誅邪施威神鳥（庚青韻）　弋腔

〔生扮微子啟、箕子衍，雜扮孫容，副扮費仲，丑扮尤渾，各戴紗帽，穿蟒，束帶，執笏。生扮黃飛虎，戴金貂，穿蟒，束帶，執笏。同從上場門上，唱〕

【雙調引・新水令】御園藹藹春光凝(韻)，裝點出蓬萊仙境(韻)。祥靄繽紛盛(韻)。作屏藩(句)，樂君臣(讀)，花酒交相映(韻)。〔分白〕下官微子啟，下官箕子衍，下官黃飛虎，下官孫容，下官費仲，下官尤渾。〔同白〕今日聖上傳旨，言牡丹盛開，春光方盛，命吾等入內侍宴，只得前去伺候。〔微子啟白〕武成公，今日此宴，實是聖天子樂以同心之意，君臣一德之舉，從諫如流，可有望矣。〔黃飛虎白〕丞相，宴無好宴，會無好會。方今士馬縱橫，干戈四起，有甚心情賞玩歡樂，只恐樂日無多，憂日轉長也。〔費仲、尤渾同白〕二位老大人，方今天子聰明果斷，事事皆知。吾等今日侍宴，只講君臣目前之樂罷了，那別的事體，過後說也不遲。〔箕子衍、孫容白〕此話講得也是，吾等一同前到御園伺候可也。〔各虛白科，同作遶場科，唱〕

【雙調正曲・朝元令】行過御園芳徑(韻)。山河列錦屏(韻)，回首霽霞凝(韻)。萬花掩映(韻)，春光滿帝京(韻)。仙苑原來盛(韻)，何處聽鶯鳴(韻)。似鳥自呼名(韻)，向九重把春澤同沾泳(韻)。山明共水明(韻)，花情和鳥情(韻)。〔合〕天膏衆稱(韻)。君臣樂交相歡慶(韻)，交相歡慶(疊)。〔同從下場門下。雜扮四太監，各戴太監帽，穿貼裏衣。雜扮二內侍，各戴大太監帽，穿蟒，束帶，帶數珠，執拂塵。引淨扮紂王，戴王帽，穿蟒，束帶，從上場門上，唱〕

【雙調引・采蓮船】遣得忠良消邊警(韻)，恣宴樂有誰諫諍(韻)。伴妖嬈(句)，樂嬉遊(句)，喜春色正當明盛(韻)。〔中場設椅，轉場坐科，白〕孤家因皇叔祖聞仲去討平靈王，隨即赦了費仲、尤渾。今日大設華筵，名是與衆臣賞玩牡丹，實是替他兩個壓驚。寡人方纔與皇后、胡美人飲得半酣，皇后與胡美人俱已沉醉，寡人出宫到御園與衆臣會飲。內侍宣諸臣見駕。〔一內侍應，作向內宣科。微子啟、箕子衍、孫容、費仲、尤渾、黃飛虎同從上場門上，作見駕科，白〕臣等參見陛下，願吾皇萬歲。〔紂王白〕衆卿少禮。〔衆白〕萬歲。〔費仲、尤渾同白〕臣等復蒙聖恩垂赦，自愧無地。〔紂王白〕乃朕一時不明，二卿休生他念。〔費仲、尤渾白〕萬歲。〔各起科，紂王白〕方今春光正盛，御園牡丹大開，寡人不肯自爲賞玩，特與衆卿共之。〔衆白〕聖上如此殊恩，臣等何以圖報。惟願陛下永享太平，臣等長承膏澤。〔紂王白〕內侍看宴過來。〔內侍應科。紂王起，隨撤椅科。場上預設牡丹臺、太湖石切末，桌椅、筵席科。內作樂，紂王入桌坐科，虛白科，衆作虛白、謝恩、坐科，同作飲酒科，唱〕

【雙調正曲・五馬江兒水】天香萬種(韻)，雲霞照座明(韻)。娉婷國色(句)，爛熳春馨(韻)。氣煖瑶巵倍有情（韻）。似醉扶月姊（句），笑擁飛瓊（韻）。天上奇葩婀娜（句），雨露冲盈（韻）。正好是春光錦繡繞銀屏（韻）。〔合〕說甚麼落紅滿地（句），惜取韶容（韻）。對酒看花（讀），暢好君臣歡慶（韻）。〔雜扮九尾狐精原身，穿九尾狐切末衣，從上場門上，跳舞科。衆内侍白〕哎呀，聖上，不好了，妖精來了。〔紂王作大驚，衆各虛白、起，隨撤桌椅、筵席科。黄飛虎白〕陛下休驚，臣來護駕。〔作護駕科。九尾狐精原身作撲紂王，黄飛虎作攔科，白〕呔！妖畜休得無禮。〔唱〕

【雙調正曲·灞陵橋】何處作威精（韻）？敢向玉筵前（句），跳躍爲災眚（韻）。正可除邪（句），一時兇惡懍（韻）。〔作拔雕欄打科，九尾狐精原身作勢對舞科。黄飛虎白〕陛下速將臣所獻金眼神鷹取來，可除此怪。〔紂王白〕内侍快去取來。〔一内侍應科，從下場門急下。黄飛虎唱〕這欄柱賽青萍（韻），不用施符令（韻），嗏（格）。〔合〕管教伊一霎傾（韻）。〔内侍臂鷹，仍從下場門上。黄飛虎白〕速放神鷹。〔内侍作放鷹抓科，九尾狐精原身作驚避，從地井内暗下。黄飛虎白〕臣啟陛下：妖怪被神鷹抓下許多血毛，未曾捕住，藏入太湖石下了。〔紂王白〕嚇死寡人也。内侍，可將神鷹收回，速將太湖石下掘來一看下面如何。〔衆内侍應科，從下場門下，取鍬、钁隨上。紂王虛白，衆内侍作掘太湖石科，衆同唱〕

【雙調正曲·柳梢青】挖却深坑（韻）。那妖邪想在（句），此内藏形（韻）。掘起巉巖（句），移開劍石（句），不得留情（韻）。若將洞府看明（韻），從此後（讀），除他禍清（韻）。〔合〕斷了根芽（句），净他宫禁（句），滅了精靈（韻）。〔地井内出亂骨切末科，衆白〕啟聖上：掘出許多骨殖，不見妖邪。〔紂王白〕好奇怪，此處那裏有這樣東西？內侍們，可將此物拋棄了。〔衆應科，作送鍬、鐝、枯骨切末科，從下場門下，隨上。紂王白〕君臣正樂，被此怪所亂，御宴不歡，衆卿可歸私第，寡人亦當回宮。〔衆白〕萬歲。〔仍同從上場門下，場上隨撤牡丹花臺、太湖石科，紂王虛白科，白〕且住。我想數年以前，有一道者説是妖氣遍於宮中，那司天監與衆諫臣也是這般講，寡人尚不深信，今日果見其形，我想此處可有甚麼妖怪？〔作想科，白〕哦，有了。胡美人會算，御妻會請神仙，不免回宮去告知他們，教他二人一個算出妖精踪跡，一個請仙除妖可也。

〔唱〕

【慶餘】無端宮禁來生孽(韻)，怎知我這深宮裏有難逃明鏡(韻)，少不得占出來踪又請他仙客能(韻)。

〔從下場門下，衆隨下〕

第廿二齣　父傳子托輔遺孤　齊微韻　弋腔

〔雜扮四太監，各戴太監帽，穿貼裏衣。雜扮二宮娥，各戴過梁額，穿宮衣。二太監作扶生扮姬昌，戴九梁冠，紮花帕，穿氅，繫腰裙。旦扮太姒，戴鳳冠，穿氅。同從上場門上，分唱〕

【南呂宮正曲·懶畫眉】年華駒隙去如飛韻，暗想當年事已非韻。四方向化盡歸依韻，心存忠孝無他悔韻。〔合〕一片丹心自不迷韻。〔場上設桌椅，各坐科，姬昌白〕孤家姬昌，承祖父之餘休，盡一身之忠孝，近蒙聖恩，釋放還國。且喜相國姜尚秉持國政，三分天下已有其二，尚服事殷。爲因天子無道，人心生怨，侯虎行兇，明張征討。大事已定，回至西岐。不想近日以來，精神頓減，寢食乖常，自覺不久人世。只是孤家已經年邁，不能澤及萬民，未免於心有愧。〔太姒白〕相公年雖近百，自從歸國以來，澤及萬民多矣，何云有愧？〔姬昌白〕夫人，視民如傷，望道未見，乃孤家平日本懷，並非虛假之說。〔太姒白〕足見相公仁德，皇天自有默佑。〔姬昌白〕今日特地出來，宣吾兒姬發與尚父姜子牙前來，託付國事。〔小生扮姬發，戴紫金冠額，穿蟒，束帶，從上場門上，唱〕

【又一體】長娛白髮舞斑衣韻，惟願椿萱兩影齊韻。〔白〕我姬發膝下承歡，長思千載，不料爹爹有病，甚覺不寧，我不免前去問安可也。〔唱〕緣何一旦使人悲(韻)。但期不久沉痾起(韻)，〔合〕四海同瞻聖主儀(韻)。〔作見科，白〕爹媽在上，孩兒恭請萬安。告爹爹知道：孩兒昨夜曾得一夢，夢見上帝與我九齡。望爹爹與孩兒詳解。〔姬昌白〕原來如此嗄，我兒，你道此夢如何？〔姬發白〕西方今有九國，未免德化未敷，終望爹爹撫治。〔姬昌白〕非也。古者以年爲齡，齒亦齡也。吾年當享百歲，汝年當享九十。方纔吾已占過，上帝已將我壽與汝三齡，我當享九十七歲，汝當享九十三歲。吾今年正九十有七，你作爹爹的今日大數已到，想是不久在人世了。内侍，宣姜尚進見。〔内侍應，作向内宣科。姬昌白〕我兒，你且在此等候，待尚父到來，我有話説。夫人迴避。〔太姒應科，從下場門下，二宫娥隨下。姬發侍立科。外扮姜尚，戴幞頭，穿蟒，束帶，從上場門上，唱〕

【又一體】堪圖王業已從西(韻)，半覺商家國運非(韻)。願長承節鉞衣戎衣(韻)，輔忠佐孝情無已(韻)。〔合〕扶弼明君上玉梯(韻)。〔白〕下官姜尚，自主公伐崇回來，偶得一病，下官占算明白，早知天命有歸，當殿下成此大業。但是天機不可明言，且入宫問安去者。〔作見科，白〕主公在上，老臣姜尚拜見。〔姬昌白〕尚父少禮，看坐。〔内侍應科，姜尚白〕不消賜坐。老臣特來問安，主公貴體可少愈否？〔姬昌白〕尚父，我想不久在人世了。〔姜尚、姬發同白〕還望主公/爹爹病好。〔姬昌白〕尚父、我兒，〔唱〕

【南吕宫正曲·香羅帶】死生我已知(韻)，壽當盡期(韻)。尚父、孩兒疑莫起(韻)。〔白〕今日裏呵，〔唱〕上丹霄與列祖共相依(韻)也(格)。天下事(句)，好維持(韻)。我一點丹心全仗伊(韻)。〔合〕我此去全將憂盛與思危(韻)也(格)，這續志圖謀全賴之(韻)。〔白〕內侍看香案來，待我拜了列祖神靈。〔二內侍應科，從下場門下，取香案，隨上設科。衆作扶姬昌出桌作拈香禮拜科，唱〕

【又一體】仗威靈加護持(韻)，我精誠鑒知(韻)。〔起科。二內侍送香案從下場門下，隨上。姬昌入桌坐科，白〕尚父、我兒，常說與爾等共享太平，同成大業，今日裏呵，〔唱〕雲馭自乘天上起(韻)。〔姜尚、姬發同白〕主公/爹爹不消疑慮。〔姬昌白〕尚父、我兒，我想孤年九十有七，雖未行善政於民，亦略有令聞於下。〔唱〕並不是罪盈惡貫遇危期(韻)也(格)。人心向(句)，天命依(韻)。全忠全孝我家風全賴伊(韻)。〔合〕好教我侍先靈祖考樂斑衣(韻)也(格)，無處着人間慾海迷(韻)。〔白〕我兒，〔姬發跪科，姬昌白〕我死之後，你正心行事，不改前志，你就是孝子了。〔姬發悲科，白〕孩兒謹依嚴命。〔姬昌白〕我兒，尚父善於事勢，曉於天時，我死之後，你須當尊爲亞父，好與你共圖國治。〔姜尚跪，悲科，姬昌白〕我兒過來，拜了亞父。〔姜尚白〕老臣寔不敢當。〔作與姬發同拜、起科，姬昌白〕尚父，〔姜尚跪科，姬昌白〕孤居西伯，爲衆諸侯元首，蒙感聖恩不淺。方今雖則亂離，尚有君臣名分，孤有一言切不可負，倘吾死之後，總然君惡貫盈，切不可使我兒聽諸侯之言，以臣伐君。若背孤言，冥中不好相見。〔姜尚哭科，白〕老臣荷蒙恩寵，身居首相，敢不受命。若負君言，即係不忠。〔起科，姬昌白〕內侍，看孤家冠帶過來。〔二內侍應科，從下場門下，取王帽、蟒帶，隨上，作與姬昌穿戴科。姬昌唱〕

【又一體】好一似天風雲外吹(韻)，今朝催吾上玉梯(韻)。人世存亡只在遲共疾(韻)，只一心無愧死何疑(韻)也(格)。我去追先聖(句)，性無迷(韻)。陰陽一理説甚麽長别離(韻)。〔雜扮一内侍，戴太監帽，穿貼裏衣，從上場門上，跪科，白〕啟主公：衆臣前來問安。〔姬昌白〕來得恰好，宣來見孤。〔内侍應科，起，作向内宣科，仍從上場門下。生扮散宜生，雜扮畢遂、祈恭、尹籍，各戴紗帽，穿圓領，束帶，執笏。外扮南宫适，生扮武吉，雜扮太顛、閎夭，各戴貂，穿圖領，束帶，執笏。同從上場門上，作相見科，分白〕臣散宜生，臣南宫适，臣畢遂，臣武吉，臣祈恭，臣太顛，臣尹籍，臣閎夭〔同白〕見駕，恭問主公萬安。〔姬昌白〕衆卿，孤與爾等情同肱股，義切腹心。我死之後，爾等各守成規，共輔吾兒，以尊尚父之言，不可有更前制。〔衆官跪悲科，同白〕臣等敢不竭盡駑駘，以報大德。〔起科，姬昌白〕我兒，〔姬發跪科，姬昌白〕商雖無道，吾乃臣子，必當恪守其職，毋得僭越。爾可睦愛弟兄，憫恤萬姓，見善勿怠，去非勿處，不可妄聽人言，輕於舉動，肆行征伐。諸事謀於衆臣，成訓聽於尚父，則吾死亦不爲恨。切不可有負吾言，爲不孝之子。〔姬發悲科，白〕孩兒謹依嚴命。〔起科，姬昌白〕尚父，孤言已畢於此，不可有負至託。〔姜尚哭，跪科，白〕老臣受大王重恩，雖肝腦塗地，碎骨捐軀，不足以報，焉敢負吾王至意。〔姬昌白〕爾諸臣亦當謹守遺囑，不得有違。孤今此去呵，〔唱合〕那陰靈常是性無迷(韻)也(格)，負却吾言我也不放伊(韻)。〔白〕爾等勿荒吾志可也。〔作氣絶科，衆作跪哭科，姬發唱〕

【南呂宫集曲·學士解酲】【三學士】（首至合）一霎椿堂離恨起(韻)，山崩梁木傾頹(韻)。爲何的長抛母子音容秘(句)，永訣臣民德澤微(韻)。【解三醒】（五至末）好教我斷腸寸寸心俱碎(韻)，即便是血淚斑斑天

豈知（韻）。〔合〕何日裏瞻容偉（韻）。紫微光落（讀），竟掩龍輝（韻）。〔姜尚、衆臣同作哭科，唱〕

【又一體】黼座空教悲切己（韻），君恩酬報何時（韻）。好一似虞庭當日賡歌德（句），不亞如湯帝昔年知遇奇（韻）。〔同白〕我那主公呵，〔唱〕一朝遠別群臣去（韻），百載常教念主悲（韻）。〔合〕彈珠淚（韻）。把那些同心一德（讀），樂事休提（韻）。〔姜尚白〕殿下且自節哀，主公已歸於天，殿下當竭盡送終之制，繼成顧命之言。〔姬發作哭科，衆臣同作跪勸科，姬發唱〕

【慶餘】椿榮一別傷心地（韻），怎忍想一去千秋更不回（韻）。〔姜尚、衆臣同勸科，白〕殿下且免悲傷。〔同唱〕須索是繼志開基永不違（韻）。〔姬發、姜尚、衆臣起，同作哭科，隨衆內侍扶姬昌同從下場門下。場上隨撤桌椅科〕

第廿三齣　逼歡娛貞姬盡節（古風韻）　弋腔

〔雜扮四院子，各戴羅帽，穿道袍，繫縧帶。雜扮四梅香，各穿衫背心，繫汗巾。引生扮黃飛虎，戴金貂，穿蟒，束帶，旦扮賈氏，戴鳳冠，穿蟒，束帶，生扮黃天爵、黃天祥、黃天禄，各戴紫金冠額，穿蟒，束帶。同從上場門上，分唱〕

【仙呂宮引・番卜算】春色自天長(韻)，淑氣空中降(韻)。喜椿萱棠棣共聯芳(韻)，和藹華筵廠(韻)。〔場上設椅，各坐科，分白〕律轉鴻鈞淑色勻，又看萬象總更新。共將喜起天倫樂，〔同白〕和藹祥暉自滿門。〔黃飛虎白〕夫人、我兒，時光易過，又是除夕了。〔賈氏白〕正是。妾身已曾吩咐備下酒筵，慶賀除夕。〔黃飛虎白〕生受夫人。〔賈氏白〕看酒來，孩兒把盞。〔各起，隨撤椅科。內作樂，黃天爵虛白科，場上預設桌椅、筵席，黃天爵等作定席、送酒，各虛白、入座、飲酒科。同唱〕

【仙呂宮正曲・園林好】慶開筵家門有光(韻)，迎淑氣祥輝蕩漾(韻)，遍庭楣和聲歡暢(韻)。〔合〕焚栢子座中香(韻)，酌竹葉盞中香(疊)。〔賈氏白〕妾身命家樂演成「歲寒三友」之舞，正應良辰，喚上來侑酒，何如？〔黃飛虎白〕如此甚好，喚上來。〔一院子應，作向內喚科。雜扮八舞童，各戴綫髮，穿采蓮衣，執「歲寒三友」切末科，從上場門上，舞科，從下場門下。黃飛虎笑科，白〕妙嗄，此舞正應良辰，好令人心喜也。〔各虛白科。雜扮一門官，戴門官帽，穿圓領，束帶，執劄子，從上場門上，跪科，白）啟上老爺：有大宗伯差官送得劄子呈上。（黃飛虎白）取上來。（一院子應，作接遞科，門官仍從上場門下。黃飛虎白）奉有聖旨，大臣命婦，俱於明日元旦，朝賀中宮。呀，夫人，此禮久不舉行，爲何忽有此旨？（賈氏白）老爺，妾身聞得近來中宮所爲不端，莫非別有他故？這數日妾身亦有些不爽，不如以病爲辭，不去朝賀罷。（黃飛虎白）夫人說那裏話來，既奉上諭，不可不去。那娘娘所作所爲，令人不測，不去之時反爲不美。酒興已闌，天將五鼓，夫人妝束整齊，入朝叩賀。我也要入朝去也。（各虛白起，隨撤桌椅、筵席科。黃飛虎白）院子，吩咐外廂，伺候入朝。（一院子應科，從上場門下。黃飛虎白）夫人也到後面妝束了，好去朝賀。（賈氏虛白，從下場門下，衆梅香隨下。衆同唱）

【慶餘】安排車駕朝天仗（韻），大典應遵舊制章（韻），叩賀坤儀乃大綱（韻）。（同從下場門下。雜扮費仲夫人、尤渾夫人、方景春夫人、孫容夫人、麥雲夫人，旦扮賈氏，各戴鳳冠，穿蟒，束帶，執笏，賈氏內穿青衫。同從上場門上，唱）

【仙呂宮引·奉時春】日煖風和布艷陽（韻），籠紫闕瑞雲搖漾（韻）。搢笏摳衣（句），拜迎仙仗（韻）。鴻庥稠疊來天上（韻）。（分白）吾乃武成公黃飛虎夫人賈氏，吾乃太傅費仲夫人王氏，吾乃少師尤渾夫人李氏，吾乃中大夫方景春夫人楊氏，吾乃下大夫孫容夫人劉氏，吾乃諫議大夫麥雲夫人吳氏。（同白）昨奉聖旨傳下，今日元旦，命婦等朝賀中宮，我等前來伺候。（內喝朝科，衆白）你看娘娘陞殿，我等肅恭伺候。〔分侍科。雜扮四太監，各戴太監帽，穿貼裏衣，執提爐。雜扮二內侍，各戴大太監帽，穿蟒，束帶，帶數珠，執拂塵。雜扮四宮娥，各戴過梁額，穿宮衣，執符節、龍鳳扇。引小旦扮妲己替身，戴鳳冠簪形，穿蟒，束帶，從上場門上。內作樂，場上預設高臺、帳幔、桌椅，妲己替身陞座。衆同作叩拜科，同白〕臣妾等叩賀娘娘，願娘娘千歲千歲千千歲。〔同唱〕

【仙呂宮正曲・江兒水】拜舞坤儀朗(韻)，嵩呼地德長(韻)。配乾澤普乾坤廣(韻)，宮壼春恩人盡仰(韻)。喜同天恩洽資生像(韻)，〔宮娥白〕平身。〔衆白〕千歲。〔各起科，同唱〕共慶無疆長養(韻)。〔合〕淑氣更新(句)，好比隆光滂漾(韻)。〔妲己替身白〕內侍宣我懿旨，大典已畢，衆命婦俱各散朝，專留賈氏後宮相見。〔一內侍應，作宣科，賈氏應科。內作樂，妲己替身下座，隨撤高臺、帳幔、桌椅科，衆擁護妲己替身從下場門下。衆白〕黃夫人特沐中宮如此殊恩，我等不勝敬賀。〔賈氏虛白科，衆白〕我等大家告辭。〔賈氏白〕我也去宮門外聽宣。〔各虛白科，同從上場門下。妲己替身從下場門上，唱〕

【小石調引・宴蟠桃】巧裏藏奸(句)，情中帶殺(句)，舊仇一洗輕傷(韻)。〔中場設椅，轉場坐科，白〕我與黃飛虎、比干舊有深仇，那比干已經治死，黃飛虎不可不除，因此想了一計。聞他夫人賈氏十分美貌，我在聖上面前極爲稱贊，聖上不勝羨慕。我隨傳下懿旨，於今日元旦命命婦等朝賀我宮，又特留他款宴，暗使聖上窺他。想來一見，再無不淫亂之理，他若依從，則飛虎無面在朝，若是不依，必尋自盡，那時飛虎必反，豈非一舉兩得之事。宮娥們那裏？〔雜扮四宮娥，各戴過梁額，穿宮衣，同從下場門上，同白〕娘娘有何懿旨？〔妲己替身白〕備下酒筵，賈氏到來，即便引見。〔二宮娥應科。妲己替身起，隨撤椅科，白〕正是：計就月中擒玉兔，謀成日裏捉金烏。〔從下場門下，四宮娥隨下。賈氏執笏，從上場門上，唱〕

【小石調引·顆顆珠】一氣早回陽㊇。中宮叩賀㊈，獨此沐恩光㊇。〔白〕我乃武成公黃飛虎夫人賈氏，西宮黃妃乃吾夫之妹。今日元旦朝賀，中宮還要到西宮去看妹子，皇后宣召入見，只得前來。〔樓上預安「摘星樓」匾額，賈氏替身切末科。四宮娥引妲己替身同從樓門暗上，坐科，宮娥白〕娘娘有旨，宣夫人上樓。〔賈氏應，作上樓參見科，白〕臣妾賈氏叩賀娘娘，願娘娘千歲。〔四宮娥白〕平身。〔賈氏白〕千歲。〔起侍科，妲己替身白〕夫人乃國舅夫人，元勳命婦，非他可比，看坐。〔賈氏白〕娘娘在上，臣妾焉敢妄坐。〔妲己替身白〕西宮與我姊妹相呼，情同骨肉，夫人亦如吾嫂，休得過謙。〔賈氏虛白謝坐坐科，妲己替身白〕夫人尊庚幾何？〔賈氏白〕臣妾虛度四九。〔妲己替身白〕長我八歲，我與你結爲姊妹，何如？〔賈氏白〕娘娘萬乘之尊，臣妾一介之婦，何敢當此？〔妲己替身白〕夫人差矣。我雖中宮之位，不過諸侯之女，夫人乃元勳命婦，況又是國戚，何卑之有？以後即是姊妹相稱便了。宮娥看宴，待我與姐姐少叙。〔賈氏白〕娘娘恩賜，臣妾實不敢辭，只恐聖駕回宮不便。〔妲己替身白〕今日元旦，駕回甚遲，少叙片時何妨。〔賈氏起，隨撤椅科，白〕待臣妾把盞。〔妲己替身白〕姐姐不消罷，請坐。〔樓上設桌椅、筵席，妲己替身起，隨撤椅科，各虛白入桌坐科。賈氏把盞畢，亦坐，各作飲酒科。同唱〕

【黄鐘宫正曲・降黄龍】玉筯金盤(句)，海錯山餚(讀)，迴異尋常(韻)。喜時更律移(句)，氣淑春生(讀)，萬象回陽(韻)。春王(韻)。初調玉燭(句)，談心處共傾佳釀(韻)。〔合〕結姊妹相呼厮唤(讀)，情深恩貺(韻)。〔内作喝朝科，妲己替身白〕聖駕到了，快送夫人下樓。〔四宫娥白〕聖駕已到，夫人不能下去了。〔各起，賈氏白〕這却怎麽，何處迴避？〔妲己替身白〕姐姐可權避一邊，且待聖駕回宫，再送姐姐下去。〔賈氏虚白科，作避科。雜扮二内侍，各戴大太監帽，穿蟒，束帶，帶數珠，執拂塵，引净扮紂王，戴王帽，穿蟒，束帶，作半醉科，從樓上場門上，唱〕

【小石調引・粉蛾兒】春情何輕蕩(韻)，無限蜂狂蝶攘(韻)。〔妲己替身作虚白接駕科，紂王作虚白扶起科，白〕御妻，前朝大宴群臣，不覺微醉，樓上又排佳宴，且與御妻歡飲。〔各坐科，紂王看科，白〕此是何人？〔妲己替身白〕臣妾不敢誑君，此乃武成公夫人賈氏，入宫朝賀，我留他在中宫偶爾叙談，未及迴避。〔紂王白〕既是國舅夫人，宣來見朕。〔一内侍應，作宣科，賈氏作見駕科，白〕臣妾朝見聖上。〔紂王白〕夫人乃國舅元配，且免朝儀。〔妲己替身白〕臣妾已與他結爲姊妹，可以往來無礙。〔紂王白〕如此親上加親，不妨同坐，待朕親扶起來。〔各起科。紂王作虚官模欲扶科，賈氏作起科，白〕哎，聖上差矣。自古男女不同席，况有君臣之分。〔紂王笑科，白〕呀，皇姨，朝官之命，正爲你呀。今既相逢，焉可錯過，待朕親敬一盃。〔作遞酒，賈氏作推科，白〕呀，休得囉唣。〔唱〕

【中吕宫正曲・駐馬聽】尊莫君王(韻)，男女攸分應細講(韻)。似此彝倫褻瀆(句)，雜坐宫幃(讀)，有忝綱常（韻）。〔白〕聖上三思，臣妾何等樣人？〔紂王笑科，白〕是黃夫人。〔賈氏白〕却又來。〔滚白〕臣夫乃開國元勳，功冠群僚，臣妾堅如白璧，怎肯有玷清名。〔紂王白〕孤家一片至誠，夫人怎麽發惱起來？〔賈氏白〕你看錯了人了。〔紂王白〕一些不錯，錯了也就不來了嘎。〔賈氏白〕閑説。〔唱〕何勞盃酒敬相將（韻），卑躬屈節容顔放（韻）。〔合〕任爾淫荒（韻），吾心怎肯（讀），輕狂隨浪（韻）。〔妲己替身白〕姐姐不要發怒，凡事慢慢商量。〔賈氏白〕呀啐！　無耻賤人，有甚麽商量？〔紂王白〕喲，益發來了。〔場上隨撤桌椅、筵席科，賈氏唱〕

【中呂宮正曲·駐雲飛】我本是皎日清霜（韻），鼎鑊當前也不妨（韻）。〔紂王白〕國舅夫人、御妻義妹，益發該順從了。〔妲己替身白〕姐姐嘎，還是順從了罷。〔賈氏白〕哎，〔作以笏打妲己替身科，妲己替身虚白科，紂王虚白格落科，賈氏唱〕拚得將身喪（韻），名節留天壤（韻），嗏（格）。〔作卸鳳冠、蟒，向紂王擲科，衆宮女作接科，送下隨上，復作撞紂王，紂王扶科，白〕哎呀，不要傷了玉體。〔賈氏唱〕恨怒自填腔（韻），〔滚白〕武成公，我那夫，你乃蓋世英雄，你妻子怎肯有玷你的英名。〔唱〕拚得萬年不爽（韻）。〔紂王白〕不要氣壞了身子。〔妲己替身白〕姐姐不要太執性了。〔賈氏白〕哇！　大膽的賤人，無耻的淫婦。〔唱〕我名譽堂堂（讀），怎肯相依傍（韻）。〔白〕唔，罷！〔唱合〕一死何難對上蒼（韻）。〔作墜樓，衆作攔擋遮場科，賈氏暗下，衆作將賈氏替身切末扶起，作攔不住賈氏替身墜樓科，衆虚白科。宮娥白〕黃夫人墜樓而死了。〔紂王作往下看望科，白〕哎，可惜嘎可惜，御妻教寡人怎麽去見那武成公？〔妲己替身白〕聖上，這也不難，只説失脚墜樓，死於非命，難道還來要人不成？〔紂王白〕有理。內侍，可令人將尸首送至武成公家，不可走漏消息。〔一內侍應科，作下樓，同雜扮一太監，戴太監帽，穿貼裏衣，從下場門上，作擡賈氏替身切末科，仍從下場門下。妲己替身白〕聖上且到後宮，借盃酒之樂，解心頭之悶，何如？〔紂王虛白，各作下樓科，分白〕一朵鮮花染杜鵑，花魂此去再昇天。樓歌月媚迎人笑，臺上風吹帶笑眠。〔紂王作虛白、虛宮模，妲己替身亦虛白科，同從下場門下。雜扮二宮娥，各戴過梁額，穿宮衣，引旦扮黃妃，戴鳳冠，穿蟒，束帶，內穿衫，從上場門上，白〕朝宮命下又生奸，兇吉難分在此間。料得貞姬須自守，此身難保碎紅顏。〔中場設椅，轉場坐科，白〕我乃西宮黃妃，嫂嫂武成公夫人賈氏今日元旦朝賀中宮，聞説召入。我想昏君好色，恐有他心，此時還不見出來，已命宮娥打聽去了，怎麽不見回報？〔雜扮一宮娥，戴過梁額，穿宮衣，從上場門急上，白〕哎呀，娘娘，不好了。夫人朝賀中宮，遇見聖上百般調戲，夫人節烈自持，怒罵一場，墜下摘星樓死了。〔黃妃起，隨撤椅科，作哭科，白〕哎呀，我那嫂嫂嗄。〔作跌科，衆宮娥虛白科，黃妃作醒科，白〕且住。我想此時哭也無用，嫂嫂既死，哥哥必反，將我置之何地？不如死在哥哥未反之先，還省許多周折。宮娥，如今昏君在那裏？〔宮娥白〕同中宮在摘星樓上。〔黃妃起，隨撤椅科，白〕也罷。我且到摘星樓，與那昏君理論一番去。〔從下場門下，衆宮娥隨下。樓上預設黃妃替身切末，衆引紂王作醉態，扶妲己替身科，從樓門上。紂王唱〕

【仙呂宮正曲·六么令】香魂斷送(韻)。玉碎花殘(讀)，零落東風(韻)。〔樓上設桌椅、筵席科，紂王白〕御妻，〔唱〕怡情盃酒一樽同（韻）。〔各虛白入桌坐科，作飲酒科。黄妃從上場門上，唱〕忙前去（讀），怒沖沖（韻）。〔合〕自來人命關天重（韻），自來人命關天重（疊）。〔作見科，忙上樓科，白〕昏君好樂嗄！〔紂王白〕妃子，未曾宣召，何事到此？〔黄妃白〕不知麽？討人命來了！〔紂王白〕呀，甚麽人命？〔黄妃唱〕

【中吕宫正曲·尾犯序】填胸（韻），設計把人坑（韻）。〔白〕昏君，我嫂嫂怎麽死了？〔紂王白〕跌下樓去了。〔黄妃白〕好嗄，好個跌下樓去！昏君，〔唱〕我嫂嫂忠孝將門（讀），元戎錫命（韻）。〔滚白〕你只顧貪迷花酒，不顧倫常，君逼臣妻，是何道理？是何道理了！昏君屈殺無辜生悲痛。〔紂王白〕朕以至親相待，不知他爲何自盡了，與朕何干？妃子不要提起了。〔黄妃白〕昏君，我嫂嫂是何等樣人？〔紂王白〕是一個節烈夫人。〔黄妃白〕可又來。〔唱〕他本是節凛秋霜（讀），冰清玉容（韻）。畢竟（韻），含羞耻香消玉損（句），空結下冤仇深重（韻）。〔合〕你也是（句），堂堂人主怎如此待臣工（韻）。〔各起，隨撤桌椅、筵席科。紂王白〕妃子，〔唱〕

【又一體】何必怒沖沖（韻）。吵亂宫幃（讀），氣度偏兇（韻）。已死之人（讀），也難望重生（韻）。〔妲己替身白〕可是了嗄，人已死了還説他怎麽？〔黄妃白〕哎呀，妖婦嗄，我嫂嫂所犯何罪？〔紂王唱〕寬縱（韻）。且不必心頭怒起（句），且不必眉間愁重（韻）。〔妲己替身白〕可又來。他自死了，與我甚麽相干？〔黄妃虛白作欲打妲己替身科，紂王作拉科，唱合〕何須的（句），揮拳奮袂一任逞威風（韻）。〔黄妃唱〕

【又一體】設計是通同（韻）。巧備華筵（讀），毒計重重（韻）。掩袂工讒（讀），惡勢如蜂（韻）。欺儂（韻）。〔白〕

我只打死你這賤人，與嫂嫂抵命。〔作欲打科，紂王作勸科。黄妃唱〕一任你心腸狡魅(句)，一任你狂爲怙寵(韻)。〔作摘鳳冠擲紂王科，宫女作接、送下，隨上。黄妃唱〕我這裏(句)，拚將一死不願作西宫(韻)。〔作打妲己替身，妲己替身虚白科。紂王白〕有朕在此，休得無禮。〔黄妃虚白，作誤打紂王科。紂王怒科，白〕哎呀，好賤人，爲何打起寡人來了。〔唱〕

【中吕宫正曲·撲燈蛾】心中燃似火(句)，心中燃似火(疊)，敢觸龍顔動(韻)。難按震雷霆(句)，國法昭昭怎縱(韻)也(格)。〔作扭黄妃科，妲己替身作拉勸科，白〕哎呀，聖上。〔唱〕還須垂念(句)，忍教他一時命傾(韻)。怎不念花銷月冷(韻)。〔紂王白〕哎，〔唱合〕潑賤人(讀)，呼冤地府且莫怨孤窮(韻)。〔衆作虚官模科，黄妃暗下，紂王作執起黄妃替身切末向樓下丢科。妲己替身白〕哎呀，聖上，黄妃死了。〔紂王白〕怎麼死了？果然死了。〔作看科，白〕哎呀，我那妃子嗄。〔作哭科，妲己替身作勸科，白〕内侍擡過一邊。〔二内侍應科，作下樓擡黄妃替身切末，從下場門下，隨上。紂王白〕咳，一個賈氏，那樣死了，一個妃子，這樣亡了，教寡人怎見外臣？〔妲己替身白〕宫中事體，外臣怎知？〔紂王白〕哎，都是你不好。〔妲己替身白〕臣妾有甚麼不好？〔紂王白〕他二人之死，皆由你一言而起，可不是你不好？〔妲己替身白〕既然都是我不好，活着作甚麽，也死了罷。〔作欲跳樓科，紂王虚白作摟科，白〕御妻，你休得如此，寡人與你吃酒去。〔作扶妲己替身下樓，隨上。紂王唱〕

【有結果煞】無辜慘死堪悲痛(韻)，〔妲己替身唱〕且共向温柔迎送(韻)，〔紂王唱〕想那生死皆由天數

逢(韻)。〔哭科，白〕我那妃子嗄。〔妲己替身白〕哎，哭甚麽！〔各作虚白、虚官模科。妲己替身作扶紂王從下場門下，衆隨下〕

第廿四齣　憤冤屈良將私奔（真文韻）　弋腔

〔雜扮四院子，各戴羅帽，穿道袍，繫鸞帶，引生扮黃飛虎，戴金貂，內紥靠，外穿蟒，束帶，從上場門上，唱〕

【仙呂宫引・番卜算】萬象又更新(韻)，梅放傳春信(韻)。〔中場設椅，轉場坐科，白〕俺黃飛虎今日早朝，慶賀元旦。宴罷回家，在內廳設宴，與衆兄弟孩兒等一同慶賀元辰。手下，酒筵可曾齊備？〔院子白〕齊備多時。〔黃飛虎白〕請三位公子上堂。〔一院子應，作向內傳科。生扮黃天祥、黃天禄、黃天爵，各戴紫金冠額，內紥靠，外穿蟒，束帶，同從上場門上，唱〕喜陽和大地又逢春(韻)，家室多和順(韻)。〔作相見科，白〕孩兒等拜見。〔黃飛虎白〕我兒罷了。我兒，你母親朝賀中宫，此時未回，我與爾等邀請你衆叔父、將官到此飲宴。〔黃天祥白〕想是西宫姑母留下母親，也未可知，衆位叔父同衆將也將次到了。〔各虛白科。雜扮黃飛彪、黃飛豹、黃明、周紀、龍環、吴乾，各戴紥巾額，內紥靠，外穿蟒，束帶，同從上場門上，唱〕

【又一體】春色大千新(韻)，醞釀韶華信(韻)。共歡呼綺席慶元辰(韻)，兄弟情和順(韻)。〔分白〕俺黃飛彪，俺黃飛豹，俺黃明，俺周紀，俺龍環，俺吴乾。〔同白〕今日元旦佳辰，武成公相請赴宴，大家一同前來。〔作到科，院子虛白稟科，黃飛虎起，隨撤椅科，作出迎科。衆白〕哥哥、將軍在上，小弟等拜賀。〔黃飛虎白〕列位少禮。今日元旦佳辰，我特備菲筵，大家歡賀。〔衆白〕多有費心。〔黄飛虎白〕好説。我兒，看酒來。〔黄天祥應科。場上預設桌椅、筵席，各虚白入座飲酒科，同唱〕

【仙吕宫正曲・皂羅袍】共舉金杯歡甚（韻）。喜調和玉燭（讀），律轉鴻鈞（韻）。山川一氣淑光新（韻），閶闔到處和風迅（韻）。〔合〕銀旛彩勝（句），妝成艷春（韻）。粘鷄貼燕（句），迎來大春（韻）。看門闌喜氣多和順（韻）。

〔雜扮一家將，戴大頁巾，穿蟒箭袖，繫鑾帶，從上場門急上，唱〕

【仙吕宫正曲・不是路】駭魄驚魂（韻），忙向堂前説事因（韻）。〔作見科，白〕哎呀，老爺，不好了，禍事到了。〔黄飛虎白〕甚麽禍事？〔家將白〕夫人呵，〔唱〕方朝覲（韻），中宫留宴假慇勤（韻）。〔黄飛虎白〕留宴罷了，甚麽假慇勤？〔家將唱〕酒初巡（韻），忽聞駕到樓頭問（韻）。〔黄飛虎白〕就該迴避了。〔家將白〕那裏迴避得及了，老爺。那昏君呵，〔唱〕非禮相加欲亂倫（韻）。〔黄飛虎白〕有這等事？〔家將白〕那時夫人呵，〔唱〕心頭忿（韻），高聲痛罵甘身殞（韻）。九泉含恨（韻），九泉含恨（疊）。〔黄飛虎白〕我且問你，夫人怎麽死了？〔家將白〕夫人自墜摘星樓身亡了。〔各起，隨撤桌椅科。黄天祥、黄天禄、黄天爵作哭科，白〕哎呀，我那親娘嘎。〔黄飛虎白〕住了，且不要哭！〔冷笑科，白〕好，死的好！家將，我且問你：西宫妹子見了這等事，難道不去勸解？〔家將白〕西宫娘娘前去大鬧一場，被昏君已摔下摘星樓死了。〔黄飛虎白〕怎麽有這等事？兀的不痛殺我也！〔中場設椅，作跌椅坐科，衆各作扶科，虚白勸科。黄明白〕家將，吩咐衆將官伺候了。〔家將應科，仍從上場門下。黄飛虎醒科，唱〕

【雙調集曲・孝南枝】【孝順歌】（首至七）聞兇信(句)，不忍聞(韻)。荒淫可恨昏闇君(韻)。〔黃天祥、黃天祿、黃天爵同作哭科，白〕我那親娘嘎，〔黃飛虎等同作哭科，唱〕粉骨遂亡身(韻)，鏡破碎花魂(韻)。怨霾怎伸(韻)，五内如焚(讀)，有天難問(韻)。【鎖南枝】（四至末）甚日何年(句)，洩却心頭恨(韻)。〔合〕欲向那金門(韻)，批逆鱗(韻)。怨冲雲(韻)，氣欲盡(韻)。〔衆白〕反了罷，反了罷！〔黃飛虎虛白起科，白〕哎呀，氣死我也！氣死我也！〔黃天祥、黃天祿、黃天爵同作虛白哭科。黃明白〕呀，哥哥，昏君無道，五倫盡廢，嫂嫂冤死，西宫慘亡。哥哥與那昏君，嫌隙已深，何不反出朝歌，潛身遠害。〔黃飛虎白〕唗！休得妄言。我乃商朝臣子，豈肯反乎？豈肯反乎？〔黃明白〕賢侄衆位在此，哥哥不忍背君，我等不可相隨同死。吾等反出朝歌，料他不敢動俺哥哥。列位以爲何如？〔衆白〕有理，大家披掛起來。〔黃明白〕正該如此。〔同白〕反了罷，反了罷！〔各虛白科，同從下場門下。黃飛虎坐科，白〕這却怎處？院子，點齊衆將官，不可放走了他們。〔四院子應科，同從上場門下。衆各作卸蟒佩劍科，仍從下場門上，白〕反了罷！〔黃飛虎起，隨撤椅科，白〕唗！住口。黃明，我且問你，君令臣死臣不死？〔黃明白〕是爲不忠。〔黃飛虎白〕父教子亡子不亡？〔黃明白〕是爲不孝。〔黃飛虎白〕却又來。爾等如此作爲，陷我於不忠，陷孩兒等於不孝。〔黃天祥白〕哎呀，爹爹，昏君失政，萬人失所，請自三思，早圖良策。〔黃飛虎白〕唗！逆子。若依你説，不忠於國了。〔衆白〕哎呀，昏君如此作爲，君臣之義已絕了。〔黃天祥、黃天祿、黃天爵同白〕爹爹，倘若聖上發兵遣將，圍住宅子，寸草不留，那時悔之晚矣。〔黃明白〕哥哥，侄兒説得是，反了罷。〔衆白〕

反了罷。〔黄飛虎白〕噤聲，此事非同小可，還是從長計議。〔黄明白〕咳，哥哥，甚麽計議，還是反了的好！〔黄天祥白〕爹爹，叔父之言有理。不反朝歌，必有滅門之禍，此時不反，更待何時反了的好？〔黄飛虎白〕咳，我兒。君王雖然失政，你爹爹怎肯作不忠不義之臣。〔衆白〕哥哥，反了的好。〔黄飛虎白〕胡説。〔黄天祥、黄天禄、黄天爵同白〕爹爹，反了的好。〔黄飛虎白〕多講。〔黄明白〕我想哥哥此行，他人無不諒之。倘若昏君聽了讒言，圍住宅子，那時要反不能反，要逃不得逃，反爲不美，還是反了的好。〔衆白〕反了罷，反了罷！〔黄飛虎白〕反了罷？〔衆白〕反了好。〔黄飛虎白〕唔，罷！〔衆白〕元帥反了。〔黄明向内白〕衆將官上帳聽令，元帥反了。〔内作吶喊鼓譟科。雜扮四軍卒，各戴馬夫巾，穿蟒箭袖卒褂，執旗。雜扮四軍卒，各戴大頁巾，穿蟒箭袖排穗褂，執標鎗。雜扮四將官，各戴紮巾額，紮靠，執器械。雜扮二中軍，各戴中軍帽，穿蟒箭袖通袖褂，捧劍、執鎗。同從上場門上，衆同白〕元帥反了，我等情願相隨。〔同作吶喊科，黄飛彪、黄飛豹、黄天祥、黄天禄、黄天爵、黄明、周紀、龍環、吴乾同從下場門下，各執器械隨上，虚白科。黄飛虎白〕且住，不許鼓譟，聽吾將令。〔衆應科，黄飛虎白〕我本忠臣，爾等所知。方今天子無道，蔑棄倫常，念我妻妹，俱遭慘冤。我今棄暗投明，潛身遠害，爾等願隨我者，相隨前去，不願隨者，各自散去罷。〔衆白〕天子無道，逼反元帥，我等俱願相隨。〔黄飛虎作卸蟒、佩劍、接鎗科，白〕既如此，也罷。放火燒了宅子，滿載細軟物件，斬關落鎖，反出朝歌去罷。〔衆應科，黄明白〕哥哥既反，須當相商一條正路好走。如今投往那裏去？〔黄飛虎白〕我與西伯有舊，况他鳳鳴岐山，天命當興，投往西岐去罷。〔黄明白〕有理。衆將官，元帥有令，就此殺出五關，投往西岐去者。〔衆應。場東城門上挂「朝歌」匾額科，衆作遶場科，同唱〕

【中吕宫正曲・紅綉鞋】紛紛戈甲雲屯㊞，雲屯㊟。喧呼鼓譟成群㊞，成群㊟。如騎虎㊀，怎回身㊞。焚宅子㊀，統全軍㊞。〔合〕麾部伍㊀，出都門㊞。〔作吶喊科，從下場門下，作出城門科。衆同唱〕

【有結果煞】千軍合意伸公忿㊞，看争先星馳成陣㊞。〔黄飛虎白〕聖上嗄聖上，非臣之不忠也。〔衆同唱〕只爲你逼反忠義，還只爲保吾身㊞。〔衆擁護黄飛虎同從下場門下〕

第四本

第一齣　斬關鎖張鳳亡身（古風韻）

昆腔

〔場西城門上安「臨潼關」匾額科。雜扮四軍卒，各戴馬夫巾，穿蟒箭袖卒褂，執旗。雜扮四軍卒，各戴大頁巾，穿蟒箭袖排穗褂，執標鎗，一卒扛刀。引生扮張鳳，戴帥盔，紥靠，背令旗，從上場門上，唱〕

【正宮引・薔薇花引】雄威鎮邊(韻)，統貔貅將卒精健(韻)。叛臣消息(讀)，邸報喧傳(韻)。將他擒縛朝中獻(韻)。〔中場設椅，轉場坐科〕〔白〕凜凜雄威老倍神，高關坐守沐君恩。今朝大展韜鈐秘，拒路思量捉叛臣。俺乃臨潼關總鎮張鳳是也。叨任封疆，恩頒節鉞。統領着雄師萬隊，無非似虎如彪；轄制了戰將千員，莫不奇謀神勇。昨日邸報到來，言有黄飛虎爲因妻、妹無故慘死，因此率領一家反出朝歌，將到此關。我既把守此關，豈可坐視其出？如欲擒捉，我與他父有一拜之交，又怎忍置之死地？待他來時，我以好言勸他便了。衆將官，擺隊上城，待黄飛虎到來，隨我出戰。〔衆應科。張鳳起，隨撤椅科，衆遶場科，同唱〕

【正宮正曲・玉芙蓉】兵家一着先(韻)，須要知機變(韻)。拒高城擒逆(讀)，休使來前(韻)。君心雖有斯須變(韻)，臣職還當忠孝全(韻)。〔合〕將他勸(韻)，莫將天逆反(韻)。漫相争(讀)，螳螂怒臂捕鳴蟬(韻)。〔同從下場門下。雜扮四軍卒，各戴大頁巾，穿蟒箭袖排穗褂，執標鎗。雜扮黄飛彪、黄飛豹、黄明、周紀、龍環、吴乾，各戴帥盔，紥靠，執器械。生扮黄天爵、黄天禄、黄天祥，各戴紫金冠額，紥靠，執器械。引生扮黄飛虎，戴金貂，紥靠、背令旗，佩劍、執鎗。同從上場門上，唱〕

【正宮正曲・普天樂】擁旌旗行迢遞(韻)，戒前車休遲滯(韻)。防危患電掣雲移(韻)，去家邦回首悽其(韻)。〔黄飛虎白〕俺黄飛虎只因妻、妹慘亡，衆心思叛，因此一怒反出朝歌。將出京城，忽遇太師聞仲奏凱還朝，路逢一敘，話不投機，兩相交戰。看看勢不能支，忽然一陣狂風，刮得他人馬四散，吹得我兄弟父子到了此處，也是天意，非人可逆料。〔黄明白〕哥哥，已到臨潼關了。吉人自有天相，乘此時殺過此關，可保無事。〔黄飛虎白〕賢弟言之有理。衆將官，就此趲行前去。〔衆應科，同唱合〕呀(格)，恨君心蒙蔽(韻)，亡家慘别離(韻)。一望水遠山遥(韻)，天曠雲低(韻)。〔衆引張鳳，執刀作出關科，從場西城門上，白〕黄飛虎，你往那裏去？〔黄飛虎白〕老叔貴趾勝常，小侄身係難臣，不能全禮。〔張鳳白〕黄飛虎，老夫與你父有一拜之交，特以好言勸你。你乃聖上股肱之臣，況又情關國戚，爲何因一婦人全家造反？老夫聞知，還替你慚愧無地，寔爲可惜。依老夫愚見，你可回向朝歌贖罪，自有百司保奏，代明冤枉，庶幾可保身家。如其不然，悔之晚矣。〔黄飛虎白〕老叔在上，小侄爲人，老叔盡知。我以二百餘戰，屢建大功，定天下、安社稷，忠義不回，神勞形瘁。昏君不念大功，反亂倫常，欲臣下盡心，難矣！求老叔開放鴻慈，放小侄出關，生生世世，感恩不淺。〔張鳳怒科，白〕好逆賊，敢出此言，欺我老邁。呔！看刀。〔黄飛虎鎗架科，白〕老叔息怒。我看我父與你一拜之情，方纔求你，你却不知進退，只怕後悔無及。〔張鳳怒科，白〕哎呀，氣死我也！好逆賊，焉敢巧舌。〔作刀砍科，黄飛虎白〕呔！張鳳，你既無恩無義，與你還論甚麽交情，看鎗。〔作對戰科，黄飛彪等同作掩殺科，張鳳率衆作大敗科，仍作入關科，從場西城門下。黄飛虎白〕吾等暫且屯扎片時，再作區處。〔衆應科，同唱〕

【中吕調隻曲·朝天子】相期(韻)，他敗時(韻)，暫養精英氣(韻)。斬關何怕他奮神威(韻)，自有神天庇(韻)。難途莫遲(韻)，昏君莫疑(韻)，忠臣總相棄(韻)。問誰(韻)，是非(韻)，且投向明君地(韻)。〔同從下場門下。生扮蕭銀，戴紥巾額，紥靠，執戟，從上場門上，白〕知恩不報非君子，救難全憑智勇人。我蕭銀，武成公昔在都城，我在他麾下效用，荷蒙提挈獎薦陞用，得點臨潼關副將，我豈敢忘恩。方纔張鳳召我，傳下令來，命我於黄昏時候，傳長箭手三千圍住，盡行射死。我蕭銀豈忍恩主遭禍，因此悄地前來，與他通信，我自開關放他便了。已到武成公大隊，裏面有人麽？〔一軍卒從下場門上，白〕甚麽人？〔蕭銀白〕相煩通禀：有蕭銀前來報機密重情。〔軍卒應科，作向内虛白通禀科。衆引黄飛虎同從下場門上，中場設椅，黄飛虎坐科，虛白科，軍卒虛白作唤科。蕭銀作進見叩科，白〕恩主在上，蕭銀叩頭。〔黄飛虎白〕你來此何事？〔蕭銀起科，白〕小將蒙恩主提拔，無恩可報。今有張鳳密令黄昏時候，命小將帶領長箭手三千，將恩主同衆將射死，解首級朝歌報功。小將豈忍欺心，有傷天道，因此先來報知。恩主可帶領衆將殺出關去，小將開關等候。〔黄飛虎白〕呀，原來有此毒計。多感將軍盛德，俺飛虎何以爲報？〔蕭銀白〕恩主，事不宜遲，可速上馬殺出去罷。小將孤身，無可貪戀，情願開關，放出將軍。我也難在此爲官，各自爲計便了。〔從上場門急下。黄飛虎起，隨撤椅科，白〕衆將官，就此殺上前去。〔衆應科，同從上場門下。蕭銀内作開關科，持器械作出關，從場西城門上，作虛官模科。黄飛虎等衆同作殺出關科，從場西城門上，隨從上場門下，蕭銀隨下。衆引張鳳從下場門上，張鳳白〕哎呀，氣死吾也！我一時不明，錯用將官，秘計未成，反教走脱，連蕭銀也隨去了。料想不遠，隨吾追殺上去。〔衆應科，同從下場門下，隨出城門科，從下場門下。衆引黄飛虎同從上場門上，唱〕

【越調正曲・水底魚兒】速趲雄師(韻)，長途須疾馳(韻)。追來休放(句)，〔合〕管使命先虧(韻)，管使命先虧(疊)。〔黄飛虎白〕蕭將軍，此恩此德，何以爲報？〔蕭銀白〕恩主一門受禍，神人共忿，小將略酬恩主於萬一耳。〔張鳳内白〕黄飛虎休走，我來也。〔衆引張鳳從上場門上，作虛白對戰科，蕭銀作從旁刺死張鳳科，從下場門下。衆軍卒同作大敗科，從下場門下。黄飛虎白〕張鳳已死，蕭將軍可同我同奔前途，到了西岐，末將必有重報。〔蕭銀白〕恩主前途保重，小將就此告辭。〔黄飛虎虛白科，蕭銀白〕末將功名之念已灰，出世之心早起。恩主一路留心，趲行休滯，恐有追兵，不當穩便。今日一别，未知何處相逢，恩主請上，受末將一拜。〔黄飛虎白〕末將也有一拜。〔同拜科，蕭銀白〕救難非關望報人，〔黄飛虎白〕蒙恩怎肯忘深恩。〔蕭銀白〕不知何日重相會，〔黄飛虎白〕但願驂鸞上五雲。〔各起科，各作灑淚别科。蕭銀從上場門下，黄飛虎白〕衆將官，就此一路趲行，不得有誤。〔衆應科，同唱〕

【尾聲】亂朝不可安吾輩㊅，投向仁明聖地宜㊅，終有日伐暴安民功名會有時㊅。〔衆同從下場門下〕

第二齣　遇强梁陳桐祭寶(江陽韻)　弋腔

〔場東城門上安「潼關」匾額科。雜扮四軍卒，各戴馬夫巾，穿蟒箭袖卒褂，執旗。雜扮四軍卒，各戴大頁巾，穿蟒箭袖排穗褂，執標鎗，一卒扛戟。引副扮陳桐，戴帥盔，紥靠，佩劍，背火龍標背壺，從上場門上，唱〕

【雙調正曲·普賢歌】威風赫奕貌堂堂(韻)，法寶全誇道術强(韻)。何難把敵將傷(韻)，誰來把我勢搪(韻)。〔合〕一見須教魂魄喪(韻)。〔中場設椅，轉場坐科，白〕我陳桐本係黄飛虎麾下戰將，只因有犯軍規，他要將我斬首，衆將告免，得以逃生。後來隨太師聞仲，屢次出師，建了功績，得陞潼關總鎮。聞得黄飛虎反出朝歌，殺開臨潼關，斬了首將張鳳，將近此地。我想仇人相見，分外眼明，狹路相逢，絶難放過。他有萬夫不當之勇，須當以智擒他。我這火龍神標，乃是法寶，打中人身，即刻喪命。待他來時，俺與他假戰三合，詐敗佯輸，暗算他的無常，有何不可。〔雜扮一報子，戴鷹翎帽，穿報子衣，繫肚囊，執旗，從上場門急上，白〕報，啟總爺在上：黄飛虎大隊已到關下了。〔陳桐白〕知道了。〔報子仍從上場門下，陳桐白〕黄飛虎嗄黄飛虎，你指望元勳國戚，坐守千年，一般也有今日。〔起，隨撤椅科，白〕衆將官，排開鹿角，阻住咽喉，隨我殺上前去。〔衆應，作遶場科，同唱〕

【中吕宫正曲·越恁好】摇旗擂鼓句，摇旗擂鼓叠，拒戰向沙場韻。無知叛逆句，思闖出鐵圍牆韻。須知良將拒津梁韻，怎教輕放韻。〔合〕些時讀，施法寶也傷敵將韻。他時讀，擒逆賊也圖功像韻。〔同從下場門下。雜扮四軍卒，各戴大頁巾，穿蟒箭袖排穗褂，執標鎗。雜扮黄飛彪、黄飛豹、黄明、周紀、吴乾、龍環，各戴帥盔，紥靠，執器械。生扮黄天禄、黄天祥、黄天爵，各戴紫金冠額，紥靠，執器械。引生扮黄飛虎，戴金貂，紥靠、背令旗，佩劍，執鎗。同從上場門上，唱〕

【中吕宫正曲·駐環着】擺戈矛光漾韻，擺戈矛光漾叠，氣鼓威揚韻。馬隊紛紜讀，萬騎奔忙韻，一片軍聲浩蕩韻。星夜驅馳句，又遇一關津讀，怎生安放韻。應莫阻雄心高朗韻，須輕讓雄師精壯韻。〔合〕險隘闖韻，過關梁韻。看去國忠良讀，衝開羅網韻。〔黄明白〕哥哥，前面就是潼關了。此關是陳桐把守，還記得當日要斬陳桐之事麽？〔黄飛虎白〕罷了嗄罷了，蔓草不除，終爲苗害。當日若是將他除了，那有今日。如今我與他仇深似海，今日狹路相逢，怎肯輕放，必報前仇，怎生區處？〔内吶喊科，黄飛虎白〕你看他領兵來拒，少不得與他見個高低。衆將官，就此排開隊伍，等侯這厮便了。〔衆應科，衆引陳桐作出關科，從場東城門上，白〕是何人無知，擅闖高關？〔黄飛虎白〕來者可是陳將軍麽？〔陳桐白〕然也。我道是誰，原來是武成公，你今日還認得我麽？〔黄飛虎白〕怎麽不認得。當日你在我麾下之時，我曾以手足相待，今日下官落難，你豈不見哀憐？〔陳桐笑科，白〕哎呀，黄飛虎，你今日又這樣説起來。我只道你元勳國戚，坐享千年，一般也有今日。我在此拒守高關，乃朝廷之事，你可早早下馬，解送朝歌，免生他説。〔黄飛虎白〕將軍差矣。盈虚消長，乃人世之常情，亦天下之正理。你當日得罪應斬，我却看了衆將之情，令你將功折罪，你該感恩纔是，反來如此。我那時若將你斬首，只怕這時你不知投生何處去了。我與你不爲無恩，你待我理當有義，爲何反説擒我起來？〔陳桐白〕哇！黄飛虎，自投羅網，還敢巧舌，我陳將軍豈是因私廢公的麽？〔黄飛虎白〕陳桐休得無禮，諒你鼠輩，敢出大言，當面辱我，不過狹路相逢，欲報昔日之恨耳。放馬過來，待我與你鏖戰三合。〔陳桐虚白，作對戰科，作詐敗科，從下場門下，衆隨下。黄飛虎白〕衆將官，就此隨吾趕上，乘勢奪關。〔衆應科，同從下場門下。衆引陳桐從上場門上，衆同唱〕

【正宫正曲·四邊静】莫言宵小無容量(韻)，仇人不相讓(韻)。中吾妙算中(句)，難出天羅網(韻)。〔合〕我仙方自長(韻)，你英魂欲亡(韻)。休怨我無仁(句)，當日原相抗(韻)。〔陳桐白〕我用詐敗之計誆他追趕，好用法寶害他，他果然追下來也。〔衆引黄飛虎從上場門上，黄飛虎白〕呔！陳桐休走。〔陳桐白〕咳，黄飛虎，你今中吾之計，尚然不知進退。〔作對戰科，陳桐白〕黄飛虎，看俺的火龍標取你。〔作以標打科，黄飛虎白〕哎呀！〔作抛鎗倒地死科，衆作扛尸科，從上場門下，隨上。周紀白〕好逆賊，傷吾主將，不要走。〔作冲殺科，陳桐白〕不要來。〔作以標打死周紀科，衆作扛尸科，從上場門下，隨上。黄飛彪等衆虚白作圍殺陳桐科，黄飛彪等衆作大敗科，從上場門下。陳桐白〕你看黄飛虎中我標傷，必死無疑，衆將救了回去，不免暫且收兵，待等將這一夥逆賊個個生擒，一同解往朝歌便了。衆將官，就此回兵。〔衆應科，同唱〕

【中呂宮正曲・紅繡鞋】將他殺得傷亡(韻)，傷亡(格)。將咱威風鼓揚(韻)，鼓揚(格)。誅叛逆(句)，靖邊疆(韻)。前仇復(句)，舊恥償(韻)，〔合〕奇績建(句)，獻君王(韻)。

【慶餘】任他跋扈無臣狀(韻)，怎敵俺法寶通神爾自傷(韻)，須知道狹路相逢，悔當初不恩義長(韻)。

〔同作入關科，從場東城門下〕

第三齣　救難父子得相逢（古風韻）　弋腔

〔生扮黄天化，戴綫髮，穿采蓮衣、氅，軟紮扮，執花籃，背劍，掖雙鎚，從上場門上，唱〕

【仙吕調隻曲・點絳唇】雲静天空(韻)。江山一夢(韻)，與塵凡迥(韻)。兩足祥風(韻)，驀地神功用(韻)。

〔白〕我乃武成公長子黄天化是也。自三歲時後花園中與衆兄弟玩耍，被清虚道德神君神風攝去，收作門徒，在青峰山紫陽洞學道多年，今已一十三歲。昨日師傅召我，説我父親反出朝歌，被潼關總兵陳桐用火龍標打死，命我將仙丹救回，又與收寶花籃、莫邪寶劍，助父出關。不免趲行前去。〔唱〕

【仙吕調隻曲・混江龍】飛空高聳(韻)，山川行過一時中(韻)。他那裏仇讐相見(句)，俺這裏父子重逢(韻)。他那裏法術妖邪空逞强(句)，俺這裏神仙道德運〔元〕（玄）功(韻)。漫相争(句)，成何用(韻)。甘心的助强爲虐(句)，全不管天理難容(韻)。〔從下場門下。雜扮四軍卒，各戴大頁巾，穿蟒箭袖排穗褂，扛生扮黄飛虎尸，戴金貂，紮靠，背令旗，雜扮周紀尸，戴帥盔，紮靠，從上場門上。雜扮黄飛彪、黄飛豹、黄明、龍環、吴乾，各戴帥盔，紮靠。生扮黄天爵、黄天禄、黄天祥，各戴紫金冠額，紮靠，隨上。衆同唱〕

【越調正曲・小桃紅】禍殃難料中飛標(韻)，怎氣絶堪哀悼(韻)也(格)。想千里馳名(讀)，誰不懼英豪(韻)。今日個禍蹊蹺(韻)。烈性拋(讀)，教人怒冲霄(韻)。籲天遥(讀)，枉自去哀聲叫(韻)也(格)。〔合〕眼見得孤軍莫保生全(句)，淚如珠禍莫逃(韻)。〔場上設凳，作將黄飛虎尸、周紀尸各安凳上科。黄飛彪白〕列位，哥哥與周將軍俱中邪法喪命，萬一陳桐到來，這却怎處？〔衆各虚白科，黄天爵、黄天禄、黄天祥虚白哭科，白〕哎呀，我那爹爹嗄。〔各虚白科。黄天化從上場門上，唱〕

【仙吕宫正曲·不是路】月白烟銷(韻)，迅速行來不覺遥(韻)。從空到(韻)，只見無聲刁斗哭聲高(韻)。〔白〕我黄天化爲救父親前來，已到此間，不免高叫一聲：裏面有人麽？〔一軍卒白〕何處道童，敢是來探軍情麽？〔黄天化白〕非也。〔唱〕漫相嘲(韻)。只俺青峰山裏成仙道(韻)，救難前來不憚勞(韻)。〔軍卒白〕住着。〔作禀科，白〕禀上二爺、三爺：外面有一道童，自稱青峰山煉氣士，特來救取老爺與周將軍之難。〔黄飛彪白〕快請。〔軍卒作請科，黄天化唱〕還驚悼(韻)，至親覿面還如杳(韻)。且休陳告(韻)，且休陳告(疊)。〔作見科，白〕列位將軍請了。〔衆白〕請了。〔黄飛彪背科，白〕呀，看他舉止色相，好似哥哥模樣。〔黄飛豹白〕道者此來，若救得家兄，寔乃恩如山海。〔黄天化白〕好説。黄將軍與周將軍在那裏？〔黄飛彪白〕在這裏。〔黄天化作看科，白〕此乃些小法術，何足傷了性命，我自有妙用。快取净水來。〔一軍卒應科，從下場門下。黄天化唱〕

【又一體】邪法徒勞(韻)，怎及先天一氣高(韻)。休煩惱(韻)，不關性命一時拋(韻)。〔軍卒取水，仍從下場門上。黄天化接科，白〕列位，都扶起來。〔衆作扶起科，黄天化作以丹灌黄飛虎科，唱〕妙功高(韻)，回生起死人難料(韻)。〔作灌周紀科，唱〕救難除邪法最高(韻)。〔軍卒接水科，仍從下場門下，隨上。衆同唱〕收功效(韻)，若能漸復元神好(韻)，轉悲爲笑(韻)，轉悲爲笑(疊)。〔黃飛虎、周紀各作醒科，同白〕哎呀，疼死我也。〔周紀白〕不要傷吾主將。〔各作起，隨撤櫈科，作大驚科，白〕呀，莫非冥中相會麽？〔黃飛彪白〕若非此位道者前來救命，二位不能回生矣。〔黃飛虎白〕飛虎何幸，今遇垂憐。〔黃天化跪科，白〕哎呀，我那爹爹嗄，孩兒非別，乃黃天化是也。〔黃飛虎白〕怎麽，你是天化孩兒？〔哭科，白〕我那兒嗄，你自三歲花園不見，你一向在那裏？ 今日在此相逢。〔黃天化白〕爹爹聽稟：〔中場設椅，黃飛虎坐科。黃天化唱〕

【又一體】得借神飈(韻)，洞府隨師學法高(韻)。傳奇妙(韻)，三元秘訣授兒曹(韻)。〔白〕孩兒在青峰山紫陽洞，隨清虛道德神君學法多年，今交一十三歲。〔唱〕只因爲中邪標(韻)，欽遵師命前來到(韻)。重會天倫喜氣饒(韻)。〔黃飛虎白〕見了衆位。〔衆同作相見科，衆同唱〕收功效(韻)，重逢骨肉天緣巧(韻)。轉悲爲笑(韻)，轉悲爲笑(疊)。〔黃天化白〕爹爹爲何反出朝歌？〔黃飛虎白〕我兒，只爲你母親。〔作住口科，黃天化驚問科，白〕爹爹，母親怎麽樣？〔黃飛虎悲科，白〕咳，我兒，不消提起罷。〔黃天化哭科，白〕孩兒定要問個明白。〔黃飛虎白〕只爲你母親朝賀中宫，昏君酒後調戲，你母親守節而亡，墜下摘星樓而死。你爹爹恐禍到家門，故爾作了這事。〔作哭科。黃天化哭科，白〕哎呀，我那親娘嗄。〔作跌科，衆作扶科。黃飛虎白〕我兒醒來。〔黃天化醒科，白〕哎呀，我那親娘嗄。〔作怒科，白〕咳，爹爹，孩兒學得道法無窮，且殺到朝歌，滅了昏君，替我母親報仇。〔黃飛虎白〕我兒不可造次。〔一軍卒白〕啟爺：外面喊聲連天，陳桐兵臨切近，乞令定奪。〔黃飛虎白〕知道了。〔黃天化白〕爹爹不消煩惱，只管對敵，有孩兒在此，不妨。〔黃飛虎白〕既如此，衆將官，排開隊伍等他。〔起，隨撤椅科，同從下場門下。雜扮四軍卒，各戴馬夫巾，穿蟒箭袖卒褂，執器械，引副扮陳桐，戴帥盔，紥靠，佩劍，背火龍標背壺，執戟，作出關科，從場東城門上，向内科，白〕呔！爾等聽者，黃飛虎已死，爾等俱各投降，尚免性命。〔衆各執器械，仍從下場門上。黃飛虎白〕呀呔！陳桐，還我昨日一標之仇。〔陳桐作驚科，白〕黃飛虎，你可是陰魂索命麽？〔周紀大怒科，白〕呀呸！無能匹夫，一標何足懼哉，甚麽陰魂！〔陳桐白〕罷了嗄罷了，我的法寶怎麽不靈了？〔黃飛虎白〕陳桐休走，我來擒你。〔作對戰科。場上設杌，黃天化作上杌立科。陳桐作祭標，黃天化以花籃收標科，白〕陳桐匹夫，少得狂爲，我來也。〔作下杌，隨撤杌科。陳桐白〕原來是你這小妖道收吾法寶。〔黃天化拔劍，各作對戰科。黃天化作劍斬陳桐科，從下場門下。衆將作掩殺科，衆軍卒作敗科，同從下場門下，衆作追下，隨出關科，從場東城門上。黃飛虎白〕衆將官聽者，殺出潼關了，可收聚隊伍，趲行前去。〔衆應科，黃天化白〕爹爹與衆位前途保重，孩兒就此拜辭。〔黃飛虎白〕我兒，你爲何不與我同行？〔黃天化白〕師傅有命，救了爹爹，即便回山。師命不敢有違。〔黃飛虎悲科，白〕我兒，別離須恁早，相逢何太遲。與你一别，未知何時再會。〔黃天化白〕爹爹不久往西岐相會，孩兒去也。〔從上場門下，黃飛虎白〕衆將官，就此趲行前去。〔衆應科，同唱〕

【喜無窮煞】且奔馳長途杳(韻)，喜今日相逢父子喜偏饒(韻)，滅惡全憑法術高(韻)。〔同從下場門下〕

第四齣　托夢夫妻重訴苦(尤侯韻)　弋腔

〔場西城門上安「穿雲關」匾額科。雜扮四軍卒，各戴馬夫巾，穿蟒箭袖卒褂，執旗。引丑扮陳梧，戴紗帽，穿蟒，束帶，從上場門上，唱〕

【商調引・接雲鶴】金湯屏樹殫謀猷(韻)，兼全智勇莫能儔(韻)。〔中場設椅，轉場坐科，白〕數載勤勞握重權，雄關天險保安然。腹心重寄唯千里，蟒玉恩光自九天。吾乃穿雲關守將陳梧是也。今早探馬來報，黄飛虎反出朝歌，殺開潼關，將我哥哥陳桐害死。我想殺兄之仇，不可不報，忙與衆將商議。參軍賀申言飛虎只可智取，不可勢擒，待他來時假意迎接，賺他到了館驛，三更時分，傳令三軍，各帶柴薪，將他燒死，我便親自領兵防他逃遁。吾想此計甚妙，依他行事，可以一鼓成功。衆將官，料他必到關前，就此迎上前去。〔衆應科。陳梧起，隨撤椅科。衆同唱〕

【正宫正曲・四邊静】干戈緩動謀先就(韻)，何須苦争鬭(韻)。賺他入牢籠(句)，插翅難飛走(韻)。〔合〕機關細籌(韻)，火攻盡休(韻)。反叛自難饒(句)，成灰還束手(韻)。〔同從下場門下。雜扮四軍卒，各戴大頁巾，穿蟒箭袖排穗褂，執標鎗。雜扮黄飛彪、黄飛豹、黄明、周紀、龍環、吴乾，各戴帥盔，紥靠，執器械。生扮黄天祥、黄天禄、黄天爵，各戴紫金冠額，紥靠，執器械。引生扮黄飛虎，戴金貂，紥靠，背令旗，佩劍，執鎗。同從上場門上，唱〕

【又一體】心忙展轉奔馳久(韻)，瞻前還慮後(韻)。古道疾驅行(句)，不違停細柳(韻)。〔黃明白〕哥哥，已到穿雲關了，怎麽旌旗不展，鹿角未排，莫非其中有詐？〔黃飛虎白〕你看那守將與衆軍前來，人無披甲，手不持戈，却是何意？待他到來，便知分曉。〔衆引陳梧作出關科，從場西城門上，作迎見，發諢科，白〕穿雲關守將陳梧迎接元帥。〔黃飛虎白〕將軍請了。飛虎身爲難臣，被厄出關，將軍以優禮相待，飛虎感恩不淺。〔陳梧白〕某家素知將軍，世世忠良，赤心爲國。今乃天子有負於臣，於將軍何罪之有？末將備有菲敬，奉請將軍館驛一敘，明朝出關，不知尊意如何？〔黃飛虎白〕將軍之恩，何日可報？〔陳梧白〕末將知將軍必向西岐去投明主，倘有後會，還求提挈。〔黃飛虎白〕末將有日粗安，必將重報，請。〔遶場科，同唱合〕斜陽欲收(韻)，輪蹄可休(韻)。四野暮烟横(句)，揮鞭共馳驟(韻)。〔作入關科，從場西城門下。丑扮一驛丞，戴紗帽，穿圓領，束帶，從上場門上，虛白發諢科。衆引黃飛虎從下場門上，驛丞白〕驛丞接老爺。〔軍卒白〕起去。〔驛丞虛白起科，陳梧白〕末將本當奉陪，但有軍務在身，又恐將軍連日鞍馬勞頓，不敢絮聒。末將暫且告别，少時再當侍奉。〔黃飛虎白〕將軍請便。〔衆卒引陳梧從上場門下，驛丞虛白發諢科，從下場門下。場上設椅，黃飛虎坐科，白〕列位賢弟，我看陳梧款待雖周，未保其中無詐，不可不着意隄防。〔衆同白〕此言極是。〔黃飛虎白〕傳令衆將，人不可卸甲，馬不可解鞍。黃明、天爵何在？〔黃明、黃天爵應科，黃飛虎白〕汝二人可在兩壁廂窺探動静。〔黃明、黃天爵白〕得令。〔同從上場門下，黃飛虎白〕衆將官，爾等各去歇息歇息，小心要緊。〔衆應科，同從下場門下。黃飛虎白〕列位請各安置。〔黃飛彪等應科，同從下場門下。黃飛虎白〕天祥、天禄，你二人可在兩壁廂歇宿一宵，明早起行，夜間須要留意。〔黃天祥、黃天禄應科，同從下場門下。黃飛虎起，隨撤椅科。場上設桌椅，安燈，黃飛虎入桌坐科，作嘆科，白〕咳，老天嗄老天，我黃飛虎也是個英雄豪傑，如今人亡家破，死裏逃生，想將來好悽楚人也。〔唱〕

【中呂宮正曲・駐馬聽】曾展勳猷(韻)，勒石功名同國久(韻)。〔白〕今日呵，〔唱〕好一似鰲魚漏網(句)，遠竄逋臣(讀)，逃奔俘囚(韻)。何時振翮碧雲頭(韻)，天高海闊無拖逗(韻)。〔白〕連日勞頓，不覺困倦起來，不免假寐片時，再作區處。〔唱合〕無限殷憂(韻)。邦家何處(讀)，不堪回首(韻)。〔內打三更，黃飛虎起，作執燈四照，作伏桌睡科。旦扮賈氏魂，搭魂帕、白紙錢，穿衫，從上場門上，白〕玉碎香消永不磨，何年竊藥伴嫦娥。孤臣萬死全生在，又被牢籠入網羅。我乃武成公夫人賈氏陰魂，夫主反出朝歌，到此穿雲關，陳梧用了毒計，要用火燒死。老爺不知，若中奸謀，性命休矣。不免托夢與老爺説知便了。〔作哭科，白〕哎呀，老爺呀，妾身死得好慘然也。〔唱〕

【越調正曲・綿搭絮】堅持節烈(讀)，一命已難留(韻)，身墜樓休(韻)，舊日花容付水流(韻)。〔滚白〕老爺呀，當初夫妻、母子安坐家庭，誰知元旦佳辰，翻爲永别之期。早知這般慘亡屈死，倒不如托病家居、托病家居了，老爺。〔唱〕痛寃尤(韻)，月冷荒丘(韻)。拋夫棄子(句)，泉路含愁(韻)。奇禍來臨(句)，〔合〕一旦無常萬事休(韻)。〔白〕你若逃出五關，到得西岐，還作出一番事業。但是此處守將陳梧呵，〔唱〕

【又一體】心懷不善(讀)，早已定奸謀(韻)。他是假意相留(韻)，萬把柴薪作運籌(韻)。〔滚白〕老爺呀，如今前無救援，後無接應，他那裏放火焚燒，眼見得一家骨肉遭他毒手、遭他毒手了，老爺。〔唱〕用心謀韻，早作綢繆韻。若教陷害句，似破釜沉舟韻。若再遲延句，〔合〕只恐今宵一命休韻。〔作拍案科，白〕老爺醒來！〔從下場門急下。黄飛虎作驚醒科，白〕夫人嗄夫人，在那裏呀？〔出桌，隨撤桌椅科，唱〕

【中呂宮正曲·駐雲飛】回首驚眸韻，夢裏相逢話舊愁韻。〔哭科，唱〕重覩丰姿舊韻，囑托非虛謬韻。嗏格，使我淚交流韻，征袍濕透韻。路隔幽明讀，未得交談久韻。〔合〕作速前行莫逗遛韻。〔白〕衆位將軍、三個孩兒快來。〔衆同從下場門上，白〕怎麽樣？〔黄飛虎白〕方纔朦朧睡去，分明見我夫人，説陳梧心懷歹意，欲放火害我一家性命。列位賢弟，寧可信其有，不可信其無。〔黄天爵白〕孩兒正要告禀：方纔出門探視，遠遠聞得有人馬之聲。〔衆同白〕莫非他有暗算之意？何不大家結束停備，以防不測。〔衆各虛白科，衆軍卒各扛器械同從下場門上，白〕啟上老爺：驛外火起了。〔黄飛虎白〕果然他有暗算。〔内作吶喊科，白〕驛中失了火了。〔黄飛虎白〕衆將官作速上馬，乘此火光，大家殺出去。〔衆應科。内作火光科，衆引陳梧執刀從上場門上，發諢科，白〕呔！黄飛虎，往那裏走。〔黄飛虎白〕陳梧，你昨日高情付與流水，我與你何恨何仇，行此不仁。〔陳梧白〕反賊嗄反賊，實指望剪草除根，絶你黄門一脉，以報反君之仇、殺兄之怨，量你也難逃羅網。〔黄明白〕陳梧匹夫，事已如此，還出妄言，看斧！〔作對戰科，黄飛虎白〕此時不斬逆賊，與他戀戰何時。〔作以鎗刺死科，陳梧從下場門暗下，衆軍卒作大敗科，隨下。衆從下場門下，隨作出關科，從場西城門上。黄飛虎白〕衆將官，陳梧已死，穿雲已過，前面界牌關乃

是太老爺鎮守，料想不用費事。天色已明，作速趲行前去。〔衆應，作遶場科，同唱〕

【情未斷煞】破奸謀陰靈佑(韻)，飛馳鐵騎敢遲留(韻)，〔黃飛虎唱〕想着那夢裏言詞淚怎收(韻)。〔同從下場門下〕

第五齣　老將軍隨子投周（先天韻）　昆腔

〔場東城門上安「界牌關」匾額科。雜扮四軍卒，各戴馬夫巾，穿蟒箭袖卒褂，執旗。雜扮四軍卒，各戴大頁巾，穿蟒箭袖排穗褂，執標鎗，一卒扛刀。引外扮黄滚，戴帥盔，紥靠、背令旗，佩劍，從上場門上，唱〕

【高大石調正曲·雙勸酒】操持大權韻，能征慣戰韻。老來愈堅韻，忠心赤膽韻。只這守半壁獨當一面韻，〔合〕那吉兇成敗由天韻。〔中場設椅，轉場坐科，白〕虎略安千里，龍韜按八門，丈夫成大事，萬古義名存。我黄滚得專節鉞，鎮守界牌，叵耐逆子黄飛虎，率領他子弟戰將，反出朝歌，斬了三員關將，得罪朝廷，累及一家。我黄滚一生忠直，豈肯使子孫爲不忠不孝之輩。聞得他將到此關了，待我親自擒他，打絆囚車，解往朝歌便了。衆將官，備下囚車伺候。〔衆白〕備下了。〔黄滚白〕既如此，隨我殺出關去。〔衆應科。黄滚起，隨撤椅科，同唱〕

【又一體】忙行向前韻，不辭勞倦韻。忠心世傳韻，肯隨兒陷韻。今日把親子擒來俘獻韻，〔合〕庶君心哀惜餘年韻。〔衆同從下場門下，隨執器械出城門科，從上場門下。雜扮四軍卒，各戴大頁巾，穿蟒箭袖排穗褂，執標鎗。雜扮黄飛彪、黄飛豹、黄明、周紀、龍環、吴乾，各戴帥盔，紥靠，執器械。生扮黄天祥、黄天禄、黄天爵，各戴紫金冠額，紥靠，執器械。引生扮黄飛虎，戴金貂，紥靠、背令旗，佩劍，執鎗。同從下場門上，唱〕

【又一體】齊揚玉鞭(韻),星飛電趲(韻)。父子情牽(韻),寧不放轉(韻)。把冤情欲言還按(韻),〔合〕又恐傷哀暮餘年(韻)。〔黃飛虎白〕已到界牌關了,太老爺不知在於何處,怎得一人通個信去纔好。〔黃明白〕哎呀,哥哥,不好了,你看太老爺領兵統將,貫甲持刀,後面還有無數陷車,只怕有些不善。〔黃飛虎白〕這却怎處?〔周紀白〕見了太老爺,看是何説,再作處治。〔衆引黃滾從上場門上,白〕來者何人?〔黃飛虎白〕父親在上,不孝男盔甲在身,不能全禮。〔黃滾白〕你是何人?〔黃飛虎白〕我乃父親長子飛虎,爲何反來賜問?〔黃滾怒科,白〕哇!好逆子,吾家受天子七世恩榮,爲商家股肱心腹,你却爲一婦人,背君親之德,無端造反,殺朝廷命官,閙天子關隘,辱祖宗於九泉,愧父顔於人世,忠不能盡,孝不能全。畜生,你榮膺爵命,累父凔刀,生愧天下,死辱祖先。你還有何顔面見我?〔黃飛虎白〕父親息怒。孩兒此來,亦出於不得已也。〔黃滾白〕哇!畜生,還要多講。我且問你:你還是要想作忠臣孝子,還是不想作忠臣孝子?〔黃飛虎白〕父親此言怎解?〔黃滾冷笑科,白〕逆子嗄逆子,你還敢來問我。你若要作忠臣孝子,早早下騎,爲父的把你解送朝歌,使我得以生全,你死還是商魂,還可以稱爲肖子。如不然呵,〔唱〕

【高大石調正曲・素兒】結仇怨(韻),父子情抛把陌路言(韻)。既反朝廷敢自專(韻)。還則來鎗刺我年高老朽(句),任你去横放無天(韻)。〔白〕畜生,那時我耳不聞,心不煩,死也甘心,庶幾不遺我暮年披枷帶杻,死於藁街,使人指曰「此某人之父,因子造反而致於此地」也。〔唱合〕有人憐(韻),憐吾無故喪九泉（韻）。〔白〕畜生嗄畜生，〔唱〕只怕你背君殺父（讀），祿壽難延（韻）。〔黃飛虎白〕罷。父親不必罪我，與父親解送朝歌去罷。〔作欲下騎科，黃明拉科，白〕哥哥不可。方今主上，失德之君，君既亂常，臣當反正。我等十死一生，來到此地，聽老將軍一片言詞，就死於不明之地，可憐慘死深冤，不能表白。〔黃滾怒科，白〕黃明嗄黃明，我把你這夥逆賊。吾子料無反心，都是爾等無父無君、不仁不義，少三綱、絶五常的匹夫調停着作出來的事，還敢逞爾花言，教逆子不要下騎，氣死老夫也。〔作以刀砍科，黃明架科，白〕老將軍，你聽我講。黃飛虎等是你兒子，黃天祥等是你孫子，你拿他應該，我等又不是你子孫，爲何也拿送朝歌？你媳婦死於非命，你女兒亡於無辜，還講甚麼忠孝！〔黃滾白〕反賊，巧言舌辯，氣死我也。〔作以刀砍科，黃明架科，白〕黃老兒，你天晴不走路，只待雨淋頭。你作一世大帥，不識時務，只管把刀來劈我，吾手中斧無眉少目，萬一有傷，把你一生英名置於烏有。〔黃滾作大怒、虛白、對戰科，周紀白〕老將軍，得罪了也罷，忍不住了，衆兄弟一齊上前。〔龍環、吴乾各虛白對戰科，黃明白〕哥哥，此時不闖出關，更待何時。〔黃飛虎虛白，引黃飛彪、黃飛豹、黃天祥、黃天爵、黃天祿、四軍卒同從下場門下，隨出城門科，從上場門下。黃滾白〕罷了嗄罷了，好逆子，竟敢擅闖高關，要我生而何用，唔罷！〔作欲拔劍自刎科，黃明抱住科，白〕老將軍何必如此？〔黃滾作大怒科，白〕好無知强盗，你把我逆子放了，還敢支吾。〔黃明白〕老將軍息怒。末將等都不願隨去，這是末將等一條計策。如今老將軍假意從他，把他們誆進關來，酒席筵前以金鐘爲號，我等就中行事，可以一鼓就擒，連我等亦有些小功勞。〔黃滾白〕此計

雖妙，但我那逆子足智多謀，只怕不從。〔黄明白〕有我等在此，斷不生疑。〔黄滚白〕既如此，就此一同前去。〔衆同唱〕

【高大石調正曲·窣地錦襠】賺他入計赴佳筵(韻)，擒獻君王忠義傳(韻)。不因父子有牽連(韻)，〔合〕只把朝廷着意看(韻)。〔同從下場門下。衆引黄飛虎從上場門上，唱〕

【高大石調正曲·哭岐婆】雄關闖出(句)，天倫放轉(韻)。西岐得到(句)，明君任俺(韻)。〔合〕奇勳建處姓名焕(韻)，强似無謀一霎含愁怨(韻)。〔衆引黄滚從城門上，白〕吾兒暫收坐騎，爲父的同你往西岐去也。〔黄飛虎虚白，黄滚白〕飛虎我兒，方纔黄明勸我，虎毒尚不食兒。方今權奸用事，就將爾等解送，也只一死，不如與爾等入關，酒飯過了，一同去罷。〔黄明作上前使眼色科，白〕哥哥不必生疑，老將軍並無他意，走罷。〔黄飛虎虚白科，衆同作入關科，從場東城門下，從下場門上，唱〕

【高大石調正曲·打毬場】一旦間慈父寬(韻)，一家骨肉得團圓(韻)。且向關城醉綺筵(韻)，〔合〕好同去出天險(韻)。〔場上設椅，黄滚坐科，黄飛虎、黄飛彪、黄飛豹、黄天祥、黄天禄各作虚白叩見科，黄滚虚白科，各起科。黄滚白〕爾等一路鞍馬勞頓，手下看酒來。〔場上預設桌椅、筵席科，黄滚起，隨撤椅科。黄明白〕末將等四人不便在此，料理外廂諸務。〔作使眼色科，黄滚作點頭會意科，白〕列位請便。〔黄明、周紀、龍環、吴乾各虚白，同從上場門下。衆作入席科，同唱〕

【高大石調正曲·兩頭蠻】金杯共勸(韻)，骨肉交歡醉綺筵(韻)，意纏綿(韻)。罷息干戈無事戰(韻)，共安然(韻)。〔黄明從上場門上，白〕我黄明用了苦計，只聽金鐘三下，即便燒他糧草，賺他出關。須索在此伺候。〔從上場門下，衆同唱〕笑語全忘心内怨(韻)。一朝赦罪愆(韻)，登時性命全(韻)，不用愁離亂(韻)。〔合〕一霎出萬全(韻)，一霎保故園(韻)，只緣爲心兒轉(韻)。〔内作響金鐘三下科，周紀、龍環、吴乾同從上場門急上，白〕老將軍，不好了，糧草堆上火起，看看燒到關城，快去保護要緊。〔各虚白起，隨撤桌椅、筵席，衆擁護黄滚遶場科。黄滚白〕罷了嗄罷了，中了爾等之計了。〔黄明白〕老將軍，實對你説罷，今不去也由不得了。燒了糧草，罪也難逃，終是一死，不如同行，此爲上策。〔黄滚作嘆科，白〕咳，聖上嗄聖上，老臣七世忠良，今爲叛亡之士。〔頓足科，白〕罷，事已如此，只得從了你們，去罷。〔黄明向内白〕呔！衆將官，老將軍反了，爾等願隨者上前，不願者各自散去罷。〔衆内白〕俱願相隨。〔黄滚向内白〕既如此，作速趲行可也。〔内白〕得令。〔衆同從下場門下，各執器械，作出關科，從場東城門上。衆同唱〕

【墜飛塵煞】弓刀隊隊雲霞燦(韻)，一家兒忠良盡反(韻)。〔黄滚白〕聖上嗄聖上，〔唱〕非是俺縱子欺君改忠心石樣堅(韻)。〔衆同從下場門下〕

第六齣　邪副帥擒人誇勇（支思韻）　弋腔

〔場東城門上安「汜水關」匾額科。雜扮八軍卒，各戴馬夫巾，穿蟒箭袖卒褂，執旗。引净扮余化，戴竪髮額，紥假手，安戮魂旛切末，紥靠，執器械，從上場門上，唱〕

【高大石調正曲·哭岐婆】猙獰像貌(句)，胸藏絶技(韻)。威風大顯(句)，多謀足智(韻)。〔合〕道高法妙超人世(韻)，雄關爲副軍容備(韻)。〔白〕俺余化學道多年，煉成異術，投入商朝，作了汜水關副將。聞得黄滚隨子反商，將到此地，俺奉總鎮將令，前來迎戰。任你銅筋鐵骨，百萬軍兵，也當不得俺戮魂旛一幌。衆將官，就此殺上前去。〔衆應科，同唱〕

【又一體】精神抖擻(句)，忙驅鐵騎(韻)。施張法術(句)，慣擒大敵(韻)。〔合〕神通奥妙有誰及(韻)，管教名揚帝里應無愧(韻)。〔同從下場門下。雜扮四軍卒，各戴大頁巾，穿蟒箭袖排穗褂，執標鎗。雜扮黄飛彪、黄飛豹、黄明、周紀、龍環、吴乾，各戴帥盔，紥靠，執器械。生扮黄天祥、黄天爵、黄天禄，各戴紫金冠額，紥靠，執器械。引外扮黄滚，戴帥盔，紥靠、背令旗，佩劍，執刀，生扮黄飛虎，戴金貂，紥靠、背令旗，佩劍，執鎗。同從上場門上，唱〕

【高大石調正曲·望粧臺】馳驅將近到西岐(韻)，又見雄關阻路岐(韻)。一戰今朝(讀)，成敗有誰知(韻)。〔合〕他邪法異(韻)，俺正氣直(韻)。何難奪路斬妖魑(韻)。〔黄滚白〕我兒，這汜水關副將余化，比他主帥韓榮更强百倍。此人學成左道，號稱七首將軍，我等如若遇他，一定人人就縛。〔黃飛虎白〕父親且請寬心，邪難侵正，待孩兒擒他。〔各虛白科。衆引余化作出關科，從場東城門上，白〕呔！來者何人？〔黃飛虎白〕吾乃武成公黃飛虎。今天子失政，棄商歸周，你是何人？〔余化白〕吾乃汜水關副將余化。老國公，你乃社稷之臣，如何作這叛逆之事？〔黃飛虎白〕將軍之言雖是，但我衷曲難陳，望你讓路，相感不淺。〔余化白〕呔！姓黃的，俺奉主帥將令，準備擒捉爾等。你可早早下騎，省得費事。〔黃飛虎怒科，白〕呔！余化，我五關已過有四，今到此處，擅敢自逞兇狂。〔余化白〕黃飛虎嗄黃飛虎，死在目前，尚然逞勢，不要走。〔各虛白對戰科，余化作摇旛，黃飛虎迷倒科，衆軍卒作綁科，從城門下，隨上。黃飛彪、黃飛豹各虛白作對戰科，余化作摇旛，黃飛彪、黃飛豹各作迷倒科，衆軍卒作綁科，從城門下，隨上。黃明、周紀、龍環、吴乾各虛白作圍戰科，余化作摇旛，黃明、周紀、龍環、吴乾各作迷倒科，衆軍卒作綁科，從城門下，隨上。黃天爵白〕哎呀，氣死我也！余化休走，待我擒你。〔余化白〕幼兒何名？〔黃天爵白〕吾乃武成公公子黃天爵，特來誅你報仇。〔余化白〕你同你家爺爺速到朝歌請罪，還不失爲正人，何苦都作俘囚，有何體面？〔黃天爵白〕呔！胡説，看鎗。〔作刺傷余化腿科，余化白〕好幼子，敢來傷我，看我的寶貝取你。〔作摇旛科，黃天爵作迷倒科，衆軍卒作綁科，從城門下，隨上。余化作冲殺科，黃滚、黃天祥、黃天禄、四軍卒作大敗科，仍同從上場門下。余化白〕衆將官，回關交令。〔衆應科，同唱〕

【高大石調正曲・兩頭南】揚鞭一路轉旌旗(韻)，擒盡强臣功績奇(韻)。獻君王(讀)，準備着殊恩至(韻)。不是俺助虐爲(韻)，害賢儀(韻)。盡臣職不敢存私(韻)，開生路把叛臣放取(韻)。放叛臣擾境畿(韻)。〔合〕此時(韻)，應後悔那當初(句)，背君逆理施威(韻)。〔作入關科，從場東城門下。衆引黃滚從上場門上，白〕罷了嗄罷了。我黃滚出於無奈，隨子投周。不料到此遭了横禍，止餘兩個孫兒，料難逃脱，前不能行，後無退路，如何是好？〔場上設椅，黃滚坐科，衆軍卒白〕老爺且省愁煩，且作别個計較。〔黃滚白〕他乃左道妖人，如何可破？况此關主帥韓榮，守正無私，怎生肯放？〔作想科，白〕唔，也罷。待我負荆轅門，去哀告那韓榮，留下黃門一脉。手下，取便服來，待我等换了前去。〔四軍卒應科，從下場門下，取大頁巾、箭袖、鸞帶、荆杖隨上。黃滚起，隨撤椅科，各作换科，唱〕

【高大石調正曲・倒上橋】今朝下氣低眉(韻)，全爲逆子無知(韻)。黃門莫使無遺種(句)，留一脉(句)，留一脉(疊)，哀告發慈悲(韻)，開生路奔天涯(韻)。〔白〕咳，罷了嗄罷了。〔唱合〕一世功勳傳世上(句)，今日裏屈膝求之(韻)。難盡衷情(句)，老不幸而遭此難(句)，復怨伊誰(韻)。〔白〕衆將官，爾等散去罷。〔四軍卒白〕我等等侯消息便了。〔同從上場門下，黃滚白〕孫兒。〔黃天祥、黃天禄應科，黃滚作看，悲科，白〕與我一同前去。〔黃天祥、黃天禄應科，同作遶場科，黃滚唱〕

【慶餘】向轅門負杖忙陪罪(韻)，遇害忠良氣自低(韻)，却不知命運如何，可能彀脱此危(韻)。〔同從下場門下〕

第七齣　黄滾爲子負荊杖（古風韻）　弋腔

〔雜扮四軍卒，各戴馬夫巾，穿蟒箭袖卒褂，執旗。雜扮四軍卒，各戴大頁巾，穿蟒箭袖排穗褂，執標鎗。引外扮韓榮，戴帥盔，紮靠、背令旗，襲蟒，束帶，從上場門上，唱〕

【仙吕調隻曲·點絳唇】豹略龍韜（韻），威風浩浩（韻）。把高關保（韻），保障皇朝（韻）。恩爵原非小（韻）。〔中場設椅，轉場坐科，白〕俺汜水關總鎮韓榮，聞得探子來報，言黄滾棄了界牌，隨子飛虎造反而來。我命副將余化前去迎戰，憑他法術武藝，何愁不盡俘囚。但他去了許久，未見回來，俺且陞帳等候。〔净扮余化，戴竪髮額，紮假手切末，紮靠，從上場門上，作見科，白〕總鎮在上，末將奉令當先，連捉黄飛虎等八將，只走了黄滾與兩個幼童，特來交令。〔韓榮白〕有勞將軍建此奇功。左右傳下令去，將黄飛虎推轉上來，其餘者俱在轅門候令。〔一軍卒應，作向内傳科，内應科。雜扮四軍卒，各戴馬夫巾，穿蟒箭袖卒褂，作綁生扮黄飛虎，戴金貂，紮靠、背令旗，從上場門上，唱〕

【又一體】怨氣冲霄（韻），忠良不保（韻）。遭强暴（韻），難免誅梟（韻）。此恨何時了（韻）。〔作見韓榮背立科，韓榮白〕下面的可是背君造反的黄飛虎麼？〔黄飛虎白〕上面的就是助紂爲虐的韓榮麼？〔韓榮白〕黄飛虎，朝廷何事虧負於你，你却一旦造反？〔黄飛虎白〕韓榮嗄韓榮，你只知坐守高關，虎威狐假，豈知朝廷失政之由？　俺呵，〔唱〕

【仙吕調隻曲・混江龍】元勳名震（韻），〔韓榮白〕却又來。〔黄飛虎唱〕功勞百戰受隆恩（韻）。〔韓榮白〕既知恩重，爲何造反？〔黄飛虎白〕哎，〔唱〕都只爲奸臣讒慝（句），君亂彝倫（韻）〔韓榮白〕唗！住了。普天之下，皆爲臣妾，何况一個婦人。〔黄飛虎白〕哎，此話好氣人也！〔唱〕率土既言皆是臣（句），你妻房爲甚不獻於君（韻）。〔韓榮白〕唗！黄飛虎，既被俘囚，還敢挺撞。〔黄飛虎白〕呀呸！韓榮嗄韓榮，要殺就殺，何必作此威福。〔唱〕我生何足歡（句），死何足論（韻）。痛恨煞敗家喪國（句），狗黨狐群（韻）。〔韓榮白〕黄飛虎，我守關擒逆，臣職已全，也不與你多般饒舌。左右，將這一夥逆賊小心拘禁，待餘黨盡獲之時，一同起解。〔四軍卒應，作綁黄飛虎仍從上場門下。韓榮白〕余將軍，明日當先，務將餘黨擒盡。〔余化應科。雜扮一中軍，戴中軍帽，穿蟒箭袖通袖褂，佩刀，從上場門上，白〕啟爺：有黄飛虎之父黄滚，率領二孫負荆前來，轅門候令。〔韓榮笑科，白〕這裏正要拿他三人，他們却自投羅網，看他來了有何話説，我且以禮待他。中軍，道有請。〔中軍應，作向内請科，仍從上場門下。外扮黄滚，生扮黄天祥、黄天禄，各戴大頁巾，穿箭袖，繫縧帶，負荆，從上場門上。黄滚白〕當日雄關爲主帥，今來帳下作卑人。〔作到科。韓榮起，隨撤椅科，作出迎科，白〕老將軍請了，末將失於遠迎，望勿見罪。〔黄滚、黄天祥、黄天禄各跪科，黄滚白〕犯官黄滚，率領二孫特來叩見。〔韓榮作跪，與黄滚等解杖科，白〕老將軍、小將軍請起，請入軍廳，容當請教。

〔黄滚白〕多謝總鎮。〔各起科。場上設椅，各虚白坐科，韓榮白〕老將軍，此乃國家重務，亦非末將敢於自私，不知老將軍有何見教？〔黄滚白〕總鎮聽稟：〔唱〕

【仙吕調隻曲·油葫蘆】逆子爲非累一門(韻)，罪難分(韻)。稱兵犯順背君恩(韻)，願從誅戮心無恨(韻)。〔韓榮白〕這等説，是自投認罪了？〔黄滚白〕非也。〔唱〕只爲黄門一脉堪垂憫(韻)，因此上忙肘膝(句)，叩轅門(韻)，乞將這無知稚子休傷損(韻)。〔白〕將他兩個放了呵，〔唱〕不絶宦門根(韻)。〔韓榮白〕老將軍差矣。〔唱〕

【又一體】你七世簪纓列滿門(韻)，盡忠心(韻)。應思報本答君恩(韻)，緣何一旦興心狠(韻)。〔白〕末將各盡臣職，非爲專擅。今若放此二子出關，則是與反叛同謀矣。〔唱〕怎將這通謀罪名兒自坐准(韻)。伊家事(句)，累我門(韻)。無辜受陷誰來憫(韻)，寧有這痴人(韻)。〔黄滚白〕總鎮，黄門良眷儘多，何在放此二子？況且朝廷之事，誰能長保無虞。〔韓榮白〕老將軍，你若要你二孫出關，這也不難，除非我也附從叛亡之人，隨他往西岐去，這事纔作得。〔黄滚作怒，各起，隨撤椅科。黄滚白〕總鎮果然不放？〔韓榮白〕果然不放。〔黄滚白〕實在的不放？〔韓榮白〕自然。〔黄滚白〕哎，罷，我作一世大帥，反來下氣求你。你却自作威嚴，不肯容情。拼得絶了黄門，何恨之有，看你家萬年千載，永無疏失。〔場上設椅，韓榮坐科，白〕黄滚嗄黄滚，你錯認了人了。我這裏正要拿你三人，你却自己來投，還講甚麽開放。左右綁了，一同後營拘禁。〔衆軍卒應，作綁科，同從上場門下，隨上。余化白〕總鎮在上：逆賊一門，俱被擒獲，但非尋常可比。明日起解，一路上恐有疏失，末將親去押解，方保無事。〔韓榮白〕余將軍之言有理，你即明日領兵解送便了。左右，後堂備宴，與余將軍慶功餞行。〔余化白〕多謝總鎮。〔韓榮起，隨撤椅科，唱〕

【煞尾】逆黨除(句)，威名震(韻)。〔余化唱〕金杯歡笑慶功勳(韻)。〔衆同唱〕準備着聖主殊恩又來加封總鎮(韻)。〔衆同從下場門下〕

第八齣　哪吒奉命奪高關（蕭豪韻）　昆腔

〔小生扮哪吒，戴綫髮，穿采蓮衣氅，軟紮扮，帶乾坤圈，繫風火輪，執鎗，從上場門上，跳舞科，白〕身材輕捷本天成，仗此蓮花得化生。須識道高龍虎伏，果然法妙鬼神驚。我哪吒自隨太乙（貞）〔真〕人入山學道，不覺十有餘年，昨日師傅有命，令我下山到汜水關救黄飛虎父子，須索走遭也。〔唱〕

【仙呂入雙角合曲・北新水令】茫茫下土任紛囂(韻)，怎如俺修仙學道(韻)。劈松枝可作刀(韻)，紉蓮花可爲襖(韻)。向雲外逍遥(韻)，救苦難神通妙(韻)。〔從下場門下。場東城門上安「汜水關」匾額科。雜扮四軍卒，各戴馬夫巾，穿蟒箭袖卒褂，執器械。引浄扮余化，戴竪髮額，紮假手，安戮魂旛切末，紮靠，執器械，作押解外扮黄滚，生扮黄飛虎，雜扮黄飛彪、黄飛豹、黄明、周紀、龍環、吴乾、黄天祥、黄天爵、黄天禄，各戴髮網，内紮靠，外穿道袍，繫腰裙，帶鎖杻，作出關科。同從場東城門上，衆同唱〕

【仙呂入雙角合曲・南步步嬌】刀斧成行紛圍遶(韻)，跋涉中華道(韻)。龍城路尚遥(韻)。料得餘生(句)，應難自保(韻)。〔余化白〕俺余化今日起解叛臣，離了汜水，竟上朝歌。衆將官，就此趲行。〔衆應科，同唱合〕迤邐過荒郊(韻)，這名山勝地難憑弔(韻)。〔同從下場門下。哪吒從上場門上，唱〕

【仙呂入雙角合曲・北折桂令】趁風行雲水程遥(韻)。不用驂鸞(句)，海闊天高(韻)。俺可也兩足下風火輪飈(韻)。須臾千里(句)，一任遊笑(韻)。〔白〕已到汜水關了，遥聽那壁廂有軍馬之聲，待我迎上前去。〔唱〕呀，只聽得人喧馬哮(韻)，多應是押解着逋逃來到(韻)。俺這裏怒氣千丈(句)，憑着俺手内神鎗(句)，殺得他草偃冰消(韻)。〔從下場門下。衆軍卒引余化作押解黄滚等，同從上場門上，唱〕

【仙呂入雙角合曲・南江兒水】日淡郵亭道(韻)，烟迷隔水橋(韻)，荒荒曠野人踪杳(韻)。〔黄滚、黄飛虎白〕哎呀，皇天嗄！〔衆同唱〕冤恨如山向誰告(韻)，一腔怒冲來天表(韻)，相對相看悲悼(韻)。〔余化白〕呔！少得胡説。〔唱合〕速趲長途(句)，免得鋼鋒出鞘(韻)。〔同從下場門下。哪吒從上場門上，唱〕

【仙呂入雙角合曲・北鴈兒落帶得勝令】【鴈兒落】〔全〕遥望着一行人相絮叨(韻)，又見那三手將威風耀(韻)。他縱有戮魂旛怎動摇(韻)，可知俺化身軀蓮花妙(韻)。〔白〕來便來了，只是怎麽與他好端端厮殺，須是尋他個不是纔好動手。也罷，他已相近，待我阻住咽喉要路，唱着歌兒，尋他便了。〔作歌科，咏〕吾身生長不知年，只怕吾師不怕天。昨日老君從此過，也須送我一金磚。〔衆軍卒引余化，作押解黄滚等，同從上場門上。余化白〕阻路作歌的幼童，你是何人？〔哪吒白〕我也無名無姓，只是久居在此，如有過往之人，不論皇帝、官員，都要留下買路錢。你如今那裏去的？快留下些與我。〔余化白〕我乃汜水關副將余化，今解反臣往朝歌去。〔哪吒白〕原來是捉將有功的，也罷，留下十塊金磚，放你過去。〔余化白〕那裏來的小孩子，可惡。〔哪吒唱〕【得勝令】〔全〕呀(格)，恁道俺一介小兒曹(韻)，伸螳臂阻車轍(韻)。〔作以鎗刺科，余化白〕你這孩子，敢是自來送死？〔哪吒唱〕恁待要逞如簧行兇暴(韻)，須知道送殘生在這遭(韻)。〔作虚白對戰科，余化作摇旛，哪吒作以乾坤圈收旛，余化驚科，白〕哎呀，連我的寶貝也不靈了。〔哪吒唱〕堪笑(韻)，空賣弄妖邪寶(韻)。〔作祭乾坤圈打敗余化科，從下場門下。哪吒唱〕休逃(韻)，試試俺火尖鎗電影摇(韻)。火尖鎗電影摇(疊)。〔從下場門追下，黄滚白〕我兒，吾等大約有救了。你看那小將軍，〔唱〕

【仙吕入雙角合曲・南僥僥令】英雄年正髫(韻)，膽量恁雄豪(韻)。不懼重圍兵四繞(韻)，〔合〕殺得他喪膽驚魂，只恨逃生不早(韻)。〔哪吒從上場門上，唱〕

【仙吕入雙角合曲・北收江南】呀(格)，今日個相逢在狹路呵(句)，不滅怪怎開交(韻)。〔白〕我已將余化打傷而逃，不免打散軍兵，救出他們便了。〔作祭乾坤圈打散衆軍卒，同從下場門下。哪吒唱〕打得個落花流水自奔逃(韻)，抛尸棄骨在荒郊(韻)。〔作以乾坤圈與衆打開鎖杻科，唱〕毁拘攣鐵鐐(韻)，毁拘攣鐵鐐(疊)。〔黄滚白〕敢問小將軍高姓大名？〔哪吒唱〕我本是哪吒，奉命救英豪(韻)。〔衆虚白同作拜謝科，哪吒同拜科，白〕列位將軍請起。〔衆同起科，哪吒白〕列位，我想余化雖敗，必然回報主將，自然點將提兵，前來拒捕。待我與你們一同取關，送列位出城。〔衆同白〕多感盛情。〔黄滚白〕那厮所執之旛，甚是難敵。〔哪吒白〕那旛名爲戮魂旛，已被我收了來了。列位作速回營，換了戎裝，取關要緊。〔衆同作虚白科，從上場門下。哪吒唱〕

【仙呂入雙角合曲・南園林好】免身尸肆諸市朝(韻)，除妖邪方知勇驍(韻)。早早向雄關戰鏖(韻)，〔合〕奪要路奔前道(韻)，奪要路奔前道(疊)。〔從上場門下，四軍卒、余化引生扮韓榮，戴帥盔，紮靠，背令旗，執器械，從上場門上。衆同唱〕

【仙呂入雙角合曲・北沽美酒帶太平令】【沽美酒】〔全〕廢成功是這遭(韻)，廢成功是這遭(疊)，施法術遇英豪(韻)。雄關眼看不堅牢(韻)，難免大戰鏖(韻)，少不得拒鴟梟(韻)。〔韓榮白〕余將軍，那幼童這般英勇，救了黄家一門，使我成功盡棄，這却怎處？〔黄滾内白〕呔！韓榮，你可認得俺黄滾了麽？〔哪吒、雜扮四軍卒，各戴大頁巾，穿蟒箭袖排穗褂，執標鎗。引外扮黄滾，戴帥盔，紮靠、背令旗，佩劍，執刀，生扮黄飛虎，戴金貂，紮靠、背令旗，佩劍，執鎗，雜扮黄飛彪、黄飛豹、黄明、周紀、龍環、吴乾，各戴帥盔，紮靠，執器械，生扮黄天祥、黄天爵、黄天禄，各戴紫金冠額，紮靠，執器械。同從下場門上，作對敵科。哪吒白〕韓榮，你爲何不順天時，空招喪敗？好好開關，免汝一死。〔韓榮白〕何處幼童，來助逆黨。〔虛白對戰科，哪吒作以乾坤圈打敗韓榮科。余化白〕休得傷吾主將。〔作對戰科，哪吒作以乾坤圈打傷余化科，從下場門下。衆各虛白作圍殺科，四軍卒引韓榮作大敗科，同從下場門下。哪吒白〕列位，就此殺出關去。〔衆各虛白，從下場門下，作斬開關科，從城門上，同唱〕【太平令】〔二至末〕一霎裏魂飛魄渺(韻)，一陣裏關開鎖落(韻)，一隊的心雄氣傲(韻)。俺呵(格)，機巧(韻)，共保(韻)。想心交(韻)，泰交(韻)。呀(格)，遇明君(讀)，終有日功成談笑(韻)。〔哪吒白〕列位將軍，五關已過，將到西岐，就此告辭。〔衆白〕吾等蒙恩垂救，實出望外，不知何日再覩尊顔。〔哪吒白〕列位將軍前途安泰，我不日也到西岐，後會有期，請。〔從上場門下，黃滚白〕衆將官，將到西岐，路無阻隔，就此趲行前去。〔衆應科，同唱〕

【南尾聲】休嗟途路多顛倒（韻），喜弟兄父子能相保（韻），重建勳名喜明良交泰好（韻）。〔同從下場門下〕

第九齣　入仁邦飛虎投周（古風韻）　弋腔

〔雜扮四軍卒，各戴馬夫巾，穿蟒箭袖卒褂，執旗。雜扮四軍卒，各戴大頁巾，穿蟒箭袖排穗褂，執標鎗。雜扮四將官，各戴紮巾額，紮靠。雜扮二中軍，各戴中軍帽，穿蟒箭袖通袖褂，佩刀。引外扮姜尚，戴幞頭，穿蟒，束帶，從上場門上，唱〕

【商調引·三臺令】專司節鉞恩施（韻），佐命傳宣主威（韻）。敢不盡忠思（韻），遇輪迴殺伐逢時（韻）。

〔中場設椅，轉場坐科，白〕受托曾邀顧命恩，輔君名望重群臣。正當劫運應遷轉，自得忠良保聖人。老夫姜尚，蒙先王殊恩，聘於渭水，登之於朝，托輔嗣君，尊爲亞父。我想朝廷失政，四海不寧，商運已衰，周氣正旺。昨日探馬來報，説有商朝武成公，與他父子兄弟及諸戰將，反出五關，來投吾主。老夫聞知，不勝之喜，我國又得忠良以爲輔佐。因此奏知主公，使大夫散宜生、將軍南宫适前去迎接，先至我府，然後同去面君。我在此等候，想也將次到來。中軍，〔二中軍應科，姜尚白〕武成公到時，疾忙通報。〔二中軍應科，姜尚起，隨撤椅科，白〕世間若少奇男子，劫數應無變轉時。〔從下場門下，衆隨下。雜扮四軍卒，各戴大頁巾，穿蟒箭袖排穗褂，佩刀。生扮散宜生，戴紗帽，穿圓領，束帶。外扮南宫适，戴帥盔，穿圓領，束帶。引生扮黄飛虎，戴金貂，紮靠，背令旗，佩劍，從上場門上，唱〕

【小石調引・宴蟠桃】迢遞長途(句)，逃生死裏(句)，而今方始安寧(韻)。〔白〕俺黄飛虎殺出五關，投入西岐，果然風景頓殊，堪稱舜日堯天。又蒙姜元帥相知，使二位來迎。下官將父子諸弟與諸戰將，俱留在外少待，我自己先去見姜元帥投報。我想下官身係難臣，今乃得來聖地，寔是喜出望外。〔散宜生白〕我主公求賢如渴，惟日不足。將軍此來，寔慰主公之望。〔黄飛虎虚白科，南宫适白〕已到相府。將軍少待，末將通禀過了，再請相見。〔黄飛虎虚白科，南宫适向内白〕裏面有人麽？〔一中軍從下場門上，白〕甚麽人？〔南宫适白〕通禀元帥，武成公迎到。〔中軍虚白，作向内請科。衆引姜尚從下場門上，白〕想是武成公到了？〔中軍白〕現在外廂候令。〔姜尚白〕待我出迎。〔作出迎虚白科，黄飛虎作叩見，姜尚還禮科。白〕商朝難臣黄飛虎叩見元帥。〔姜尚白〕將軍請起。〔黄飛虎起科，姜尚白〕姜尚有失遠迎，多有得罪。〔黄飛虎白〕末將棄商歸周，如失林飛鳥聊借一枝，倘蒙見納，感恩不淺。〔姜尚白〕將軍至此，寔乃西岐之幸也，請坐。〔黄飛虎白〕末將商之難臣，怎敢列坐元帥之傍。〔姜尚白〕尚雖忝列相位，曾在將軍治下，今幸相逢，何須過遜。〔場上設椅，各虚白坐科，姜尚白〕尚在西岐，已備知將軍寃屈。今得相投，敢勞任事。〔黄飛虎白〕末將棄暗投明，願效犬馬，若肯相容，不辭勞瘁。〔姜尚白〕將軍不棄吾主，扶持社稷，則吾主幸甚，就此與將軍同去面君可也。〔黄飛虎虚白，各起，隨撤椅科。衆同唱〕

【小石調正曲・漁燈兒】今日裏喜相逢兩意歡生(韻)，今日裏喜相投群志安寧(韻)。共輔明君大業成(韻)，〔合〕建異績丹心莫並(韻)。肯把這爲國家赤膽消凝(韻)。〔衆同從下場門下。雜扮四太監，各戴太監帽，穿貼裏衣。引小生扮姬發，戴王帽，穿蟒，束帶，從上場門上，唱〕

【小石調引・顆顆珠】敬嗣祖基留(韻)。初陳綱紀(讀)，還要費綢繆(韻)。〔中場設桌椅，轉場入桌坐科，白〕孤家承祖父之餘烈，繼先聖之徽光，嗣位未久，年尚幼沖，國政大小，全賴亞父。昨日亞父來奏，言商朝武成公黃飛虎，爲因君王無道，妻妹慘亡，因此與他父子諸弟及諸戰將，殺出五關，投入西岐。孤家想來，先王當日赦回之時，曾受他救命之恩，又況是忠臣良將，理當收録。亞父使了散宜生、南宫适前去相迎，想也將次到了，孤家先在那便殿等候。〔雜扮一太監，戴太監帽，穿貼裏衣，從上場門上，跪科，白〕啟千歲：亞父與商朝黃飛虎求見。〔姬發虛白科，太監應，起，作向内宣科，仍從上場門下。散宜生、南宫适引姜尚、黃飛虎同從上場門上。姜尚作參見科，白〕主公在上，姜尚參見。〔姬發白〕亞父少禮。〔姜尚白〕臣已將武成公黃飛虎帶來見駕。〔姬發白〕道孤請見。〔姜尚虛白宣科，黃飛虎作叩見科，白〕商朝難臣黃飛虎叩見，願大王千歲。〔姬發白〕將軍請起。久慕將軍德名威望，何期幸會。〔黃飛虎白〕臣荷大王收容，飛虎一門，出陷穽之中，入仁聖之地，敢不竭盡駑駘，以報大王於萬一。〔起科，姬發白〕將軍若肯相扶，實孤之幸，内侍看坐。〔太監應科，黃飛虎白〕難臣怎敢有僭名分。〔姬發白〕將軍休得過謙。父王曾受大恩，孤家敢不繼報。〔場上設椅，姜尚、黃飛虎各虛白坐科。姬發白〕將軍之事，西岐早知，但不知家門奇變，從何而起？〔黃飛虎白〕大王聽稟：念臣呵，〔唱〕

【商調正曲・高陽臺】只爲結怨妖狐句，成仇邪魅句，恨懷除了妖孽韻。〔白〕只因昏君寵信妲己，迷於狐媚，那日鹿臺宴仙，誰知竟是一群狐黨，被臣與丞相比干勦滅。〔姬發白〕怎生勦滅？〔黄飛虎白〕臣與臣標下黄明等呵，〔唱〕郭外尋求句，射他種類皆絶韻。因此上仇結韻。謀成元旦朝宫也句，君無道淫臣妻墜樓全節韻。〔白〕臣妹現作西宫，〔唱合〕一霎裏同爲怨鬼句，此恨誰説韻。〔姬發白〕將軍，原來如此。〔唱〕

【又一體】聞説韻。可羨你智勇丹心句，一腔忠血韻。恨昏君忠良不念消滅韻。〔白〕將軍，休説你身遭其禍，便是孤家呵，〔唱〕早聽傳言句，也使熱心激烈韻。〔白〕今日此來，〔唱〕英傑韻。元戎名望人共仰句，今喜得相逢心悦韻。〔合〕望降心相扶大事句，匡孤心切韻。〔白〕亞父，將軍在商何職？〔姜尚、黄飛虎各起，隨撤椅科，姜尚白〕官拜鎮國武成公。〔姬發白〕到此乃天助孤家，武成之名，足爲佳兆，只加封二字，拜爲開國武成王。〔姜尚白〕領旨。〔黄飛虎叩拜科，白〕難臣得荷收留，又蒙爵賞，粉骨碎軀，無以爲報。〔起科，姬發白〕南宫适聽旨。〔南宫适應科，姬發白〕你可將黄老將軍換了王爵冠帶，武成王二弟俱賜公爵冠帶，三子俱賜侯爵冠帶，其諸戰將，各按原職，作速入朝，不得有違。〔黄飛虎虛白叩謝科。南宫适應科，從上場門下。姬發白〕散宜生聽旨。〔散宜生應科，姬發白〕傳旨司空，選擇吉日，與武成王起造府第，不得有違。〔散宜生應科，從下場門下。姬發白〕亞父，可將武成王帶至朝房，换了冠帶，待黄老將軍到來時，同至龍德殿侍宴。〔姜尚白〕領旨。〔黄飛虎白〕千歲。〔同從上場門下，姬發白〕孤

今得此一人，足當西岐半壁。大業可成，天心有助，孤家好不慶幸也。〔起，隨撤桌椅科，唱〕

【尚遶梁煞】風雲會聚人中傑㊀，喜天意助成大業㊀，但願得一統車書除暴邪㊀。〔從下場門下，四太監隨下〕

第十齣　探西岐晁田被獲（皆來韻）　弋腔

〔雜扮四軍卒，各戴馬夫巾，穿蟒箭袖卒褂，執旗。雜扮四軍卒，各戴大頁巾，穿蟒箭袖排穗褂，執標鎗。引雜扮晁田、晁雷，各戴紮巾額，紮靠，執器械，同從上場門上，唱〕

【南呂宮正曲·春色滿皇州】旌旗翻五彩（韻）。擁將軍馬上（讀），氣凌華蓋（韻）。探虛實（句），凜凜威風浄氛霾（韻）。渡關津軍勢崩山（句），擒叛逆雄威移海（韻）。〔合〕齊聲喝彩（韻）。道天朝大帥（讀），滅小寇不值塵埃（韻）。

〔分白〕入目便知興廢事，開言可解吉兇因。探來虛實遵軍令，肯把功名讓與人。吾乃文聖上將晁田是也，俺武德上將晁雷是也。〔同白〕只因太師聞仲平定平靈逆寇，奏凱還朝，聞知黃飛虎投入西岐，好不吃驚，命我弟兄二人探聽虛實，回報太師，然後再作區處。我二人領兵星夜前來，已到西岐境界。〔晁田白〕兄弟，我二人領兵直進，過了五關，來到此間。五關外一帶，總是西岐地界，一毫准備也無，可見空有其名，毫無其實。我二人何不出其不意，與他爭戰一場，萬一邀天之幸，得擒姜尚、黃飛虎一家，不怕西岐不滅，這一件奇功不小。〔晁雷白〕哥哥此言，正合吾意。〔同白〕衆將官，就此前到西岐城下要戰去者。〔衆應，遶場科，同唱〕

【又一體】氣概(韻)，凌雲千里外(韻)。奮桓桓貔虎(讀)，勢同江海(韻)。人盡道(句)，天上將軍飛來(韻)。投戈甲降附奔逃(句)，縛背膊俘囚押解(韻)。〔合〕功名何大(韻)。榮華富貴(讀)，誰及吾儕(韻)。〔同從下場門下。雜扮四軍卒，各戴馬夫巾，穿蟒箭袖卒褂，執器械。引外扮南宮适，戴帥盔，紮靠、背令旗，執刀，從上場門上，唱〕

【仙吕宫正曲·不是路】聞報兵來(韻)，戰騎連雲鵝鸛排(韻)。何雄駭(韻)，殺他個亡魂喪膽盡堪哀(韻)。〔白〕吾乃南宮适是也，聞有紂王使晁田、晁雷二人，無故引兵前來，俺奉元帥將令，出城迎戰。衆將官，就此奮勇前去。〔衆應科，同唱〕莫相猜(韻)。他插標投至把人頭賣(韻)，我鼓勇争先把賊勢衰(韻)。應亡敗(韻)，無端自惹天灾害(韻)。有誰分解(韻)，有誰分解(疊)。〔衆引晁田、晁雷同從下場門上，作對戰科，南宮适白〕來將何名？〔晁田白〕俺乃文聖上將晁田，與弟武德上將晁雷，特來伐西岐無道。你是何人，敢來阻擋？〔南宮适白〕吾乃西伯駕下護國都統帥南宮适是也。爾等無故兵加西土，却是爲何？〔晁田白〕吾等奉天子之命、聞太師之言，問姬發以擅納叛臣飛虎之罪。你可回去稟知汝主，早早將反臣全家獻上，尚免一郡之殃。〔南宮适白〕晁田嗄晁田，你那天子無道昏殘，人倫滅盡，吾主世守西岐，稱爲明聖。你今日敢將人馬，自取殺身之禍。〔晁田白〕好匹夫，尚敢胡説，看刀！〔各虚白對戰科，南宮适作以刀背擊晁田倒地科，衆軍卒作綁科，晁雷虚白，對戰大敗科，從下場門下，衆軍卒隨下。南宮适白〕晁田已擒，晁雷已敗，就此回覆軍令去者。〔衆應科，同從下場門下，衆隨下。雜扮四軍卒，各戴馬夫巾，穿蟒箭袖卒褂。雜扮四軍卒，各戴大頁巾，穿蟒箭袖排穗褂，執標鎗。雜扮四將官，各戴紮巾額，紮靠。引外扮姜尚，戴幞頭，穿蟒，束

帶，生扮黃飛虎，戴金貂，紥靠，背令旗，襲蟒，束帶，同從上場門上，分唱〕

【南呂宮引・一剪梅】惹起無端争戰來(韻)。人不爲灾(韻)，偏自尋灾(韻)。須知天命有安排(韻)。聖主憐才(韻)，惡類無才(韻)。〔場上設椅，各坐科，姜尚白〕黃將軍，紂王無故使人來戰，這是何意？〔黃飛虎白〕老丞相，此必聞仲之謀，使他們來探虛實，無知之輩，自圖邀幸成功耳。〔姜尚白〕我已命南宫适前去迎戰，未審如何。〔黃飛虎白〕晁田一勇武夫，以丞相之謀、南宫將軍之勇，何難擒獲。〔各虛白科。南宫适引四軍卒，作綁晁田，從上場門上，南宫适作相見科，白〕元帥在上，末將奉令交戰，擒得晁田，前來交令。〔黃飛虎白〕將軍果神勇也。〔姜尚白〕將那厮推轉上來。〔衆應，作推晁田，晁田作背立不跪科，姜尚白〕晁田，既被吾擒，何不屈膝求生？〔晁田白〕呀呸！ 姜尚嘎姜尚，你不過山野村夫，小有得志，我乃上國名臣，一死留名，焉肯屈膝。〔姜尚白〕匹夫好生無禮，衆將官，斬訖報來。〔衆應，作綁晁田欲下科，黃飛虎白〕刀下留人。〔各起，隨撤椅科，白〕丞相，晁田此時只知有紂，不知有周，末將説之使降，亦可得其一臂之助。〔姜尚白〕如此甚好。〔黃飛虎作向晁田白〕晁將軍，你天時不知，人事不曉。 方今天下三分，二已歸於吾主，紂王雖强，不過老健春寒之比，何能長久。 西伯受命於天，誰不樂爲效用。 吾今勸了丞相，説你投降，可保賢臣擇主之名，如其不然，後悔何及。 將軍請自三思。〔晁田大叫科，白〕哎呀，黃將軍，你此一片言詞，小將如夢方覺。 但是一件，方纔抵觸了子牙，他如何肯依？〔黃飛虎白〕你自放心，我當保你。〔晁田白〕多謝大德，只是多多美言些。〔黃飛虎作向姜尚白〕晁田有意投降，只恐抵觸丞相，不肯相依。〔姜尚白〕殺降誅服，是爲不義。衆將官，鬆了綁。〔衆應，作鬆綁科。晁田叩拜科，白〕哎呀丞相，晁田一介鹵夫，不識時務，多蒙大德，情願投降。〔姜尚白〕將軍請起，你既傾心爲國，即爲一殿之臣，何罪之有。你既歸周，可將城外人馬調來候用。〔晁田起科，白〕丞相，城外現有吾弟晁雷。丞相不疑，將我放回，待末將招來同見。〔姜尚白〕如此更是奇功，何疑之有，請。〔晁田虛白，仍從上場門下。黄飛虎白〕丞相，末將知此二人。那晁雷耿直不屈，只怕又有變動。〔姜尚白〕老夫已算計到了，臨期自有安排，還得要將軍些小之勞。〔黄飛虎白〕既蒙恩德，正思報效，如有用處，萬死不辭。〔姜尚白〕吾等且自等候，看是如何。〔黄飛虎白〕丞相之言有理。〔姜尚唱〕

【尚按節拍煞】任他巧詐生機械（韻），〔黄飛虎唱〕怎及俺受天命聖主下將相大材（韻），〔衆同唱〕管取不用征誅自成功用撫徠（韻）。〔衆同從下場門下〕

第十一齣　二將用計總成空（江陽韻）　弋腔

〔雜扮四軍卒，各戴馬夫巾，穿蟒箭袖卒褂，執旗。引雜扮晁雷，戴紮巾額，紮靠，佩劍，從上場門上，唱〕

【小石調集曲·三軍令】【三軍旗】（首至合）傾心相向(韻)，一片奸心壯(韻)。賺入圍牆(韻)，分明羅網張(韻)。休道吾降(韻)，正該爾喪(韻)。引他陷穽氣不長(韻)。【園金令】（末一句）忙縛束(讀)，朝歌獻聖王(韻)。

〔中場設椅，轉場坐科，白〕我晁雷與俺哥哥晁田，一同來到西岐探信。誰知哥哥無能，被擒歸服，又來說我。我想受君之恩，如何背君之德，因此與哥哥商議了一條計策，教他仍到周營，說我必得黃飛虎以禮相請，方來歸順，使他信之不疑，自己來時，即便擒捉，省得費事。手下，〔衆應科，晁雷白〕黃飛虎到來，聽令行事。〔衆應科。晁雷起，隨撤椅科，白〕正是：計就月中擒玉兔，謀成日裏捉金烏。〔同從下場門下。雜扮八軍卒，各戴馬夫巾，穿蟒箭袖卒褂，執器械。引雜扮辛甲、外扮南宫适，各戴帥盔，紮靠，背令旗，執器械，同從上場門上，唱〕

【正宫正曲·四邊静】先知妙算神通廣(韻)，巧詐應難誑(韻)。成功談笑中(句)，捉賊如翻掌(韻)。〔分白〕吾乃辛甲是也，吾乃南宫适是也。〔同白〕吾等奉丞相將令，言晁雷使他哥哥到來，言必須武成王以禮相請，方來投順，命我二人分頭在龍山、岐山埋伏，截捉賊人。吾等就此分兵前去。〔衆同唱合〕他自欣計長(韻)，怎知有網張(韻)。插翅料難逃(句)，焉肯輕輕放(韻)。〔從兩場門分下。雜扮四軍卒，各戴大頁巾，穿蟒箭袖排穗褂，佩刀。引雜扮晁田，戴紥巾額，紥靠，生扮黃飛虎，戴金貂，紥靠、背令旗，佩劍，同從上場門上，唱〕

【又一體】請賢不惜身勞攘(韻)，同佐明君相(韻)。成功著美名(句)，千年青史上(韻)。〔合〕轅門那廂(韻)，忠良那廂(韻)。不用駕安車(句)，合志應同諒(韻)。〔作到科，晁田白〕黃將軍且請少待，待我見過舍弟，再請相見。〔黃飛虎虛白科，晁田作向內虛白通報科，衆引晁雷從下場門上，作相見科，白〕末將有失遠迎，多有得罪。〔黃飛虎白〕吾主求賢如渴，特命小將前來相請。〔晁雷白〕大王且請少坐，容吾弟兄拜見。〔黃飛虎白〕這却不敢當，吾主久待。〔晁雷白〕吾已在此久待，左右與我拿下。〔衆應，作綁科，黃飛虎白〕晁雷負義逆賊，爲何恩將仇報？〔晁雷大笑科，白〕無謀匹夫，正要用計擒你，你却自來送死。左右作速回兵。〔衆應科，同唱〕

【小石調集曲・流水歸仙】【流拍】（首至合）怎知俺天羅暗張(韻)，任你的鵬摶萬里蒼茫(韻)。押反臣謁聖皇(韻)，建奇功史册彰(韻)，武庫藏頭顱榜(韻)。【歸仙洞】（末一句）少不得雲陽市裏(讀)，剮你萬千創(韻)。〔同從下場門下。雜扮四軍卒，各戴馬夫巾，穿蟒箭袖卒褂，執旗。雜扮四軍卒，各戴大頁巾，穿蟒箭袖排穗褂，執標鎗。雜扮四將官，各戴紥巾額，紥靠，佩刀。雜扮二中軍，各戴中軍帽，穿蟒箭袖通袖褂，佩刀。引外扮姜尚，戴幞頭，穿蟒，束帶，袖束帖，從上場門上，唱〕

【小石調集曲・妙體觀音】【準妙體】（首至合）小寇將奸計使(句)，又要陷忠良(韻)。就計將秘算用(句)，逆黨應難放(韻)。俘囚面縛(句)，始知吾道廣(韻)。【賽觀音】（三至末）悔共向轅門身喪(韻)，〔合〕爲甚的不瞻望車塵自投降(韻)。〔中場設椅，轉場坐科，白〕老夫姜尚早知晁雷用計，命辛甲、南宫适分頭截捉，定然一獲無餘。我且陞帳等候，料此一番，二將一定傾心相向，老夫再爲之籌算可也。〔四軍卒作綁晁田，引黄飛虎、辛甲從上場門上，黄飛虎白〕謝丞相相救之恩。〔辛甲白〕末將等已擒得晁田，帶來交令。〔四軍卒作綁晁雷，引南宫适從上場門上，白〕末將奉令，岐山下擒了晁雷，帶來交令。〔姜尚白〕果不出吾之所料，左右，帶上來。〔衆應，作推晁田、晁雷跪科，姜尚白〕好匹夫，用此詭計，怎麽瞞得過我，今又被擒，尚有何説？左右，推出轅門，斬訖報來。〔衆應科，晁雷白〕哎呀丞相，冤枉嘎。〔姜尚白〕明明暗算害人，爲何反稱冤枉？〔晁雷白〕丞相，天下歸周，末將等焉有不知之理。但末將二人父母妻子，俱在朝歌，子歸聖主，父母遭殃。自思無計可行，故不得已而爲此事，情實可矜，願丞相諒之。〔姜尚白〕既有此情，何不明告，行此狠計？〔晁田白〕哎呀丞相，末將等才慵智淺，併無遠大之謀，若早禀知，也無殺身之厄了。〔作哭科，姜尚白〕你們可是實情？〔晁田、晁雷同白〕丞相不信，一問武成王便知。〔黄飛虎白〕丞相，他二人原非虚假，還望丞相開放宏仁，使之心服。〔姜尚白〕既是實情，吾有道理。左右鬆了綁。〔衆應，作鬆綁科，晁田、晁雷叩謝科，白〕謝丞相不斬之恩。〔各起科，姜尚白〕吾已早知其故，早爲爾等籌畫了，可留下晁田在此作個質當，晁雷何在？〔晁雷應科，姜尚作出柬帖付科，白〕你可領吾柬帖，遵依行事，徑往朝歌，搬取宅眷。〔晁雷作接柬帖，晁田同作叩拜科，白〕多謝丞相。〔各起科，晁雷白〕哥哥在此，小弟去也。〔晁田白〕兄弟一路保重，速去速來。〔晁雷白〕不勞哥哥囑咐。〔虛白，從上場門下。姜尚白〕黄將軍，我與你帶了晁田去見主公，使他效功任用，不可有屈人材。〔黄飛虎白〕丞相之言有理。〔晁田白〕多謝丞相。〔姜尚起，隨撤椅科，衆同唱〕

【好收因煞】從今又得從龍將㊙，輔聖主除奸開創㊙，〔姜尚白〕晁將軍，〔唱〕準備着享榮華明時不負忠良㊙。〔衆同從下場門下〕

第十二齣　合宅歸仁方有用（歌戈韻）　弋腔

〔雜扮四手下，各戴大頁巾，穿蟒箭袖排穗褂，佩刀。雜扮吉志、余慶，各戴紥巾額，紥靠。引净扮聞仲，戴黑貂，穿蟒，束帶，從上場門上，唱〕

【仙呂宮引·鵲橋仙】朝綱執掌(句)，威勢熏灼(韻)。一片丹心振作(韻)。非關權勢自張羅(韻)，爲遺命先王恩大(韻)。〔中場設椅，轉場坐科，白〕赫赫威名萬里聞，全憑忠義佐吾君。安能四海干戈净，共慶昇平息老臣。俺聞仲爲帝室之宗支，受先王之遺命。南征北討，勞心智總爲家邦；東蕩西除，竭謀慮不畏寇盗。一身道法無邊，萬里江山可托。只爲君王失政，殺害了多少忠良，斷送了許多豪傑。老夫也曾苦苦諫阻，無奈迷而不悟。雖是天意當然，但我既爲之親，又爲之臣，豈可不思挽回之計。只因反了平靈王，老夫出兵征討，將國事托於武成公黄飛虎，此乃聖上所知者。國家只此一人，尚不置之左右，欲淫臣妻，倫常大壞，以致他反出朝歌，投入西岐。老夫思欲征討，又恐朝中有變，况且不知虚實，如何區處。所以使了晁田、晁雷弟兄二人前去探視，至今不見回報，好教老夫放心不下。〔雜扮晁雷，戴紥巾額，紥靠，從上場門上，白〕我晁雷奉了姜丞相束帖秘計，教我徑入朝歌，賺取兵糧，暗移宅眷。來見聞仲，遵依行事。來此已是太師府了，不免通報一聲。裏面有人麼？〔余慶白〕是那個？〔作見科，白〕呀，原來是晁將軍，太師正在盼望。〔晁雷白〕乞煩通報。〔余慶虛白，作禀科，白〕啟上太師：晁雷自西岐回來求見。〔聞仲白〕快喚進來。〔余慶虛白，作喚科，晁雷作叩見科，白〕小將晁雷叩見太師。〔起侍科，聞仲白〕那西岐光景如何？〔晁雷白〕太師聽禀：末將等到了西岐，〔唱〕

【仙呂宮正曲·皂羅袍】糧足兵精民樂（韻）。比堯天舜日（讀），差不爭多（韻）。人心上下盡相和（韻），天時地勢全相佐（韻）。〔合〕賢人爭附（句），奇謀孔多（韻）。武夫共助（句），雄威甚多（韻）。非同小地堪消落（韻）。〔聞仲白〕如此説來，西岐之勢已大。我且問你，那黃飛虎到了西岐怎樣？〔晁雷白〕黃飛虎投入西岐，誰想姬發信任不疑，姜尚同心相助。〔聞仲白〕原來如此。他父子一門，倒得了無窮寵任了。爾等兵至西岐，可曾與他交戰？〔晁雷白〕黃飛虎倒未曾出來交戰，只有西岐大將南宫适呵，〔唱〕

【又一體】他似虎桓桓莫過（韻）。向疆場鼓勇（讀），躍馬揮戈（韻）。〔聞仲白〕可曾勝他？〔晁雷白〕小將與他交戰，勝負未分，鳴金暫罷。次日有一辛甲，與晁田交戰。〔唱〕天兵勢大似懸河（韻），那誇强小寇威風挫（韻）。〔合〕殺得他尸如山累（句），血流似波（韻）。敗如風葉（句），奔馳似波（韻）。連征數日無回和（韻）。〔聞仲白〕既然勝他，你却爲何來此？〔晁雷白〕末將等思欲屢建奇功，擒叛掃逆，奈汜水關韓榮不肯應付糧草。〔唱〕

【又一體】兵亂苦於饑餓（韻）。把三軍性命（讀），將付森羅（韻）。肯將束手被人縛（韻）？因此上求援只得乞恩同荷(韻)。〔白〕望乞速發糧草，加添士卒。〔唱合〕心雄膽壯(句)，不愁氣磨(韻)。馬騰士飽(句)，不愁志磨(韻)。何難一鼓把西岐破(韻)。〔聞仲白〕前者火牌令箭，爲何不發糧草？ 想是他不知底細。也罷，你可點三千人馬、一千糧草，星夜前行西岐接濟。 吉志可將火牌令箭取來，交付與他。〔吉志應科，從下場門下，取火牌令箭，隨上，作付晁雷科。 聞仲白〕你可星夜前去，不得稽遲。〔晁雷作應科，出門四顧大笑科，白〕姜丞相神也、仙也，我不免催點人馬、糧草，將父母、嫂侄、妻子暗暗帶出，飛奔西岐去者。〔仍從上場門下，聞仲白〕細聽晁雷之言，西岐有不得不伐之勢了。 今遣何人，可當此任？〔吉志、余慶同白〕太師欲伐西岐，非青龍關張桂芳不可。〔聞仲白〕也罷。 余慶，你可傳下令去，命神威大將邱引交代鎮守關隘，速發火牌令箭，命張桂芳領兵速伐西岐，不得有誤。〔余慶應科，從下場門下，聞仲白〕吉志，可吩咐文武衆官一同前來，共議機密。〔吉志應科，從上場門下。聞仲起，隨撤椅科，白〕聖上嗄聖上，皆你自取之也。〔唱〕

【有結果煞】君威不足向遐荒播(韻)，亂紀綱刀兵紛錯(韻)，只有俺一點丹心永不磨(韻)。〔從下場門下，衆隨下〕

第十三齣　戰諸將桂芳誇勇（古風韻）　弋腔

〔雜扮四軍卒，各戴大頁巾，穿蟒箭袖排穗褂，執標槍。引浄扮張桂芳，戴帥盔，紥靠、背令旗，佩劍，從上場門上，唱〕

【南呂宮集曲·三仙序】【三仙橋】（首至三）道術通玄無出右（韻），老英雄難將就（韻）。管教他尸橫山野（讀），有人能敵否（韻）。【白練序】（四至末）西岐王氣收（韻），自縛投降拜馬頭（韻）。〔合〕須回首（韻）。把邊疆國土（讀），化作塵培烟藪（韻）。〔中場設椅，轉場坐科，白〕俺青龍關總鎮張桂芳是也，奉聞太師將令，征伐西岐。且待先行官到來，一同計議。〔雜扮四軍卒，各戴馬夫巾，穿蟒箭袖卒褂，執旗。引副扮風林，戴紥巾額，紥靠，從上場門上，唱〕

【仙呂宮引·金鷄叫】西土將亡時候（韻）。一隊神兵（讀），來從天右（韻）。妙道誰能爲對手（韻）。一顆靈珠（讀），兇頑授首（韻）。〔作見科，白〕總鎮在上，先行官風林參見。〔張桂芳白〕先鋒少禮。我等兵至西岐，作何調度？〔風林白〕總鎮在上，末將與主帥休言武藝，只講道法。西岐彈丸之地，諸將勇戰之徒，以術勝他，何愁不滅。〔張桂芳白〕先鋒之言有理。衆將官，就此趲行前去。〔衆應科。張桂芳起，隨撤椅科。衆同唱〕

【南呂宫集曲・征胡遍】【征胡兵】(首至四)旌旗葉葉如霞綉(韻)，紛紛馳驟(韻)。聲聲鐵甲襹褷(句)，軍威齊北斗(韻)。〔風林唱〕【香遍滿】(五至末)他聞名心内愁(韻)，〔張桂芳唱合〕俺呼名馬下留(韻)。〔衆同唱〕拼道法擒群醜(韻)。〔同從下場門下。雜扮四軍卒，各戴馬夫巾，穿蟒箭袖卒褂，執旗。雜扮四軍卒，各戴大頁巾，穿蟒箭袖排穗褂，執標鎗。雜扮黄飛彪、黄飛豹，各戴金貂，紥靠、背令旗。雜扮黄明、周紀，外扮南宫适，各戴帥盔，紥靠、背令旗。小生扮姬叔乾，戴紫金冠額，紥靠、背令旗。生扮武吉，戴帥盔，紥靠、背令旗。生扮黄飛虎，戴金貂，紥靠、背令旗，佩劍。引外扮姜尚，戴幞頭，穿蟒，束帶。同從上場門上，唱〕

【南呂宫集曲・朝天懶】【朝天子】(首至五)又至天兵勇共誇(韻)。無故施强暴(句)，似風捲沙(韻)。今番一鼓勝京華(韻)，敗滅他(韻)。【懶畫眉】(四至末)使他望風喪膽魂兒詫(韻)，〔合〕並不是臣目無君擅鬭殺(韻)。〔中場設椅，姜尚轉場坐科，白〕老夫姜尚。新近晁雷歸附，張桂芳又來，眼見西岐受兵，無日休息。〔黄飛虎白〕張桂芳乃左道旁門之術，隨身有幻術傷人，與人交戰之時，知了名姓，只用大呼一聲，即便落馬。〔姜尚虛白科，姬叔乾作大怒科，白〕黄將軍怎麽長他人志氣，滅自己威風，天下豈有呼名落馬之理？西岐營中百餘員能征上將，只消半日，都被他呼名擒捉了，我好不服也。〔黄飛虎白〕殿下不知，自恃血氣，萬有疏虞，怎生是好？〔姬叔乾白〕待我當先，看他怎生叫我。〔各虛白科。雜扮一報子，戴鷹翎帽，穿報子衣，繫䟃包，執旗，從上場門上，白〕報，啟丞相在上：有張桂芳、風林城下要戰。〔姜尚白〕知道了。〔報子仍從上場門下。姜尚起，隨撤椅科，白〕我等且上城去，看是如何。衆將官，隨我上城去者。〔衆應科，同從下場門下。衆引張桂芳、風林，袖珠，同從下場門上，唱〕

【越調正曲・水底魚兒】統帥雄軍(韻),全憑法制人(韻)。彈丸一破(句),〔合〕上下命難存(韻),上下命難存(疊)。〔東邊城門上挂「西岐」匾額科,張桂芳白〕已到西岐城下。〔衆引姜尚上城科,張桂芳白〕呔! 城上的可是姜尚麽? 〔姜尚白〕老夫就是。 請問將軍: 無故加兵,是何主見? 〔張桂芳白〕只爲姬發不道,故爾問罪。〔姬叔乾白〕氣死我也! 待我鎗挑了這廝。〔作下城、開城、出戰科,風林作虛白、迎戰科,姬叔乾怒科,白〕你可就是張桂芳麽? 〔風林白〕吾乃先行官風林。 我家總鎮,怎斬你這鼠子! 〔姬叔乾作大怒、虛白、交戰,作以鎗刺風林左肋科,風林虛白作祭寶科。天井內下蛛網切末,罩死姬叔乾科,從地井內暗下,天井內收蛛網切末科。 張桂芳白〕姜尚匹夫,可勸你主早早投降,如其不然,只恐難保性命。〔黄飛虎白〕呔! 張桂芳,少得狂爲,我來誅你。〔作下城、出城、交戰科,四軍卒、黄飛彪、黄飛豹隨出城門科。 張桂芳白〕來者是黄飛虎麽? 〔黄飛虎白〕然也。〔張桂芳大叫科,白〕黄飛虎,還不下馬,更待何時? 〔黄飛虎作跌倒科,黄飛彪、黄飛豹各虛白作拒戰科,四軍卒作搶尸入城門科,黄飛彪、黄飛豹亦作大敗,從城門下。 姜尚白〕周紀、南宫适出城拒戰。〔周紀、南宫适應,作下城、出城拒戰科,白〕休得傷吾大將。〔張桂芳大叫科,白〕南宫适,與我快些下騎。〔南宫适作跌倒,衆軍卒作綁科,周紀虛白對戰,風林作祭寶珠打倒,衆軍卒作綁科。 張桂芳白〕姜尚匹夫,你可知我的本事麽? 何不早早投生,反來自尋死路。〔姜尚白〕衆將官,緊守城池,不許交戰,就此下城去者。〔衆應,同作下城科。 張桂芳白〕先鋒,我等大獲全勝,姜尚畏法不戰,且將這兩個賊將囚禁,暫且回兵,何如? 〔風林白〕總鎮之言有理。 衆將官,就此回營。〔衆應,遶場科,唱〕

【尚按節拍煞】擒兇顯法何高興（韻），鐙輕敲金鞭韻清（韻），準備着掃净西岐一土平（韻）。〔衆同從下場門下〕

第十四齣　拒邪術哪吒施威（先天韻）

昆腔

〔小生扮哪吒，戴綫髮，穿采蓮衣氅，軟紮扮，繫風火輪，帶乾坤圈，執鎗，從上場門上，唱〕

【大石調集曲·觀音水月】【賽觀音】（首至二）駕雙輪天風展(韻)，看閻浮山川大千(韻)。【江兒水】（四至六）自喜閑情無拘檢(韻)，馭層層雲霄行遍(韻)。奉命怎辭勞倦(韻)。【人月圓】（合至末）儘消受(句)，這神仙殺戒(讀)，將斬旗搴(韻)。〔白〕我哪吒自救了黄家父子，回至乾元山。昨日師傅有命，言山中非久居之所，速到西岐佐師叔姜子牙，作出功名事業。如今三十六路兵伐西岐，正當下山輔佐，以應上天垂象。我遂辭了師傅，一路行來。忽見西岐城外殺氣紛紛，我不免趲行前去，見了姜師叔，好建功名便了。

〔唱〕

【大石調集曲·催拍銀燈】【催拍】（首至四）正天心輪迴變遷(韻)，成大功還賴神仙(韻)。忙來助戰(韻)，忙來助戰(疊)。【剔銀燈】（四至末）顯玄功萬將居先(韻)。天然(韻)，明君得賢(韻)，怎暴虐自施兇險(韻)。〔從下場門下。雜扮四軍卒，各戴馬夫巾，穿蟒箭袖卒褂，執旗。雜扮四軍卒，各戴大頁巾，穿蟒箭袖排穗褂，執標鎗。雜扮黄飛彪、黄飛豹，生扮黄飛虎，各戴金貂，紮靠，背令旗，佩劍。雜扮黄明，戴帥盔，紮靠，背令旗，佩劍。引外扮姜尚，戴幞頭，穿蟒，束帶。同從上場門上，同唱〕

【大石調集曲·催拍棹】【催拍】（首至五）受天命人難逆天(韻)，統全師人莫生全(韻)。妖邪至前(韻)，妖邪至前(疊)。擒吾將佐(讀)，邪術通玄(韻)。【一撮棹】（八至末）免戰且高懸(韻)，誰去當先(韻)。怎得逢仙眷(韻)，〔合〕來相助(讀)，破法保平安(韻)。〔中場設椅，姜尚轉場坐科，白〕老夫姜尚，爲因張桂芳、風林同使邪術，傷了主公御弟，擒了西岐大將，如今挂了免戰牌，只好暫時苟延，如何是個了局？〔雜扮一中軍，戴中軍帽，穿蟒箭袖通袖褂，佩刀，從上場門上，白〕啟上丞相：外面有一道童求見。〔姜尚白〕着他進見。〔中軍應科，仍從上場門下。姜尚白〕黄將軍，道童之來，莫非有些本領，天使相助麽？〔黄飛虎白〕末將被擒之時，途中曾遇一個道童相救，名唤哪吒，是李靖之子，煞有妙術，臨行時他還説要到西岐相會，莫非就是他麽？〔姜尚白〕一見便知。〔中軍引哪吒從上場門上，白〕師叔在上，弟子稽首。〔姜尚白〕你是何人，稱我師叔，到此何事？〔哪吒白〕弟子乃乾元山金光洞太乙真人之徒，姓李名哪吒，奉師命下山，聽候驅使。〔黄飛虎白〕丞相，救末將者，即此位也。〔向哪吒白〕多謝當日救拔之恩。〔哪吒白〕天使相逢，本當一助，何功之有。〔向姜尚白〕請問師叔，何人兵伐西岐？〔姜尚白〕乃青龍關張桂芳與先行官風林左道惑人，連擒二將，無人可敵，故將免戰高懸。〔哪吒白〕師叔放心，待弟子與他交戰，可保成功。〔姜尚白〕既如此，中軍將免戰牌摘了，前去商營要戰。〔中軍應科，仍從上場門下。姜尚起，隨撤椅科，同唱〕

【大石調集曲·步醉金蓮】【步難行】（首至二）仙侣同爲伴(韻)，妙道原非淺(韻)。【醉西施】（三至四）殺教他地下埋冤(韻)，自聞名膽心戰懸(韻)。【金蓮子】〔三至末〕多應是(句)，天心來眷(韻)。〔合〕他作到盡頭時(讀)，也須淚漣漣(韻)。〔同從下場門下。雜扮四軍卒，各戴馬夫巾，穿蟒箭袖卒褂，執器械。引浄扮張桂芳，戴帥盔，紥靠、背令旗，佩劍，執器械，副扮風林，戴紥巾額，紥靠，袖珠，執器械。同從上場門上，唱〕

【越調正曲・水底魚兒】神術無邊(韻)，誰人敢向先(韻)。今朝又戰(句)，〔合〕送命有誰憐(韻)，送命有誰憐(疊)。〔張桂芳白〕俺張桂芳與先鋒風林，俱以神術，大敗西岐。連朝免戰高懸，今日又來要戰，衆將官，就此殺上前去。〔哪吒從下場門冲上，對敵科，白〕來將何人，可就是張桂芳麽？〔風林作對敵科，白〕吾乃張總鎮麾下先行官風林，你是何方道童，敢來拒戰？〔哪吒白〕我乃李哪吒，奉姜丞相將令，特來擒捉桂芳，爲二將報仇。〔風林作大怒、虚白、對戰科，風林作祭寶，天井内下蛛網切末罩哪吒。哪吒作放火，地井出火彩燒科，蛛網從地井下。風林復祭寶珠，哪吒作收寶珠，隨祭乾坤圈打敗風林科，從下場門下。哪吒白〕張桂芳當先納命。〔張桂芳虚白、大怒，作對戰科，張桂芳作大叫科，白〕哪吒，哪吒，不下輪來，更待何時？〔哪吒作不理科，復作對戰，張桂芳虚白、連叫科，哪吒仍作不理科，白〕看我的寶貝取你。〔作祭乾坤圈打倒張桂芳，四軍卒作搶尸科，同從下場門下。哪吒白〕桂芳、風林俱被重傷，不免回復師叔將令去者。〔唱〕

【尚輕圓煞】向軍中細禀言(韻)，莫道俺幼無知自誇强健(韻)，這的是一具蓮胎萬法全(韻)。〔從下場門下〕

第十五齣　受榜文公豹賭頭（古風韻）　弋腔

〔浄扮南極仙翁，戴壽星套頭，穿壽星衣，繫絛，執拂塵。外扮雲中子，生扮廣成子，副扮赤精子，雜扮玉鼎真人、太乙真人、拘留孫、黄龍真人，各戴道冠，穿道袍，繫絛，執拂塵。同從上場門上，分白〕身出蓮花清浄臺，三陳妙典法門開。玲瓏珠養超凡俗，爛熳丹成絶世埃。七寳池中生紫氣，三珠林下長金苔。只因東土無英俊，未遇前緣結禍胎。吾乃南極仙翁是也，吾乃雲中子是也，吾乃廣成子是也，吾乃赤精子是也，吾乃玉鼎真人是也，吾乃太乙真人是也，吾乃拘留孫是也，吾乃黄龍真人是也。〔同白〕只因下界荒荒，又逢一劫，玉虚教主奉昊天敕旨，掌此輪迴，已明白吩咐於師弟姜子牙，令他下山去了，只是當日還未曾付與榜文。昨日三位祖師吩咐，言今日姜子牙爲因張桂芳爲難一事上山參謁，正当僉榜完全之期，即交付與他，命他承榜下山。三位祖師將次陞座，只得在此伺候。〔各分侍科。雜扮六仙童，各戴綫髮，穿道袍，引浄扮元始天尊，戴大道冠，穿蟒，繫絛，生扮通天教主，戴道冠，穿蟒，繫絛，外扮太上老君，戴老君髮，穿八卦氅，繫絛，同從上場門上，同唱〕

【中吕調隻曲・粉蝶兒】悟徹無生（韻），把一念貪嗔驅浄（韻），守清虚紫府清寧（韻）。受長年（句），群迷濟(句),輪迴劫定(韻)。今日裏天榜完成(韻),全功果一番明證(韻)。〔場上設高臺,各轉場陞座科,分白〕混元初判道爲先,無滅無生得自然。煉就體同天地老,〔同白〕共看下界變桑田。〔分白〕吾乃元始天尊是也,吾乃通天教主是也,吾乃太上老君是也。〔同白〕吾等自無始育形,先天證道,得成上果不壞金身,師尊鴻鈞,道傳三教。近因商家當滅,周室當興,以致天地紛荒,神仙犯戒,三教弟子,俱遇塵緣。我等遵奉天心,僉押榜文,有屢劫虔修、根行深固者,歸其正果,得爲仙道。弟子姜尚可當此任,下山代勞,斬將封神,已命他下山去了。吾等日在玉虛僉押天榜,昨日算得子牙今日爲因青龍關張桂芳爲難一事上山叩謁,正當僉完天榜之期,此亦天數使然,仙緣湊巧。吾等陞座僉畢天榜,待他來時交付與他便了。童兒,取榜過來,各請僉押。〔二仙童應科,從下場門下,取封神榜二卷隨上。衆仙童作展科,三教各作僉科,同白〕此頭榜、二榜上共造定諸天列宿、各部群靈,總計三百六十五度,當分三百六十五位神祇。大散衆仙四萬八千,封神之後,再當序録。〔作僉完科,四仙童作捲榜科,三教同白〕爾諸弟子聽者:此後更當恪守清規,謹遵戒律,閉洞修行,無明休動;如有故違,難免誅戮。〔衆同白〕領法旨。〔外扮姜尚,戴道冠,穿道袍氅,繫縧,從上場門上,白〕爲遇强邪施法術,特參仙洞乞慈悲。我姜尚奉師命下山,扶保明君,開基創業。只因張桂芳左道難勝,雖然遇了哪吒,將他殺敗,恐他別有機關,因此告辭主公,玉虛拜謁,來到此間。正好三位祖師陞座,不免上前參見。〔作參拜科,白〕弟子姜尚願三位祖師聖壽無疆。〔起科,三教同白〕你今此來正當其時,恰好天榜兩卷僉完付汝,内造群仙名號,汝

當寶藏莫露。衆弟子，可將榜文過來，交付與他。〔衆應，作將榜與姜尚背科。三教同唱〕

【中呂調隻曲・上小樓】任高責重(韻)。天緣相定(韻)，誰得相爭(韻)。完此功果(句)，正道全成(韻)。奉天心(句)，遵玉虛(句)，按依榜令(韻)。收聚了劫中人衆(韻)。〔姜尚作拜謝科，白〕弟子此來，恭乞慈悲。今有青龍關張桂芳左道惑人，弟子道術微末，不能制勝，伏乞大施救拔。〔三教同白〕你受人間封爵，職掌仙命專司，況西岐乃有德之君，何怕旁門左道。事到危急，自有高人，天機不可洩漏，我等亦不便明言。你自承奉此榜，回至西岐，造臺供奉可也。〔姜尚叩謝科，白〕多謝老師訓誨。〔起科，元始天尊白〕姜尚，你今此去，須當切記吾言：如有人呼喚姓名，切不可與他應答。若是應他，難免後來灾煞。東海還有一人等你，務要小心，可仗法術收他，必爲大用。我已爲你占得還有一件大事在後，又得你上山一遭，那時我自有法寶賜你，此時不便明言，你自去罷。〔姜尚白〕領法旨。〔作拜辭科，白〕就此拜辭老師。〔起科，三教同白〕衆弟子，可送姜尚下山。〔衆同白〕領法旨。〔三教下座，隨撤高臺科，同白〕爐中且把金丹煉，細看人間廢與興。〔同從下場門下，衆仙童隨下。衆仙同白〕子牙，恭喜了。天榜已定，承奉下山，好生榮耀。既奉法旨，我等相送一程。〔姜尚白〕多謝衆位師兄。〔各虛白科，同從下場門下。丑扮申公豹，戴道冠、陀頭髮，紥金箍，穿道袍氅，繫縧，執拂塵，背劍，從上場門上，唱〕

【越調正曲・浪淘沙】悟道學長生(韻)，奥妙難名(韻)。坎離呼吸運玄功(韻)。〔合〕早煉汞鉛丹可就(句)，一任飛昇(韻)。〔白〕一炷清香一卷經，閒觀鸞鶴舞滄溟。不知洞口桃花落，懶記桑田幾變更。

貧道申公豹，從師學法，道悟無生。近聞玉虛宫元始天尊奉了天敕，造下封神榜文二卷，預定群仙大數，將來會動干戈，大開殺伐。今日聽得説，姜子牙上山求見，不知何事，天尊却教他承榜下山，不免紫芝崖下等候，磨難他一番。正是：一念差時遭大劫，三千行滿得元修。〔從下場門下。姜尚背榜從上場門上，唱〕

【又一體】奉法下瑶宫(韻)，同伴夔龍(韻)。群仙犯戒值陶鎔(韻)。〔合〕行道代天宣大化(句)，劫運初逢(韻)。〔白〕我姜尚爲因張桂芳以左道惑人，雖然被哪吒殺敗，又恐他别有機關，因此拜叩元始天尊，求方制勝。正當三教祖師僉完天榜兩卷之時，即命我奉之下山，令在西岐山下建造一臺，安供神榜，不可開看，臨期自有分曉。又言張桂芳左道無妨，自有高人相輔。我因此奉榜而行，臨下山時天尊囑咐，有人呼唤，不可應他。我想仙山寂静，那有人來相喚。〔申公豹從上場門上，白〕姜子牙。〔姜尚白〕果然有人叫我，我且不要理他。〔申公豹叫科，白〕子牙公，姜丞相。〔姜尚仍作不理，遶場科。申公豹白〕好姜尚，你忒薄情忘舊。你如今位極人臣，便忘了玉虛同學之情，連叫數次，應也不應一聲。〔姜尚白〕原來是申師弟，請了。〔申公豹白〕師兄到此何事，背的是甚麽東西？〔姜尚白〕是封神榜。〔申公豹白〕往那裏去？〔姜尚白〕回西岐造臺安供。〔申公豹白〕師兄，如今你却要保誰？〔姜尚白〕師弟又取笑了。方今天命在周，商家當滅，不保西岐，還往何處。〔申公豹白〕住了。你道商朝當滅，我如今下山助紂，管教你事多掣肘。〔姜尚白〕這是那裏説起？〔申公豹白〕師兄，你聽我講。我有一個兩全之法，倒不如同我下山扶紂，一來弟兄同心，二來弟兄不至參商，豈不是好？拿榜來我替背着，與你同去。〔姜尚白〕賢弟住口。本爲天意，又奉師言，決無此理，請了。〔作欲行科，申公豹白〕姜尚住了。你要保周，諒你有多大本領，道行不過四十年而已。你且聽者，〔唱〕

【仙呂宫正曲·風入松】勸伊何必逞威能(韻)，會群仙妄動無明(韻)。〔白〕俺呵，〔唱〕妙功無際誰能並(韻)，何難去雷霆任用(韻)。〔合〕運異術把乾坤定成(韻)，羞殺你老蒼生(韻)。〔姜尚白〕你的工夫是你得，我的功行是我成，何論他技？〔唱〕

【又一體】先天數定有誰爭(韻)，奉尊師嚴命敢消停(韻)。只教那衆仙正果俱能證(韻)，怎及俺位高德重(韻)。〔合〕扶明聖把邦家作成(韻)，你違法令罪非輕(韻)。〔申公豹白〕子牙，你且不必誇口，待我與你見個輸贏。我將這頭兒割下來，望空一擲，遨遊碧落，依舊返本還元。〔姜尚白〕師弟又來取笑，頭爲六陽魁首，焉有斷而復續之理？〔申公豹白〕口說無憑，待我試試你看。〔姜尚白〕你果能如此，我就焚了此榜，同你下山助紂。〔申公豹白〕果然，我與你同到山崗寬廠之處，試與你看。〔各虚白科，同從下場門下。雜扮白鶴童兒，戴綫髮，穿采蓮衣。引净扮南極仙翁，戴壽星套頭，穿壽星衣，繫絛，執拂塵，從上場門上，白〕我南極老人已知申公豹必攔路磨難子牙，故此暗暗的隨他下山，助他一臂之功。申公豹邪術惑人，待我制作這廝。白鶴童兒，你可現了法像，空中等候，待他刎下頭來，你可銜去，抛入南海。〔白鶴童兒應科，仍從上場門下。南極仙翁白〕我且在一傍窺探，看是如何。〔後場立科。雜扮申公豹替身，持首級切末，作與姜尚同從下場門上，作拋首級科。天井内下白鶴切末，又下鈎綫，作繫銜申公豹首級、仙鶴切末科，從天井上。〔南極仙翁作拍姜尚肩科，白〕子牙。〔姜尚作虛白驚科，南極仙翁
姜尚白〕孽障，怎麽把個頭兒銜了去了？〔南極仙翁
白〕天尊怎麽叮囑你來？〔唱〕

【又一體】他妄稱邪法哄賢人(韻)，斷人頭遊向蒼雲(韻)。〔白〕只用一時三刻，呼之不至，必死無疑。若非我到，被他哄去，焚了此榜，怎生是好？〔唱〕白鶴銜去魂消盡(韻)，斷禍種方除你恨(韻)。〔姜尚白〕道兄，可惜他九轉工夫，饒了他罷。〔南極仙翁白〕你便饒他，他却不肯饒你。〔唱合〕準備三灾七難前來禍身(韻)，誰能救難中人(韻)。〔白〕既然子牙不忍，也罷，饒這業障一次。白鶴童兒，還了他的頭罷。〔白鶴童兒從上場門執申公豹首級切末上，作遞與申公豹替身，申公豹替身從下場門隱下，申公豹隨急上科，白〕好仙翁，你庇護姜尚，破我道術。我不是仙丹在腹，一命休矣，决不與你干休。姜尚嘎姜尚，我教你四十年來枉自修，皮囊道骨一齊休。自稱妙道爲無上，會面西岐報此仇。〔虛白，從下場門下，南極仙翁白〕子牙，你準備後來要緊，不要輕覷了他，我自去也。〔從上場門下，姜尚唱〕

【情未斷煞】扶聖主稱名順(韻)，封神正果慶元勳(韻)，這的是天數應於此日輪。〔從下場門下〕

第十六齣　求慈悲柏鑑顯聖（蕭豪韻）　昆腔

〔内作鼓聲科，生扮柏鑑，戴帥盔，搭魂帕、白紙錢，紮靠，從地井内上，唱〕

【仙呂宫正曲·步步嬌】萬劫沉魂何日表(韻)，恰遇着仙使天邊到(韻)，行過此路遥(韻)。待我叩乞鴻慈(句)，顯形相告(韻)。〔合〕收録入神曹(韻)，出離塵暗把師恩報(韻)。〔白〕一點英魂總未消，沉淪何日覩雲霄。運來得遇仙人録，跋涉幽冥不憚勞。吾乃軒轅皇帝駕下總兵柏鑑是也。爲因大戰蚩尤，被火器打入海中，千年未能出劫，好不痛楚。昨奉清虚道德神君符命，言有西岐丞相姜子牙從此經過，命我在此等候，求他超拔沉淪。但我已入迷關，怎能相見。也罷，待我興風作浪，暗中求他。〔仍從地井内下。外扮姜尚，戴道冠，穿道袍氅，繫絛，執拂塵，背榜，從上場門上，唱〕

【仙呂宫正曲·江兒水】瑞靄肩頭罩(韻)，祥雲足下飄(韻)。行行早過了金剛帶表(韻)，俯視城郭如漚小(韻)。猛回頭路隔仙凡杳(韻)，功果因緣會巧(韻)。〔合〕命運輪迴(句)，又是一番擾擾(韻)。〔白〕我姜尚奉榜下山，遇了申公豹，險些誤却大事，多蒙南極師兄解救。因此急急回來，已至東海了。〔唱〕

【仙呂宫正曲·皂羅袍】碧浪千層浩渺(韻)。江山萬里(讀)，堪畫堪描(韻)。峰巒疊聳黛螺高(韻)，烟雲一片紛圍遶(韻)。〔白〕我看了這江山如畫，風景清奇，我怎能離却紅塵，來到此處。〔唱合〕蒲團兒靜坐(句)，木魚兒漫敲(韻)。黄庭兒自誦(句)，陰符兒默瞧(韻)。那紅塵驅逐何時了(韻)。〔内作風浪聲科，姜尚白〕呀，爲何海水翻波，陰風四起？〔柏鑑地井内白〕上仙救度遊魂則個。〔姜尚白〕爲何有此冤魂求我救度？你是何人，有甚沉冤，從實道來。〔柏鑑白〕大仙，遊魂乃軒轅皇帝駕下總兵官柏鑑，只因大戰蚩尤，被火器打入海内，千年未曾出劫。昨奉清虚道德神君符命，言上仙今日今時奉榜至此，命我在此伺候。望上仙大展威光，使遊魂得出迷關，脱離苦海，洪恩萬載，重似泰山。〔姜尚白〕原來如此，好可憐也。〔唱〕

【又一體】本是人中俊髦(韻)。千軍隊裏(讀)，獨逞威豪(韻)。一朝失志落風濤(韻)，千年汩没多煩惱(韻)。〔合〕你英魂何處(句)，招魂路遥(韻)。遊魂無主(句)，追魂夢勞(韻)。〔白〕我有道理。〔唱〕待我掌雷震斷迷關鑰(韻)。〔白〕柏鑑，聽吾玉虚法牒，速脱迷關，永超仙道，急急如令。〔作發掌雷，内作放爆竹科。柏鑑從地井内上，白〕多謝上仙。〔叩拜科，唱〕

【又一體】得入清凉妙道(韻)。脱烟波苦海(讀)，四大堅牢(韻)。〔姜尚白〕你可奉吾法令，隨往岐山候用。〔唱〕你隨從法敕莫停消(韻)，功成自得歸仙道(韻)。〔柏鑑應，作起科，遶場科，同唱合〕沉沉慾海(句)，波翻浪摇(韻)。茫茫業海(句)，濤興怪招(韻)。何如玄法多微妙(韻)。〔姜尚白〕已到西岐山了。〔雜扮五鬼，各戴竪髮額，穿鬼衣，同從上場門上，作接科，白〕恩師在上，吾等迎接恩師。自宋家莊上收録吾等，我等在此日侯調宣。〔姜尚白〕原來如此。我已承榜而回，爾等聽吾法旨：吾擇吉日於西岐山下建造封神臺一座，爾等暗中護庇。完成之日，將榜高供，爾等五路鎮守，吾自有妙用。〔五鬼應科，姜尚白〕柏鑑，你在此暗中督造此臺，完成之日，請榜安供。那時賜你接引神旛一首，臺成之日，你可領將來，成神的姜后、黃妃、賈氏、伯邑考、姬叔乾、商容、杜元銑、梅栢、比干、夏招、膠鬲、趙啟、姜桓楚、鄂崇禹、崇侯虎、崇應彪、張鳳、陳桐、金葵、梅武、孫子羽、黃元濟。還有蘇護之女妲己，被妖狐撲死，投入其竅，亡實可矜，名應敘列。你可也將他陰魂招來，與前所亡之衆魂一並接引安置。以後凡有應入此臺者，即於命盡之日招入安置，以俟將來受封，不得有違。〔柏鑑應科，姜尚白〕爾等就此前去可也。〔衆應科，同從下場門下。姜尚白〕我不免就此回營去者。〔唱〕

【意不盡】乾坤日月無私照(韻)，隨路自收功效(韻)。殺星劫到(韻)，看那些名重仙人若個逃(韻)。〔從下場門下〕

第十七齣　聞仲得報求道友(真文韻)　弋腔

〔雜扮四文臣，各戴紗帽，穿蟒，束帶，執笏。雜扮四武臣，各戴帥盔，穿蟒，束帶，執笏。同從上場門上，白〕蓬萊正殿壓雲鼇，紅日初昇碧海濤。開着午門遥北望，赭黄新帕玉床高。今日聖駕臨軒，正是早朝時候，吾等肅恭朝謁。〔各分侍科。浄扮聞仲，戴黑貂，穿蟒，束帶，執笏，從上場門上，白〕爲因國事艱難日，不憚辛勤費計籌。老夫聞仲，只爲姬發、姜尚勢甚猖狂，今日早朝，特來奏諫。〔衆官各作相見科，白〕老太師。〔聞仲白〕衆位請了。老夫接得偵報，言西岐勢甚猖獗，老夫想來，無非聖上不道所致，今日早朝見駕，特此奏諫。〔衆官白〕可見老太師忠君愛國之心也。〔聞仲虚白科，内作喝朝科，衆各虚白分侍科。雜扮四太監，各戴太監帽，穿貼裏衣，執提爐。雜扮二内侍，各戴大太監帽，穿蟒，束帶，帶束珠，執拂塵。雜扮四宫娥，各戴過梁額，穿宫衣，執符節、龍鳳扇。引浄扮紂王，戴王帽，穿蟒，束帶，從上場門上，唱〕

【仙吕入雙角合曲・北新水令】思量國祚萬千春(韻)，何妨逞風流丰韻(韻)。笙簫歡綺席(句)，歌舞醉紅裙(韻)。景運方新(韻)，朝廷事何須問(韻)。〔中場設桌椅，内作樂，紂王轉場入桌坐科。聞仲作參見科，白〕臣聞仲見駕，願吾皇萬歲。〔紂王白〕皇叔祖請起。〔衆官作參見科，白〕臣等見駕，願吾皇萬歲萬歲萬萬歲。〔宫娥白〕平身。〔衆官白〕萬歲。〔各起分侍科，紂王白〕四海無他事，深宫樂未央。太平天下久，小寇莫强梁。孤家承列祖之洪庥，賴群臣之輔佐，人民乂安，天下平静，何妨日事歡歌，不用常勞國事。只有西岐姬發，屢屢跳梁。皇叔祖，那西岐消息如何？〔聞仲白〕老臣正欲奏聞。老臣自那日回朝，時時令人偵探。姬發用了姜尚，收了黄飛虎，恐共圖大事，暗運深機，使晁田、晁雷前去探視，誰知他二人入於姜尚機關，投了姬發，反倒賺了軍馬糧草，此事已經奏明在案。後來老臣又使張桂芳出兵征討，不料大損軍威，前來求救。聖上，如今呵，〔唱〕

【仙吕入雙角合曲·南雙令江兒水】【五馬江兒水】（首至五）國家英俊（韻），怎當狐兔群（韻）。一旦間盡遭誅戮（句），誰是個全人（韻）。又刀兵紛作祲（韻）。〔紂王白〕皇叔祖，這却怎樣？〔聞仲白〕聖上不思自悔，還來問及老臣。目下這些事體，那一件非聖上之所自取？方今荒亂如此，聖上呵，〔唱〕【金字令】（十至十三句）依然的花炬暈方温（韻），爐香火正燉（韻）。滿目釵裙（韻），聒耳笙簧（韻）。【嬌鶯兒】（七至末）一會費須千萬緡（韻）。〔合〕暢好是長偎美人（韻），冰清玉潤（韻）。全不管疆場上鐵甲老將軍（韻）。〔紂王白〕皇叔祖不要着惱，過去的事不必提了，且圖現在要緊。目下桂芳失機，却是何人敢助？〔聞仲白〕姜尚乃崑崙名士，又且善於用兵，非朝中衆將所能剋制。老臣今日奏聞聖上，賜假三日，待老臣在三山五嶽之中，求得幾位道友相助，庶幾可望成功。〔紂王白〕皇叔祖，若得如此，何愁大事不成、大功不就。就勞皇叔祖親去訪幾位道友相助可也。〔聞仲白〕領旨。〔宫娥白〕散朝。〔紂王起，隨撤桌椅科，衆擁護，同

從下場門下。〔衆官白〕老太師何日起程？〔聞仲白〕老夫今日就去。〔唱〕

【仙呂入雙角合曲・北鴈兒落帶得勝令】【鴈兒落】（全）全不用青衣勇士群(韻)，全不用鐵甲雄兵陣(韻)。只用着先天一炁仙(句)，可破他得志西岐穩(韻)。【得勝令】（全）説甚麽宫錦地鋪裀(韻)，閨繡座圍裙(韻)。只顧君行樂(句)，誰知受困人(韻)。俺承恩(韻)，敢不把丹心盡(韻)。榮身(韻)，忍負他寶帶紳(韻)。〔從下場門下，衆官隨下。場東洞門上安「九龍島」匾額科。雜扮楊森、王魔、高友乾、李興霸，各戴陀頭髮，紮金箍，穿蟒箭袖紮鞓，繫跳包，同從上場門上。雜扮四仙童，各戴綫髮，穿道袍隨上。同唱〕

【仙呂入雙角合曲・南曉行序】修隱(韻)，煉氣存神(韻)。羨負豪任俠(讀)，英華秀敏(韻)。堪誇處(讀)，道法通玄如神(韻)。紅塵(韻)，洞府潛修(句)，那滄桑夢幻(讀)，誰來閒問(韻)。〔合〕常存(韻)，千劫不消磨(讀)，這丹書上品(韻)。〔場上設椅，各坐科，分白〕得道非容易，修行果是難。一朝飛舉日，直上五雲端。吾乃王魔是也，吾乃楊森是也，吾乃高友乾是也，吾乃李興霸是也。〔同白〕吾四人同在西海九龍島煉氣修元，得成大道，向來與商朝太師聞仲結爲至交，他却染了凡塵，我等自安瀟洒。今日閒暇無事，叙談片時。〔王魔白〕列位，我想：〔唱〕

【仙呂入雙角合曲・北掛玉鈎】三教原來道法尊(韻)，有眼的偏不認(韻)。妙法通玄四海聞(韻)，無心的偏不信(韻)。只好是服烟霞(句)，權隱遁(韻)。受用足山水風華(句)，占斷了洞府精神(韻)。〔衆同白〕王兄之言有理。〔各虚白科。聞仲從下場門上，唱〕

【仙呂入雙角合曲·南黑麻序】滾滾(韻)，大海西濱(韻)。離帝京故國(讀)，仙山來近(韻)。看猿啼鶴舞(讀)，不歇紛紛(韻)。仙人(韻)，山川作畫圖(句)，雲霞作比鄰(韻)。〔合〕爲吾君(韻)，訪賢求友(讀)，敢辭勞頓(韻)。〔作到、虛白叫洞科。一童從東傍門下，隨出洞門，虛白問科，聞仲虛白科。一童作進洞虛白禀科，楊森白〕如此快請相見。〔一童應，仍出洞門作請，各進洞門，從東傍門上。各起作相見科，白〕列位道兄請了。〔楊森、王魔、高友乾、李興霸同白〕呀，聞兄，是那陣風兒吹得到此，請坐。〔場上設椅，各虛白坐科，王魔白〕聞兄從何處來？〔聞仲白〕小弟特來拜謁。〔楊森白〕我等避跡荒島之中，有何見諭，特至此地？〔聞仲白〕列位聽禀：小弟呵，〔唱〕

【仙呂入雙角合曲·北川撥棹帶七弟兄】【川撥棹】〔全〕受先王顧命恩(韻)，輔吾王統衆臣(韻)。思量要偃武修文(韻)，海服夷賓(韻)，不動雄軍(韻)，挈朝綱萬國歸心(韻)。又誰知天命更新(韻)。〔白〕只爲君王無道，天命歸周，那姬發與姜尚呵，〔唱〕【七弟兄】〔全〕犯帝閽(韻)，奪要津(韻)，建奇勳(韻)。爭華夷不守忠孝盡(韻)。他那裏作不得望之威猛即之温(韻)，俺這裏怎學得涅而不緇磨不磷(韻)。〔白〕特來求訪列位道兄，若肯同心相助，扶危拯溺，實聞仲萬千之幸。〔王魔怒科，白〕好姜尚匹夫，作了這等大事，氣死我也。聞兄，〔唱〕

【仙呂入雙角合曲·南錦衣香】我與你本同心(韻)，勞無吝(韻)，切弟昆(韻)，情何忿(韻)。我與你契合相知(句)，相援投分(韻)。怎說得修仙不動怒和嗔(韻)，一腔忿氣(句)，充塞乾坤(韻)。〔白〕待我下山去助桂芳，大事定矣。〔唱〕正同謀合志(句)，身何幸際會風雲(韻)。〔合〕管轉將衰運(韻)，比於堯舜(韻)。彈丸一霎(讀)，兵傷將損(韻)。〔楊森白〕王兄此言差矣，難道道兄助得聞兄，吾等便就不去？〔高友乾、李興霸同白〕要去四人齊去。〔楊森同唱〕

【仙呂入雙角合曲・北梅花酒帶收江南】【梅花酒】〔全〕俺覷着塵世氛(韻)，今世前因(韻)。〔同白〕我等呵，〔同唱〕講甚麽月夕風晨(韻)，玩甚麽暮靄朝暾(韻)。算他威風能有幾(句)，〔同白〕聞兄，〔同唱〕休得要等閒悶(韻)，枉消磨烈性淪(韻)。俺待豪光直透綸巾(韻)，豪氣直逼青雲(韻)。去同輔商室君(韻)。〔各起，隨撤椅科。聞仲白〕若得列位相助，則天下幸甚。列位道兄，請上，受小弟一拜。〔楊森、王魔、高友乾、李興霸同白〕吾等以情相助，何勞之有，吾等也有一拜。〔同作拜科，聞仲唱〕【收江南】〔全〕呀(格)，看取這一行仙客輔吾君(韻)，〔衆同唱〕西岐指日定遭擒(韻)，何須拜訪謁崑崙(韻)。〔各起科，衆同唱〕他那裏喪魂(韻)，他那裏喪魂(疊)。俺這裏奮神威海渴鯨吞(韻)。〔同白〕聞兄可回朝歌。吾等就此一同去到西岐，共助桂芳，不日定送捷報。〔聞仲白〕多謝列位道兄。〔衆各虛白科。聞仲從東傍門下，隨作出洞科，從下場門下。衆同白〕童兒，爾等可將我們的兵器法寶，預備整齊伺候。〔四仙童應科，同從上場門下。王魔白〕吾等就此結束起來，好一同前去。〔各虛白科，同唱〕

【仙呂入雙角合曲・南漿水令】成功事他時擬準(韻)，建功事自家處分(韻)。顯榮有路舊翻新(韻)。除他螻蟻(讀)，天上麒麟(韻)。施妙用(句)，誰相近(韻)。管教他掀天事業成灰燼(韻)。〔合〕行看取(句)，行看取(疊)，西岐他祥光欲殞(韻)。　指日裏(句)，指日裏(疊)，商朝的亨運重新(韻)。

【北尾】似這修行步向竿頭進(韻)，殺伐一念未泯(韻)，且向紅塵作個元勳(韻)。〔同從下場門下〕

第十八齣　子牙觀水遇奇人(皆來韻)　弋腔

〔净扮龍鬚虎，戴竪髮額，穿采蓮衣，襲氅，繫跳包，從上場門上，唱〕

【黄鐘宫引・西地錦】不比山魈作怪(韻)，非同木客爲灾(韻)。修成惡像常不壞(韻)，也曾仙島中來(韻)。〔白〕俺龍鬚虎自少昊時初生，至成湯時得道，采天地靈氣，受日月精華，已成不死之身，早具驚人之貌。人見我像度猙獰，應認作山魈木客；我想俺工夫苦行，堪稱作惡煞兇星。昨日有申公豹來告我，説下方有一姜子牙，乃得道上仙，但吃他一塊肉，可以延壽千年。我想我在洞府修煉，也曾聞他姓名，煞是非常之人，我不免在崑崙山一帶尋他走遭。〔唱〕

【正宫正曲・四邊静】俺兇光惡焰冲天界(韻)，相逢自相害(韻)。吃肉得長生(句)，好比金丹快(韻)。〔合〕他非同等材(韻)，俺訪尋特來(韻)。如遇不相饒(句)，飢渴全消解(韻)。〔從下場門下。外扮姜尚，戴道冠，穿道袍，繫絛，袖柬帖，執拂塵、打神鞭、杏黄旗，從上場門上，唱〕

【仙吕宫正曲・不是路】得寶歸來(韻)，又是仙師救我儕(韻)。應分解(韻)，那惡魔戈甲作吾灾(韻)。我法應該(韻)，騰身直入封神界(韻)。他送命當歸斬將臺(韻)。休遲待(韻)，除邪自有神功大(韻)。恁何須作怪（韻），恁何須作怪（疊）。〔白〕我姜尚承榜歸來，命哪吒等衆將寅夜劫營，大敗桂芳二將，救了南宮适、辛甲回來。正在得意之時，又遇魔頭作難：誰想聞仲又請了九龍島四個煉氣邪道前來相助，兇威焰焰，惡氣騰騰，衆將俱無可敵，好教我一籌莫展。所以又上崑崙求師解救，多蒙吾師賜了打神鞭一把，杏黄旗一面，説只管前行，自有解救。又道東北方有人等我，到得危急，照帖行事，自有許多妙處。我今一路行來，已到蓬山滄海了，就此觀玩風景，行行前去。〔場上預設山樹幃幙，安挂「蓬山」匾額，地井出畫水切末科。姜尚唱〕

【又一體】圖畫天開（韻），翠嶂洪濤次第排（韻）。家何在（韻），此身疑是到瑤臺（韻）。果佳哉（韻），只見層峰直插青天外（韻），碧浪翻從玉島來（韻）。洵堪愛（韻），煞强似渭濱當日嬉遊快（韻）。好教人心怡目駭（韻），心怡目駭（疊）。〔内作水聲科，姜尚白〕你看這滄海滔滔，好一片汪洋景致也。〔龍鬚虎從山樹幃幙門出，大叫科，白〕吃姜尚一塊肉，延壽一千年。〔作見科，白〕姜尚休走，我來吃你。〔姜尚驚科，白〕果然有此一人，師言不謬。〔作看柬帖科，白〕原來如此。〔向龍鬚虎白〕妖怪，我與你無冤無仇，爲何要來吃我？〔龍鬚虎白〕我也不知是甚麼原故，你今日休想脱此大厄。〔姜尚白〕孽畜，我該你口裏食，料也難免。想你也非無道之人，你把我手中杏黄旗拔起來，就與你吃，拔不起來，只恐無此大命。〔龍鬚虎白〕這小小旗兒，值甚緊要。你且插在地下，待我拔起來，休生反悔。〔姜尚白〕就是如此。〔作插旗科，白〕變。〔地井内收小旗，出大旗切末科，龍鬚虎白〕果然有些意思，姜尚，看我拔來。〔作拔不動、虛白發諢科，姜尚白〕孽畜，這樣無能，也來吃人。〔龍鬚虎白〕哎，吃了你，助了筋骨再拔。〔作欲放手科，姜尚白〕孽畜，休得動手。〔作指科，龍鬚虎作放不開手科，姜尚白〕好孽畜，吃我一鞭。〔龍鬚虎白〕上仙不要打我，不知上仙玄妙，都是申公豹害了我了。〔姜尚白〕你要吃我，與他何干？〔龍鬚虎白〕上仙容稟：我名龍鬚虎，自少昊時生，我修煉非止一日。〔唱〕

【又一體】煉就仙胎(韻)，不是凡夫一等材(韻)。〔白〕前日申公豹來此，教我阻住上仙，所以一時愚昧。〔唱〕招災害(韻)，無端陷入網羅開(韻)。〔白〕求上仙大發鴻慈，饒我一命。〔唱〕莫相猜(韻)。願將頂禮恩光大(韻)，不敢無知逞志乖(韻)。〔姜尚白〕你若求生，須是拜我爲師，方纔饒你。〔龍鬚虎白〕情願投拜爲師。〔姜尚白〕你且起來。〔龍鬚虎作放手、虚白喜科，白〕吾師果神人也。〔拜科，唱〕誠心拜(韻)，願隨車駕常推戴(韻)。承恩萬載(韻)，承恩萬載(疊)。〔地井内收大旗切末，出小旗科，姜尚取旗科，白〕你可曾學些道術？〔龍鬚虎白〕有、有，弟子善能運石，隨手發出，百擊百中。〔姜尚白〕妙嗄，此人用以劫營，到處可以成功。龍鬚虎，〔龍鬚虎應科，白〕弟子在。〔姜尚白〕隨我到西岐周營去。〔龍鬚虎白〕領命。〔姜尚唱〕

【有結果煞】仇人一煞作家人待(韻)，恨公豹無知加害(韻)。〔龍鬚虎白〕師傅，〔唱〕須知道正可誅邪惟願你不受灾(韻)。〔姜尚從下場門下，龍鬚虎白〕妙嗄，我今得遇明師，皈依正道。全憑神術，佐成除殘去暴之功；得免輪迴，常駐不老長生之體。當日裏一念差池，錯聽了申公豹之言，磨難吾師，險些兒誤了正果，墮落塵埃。今日見了這法術通神，方曉吾師非凡人之品，今日離邪歸正，好不自在逍遥。異日如遇了申公豹那廝，定然滅却禍根，方消此恨。正是：莫聽讒言把念差，一朝歸正了生涯。他時若使相逢巧，定斬奸徒斷禍芽。〔從下場門下〕

第十九齣　臺成冤鬼可長安（皆來韻）

弋腔

〔外扮姜尚，戴道冠，穿道袍氅，繫絛，執拂塵，從上場門上，唱〕

【南呂宫正曲·一江風】造成臺（韻），不日功程大（韻）。暗助神靈在（韻），榜輕開（韻）。有多少英魂（句），幾許人仙（句），安置相依賴（韻）。〔合〕輪迴此劫該（韻），輪迴此劫該（疊）。仙因莫妄猜（韻），若不是犯塵緣怎得個天音賚（韻）。〔中場設椅，轉場坐科，白〕奉榜辭師遠下山，封神完此舊仙緣。臺成自合相安置，接引人仙候事全。老夫姜尚，奉命下山，不爲干紅塵之富貴；扶君創業，原是完劫數之輪迴。仙山參謁師尊，即蒙賜榜回來，路過東海，收了柏鑑。我想當日宋家莊上收了五鬼，命他們在這西岐山下伺候築臺，倏忽十有餘年，他們俱各在此等候。前日自仙山而回，路過岐山，他們又來迎接。老夫隨即吩咐柏鑑，率領五鬼，於築臺起工之時，令他們暗中護庇，及早成功。一來好供奉榜文，不使仙音空降，二來那些應受封諸魂，也可以得地安身。所以奏了主公，命散宜生監造此臺，擇了吉日，岐山動工。喜得柏鑑與五鬼暗中護庇，得以不日造成。昨日散宜生報知於我，我命他發放了衆工，於昨晚施法，拘了柏鑑前來，賜了他接引黄旛，命他請了榜文供奉。但是一件，那五鬼也非一日之功，皈依玉虚門下聽候驅遣，不爲無助，將來封神之時，柏鑑有名在録，五鬼却不得沾實惠，豈不有負辛勤。

所以今日老夫拘召他們，暫與他們一個封號，安置方隅，使他們保護神臺，實是一舉而兩得也。〔場上預設桌椅、劍、盞科，姜尚起，隨撤椅科，唱〕

【中呂宮正曲・駐馬聽】妙法全該（韻），驅遣風雷長作宰（韻）。〔作以劍書符作法科，唱〕更不須丹書玉簡（句），金籙朱符（讀），赤字銀牌（韻）。幽神暗鬼共宣差（韻），按仙書寶訣相徵派（韻）。〔合〕得號成材（韻）。功全大事（讀），共承恩賚（韻）。〔白〕五鬼速至。〔雜扮五鬼，各戴竪髮額，穿鬼衣，同從上場門上，同唱〕

【越調正曲・水底魚兒】方便門開（韻），皈依正教該（韻）。奉依驅遣（句），〔合〕暗助造神臺（韻），暗助造神臺（疊）。〔作見科，白〕恩師在上，五鬼打躬。恩師相召，有何法旨？〔姜尚白〕爾等聽者：自當日收伏爾等皈依玉虛，岐山築臺，暗中護庇有功，但是應入封神臺者不少，日後人多勢衆，恐内有英魂才魄，少有變更，柏鑑一人難以彈壓得到，今暫封爾等爲金木水火土五路之神，各按五方保護神臺，鎮壓方位。爾等聽吾吩咐：〔唱〕

【中呂宮正曲・駐雲飛】鎮護神臺（韻），方位無差次第排（韻）。不比那保障黄金界（韻），抵多少持守瓊宮大（韻）。嗏（格）。〔五鬼唱〕今日沐恩來（韻），强似興妖無賴（韻）。遥想當年（讀），到今日判出了神鬼人仙界（韻）。〔合〕好則是奉命前行莫暫挨（韻）。〔仍同從上場門下。姜尚起，隨撤桌椅、劍、盞等物科，白〕神臺已就，將來人仙聚會，莫不於此證果也。〔唱〕

【慶餘】想殺人也有個天心在（韻），看不了擾攘干戈世界開（韻），憑空裏定下了劫數荒荒衆神仙證果

來韻。〔從下場門下。生扮柏鑑，戴帥盔，搭魂帕、白紙錢，紥靠，執旛，從上場門上，唱〕

〔中吕宫正曲・駐馬聽〕冤鬼神材韻，驀忽地出鬼成神面目改韻。喜的是超離苦海句，擺脱黄泉讀，跳出塵埃韻。〔白〕冉冉黄旛瑞彩飄，一朝出暗上重霄。人仙安置憑吾引，掌管神臺勢自豪。我柏鑑，當日曾任封疆，一失勢墮落陰曹未出，多蒙恩師姜子牙震破迷關，又蒙收録，要在西岐山下築封神臺一座，命我率領五鬼，暗中護庇成功。我等領命而行，暗中相助，不日之間，大功成就。昨日恩師拘召前去，給了這接引神旛，又命我請了榜文供奉。我隨即領命而來，諸事俱已妥協，不免依恩師吩咐，先將姜后、黄妃、賈氏、伯邑考、姬叔乾、商容、杜元銑、梅栢、比干、夏招、膠鬲、趙啟、姜桓楚、鄂崇禹、崇侯虎、崇應彪、張鳳、陳桐、金葵、梅武、孫子羽、黄元濟，還有蘇護之女妲己等陰魂接引安置，以俟將來受封可也。〔唱〕寶旛摇蕩彩雲開韻，絶勝接引森羅界韻。〔合〕皈依闡教沐恩該韻。提携安置讀，遊魂安賴韻。〔作舞旛向東傍門招科，引旦扮姜后魂、黄妃魂、賈氏魂、妲己魂，各搭魂帕、白紙錢，穿衫。小生扮伯邑考魂，戴巾，搭魂帕、白紙錢，穿道袍。外扮商容魂，戴巾，搭魂帕、白紙錢，穿道袍。外扮杜元銑魂、比干魂，浄扮夏招魂，生扮膠鬲魂、趙啟魂，各戴紗帽，搭魂帕、白紙錢，穿蟒，束帶。生扮梅栢魂，戴髮網，搭魂帕、白紙錢，穿道袍。外扮姜桓楚魂，生扮鄂崇禹魂，各戴金貂，搭魂帕、白紙錢，穿蟒，束帶。浄扮崇侯虎魂，戴金貂，搭魂帕、白紙錢，紥靠、背令旗。小生扮姬叔乾魂、崇應彪魂，各戴紫金冠額，搭魂帕、白紙錢，紥靠、背令旗。外扮張鳳魂、副扮陳桐魂，各戴帥盔，搭魂帕、白紙錢，紥靠、背令旗。雜扮金葵、梅武、孫子羽、黄元濟魂，各戴紥巾額，搭魂帕、白紙錢，紥靠。同從東傍門上，遶場科，同從下場門下〕

第二十齣　神助妖仙全喪敗（先天韻）　弋腔

〔生扮金吒，戴陀頭髮，穿采蓮衣氅，軟紮扮，繫跳包，執器械。引生扮文殊廣法天尊，戴文殊髮，虬髯虬眉，穿道袍，繫絛，背劍，執拂塵，從上場門上，唱〕

【越調引·楚陽臺】悟徹無生（句），修成妙法（句），斬三屍端坐金蓮（韻）。邪魔倚勢欲回天（韻），怎奈天難回轉（韻）。〔白〕伏虎降龍亦偶然，調獅馴象有牽纏。何如仗此無爲法，破却諸邪救大賢。吾乃文殊廣法天尊是也，奉玉虛宮符命，言姜子牙有受王魔一珠之難，命我前來解救。金吒，將遁龍樁帶了，隨我前去。〔金吒應科，文殊廣法天尊唱〕

【越調正曲·祝英臺】亂紛紛忙碌碌（句），不是净修緣（韻）。妖邪正道（句），鬬勝爭妍（韻）。没來由又變了桑田（韻）。劫遷（韻），紅塵殺戒難捐（韻），惹下了無明驅遣（韻）。〔合〕知何日（讀），修成正果一統無沾染（韻）。

〔從下場門下，金吒隨下。雜扮四軍卒，各戴馬夫巾，穿蟒箭袖卒褂，執器械。引雜扮王魔、楊森、高友乾、李興霸，各戴陀頭髮，紮金箍，穿蟒箭袖氅，軟紮扮，繫跳包，執器械，帶寶珠。净扮張桂芳，戴帥盔，紮靠、背令旗，佩劍，執器械。副扮風林，戴紮巾額，紮靠，袖珠，執器械。同從上場門上，分唱〕

【越調引·亭前柳】大法妙無邊（韻），通元自在仙（韻）。除他兇惡險（韻），憑我術精研（韻）。呼名自把魂飛也(句)，一顆靈珠(讀)，絲網巧相纏(韻)。〔分白〕俺王魔，俺楊森，俺高友乾，俺李興霸，俺張桂芳，俺風林。〔王魔白〕列位，姜尚那厮曾對我説，要將黄飛虎擒獻，怎麼數日不聞消息，莫非有詐？〔楊森白〕王兄，他若有詐，只用吾等略施小法，管教他尸山血海。〔張桂芳白〕列位老師，姜尚爲人，外似忠誠，内實奸詐，我等與他同見一陣，只用一戰成功。〔王魔白〕張將軍之言有理，我等排開大隊等他。〔各虚白科。雜扮四軍卒，各戴大頁巾，穿蟒箭袖排穗褂，執標鎗。小生扮哪吒，戴綫髮，穿采蓮衣氅，軟紥扮，繫風火輪，帶乾坤圈，執鎗。净扮龍鬚虎，戴豎髮額，穿采蓮衣氅，軟紥扮，繫跳包，執器械。生扮武吉，戴帥盔，紥靠，背令旗，佩劍，執鎗。生扮黄飛虎，戴金貂，紥靠，背令旗，佩劍，執鎗。引外扮姜尚，戴道冠，穿道袍氅，繫絛，執杏黄旗、打神鞭，從上場門上，作對敵科。王魔白〕姜尚匹夫，爲何失信於我，不將黄飛虎擒獻？〔姜尚白〕武成王乃忠良上將，怎肯獻與邪妖，不過給你個眼前歡而已。〔王魔作大怒虚白科，哪吒作與王魔對戰，黄飛虎作與張桂芳對戰，武吉作與風林對戰。楊森作祭開天珠打敗哪吒科，哪吒從下場門下。王魔作戰姜尚，姜尚作敗科，從下場門下，王魔追下。高友乾作祭元寶珠打敗黄飛虎，李興霸作祭劈地珠打敗龍鬚虎，風林作祭珠打敗武吉，同作大敗科，從下場門下，四軍卒隨下。楊森白〕王兄去追姜尚，必捉無疑，我等回兵等他便了。〔衆白〕有理。〔仍同從上場門下。金吒持器械，引文殊廣法天尊，帶遁龍樁，袖金丹，從上場門上，白〕你看王魔那厮，殺敗子牙，追下來了，我在此等候可也。〔王魔作追姜尚，從上場門上，虚白對戰科。王魔虚白，作祭開天珠打死姜尚倒地，王魔虚白，欲取首級科。文殊廣法天尊白〕王道友住手。子牙是害不得的，我勸你好好回去，這還是飽月未缺。不聽吾言，恐生後悔。〔王魔白〕文殊休得大言，我與你同是一般，有甚麽月缺難圓之事。

難道你有明師，我無教主？ 先除了你，後斬姜尚未遲。〔金吒白〕少得無禮。〔各虛白作對戰科，文殊廣法天尊作祭遁龍樁，作打倒王魔，金吒作斬科，王魔從下場門暗下。 文殊廣法天尊作收遁龍樁科，白〕金吒，扶起你師叔來。〔金吒作扶姜尚，文殊廣法天尊作以丹納口中科，白〕子牙醒來，子牙醒來。〔姜尚作醒科，白〕是誰救我？〔作見、起科，白〕道兄，我如何此處得會？〔文殊廣法天尊白〕原是天意，當然不由人耳。金吒，將遁龍樁與你，同你師叔回去，少時還要戰争，須當奮勇。〔金吒應科，姜尚白〕容當拜謝。〔文殊廣法天尊白〕原同一體，何謝之有。 事不宜遲，快些去罷。〔各虛白科，從兩場門分下。 衆引楊森、高友乾、李興霸、張桂芳、風林同從上場門上，唱〕

【正宮正曲·四邊静】無端奮起來争戰(韻)，天心欲回挽(韻)。 兇頑欺我儕(句)，殺戮何其慘(韻)。〔合〕恨心怎干(韻)，怒心怎干(韻)。 斬盡作威人(句)，神光大施展(韻)。〔楊森白〕列位，王兄追下姜尚，不想文殊解救，反將王兄殺害在五龍山上，此仇如何不報。 拼得大家奮勇，務要人人斬盡，方消此恨。〔衆白〕有理。〔同唱〕

【越調正曲·水底魚兒】奮勇争先(韻)，深仇不可言(韻)。 今番鏖戰(句)，〔合〕務要滅群奸(韻)，務要滅群奸(疊)。〔生扮黄天祥，戴紫金冠額，紮靠、背令旗，執鎗。 外扮南宫适，戴帥盔，紮靠、背令旗，執刀。 四軍卒、武吉、黄飛虎、金吒、哪吒引姜尚從下場門冲上科。 楊森白〕好姜尚，害我道兄，此仇必報。〔作冲戰科，金吒虛白接戰，哪吒作與高友乾對戰，南宫适作與李興霸對戰，黄天祥作與風林對戰，武吉作與張桂芳對戰。 姜尚作祭打神鞭打死高友乾科，從上場門暗下。哪吒作祭乾坤圈打敗李興霸科，從下場門下。金吒作祭遁龍樁打倒楊森斬科，從上場門暗下。黃天祥作刺死風林科，從下場門下。姜尚白〕衆將官，只餘張桂芳一人，不可走脱。〔衆應，作圍戰科，張桂芳白〕聖上嗄聖上，臣不能報國建功，一死以盡臣節。〔作拔劍自刎科，從上場門下，姜尚白〕衆將官，群邪盡滅，就此回兵。〔衆應科，同唱〕

【中吕宫正曲·紅綉鞋】同敲金鐙揚鞭(韻)，揚鞭(格)。凱歌齊奏聲喧(韻)，聲喧(格)。人雖勇(句)，怎回天(韻)。天命在(句)，有先緣(韻)。〔合〕一陣裏(句)，大功全(韻)。〔衆同從下場門下。生扮柏鑑，戴帥盔，搭魂帕、白紙錢，紮靠，執旛。引王魔、楊森、高友乾、張桂芳、風林魂，各搭魂帕，白紙錢，同從東傍門上，遶場科，同從下場門下。李興霸從上場門上，唱〕

【南吕宫正曲·賀新郎】羞殺仙家(韻)，術無成竟成虚假(韻)。把長生功頓抛一霎(韻)。仙法破(句)，説甚麽嬾向山中餐碧霞(韻)，頃刻裏似春冰消化(韻)。〔合〕忙逃命(讀)，走天涯(韻)。孤身一路同儔寡(韻)。頻回首(句)，擔驚怕(韻)。〔白〕俺李興霸與王道兄等四人，同被聞兄所請，來助桂芳，不料他三人俱已失機，死於非命，修煉玄功，付之流水。俺却見勢不能支，只得落荒而逃，好不令人慘傷也。我想同在九龍島修煉成功，豈料西岐有失，我如今羞歸海島，愧見同儕，目下無路可行，無計可思，不報此仇，心中不捨。也罷，且往朝歌，見了聞兄，共議妙策，以報今日之恨可也。〔唱〕

【南吕宫正曲·東甌令】急回報(句)，莫藏遮(韻)。一戰失機都成了雨落花(韻)。愧顔無地(讀)，怎名列仙班下(韻)。玉簡金符全爲假(韻)，〔合〕天心原自不争差(韻)。悔當初不把(讀)，無明按捺(韻)。〔白〕且在山石上略息片時，調攝元神，再作道理。〔場上預設山石切末科，李興霸坐科。生扮木吒，戴陀頭髮，穿箭袖氅，軟紮扮，繫跳包，執鏜，背吴鈎劍，從上場門上，唱〕

【南吕宫正曲·一江風】踏烟霞(韻)，萬里浮雲跨(韻)。看城郭千家瓦(韻)，遍天涯(韻)。來往遊行(句)，下上飛騰(句)，笑把罡風駕(韻)。〔合〕奸雄漫自誇(韻)，奸雄漫自誇(疊)。道術詎無涯(韻)，怎敵這無爲法(韻)。〔白〕吾乃木吒是也，在九宫山白鶴洞拜普賢真人爲師，因奉師命下山，擒捉截教門人，助周滅紂。來此山前，忽見一道人敗走而來，細聽其言，却是九龍島截教四魔中之一人李興霸。我此來原爲除他，誰想不期而遇，正是：踏破鐵鞋無覓處，得來全不費工夫。待我問他一聲。〔作向前科，白〕道兄請了。〔李興霸起，隨撤山石切末科，白〕請了。〔木吒白〕道兄那座名山、何處洞府？來此一人獨坐，有何貴幹？〔李興霸白〕道長聽稟：吾乃九龍島煉氣士李興霸。俺呵，〔唱〕

【又一體】助商家(韻)，一霎無明發(韻)。下界難停踏(韻)。〔白〕被聞仲請來助張桂芳伐周，〔唱〕誰想竟虚花(韻)。一路同朋(句)，死却三人(句)，只我孤身寡(韻)。〔合〕心中恨子牙(韻)，心中恨子牙(疊)，報信向商家(韻)。〔白〕道者何來，莫非有意相助？〔唱〕感恩德有天來大(韻)。〔木吒白〕我非别人，吾乃九宫山白鶴洞普賢真人弟子木吒是也，今此來呵，〔唱〕

【又一體】助周家(韻)，滅紂功名大(韻)，飛向西岐下(韻)。〔白〕我師傅臨行有命道，〔唱〕遇伊家(韻)，擒捉休疏(句)，送彼殘生(句)，作贄見向周營跨(韻)。〔合〕拿來獻子牙(韻)，拿來獻子牙(疊)，休使走天涯(韻)。〔白〕正在尋訪，恰好今日遇你。〔唱〕少不得開殺戒犯紅塵煞(韻)。〔李興霸怒科，白〕氣死我也！ 好業障，焉敢欺我太甚。〔作以鐧打科，木吒虛白對戰科，作拔吳鈎劍斬李興霸科，白〕孽畜嗄孽畜，不思閉洞潛修，故意招灾生事。今日一劍之下，把千年道行付與東流。也罷，我出家人慈悲爲本，方便爲門，待我掩了你的屍骸。〔作掩屍骸科。李興霸從地井内暗下，木吒唱〕

【又一體】削三花(韻)，玉鼎飛鉛化(韻)，九轉空無價(韻)。想烟霞(韻)，冥路難逢(句)，莫白沉魂(句)，含淚重泉下(韻)。〔合〕今朝恰遇咱(韻)，今朝恰遇咱(疊)，殘屍掩澗沙(韻)。這的是慈悲大(韻)。〔白〕我就此前往西岐去者。〔唱〕

【尚按節拍煞】流雲舉袂欣欣跨(韻)，報功勳銘勒帝家(韻)，好看取兄弟三人顯神通滅禍芽(韻)。〔從下場門下。柏鑑執旛，引李興霸魂，搭魂帕、白紙錢，從東傍門上，遶場科，從下場門下〕

第廿一齣　二奸運敗統雄師（蕭豪韻）　昆腔

〔雜扮四軍卒，各戴大頁巾，穿蟒箭袖排穗褂，佩刀。引净扮聞仲，戴黑貂，穿蟒，束帶，從上場門上，唱〕

【黃鐘調合曲・北醉花陰】怒氣冲霄亂愁攪(韻)。嘆商室衰時來到(韻)，紛四海起兵刀(韻)。此恨難消(韻)，把大國勢全壓倒(韻)。那堪的忠烈志全拋(韻)，這讐兒撇不掉(韻)。〔中場設椅，轉場坐科，白〕爲報國仇求道友，恰逢劫運喪仙朋。此仇却共天長久，堪恨强梁阻大兵。俺聞仲爲因張桂芳求救，聽了弟子吉志、余慶之言，去九龍島求了四位道友前來協助，以爲大事可成，無人抵擋。不料時衰運敗，國事難爲，汜水關韓榮差人告急，説四位道友倒死了三人，風林、桂芳雙雙陣亡。俺一聞此言，不由得怒氣冲霄，驚心莫按。我想這些人好端端死於非命，都爲着何來？〔唱〕

【黃鐘調合曲・南畫眉序】只爲着君德日昏驕(韻)，惹下了遍地干戈亂紛擾(韻)。〔白〕聖上嗄聖上，〔唱〕你且偎紅倚翠(讀)，沉醉昏朝(韻)。伴鴛衾玉軟香温(句)，怎不管貫鐵甲豺狼同到(韻)。〔合〕只因廢却倫常大(句)，這也是天數定難來違拗(韻)。〔白〕今日召取諸將，共議軍機，明知無益於事，少不得盡其當然。那姬發、姜尚，想將來好恨人也。〔唱〕

【黄鐘調合曲・北喜遷鶯】一味的把虚脾來掉(韻)，一味的把虚脾來掉(疊)，逞兇頑弄鬼裝么(韻)，焦也波焦(韻)。急得俺滿心越惱(韻)，恨不將碎醢生吞忿始消(韻)。他倚着法術高(韻)，犯天威再不思甲投戈倒(韻)，施奸詐共騁鴟梟(韻)，共騁鴟梟(疊)。〔雜扮一中軍，戴中軍帽，穿蟒箭袖通袖褂，佩刀，從上場門上，白〕啟上太師爺，衆將到齊，府門候令。〔聞仲白〕着他們進見。〔中軍應，作向内傳科。雜扮鄧九公、魯雄、雷開、殷破敗，各戴帥盔，穿蟒，束帶，同從上場門上，分白〕大將威風膽氣粗，擎天只用一錕鋙。忠心不用知文墨，奸黨空藏萬卷書。小將鄧九公，小將魯雄，小將雷開，小將殷破敗。〔同白〕太師相召，只得上前相見。〔各作見科，同白〕太師在上，衆將參見。〔聞仲白〕列位少禮。此乃私宅密議，不比朝堂，請坐。〔場上設椅，四將各虚白坐科，白〕太師相召，有何台諭？〔聞仲白〕只爲着張桂芳呵，〔唱〕

【黄鐘調合曲・南畫眉序】軍敗勢虚囂(韻)，驀忽地羽書來報(韻)。〔白〕老夫見他本章無可如何，只得求了四位道友協助。〔唱〕又誰知天違人願(讀)，怎的開交(韻)。學仙人命喪荒郊(韻)，〔白〕張桂芳、風林呵，〔唱〕亡陣上竭忠死效(韻)。〔合〕這如今事機莫振心憂也(句)，議奇計把圍紛可了(韻)。〔魯雄白〕太師不必愁煩，末將不才，敢當斯任。〔唱〕

【黄鐘調合曲・北出隊子】一霎裏把兵戈環繞(韻)，覷着那破西岐似一指挑(韻)。〔聞仲白〕將軍，你年已耄耋，只怕不能成事。〔魯雄白〕哎，太師，〔唱〕我老則老這心胸(讀)，還勝似小兒曹(韻)。俺則待、俺則待殺遍奸臣盡齔髫(韻)，怎説俺老將軍不得向疆場滅獍㺐(韻)。〔雷開、殷破敗、鄧九公同白〕老將軍，那

桂芳、風林以那樣英勇法術，尚且死於非命，恐老將軍未能取勝。〔魯雄白〕氣死我也！ 列位説那裏話來。他二人呵，〔唱〕

【黄鐘調合曲·南滴溜子】全不曉(句)，天時(句)，只誇兇暴(韻)。全不知(句)，地勢(句)，總無度料(韻)。不思(讀)，兵家機要(韻)。〔合〕他仗旁門想建功(句)，持血氣思取巧(韻)。怎不自取敗亡(讀)，挫咱威耀(韻)。〔聞仲白〕據老將軍主見如何？〔魯雄白〕太師，俺呵，〔唱〕

【黄鐘調合曲·北刮地風】起自青年味六韜(韻)，經練熟老壯英豪(韻)。況君恩世受常思報(韻)，可怎忍見帝室零消(韻)。〔白〕願太師假以十萬之兵，何怕大功不建。〔唱〕煞强似口紛紛亂議當朝(韻)，都則説有天心不是那人堪違拗(韻)，那知道盡人功别有個天可回杓(韻)。則看深遠謀(句)，廣大機(句)，不使那兵機顛倒(韻)。何須歲月熬(韻)，滅兇强應不崇朝(韻)。〔聞仲白〕老將軍年雖高邁，壯志猶然。將才有自，忠義難磨。既如此，老夫與你十萬雄師，作速前往，還須與你參軍二人，方可去得。〔作想科，白〕哦，有了。中軍傳令，大司馬點齊十萬人馬；你去速請費、尤二大夫。〔中軍應科，仍從上場門下。魯雄白〕哎呀，太師，這却使不得。他二人心性，太師早已深知，用他二人，大事必敗。〔聞仲白〕老將軍，君王所信者，此二人也，而今思欲除之，尚未有計。何不趁此陽爲用之，陰實除之。那時軍馬營中，老將軍尋他一件過惡，明正國法，有何不可？〔四將同白〕太師之言，甚合機宜。〔各虚白科。副扮費仲，丑扮尤渾，各戴紗帽，穿蟒，束帶，同從上場門上，唱〕

【黄鐘調合曲・南滴滴金】君王見我無煩惱（韻），百縱千隨實是少（韻），心投上下恩情好（韻）。巧逢迎（句），承顔貌（韻）。把興廢事全然不曉（韻），那裏有工夫閒計較（韻）。〔合〕且顧眼前（讀），這一時間逍遥（韻）。〔分白〕下官費仲，下官尤渾。〔費仲白〕尤兄，聞仲那老兒，他本來不喜我們，那日還要拿去殺了，從來没工夫同咱二人説話，怎麽今日又請起來？〔尤渾白〕只怕他醒了腔，也未可知。且見了他，看是甚麽原故。〔各虚白發諢，作相見、各起科，費仲、尤渾白〕太師在上，我等參見。〔聞仲白〕二位少禮，請坐。〔費仲、尤渾同白〕太師在上，下官不敢坐。〔聞仲白〕坐了好講。〔費仲、尤渾同白〕是，謝坐。〔場上設椅，同坐科，白〕太師相召，有何見教？〔聞仲白〕二位，〔唱〕

【黄鐘調合曲・北四門子】只爲着紛紛邊檄忙傳報（韻），紛紛邊檄忙傳報（疊），道西岐兵勢兇梟（韻）。則將俺兵傷將損一味裏裝圈套（韻），把江山占得牢（韻）。因此上使我焦（韻）。則來將你邀（韻），一般的逞機謀（讀），還將舌辯交（韻）。漫相抛（韻），聽我招（韻），展洪謨把兵機先料（韻）。〔費仲、尤渾同白〕這個，老太師，没有别議，只是出兵就是了。〔聞仲白〕老夫難道不知出兵，已曾點下十萬人馬，命魯將軍前去征討。〔費仲、尤渾同白〕這個一定是要成功的，我等無可參於末議。〔聞仲白〕二位，老夫想來，軍行之道，要在於謀。二位有隨機應變之才，通達時務之智，可以參贊軍機，征討西岐。〔費仲、尤渾同白〕哎呀，老太師，我等不會動刀鎗，又不會騎戰馬，又未曾讀兵書，總有些小見識，也不過是書本子上得了來的，紙上談兵，那裏當得這般大任？〔同唱〕

【黃鐘調合曲・南鮑老催】從不知六韜(韻)，參謀重任難受消(韻)，可別尋朝臣的謀略高(韻)。錯用人(句)，債大事(句)，添煩惱(韻)。俺只知隨君朝夕陪歡笑(韻)，怎自去統師日夜煩機略(韻)。〔合〕這的是自己去尋無常道(韻)。〔聞仲白〕二位休得如此說。京中隨侍料理朝綱，閫外匡襄參定軍務，一般的爲君輔國，何得這般推委。〔唱〕

【黃鐘調合曲・北古水仙子】問問問(格)，問君恩誰受高(韻)。怕怕怕(格)，怕甚麽臨陣衝鋒施度料(韻)。〔白〕當日西岐作亂之由，〔冷笑科，白〕還是從你二位身上所起。〔唱〕想想想(格)，想當日裏去獻讒言(句)，險險險(格)，險些兒把姬昌殺却(韻)。彼彼彼(格)，彼復先仇不憚勞(韻)。便便便(格)，便惹動一霎兵刀(韻)。正正正(格)，正還得你自去彌縫這禍事苗(韻)。〔費仲、尤渾各作虛白發諢科，聞仲白〕唔，你兩個如再推辭，〔唱〕怕怕怕(格)，怕將你背君誤國的罪令從頭繳(韻)。只只只(格)，只恐承恩澤舊日的福難消(韻)。〔費仲、尤渾同白〕老太師不消動怒，我二人領命前去就是了。〔聞仲白〕如此足見二位忠心。左右，取金花、綵紅、火牌、符箭來。〔四軍卒應科，從下場門下，取金花、綵紅、火牌、符箭隨上，衆各起，隨撤椅科。衆作與魯雄、費仲、尤渾簪花科，聞仲唱〕

【黃鐘調合曲・南雙聲子】金花好(韻)，金花好(疊)，看雙映烏紗帽(韻)。〔又作與魯雄、費仲、尤渾披紅科，聞仲唱〕綵紅好(韻)，綵紅好(疊)，斜挂向朱袍耀(韻)。〔聞仲作付魯雄火牌科，唱〕這火牌兒把兵將調(韻)。〔又作付費仲、尤渾符箭科，唱〕這符箭兒催糧草(韻)。〔費仲、尤渾同白〕多謝老太師任用。〔同唱合〕忙謝個任專責寄㊖，知己恩叨㊖。〔聞仲白〕人馬點齊之時，魯將軍與二位參謀星夜趲行，待老夫代奏便了。〔魯雄、費仲、尤渾同白〕領命。〔聞仲白〕三位將軍，代老夫送入軍府。〔殷破敗、雷開、鄧九公同白〕領命。〔魯雄唱〕

【北隨煞】仗胸中藝勇扶傾倒㊖，〔費仲、尤渾同唱〕只怕俺運機謀難任這榮叨㊖，〔聞仲、雷開、殷破敗、鄧九公同唱〕但願得早把那亂邦的兇寇掃㊖。〔各虛白科，從兩場門分下〕

第廿二齣　六月雪飛擒佞黨（古風韻）　昆腔

〔雜扮四軍卒，各戴馬夫巾，穿蟒箭袖卒褂，執旗。引生扮武吉、外扮南宮适，各戴帥盔，紥靠，背令旗，執器械，同從上場門上，唱〕

【正宮集曲·普天帶芙蓉】【普天樂】（首至七）遍軍中歌清晏(韻)，獲全勝同懽忭(韻)。滅妖邪似化飛烟(韻)，慶成功化日光天(韻)。〔分白〕吾乃南宮适是也，吾乃武吉是也。〔同白〕吾等奉姜丞相將令，在西岐山下屯住軍馬，恐有商朝兵到，先拒阻咽喉要路，使他不得近前。吾等只得領命前去。〔南宮适白〕武將軍，方今天氣炎蒸，人不勝甲，馬不勝鞍，空中火傘施張，三軍枯渴，又無林樹遮蓋。恐三軍心有怨言，吾等還得去稟告丞相。〔武吉白〕師傅自有妙用，何用吾等多言，大家一同前去可也。〔南宮适虛白科，同唱〕盼片雲天上張輕傘(韻)，想細雨和風輕涼遍(韻)，解三軍焦渴難言(韻)。〔雜扮辛甲，戴紥巾額，紥靠，執令箭，從上場門上，白〕忙將丞相令，說與二將軍。〔作相見科，南宮适、武吉同白〕辛將軍何來？〔辛甲白〕丞相有令，命二位將軍將人馬調上岐山屯扎。〔南宮适白〕辛將軍，此時天氣炎熱難當，還上山去，死之無疑矣。〔辛甲白〕軍令怎違，只好如此，丞相不久還來。〔南宮适白〕也罷，辛將軍請回，待我等遵令而行便了。〔辛甲虛白，仍從上場門下。南宮适、武吉同白〕大小三軍，就此上山屯扎。〔衆應科，同唱〕【玉芙蓉】〔合至末〕炎威煽(韻)。軍師令傳(韻)，陟嵯峨(讀)，旌旗招颭絳霄邊(韻)。〔同從下場門下。雜扮四軍卒，各戴馬夫巾，穿蟒箭袖卒褂，執旗，雜扮四軍卒，各戴大頁巾，穿蟒箭袖排穗褂，執標鎗。引辛甲同雜扮辛免、晁田、晁雷，各戴紮巾額，紮靠，執器械，生扮金吒、木吒，各戴陀頭髮，穿采蓮衣氅，軟紮扮，繫跳包，執器械，小生扮哪吒，戴綫髮，穿采蓮衣氅，軟紮扮，繫風火輪，帶乾坤圈，執鎗，生扮黃飛虎，戴金貂，紮靠，背令旗，佩劍，執鎗。引外扮姜尚，戴道冠，穿道袍氅，繫縧，執拂塵，從上場門上，唱〕

【正宮引·破陣子】已破妖仙邪法(句)，又擒逆黨雄兵(韻)。全借天威資妙道(句)，肯使兇頑恣焰蒸(韻)，大展我奇能(韻)。〔中場設椅，轉場坐科，白〕老夫姜尚，昨日接得羽報，言有商朝大將魯雄與費仲、尤渾領兵來討。我想封神臺造完，正無祭物，因此大顯神通，擒此三賊斬首祭臺。已命南宮适、武吉上岐山屯扎。我昨夜已在營中暗暗拘神聽符行事。聞得商兵已到岐山下了，我就此使些法術，不用干戈，可以俘獲。辛免聽令：〔辛免應科，姜尚白〕傳令軍政司，軍士們每人各散給棉襖一件、斗篛一具，不得有違。〔辛免應科，從下場門下。黃飛虎白〕請問丞相，方今天氣炎蒸，人馬難禁，要這棉襖、斗篛何用？〔姜尚白〕黃將軍，老夫自有妙用，臨期便知分曉。〔黃飛虎白〕丞相妙法通玄，末將臨時領教。〔姜尚白〕衆將官，作速上山屯扎，少時還有風雪，山水暴漲，不當穩便。〔衆應科。姜尚起，隨撤椅科，同唱〕

【正宮集曲·天邊鴈】【普天樂】〔首至六〕耀旌旗薰風送(韻)，透戈戟炎光擁(韻)。火雲隨鎧甲輝凝(韻)，黃沙撲士馬奔行(韻)。及早的上岐山凌絶頂(韻)，清凉高處軍威整(韻)。【雁過聲】（合至末）奸雄命傾(韻)，又思一鼓擒雙佞(韻)，何怕江山不太平(韻)。〔同從下場門下。雜扮四軍卒，各戴馬夫巾，穿蟒箭袖卒褂，執旗，雜扮四軍卒，各戴大頁巾，穿蟒箭袖排穗褂，執標鎗。引雜扮魯雄，戴帥盔，紥靠，背令旗，佩劍，副扮費仲，丑扮尤渾，各戴紗帽，穿蟒，束帶。同從上場門上，唱〕

【正宫集曲·普天紅】【普天樂】（首至五）俺待學女媧兒石補那青天罅(韻)，俺待要湯潑雪一旦使都消化(韻)。奮起這老精神勇猛無雙(句)，展出了大謀猷智略堪誇(韻)。冤家這答(韻)。【紅娘子】（末一句）怎敵俺威嚴大(韻)。〔場上設椅，各坐科，分白〕俺魯雄，下官費仲，下官尤渾。〔同白〕吾等奉命興師征討西岐，已到西岐山下。那姜尚與衆將，俱在山上屯扎。〔費仲白〕老將軍，人家都説姜尚用兵如神。據我看來，竟是荒唐。這樣炎熱天氣，怎麼反在山上屯扎？〔尤渾白〕正是，我等一鼓上前，正好擒捉。〔魯雄白〕二位不知，我等三軍方纔到此，怎麼即戰？須得休養幾天，方好對手。〔内作大風科，費仲白〕怎麼説話之間，起了這樣凉風，大約要下大雨。〔魯雄白〕正是聖天子洪福齊天，自有清凉相助，都似這般天氣，正好厮殺。〔天井内作下雪科，費仲白〕老將軍，你看怎麼忽然下起大雪來，好奇怪。〔尤渾白〕我活了這偌大年紀，不曾見有這樣怪事。〔各虚白發諢科，魯雄嘆科，白〕咳，二位，天時不正，國家不祥，故有這般怪異。〔衆軍卒白〕三位老爺，登時之間雪下了數尺多深，風來的分外嚴冷，比冬天還難受，我等鐵甲單衣，怎麼挨這般冷？都是君王無道，連累我們受罪。〔各作畏冷虚白發諢科，魯雄白〕這却怎處？〔費仲白〕尤兄，我説不要來罷，偏偏的遇了這等怪事。不如大家回去，奏明聖上，將這伐西岐的念頭打斷了，好多着哩。〔魯雄白〕參謀説那裏話來。〔尤渾白〕將軍，三軍俱有怨言，萬一興心鼓譟起來，這却怎處？〔天井作不落雪，忽復作炎熱科。衆軍卒白〕好怪事，方纔下那樣大雪，雪纔住了，依舊炎熱起來。〔魯雄白〕二位，這是甚麼原故？〔費仲白〕甚麼原故？天意不教伐周。〔尤渾白〕是得緊，講得通。我們兩個文字出身，那裏受得。萬一寒熱不均，大家都害起時症來，不用動手，都教人家拿了去了。〔各作虚白發諢科。内作水聲科，衆軍卒白〕三位老爺，不好了，霎時雪化，山水暴發了，快些逃命要緊。〔衆各作虚白科。魯雄、費仲、尤渾各起，隨撤椅科。衆軍卒虚白發諢，作棄甲曳兵科，同從上場門下。魯雄白〕二位參謀，水勢甚湧，無路可走，眼見得都作了魚蝦了。〔各虚白科，從下場門下。衆引南宫适、武吉同從上場門上，白〕我家丞相果是神仙，呼風唤雪。方纔雪住，依舊炎熱起來，山水暴發。此時天氣又冷，冰凍岐山之水，命我二人帶了衆刀斧手，踏冰來擒魯雄與費仲、尤渾。〔武吉作看科，白〕南宫將軍，你看他三人都凍在冰裏了，可以不費干戈就擒。〔南宫适作看笑科，白〕妙嗄，凍得有趣，我等就此動手，慢慢的擒拿，不怕他鑽了下去。衆刀斧手，將冰鑿開，一個一個的拿。〔衆應科，從下場門下。衆同唱〕

【正宫集曲·普山兩紅燈】【普天樂】（首至五）好一似二之日鑿來勁（韻），笑佞黨修來命（韻）。爽快煞遊入冰壺（句），怎知吾這冰束風繩（韻）。【山漁燈】（四至五）當年得志（句），還自稱潔比銀瓶净（韻）。【兩休休】

（三至四）到今朝斷送無常(句)，似三枝敗殘花插在銀瓶(韻)。【紅芍藥】（六至合）難行(韻)，怎上西岐嶺(韻)，與聖主神人斷併(韻)。【剔銀燈】（合至末）無能(韻)，恁拴縛喪生(韻)，何不去居家托病(韻)。〔衆作綁魯雄、費仲、尤渾同從下場門上，南宮适、武吉同白〕衆將官，斬了首級，回營交令。〔衆應科，作綁魯雄、費仲、尤渾同從上場門下，作斬科，持首級隨上。南宮适、武吉同白〕就此回兵。〔衆應科，同唱〕

【南呂宮引・哭相思】神術通天果是靈(韻)，輕擒佞黨不須兵(韻)。早知冰可爲人害(句)，昏主當初枉用兵(韻)。〔同從下場門下。生扮柏鑑，戴帥盔，搭魂帕、白紙錢，紥靠，執旛，引魯雄、費仲、尤渾魂，各搭魂帕、白紙錢，同從東傍門上，遶場科，同從下場門下〕

第廿三齣　兵起四魔忘守本（古風韻）

昆腔

〔雜扮四軍卒，各戴馬夫巾，穿蟒箭袖卒褂，執旗。引雜扮魔風，戴紥巾額，簪狐尾、雉尾，紥靠，從上場門上，唱〕

【雙調正曲・回回舞】經文略武最高能(韻)，最高能(格)。滅盡西周復帝京(韻)，驟馬城池一踹平(韻)。久煉修持法寶精(韻)，法寶精(格)。〔合〕顯異能(韻)，遍天涯可横行(韻)，九州四海播英名(韻)。〔中場設椅，轉場坐科，白〕道緣開悟自洪荒，玄妙神奇世莫雙。修成不壞金剛體，法術無窮敢自强。俺魔風是也，兄弟魔調、魔雨、魔順，弟兄四人，同成妙道，煉就金身。隨身有四件寶貝，某家青雲寶劍，二弟琵琶，三弟混元珠傘，四弟花狐貂，按風、調、雨、順四般名號，故此因之以命名。海内聞名喪膽，仙家知姓驚魂。投入商朝，蒙聖上任用，爲佳夢關總鎮，三個兄弟俱爲副將。只因聞太師牌符來到，命我四人兵討西岐，俺已將錢糧册簿交代與胡陞、胡雷，引兵前來，將到西岐城下。今朝吉日，不免與衆兄弟前去要戰。兄弟們那裏？〔雜扮魔調、魔雨、魔順，各戴紥巾額，簪狐尾、雉尾，紥靠，同從上場門上，唱〕

【仙吕調隻曲・點絳唇】道德仙機(韻)，功參玄秘(韻)。洵奇異(韻)。攪亂西岐(韻)，敢把乾坤據(韻)。

〔分白〕俺魔調，俺魔雨，俺魔順，〔同白〕大哥相召，大家進見。〔作見科，白〕大哥有何吩咐？〔魔風起，隨撤椅科，白〕衆兄弟，今日吉期興師，咱們各帶寶貝，前去要戰一番。〔衆白〕有理。〔同白〕大小三軍，就此起兵前去。〔衆應科，同唱〕

【雙角隻曲・對玉環】鳴鼓摇旗(韻)，鏖兵逐電移(韻)。乘勢長驅(韻)，威風山嶽低(韻)。行軍不暫稽(韻)，從軍心更喜(韻)。四野征雲(句)，征雲一望迷(韻)。策馬揮鞭(句)，揮鞭不暫遲(韻)。〔同從下場門下。雜扮四軍卒，各戴馬夫巾，穿蟒箭袖卒褂，執旗。雜扮四軍卒，各戴大頁巾，穿蟒箭袖排穗褂，執標鎗。生扮金吒、木吒，各戴陀頭髮，穿采蓮衣氅，軟紥扮，繫跳包，執器械，金吒背遁龍樁。小生扮哪吒，戴綫髮，穿采蓮衣氅，軟紥扮，繫風火輪，帶乾坤圈，執鎗。生扮武吉，外扮南宫适，各戴帥盔，紥靠，背令旗，執器械。生扮黄飛虎，戴金貂，紥靠、背令旗，佩劍，執鎗。引外扮姜尚，戴道冠，穿道袍氅，繫縧，執拂塵，打神鞭，從上場門上，唱〕

【雙角隻曲・夜行船】冰凍岐山功績奇(韻)，捉奸臣斬首罪名宜(韻)。纔罷干戈(句)，又聞兵至(韻)，何日裏江山寧輯(韻)。〔中場設椅，轉場坐科，白〕老夫姜尚，略顯神通，冰凍岐山，將魯雄與費仲、尤渾捉住斬首，指望略停幾日干戈。忽然聞得報來，説聞仲差遣佳夢關魔家四將同來征勦，少不得有一番鏖戰也。〔黄飛虎白〕丞相休得小覷了這四人，這四人乃同胞兄弟，各有奇傳。長曰魔風，使一口青雲寶劍，上有地、水、火、風四字符籙，舞動來黑風萬仞，烈焰千層。次曰魔調，用得一面琵琶，與青雲劍法術相同。三曰魔雨，秘授一傘，名爲「混元」，上有萬珠衆寶，穿成「裝載乾坤」四字，撑開時天昏地暗，日月無光。四曰魔順，養成一物，形如白鼠，名爲花狐貂，放起時脅生雙翅，幻如白象，食盡凡人，昔日曾與末將征伐東海，用過此寶，故爾深知。今日此來，只恐難勝。〔金吒、木吒、哪吒同白〕師叔，若依武成王之言，難道我這裏不戰，他便好好回去不成。我等俱係明師傳授，些小邪法，何懼之有。況且福德在周，天意相佑，怕他怎的。〔姜尚白〕你三人説得也是。黄將軍，我等且與他對戰一陣，看是如何。〔黄飛虎虛白科，姜尚白〕衆將官，出城交戰去者。〔東邊城門上安「西歧」匾額科，衆應科。姜尚起，隨撤椅科。從上場門下，隨出城門，作遶場科，同唱〕

【雙角隻曲·清江引】莫暫遲(讀)，消平寇攘奇(韻)，大展英豪氣(韻)。沙場響鐵衣(句)，吶喊軍聲沸(韻)，頃刻滅兇氛功遂矣(韻)。〔衆引魔風、魔調、魔雨、魔順，各執器械，背風、調、雨、順切末，從下場門上，對戰科。姜尚白〕四位敢是魔家將軍麽？〔魔風白〕然也。知我等法術，早些投降。〔南宫适白〕呔！休得無禮。〔作與魔風對戰，武吉作與魔調對戰，哪吒作與魔雨對戰，木吒作與魔順對戰科。魔家四將虛白科，同從下場門下，衆引姜尚追下，魔家四將各執風、調、雨、順切末，從上場門上，同白〕我等詐敗，姜尚來追，待用法寶傷他。〔衆引姜尚從上場門上，對戰科。哪吒作祭乾坤圈，金吒作祭遁龍樁，姜尚作祭打神鞭，魔雨俱作撐傘收科，各虛白作施展法寶科，地井内出烟火，天井内下刀劍切末。衆引姜尚同作大敗科，從下場門下。魔風白〕衆兄弟，姜尚大敗進城，明日點齊兵將攻打，指日可破。〔魔調白〕哥哥，小弟想來，姜尚乃崑崙教下，善於占算用兵，只怕攻城未能得志。〔魔雨白〕依我主見，也不攻打，也不交戰，困守數月，他無糧草，不怕不滅。〔魔順

白〕只是耽延時日。今夜俺四人各將異寶祭起，把西岐變成渤海，省得費事。〔衆白〕有理。暫且回營，候晚行事。〔同唱〕

【煞尾】共將異寶輕飛動㊒，管教他變魚蝦斷送波中㊒，再休思跨鶴上瑶宫㊒。俺這魔家四帥原不是凡夫種㊒。〔同從下場門下〕

第廿四齣　天教二聖共臨凡（先天韻）　崑腔

〔生扮楊戩，戴三叉冠，穿蟒箭袖紥氅，執鎗，從上場門上，跳舞科，唱〕

【雙角套曲・新水令】飛行不用紫絲鞭(韻)，駕天風重霄經遍(韻)。正逢紛擾日(句)，何日太平年(韻)。劫運輪遷(韻)，則這大羅仙全身現(韻)。〔白〕俺乃玉泉山金霞洞玉鼎真人弟子楊戩是也。煉成變化之身，學就通玄之法。七十二般幻像，幻像隨心；三千九轉工夫，工夫在我。因奉師命下山，去助子牙伐紂興周，須索往西岐走一遭也。〔唱〕

【雙角套曲・慶東原】西岐下(句)，軍帳邊(韻)，顯神通協助相爭戰(韻)。往常時閒看着舞鸞(韻)，閒采着碧蓮(韻)，静守着爐烟(韻)。赤緊的來到殺伐場(句)，得遂修行願(韻)。〔從下場門下。雜扮四軍卒，各戴馬夫巾，穿蟒箭袖卒褂，執旗。引雜扮馬成龍，戴紥巾額，紥靠，執刀，從上場門上，唱〕

【雙角套曲・早鄉詞】正值着九秋天(韻)，遍山川(韻)，起金風快趁絲鞭(韻)，甚心情把花笑撚(韻)。俺這裏忙策馬把長途趲(韻)，爲的是糧草納帥府臺前(韻)。〔白〕俺乃西岐運糧官馬成龍是也。商朝無故屢次加兵，姜丞相率兵拒戰，命俺催趲糧草，只索趲行前去。〔唱〕

【雙角套曲・挂玉鈎】何用那令箭紛紛驛使傳（韻），飛檄如雪片（韻）。軍食應關機要先（韻），敢誤了燃眉限（韻）。那敵人（句），休逢面（韻）。若使相逢（句），難保得生全（韻）。〔同從下場門下。小生扮黄天化，戴綫髮，穿采蓮衣氅，軟紮扮，繫跳包，掖雙鎚，執拂塵，從上場門上，唱〕

【雙角套曲・石竹子】父作藩王子作仙（韻），重逢骨肉喜生全（韻）。則俺這妙法神機人莫辨（韻），奉命興周滅暴殘（韻）。〔白〕俺黄天化，奉師傅之命，言有魔家四將兵伐西岐，子牙無計可施，命我下山相助，共保西岐父子聚首。只索趲行前去。〔唱〕

【雙角套曲・山石榴】當日裏别天倫（句），向仙山轉（韻）。今日裏建功又得重逢面（韻），共保那聖明主堪留戀（韻）。〔從下場門下。雜扮四軍卒，各戴馬夫巾，穿蟒箭袖卒褂，執旗。引雜扮魔風、魔調、魔雨、魔順，各戴紮巾額，簪狐尾、雉尾，紮靠，背風、調、雨、順切末，執器械，同從上場門上，唱〕

【又一體】俺心中愁萬千（韻），不能言（韻）。莫不是興周有意天心轉（韻），惹起俺心頭怨（韻）。〔魔風白〕衆兄弟，昨夜共祭法寶，攻打城池，地、水、火、風好不兇惡，爲何城池依舊、人馬無驚？莫非天意興周，高人相助？〔魔調白〕哥哥不消疑慮，今日再去要戰，看他怎樣，便知分曉。〔魔風白〕二弟之言有理，就此一同前去。〔同唱〕

【雙角套曲・醉娘子】兀的不果然待助他也麽天（韻），兀的不果然待助他也麽天（疊）。施展重前（韻），秘授心傳（韻），看他怎生般拒敵來前（韻）。〔同從下場門下。雜扮四軍卒，各戴馬夫巾，穿蟒箭袖卒褂，執旗。雜扮四軍卒，各戴大頁巾，穿蟒箭袖排穗褂，執標鎗。生扮金吒、木吒，各戴陀頭髮，穿采蓮衣氅，軟紮扮，繫跳包，執器械。小生扮哪吒，戴綫髮，穿采蓮衣氅，軟紮扮，繫風火輪，帶乾坤圈，執鎗。雜扮韓毒龍、薛惡虎，各戴綫髮，穿蟒箭袖，繫跳包，襲氅，執器械。生扮武吉，外扮南宫适，各戴帥盔，紮靠、背令旗，執器械。生扮黄飛虎，戴金貂，紮靠、背令旗，佩劍，執鎗。楊戩執鎗。引外扮姜尚，戴道冠，穿道袍氅，繫絲，執拂塵，從上場門上，唱〕

【雙角套曲・相公愛】虧煞了陰陽妙算全(韻)，又得了仙家弟子共來前(韻)。天然(韻)，助周心意兒專(韻)，自有高人精術傳(韻)。〔中場設椅，轉場坐科，白〕老夫姜尚，爲因魔家四將夜放異寶，欲破城池，虧我占出，拘得四海水來，得保無虞。免戰高懸，静候消息。不料軍中糧草匱乏，正在危急，忽有韓毒龍、薛惡虎兩個徒侄奉命前來，送了聚糧金斗，得以糧足無遺；又來了玉鼎道兄之徒楊戩前來相助。想那魔家四將，一定可擒了。〔雜扮一報子，戴鷹翎帽，穿報子衣，繫跳包，執旗，從上場門上，跪科，白〕啟丞相在上：魔家四將，城下要戰。〔姜尚白〕知道了。〔報子仍從上場門下，楊戩白〕弟子此來，正思效用，願去當先，殺他一陣。〔姜尚白〕須當仔細。〔楊戩白〕曉得。〔從上場門下，姜尚白〕哪吒，你隨了他去，看是如何。〔哪吒應科，從上場門下。姜尚唱〕

【雙角套曲・胡十八】天付與一隊兒神仙眷(韻)，扶聖主定坤乾(韻)，神威赫奕在戰場前(韻)。那些兒心願(韻)，原出於自然(韻)。這的是人世裏(句)，未常見(韻)。〔衆白〕丞相，周營有此能人，實乃主公之福也。〔唱〕

【雙角套曲・一錠銀】那無勢的昏君枉自專(韻)，怎當俺創業明賢(韻)。管教他十分悔十分哀怨(韻)，破亡愁怎生消遣（韻）。〔哪吒從上場門急上，白〕師叔，不好了。方纔楊戩與魔家四將交戰，有運糧官馬成龍路逢相助，被他放出花狐貂來，將馬成龍咬死，楊戩被那怪物吞入腹内。〔姜尚白〕怎麽有這等事？〔起科，唱〕

【雙角套曲・阿納忽】實指望建業來前（韻），又誰想命喪黄泉（韻）。想仙徒方纔鏖戰（韻），一霎裏路隔了千年（韻）。〔楊戩從上場門上，白〕只知有死無生氣，誰識先天變化能。〔作見科，白〕師叔在上，弟子得勝回來了。〔衆同作大驚科，姜尚白〕你纔去陣亡，爲何又至？必有回生之術。〔楊戩白〕弟子學有七十二般變化，處處隨心。方纔被那花狐貂吞去，却不知弟子玄功，四魔得意，還要夜間放那怪物吞這滿城之人。是弟子一時怒起，將花狐貂掙爲兩段，前來報信，弟子此時還去。〔姜尚白〕你却怎生去得？〔楊戩白〕待弟子仍變作花狐貂模樣，前去到他營中，夜間得便，好歹將那三件寶貝取來，使他折手，方好成功。弟子去也。〔從下場門下。姜尚坐科，白〕周營有此道術之人，何懼之有。〔唱〕

【雙角套曲・小拜門】變化無窮妙怎言（韻），何用終日事攻戰（韻）。精傳（韻），精傳的道法玄（韻），正是個英雄仙眷（韻）。〔衆白〕此去未有不能成功者，可喜可賀。〔唱〕

【雙角套曲・慢金盞】遇仙緣（韻），高人共前（韻）。有誰憐（韻），邪魔斬（韻）。皇家福衍（韻），明君德全（韻）。仙師法專（韻），妖人運蹇（韻）。他向紅塵不得相留戀（韻），怎能回（句），天心轉（韻）。〔金吒、木吒、哪吒同白〕弟子等見此能人，也不勝欣羨。〔姜尚起，隨撤椅科。衆同唱〕

【雙角套曲・大拜門】念吾儕怎比肩(韻)。心虔意專(韻)，怎及他巧變幻都隨心願(韻)。來投帳前(韻)，去除賊漢(韻)，可望他一陣功全(韻)。〔衆同作虛白科，同從下場門下。生扮柏鑑，戴帥盔，搭魂帕、白紙錢，紥靠，執旛。引馬成龍魂，從東傍門上，遶場科，從下場門下。黄天化從上場門上，唱〕

【雙角套曲・也不羅】驀聽得人馬喧(韻)，早來到大營前(韻)。相會諸親眷(韻)，滅妖早把奇功建(韻)，奉命也忘勞倦(韻)。〔白〕我黄天化，急急行來，已到周營了，待我通報一聲。〔向内白〕裏面有人麽？〔一軍卒從下場門上，白〕甚麽人？〔黄天化白〕相煩通禀，有青峰山道者求見。〔軍卒虛白，作向内請科。衆引姜尚從下場門上，虛白科。軍卒虛白作禀科，姜尚虛白科。中場設椅，姜尚坐科，軍卒虛白唤科，黄天化轉場作相見科，白〕師叔在上，弟子稽首。〔姜尚白〕道者何來？〔黄飛虎白〕丞相，此人乃末將長子黄天化，在青峰山紫陽洞隨清虛道德真君爲徒。〔姜尚白〕原來如此，你却來此何幹？〔黄天化白〕弟子奉師傅之命，聽候驅遣。〔作見黄飛虎，白〕爹爹在上，孩兒拜見。〔黄飛虎白〕我兒罷了。自斬陳桐，一别又是數載。〔姜尚白〕將軍有子爲仙，更當相賀。〔唱〕

【雙角套曲・小喜人心】至親重見(韻)，樂事堪羡(韻)。可喜你有子昇天(韻)，一室俱爲仙眷(韻)。〔黄飛虎白〕丞相過獎了。〔唱〕俺家門忠孝(句)，父子投明(句)，合志存賢(韻)。敢望他向重霄遊遍(韻)，只願他向明君功建(韻)。〔衆同白〕我等恭賀黄將軍有此公子，今日相逢，何勝欣羡。〔同唱〕

【雙角套曲・風流體】則看他(句)，則看他仙寵顯(韻)。想着他(句)，想着他仙法遠(韻)。來到這(句)，來到這聖君前（韻）。會合時（句），會合時賴天心眷（韻）。〔黃飛虎虛白遜科，白〕手下，將他帶至後營，換了冠帶，前來拜見丞相。〔姜尚白〕黃將軍，這却不消。他原是道門，不可一旦變服。我居相位，尚不敢忘崑崙之德，他方纔下山，即便變服，却似未當穩便。〔唱〕

【雙角套曲·忽都白】他自幼學仙（韻），莫怪我直言（韻），還須把根本保也麽全（韻）。怎生一旦（句），把師恩不念（韻），錦甲金冠（韻），紅塵沾染（韻）。自古道水有源原遠（韻），木有根蟠轉（韻）。〔黃飛虎白〕丞相見教極是，末將有失計較。〔黃天化白〕多謝師叔訓誨，弟子不勝感戴。〔唱〕

【雙角套曲·唐古歹】頓開茅塞啟先天（韻），怎敢背師言（韻），一旦即將衣甲換（韻）。謝吾師的指訓一派大明言（韻）。〔姜尚白〕天化賢侄，你山中學成甚麽武藝？〔黃天化白〕弟子秘授兩柄銀鎚，待弟子要戰去。〔姜尚白〕今日已晚，明朝未遲。手下，後營設宴，與黃將軍相賀。〔衆軍卒應科，黃飛虎白〕多謝丞相。〔姜尚起，隨撤椅科，衆同唱〕

【鴛鴦煞】綺筵且共金杯勸（韻），賀相逢天意原無舛（韻）。對酌金樽（句），笑語聲喧（韻）。羨道骨肉不參商（句），不生繾綣（韻）。人意隨天（句），天意隨人願（韻）。人願常圓（韻），管指日滅紂興周功烈遠（韻）。〔衆同從下場門下〕

第五本

第一齣　救生賜寶得成功（古風韻）　昆腔

〔雜扮四軍卒，各戴馬夫巾，穿蟒箭袖卒褂，執器械。引雜扮魔風、魔調、魔雨、魔順，各戴紮巾額，簪狐尾、雉尾，紮靠，執器械。魔風套白玉鐲，魔順背楊戩變的花狐貂，同從上場門上，唱〕

【中呂宮正曲・駐馬聽】離却仙鄉(韻)，特赴西岐除逆黨(韻)。全憑至寶(句)，何怕天仙(讀)，遇我送無常(韻)。同心討逆助殷商(韻)，擒他小寇如探囊樣(韻)。〔合〕教他指日危亡(韻)。殄來魑魅(讀)，凈除魍魎(韻)。

〔同白〕俺弟兄四人，同來伐周，雖然未甚大傷，却也有些不妥。〔魔雨白〕大哥，俺們三人的寶貝，不知被何人盜去，莫非周營別有能人？〔魔順白〕三位哥哥，你們的法寶都是死物，所以被人盜去。似我這花狐貂，就有能人來盜，也輕輕被他吞了。〔魔風白〕兄弟閒話少說。周營有人要戰，須索迎殺上去。〔同唱〕

【越調正曲・水底魚兒】法寶軒昂(韻)，前來敢逞强(韻)。周人授首(句)，〔合〕兵將一齊亡(韻)，兵將一齊亡(疊)。〔同從下場門下。雜扮四軍卒，各戴馬夫巾，穿蟒箭袖卒褂，執雙刀。引小生扮哪吒，戴綫髮，穿采蓮衣氅，軟紮扮，繫風火輪，帶乾坤圈，執火尖鎗。小生扮黃天化，戴綫髮，穿采蓮衣氅，軟紮扮，繫跳包，執錘。同從上場門上，唱〕

【又一體】氣概雄豪(韻)，當前大戰鏖(韻)。收魔除怪(句)，〔合〕一戰毒氛消(韻)，一戰毒氛消(疊)。〔分白〕吾乃哪吒是也，吾乃黃天化是也。〔同白〕奉姜師叔將令，來到商營要戰。〔黃天化白〕李師弟，你看那四魔引兵來也。〔哪吒白〕黃道兄須當仔細。〔各虛白科。衆引魔家四將，同從下場門上。黃天化作對敵科，四魔白〕你是何人？〔黃天化白〕吾乃西岐開國武成王長殿下黃天化是也，奉姜丞相將令，特來擒捉爾等。〔魔風白〕好孺子，黃口未退，擅敢無理，看鎗！〔作對戰科。魔風作祭白玉鐲，打死黃天化科。雜扮四風神，各戴竪髮額、黃紙錢，穿蟒箭袖，繫跳包，執風旗，從上場門上，作扛黃天化尸科，從下場門下。哪吒白〕呔！無知潑魔，休得傷吾道兄。〔作對戰科。魔風作祭白玉鐲打科，哪吒作祭乾坤圈迎科，作打碎白玉鐲科。魔調白〕好道童，怎敢壞吾法寶！〔作對敵科，衆軍卒亦作對敵科。哪吒作敗科，從上場門下，衆軍卒隨下。魔風白〕衆兄弟且休回營，趁此攻打城池可也。〔衆白〕有理。〔同唱〕

【又一體】幼子無知(韻)，軍前惹是非(韻)。青年身喪(句)，〔合〕怨苦有誰知(韻)，怨苦有誰知(疊)。〔同從下場門下，衆軍卒隨下。場西洞門上安「紫陽洞」匾額科。雜扮二仙童，各戴綫髮，穿采蓮衣。引生扮清虛道德神君，戴道冠，穿道袍，繫絛，執拂塵，袖金丹切末，從上場門上，唱〕

【中呂宮引・菊花新】玄功升降運河車(韻)，頂上三苗聚寶花(韻)。救難又除邪(韻)，早犯紅塵劫煞(韻)。〔中場設椅，轉場坐科，白〕悟道參玄入静臺，凡心不染浄塵埃。養成五炁朝元會，煉就三花聚頂開。吾乃清虛道德神君是也。只因商朝當滅，周室應興，今有四魔領兵來討，我命天化下山，助子牙成功破怪，不料逢了大難，被魔風今日用白玉金剛鐲打死。雖是天數當然，我若不救，又有何人救他。已遣了風神取他去了。待他來時，賜他一件法寶，破寇成功可也。怎麽還不見到來？〔四風神作扛黄天化從上場門上，遶場從洞門下，隨從西傍門上，作放地上科，同白〕黄天化救到。〔清虛道德神君白〕風神迴避。〔四風神從下場門下。清虛道德神君白〕童兒，取無根水來。〔一仙童應科，從下場門下。清虛道德神君唱〕

【中吕宫正曲・駐雲飛】一見堪哀(韻)，閉却泥丸總不開(韻)。只爲功無大(韻)，致受非灾害(韻)。嗏(格)。〔仙童作取水，仍從下場門上，虛白科。清虛道德神君出丹科，白〕將此仙丹，一半灌入腹中，一半敷於患處。〔仙童應，作接丹、灌科，敷科。清虛道德神君唱〕頃刻自消灾(韻)，何難分解(韻)。一點靈魂(讀)，唤入三千界(韻)。〔合〕十二重樓煖氣回(韻)。〔仙童送水科，仍從下場門下隨上。清虛道德神君白〕天化醒來。〔黄天化作醒科，白〕哎呀，痛殺我也。〔作見科，白〕呀，原來是師傅救我。〔拜科，白〕謝師傅救命之恩。天化如何在此相見？〔清虛道德神君白〕徒弟，你未曾下山，我已占得你今日當有此難。今日賜你法寶，助你成功。童兒，將錦囊取來。〔一仙童應科，仍從下場門下，取錦囊，内盛鑽心釘四個隨上。清虛道德神君白〕此乃先天法寶，名爲鑽心釘。上有秘書符籙，一任得道上仙，也受不起這一下。你速往西岐，將此去會四魔，可成大功。我不久也要下山。你自去罷。〔黄天化接科，白〕多謝師傅。一死蒙恩得再生，〔清虛道德神君起，隨撤椅科，白〕仙家自有道原精。〔黄天化白〕全憑寶物除魔惡，〔清虛道德神君白〕共輔明君建大功。〔黄天化從西傍門下，隨出洞門科，從上場門下。清虛道德神君從下場門下，二仙童隨下。雜扮四軍卒，各戴馬夫巾，穿蟒箭袖卒褂，執旗。生扮金吒、木吒，各戴陀頭髮，穿采蓮衣氅，軟紮扮，繫跳包。小生扮哪吒，戴綫髮，穿采蓮衣氅，軟紮扮。生扮武吉，外扮南宫适，各戴帥盔，紮靠，背令旗，佩劍。生扮黄飛虎，戴金貂，紮靠，背令旗，佩劍。引外扮姜尚，戴道冠，穿道袍氅，繫縧，執拂塵，從上場門上，唱〕

【南吕宫引·生查子】寶劍吐星芒(句)，月照蓮花帳(韻)。只待掃群妖(句)，奏凱齊聲唱(韻)。〔中場設椅，姜尚轉場坐科，白〕老夫姜尚，與四魔對敵，正在無計之時，來了個楊戩，變化無窮，還可望其成功。又來了天化賢侄，武藝學自高山，亦是可用人物。但是他不能破除法寶，被魔風那厮一鐲打死，恰好道德神君命風神將他取回山去救治去了，不知幾時纔來。那四魔正在攻打，無人抵擋，須當思一妙計破他。〔黄天化從上場門上，白〕不但回生欣得命，又蒙賜寶可除邪。〔作見科，白〕師叔在上，弟子拜見。〔作見黄飛虎科，白〕爹爹在上，孩兒拜見。〔向姜尚白〕弟子被師傅攝回洞府，金丹救治，復又賜了鑽心釘四個，命我滅寇成功。〔姜尚白〕妙嗄！正當其時。四魔攻打不休，須當出戰，專望你一陣成功。哪吒，還是你二人前去。〔哪吒白〕領命。〔同黄天化從上場門下。姜尚白〕黄將軍，吾等坐候捷音可也。〔黄飛虎白〕正是。〔姜尚起，隨撤椅科，同唱〕

【黃鐘宮正曲·出隊子】他肆行無狀㊙，紊亂清平自逞强㊙。殺劫自到怎逃殃㊙。千載工夫一旦亡㊙，〔合〕空有靈魂㊙，埋冤上蒼㊙。〔同從下場門下。魔家四將從上場門上，唱〕

【又一體】加攻休放㊙，要破西岐待敗亡㊙。共將異寶散光芒㊙。一旦人民盡死亡㊙，〔合〕方曉魔家㊙，威名顯揚㊙。〔魔風白〕衆兄弟，周營又有人來出戰，須使寸甲不留。〔衆各虚白科。哪吒、黃天化從下場門上，黃天化白〕潑魔，還我那一鐲的仇來。〔魔風白〕好一個不知死的幼童。〔作對戰科。黃天化作祭鑽心釘科，魔風作安鑽心釘切末科，從下場門暗下。魔調作虚白、對戰科。黃天化復作祭鑽心釘科，魔調作安鑽心釘切末科，從下場門暗下。魔雨作虚白、對戰科。黃天化又作祭鑽心釘科，魔雨作安鑽心釘切末科，從下場門暗下。魔順白〕好孺子，連傷我三兄，看我的花狐貂取你。〔作取花狐貂切末科。雜扮楊戬化身，穿花狐貂切末衣，從地井暗上，作咬魔順科。魔順白〕怎麽吃起自家人來？寶貝也不靈了。〔黃天化作祭鑽心釘科，魔順作安鑽心釘切末科，從下場門暗下。楊戬化身從地井内下。生扮楊戬，戴三叉冠，穿蟒箭袖紮鞳，隨上。黃天化白〕楊道兄從何而來？〔楊戬白〕吾奉姜師叔將令，已經盗了那三魔的法寶，又變作這魔的花狐貂，在此作個内應。〔哪吒白〕若非楊道兄神通變化，那四魔的寶貝早已殺净了西岐的人了。〔作向黃天化、楊戬白〕恭喜二位建此大功，同去回覆將令去者。〔衆同唱〕

【慶餘】功成談笑消魔障㊙，可惜他修煉空教一旦亡㊙，到今日奏凱威名到處揚㊙。〔同從下場門下。生扮柏鑑，戴帥盔，搭魂帕、白紙錢，紮靠，執旛。引魔風、魔調、魔雨、魔順魂，各搭魂帕、白紙錢，從東傍門上遶場科，從下場門下〕

第二齣　聞報辭君重出戰（東鐘韻）　昆腔

〔雜扮四文臣，各戴紗帽，穿蟒，束帶，執笏，同從上場門上，同唱〕

【商調引·鳳凰閣】晨鐘聲動(韻)，仙掌曙光初擁(韻)，聽鳴梢金殿影曈曨(韻)。〔雜扮四武臣，各戴帥盔，穿蟒，束帶，執笏，同從上場門上，同唱〕香滿玉爐烟重(韻)，鳴珂侍從(韻)，拜聖壽山呼似嵩(韻)。〔各作相見科，白〕請了。今日聖上臨朝，大家在此伺候。〔净扮聞仲，戴黑貂，內紥靠，背空背壺，外穿蟒，束帶，執笏，從上場門上，唱〕

【商調引·慶青春】具臣忠(韻)，丹心報國無窮(韻)。啟沃宸聰(韻)。惟願萬國車書(句)，慶天朝華夷一統(韻)。〔白〕老夫聞仲，自奏凱還朝，終日勸聖上臨朝聽政，今日又是早朝時候。〔衆官同作相見科，白〕老太師。〔聞仲白〕列位請了。老夫爲因西岐姜尚用兵如神，每每差遣能將，俱被他殺得零落死亡。老夫思欲親征，今日早朝，奏聞聖上前去。〔衆官白〕老太師親征，斷無不成功之理。〔內喝朝科，聞仲白〕聖駕臨軒，我等肅恭伺候。〔各分侍科。雜扮四太監，各戴太監帽，穿貼裏衣，執提爐。雜扮二內侍，各戴大太監帽，穿蟒，束帶，帶數珠，執拂塵。雜扮四宮娥，各戴過梁額，穿宮衣，執符節、龍鳳扇。引净扮紂王，戴王帽，穿蟒，束帶，從上場門上，唱〕

【商調引・接雲鶴】沉花醉酒興無窮韻，喜前人基業自興隆韻。〔場上設桌椅，紂王轉場入座科。聞仲參見科，白〕臣聞仲見駕，願吾王萬歲。〔紂王白〕皇叔祖請起。〔聞仲起科。衆官同作參見科，白〕臣等見駕，願吾王萬歲萬歲萬萬歲。〔宫娥白〕平身。〔衆官白〕萬歲。〔各起分侍科，紂王白〕廿八傳來祖業光，何須籌畫計安邦。只今惟有西岐發，疥癬應不費計量。孤家承先王之餘烈，繼天下之太平，曾無失政之條，每受群臣之謗。叵耐西岐姬發，用了姜尚那廝，收了黄飛虎，擅敢稱兵犯順，造逆拒君。屢次出兵征討，不知事勢如何。皇叔祖。〔聞仲白〕臣有。〔紂王白〕那西岐可有甚麼消息？〔聞仲白〕臣啟陛下：這些時呵，〔唱〕

【仙吕宫正曲・不是路】羽檄紛從韻，告急全因受戰攻韻。他威原閧韻，有多少能人彼此總臣工韻。〔白〕臣已屢次遣將出兵，皆非無能之輩，不料都被西岐殺害，死於非命。終日告急表章，絡繹不斷。〔唱〕道氣驍雄韻，也有的能争慣戰皆英勇韻，也有的妙術奇謀總順從韻。他那裏君臣共韻，共謀大業要待把乾坤動韻。難除兇閧韻，難除兇閧疊。〔紂王白〕如今皇叔祖却待怎樣？〔聞仲白〕臣呵，〔唱〕

【又一體】一點微忠韻，奉命前行共戰攻韻。要除兇閧韻，把赤心妙略盡臣忠韻。〔紂王白〕皇叔祖自己去出兵征討，自然戰勝攻克。〔聞仲白〕聖上，〔唱〕莫相稱韻，這的是輔君盡節非誇勇韻，爲國忘家意氣雄韻。應難縱韻，縱潢池小寇把兵戈弄韻，江山摇動韻，將江山摇動疊。〔紂王白〕皇叔祖要親伐西岐，朕自無慮，不日候爾佳音。不知何時起兵？〔聞仲白〕臣已點齊將卒，只待奏聞聖上，即便起行。燃眉之急，不可不救。〔紂王白〕既如此，內侍取酒來。〔二內侍應科，從下場門下。聞仲白〕老臣此去，終有一事不放心懷，但願聖上呵，〔唱〕

【又一體】大啟宸聰(韻)，休被那酒色奸讒的四字兒蒙(韻)。將忠良用(韻)，萬幾庶職共相從(韻)。〔白〕無令君臣隔絕、上下不通。老臣此去，多不過半年，少只數月之期。〔唱〕定要滅狂兇(韻)，還待要把堯天舜日同稱頌(韻)，休使那些黎庶臣工怨聖躬(韻)。〔二內侍取酒，仍從下場門上。紂王白〕待孤親奉一杯。〔作出桌，隨撤桌椅科。紂王虛白奉酒科，聞仲跪接飲科，唱〕臣承恩重(韻)，怎當得殊恩親把瑤觴奉(韻)。惟願吾君明聖(韻)，吾君明聖(疊)。〔紂王白〕文武衆臣，代朕送至軍場。〔衆官白〕領旨。〔宮娥白〕散朝。〔紂王從下場門下，內侍宮娥隨下。衆官白〕老太師此去，自然成功而回，下官等刮目相待也。〔聞仲白〕多蒙過獎。老夫去後，朝中事體，全賴列位扶持。〔衆官白〕領命。〔遶場科，同唱〕

【商調正曲·黃鶯兒】保國滅元兇(韻)，盡生平一片忠(韻)，講甚麽身家爵位功名重(韻)。定江山戰攻(韻)，掃欃槍暴兇(韻)，把無疆宗社皇圖鞏(韻)。〔合〕看軍容(韻)，那彈丸小醜(句)，怎敵大元戎(韻)。〔同從下場門下。雜扮四軍卒，各戴馬夫巾，穿蟒箭袖卒褂，執旗，一人擯金鞭。雜扮四軍卒，各戴大頁巾，穿蟒箭袖排穗褂，執標鎗。雜扮四將官，各戴紥巾額，紥靠。雜扮二中軍，各戴中軍帽，穿蟒箭袖通袖褂，佩刀。同從上場門上，虛白科。內作樂。聞仲卸蟒，背壺內插令旗科，從上場門上。衆作跪接科。場上預設高臺、虎皮椅，聞仲轉場陞座科，白〕衆將官聽吾號令。〔衆應，作向上立科。聞仲白〕爾等共受隆恩，各當思報。定國安邦，不負英雄大略；除强伐暴，少酬膏澤殊休。方今西岐姬發，無道不臣，侵犯天朝，殺傷官將，擾亂邊疆。老夫身叨節鉞，理合征誅。爾等人人奮勇，個個争先，務期爲國除害，以盡臣心。如有專擅不用命，及退縮不前者，定按軍法從事，爾其勿忽。〔衆應科，白〕得令。〔聞仲白〕中軍，看俺的坐騎來。〔二中軍應，作向内傳科，從上場門下，作牽雜扮墨麒麟，穿墨麒麟切末衣，從上場門上。聞仲作下高臺，隨撤高臺、虎皮椅科。聞仲作騎麒麟科。麒麟作動，將聞仲跌落科，衆同白〕老太師，今日出兵落騎，實爲不祥，可另點别將征伐可也。〔聞仲白〕此言差矣。人臣將身許國而忘其家，上馬交兵而忘其命。大將臨陣，不死即傷，此理之常，何足爲異。大抵此騎久未出戰，故爾筋骨未伸，致有此失。幸無再言。〔衆虚白科，聞仲白〕衆將官，吩咐扯旗放砲，作速趲行前去。〔衆應科。内作吶喊放砲科。聞仲作上騎科。衆遶場科，同唱〕

【尚遶梁煞】恨無知小寇把刀兵弄(韻)，怎知俺把天兵鼓山川摇動(韻)，笑那些懵懂的愚夫猶似在夢中(韻)。〔衆引聞仲同從下場門下〕

第三齣　聞太師計收四將㊂古風韻　弋腔

〔雜扮八嘍囉，各戴盔襯帽，穿箭袖卒褂，執旗。引雜扮鄧忠、張節、陶榮，各戴紮巾額，穿打仗甲。雜扮辛環，戴竪髮額，穿打仗甲，紮飛翅。同從上場門上，同唱〕

【正宫正曲・四邊静】相逢不用相迴避㊓，勇猛誰能及㊓。任彼可横行㊊，到此應失志㊓。〔合〕一團氣奇㊓，一身術奇㊓。四海可翻騰㊊，山嶽還崩易㊓。〔場上設椅，各坐科，分白〕嘯聚高山割據雄，武功道術有誰同。而今擾攘干戈日，正是吾曹世界中。俺鄧忠是也，俺張節是也，俺陶榮是也，俺辛環是也。〔同白〕吾等煉成武藝精通，修得法術奇妙，情雖結義，意勝同胞。只因天子無道，諸侯荒亂，吾等暫據這黄花山，權且爲安身之地。〔鄧忠白〕衆兄弟，我等終日嘯聚，自占邊疆，雖然任意横行，終久如何結果？聞得商朝有個甚麽聞太師，那人煞是了得，如今他領兵征伐西岐，我等何不投向他去，作個出身之階，有何不可？〔辛環白〕哥哥之言雖是，但無引進之門。我們且坐觀時勢，不怕没有出頭之日。〔鄧忠白〕兄弟之言有理。還有一説，這數日糧草未曾收點，人馬未曾操馴。今日閒暇，四弟去點點糧草，二弟、三弟鎮守山寨，四面巡邏，待我下山去把人馬操演一番，何如？〔陶榮、張

節、辛環同白〕哥哥之命，小弟等謹遵。〔各起，隨撤椅科，同唱〕

【又一體】萍交應勝同胞義(韻)，義結金蘭契(韻)。何日步雲霄(句)，脱離泥污地(韻)。〔合〕且把軍糧積堆(韻)，雄師訓之(韻)。如果遇知音(句)，備用應無滯(韻)。〔同從下場門下。浄扮聞仲，戴黑貂，紥靠，背令旗，佩劍，執金鞭，從上場門上，唱〕

【仙呂宫正曲・步步嬌】萬隊雄師清逆黨(韻)，浩浩威聲壯(韻)。狂徒休恃强(韻)。神術奇謀(句)，管教你身亡國喪(韻)。〔合〕驅前導過崇岡(韻)，看崔巍金碧開屏障(韻)。〔白〕俺聞仲奉命前征，將近西岐地界，路過黄花山，其勢甚覺險阻，不審地理，恐礙兵行。因此將大隊人馬，扎在山外，俺自前來觀看一番。你看這山上有一塊平坦之地，好似一個戰場。看這山景清奇，好令人心境開朗也。〔唱〕

【仙呂宫正曲・江兒水】疊疊晴嵐漾(韻)，層層碧嶂藏(韻)。參天古木虬龍樣(韻)，入岫穿雲飛澗響(韻)。〔白〕若是朝歌寧静，老夫來此避静消閒，多少快樂。〔唱〕把功名一概都休想(韻)，再不去紅塵擾攘(韻)。〔合〕一卷黄庭(句)，消受風清月朗(韻)。〔内作鉦鼓聲科，聞仲白〕呀，這深山之中，那裏有此鉦鼓之聲？待我上山看來。〔場上預設山石切末，聞仲作上山科。衆嘍卒引鄧忠，各執器械，從上場門上走陣科。聞仲白〕正是用人之際，若得收了此人，定堪大用。〔一嘍卒作見聞仲科，白〕啟大王：山上有一野人探望。〔鄧忠作見聞仲大怒科，白〕你是何人，敢大膽探我巢穴？〔聞仲下山，隨撤山石切末科，聞仲作揖科，白〕老夫聞仲，因伐西岐從此經過，見你們這裏山勢甚覺險阻，不審地理，恐礙兵行，因此將大隊人馬扎在山外，俺自來探取。見你如此英雄，早有收用之心。你若願隨，亦老夫之幸也。你叫何名？〔鄧忠白〕俺名鄧忠，還有二弟陶榮，三弟張節，四弟辛環。俺四人雖爲結義，勝似同胞，只爲天子無道、諸侯荒亂，暫借此黄花山，權爲安身之地，其實非吾等本願，埋没英雄緑林之内。如太師不棄，吾等願隨鞭鐙。〔聞仲白〕你有心王室，實乃國家之幸。你們山上嘍卒，計有多少？〔鄧忠白〕嘍卒一萬有餘，糧草計有三萬。〔聞仲白〕爾可同你兄弟，作速收拾妥協，投入商營。〔鄧忠白〕末將等無甚麽收拾之處，既歸王化，這山棄如敝屣。就此焚了山寨，帶領嘍卒，催趲糧草，同衆兄弟到太師營中去也。衆嘍卒，點齊人馬器械，催趲糧草，放火燒了山寨，就此會合衆人去者。〔衆嘍卒應科，同從下場門下。聞仲白〕今日又收四員猛將，少不得成功有日也。我且回營，候他們到來便了。〔唱〕

【情未斷煞】今日裏收取了英雄將(韻)，自然的忠良方識有忠良(韻)，願他們滅寇成功，傳得個威名萬載揚(韻)。〔從下場門下〕

第四齣　姜尚父理說三軍（支思韻）　弋腔

〔雜扮四軍卒，各戴馬夫巾，穿蟒箭袖卒褂，執旗。生扮金吒、木吒，各戴陀頭髮，穿采蓮衣氅，軟紮扮，繫跳包，執器械。小生扮哪吒，戴綫髮，穿采蓮衣氅，軟紮扮，繫風火輪，執火尖鎗。生扮楊戬，戴三叉冠，穿蟒箭袖紮氅，執鎗。小生扮黃天化，戴綫髮，穿采蓮衣氅，軟紮扮，繫跳包，執雙鎚。生扮武吉，戴帥盔，紮靠，背令旗，執鎗。生扮黃飛虎，戴金貂，紮靠，背令旗，佩劍，執鎗。引外扮姜尚，戴道冠，穿道袍氅，繫絛，執拂塵，從上場門上，唱〕

【正宫引·三疊引】丹誠皎皎碧天齊（韻），充塞乾坤正氣（韻）。勇義喜垂名（句），留得英風遺世（韻）。

〔中場設椅，姜尚轉場坐科，分白〕重重烽火薰天紅，紛紛烈焰來相衝。忠義勝他强惡輩，一怒掃盡鯨鯢風。〔姜尚白〕黃將軍，聞得商朝使聞仲親征。此人非他可比，三軍整練，妙法精通。這番鏖戰，非同小可，須思妙計退他纔好。〔黃飛虎白〕聞仲爲人，末將盡知。老恃英雄，目中無物。末將聞得：自高者必傾，自滿者必覆。方今天命在周，我主洪福自天，巨惡自然消散。〔雜扮一中軍，戴中軍帽，穿蟒箭袖通袖褂，佩刀，從上場門上，白〕啟上丞相：商營有人來下戰書。〔姜尚白〕着他進來。〔中軍應，作向内虛白唤科，仍從上場門下。雜扮鄧忠，戴紮巾額，穿打仗甲，持戰書從上場門上，白〕纔自綠林歸正化，又來青帳下兵書。〔作相見科，白〕末將奉聞太師將令，來下戰書。〔姜尚白〕來將何名？〔鄧忠白〕末將鄧忠。〔姜尚白〕

鄧將軍，你回去多多拜上太師，此書也不必再看，即於午刻會戰城下。〔鄧忠白〕曉得。〔仍從上場門下，姜尚白〕黄將軍，此番拒戰，不比他人。須是布列方位，整齊軍容，也使他知我西岐有人。〔黄飛虎白〕正該如此。〔姜尚白〕衆將官整齊隊伍，各按方位，出城列陣可也。〔衆應科。姜尚起，隨撤椅科。東邊城門上安「西岐」匾額科。衆從上場門下，隨作出城門，作遶場科，衆同唱〕

【正宫正曲·普天樂】擺旌旄雲霞聚(韻)，列戈甲光華備(韻)。按奇門八卦相宜(韻)，合五行生尅須知(韻)。〔合〕呀(格)，看弓刀整濟(韻)，如龍似虎貔(韻)。對壘沖鋒(讀)，威風赫兮(韻)。〔同從下場門下。雜扮四軍卒，各戴馬夫巾，穿蟒箭袖卒褂，執器械。雜扮鄧忠、陶榮、張節，各戴紥巾額，穿打仗甲，執器械，陶榮帶聚風旛。雜扮辛環，戴竪髮額，穿打仗甲，紥飛翅，執鎚鑿。引净扮聞仲，戴黑貂，紥靠，背令旗，佩劍，執金鞭，從上場門上，同唱〕

【中吕調隻曲·朝天子】列九宫隊齊(韻)，排五花陣宜(韻)。看貔貅簇擁紛千騎(韻)。天威赫赫(句)，掃欃槍一時(韻)。那狂夫何用誇强恃(韻)。〔聞仲白〕俺引兵到此屯扎，命鄧忠去下戰書。姜尚回言，於午刻會戰。我想兵兇戰危，不如先以理諭，後加兵威，方是個天討之體。衆將官擺齊隊伍，會戰去者。〔衆應科，同唱〕梟旌旗彩飛(韻)，簇雲霞影起(韻)。威儀威儀威威儀(韻)。暢好是天神赫奕(韻)，天神赫奕(疊)。奉玉旨除妖祟(韻)，奉玉旨除妖祟(疊)。〔作布陣科。衆引姜尚執打神鞭、杏黄旗從下場門上，亦作布陣科，姜尚白〕太師，卑職姜尚，不能全禮。〔聞仲白〕姜丞相，你乃崑崙名士，爲何不諳事體？〔姜尚白〕姜尚忝在玉虚門下，講明道德，何敢違背天常？止不過上尊天命，下順人情，奉公守法，恪循於道，有何不諳

事體之處？〔聞仲白〕你只知巧於爲言，不知自己有過。你且聽我道來：〔唱〕

【正宮正曲·普天樂】你只曉巧如簧稱便給（韻），却不道造下了彌天罪（韻）。〔白〕你不遵君命，自奉姬發，拒傷官兵，欺君之罪，莫大於此。〔唱〕更有個收叛臣相賴扶持（韻），鬬王師獨逞兇威（韻）。〔白〕欺君逆天之罪，在所難辭。我今此來，自應投戈棄甲，面縛轅門。〔唱合〕呀（格），却猶然稱兵對敵（韻），非言飾爾非（韻）。可恨兇狂（讀），忒煞無知（韻）。〔姜尚白〕太師，凡事須遵於理。我主自稱西伯，亦是子襲父職，乃朝廷爵命所加，何有僭名之罪？况天下諸侯盡反，商朝所爲何來。〔唱〕

【中呂調隻曲·朝天子】都只爲恨昏君失儀（韻），合天心改移（韻）。總只由殘民虐政無綱紀（韻）。〔白〕那昏君不足爲萬民之主，所以人心盡叛。况武成王呵，〔唱〕他本是元勳創業（句），又是朝廷戚儀（韻）。爲甚的肆兇淫把臣妻逼（韻）。〔白〕那夫人守節而亡，妃后遭屈而死。一惟妖婦之言有用，奸黨之計是從。自古言：君不正，臣投外國。此亦理之當然。君不自反而責己，乃惟知責臣之無罪。姜尚之意，以爲大可羞也。〔唱〕把忠良盡揮（韻），任非刑殺取（韻）。〔白〕所以吾主代天討亂，爲民除害。那些無能官將，自來投死，亦非吾主樂於殺伐。今太師名重八方，一旦爲此，只恐未免有輕舉妄動之譏。不若依我愚見，老太師暫回鸞轡，各守封疆，還有好顔相看。如不然呵，〔唱〕倒只怕損威損威損損威（韻）。却爲何把天心拗逆（韻），〔白〕那時節兵家勝負未可知也。〔唱〕只顧把天心拗逆（疊）。覆全軍羞怎洗（韻），覆全軍羞怎洗（疊）。〔聞仲白〕氣死我也！姜尚，我且略放你片時，令黃飛虎出來見我。〔黃飛虎白〕末將自別老太師，不覺數載，今日相逢，不才冤屈，庶可伸明。〔聞仲白〕呸！黃飛虎，少得多言。滿朝富貴，無過黃門。一旦背君助惡，還敢强辯。衆將官，先把這厮拿下。〔鄧忠應科，作與黃飛虎對戰，張節作與木吒對戰科。陶榮作與武吉對戰，辛環作展翅來戰，黃天化接戰科。聞仲白〕待我親擒姜尚。〔作與姜尚對戰科。聞仲作祭金鞭打倒姜尚科。哪吒白〕呔！休得傷吾師叔。〔虛白引衆軍卒作與聞仲對戰，救出姜尚科。姜尚帥衆從下場門下。聞仲作祭金鞭打敗哪吒科，金吒虛白作接戰科，聞仲復祭金鞭打敗金吒科。楊戩白〕聞仲少得無禮，我來也。〔作對戰科。金吒、木吒、哪吒同從下場門下。聞仲作祭金鞭打楊戩，楊戩不理科，復作戰科。聞仲白〕好妖物，敢來破我神鞭。〔陶榮白〕待我施展法寶，擒捉他們。〔作摇聚風旛科，作起狂風飛沙走石打散軍卒科。黃飛虎等同作大敗科，從下場門下。聞仲白〕西岐大敗，只可惜未得擒此二賊。〔四將白〕吾等恭賀太師，初陣挫他鋭氣，破此城在指日之間矣。〔聞仲白〕衆將官收兵回營。〔衆應科，同唱〕

【正宫正曲・普天樂】滅强徒應指日(韻)，掃妖氛須在即(韻)。奮神威挫彼兇威(韻)，統王師破彼雄師(韻)。〔合〕呀(格)，恨兇頑造逆(韻)，天心不佑之(韻)。準備須臾(讀)，堪破西岐(韻)。

【不絶令煞】任他別有神仙技(韻)，着甚支吾此大威(韻)，這的是大帥臨戎，自有那天公來滅你(韻)。

〔衆同從下場門下〕

第五齣　能制勝子牙點將（古風韻）　弋腔

〔雜扮四軍卒，各戴馬夫巾，穿蟒箭袖卒褂，執旗。雜扮二中軍，各戴中軍帽，穿蟒箭袖通袖褂，佩刀。引外扮姜尚，戴道冠，穿道袍氅，繫縧，執拂塵，從上場門上，唱〕

【南呂調套曲·一枝花】俺爲着封神下玉虛（句），不是那待漏臨青瑣（韻）。一霎裏擁旄威勢凜（句），萬隊的聽令將兵多（韻）。儘饒他暗使嘍囉（韻），早妙算難瞞過（韻）。非是俺征誅殺伐苛（韻），只爲着順天心宣化安民（句），合人意救時除虐（韻）。〔中場設高臺、桌椅、令箭、應劍科，姜尚轉場陞座科，白〕妙算除吾一敗羞，神機應令鬼神愁。今朝大展龍韜秘，定使奸雄一旦休。老夫姜尚，今日與聞仲交兵，被他大敗一陣，雖未傷損將官，却也折些人馬。因此會齊諸將，分道授計，今晚劫營，可以制勝。吾想天下荒荒，干戈擾擾，以昏君一人，而使天下遭殃，群仙入劫，好令人傷恨也。〔唱〕

【南呂調套曲·九轉貨郎兒第一轉】天心改輪迴還轉（韻），劫數到滄桑改變（韻）。只落得紅塵一煞了群仙（韻）。一個個催生世（句），促流年（韻）。怎教俺簽注封名不悵然（韻）。〔白〕中軍，命諸將上帳聽令。

〔一中軍白〕丞相有令，命諸將上帳。〔內應科。外扮黃滾，生扮黃飛虎，雜扮黃飛彪、黃飛豹，各戴金貂，紥靠、背令旗，佩劍。雜扮黄明、周紀、龍環、吴乾，生扮武吉，外扮南宫适，各戴帥盔，紮靠、背令旗，佩劍。小生扮黄天化，戴綫髮，穿采蓮衣氅，軟紮扮，繫跳包。生扮黄天禄、黄天爵、黄天祥，各戴紫金冠額，紮靠、背令旗，佩劍。生扮金吒、木吒，各戴陀頭髮，穿采蓮衣氅，軟紮扮，繫跳包。小生扮哪吒，戴綫髮，穿采蓮衣氅，軟紮扮，繫風火輪。生扮楊戬，戴三叉冠，穿蟒箭袖紮氅。同從上場門上，同唱〕

【第二轉】鬧垓垓干戈天下(韻)，亂紛紛刀兵戲耍(韻)，慘可可斷送了朝歌百萬家(韻)。則待將枝節搜尋到根芽(韻)。可恨那外奸臣内妖婦(讀)，相勾搭(韻)，全無懼怕(韻)，迷惑君王只顧他(韻)。〔分白〕俺黄滚是也，俺黄飛虎是也，俺黄飛彪是也，俺黄飛豹是也，俺黄明是也，俺周紀是也，俺龍環是也，俺吴乾是也，俺金吒是也，俺木吒是也，俺哪吒是也，俺黄天化是也，俺黄天爵是也，俺黄天祥是也，俺黄天禄是也，俺楊戬是也，俺南宫适是也，俺武吉是也。〔同白〕丞相有令相召，只得上前相見。〔作見科，同白〕丞相在上，衆將打躬。〔姜尚白〕諸將少禮。今日戰敗，聞仲必欺吾軍，其氣驕恃。老夫思欲趁此劫他營寨，可以制勝。爾等聽吾道來：〔唱〕

【第三轉】他那裏恃氣盈兵驕將懾(韻)，俺這裏怎肯去怕兵敗心虚膽怯(韻)。須出奇謀(讀)，一戰勝妖邪(韻)。方不負(句)，是英傑(韻)。還則待殺他個兵戈滿野(韻)，上下怨嗟(韻)。他魂摇氣咽(韻)，俺威雄恨切(韻)。少不得敗北奔逃好快些(韻)。〔衆白〕丞相妙算制勝，我等大家奮勇。〔同唱〕

【第四轉】齊整整揮戈奮戟(韻)，勇桓桓冲鋒對壘(韻)。天心共順氣豪施(韻)。受了這聖君寵錫(韻)，奉了這明師計秘(韻)。一般般一隊隊(讀)，率領熊羆士(韻)，扶持周畿(韻)，破了商畿(韻)。有誰拒(讀)，神武將軍勢(韻)。他虐焰兇威無處使(韻)。〔姜尚白〕可見天命歸周，有此一般英雄輔助也。〔唱〕時(韻)逢着刼移(韻)，則看這天下的英豪盡在此(韻)。〔白〕黄明、周紀、龍環、吴乾聽令。〔四將應科，姜尚白〕爾等各領精兵五千，冲他左營，殺入中軍，不得有誤。〔四將應科，姜尚白〕爾等聽吾吩咐，〔唱〕

【第五轉】秘奉了元戎嚴令(韻)，作不得臨時送情(韻)。須索慘離離(讀)，誅彼萬千兵(韻)。如猛虎(句)，似蒼鷹(韻)，殺他個膽裂魂飛睡夢驚(韻)。勇似蚩尤(句)，毒似共工(韻)，訓練維精(韻)。今朝各奮崇朝勝(韻)，〔四將同白〕得令。〔同唱〕管使他尸累沙場相並(韻)，滅妖氛可也該應(韻)。他逃生何處可逃生(韻)。兵刀快(句)，馬蹄輕(韻)，冲破他元營數十層(韻)。〔同從上場門下，姜尚白〕黄飛彪、黄飛豹、黄天爵、黄天祥聽令。〔四將應科，姜尚白〕爾等各領精兵五千，去冲他右營，殺入中軍，不得有誤。〔四將應科，姜尚白〕爾等聽吾吩咐：〔唱〕

【第六轉】須莫負重重疊疊(讀)，君恩天樣(韻)。須莫忘忠忠義義(讀)，家風雄壯(韻)。須索是糾糾烈烈(讀)，人人馬馬耀威揚(韻)。生擒他忙忙碌碌天邊將(韻)。殺他個骨都骨朵(讀)棄棄走走(讀)，死死傷傷(韻)。雄雄傲傲(讀)，冲冲踹踹(讀)，無人相向(韻)。休使他紛紛亂亂(讀)，逃開羅網(韻)。今日裏擾擾攘攘争(句)，亂亂騰騰鬧(韻)。方顯得威威武武(讀)，凛凛烈烈(讀)，家世忠良(韻)。〔四將同白〕得令。〔同唱〕恨殺了毒毒狠狠(讀)，奇奇怪怪(讀)，昏君奸相(韻)。管使他悄悄冥冥(讀)，惡焰兇威一旦亡(韻)。〔同從下場門下，姜尚白〕黄天化、金吒、木吒、哪吒聽令。〔四將應科，姜尚白〕爾等各領精兵五千，去冲聞仲元營大隊，仗爾

等法術英勇，必於敗逐。〔四將應科，姜尚白〕爾等聽吾吩咐：〔唱〕

【第七轉】全仗爾元功道法(韻)，殺他個時窮勢寡(韻)。捉將彼(讀)，直比作甕魚蝦(韻)。全仗伊(讀)，太上精傳大(韻)。須使他形消骨化(韻)。〔四將白〕得令。〔同唱〕一朝兒命掩沙(韻)，工夫罷(韻)，把功名付之江水東流下(韻)。悔當初逆天(句)，今日裏(讀)，遇着俺受誅殺(韻)。〔同從下場門下，姜尚白〕武成王、南宫适、黄天禄、武吉聽令。〔四將應科，姜尚白〕爾等各領精兵五千，四面接應，冲他大隊，不得有誤。〔四將應科，姜尚白〕爾等聽吾吩咐：〔唱〕

【第八轉】冲他個四門無主(韻)，威風似狂風也那驟雨(韻)。接應他衝陣去躍征駒(韻)，喧呼(韻)，喧呼(疊)，震泰華軍勢恁雄粗(韻)。神將天邊度(韻)，擒邪怪也麽哥(格)，捉將帥也麽哥(疊)，膽氣豪麤(韻)。摇動天闗翻得地軸(韻)。〔四將同白〕得令。〔同唱〕只消這一度(韻)，一度(疊)，把惡兇群殺個無餘(韻)。蓋世勳勞著(韻)。看如何也波哥(格)，想吾儕也波哥(疊)，總由這忠義傳家輔壯圖(韻)。〔同從下場門下，姜尚白〕楊戩聽令。〔楊戩應科，姜尚白〕你却法術變化，極精至細，此事非汝不可。你可隨機應變，將聞仲糧草放火，以便亂其軍心，不得有誤。〔楊戩應科，姜尚白〕你可聽吾吩咐：〔唱〕

【第九轉】施變化上天入地(韻)，借三昧燒他接濟(韻)。機勢占(讀)，好則是莫遲疑(韻)，惑軍心使他内亂相移(韻)。須教他戟反戈回(韻)，趁吾勢一番攻取(韻)。紛烈焰使他難存難濟(韻)。離明炬(讀)，助成功一時飈起(韻)。擒那般逆賊(韻)，代天行討洵相宜(韻)。〔楊戩白〕得令。〔唱〕建這番功績(韻)，不枉俺秘傳精學自明師(韻)，一朝把變化隨心使(韻)，教他夢魂不敢到西岐(韻)。這也是你自作的非灾(讀)，斷送你(韻)。〔從下場門下，黃滚白〕丞相，我黃滚隨子投周，即蒙殊禮，慚無寸效。今日有用吾處，願當少報。〔姜尚白〕老將軍，劫營破賊，戰將之功，守城保國，元戎之職。老將軍可與我共統雄師，坐鎮勇將，固守城垣，以爲策應宰制可也。〔黃滚白〕領命。〔姜尚作下高臺，隨撤高臺、桌椅科。衆同唱〕

【煞尾】只見愁雲殺氣乾坤鎖(韻)，坐守中軍聽凱歌(韻)。散布了神兵布網羅(韻)，則盼着殺盡奸雄方是可(韻)。〔同從下場門下，衆隨下〕

第六齣 湊天緣雷震見兄（古風韻） 弋腔

〔淨扮雷震子，戴道冠髮，穿飛翅鬼衣，執金棍，從上場門上，唱〕

【中呂調隻曲・粉蝶兒】翅駕風雷(韻)，展青霄半空摩翠(韻)，勝鵾鵬破翮天涯(韻)。度滄茫(句)，過海島(句)，雙飛恁疾(韻)。只爲着師命難違(韻)，建奇功弟兄相會(韻)。〔白〕俺雷震自從救了父王，過了五關，一别之後，直到如今。昨日師傅命我下山，到西岐見我皇兄與師叔子牙，助他伐紂，報國建功。臨行吩咐，言在中途遇有肉翅能飛之人，即可成功，方不負師傅傳我兩翅玄功之意。我隨即遵命下山，展開雙翅，早不覺飛過東海地面也。〔唱〕

【中呂調隻曲・醉春風】俯城郭似浮漚(句)，看人烟如聚蟻(韻)。凌空直上五雲端(句)，風駕着起(韻)，起(疊)。輔國除奸(句)，建功創業(句)，道玄精密(韻)。〔從下場門下。雜扮四太監，各戴太監帽，穿貼裏衣。雜扮二内侍，各戴大太監帽，穿蟒，束帶，帶數珠，執拂塵。引小生扮姬發，戴王帽，穿蟒，束帶，從上場門上，唱〕

【中呂宫正曲・撲燈蛾】守邊疆宫庭晏安(韻)，並不是甘心造反(韻)。只爲着君德荒(句)，社稷黯(韻)，忠亡節死(句)，人民逃散(韻)。因此上乾坤覆翻(韻)，宗廟摧殘(韻)。無故的來征來討(句)，兇威虐焰(韻)，〔合〕

幾日價騰騰士馬閙烽烟㊖。〔中場設桌椅，轉場入座科，白〕繼父承家守界疆，昏殘何事苦稱强。一朝問罪寧知恥，師出無名空喪亡。孤家繼父王之餘烈，承安治之洪基，賴有亞父姜子牙主持國政，武成王黄飛虎宰制軍機，所以内外乂安，人民樂業，兵精糧足，政治人和。叵耐紂王無故加兵，前來問罪。以臣抗君，固爲不可，然代天除虐，不得不然。因此幾番征戰，托賴神天福佑，烈祖威靈，莫不斬將搴旗，追奔逐北，誅了他多少妖人，滅了他好些惡焰。聞得昨日亞父與聞仲大戰，不知勝負如何，使孤放心不下。〔雜扮一内侍，戴大太監帽，穿蟒，束帶，帶數珠，執拂塵，從上場門上，跪科白〕啟主公在上：姜丞相與武成王同來求見。〔姬發白〕孤家正在懸望，速宣上殿。〔内侍應科，起，作向内宣科，仍從上場門下。外扮姜尚，戴道冠，穿道袍氅，繫絛。生扮黄飛虎，戴金貂，紥靠、背令旗，襲蟒束帶。同從上場門上，分唱〕

【正宫引・錦堂春】宰制權衡竭瘁㊁，調和鼎鼐抒忠㊖。世傳節孝扶明主㊁，拜舞賀時雍㊖。

〔同作相見科，分白〕臣姜尚、臣黄飛虎，〔同白〕見駕，願主公千歲。〔姬發白〕亞父、武成王少禮，内侍看坐。〔場上設椅，姜尚、黄飛虎各虚白坐科。姬發白〕孤聞亞父與聞仲交兵，不知勝負如何？〔姜尚白〕老臣不才，昨日與聞仲大戰，略挫軍威。老臣思一妙計，夜間劫營。多賴主公福德，衆將英勇，得以一戰成功，聞仲大敗而逃。〔姬發白〕此皆亞父與武成王之功也。〔黄飛虎白〕此皆主公之威福，亞父之妙算，於臣何功之有。〔姬發白〕亞父見孤，有何政事？〔姜尚白〕有主公御弟，前來朝見。〔黄飛虎同白〕臣等特來奏知。〔姬發白〕孤弟何人？〔姜尚白〕昔日先王朝商之時，在燕山收得一子，名唤雷震，一向在終南學藝。前番救先王飛出五關，復又歸山。今日奉師命前來扶保主公。〔姬發白〕既如此，着他進見。〔姜尚、黄飛虎各起，隨撤椅科。黄飛虎應，作向内虛白宣科。雷震子從上場門上，作相見科，白〕皇兄在上，臣弟雷震拜見。〔姬發白〕御弟請起。昔日先王曾告孤家，言御弟救父出關，復回終南。今日相逢，實爲慶幸。〔雷震子白〕哎呀，皇兄提起父王，使臣弟心如刀刺。我那父王嗄，〔作哭跌科。姬發出桌，隨撤桌椅，作扶科，白〕御弟醒來。〔雷震子作醒科，唱〕

【中呂宫正曲・駐馬聽】聽説魂飛(韻)，罔極深恩空念起(韻)。寔指望弟兄相會(句)，父子重逢(讀)，誰想到骨肉分離(韻)。〔滚白〕父王嗄，自從那日一别之後，只爲師言莫背，復上高山。只道終有相逢，共成大業。早知如此，上甚麽高山，歸甚麽洞府了。父王，〔唱〕欲見天倫路已迷(韻)，痛得我呼天寸寸肝腸碎(韻)。〔姬發同作合哭科，同唱〕提起傷悲(韻)，承歡無復(讀)，斑衣彩戲(韻)。〔姜尚、黄飛虎同白〕主公且請節哀。今日骨肉重逢，正宜開暢。〔姬發白〕御弟你自何處而來，得到此處？〔雷震子白〕臣弟蒙師傅傳授雙翅玄功，正在盤空趲路，忽見一人脇生雙翅，手使鎚鑿，被臣弟與他交戰一場，他却大敗而逃。〔姬發白〕那是何人？〔雷震子白〕此人乃聞仲手下戰將，名唤辛環，失機而逃，恰遇臣弟，可惜未曾斬他。〔姬發白〕可喜御弟建此大功。亞父。〔姜尚應科，姬發白〕傳旨文武將佐，同至朝堂共候赴宴，以盡君臣賀功之儀，慶兄弟重逢之樂。可將御弟帶至朝房，更了衣冠。〔姜尚白〕臣啟主公：他本高山學道之人，非塵世等閒之輩。一旦下山變服，得罪玉虛，反爲不便。〔姬發白〕孤家有失計較，非亞父明言，幾使御弟得罪玉虛矣。亞父可與武成王聚集文武伺候，待孤家領了御弟朝見妃母之後，一同朝堂入宴可也。〔姜尚、黄飛虎同白〕領旨。〔同從上場門下，姬發白〕御弟就此入宫，朝見妃母去者。〔雷震子虛白科，姬發唱〕

【慶餘】喜相逢手足，又是個異人奇㊕，扶大業兩相匡濟㊕。這的是骨肉同歡喜，英雄正遇時㊕。

〔同從下場門下，衆隨下〕

第七齣　失機逃難遇群仙（齊微韻）　弋腔

〔西邊山子上安「金鰲島」匾額科。旦扮菡芝仙，戴魔女髮，穿宮衣，執拂塵，從上場門上，唱〕

【商角合曲・北集賢賓】學修行（讀），道高玄法美（韻）。受符籙煉太極（韻）。飛汞鉛玉壺烟起（韻），煮丹砂寶鼎香微（韻）。茹丹山十二華芝（韻），采玉池百萬金枝（韻）。〔白〕學道金鰲不記年，誰知滄海變桑田。世間若少貪嗔輩，個個俱爲正覺仙。我乃菡芝仙是也。學成二八工夫，煉就九千大劫。三花聚頂，未免嗔念還存；五炁朝元，只是怒龍未伏。商太師聞仲與我等俱爲至交，他自受人間富貴，我等享洞府清閒。昨日申公豹來言，聞兄被姜尚殺得大敗虧輸，一籌莫展，特來相請我等前去助他。島中諸友，都念同教之情，各有拔刀之意。我自在此煉一寶物，他們都往白鹿島去煉陣去了。我不免出洞去採取一番者。〔從西傍門下，隨出洞門科，唱〕合同心（讀），煉法相扶助（句），顯神通共滅西岐（韻）。那時節風雲齊慶會（韻），道德有光輝（韻）。〔從下場門下。浄扮聞仲，戴黑貂，紮靠、背令旗，執金鞭，從上場門上，唱〕

【商角合曲・南八寶粧】【金梧桐】（首至四）哀哉我英風播四夷（韻），道法傳當世（韻）。一旦無謀（句），小寇相欺逆（韻）。【四塊金】（七至合）中他巧詐（句），入樊籠裏（韻）。【五更轉】（四至五）止不住心頭烈烈無明起（韻）。恨煞强梁（讀），千般詭計（韻）。【琥珀貓兒墜】（第四句）殺得俺忙忙奔走失東西（韻），【三臺令】（第三句）自愧無言怨我時（韻）。〔白〕我聞仲受先王之托，輔今上之位，自來征伐多年，未曾少有挫折。今日到此，被姜尚匹夫一番巧詐，失機喪敗，奔走無門，請來的諸將，都已奔潰，殊爲痛恨。因此想了一條計策，來這金鰲島，邀請諸位道友相助。〔唱〕【山坡羊】（六至七）同成大業除兇寇（句），共出奇謀保帝基（韻）。【綠襴衫】（第二句）致使那九州萬國共歸依（韻），【駿甲馬】（四至末）方不負英豪氣（韻）。〔合〕寰宇歡騰祝壽祺（韻）。〔白〕來此已是金鰲島了。你看層峰疊嶂，碧浪摇天，俺只爲國事煩冗，先王恩重，何日能脱却煩惱，得到此地，静坐蒲團，參玄悟妙。〔唱〕

【商角合曲·北梧葉兒】怎能彀烽燧息無征戍（韻），怎能彀國朝安罷戰敵（韻）。有一日懸酒旆捲旌旗（韻），農牧樂陳耕具（句），士卒閒解鐵衣（韻）。那時節俺便静焚香默待時（韻），一任他去如梭兔烏落起（韻）。

〔作到洞科，白〕呀，爲何洞門緊閉，寂寂無人，是何原故？〔唱〕

【商角合曲·南侍香金童】空落得片片彩霞飛（韻），只剩下靄靄溪流細（韻）。洞口雲封霧迷（韻），那裏有霞帔黄冠在圖畫裏（韻）。〔白〕少不得再往前面去找尋他們去。〔唱〕莫不是誦黄庭山中咸集（韻），莫不是録丹符谷口遊嬉（韻），莫不是采藥餐芝心共喜（韻）。〔合〕爲甚的猿啼鶴棲（韻），爐空香寂（韻）。知他何處好相期（韻）。〔從下場門下。菡芝仙從上場門上，唱〕

【商角合曲·北賀聖朝】俺只索漫駕仙風（句），來會相知（韻），共達匡扶意（韻）。〔聞仲從上場門上，作相見科，〔菡芝仙白〕聞兄那裏來？〔聞仲白〕呀，原來是菡芝仙，請了。〔菡芝仙唱〕你精神似欲飛（韻），如隔三秋（句），喜遇心怡（韻）。〔聞仲唱〕俺只爲朝廷多事時（韻），不得來共話清平（句），花月評題（韻）。〔菡芝仙白〕我等聞得你來征伐西岐，原何得到此處？〔聞仲白〕咳，道兄不消提起，正要求助。〔唱〕

【商角合曲・南水紅花】恨殺那强梁姜尚運玄機（韻），計頻施（韻），許多詭秘（韻）。弄得俺折兵損將失便宜（韻）。自傷時（韻），時乖不遂（韻）。恰一似入來絶地（韻），不能出地網天池（韻）。〔合〕因此上相求道友共扶持（韻），也囉（格）。〔白〕請問道兄不在洞府，要往那裏去？〔菡芝仙白〕特來會你。前日申公豹來，請我等往西岐助你。我如今爐中煉得一寶，尚未成全，金鰲島中道友，都往白鹿島爲你煉陣圖去了。我此寶成時，也隨後就去。我等呵，〔唱〕

【商角合曲・北青哥兒】只爲着同朋同朋情義（韻），因此上相助相助玄機（韻）。情合交投心更美（韻），協志扶持（韻），共去提携（韻），同滅西岐（韻）。大業成時（韻），勳名赫奕（韻）。煉陣勢先天（句），運化其中變化奇（韻），任神聖也難迴避（韻）。〔聞仲白〕如此甚好。〔唱〕

【南尾聲】會得了大羅仙相匡濟（韻），〔白〕姜尚嗄姜尚，〔唱〕管教你尸成碎醢肉爲泥（韻）。〔菡芝仙白〕聞兄，〔唱〕但願你保護商基天地齊（韻）。〔各從兩場門分下〕

第八齣　對坐談天誇十陣（東鍾韻）　弋腔

〔雜扮吉志、余慶，各戴紥巾額，穿打仗甲，同從上場門上，分白〕得授精傳侍虎闈，奉宣供役敢相違。三軍寂靜閑貔虎，靜候元戎海上歸。我乃吉志是也，我乃余慶是也。〔同白〕我等同侍虎座之前，傳宣號令；共侍豹尾之後，驅使隨從。太師留下令諭，命我二人鎮守元營等候，太師爺自去海島仙山，去訪道友前來相助。已去有三日，大約也將次回來，吾等聚集諸將伺候迎接可也。〔雜扮鄧忠、陶榮、張節，各戴紥巾額，穿打仗甲。雜扮辛環，戴竪髮額，穿打仗甲，紥飛翅。同從上場門上，白〕特報戰争消息到，恰無主帥令嚴宣。〔作相見科。吉志、余慶白〕四位將軍何來？〔四將白〕周營前來要戰，特請軍令。〔吉志、余慶白〕太師爺有令，高懸免戰，不可擅與交鋒。〔四將應科，仍從上場門下。吉志、余慶分白〕正是：略得志時偏肆志，遇能人後服能人。〔同從下場門下。雜扮秦完、趙江、董全、袁角、孫良、栢禮、姚賓、王變、張詔，各戴道冠髮，穿道袍，繫絲，執拂塵。旦扮金光聖母，戴魔女髮，穿宫衣，執拂塵。引凈扮聞仲，戴黑貂，紥靠，背令旗，執金鞭。同從上場門上，唱〕

【仙吕宫正曲・江兒水】纔離了仙島蓬萊府(句)早來到軍場戈甲叢(韻)。紛紛旌旆明霞擁(韻)，層層劍戟霜華湧(韻)，重重殺氣天邊動(韻)，同整威風高聳(韻)。〔合〕對壁争持(句)，一戰可消狂縱(韻)。〔分白〕吾乃秦完是也，吾乃趙江是也，吾乃董全是也，吾乃袁角是也，吾乃金光聖母是也，吾乃孫良是也，吾乃栢禮是也，吾乃姚賓是也，吾乃王變是也，吾乃張詔是也。〔秦完十人同白〕我等爲申公豹所請，來助聞兄，大家各煉一陣，以破西岐姜尚。〔聞仲白〕有勞衆位道兄降臨，聞仲不勝慶幸。已到敝寨，請進。〔各虚白作進門科。吉志、余慶同從下場門上，虚白作接科。聞仲虚白。場上設椅，各虚白坐科。吉志白〕啟上太師，方纔周營要戰，太師不在營中，弟子等已命將免戰懸起，特此禀知。〔秦完笑科，白〕姜尚嗄姜尚，你死在目前，尚敢如此。那西岐彈丸之地，怎當我們這十陣的威風。〔聞仲白〕請問衆道兄煉有陣圖，何不大家講論一番，使我聞仲得聆妙道。〔衆各作虚白科，秦完白〕我所煉者，名爲天絶陣，此陣呵，

〔唱〕

【仙吕宫正曲·皂羅袍】演就先天妙用(韻)。好内藏混沌(讀)，外合洪濛(韻)。三才五氣共居中(韻)，二儀四象皆爲從(韻)。〔合〕凡人入此(句)，成灰作風(韻)。仙人入此(句)，雷崩電轟(韻)。那區區姜尚何難弄(韻)。

〔衆各虚白科，趙江白〕我所煉者，名爲地烈陣，此陣呵，〔唱〕

【又一體】暗合坤維大用(韻)。更中藏凝厚(讀)，隱躍圍籠(韻)。五行八卦共居中(韻)，鰲維鯨柱皆爲從(韻)。〔合〕凡人入此(句)，旛摇化風(韻)。仙人入此(句)，雷鳴火攻(韻)。那區區姜尚何難弄(韻)。〔衆各虚白科，董全白〕我所煉者，名爲風吼陣，此陣呵，〔唱〕

【又一體】地水火風相共(韻)。非尋常風火(讀)，所得相同(韻)。刀山劍樹隱於中(韻)，一風動處群風動(韻)。〔合〕凡人入此(句)，吹爲肉膿(韻)。仙人入此(句)，切爲碎銅(韻)。那區區姜尚何難弄(韻)。〔衆各虛白科，袁角白〕我所煉者，名爲寒冰陣，此陣呵，〔唱〕

【又一體】萬刃冰山高聳(韻)。儘風雷隱現(讀)，削壁攢峰(韻)。差排戈戟耀神鋒(韻)，非關山後長年凍(韻)。〔合〕凡人入此(句)，戈矛盡攻(韻)。仙人入此(句)，風雷盡從(韻)。那區區姜尚何難弄(韻)。〔衆各虛白科，金光聖母白〕我所煉者，名爲毫光陣，此陣呵，〔唱〕

【又一體】百尺竿頭寶鏡(韻)。煉精華全借(讀)，日月光籠(韻)。陰陽精彩聚其中(韻)，金光四射乾坤動(韻)。〔合〕凡人入此(句)，照之即崩(韻)。仙人入此(句)，震之即轟(韻)。那區區姜尚何難弄(韻)。〔衆各虛白科，孫良白〕我所煉者，名爲化血陣，此陣呵，〔唱〕

【又一體】滾滾風沙震動(韻)。恁雹雷四起(讀)，靈氣飛空(韻)。似烏雲罩頂下遥空(韻)，不比飛塵迷日隨風動(韻)。〔合〕凡人入此(句)，沙埋骨崩(韻)。仙人入此(句)，雷驚化紅(韻)。那區區姜尚何難弄(韻)。〔衆各虛白，栢禮白〕我所煉者，名爲烈焰陣，此陣呵，〔唱〕

【又一體】三昧無形運用(韻)。更無明石火(讀)，兩下相攻(韻)。併成一炁烈天紅(韻)，離飈匝地金蛇湧(韻)。〔合〕凡人入此(句)，燒來一空(韻)。仙人入此(句)，蒸他化形(韻)。那區區姜尚何難弄(韻)。〔衆各虛白科，姚賓白〕我所煉者，名爲落魂陣，此陣呵，〔唱〕

【又一體】惡氣聚來長用(韻)。把生門盡閉(讀)，死户開空(韻)。落魂何必用金鐘(韻)，只這神旛一展魂消動(韻)。〔合〕凡人入此(句)，三魂即空(韻)。仙人入此(句)，英魂失踪(韻)。那區區姜尚何難弄(韻)。〔衆各虛白科，王變白〕我所煉者，名爲紅水陣，此陣呵，〔唱〕

【又一體】把天乙運來常用(韻)。更精收壬癸(讀)，不比萬海朝宗(韻)。葫蘆一點妙無窮(韻)，汪洋千頃隨心動(韻)。〔合〕凡人入此(句)，沾衣化膿(韻)。仙人入此(句)，聞風化形(韻)。那區區姜尚何難弄(韻)。〔衆各虛白科，張詔白〕我所煉者，名爲緑沙陣，此陣呵，〔唱〕

【又一體】五炁三才聚用(韻)。這沙飛風起(讀)，比飛劍還兇(韻)。迷來天地不知踪(韻)，照懸日月應無用(韻)。〔合〕凡人入此(句)，沙如劍攻(韻)。仙人入此(句)，體如刃叢(韻)。那區區姜尚何難弄(韻)。〔聞仲作大喜科，白〕妙嗄！　我聞仲聞言之下，不覺喜出天外。　得衆位如此匡扶，那西岐指日可破。　雖有百萬甲兵、千員猛將，無能爲矣，寔乃社稷之福也。〔姚賓白〕列位，據我看來，西岐彈丸之地，姜尚淺行之夫，那裏還費這十陣之功。　待我將落魂陣的小小法術，把姜尚處死，西岐自然瓦解矣。〔衆白〕若得如此更好。〔姚賓白〕待我今晚作起法來。〔各虛白起，隨撤椅科，衆同唱〕

【情未斷煞】無知的惹群仙無明動(韻)，西岐不日死姜公(韻)。〔聞仲大笑科，白〕姬發嗄，黄飛虎嗄，〔唱〕笑你那懞懂的孺子叛臣，猶似在夢中(韻)。〔同從下場門下〕

第九齣　拜陽魂姜尚離營（古風韻）　昆腔

〔小生扮哪吒，戴綫髮，穿采蓮衣氅，軟紮扮，繫風火輪。生扮楊戩，戴三叉冠，穿蟒箭袖紮氅。小生扮黃天化，戴綫髮，穿采蓮衣氅，軟紮扮，繫跳包。净扮龍鬚虎，戴豎髮額，穿采蓮衣，襲氅，繫跳包。同從上場門上，分白〕得勝連朝略静寧，忽逢奇事最關情。神仙自有修仙法，一旦緣何病染成。俺哪吒是也，俺楊戩是也，俺黃天化是也，俺龍鬚虎是也。〔同白〕吾等同遵天命，共助西岐。前日刼營得勝，商寨免戰高懸。正當交戰之時，恰是成功之候。不料師叔忽得一病，言詞顛倒，坐卧不安，不知是何緣故。且把師叔攙扶出來，看是如何。〔向内科，白〕師叔有請。〔生扮金吒、木吒，各戴陀頭髮，穿采蓮衣氅，軟紮扮，繫跳包，扶外扮姜尚，戴巾，紮花手帕，穿道袍氅，繫腰裙，作顛狂狀科，從上場門上，唱〕

【仙呂調隻曲·點絳唇】天地昏沉（韻），風寒雪緊（韻）。〔衆白〕不好了，師叔有些顛了。〔姜尚唱〕顛施魔祲（韻），妙法通神（韻），指日破西岐近（韻）。〔衆白〕這還了得，怎麽一時便這樣瘋狂起來。〔場上設桌椅，姜尚作入座伏桌酣睡科，楊戩白〕師叔醒醒。〔姜尚作醒，忽驚忽怪科，白〕哎呀，追魂使者到了，你你們都是些甚麽人，我是不去的。〔黃天化白〕師叔，是衆弟子們在此，伺候師叔，商議軍機。〔姜尚白〕甚麽軍機？

西岐已破，不用兵了嗄。〔復作自言自笑科，楊戩白〕師叔乃崑崙名士、玉虛門下，今膺重寄，况又上天垂象，爲何如此顛倒？〔哪吒白〕且試試陰陽何如？〔作唤科，白〕師叔！　師叔！〔姜尚作忽醒科，白〕呀，你你是哪吒太子嗄。〔哪吒白〕師叔，方纔一陣狂風，十分兇惡，不知是何兇吉？〔姜尚虚白，作亂占算科，白〕没要緊，正該刮風，問他吉兇怎的？〔衆白〕這還了得，若是商營要戰，這却怎處？〔哪吒白〕二位哥哥，且把師叔扶了進去。〔姜尚作忽倒氣絶科。　雜扮姜尚魂，戴巾，紥花手帕、搭魂帕，穿道袍氅，繫腰裙，從東傍門暗上，遶場科，從西傍門下。　木吒白〕哎呀，不好了，師叔氣絶了。〔衆各虚白，哭科，哪吒作摸科，白〕列位且休啼哭，師叔尚未曾死，胸間微有温氣，且扶了進去。〔衆各虚白，作扶姜尚從上場門下，場上隨撤桌椅科。　哪吒隨上，白〕天有不測風雲，人有旦夕禍福。　怎麽師叔忽然不在了，定是商家弄了虚頭。　我且回覆主公去者。〔從下場門下。　生扮柏鑑，戴帥盔、搭魂帕、白紙錢，紥靠，執旛，從東傍門上，白〕俺柏鑑鎮守神臺，安置諸魂，職司接引，遵奉玉虚。　忽見恩師子牙遊魂，飄蕩而來，知是商營妖仙姚賓用法，拜落一靈無主，欲入此臺。　俺想一入此臺，即歸大劫，這封神功果，終屬何人。　我因此出了神臺，將恩師魂魄截路招住，送上崑崙大路，自有上仙解救。〔姜尚魂作飄蕩科，從東傍門上，柏鑑作以旛截住招引遶場科，從西傍門下。　净扮南極仙翁，戴壽星套頭，穿壽星衣，繫縧，執拂塵、葫蘆，從上場門上，唱〕

【又一體】煉氣餐霞（韻），無牽無罣（韻）。　把貪嗔捺（韻），笑看那塵世繁華（韻），似過眼流雲駕（韻）。〔白〕吾乃南極仙翁是也，同學姜子牙奉榜下山，破商助周，封神斬將。　只因一千五百年神仙犯了殺戒，所以玉虛宫罷講闡揚，吾等得以閒暇。今日無事，不免采芝煉藥一回。〔内忽作風聲科。南極仙翁白〕呀，這清涼法界，净地無塵，那得有此異風？〔作占科，白〕呀，不好了，原來是姜子牙被姚賓拜離魂魄，來到此間。吾如不遇，子牙絶矣。〔姜尚魂作飄蕩科，從東傍門上科。南極仙翁作綽魂科，白〕姜子牙靈魂休走。〔作綽住科。姜尚魂從地井内暗下。南極仙翁作以魂納葫蘆内科，白〕幸得我綽住靈魂，不免進玉虛宫，啟上掌教老師便了。〔副扮赤精子，戴道冠，穿道袍，繫縧，執拂塵，從上場門上，白〕南極仙翁不要走，我來也。〔南極仙翁白〕道兄何處來？〔赤精子白〕閒來無事，特來會你遊海島、適山獄，訪仙境高明之士，看其對奕閒耍，何如？〔南極仙翁白〕你自去罷，我不得閒。〔赤精子白〕如今止了講，你我正得工夫，怎麽反説不得閒？〔南極仙翁白〕實不相欺，我有要緊事，不得奉陪。〔赤精子笑科，白〕好道兄，你當我不知麽？姜子牙靈魂出竅，你要在掌教老師前却占取頭功。〔南極仙翁白〕你何以知之？〔赤精子白〕只因玉虛罷講，我等得閒，思欲拜望子牙，路過西岐山下，見封神臺守神柏鑑呵，〔唱〕

【仙吕調隻曲·混江龍】道子牙魂魄(韻)，被他引上崑崙正路向玉虛來(韻)。他早知天意(句)，未肯的接入神臺(韻)。我想他不忘崑崙師德高(句)，一定要前來拜訴死冤哀(韻)。我趕來忙(句)，行來快(韻)。待救他回轉(句)，起死應該(韻)。〔白〕我因此特地趕來，恰遇道兄，子牙魂魄你可收得？在于何處？〔南極仙翁白〕適纔我山前采芝，見他魂魄呵，〔唱〕

【又一體】悠悠難待(韻)，被我將靈胎一點綽將來(韻)。幸相逢故友(句)，得救非灾(韻)。倘逐土隨風隱去踪(句)，那封神功果命誰來(韻)。忙向前(句)，向蓮臺拜(韻)。乞洪慈救度(句)，莫待遲挨(韻)。〔赤精子白〕多大事體，驚動教主。你可將葫蘆拿來與我，待我去救子牙一番。〔南極仙翁作付葫蘆科，白〕道兄須當仔細。〔赤精子白〕不勞吩咐，請。〔仍從上場門下，南極仙翁白〕子牙嗄子牙，當日承榜臨行，師傅叮囑你，不許與人答話，你却遇了申公豹，不遵吩咐，不致緊要。〔唱〕

【有結果煞】這三災七煞難分解(韻)，惹下了妖仙作害(韻)。〔白〕赤精子嗄，〔唱〕但願你救轉靈明斷禍胎(韻)。〔從下場門下〕

第十齣　絶生氣西伯哭帥（古風韻）　乜腔

〔雜扮四太監，各戴太監帽，穿貼裏衣。雜扮二内侍，各戴大太監帽，穿蟒，束帶，帶數珠，執拂塵。引生扮姬發，戴王帽，穿蟒，束帶，從上場門上，唱〕

【商調引・憶秦娥】安邦土(韻)，天心有意亡周祚(韻)。亡周祚(格)，緣何奪我(讀)，神人亞父(韻)。〔中場設椅，轉場坐科，白〕孤家全賴亞父子牙，神機妙法，安奠邊疆。思欲削平大亂，共享昇平。不料天意相違，亞父忽染一病，勢甚不祥，萬有疏虞，如何是好。好使孤家坐卧不安，飲食俱廢。昨日使人看視，回報更爲可憂，道亞父言詞顛倒，驚怪時舉。孤家一聞此言，不覺神魂離散，今日率領文武各官前去看視。内侍，宣衆官上殿。〔一内侍應，作向内虚白宣科。生扮黄飛虎，戴金貂，穿蟒，束帶。外扮南宫适，生扮武吉，雜扮辛甲、辛免，各戴帥盔，穿圓領，束帶。生扮散宜生，戴紗帽，穿圓領，束帶。同從上場門上，分唱〕

【商調引・太平春】全忠全義(韻)，喜天心昭昭下垂(韻)，名傳四海英雄志(韻)。威揚豪傑男兒(韻)，開疆展土樹功績(韻)，班班青史標名譽(韻)。〔同白〕主公相召，一同進見。〔作見科，分白〕臣黄飛虎，臣散宜生，臣南宫适，臣武吉，臣辛甲，臣辛免，〔同白〕朝見，願主公千歲。〔姬發白〕衆卿少禮。孤家只因亞父病勢乖張，殆不可保，思欲與衆卿同到相府，探視一番。〔衆白〕臣等恭扈鑾輿。〔小生扮哪吒，戴綫髮，穿采蓮衣氅，軟紥扮，從上場門急上，白〕忙將地覆天翻事，報與明賢主上知。〔作見科，白〕主公在上，哪吒參見。〔姬發白〕你却何來？〔哪吒白〕哎呀，主公，不好了。丞相早間言詞益覺乖張，坐卧更加驚怪，忽然氣絶身亡了。〔姬發白〕怎麽氣絶身亡了？〔作哭科，白〕哎呀，我那亞父嗄。〔作哭跌科，衆扶科，白〕主公醒來，主公醒來。〔姬發醒科，衆同作哭科，姬發唱〕

【商調正曲・山坡羊】唬、唬得我(讀)，如痴似醉(韻)，痛、痛得我(讀)，神離心悸(韻)。傷、傷得我(讀)，魂驚膽戰(句)，哭、哭得我(讀)，寸寸肝腸碎(韻)。苦痛悲(韻)。〔滚白〕當日先王聘來相助，匡濟扶持將孤家托輔保護，總理機宜指望成功創業共享昇平，一旦死於不知亡於不覺，與甚麽西岐滅甚麽商紂了。亞父，〔唱〕這也是天亡周祚時(韻)，茫茫一去知何際(韻)，甚日還能賴得伊匡濟之(韻)。〔合〕分離(韻)，想難成開國基(韻)。何時(韻)，復匡襄贊萬幾(韻)。〔黄飛虎作哭科，白〕哎呀，我那恩相嗄，〔唱〕

【又一體】想當初(讀)，難中見睬(韻)，到今朝(讀)，吉中忽敗(韻)。念收取(讀)，情深義濃(句)，感提携(讀)，荐舉心兒大(韻)。自傷哀(韻)，無端降大災(韻)。爲甚的强徒不得把高明代(韻)，兩下幽明(讀)，相知誰賴(韻)。〔合〕傷哉(韻)，怨氣薰將日色霾(韻)。悲哉(韻)，愁淚難將征袂揩(韻)。〔散宜生、南宫适、辛甲、辛免同作哭科，白〕丞相嗄，〔唱〕

【又一體】撇我等(讀)，神歸滄海(韻)，閃我等(讀)，夢遊天界(韻)。相投一霎時相違(句)，英魂去也知何在(韻)。怎佈擺(韻)，禍從天上來(韻)。這西岐應是無遮蓋(韻)，那邪氣妖氛怎放開(韻)。〔合〕哀哉(韻)，撲簌簌淚滿腮(韻)。傷懷(韻)，慘生生痛怎捱(韻)。〔武吉哭科，白〕我那師傅嘎，〔唱〕

【又一體】曾救我(讀)，脱離大害(韻)，曾教我(讀)，兵書戰策(韻)。實指望(讀)，揚名報德(句)，誰想到(讀)，絶宗派(韻)。想這禍胎(韻)，是商家妖道來(韻)。作成邪術把吾師害(韻)，閃得我去向誰前把戰法排(韻)。〔合〕哀哉(韻)，恨呼天天不開(韻)。傷懷(韻)，痛招魂魂不來(韻)。〔衆同作哭科。雜扮一内侍，戴大太監帽，穿蟒，束帶，帶數珠，執拂塵，從上場門上，白〕啟主公：有一道者求見。〔哪吒白〕主公且少悲哀，道者此來，師叔有救了。〔姬發白〕快請進來。〔内侍應，作向内虛白請科，仍從上場門下。副扮赤精子，戴道冠，穿道袍，繫縧，執拂塵，從上場門上，白〕貧道稽首了。〔姬發起，隨撤椅科，白〕道長何來？〔赤精子白〕貧道乃太華山雲霄洞煉氣士赤精子是也。貧道此來，特爲子牙落魂一事。〔武王作悲科，白〕若得道長垂憐，救回亞父，姬發感恩不盡。〔赤精子白〕賢王不必悲啼，衆人勿得驚慌，只令他魂魄還體，自然無事。〔姬發白〕請問道長：亞父回生，還是用何藥餌？〔赤精子白〕何須藥餌，自有妙用。〔唱〕

【中呂宫正曲·駐馬聽】起死回生(韻)，何用金丹仙藥領(韻)。應不須丹砂玉朮(句)，紫石華芝(讀)，青蘋黄芩(韻)。仙方自可得安寧(韻)，尋常藥品何能勝(韻)。〔合〕待俺運化元精(韻)，管取無灾無害(讀)，重來人境(韻)。〔姬發白〕如此多謝。〔赤精子白〕就此告辭賢王。〔作告别虛白科，從上場門下。姬發白〕哪吒，你去相府看守亞父，若果回生，快快前來報我。〔哪吒應科，從上場門下。姬發白〕衆卿且退，孤家亦當回宫。

〔衆官應科，從上場門下。姬發白〕亞父正在危急，忽有上仙來救。若果回生，眼見得西岐可保，天命當興，孤家好慶幸也。〔唱〕

【慶餘】難中喜遇仙方救(韻)，喜上眉梢換却愁(韻)，但願得起死回生保西岐直到頭(韻)。〔從下場門下，衆隨下〕

第十一齣　欲救空施仙法巧 (庚青韻)　弋腔

〔副扮赤精子，戴道冠，穿道袍，繫絲，執拂塵、葫蘆，從上場門上，唱〕

【中呂調套曲・粉蝶兒】遇了灾星(韻)，虛飄飄三魂莫定(韻)，蕩搖搖七魄無生(韻)。受顛危(句)，臨險巇(句)，越顯的大羅難証(韻)。今日裏躡足潛行(韻)，奪回他一靈本性(韻)。〔白〕我赤精子爲救子牙，下山臨陣，知是姚賓那廝拜草人用法，燈滅則魂魄俱無。幸喜三魂已收得二魂，七魄已收得六魄。思欲三更時分，入陣奪取草人，則三魂七魄全收，可望回生矣。因此上悄地出城，來觀邪陣。你看黑氣迷漫，陰雲布合，悲風颯颯，冷霧蕭蕭，無限鬼哭神嚎，好一個惡陣也。〔唱〕

【中呂調套曲・醉春風】慘慘黑雲低(句)，漠漠陰風冷(韻)。想妖人拜將燈滅絕他形(韻)，把魂兒領(韻)。領(疊)，必死之機(句)，未生之日(句)，俺可也驚魂不定(韻)。〔白〕少不得仗吾道妙，闖入陣中，奪了草人，救回子牙，再作道理。就此前去走遭。〔唱〕

【中呂調套曲・叫聲】管教他殘生斷不成(韻)，空則的費功(韻)，費功(疊)，無靈聖(韻)。少不得躡足潛踪向陣裏行(韻)。〔從下場門下。雜扮姚賓，披髮，穿道袍，執劍，從上場門上，唱〕

【中呂調套曲・剔銀燈】俺可也催了他子牙、子牙的性命(韻)，喫緊的呼喚他飛熊、飛熊名姓(韻)。一燈兒(讀)，慘離離他魂魄向燈前應(韻)，俺這裏仗仙方恁地威靈(韻)。一霎的催歸早(句)，促命精(韻)，早使他仙道無成(韻)。〔中場設椅，轉場坐科，白〕自古無毒不丈夫，嗔心一點未全除。爲因同教應相助，管使幽魂空怨吾。俺姚賓與金鰲島衆道友，同助聞兄破周興紂，大家各煉一陣，共鬭精微。我想西岐彈丸之地，姜尚淺行之夫，那裏還費這偌大工夫。因此與聞兄説知，在我陣内施一拜魂之法，臺上縛一草人，草人上寫得姜尚名字，頭上用燈三盞，名曰催魂燈，足下用燈七盞，名曰促魄燈，我却用符籙、步罡斗，終日拜他。拜得他三魂只餘一魂，悠悠欲絶，七魄尚存一魄，閃閃將終，眼見得姜尚必死。姜尚一死，隨即西岐即滅。俺不免今夜再用工夫，索性將一魂一魄拜落，便可成功矣。不免上臺去者。〔場上設高臺、草人切末，戴道冠，穿道袍，繫縧，頭上安燈三盞，一應物件。姚賓起，隨撤椅科。姚賓作上臺科，唱〕

【中呂調套曲・蔓菁菜】可怎生(韻)，人世裏難承應(韻)。做一個幻中虛五更夢景(韻)。俺這裏只用長叫高呼兩三聲(韻)，恁那裏早不覺一旦無常人孤另(韻)。〔白〕待俺作起法來拜他可也。〔作虛白書符念咒科，作拜科，唱〕

【中呂調套曲・白鶴子】俺這裏拜你個筋血碎(句)，俺這裏叩你個骨毛輕(韻)。俺這裏請你個入陰司(句)，俺這裏辭你個離人境(韻)。〔叫科，白〕姜尚快來，姜尚快來。〔草人作動科，姚賓唱〕

【又一體】則見他促魄燈光閃閃(句)，催魂燈影冥冥(韻)。呼罷了子牙名(韻)，急急如太上敕玄虛令(韻)。〔復作叫科，拍案科，白〕一擊天門開動，二擊地軸摇翻，三擊姜尚魂魄速至。〔復作連拜科，唱〕

【中吕調套曲・上小樓】早令你神思不寧(韻)，怎知我冤家纏定(韻)。俺這裏連四叩兒(句)，緊數聲兒(句)，不亞如喝號提鈴(韻)。不争你(句)，打盤磨(句)，隨聲相應(韻)，可不隨俺這太清律令(韻)。〔赤精子作乘蓮花兜從天井内下，作窺探科。姚賓作大叫科，白〕二魂六魄已去，一魂一魄爲何不歸？氣死我也！〔赤精子作抓草人吹燈科，姚賓作見科，白〕好妖道，原來是你入陣搶他，不要走！〔作以劍砍科，赤精子作抛草人切末，乘蓮花兜急從天井上。姚賓白〕罷了嘎罷了，怪道一魂一魄不歸，大約是赤精子這厮安置住了。今日他來一搶，把前功盡化烏有，又得從頭拜起。好妖道，氣死我也！〔唱〕

【又一體】你却待逞其能(韻)，救彼生(韻)。弄了虚頭(句)，作了機關(句)，躡足潛行(韻)。若不虧明眼仙(句)，看破能(句)，那姜尚一朝得命(韻)，只怕難除這耳根清净(韻)。〔白〕事已如此，悔也應遲，不如且下臺去，再扎一草人，運用玄功，另施法術拜他便了。〔作下臺，隨撤高臺一應物件科。姚賓唱〕

【中吕調套曲・滿庭芳】須索是調神養性(韻)，且息吾精氣(句)，聚我威靈(韻)。一任你心雄氣傲眼如鏡(韻)，也索要誤了途程(韻)。冷落了修仙暮景(韻)，打動了屈死冤情(韻)。説甚麽要留名(韻)，倒只恐名不如命(韻)，命喪枉名清(韻)。〔從下場門下。赤精子從上場門急上，白〕哎呀呀，唬死我也。方纔入得陣去，幸喜這葫蘆拿得緊、走得快，如其不然，只怕子牙救不成，連我的命都送了。細想起來，好怕人也。

〔唱〕

【中呂調套曲·十二月】休道是咱家寡情(韻)，神方不精(韻)。他邪威煞緊(句)，俺一計無成(韻)。險遭陷穽(韻)，且奔歸程(韻)。〔白〕這却怎處？〔作想科，白〕哦，有了。還得回玉虛宮去，禀告掌教老師，求方救度便了。〔唱〕

【中呂調套曲·堯民歌】他陰風烈烈使人驚(韻)，冷霧悽悽暗彩旌(韻)。何方重剔滅魂燈(韻)，前行拜乞莫遲停(韻)。邪精(韻)，邪精(疊)。空施外道能(韻)，怎敵金仙正(韻)。〔白〕我且回到周營，將葫蘆交與哪吒，急急前往玉虛宮去者。〔唱〕

【煞尾】恨無知截教人(句)，痛無生姜道公(韻)。一朝出劫離灾病(韻)，方保得斬將封神可也仙果證(韻)。〔從下場門下〕

第十二齣　求方又得寶圖來（支思韻）

昆腔

〔小生扮哪吒，戴綫髮，穿采蓮衣氅，軟紥扮，繫風火輪。生扮楊戩，戴三叉冠，穿蟒箭袖紥氅。同從上場門上，分白〕救難仙人去不回，死生妙理未能猜。盼將奪取先天竅，一點靈光入玉臺。俺乃楊戩是也，俺乃哪吒是也。〔楊戩白〕李師弟，赤精子説三更時分去救姜師叔靈魂，怎麽還不見回來？〔哪吒白〕楊道兄，那姚賓有此法術，定非疏忽之人，只怕赤精子未必能得下手。吾等在此等候便了。〔副扮赤精子，戴道冠，穿道袍，繫絛，執拂塵、葫蘆，從上場門急上，白〕險落陰司路，心驚怪法奇。且將仙寶借，庶可望功期。〔作相見科，哪吒、楊戩白〕道長回來了，可曾救得師叔靈魂？〔赤精子白〕哎呀呀，説不得，兇惡得緊。我到陣裏，見姚賓正在那裏拜魂，我去搶那草人，不料被他看見，一劍砍來，險些兒將我陷在裏面。故此丢了草人，急駕金光，騰空而走。〔哪吒、楊戩同白〕若如此，師叔不能回生矣。〔赤精子白〕你們不必憂慮，子牙魂魄在這葫蘆裏面，料也不妨。此不過他一時灾殃，如此遲滯，待我到一個所在去來。〔哪吒白〕師叔那裏去？〔赤精子白〕你們不必問我，將這葫蘆好好收藏，我去去就來。〔哪吒作接葫蘆科，楊戩同白〕師叔快來要緊。〔赤精子白〕這個自然。〔各虛白科，從兩場門分下。雜扮八仙童，各戴綫

髮，穿道袍，執吉慶如意、寶劍、天書、爐盤、黃旛、金鐲、寶燈。引净扮元始天尊，戴大道冠，穿蟒繫絛，從上場門上，唱〕

【仙呂入雙角合曲・北新水令】日升東海又沉西（韻），嘆人生何來何去（韻）。没來由一念痴（韻），好無故嗔心起（韻），其意何爲（韻）。怎似俺端拱在白雲深處（韻）。〔中場設椅，轉場坐科，白〕一氣先天煉此精，天生神妙本無生。而今誰是無生者，本是無生説有形。吾乃元始天尊是也，掌先天之道教，開玄妙之闡揚。只因神仙弟子一千五百年犯了殺戒，奉昊天上帝之命，命我掌管此劫輪迴，須入紅塵劫煞，方成正果神修。方今三十六路兵伐西岐，雖是干戈擾擾之秋，却際神仙證果之候。吾命弟子姜尚承榜下山，誰料他不聽吾言，路遇申公豹，致惹了三灾七難之殃。目今我占得他已絶於姚賓落魂陣裏，赤精子救之無成，少不得又來此攀扯葛藤也。〔唱〕

【仙呂入雙角合曲・南步步嬌】只見人争神鬬忙如蟻（韻），遇劫難中止（韻）。這的是天心變化奇（韻）。一氣輪迴（句），倒惹出許多道理（韻）。〔合〕欲待去問因依（韻），畢竟他誰是誰不是（韻）？〔白〕我想赤精子必來求救，所以陞座等他。等他來時，指與他一條明路可也。〔赤精子從上場門急上，白〕纔出妖人邪陣裏，又來仙祖道宫中。〔作見科，白〕掌教老師在上，弟子參見。〔元始天尊白〕赤精子，你有何事見我？〔赤精子白〕只爲姜尚被那姚賓的落魂陣呵，〔唱〕

【仙呂入雙角合曲・北折桂令】拜陽神魄散魂離（韻），一息難存（句），有死之機（韻）。〔白〕那時他陽魂出竅，竟往崑崙山來，遇見了南極仙翁，〔唱〕他綽靈魂一點相提(韻)，入葫蘆收作身尸(韻)。〔白〕弟子去救，不想法術低微，到了他陣裏奪取草人，〔唱〕身纔入妖陣寒池(韻)，險些兒命流入鬼籙陰司(韻)。〔白〕因此上作速前來求救，〔唱〕乞發慈悲(韻)，救取灾危(韻)，免入輪迴(韻)，滅却邪魑(韻)。〔元始天尊白〕你來求救，並非我推辭不肯。但你不知此陣之故，非先天未開之寶，未能破他。我雖掌此大教，此事尚有疑難。〔唱〕

【仙吕入雙角合曲・南園林好】他雖是入傍門道法原來不低(韻)，縱神仙也應服輸(韻)。須索是求取那先天寶異(韻)，〔合〕纔能彀剖判了這難疑(韻)，剖判了這難疑(疊)。〔白〕你如今可作速往元都去見大道兄，自然有仙方可救。你可快去罷。〔赤精子白〕多謝祖師。〔從下場門急下，元始天尊白〕子牙嗄子牙，不如此不足顯道德之高，不如此不足煉本元之固。這如今害你者，將來都是你的功臣也。〔起，隨撤椅科，唱〕

【仙吕入雙角合曲・北雁兒落】今日裏相仇敵爲盜賊(韻)，到後來煉盡了大魔頭全正體(韻)。慶昇平仙果奇(韻)。想三灾七難時(韻)，想三灾七難時(疊)。〔從下場門下，衆隨下。赤精子從上場門急上，唱〕

【仙吕入雙角合曲・南江兒水】走向元都去(韻)，求他大祖師(韻)。駕風雲不畏天程迢遞(韻)，想子牙遇難多狼狽(韻)。幸逢教主施恩惠(韻)，仙法將他周濟(韻)。〔合〕不是存私(韻)，這的是天意應相救取(韻)。〔白〕我爲救子牙，到了玉虛宮，天尊命我來元都見大師祖，只得飛奔前來。已到八景宮了。呀，大師祖未曾陞座，我救子牙要緊，不免通稟求見。〔向内白〕裏面有人麽？〔雜扮元都法官，戴道冠，穿法衣，從上場門上，白〕甚麽人？〔作見科，白〕赤精子何處來？〔赤精子白〕有緊事求見師祖。〔元都法官虛白，作向内通稟科。雜扮四仙童，各戴綫髮，穿采蓮衣，引外扮太上老君，戴老君髮，穿八卦氅，從上場門上，白〕甚麽人？〔元都法官白〕赤精子有緊事求見。〔老君白〕我早已知他來意了，着他進來。〔場上設椅，太上老君坐科。元都法官作唤科，赤精子作見科，白〕師祖在上，弟子叩見。〔太上老君白〕你此來莫非是爲姜尚麽，我早已知道了也。〔唱〕

【仙吕入雙角合曲・北得勝令】呀(格)，只爲他背師言不記取(韻)，遇惡類把交情叙(韻)。致惹了動無明魔頭至(韻)，準備着難常逢灾不止(韻)。〔白〕若待不救他呵，〔唱〕又是天意難違(韻)，刼數當如是(韻)。我且大發慈悲(韻)，救他行離禍途裏(韻)，救他行離禍途裏(疊)。〔白〕爾等犯了此刼，落魂陣魔難姜尚，愆吾法寶，十陣之仙俱遭此厄，都是天數難逃，爾等謹受法戒。童兒，取《太極鴻圖》過來。〔一仙童應科，從下場門下。太上老君唱〕

【仙吕入雙角合曲・南玉嬌枝】救他顛沛(韻)，展先天一卷光馳(韻)。散金光(讀)，混沌重開闢(韻)，平分二炁無遺(韻)。妖光邪氣難勝伊(韻)，可憐修煉如流水(韻)。〔合〕無輪迴深垂憫慈(韻)，救仙徒脱離灾否(韻)。〔仙童取《太極圖卷》從下場門上，太上老君白〕赤精子，你將此圖拿去。〔唱〕

【仙吕入雙角合曲・北沽美酒帶太平令】【沽美酒】〔全〕展開時彩遍天涯(韻)，展開時彩遍天涯(疊)，休覷作一卷無奇(韻)。這的是闢地開天至寶遺(韻)。分清濁理實虛(韻)，包萬象一元不細(韻)。〔白〕你可持此寶物，只管入陣救他靈魂，須當小心，不可有傷吾寶。你自去罷。〔赤精子作接圖拜謝科，唱〕【太平令】

（仝）謝大發慈悲普濟(韻)，發宏仁妙道精奇(韻)。救大難回生起死(韻)，除邪物驅邪遣祟(韻)。俺呵(格)，今日個將仙方乞取(韻)，把同朋救取(韻)，還待要把邪妖殺取(韻)。〔從上場門下，太上老君白〕赤精子此去，必失吾寶，這也是天數應該，我也不免向紅塵走遭也。〔起，隨撤椅科，唱〕

【南尾聲】這殺伐儘有慈悲地(韻)，遇煞劫難回天意(韻)，這的是果證人仙在此時(韻)。〔從下場門下，法官、仙童隨下〕

第十三齣　失圖且喜得回生（古風韻）　弋腔

〔雜扮姚賓，披髮，穿道袍，執劍，從上場門上，唱〕

【黃鐘宮正曲・絳都春序】成功盡杳（韻）。妖仙法空施（讀），惹吾煩惱（韻）。此日登臺（句），拜魂魄把工夫運到（韻）。任金丹九轉難還少（韻），料無常斷難生保（韻）。〔合〕怎能彀無生無死（句），不恒不滅（讀），精華圍繞（韻）。〔白〕俺姚賓拜得姜尚魂魄功至圓成，不料被赤精子這妖道破吾法術，欲奪姜尚靈魂，可惜一劍未曾將他砍死。想他也無法可施，俺因此加運玄功，別施符籙，將他那一魂一魄到底拜了下來，方解心頭之恨。方纔與聞兄諸道友講論修功，天已二鼓，我且前行往陣中去者。〔唱〕

【又一體】妙道（韻），精傳不小（韻）。恰纔出中軍（讀），早望見陣圖渺渺（韻）。慘霧陰風（句），聽不了鬼哭妖神叫（韻）。縱使神仙如落吾圈套（韻），九轉煉也難自保（韻）。〔合〕怎能彀無生無死（句），不恒不滅（讀），精華圍繞（韻）。〔從下場門下。副扮赤精子，戴道冠，穿道袍，繫絛，執拂塵、《太極圖卷》，從上場門上，唱〕

【又一體】神圖賜與（句），破邪法無他（讀），全凴寶異（韻）。稀奇（韻）。躡足慢行窺探彼（韻），風雲高駕層霄裏（韻），爲救友如行盜賊（韻）。〔合〕先天一氣（句），展來一片（讀），祥光高起（韻）。〔白〕我自元都領了這《太極鴻圖》，只爲救子牙心勝，未曾問師祖用法，或是展以護身，或是展開冲陣，不可疏忽，空使無功。待我駕起雲頭，試他一試。〔作指天井科。天井内下雲兜，赤精子作上雲兜，作展《太極圖》科，天井内作現五色雲簾科。赤精子白〕妙嗄，〔唱〕

【又一體】祥彩迷離(韻)。望金輝騰處(讀)，幻出雲墀(韻)。則這仙物(句)，自然的把妖氛照破駕天涯(韻)。〔白〕待我收了寶圖，駕雲入陣，到彼施展可也。〔作收《太極圖》科，天井内收雲簾科。赤精子唱〕洪濛二氣早相宜(韻)，掩映着乾維坤濟(韻)。〔合〕祥輝萬里(韻)。果然是(讀)，地水火風破矣(韻)。〔白〕就此駕雲入陣行事去者。〔乘雲兜從天井内上。場上設高臺、草人切末，戴道冠，穿道袍，繫縧，頭上安燈三盞、一應物件科。姚賓從上場門上，唱〕

【黄鐘宫正曲·畫眉序】一字姓名標(韻)，呼喚風雷敕令招(韻)。恁靈魂妖魄(讀)，一句勾銷(韻)。急急如太上靈符(句)，咄咄應玉虚法寶(韻)。〔合〕這的是天將喪爾逢吾也(句)，悔當日逞强施暴(韻)。〔白〕夜已三鼓，星斗光芒，正好拜他之時。此番定要拜離了他的陽神，如再不靈，待我劍斬草人，雷擊命燈，不怕他不身歸地府。就此上臺去者。〔作上臺科，唱〕

【又一體】非是俺殺興有心高(韻)，端則爲仗法無知辱我曹(韻)。須身受災害(讀)，方知吾輩是英豪(韻)。似罪名兒鬼籙先登(句)，那惡號兒丹書早報(韻)。〔合〕休怨俺不思同教情原狠(句)，只爲你禍福由心自造(韻)。〔作虚白書符科，白〕姜尚一魂一魄，速至臺前，急急如律令。〔作拜科，唱〕

【黄鐘宫正曲・啄木兒】蕩悠悠逐野飈(韻)，速至臺邊聽法招(韻)。應玉虚法籙來前(句)，休更戀本竅形標(韻)。俺這裏虔誠叩拜如祈禱(韻)，恁那裏降壇赴法無相拗(韻)。〔合〕難免黄泉走一遭(韻)。〔作大叫科，白〕那一魂一魄，何不速至！〔復作大叫連拜科，唱〕

【又一體】本無生道行高(韻)，又何懼死期莫逃(韻)。一點青燐不認招(韻)，只留戀西岐道(韻)。迷途一任你閒登眺(韻)，紅塵未許你輕相造(韻)。把妖魄英魂一體邀(韻)。〔赤精子乘雲兜從天井内下，展《太極圖》科，天井内現五色雲簾合科，赤精子作從雲兜抱起草人科，姚賓作連拜科，唱〕似陰司鬼使來朝(韻)。〔起科，作不見草人科，復作大驚、虚白、見赤精子科，白〕好妖道，奪去草人，不要走！〔作以劍砍科，赤精子白〕不好。〔作放手落《太極圖》科，天井内落五色雲簾科，赤精子作抱草人科，從天井内急上。姚賓白〕好妖道，他又到玄都將寶圖借來，破我法寶，奪去草人，此仇如何不報。你雖救了姜尚，此圖現爲吾得。失此仙寶，其罪非輕。一之爲甚，其可再乎，看你怎樣敵俺這十絶仙陣。罷，我且下臺去，與衆道友商議擺陣擒你們便了。〔作下高臺，拾起《太極圖》科，隨撤高臺一應物件科，姚賓唱〕

【黄鐘宫正曲・三段子】至寶輕交(韻)，煉先天陰陽不淆(韻)。換吾草標(韻)，終有日魂魄暗銷(韻)。豈知别有仙方巧(韻)，怎逃十絶輪迴道(韻)。〔合〕除惡誅邪(讀)，心中恨消(韻)。

【三句兒煞】且回營説與同朋道(韻)，煉玄功同施奇妙(韻)，〔白〕姜尚嗄姜尚，〔唱〕看你那一具兒皮囊怎樣逃(韻)。〔從下場門下〕

第十四齣　下書又來求破陣(蕭豪韻)

弋腔

〔雜扮廣成子、拘留孫、太乙真人、靈寶大法師、玉鼎真人、道行天尊、清虚道德神君，各戴道冠，穿道袍，繫縧，執拂塵。生扮文殊廣法天尊，戴文殊髮、虬眉、虬髯，穿道袍，繫縧，執拂塵。末扮普賢真人，戴普賢髮、虬眉、虬髯，穿道袍，繫縧，執拂塵。旦扮慈航道人，戴觀音兜，穿衫，繫縧，執拂塵。同從上場門上，唱〕

【仙呂調套曲·點絳脣】碧落遊遨(韻)，閻浮幻泡(韻)，無昏曉(韻)。來往層霄(韻)，俯仰乾坤小(韻)。〔同白〕三教由來道德尊，誰從就裏斬貪嗔。輪迴本是隨天意，造化由來慣弄人。〔分白〕吾乃廣成子是也，吾乃拘留孫是也，吾乃太乙真人是也，吾乃靈寶大法師是也，吾乃文殊廣法天尊是也，吾乃普賢真人是也，吾乃慈航道人是也，吾乃道行天尊是也，吾乃清虚道德神君是也。〔同白〕吾等悟徹無生之妙，煉成不壞之身，只爲劫運輪迴，天心變易，商朝當滅，周室當興，昊天大帝命元始天尊掌管此劫。元始見我等弟子一千五百年犯了殺戒，必入紅塵，又命子牙承榜下山，完此功行。目今商周交戰，有金鰲島十人，煉就十個惡陣，魔難吾曹。我等同奉玉虚，助子牙成功，就此大家往周營去者。〔同唱〕

【仙呂調套曲·混江龍】看不了嗔鈎怒釣(韻)，怎能勾離他苦海氣飄颻(韻)。抵多少情波駭浪(句)，慾海奔濤(韻)。問世上誰人棲住穩(句)，笑人問何處着身牢(韻)。試想那綉帳内醉鮫綃(韻)，轅門下列弓刀(韻)，百戰裏姓名標(韻)，三氣外法術高(韻)。直惹得相争相鬬少安閒(句)，誰是個無煩無惱多歡樂(韻)。俺且舒眉島嶼(句)，散髮林皐(韻)。〔同從下場門下。生扮金吒、木吒，各戴陀頭髮，穿采蓮衣氅，軟紥扮，繫跳包。小生扮哪吒，戴綫髮，穿采蓮衣氅，軟紥扮，繫風火輪。小生扮黄天化，戴綫髮，穿采蓮衣氅，軟紥扮，繫跳包。生扮楊戩，戴三叉冠，穿蟒箭袖紥氅。净扮龍鬚虎，戴竪髮額，穿采蓮衣氅，軟紥扮，繫跳包。雜扮韓毒龍、薛惡虎，各戴綫髮，穿蟒箭袖，繫跳包，襲氅。雜扮黄龍真人，副扮赤精子，各戴道冠，穿道袍，繫縧，執拂塵。引外扮姜尚，戴道冠，穿道袍，繫縧。同從上場門上，唱〕

【仙吕調套曲·油葫蘆】劫運輪迴没處逃(韻)，衆仙的時正到(韻)。修成四大不堅牢(韻)，皮囊失却憑誰弔(韻)，三花削盡無人曉(韻)。天心的自改移(句)，人事裏多煩惱(韻)。何時寧净成吾道(韻)，只落得回首玉虚遥(韻)。〔場上設椅，黄龍真人、赤精子、姜尚各坐科，赤精子白〕姜道兄此時神魂已復，精氣歸元，待等衆位道友來時，共議破陣之策。〔黄龍真人白〕赤精子，你只顧救得子牙，把玄妙之寶失於陣中，只恐你有陷身之禍。〔姜尚白〕黄龍真人，念我姜尚根行甚淺，險入無常，多虧赤精子相救。少時衆位道兄來時，我少不得求他們共爲解救，不可因我而使道兄有陷身之災。〔黄龍真人白〕二位道兄，只爲我等犯了殺戒，輕重不同，亦皆天意，所以一同前來助你破陣。因軍馬營中凡俗不便，所以來此蘆篷，想他們也將次到來。〔姜尚白〕我也是爲此，所以許多軍將，俱未曾帶來，所有者皆玉虚弟子等。吾等在此坐候衆道兄可也。〔各虚白科。廣成子等十仙同從上場門上，同唱〕

【仙呂調套曲·天下樂】直待那遭劫邪魔把性命抛(韻)。今遭(韻)，殺戒的高(韻)，紅塵無底没處撈(韻)。惹干戈(句)，致動騷(韻)，發無明工戰討(韻)。〔各作到科、相見科，各起，隨撤椅科，各虛白科。場上設椅，各坐科。姜尚白〕念姜尚有何德能，敢勞列位道兄前來相助。〔十仙同白〕我等此來，亦是劫運當然，何功之有。請問近日興廢何如？〔姜尚白〕列位道兄，料姜尚不過四十年來毫末之功，豈能離此苦惱。若非赤精子相救，險些死於非命。〔十仙白〕子牙公休得過謙。幾時破此十陣，我等願從指教。〔姜尚白〕列位原爲憐姜尚疏淺，所以前來。列位道兄，倘能爲之代理，解君臣之憂煩，救生民之塗炭，則天下之大幸也。〔十仙白〕少不得大家商議妥協，方可成功。〔各虛白科。浄扮燃燈道人，戴佛瞌腦、虬髯、虬眉，穿道袍，繫絛，執拂塵，從上場門上，唱〕

【仙呂調套曲·哪吒令】想當初洪濛的未判時(句)，早三花茁寶苗(韻)。輪迴的將到時(句)，又三尸動怒豪(韻)。戰争的衆鬬時(句)，更三千劫運擾(韻)。一場愁頃刻除(句)，一場愁頃刻除(疊)，兩教仇些時報(韻)，方顯吾曹(韻)。〔作到科。十二仙、姜尚同白〕哎呀，燃燈祖師來也。〔各虛白起作接科，燃燈道人白〕衆位先到，貧道來遲，幸勿以此介意。〔場上設椅，各虛白坐科，燃燈道人白〕方今十絶陣甚是兇惡，不知以何人爲主，破此邪法？〔姜尚白〕專候老師指教。〔燃燈道人白〕子牙，我此來呵，〔唱〕

【仙呂調套曲·鵲踏枝】解群仙諸煩惱(韻)，爲子牙代此勞(韻)。還把我一念成全(句)，了斷根苗(韻)。不争的把邪方破了(韻)，鬧咳咳十絶弄虛囂(韻)。〔白〕若衆位不棄無能，子牙公可將符應與我，我來代

你。〔衆同白〕如此甚妙。〔姜尚白〕哪吒，楊戩，捧符應過來。〔哪吒、楊戩應科，從下場門下，衆同唱〕

【仙呂調套曲・寄生草】恁心空猛(句)，計枉高(韻)，難逃這朝元五炁在沙場落(韻)，難逃這輪迴一劫在人間到(韻)，難逃這皮囊片刻在紅塵倒(韻)。你只待扶强攻正恃妖邪(句)，怎知俺順天除逆修功道(韻)。

〔哪吒、楊戩取符應，仍從下場門上。姜尚虛白，燃燈道人白〕我今收此符應，代子牙料理，衆位各宜謹守法戒，不可因此殺戒，遂犯塵緣。〔唱〕

【又一體】俺時猶蹇(句)，且運未遭(韻)，斷不可業由心發把清規拗(韻)，斷不可怒由心起把仙情擾(韻)，斷不可嗔由心役把塵心了(韻)。止不過攸分善惡順元功(句)，並非是樂於殺伐施奸巧(韻)。〔衆白〕老師之命，吾等謹遵。〔雜扮鄧忠，戴紥巾額，穿打仗甲，持戰書，從上場門上，白〕爲下戰書來寶帳，又尋仙侶到蘆篷。我鄧忠奉太師將令，下戰書請子牙破陣。到了軍帳，説他到蘆篷來了，只得尋到此處。〔向内白〕裏面有人麽？〔哪吒白〕甚麽人？〔鄧忠白〕商營鄧忠，來下戰書。〔哪吒虛白作禀科，燃燈道人白〕着他進來。〔哪吒虛白作唤科，鄧忠作見科，白〕末將鄧忠，奉我家太師將令，請子牙公破陣走遭。〔姜尚白〕鄧將軍多多拜上太師，戰書不必再看。〔燃燈道人白〕鄧將軍多多致意，衆道友午刻相會。只關道法，不可少存詭詐。〔鄧忠應科，仍從上場門下。姜尚白〕老師今日破陣，須當着意。〔燃燈道人白〕子牙但自放心，我等在此，何足懼哉。〔各虛白起，隨撤椅科，衆同唱〕

【賺煞尾】興衰本有期(句)，禍福無難料(韻)。想截教怎同正教(韻)。道行修持還太早(韻)，煉無生尚未

堅牢㊞。似無知個個兒曹㊞，自畏清虛道德高㊞。休得要憚勞㊞，被他談笑㊞。須索使仙方破陣成功在此遭㊞。〔衆同從下場門下〕

第十五齣　破二陣正可誅邪（先天韻）　昆腔

〔雜扮秦完、趙江、董全、袁角、孫良、栢禮、姚賓、王變、張詔，各戴道冠髮，穿道袍，繫縧，執器械。旦扮金光聖母，戴魔女髮，穿宮衣，執劍。雜扮鄧忠、陶榮、張節，各戴紮巾額，穿打仗甲，執器械。雜扮辛環，戴竪髮額，穿打仗甲，紮飛翅，執鎚鏨。引淨扮聞仲，戴黑貂，紮靠，背令旗，執金鞭。同從上場門上，唱〕

【仙呂宮正曲·不是路】無上群仙(韻)，陣法精奇世外傳(韻)。玄功擅(韻)，扶商行道共來前(韻)。他自難全(韻)，一生未了生嗔念(韻)，三劫難逃遇難纏(韻)。齊相見(韻)，大家鬭法無争戰(韻)。把邪魔盡殄(韻)，把邪魔盡殄(疊)。〔聞仲白〕列位道兄，姜尚來此破陣，只恐他詭詐多端，别生計較。〔秦完十人白〕聞兄但請放心，他還說我等不可特使詭計，只鬭道法，那有他出爾反爾之理。且看他們來時，有何法術，能破此陣。〔秦完、趙江同白〕先令他破天絶、地烈二陣，管使一盡無餘。〔八天君白〕你看他闡教衆人，同來破陣，我等在此等候便了。〔各虚白科，從下場門下。雜扮廣成子、拘留孫、太乙真人、靈寶大法師、清虚道德神君、黄龍真人、玉鼎真人，各戴道冠，穿道袍，繫縧，執劍。生扮文殊廣法天尊，戴文殊髮，虬髯，虬眉，穿道袍，繫縧，執遁龍樁。末扮普賢真人，戴普賢髮，虬髯，虬眉，穿道袍，繫縧，執劍。旦扮慈航道人，戴觀音兜，穿衫，繫縧，執劍。小生扮哪吒，戴綫髮，穿采蓮衣氅，軟紮扮，繫風火輪，帶乾坤圈，執鎗。小生扮黄天化，戴綫髮，穿采蓮衣氅，軟紮扮，繫跳包，執鎚。生扮楊戩，戴三叉冠，穿蟒箭袖紥靠，執鎗。雜扮韓毒龍，戴綫髮，穿蟒箭袖，繫跳包，襲靠，執器械。外扮姜尚，戴道冠，穿道袍，繫縧，執打神鞭、杏黄旗。引净扮燃燈道人，戴佛𥁕腦、虬髯、虬眉，穿道袍，繫縧，執劍。同從上場門上，唱〕

【又一體】大法天仙(韻)，妙道玄功過幾傳(韻)。劫難免(韻)，除邪護法急趨前(韻)。在先天(韻)，無明妄動征誅念(韻)，有滅全教業障纏(韻)。齊相見(韻)，自尊道德無争戰(韻)。把妖邪盡殄(韻)，把妖邪盡殄(疊)。

〔姜尚白〕衆道兄，我等前來破陣，須當仔細。〔燃燈道人白〕子牙但請放心。〔小生扮鄧華，戴綫髮，穿采蓮衣靠，軟紥扮，繫跳包，執鎗，從上場門上，白〕列位仙師少待，我來破陣也。〔燃燈道人白〕道者何來？〔鄧華白〕我乃玉虚門下鄧華，知列位仙師破陣，特來相助。〔燃燈道人白〕善哉！正無此人完此劫數。〔十仙白〕你看聞仲與金鰲島道衆，俱在陣前等候，大家上前相見。〔聞仲等衆同從上場門上，各虚白作相見科。燃燈等衆白〕衆道兄請了。〔秦完十人白〕請了。〔姜尚白〕太師請了。〔聞仲白〕子牙請了。〔姜尚白〕太師，姜尚有言在先，今日只鬭道法，不用詭計争戰，太師無食前言。〔聞仲白〕子牙不必自恃驕傲，只怕爾等難逃此厄，何須詭計相争强勝。〔秦完作出陣科，白〕吾所煉天絶陣，玉虚門下誰來見我。〔鄧華白〕秦完慢來，不必恃强，自肆猖獗。〔秦完白〕你是何人，敢出大言？〔鄧華白〕妖道，你不認得我麽？我乃玉虚門下弟子鄧華。〔秦完白〕你竟敢破此陣？〔鄧華白〕既奉敕命，焉敢空回。〔作對戰科。場東側地平上預設高臺、桌椅，用藍圍桌椅，搭藍旛架，插藍旛，上書「天絶奇陣」字樣。桌上陳設香爐、燭臺、花瓶插花科。秦完作引鄧華入陣，秦完作上臺摇旛，内作雷鳴科。鄧華作倒地，秦完下高臺作取首級科。鄧華從地井内暗下，隨出首級切末，秦完作持首級出陣科，白〕鄧華幼子，不知進退，死於陣内。崑崙教下誰敢再入此陣？〔燃燈道人白〕文殊廣法天尊破陣走遭。〔文殊廣法天尊作應科，向秦完白〕秦完，你雖截教門人，原自無拘無束，何等快樂。爲何擺此邪陣，陷害生靈。我欲破陣，定開殺戒，非我等自惹罪愆，無非了此前因，勿生後悔。〔秦完白〕你等閒樂神仙，怎也來受這般苦惱？非我逼你，是你自取此厄。〔作對戰科。秦完作引文殊廣法天尊入陣科，文殊廣法天尊從上場門隱下。雜扮文殊廣法天尊化身，戴三頭六臂切末，執七寶金蓮、金燈、纓絡、遁龍樁，作入陣科。秦完作上臺搖旛，雷作不鳴科。秦完作下高臺對敵科。文殊廣法天尊化身作祭遁龍樁打死秦完科，從下場門下。文殊廣法天尊化身從上場門隱下。文殊廣法天尊執遁龍樁隨上，隨撤天絶陣一應物件科。文殊廣法天尊作出陣科，白〕天絶已破，秦完我斬了也。〔聞仲大怒科，白〕哎呀，氣死我也！文殊休走，我來取你。〔作欲追科，文殊廣法天尊作歸陣科，燃燈道人作拒住聞仲科，白〕休得如此。已曾言過，原爲鬬法，何用干戈争勝？秦完陣中傷吾一弟子，秦完之死足以相抵。今十陣方破其一，尚有九陣未破，未見雌雄，何必自恃强横。你且暫退，令二陣教主出來。〔趙江白〕聞兄暫回，待我擒他報仇。〔聞仲作歸陣科，趙江作出陣科，白〕廣法天尊既破天絶，誰敢破我地烈？〔燃燈道人白〕韓毒龍出陣。〔韓毒龍應科，向趙江白〕不可亂行，我來見你。〔趙江白〕你是何人，敢來見我？〔韓毒龍白〕吾乃道行天尊弟子韓毒龍是也，奉燃燈祖師法旨，特來破陣誅你。〔趙江白〕業障嘎業障，你不過毫末道行，怎敢來破此陣，空喪性命。〔作對戰科。場西側地平上預設高臺、桌椅，用明黄圍桌椅，搭明黄旛架，插明黄旛，上書「地烈奇陣」字樣。上安香爐、燭臺、花瓶插花科。趙江作引韓毒龍入陣，趙江作上臺搖旛科。天井内下火罩地，井内出火作燒化韓毒龍科。韓毒龍從地井內暗下。天井內收火罩，趙江下高臺作出陣科，白〕韓毒龍自取無常，被俺雷火燒化。聞教道友可着有行者前來，休使根行淺薄之夫至此，枉送性命。〔燃燈道人白〕拘留孫破陣走遭。〔拘留孫應科，向趙江白〕趙江，你乃截教之仙，與吾輩大不相同，居心險惡，逆天行事。休言你道術堅深，只恐難逃目前之厄。〔趙江白〕爾等自許根堅本固，却是自送性命。既來破陣，何用饒舌，看劍！〔作對戰科。趙江作引拘留孫入陣，拘留孫作指科，天井內下祥雲罩頂科。趙江作上臺搖旛，雷火不動科。拘留孫白〕黃金勇士何在？〔雜扮四黃金勇士，各戴紥巾額，紥靠，執鞭，內一人執縛仙繩，從上場門上。拘留孫白〕可將我縛仙繩將這厮綑至蘆篷候旨。〔四黃金勇士應科。趙江下高臺作欲走科，拘留孫指科，趙江作呆科，四勇士作綁出陣科，從下場門下。拘留孫作出陣，隨撤地烈陣一應物件科。拘留孫白〕地烈又破，趙江已擒，我已得勝了也。〔歸陣科。聞仲大怒科，白〕拘留孫，你又擒我道兄，講甚麼道法，待我與你大戰一場。〔燃燈道人白〕聞道友何須如此，我等奉玉虛符命下世，沾惹紅塵，來破此陣，亦由爾衆道友道行淺薄，故致敗亡。已言明不動聲色，只論工夫，何須如此恃强威横。趙江自取死亡，我等回營，須按玉虛法令誅戮。待明日再破他陣，今日暫別，衆弟子回營去者。〔衆應科，同從下場門下。聞仲白〕哎呀，氣死我也！〔唱〕

【又一體】怒髮沖冠(韻)。堪恨强梁道法全(韻)，我且慚顏覥(韻)。爲甚的雙雙破敗不生全(韻)。〔董全八人白〕聞兄不必憂煩，事到其間，俱有定數。〔唱〕恨蒼天(韻)，茫茫總不隨人願(韻)。只索是逆理横行莫放閑㊣。〔聞仲白〕列位道兄俱爲聞仲而來，今日破陣即傷二位，聞仲實不忍。〔唱〕胸填滿㊣。有一日根芽斬盡俱殲殄㊣，方消此怨㊣，方消此怨㊟。〔董全白〕聞兄，凡事俱有定數，數已到此，也無可收攝。我風吼陣比他那二陣妙不可言，明朝定成大功，且自回營，再作商議。〔各虛白科，同唱〕

【情未斷煞】休言是含羞愧難回轉㊣，這的是大數臨頭人怎逆天㊣，少不得大滅群仙有一日雪此冤㊣。〔衆同從下場門下。生扮柏鑑，戴帥盔，搭魂帕、白紙錢，紥靠，執旛。引韓毒龍、鄧華、秦完、趙江魂，各搭魂帕、白紙錢，從東傍門上遶場科，從下場門下〕

第十六齣　求一珠文難勝武（蕭豪韻）　弋腔

〔場東洞門上安「九鼎鐵叉山八寶雲光洞」匾額科。雜扮四仙童，各戴綫髮，穿采蓮衣。引雜扮度厄真人，戴道冠，穿道袍，繫絛，執拂塵，從上場門上，唱〕

【中呂宮引・粉蝶兒】玉洞遊遨(韻)，十二玉樓開了(韻)。采龍耕日草龍苗(韻)。飲霞漿(讀)，三洗髓(句)，千年尚少(韻)。位重仙曹(韻)，煉九轉工夫到(韻)。〔中場設椅，轉場坐科，白〕玉鼎飛烟上碧空，三花透頂聚瑶宫。仙凡自是同斯理，又遇而今大劫逢。吾乃九鼎鐵叉山八寶雲光洞度厄真人是也。只爲商周交代，劫運輪迴，人仙證果於斯時，氣數遭逢於兹候。聞得玉鼎道兄已曾差弟子楊戩下山，助子牙興周滅紂，我也不免紅塵一去。近日有金鰲島衆道人，大排十絶陣，爲子牙磨難。諸陣還自罷了，惟有那風吼陣十分兇惡，非吾定風珠不能制勝。想燃燈老師與衆道友必令人前來借取，須索與他成功可也。〔唱〕

【中呂宮正曲・駐雲飛】似這般劫運相遭(韻)，四大誰能保得牢(韻)。只各施强暴(韻)，致使陷煩惱(韻)。嗏(格)，仙境與陰曹(韻)，路原不杳(韻)。纔失仙根(讀)，便是黄泉道(韻)。〔合〕寶焰明珠現市曹(韻)。

〔起，隨撤椅科，從下場門下。生扮散宜生，戴紗帽，穿圓領，束帶，執綵鞭。雜扮晁田，戴紮巾額，紮靠，執綵鞭。同從上場門上，分白〕共奉仙書來寶境，同來仙地借明珠。下官散宜生是也，下官晁田是也。〔同白〕丞相與諸仙大破邪陣，少定風珠一顆，命我二人來此度厄真人處，下書借取。我等星夜前來，已到八寶雲光洞了。〔作下馬向内白〕裏面有人麽？〔一仙童從洞門上，白〕甚麽人？〔散宜生白〕相煩通報，姜子牙差官求見。〔仙童虛白科，引散宜生、晁田從洞門下，隨出東傍門，作向下請科，白〕仙師有請。〔三仙童引度厄真人從上場門上，各虛白科。中場設椅，度厄真人坐科。散宜生、晁田同作相見科，白〕真人在上，弟子等參見。〔度厄真人白〕二位此來，想是爲定風珠一事，貧道已早知之，備得在此。童兒，取定風珠來。〔一仙童應科，從上場門下。度厄真人白〕二位，近日西岐興廢何如？〔散宜生、晁田同白〕近日破了天絕、地烈二陣，秦完被害，趙江就誅，明日待破風吼陣，故爾前來相借。〔度厄真人白〕原來如此。衆道友俱犯了殺戒了也。〔一仙童取珠，仍從上場門上，作付散宜生科。度厄真人白〕二位，此珠呵，〔唱〕

【中呂宮正曲·駐馬聽】天外靈苗(韻)，一點圓光星日皎(韻)。不比作夜光照乘(句)，徑寸沉淵(讀)，辟水生毫(韻)。他邪風鎮住寶輝摇(韻)，壓開水火祥光耀(韻)。〔白〕二位須將此珠，急去西岐，黄河渡口須會同朋，只是略有小失，自有解救。〔散宜生、晁田同白〕真人既知如此，乞發慈悲救度。〔度厄真人白〕此亦天意。群英不可無由而聚，仙機何可洩漏。二位快去，令子牙成功要緊。〔散宜生、晁田同白〕多謝真人。〔各虛白，從東傍門下，隨出洞作騎馬科，從下場門下。度厄真人白〕此珠一去，雖吾扶正護法之意，但又未免牽惹出許多枝葉來也。〔起，隨撤椅科，唱合〕這就裏紛囂(韻)，難明難剖(讀)，個中微奧(韻)。〔從下場門下，四仙童隨下。散宜生、晁田同從上場門上，唱〕

【又一體】彎縱鞭搖(韻)，得寶仙山歸去早(韻)。早黃河一帶(句)，不遠岐山(讀)，歸路迢迢(韻)。〔散宜生白〕晁兄，我與你得寶回來，已到黃河渡口，過此即是西岐。爲何渡船一隻也不見？〔晁田白〕我們方纔來時，未有從此經過，自首陽就近而行。怎麽歸路心疾，未覓舊路，走到黃河了？〔向內白〕船家那裏？〔內白〕長官，此處没有渡船了。〔晁田白〕却是爲何？〔內白〕近日新來了兩個强人，把黃河渡口占斷，所以没有渡船。有人求渡，須得他二人，方許過去。〔晁田白〕有這等事？〔散宜生白〕晁兄，方纔那真人説，此處會得同朋，還有小失，這却怎處？〔內作摇船科，散宜生白〕你看那邊兩個大漢，放船而行，想是這土人所説的强人了。〔晁田作看科，白〕大夫放心，此非别人，乃紂王駕下值殿將軍方弼、方相。當日他弟兄二人救了二位殿下，不知去向，誰想流落此處。〔向內唤科，白〕方兄，快將船來。〔內白〕呀，原來是晁賢弟。〔雜扮方弼、方相，各戴草帽圈，穿喜鵲衣，繫腰裙，同從上場門上，作虚白相見科，方弼、方相白〕晁賢弟，我二人盡忠爲主，失志沉埋，何幸相逢，敢是渡過去麽？〔晁田白〕正是，求賢昆玉一助。〔方弼白〕這有何難。〔各虚白，作上船渡過科，同作登岸科，方相白〕晁賢弟從何處來？〔晁田白〕爲因破陣成功，來此度厄真人處借定風珠而回。〔方弼白〕此位何人？〔晁田白〕此乃西岐散大夫。〔方弼、方相白〕久慕大名，有緣相會。〔各虚白科，方弼白〕住了！我且問你，你乃紂臣，爲何與散大夫同行？

〔晁田白〕我已歸順西周了。〔方弼、方相大笑科，白〕妙嗄，賢弟可喜可賀，你得其所事了。可惜我二人終於埋没。〔方弼白〕散大夫，何爲定風珠，乞賜一觀？〔散宜生白〕二位，此乃仙寶，未可看視。〔方相白〕既爲相知，賜觀何妨。〔散宜生虚白作遞珠科，方相作懷科，白〕哥哥，此珠權爲渡河之資，走罷。〔方弼白〕有理。〔分白〕將軍不下馬，各自奔前程。〔同白〕請了。〔同作下船科，從下場門急下，散宜生白〕哎呀，不念仙言，致有此失。吾等跋涉而來，一旦無功而返，何面去見丞相？罷。〔作欲跳河科，晁田扯科，白〕大夫不可造次。我等死不足惜，但丞相待此一珠，急如風火，若是尋死，使君不知音信，是不忠也。中途被劫，無計奪回，是不智也。不如别作良圖，去見丞相，寧死刀下，不可爲不忠不智之徒。〔散宜生白〕晁兄，話雖如此，但我自先王至今，從未有失，今日爲此而死於非命。〔唱〕痛無端横禍忽相遭(韻)，恨一朝慘死憑誰告(韻)。〔作虚白哭科，晁田白〕大夫，〔唱合〕且免心焦(韻)。吉人天相(讀)，别尋計較(韻)。〔各虚白科，同從下場門下〕

第十七齣　逃生勇將遇恩公（支思韻）　弋腔

〔雜扮四軍卒，各戴馬夫巾，穿蟒箭袖卒褂，執旗。雜扮四將官，各戴紥巾額，紥靠，執器械。引生扮黄飛虎，戴金貂，紥靠、背令旗，佩劍，執鎗，執綵鞭，從上場門上，唱〕

【仙呂調套曲·點絳唇】摇蕩旌旗（韻），元戎來至（韻）。西郊裏（韻），戈甲參差（韻），擺列驅前隊（韻）。〔白〕百戰元勳作叛臣，非關逆命背吾君。多緣天意來歸日，又是明君佐命人。俺黄飛虎自入西岐，多蒙優待，主公視以腹心，丞相待如手足。分茅錫爵，一門五位俱尊；賜鉞登壇，百萬六師統屬。近日紂王無故加兵，聞仲親來致討，奉主公、丞相之命，催趲糧草，練演三軍。衆將官，一路趲行前去。〔衆應，遶場科，同唱〕

【仙呂調套曲·混江龍】排列着貔貅萬騎（韻），正明君創業治隆時（韻）。只爲着欽尊聖旨（韻），因此上總命諸司（韻）。赤日晴薰揮豹尾（句），霜戈綵絢吐銀霓（韻）。一般般建功創業（句），開國成基（韻），誰敵俺勇烈忠良輩（韻）。赤緊的馬騰玉勒（句），氣鼓鉦鼙（韻）。〔黄飛虎白〕你看那壁廂，兩騎如飛而來，好似散宜生、晁田模樣。衆將官，暫駐軍隊等他。〔衆應，後場立科。生扮散宜生，戴紗帽，穿圓領，束帶。雜扮晁田，戴紥巾額，紥靠。各執綵鞭，同從上場門急上，唱〕

【仙呂調套曲·油葫蘆】路遇强徒渡口時(韻)，奇禍至(韻)。此生誰想畢於斯(韻)。却將定國安邦志(韻)，一旦裏改作了犯法亡身輩(韻)。往常時共贊襄(句)，今日個慘冤隨(韻)。忠良者(讀)，反無故遭屈死(韻)，軍帳有何辭(韻)。〔作相見科，白〕呀，原來是武成王，恰好相遇，乞救一死。〔黄飛虎白〕二位那裏來，有何事體？〔散宜生白〕我與晁將軍同奉丞相將令，往度厄真人處借取定風珠，不料到了黄河渡口，〔唱〕

【仙呂調套曲·天下樂】一葦淩波遇禍奇(韻)，失時(韻)，無功績(韻)。〔黄飛虎白〕敢是落在河内？〔散宜生白〕不是。〔唱〕遇强人恃横忙劫取(韻)。他惡兇兇怎鬬强(句)，蠢碌碌難辨是非(韻)。只落得望天空痛淚(韻)。〔黄飛虎白〕散大夫可知那强人的名字？〔散宜生白〕就是紂王駕下值殿將軍方弼、方相。〔黄飛虎白〕住了！晁將軍，你與他曾爲一殿之臣，况你又是一員上將，爲何任他奪去，不去争回？〔晁田白〕難道他二人，千歲不知？小將呵，〔唱〕

【仙呂調套曲·醉中天】怎能與較武藝(韻)，怎能去對争持(韻)，似虎如神誰不知(韻)。也是個忠良輩(韻)，只好是横行由他作爲(韻)，怎與他對壘(韻)。望神威救取灾危(韻)。〔黄飛虎白〕離此多遠？〔晁田白〕不過數里之遥。〔黄飛虎白〕不妨，吾與爾等取來。衆將官，爾等與散大夫、晁將軍在此屯扎少候，待我前去就來。〔衆應科。散宜生、晁田同白〕多謝。〔衆同從上場門下，黄飛虎白〕自從那日放了他們，一向杳無音信，誰知埋没此地。待我前去收了他二人回來，西岐又得兩員上將也。〔唱〕

【仙呂調套曲・金盞兒】想大英雄(句)，埋没時(韻)，人生聚首難想似(韻)，何用日夜細縈思(韻)。今朝逢故將(句)，他日放生時(韻)。得忠良上將(句)，同去助西岐(韻)。〔從下場門下。雜扮方弼、方相，各戴草帽圈，穿喜鵲衣，繫腰裙，方弼袖珠，同從上場門上，唱〕

【仙呂調套曲・賞花時】想當年躍馬提戈豪氣使(韻)，到今日擊楫搖船作老舵師(韻)。欲投身未有辭(韻)，奉至寶見軍師(韻)。道是俺落難將軍向明主建功奇(韻)。〔分白〕俺方弼，俺方相。〔同白〕我二人自從救了太子，直到如今，世事不知，興廢不管，埋没此地，渡口爲生。正思投奔明君，揚名創業，恨無進身之路，恰好遇了晁賢弟、散大夫，因此奪了他的寶珠，作個贄見之物，投入西岐，有何不可？〔黄飛虎内白〕方弼、方相慢行。〔方弼白〕兄弟，你看那來的，好像武成公。〔方相白〕莫非他也投了西岐？〔黄飛虎從上場門上，方弼、方相作跪科，白〕何幸得遇恩公，我兄弟不勝欣幸。〔黄飛虎白〕你二人一向在那裏？〔方弼、方相起科，同白〕恩公聽稟：自從那日相别之後，我二人孤身無路，只得覓了此處，盤河度日，苦不堪言。恩公何來？〔黄飛虎白〕我已棄紂歸周，得封王爵。你二人也是個識勢忠良，怎麽把散宜生定風珠劫來？〔方弼白〕是他送我二人作了渡船之費，那個劫他？〔黄飛虎白〕快拿來與我。〔方弼作獻珠科，白〕恩公將此珠去，使我二人無以爲贄見之禮。〔黄飛虎白〕你二人想是要投明效用，何不歸於西岐，不失封侯之位。〔方弼、方相同白〕若得恩公提拔，愚弟兄願隨鞭鐙。〔同作拜科，唱〕

【又一體】又則待鐵馬金戈威廣施（韻），斬將搴旗心不辭（韻）。撥雲霧見天時（韻），建功名留姓字（韻）。使逆賊魂魄不附其屍（韻）。〔各起科，黃飛虎白〕既如此，隨我一同回去。〔唱〕

【煞尾】披金甲（句），封侯位（韻），輔明君揚名遂志（韻）。〔方弼、方相同唱〕怎得把豪氣消磨（句），丹心變易（韻），遇聖君萬死不相辭（韻）。〔同從下場門下〕

第十八齣　遭劫妖仙歸地府（江陽韻）　弋腔

〔雜扮四軍卒，各戴馬夫巾，穿蟒箭袖卒褂，執旗。引雜扮董全、袁角、栢禮、姚賓、孫良、王變、張詔，各戴道冠，穿道袍，繫縧，執劍。旦扮金光聖母，戴過梁額、仙姑巾，穿宮衣，執劍。净扮聞仲，戴黑貂，紥靠，背令旗，佩劍，執金鞭。同從上場門上，唱〕

【大石調正曲・碧玉簫】神仙殺戒難償(韻)，處處戰争場(韻)。鬬勝誇强(韻)，威氣共軒昂(韻)。恰今朝來陣上(韻)，施法術滅兇狂(韻)，遂貪嗔消魔障(韻)。〔合〕問何如(讀)，洞府閒修養(韻)。〔同白〕今日姜尚來破諸陣，想他闡教中人，難逃此厄。我等一同前來對陣。〔董全白〕列位道兄，只我這風吼一陣，可使他喪盡天元，何勞别陣。想他也將次來到，我等各守陣角等候便了。〔各虚白，同從下場門下。雜扮方弼、方相，各戴紥巾額，紥靠，執器械。雜扮薛惡虎、喬坤、蕭秦，各戴綫髮，穿蟒箭袖襲氅，軟紥扮，繫跳包，執器械。雜扮廣成子、太乙真人、玉鼎真人、赤精子，各戴道冠，穿道袍，繫縧，執劍，廣成子執番天應。生扮文殊廣法天尊，戴文殊髮，虬髯，虬眉，穿道袍，繫縧，執劍。末扮普賢真人，戴普賢髮、虬髯、虬眉，穿道袍，繫縧，執劍。旦扮慈航道人，戴觀音兜，穿衫，繫縧，執净瓶、劍，袖珠。外扮姜尚，戴道冠，穿道袍氅，繫縧，執打神鞭、杏黄旗。引净扮燃燈道人，戴佛膭腦、虬髯、虬眉，穿道袍，繫縧，執劍。同從上場門上，唱〕

【大石調正曲·長壽仙】繚繞祥光(韻)，罩頂寶珠長(韻)，金蓮萬朵芳(韻)。護體金燈(讀)，光耀寒芒(韻)。誰能斬斷葛藤(句)，紅塵不犯(句)，殺戒一番魔障(韻)。順天心不得已相依傍(韻)。〔合〕向邪陣望全功(讀)，欣相會(句)，妙先天原難講(韻)。〔燃燈道人白〕善哉，善哉！劫運當該信受，如是無去無來。吾乃燃燈道人是也。我與衆弟子今日前來破陣，忽有幾個弟子，都是奉玉虛敕命，前來相助，亦是天數使然，定於未見之先也。〔姜尚白〕老師，金鰲島道衆俱已整整齊齊，陣門等候，不免上前答話。〔衆引聞仲從下場門上，各虛白作相見科，姜尚白〕太師請了。今日前來破陣，斷不可妄動無明，致生攻鬬。〔董全白〕子牙不必仗口舌之能，可有人破俺風吼陣麽？〔燃燈道人白〕天數已定，萬物難逃。方弼當去破陣走遭。〔方弼應科，作大叫科，白〕呔！妖道慢來。〔董全白〕來將是何名姓？〔方弼白〕吾乃大將方弼，奉燃燈老師之命，破陣誅你。〔董全白〕肉體凡夫，可惜性命。〔方弼白〕胡説！〔作對戰科。場東側地平上預設高臺、桌椅，用金黄圍桌椅。搭金黄旛架，插金黄旛，上書「風吼奇陣」字様。桌上安香爐、蠟臺、花瓶插花科。董全作引方弼入陣科，董全上高臺摇旛科，地井内出黑烟，天井内下飛刀切末，作斬方弼科，從地井内暗下。董全下高臺出陣科，白〕玉虛道友，爾等把一凡夫誤送性命，汝心何忍。既有高明道德之士，何不來會此陣。〔燃燈道人白〕慈航道人，你將定風珠拿去，破陣走遭。〔慈航道人應科，向董全白〕道友，吾輩逢此殺戒，爾等截教最是清閒，何苦擺此陣勢，自取滅亡。〔董全白〕你闡教門下自倚道術高强，欺藐吾等，我等方纔下山。你乃爲善好樂之客，可速回去，着別個前來，休惹苦惱。〔慈航道人白〕連你一身也顧不來，還來顧我。

〔董全白〕氣死我也！〔慈航道人白〕善哉。〔作對戰科。董全作引慈航道人入陣，慈航道人作出寶珠科。董全作上高臺搖旛，風烟不至科，作下高臺虛白科。慈航道人作祭净瓶科，天井内作下净瓶切末，吸住董全科。慈航道人白〕董全速化。〔董全從上場門暗下。慈航道人作收净瓶，天井内收净瓶切末。慈航道人作出陣，隨撤風吼陣一應物件科。慈航道人白〕風吼已破，董全被吾净瓶吸取，化爲烏有矣。〔作歸本陣科，聞仲白〕哎呀，好姜尚，氣死我也！〔唱〕

【大石調正曲·賽觀音】你恃强徒心豪放(韻)，斷送了群仙中傷(韻)。我怒滿肝腸難放(韻)，〔合〕怎説干戈戢戰場(韻)。〔作欲冲殺科，袁角白〕聞兄不要争先，待我來也。〔作出陣科，白〕闡教門人，誰來會吾此陣？〔燃燈道人白〕薛惡虎前去。〔薛惡虎應科，白〕休得無禮，我來誅你。〔袁角白〕你是何人？〔薛惡虎白〕吾乃道行天尊弟子薛惡虎是也，奉命來破邪陣。〔袁角白〕薛惡虎，我勸你好好回去，教你師傅來罷。〔薛惡虎白〕休得胡説！〔作對戰科。場西側地平上預設高臺、桌椅，用白冰凌紋圍桌椅。搭白旛架，插白旛，上書「寒冰奇陣」字樣。桌上安香爐、蠟臺、花瓶插花科。袁角作引薛惡虎入陣，袁角上高臺搖旛科。地井内出冰山，天井内下冰刃切末，作壓死薛惡虎科，從地井内暗下。袁角下高臺，作出陣科，白〕爾等俱爲名士，爲何不來破陣，乃令此無術之徒枉送性命，慈悲何在？〔燃燈道人白〕普賢真人前去破陣。〔普賢真人應科，白〕袁角，你何苦作孽，擺此惡陣傷生。我今來此，一則開吾殺戒，二來你道行工夫一旦失却，悔之何及。〔袁角白〕休得誇口。〔作對戰科。袁角作引普賢真人入陣，普賢真人虛白指科。天井内下八角祥雲寶蓋，綴金燈切末罩頂科。袁角上高臺摇旛，冰山、冰刃作不至科，虚白下高臺科。普賢真人虚白指科，天井内下飛刀切末，作斬袁角科，從地井内暗下。天井内隨收八角祥雲寶蓋、飛刀切末，場上隨撤寒冰陣一應物件科。普賢真人作出陣科，〔白〕寒冰已破，袁角被斬，我自回陣去也。〔作歸本陣科，聞仲作大怒虚白科，姜尚白〕太師，大丈夫一言既出，不可失信。〔唱〕

【又一體】恁道是鬭法術無刀杖（韻），總不用干戈奮揚（韻）。則今日消除孽障（韻），〔合〕何必怒發無明把豹尾揚（韻）。〔聞仲虚白科，金光聖母白〕待我擒他。〔作出陣科，白〕闡教門人，誰來破我此陣？〔蕭秦白〕衆位老師，弟子奉命下山，願破此陣。〔作出陣科，白〕少得狂爲，吾來也。〔金光聖母白〕來者何人？〔蕭秦白〕我乃玉虚門下蕭秦。〔金光聖母白〕你有何道行，敢來施威。〔作對戰科。場東側地平上預設高臺、桌椅，用毫光圍桌椅。搭毫光旛架，插毫光旛，上書「毫光奇陣」字樣。桌上安香爐、蠟臺、花瓶插花科。金光聖母作引蕭秦入陣科。金光聖母上高臺，以劍指科。内作鼓聲科。天井下寶鏡切末，作射死蕭秦科，從上場門暗下。天井隨收寶鏡科。金光聖母下高臺，作出陣科，白〕蕭秦已死，誰敢復來會我？〔燃燈道人白〕廣成子前去成功。〔廣成子應，作出陣科，白〕待我誅你。〔金光聖母白〕呀，廣成子，你也敢來當面。〔廣成子白〕此陣有何難破，聊以爲戲耳。〔金光聖母白〕好妖道，這般妄言。〔作對戰科。金光聖母作引廣成子入陣，廣成子作以劍作法科。金光聖母上高臺，作以劍指雷作不鳴、鏡作不現科，隨下高臺虚白科。廣成子作祭番天應打死金光聖母科，從上場門暗下。隨撤金光陣一應物件科。廣成子作出陣科，白〕金光已破，妖道已除，了我一段功果也。〔作歸本陣科，聞仲作大怒科，白〕廣成子，待我擒你。〔燃燈道人白〕善哉，善哉！已經説過，怎的這般反覆無

常。〔唱〕

【又一體】誰教他行不深災來障(韻)，恰遇了天仙降殃(韻)。那戰爭原是個窮途伎倆(韻)，〔合〕這鬭法何須用戟鎗(韻)。〔聞仲虛白科，孫良白〕有這等事！衆道兄無一人得勝，看我擒他。〔作出陣科，白〕誰人敢破此陣？〔喬坤白〕衆位仙師，我特爲此陣協助子牙，待我對他。〔作出陣科，白〕我來也，休得張狂。〔孫良白〕來者何人？〔喬坤白〕吾乃五夷山白雲洞散人喬坤，你等雖是截教，出家總則相同，爲何如此起心不良？〔孫良白〕你乃何等人材，敢出妄談非議，早早回去，方爲曉事。〔喬坤白〕你休得胡講，吾定將爾首號令西岐。〔作對戰科。場西側地平上預設高臺、桌椅，用大紅圍桌椅。搭大紅旛架，插大紅旛，上書「化血奇陣」字樣。桌上安香爐、蠟臺、花瓶插花科。孫良作引喬坤入陣科。孫良上高臺，作搖旛指科。地井內出黑烟，作噴死喬坤科，從下場門暗下。孫良下高臺，作出陣科，白〕燃燈道友，你爲何遣些無名下士來此，枉自戕生。〔燃燈道人白〕太乙真人走遭。〔太乙真人應，作出陣科，白〕道友，我看你枉自逞强，可曾見你那些道友的結果麽？〔孫良白〕你不知此陣玄妙，故爾妄談也。〔太乙真人白〕休誇大口，我破此陣，如入無人之境耳。〔作對戰科。孫良作引太乙真人入陣科。孫良上高臺，作指科，地井作不出烟科，下高臺虛白科。太乙真人指科，天井內下九龍神火罩，煉死孫良科，從地井內暗下。天井內收九龍神火罩，場上隨撤化血陣一應物件科。太乙真人作出陣科，白〕化血一陣，視如兒戲，一入即破。孫良被吾煉死也。〔聞仲作大怒科，白〕氣死吾也！講甚麽道法，待我與他交戰。〔栢禮、王變、姚賓、張詔同白〕聞兄不可失信於人，容當再議。〔作向燃燈道人白〕道友，今日暫別，異時再會，請。〔同從上場門下，燃燈道人白〕衆弟子各建元功，十陣已破其六，可各回本位煉氣調神，貧道已占得了此事未畢，又要添一樁公案也。〔衆同唱〕

【大石調正曲・太平賺】惹動刀鎗（韻），功果此番無量（韻）。牽葛攀藤（句），何時了斷心腸（韻）。烟霞想（韻），番作了搴旗斬將（韻），英雄志（句），把毫光放（韻）。相將對戰（句），盼他年劫過時移（句），潛修靜養（韻）。〔同從下場門下。生扮柏鑑，戴帥盔，搭魂帕、白紙錢，紮靠，執旛。引方弼、蕭秦、薛惡虎、喬坤、董全、袁角、孫良、金光聖母魂，各搭魂帕、白紙錢，從東傍門上遶場科，從下場門下。〕

第十九齣　趙公明被説助商（歌戈韻）　弋腔

〔浄扮聞仲，戴黑貂，紥靠、背令旗，佩劍，執金鞭，從上場門上，唱〕

【越調正曲·浪淘沙】移步出黃羅(韻)，急走如梭(韻)。無端姜尚奈他何(韻)。〔合〕只爲無明生一點(句)，顧不得殺害人多(韻)。〔白〕俺聞仲奉命西征，自爲成功可望，不料志偏不遂，屢次失機。叵耐姜尚這廝，恃他教下高强，欺凌吾等。金鰲島諸道友十亡其六，無計可施。想起峨嵋山羅浮洞有一趙公明，是吾至友。他却道術精强，武藝出衆，只怕還可成功。因此別了衆道友，往峨嵋山走遭。〔唱〕

【又一體】奔走過山阿(韻)，怒氣難和(韻)。尋朋相助滅兇苛(韻)。〔合〕這是恁自取滅亡休怨我(句)，空自張羅(韻)。〔從下場門下。西邊山子上安「峨嵋山羅浮洞」匾額科。雜扮二仙童，各戴綫髮，穿采蓮衣，捧寶劍、鋼鞭。引浄扮趙公明，戴道冠髮，紥金箍，穿道袍，繫絲，執拂塵，從上場門上。雜扮黑虎，穿黑虎切末衣，隨上。趙公明唱〕

【仙吕調隻曲·點絳唇】妙術偏多(韻)，修成正果(韻)。風雷和(韻)，作法除魔(韻)，捺一點無明火(韻)。

〔中場設椅，轉場坐科，白〕自遠紅塵了俗緣，玄都悟道已多年。雖然學得無爲法，未卜何時證上仙。俺趙公明悟道先天，參玄無始。幸遇明師，授以長生之訣；欣逢道侶，傳來不死之方。手内鋼鞭揮處，取魄追魂；座下黑虎行時，噴烟吐火。有三個妹子，也俱有玄功，共精修隱。這都不在話下。今日閒暇，閉洞静坐一番。〔聞仲從上場門上，白〕纔離軍帳府，又至故交山。來此已是。〔向内科，白〕裏面有人麽？〔一仙童從西傍門下，隨從洞門上，白〕甚麽人？〔作見科，白〕呀，聞師叔到了。師傅洞中打坐，待我通報。〔作進洞，從西傍門上，虚白通報科。趙公明虚白起，隨撤椅科，白〕待我出迎。〔二仙童隨從西傍門下，隨出洞門，作出迎相見科，白〕賢弟法駕前來，有失迎迓。〔聞仲白〕久别尊顔，未趨庭教。今來瞻禮，不勝欣幸。〔各虚白，同作進洞，隨從西傍門上。場上設椅，各虚白坐科。趙公明白〕賢弟，你一向享人間之富貴，樂金屋之榮華，全不念道門光景，清淡家風。〔聞仲嘆科，白〕咳！道兄不消提起。今日小弟此來，並非他故。〔趙公明白〕賢弟爲何未語長吁，有何事體？〔聞仲白〕小弟奉命征伐西岐，不料那姜尚呵，

〔唱〕

【仙呂宫正曲·皂羅袍】他一味機關偏叵(韻)，偏崑崙道衆(讀)，相助功多(韻)。〔白〕小弟屢次交戰，總則失機。〔唱〕他那裏深謀妙法遠張羅(韻)，俺這裏時衰勢挫無回和(韻)。〔白〕他朋黨爲奸，互相表裏，〔唱合〕俺兵傷將損(句)，機謀盡訛(韻)。魂驚膽喪(句)，威風盡磨(韻)。一籌莫展難分破(韻)。〔白〕只因無計可施，不得已往金鰲島邀請秦完等，擺下十絶惡陣，思欲擒他。〔趙公明白〕可曾勝他？〔聞仲白〕咳！道兄，〔唱〕

【又一體】提起傷心怨大(韻)，使仙朋道侶(讀)，爲我遭魔(韻)。〔白〕不料姜尚處能人至廣，十陣已破其六，那五位道兄呵，〔唱〕一靈兒已去見森羅(韻)。〔白〕趙江被他生擒過去，〔唱〕按名正法仙風挫(韻)。〔白〕今日自思無計，無路可投，少不得忝顔到此，〔唱合〕仙山告急(句)，汗顔孔多(韻)。同朋求救(句)，交情自和(韻)。須拔刀用意同攻破(韻)。〔趙公明白〕氣死我也！他竟將吾同教如此傷害，待我擒他，一樣處治。〔唱〕

【又一體】堪恨匹夫奸叵(韻)，敢逞兇作害(讀)，攪亂山河(韻)。猖狂無故動干戈(韻)，須當施法把同朋佐(韻)。〔白〕賢弟，你怎不早來相見，今日之敗，自取之也。〔唱合〕早來投報(句)，教他受磨(韻)。玄功無際(句)，仙方更多(韻)。堂堂正道非爲懦(韻)。〔白〕賢弟放心，待我助你一臂，以顯至誼。〔唱〕

【又一體】我自有神機正大(韻)，那怕他布下(讀)，地網天羅(韻)。憑吾施展可降魔(韻)，教他倔强遭殃禍(韻)。〔合〕鋼鞭揮處(句)，血流似河(韻)。寶珠擊處(句)，尸横似坡(韻)。何難指日把西岐破(韻)。〔聞仲白〕若得道兄如此相助，實乃小弟之幸也。〔趙公明白〕賢弟，你可先請回營，我收拾停畢，隨後就來。〔各起，隨撤椅科，各虚白科。聞仲從西傍門下，隨出洞門科，從上場門下。衆同唱〕

【有結果煞】暫離洞府停功課(韻)，滅妖邪功高志大(韻)，那時節方顯俺截教門人原來的法術多(韻)。〔同從下場門下〕

第二十齣　姜子牙欺敵臨陣（東鐘韻）

昆腔

〔雜扮四軍卒，各戴馬夫巾，穿蟒箭袖卒褂，執器械。小生扮哪吒，戴綫髮，穿采蓮衣氅，軟紮扮，繫風火輪，執鎗。小生扮黄天化，戴綫髮，穿采蓮衣氅，軟紮扮，繫跳包，執雙鎚。生扮楊戩，戴三叉冠，穿蟒箭袖紮氅，執鎗。净扮雷震子，戴道冠髮，穿飛翅鬼衣，執金棍。引外扮姜尚，戴道冠，穿道袍氅，繫絛，執打神鞭、杏黄旗，從上場門上，唱〕

【雙角隻曲·雙令江兒水】威聲轟動（韻），破邪法威聲轟動（疊），護法開正統（韻）。嘆妖魔肆鬨（韻），截道縱横（韻），全不忌貪嗔動（韻）。大劫又相逢（韻），仙群降碧空（韻）。滅取元兇（韻），扶道成功（韻），並不爲標名姓（韻）。妖光掃清（韻），守妙道妖光掃清（疊）。玉虚梁棟（韻），作得個玉虚梁棟（疊）。不只誇對法交鋒（韻）。〔白〕老夫姜尚，受先王重托之恩，今上見知之德，不辭勞瘁，幾次征伐。多蒙燃燈老師與衆位道友相助，可保無虞。適纔探子來報，聞仲處有一趙公明前來要戰，衆將官就此迎殺上去。〔衆應科，同唱〕

【大石調正曲·賽觀音】非只爲誇兇勇（韻），端則是歸聖人天心至公（韻）。早妙法隨機應用（韻），〔合〕扶正除邪建大功（韻）。〔同從下場門下。雜扮四軍卒，各戴馬夫巾，穿蟒箭袖卒褂，執旗。引净扮趙公明，戴黑貂，

緊靠，執鞭，同從上場門上，唱〕

【大石調正曲・人月圓】催鐵騎(讀)，萬隊如風送(韻)。一任玄機隨處用(韻)，管教姜尚魂驚恐(韻)。又全賴(讀)，元戎妙策雄(韻)。〔合〕偏靈動(韻)，任道路崎嶇(讀)，是處皆通(韻)。〔趙公明白〕俺趙公明因聞兄相請協助，今日親來要戰，與姜尚相會。〔衆引姜尚從下場門上，對敵科，趙公明白〕姜尚上前答話。〔姜尚白〕道友請了。請問道友那座名山，何處洞府，今日此來有何貴幹？〔趙公明白〕吾乃峨嵋山羅浮洞趙公明。你本崑崙名士，爲何不曉事勢，自恃高强，破吾截教，傷吾道友。因此下山，與你見個雌雄。〔姜尚白〕道兄差矣。姜尚乃一介鄙夫，何敢妄動。只因君王失政，天命有在，殺劫今逢。那些道衆，各恃邪術，自取滅亡，非姜尚之罪。道友既是名山處士，何苦不思自保？〔唱〕

【中呂宮正曲・撲燈蛾】我特把因由訊(句)，特把因由訊(疊)，何故呈兇鬨(韻)。千載苦工夫(句)，只恐盡付凡夢(韻)也(格)。你須回首(句)，歸山去玄功再興(韻)，休妄把無明生動(韻)。〔合〕保元神(讀)，免教煩惱自來攻(韻)。〔趙公明白〕哎呀，氣死我也！姜尚匹夫，你有何能，出此大言無忌，看鞭！〔作對戰科。趙公明作以鞭打死姜尚科，四軍卒作搶尸科，從下場門下。哪吒、黄天化、楊戩、雷震子虛白作對戰科。趙公明從上場門下，哪吒、黄天化、楊戩、雷震子虛白追下。趙公明從下場門上，白〕姜尚中我一鞭，他手下四將十分兇猛。哦，有了，待我使出分身法術勝他便了。〔哪吒、黄天化、楊戩、雷震子同從下場門上，作虛白對戰科。趙公明從下場門暗下。雜扮四趙公明化身，各戴黑貂，緊靠，執鋼鞭，隨上，各作對戰科。哪吒、黄天化、楊戩、雷震子作敗科，從上場門下。趙公明化身追下。趙公明從下場門上，白〕妙嗄，被我使了分身法術殺敗。他那裏有許多道衆前來，待我迎殺上去。〔跳舞科，從上場門下。雜扮黃龍真人、赤精子、廣成子、清虛道德神君、靈寶大法師、玉鼎真人，各戴道冠，穿道袍，繫縧，執劍。引淨扮燃燈道人，戴佛䐢腦、虬髯、虬眉，穿道袍，繫縧，執劍，從上場門上，白〕善哉，善哉！子牙被趙公明打死，乃是造定劫因，有崑崙散人陸壓到來救活，又傳了他丁頭七箭之書。那趙公明不知進退，迎戰前來。〔四軍卒引趙公明帶縛龍鎖、袖定海珠從上場門上，對敵科，趙公明白〕呀，我道是誰，原來是燃燈。你也來了。吾道你知，你道吾見，爲何相欺太甚。你雖玉虛門下，我亦截教門人，你我之師，總是一道，爲何藐如塵土，凌辱萬千，是何道理？〔燃燈道人白〕道友此言，甚不合宜。當日碧遊宮僉榜之時，你可曾聽見？〔趙公明白〕怎麽不曾聽見？〔燃燈道人白〕却又來，〔唱〕

【大石調正曲·海榴花】那神仙三教(句)，無非是捕風捉影(韻)。那榜文開列(讀)，各有彌封(韻)，須從死後見其形(韻)。却怎生來塵世(句)，便則要正果全其性(韻)，恁師命語應當敬(韻)。〔白〕你今日至此，乃自昧己心，逆天行事，無非自取。我等修自天皇，得成正果，尚然難脱紅塵。似你無拘無束，反來自尋苦惱。〔唱合〕惜成功(韻)，一旦裏(讀)，抛入海天中(韻)。〔趙公明怒科，白〕好燃燈，出此妄言，氣死我也！〔黃龍真人白〕趙公明，你今日此來，亦是有名之人，該於此處盡絶，待我誅你。〔各虛白作對戰科。趙公明作祭縛龍鎖綁倒黃龍真人科，四軍卒作綁科，從上場門下。廣成子、赤精子、玉鼎真人、靈寶大法師、清虛道德神君同白〕好公明，如此無禮，我等一同擒你。〔趙公明白〕好妖道無知，自作威風。〔作虛白對戰科，作祭定海珠打敗五仙科，同從下場門下。趙公明白〕燃燈也不要走。〔作欲祭鞭打科。燃燈道人作虛白敗科，從下場門下。趙公明白〕任爾走上焰摩天，足下騰雲須趕上。〔跳舞科，從下場門追下〕

第廿一齣　因借寶兄妹談心（支思韻）　弋腔

〔雜扮蕭升、曹寶，各戴綫髮，穿道袍，繫縧，背劍，蕭升帶太平錢，同從上場門上，唱〕

【中呂調套曲·粉蝶兒】跳出圈維(韻)，離苦海一場憔悴(韻)。想紅塵死别生離(韻)，少精神(句)，無顛倒(句)，有何滋味(韻)。似這般氣服霞食(韻)，閒袖手(句)，看取烏飛兔疾(韻)。〔分白〕學道誰能見道明，明知正果最難成。也應修得長生訣，莫道臨期嘆化形。　吾乃五夷山散人蕭升是也，吾乃五夷山散人曹寶是也。〔同白〕吾等不隨仙籙，學仙道者不如我等清閒；不在神班，成神位者怎及吾儕瀟灑。今日閒暇無事，遊山興雅。〔曹寶白〕蕭兄，我與你對奕一局。〔蕭升白〕這奕棋不是空戲的。〔曹寶白〕我若輸了，與你金丹百顆，你若輸了呢？〔蕭升白〕我若不勝你，與你彩芝十株。〔曹寶白〕就是這等，即在山石上對奕一番。〔場上設山石、棋局切末，蕭升、曹寶各虛白坐科，作對奕科，同唱〕

【中呂調套曲·醉春風】一壁裏分黑白辨陰陽(句)，一壁裏觀動静知生死(韻)。那世中怎曉這世外情(句)，這妙理自家裏得(韻)，得(疊)。嘆那些亂争雄忘了魂靈(句)，笑那些紛鬭智拋了軀殼(句)，怎似俺静開懷不知天地(韻)。〔各虛白作分局科。净扮燃燈道人，戴佛臚腦、虬鬢、虬眉，穿道袍，繫縧，執劍，袖乾坤尺，從上場

門急上，唱〕

【中呂調套曲・迎仙客】遇兇也勢甚兇（句），祭寶也寶更稀（韻），奔走如飛耐可他追（韻）。俺則待修行了數千年（句），今日個敗北了幾十里（韻），怎是歸期（韻）。則見人仙山裏（讀），何心情偷看仙人奕（韻）。〔白〕趙公明祭了法寶，連打了五位道人，不知是何物件。我見他勢甚難降，少不得駕遁而逃，他却趲促來追。來此不知何山，見有二仙對奕，我且上去見他。〔作見科，白〕二位道友好消閒也。〔蕭升、曹寶各起科，白〕道長何來？〔燃燈道人白〕吾乃非別，燃燈道人是也，被趙公明殺敗，無術降他。〔唱〕

【中呂調套曲・紅綉鞋】他戰時節寶物打傷諸弟（韻），我敗了呵神風追逐來疾（韻）。不知彼（讀），是何物難收取（韻）。因此上速追來不停足（句），求救取行來急（韻），遇緣也相周濟（韻）。〔蕭升、曹寶白〕原來如此，這有何難。老師且請上山，待我二人見他。〔燃燈虛白作上山科。净扮趙公明，戴黑貂，紥靠，執鞭，帶縛龍索、定海珠，從上場門急上，唱〕

【中呂調套曲・普天樂】他欺我太無端（句），俺滅彼心無忌（韻）。逞仙物先天寶貨（句），奮神風大帥雄威（韻）。除了他闡教人（句），正是個興商日（韻）。早是他行無仁義（韻），非是俺妄動嗔意（韻）。使心驚一鞭暗揮（韻），令魄散一珠飛起（韻），破功修萬劫成灰（韻）。〔白〕我趙公明追趕燃燈，來到此山，忽然不見。有兩個道人，衣辨青紅，臉分黑白，莫非他又弄甚麼玄虛？待我上前問他。〔作問科，白〕爾等何人？〔蕭升、曹寶白〕你是何人？〔趙公明白〕吾乃趙公明。〔蕭升、曹寶白〕趙兄，你連我們都不認得，還敢自稱神

仙。你且聽我們道來：〔同唱〕

【中呂調套曲・石榴花】我家住小須彌(讀)，烟霞裏路難迷(韻)。堪笑你無道行不相識(韻)。俺也曾眉藏電火不能及(韻)，掌握裏風雷自起(韻)，妙道誰知(韻)。俺也曾把金蓮向火裏閒栽植(韻)，那琴棋解悶情怡(韻)。恁前來問我緣何意(韻)，你來意我先知(韻)。〔趙公明白〕你們可知我來意爲何？〔蕭升、曹寶白〕你麼，唔，〔唱〕

【中呂調套曲・鬬鵪鶉】無非是外道旁門(句)，微方末技(韻)。一心要助惡違天(句)，離仙作鬼(韻)。暗送無常死不知(韻)，苦懨懨棄一尸(韻)。追逐燃燈(句)，空勞神智(韻)。〔趙公明白〕原來是燃燈請了來的救兵。我且問你，你二人姓甚名誰？〔蕭升白〕我乃五夷山散人蕭升，此位與我同盟，道諱曹寶。〔趙公明白〕爾等非仙非人，能有多大本領，敢阻吾路。〔唱〕

【中呂調套曲・上小樓】則問你有何道德(韻)，嘴喳喳自誇絶技(韻)。俺一怒之時(韻)，血染蓬蒿(句)，頃刻横尸(韻)。〔白〕氣死我也！來來來！〔各虚白作對戰科，趙公明唱〕騁神威(韻)。是您死日(韻)，休生怨悔(韻)。怎當俺一靈豪氣(韻)。〔作祭縛龍索科，蕭升白〕來得好。〔作祭金錢收縛龍索科。趙公明虚白，復作連祭定海珠，蕭升亦作祭金錢連收定海珠科。趙公明虚白，作祭鞭打科，蕭升作祭金錢收不下科，作被鞭打死科，從下場門暗下。曹寶白〕好公明，害我道兄，我與你仇不共天。〔作對戰科，燃燈道人白〕二友一局歡笑，豈知爲我遭此大難，待我助他。〔作祭乾坤尺打敗趙公明科，從下場門下。燃燈道人作下山，隨撤山石、棋局切末科。

燃燈道人白〕深感道兄施術相救，但是蕭道友爲我亡身，心實不忍。〔曹寶白〕我二人路見不平，遭此魔障，亦是天數。〔燃燈道人白〕方纔蕭道友所收之寶，是何物件？〔曹寶白〕吾兄之寶，名爲落寶金錢，所收之物乃縛龍索一根、定海珠一顆。〔作拾起科，燃燈道人作接珠科，白〕呀，就是此物，今日見之，吾道成矣。〔曹寶白〕請問老師，是何緣故？〔燃燈道人白〕這定海珠呵，〔唱〕

【又一體】劈乾坤自元始(韻)，曾出現後無跡(韻)。一自玄都(句)，到此千年(句)，未見在何地(韻)。在今時(韻)，猛相遇(韻)。實是難尋難覓(韻)，不由人心怡神喜(韻)。〔曹寶白〕老師如有用處，當即收去。〔燃燈道人白〕貧道無功，焉敢收此。〔曹寶白〕一物自有一主，老師可以助道，理當收取。〔燃燈道人作收珠科，各虛白科，同唱〕

【中呂調套曲・十二月】一霎得來無意(韻)，二三千道行憑伊(韻)，訪四嶽五行難覓(韻)。修六戒七煞相濟(韻)，統八部縱横入天劫裏(韻)，九轉功十足無虧(韻)。〔各虛白科。曹寶作帶縛龍索、金錢從下場門下，燃燈道人虛白，從上場門下。趙公明從下場門上，白〕哎呀，氣死我也！〔唱〕

【中呂調套曲・堯民歌】俺十成功已欲成時(韻)，不料九十里(讀)、八叉路又争持(韻)。則俺七字符(讀)、六部寶無靈意(韻)，五夷山(讀)、四氣足有仙魁(韻)。氣雄似三月春雷(韻)，二竪子思相濟(韻)，只落得一手空拳至(韻)。〔白〕俺追趕燃燈，功已八九，不料有人解救，將我先天靈寶盡行收去，又被燃燈一乾坤尺打重，只得駕遁而逃，來此三仙島與衆妹子借寶。來此已是，不免徑入。〔東邊山子上安「三仙島」

匾額科。趙公明作進洞，從東傍門上，向内白〕妹子們在家麽？〔旦扮瓊霄、碧霄、雲霄，各戴過梁額、仙姑巾，穿宫衣，執拂塵，同從上場門上，作相見科，白〕哥哥萬福，請坐。〔場上設椅，各虛白坐科，雲霄白〕哥哥終日閉洞潛修，爲何如此服色，匆匆到此，是往那裏去來？〔趙公明白〕咳！妹子嗄，〔唱〕

【中吕調套曲·哨遍】將往事從頭思憶（韻），只落得一口長吁氣（韻）。〔三姑白〕哥哥所爲何來？〔趙公明唱〕怒滿心不堪提（韻）。〔白〕那道友聞仲，奉命伐周，不能取勝，因此請我下山。〔唱〕俺爲朋情戒不住嗔痴（韻），到西岐地（韻）。鞭揮姜尚（句），索縛黄龍（句），有多少英豪意（韻）。争奈事機不遂（韻）。〔白〕追趕燃燈，路遇二道，與他交戰把俺縛龍索、定海珠收去。雖然傷他一人，却被燃燈一乾坤尺打敗，只得駕遁而逃。妹子，〔唱〕想我修成正果（句），開闢之時（韻）。把工夫（讀），一旦裏成虛棄（韻）。兒曹反被争先已（韻）。〔白〕因此特到此間，與衆妹子借寶，或飛霞劍，或金蛟剪，或混元斗，拿下山去。〔唱〕重展神風（句），把至寶追還（句），這玄功不頹（韻）。〔碧霄白〕姐姐借與哥哥去罷。那玉虛門下如此欺人，好生可恨。〔唱〕

【中吕調套曲·耍孩兒】使他難圓缺月終成隻（韻），藐視俺精微不及（韻）。須當比較見雌雄（句），這法寶何敢辭推（韻）。直待把玉虛除盡根芽日（韻），方是俺法寶收回煉養時（韻）。〔白〕姐姐，咱們大家收拾了，教哥哥拿去罷。〔唱〕這的是親手足相周濟（韻）。怕甚麽神仙阻隔（句），魔障禁持（韻）。〔雲霄白〕妹子住了。昔日三教共聚，僉押封神天榜，截教門人名多在籙，因此禁止弟子出洞，正爲此也。那師命呵，

〔唱〕

【中呂調套曲·四煞】道是教彌封名姓門深閉(韻)，方能勾一榜僉書免得(韻)。況那宮門書尚墨淋漓(韻)，〔白〕上面寫的難道都不曉得？〔唱〕似洞中添了個封皮(韻)。〔白〕哥哥，〔唱〕你不修正果全元性(句)，管甚人間閒是非(韻)。這都是違師語(韻)，自取的無門無路(句)，怎還去相戀相依(韻)。〔趙公明怒科，白〕妹子你好狠心也！至親莫如兄妹，你哥哥這般求你，你偏不肯。〔雲霄白〕非是妹子不肯，只恐一時失手，後悔何及。〔趙公明怒科，白〕咳！罷，妹子不借，我往别處去尋。〔各起，隨撤椅科，各虚白科，從東傍門下，隨出洞門科。旦扮菡芝仙，戴魔女髮，穿宮衣，執拂塵，從下場門急上，白〕趙兄不要走，我來也。〔各作相見科，菡芝仙白〕趙兄因何至此？〔趙公明白〕我被燃燈殺得無法可救，特來三位妹子處借寶，雲霄妹子不與，所以再往他處去求。〔菡芝仙作向雲霄白〕你三位與趙兄，本爲一脉，何不自相保護？〔唱〕

【中呂調套曲·三煞】他欺你兄你不羞(句)，你助你兄你合宜(韻)。這的是一樹花(讀)，本是同根氣(韻)。〔白〕我還煉成一寶要去助他，何况至親。〔唱〕則俺這同朋尚有相扶念(句)，難道你一脉寧無共助時(韻)。〔白〕倘趙兄向他處借來，奪回至寶，你姊妹面上也不好看。〔唱〕爲甚的閒淘氣(韻)，那時節疏而誰怨(句)，悔之何及(韻)。〔雲霄白〕也罷，我也無可奈何，只得把金蛟剪借與哥哥罷。〔從洞門下，取金蛟剪切末隨上，白〕哥哥將此寶拿去，須是善與之言，他自然將原物送還，千萬不可造次。〔趙公明接科，白〕愚兄曉得，不勞妹子囑咐。〔菡芝仙白〕趙兄多多拜上聞兄，我煉得一寶將成，不久亦至。〔趙公明白〕

曉得，多謝！　就此告辭。〔各虛白科，從下場門下，雲霄白〕都是你們大家攛掇，把金蛟剪拿去，哥哥性如烈火，得此自恃，只怕有許多不好。〔唱〕

【中呂調套曲・二煞】遇輪迴怎得逃(句)，遭劫數怎相持(韻)。這災殃不久須來至(韻)。好教我一心懸念耽憂慮(句)，只恐他萬丈無明惹禍危(韻)。那時節如何處(韻)。没分曉一行言語(句)，只落得兩字分離(韻)。〔碧霄、瓊霄、菡芝仙同白〕姐姐不必憂心，保管無事。吾等且在洞府静坐，等候趙兄成功，送還寶物可也。〔同唱〕

【煞尾】功成莫可當(句)，追還寶物奇(韻)。聚同胞(讀)，修煉同歡喜(韻)。〔雲霄唱〕但願他無是無非早歸至(韻)。〔各虛白科，同從洞門下。生扮柏鑑，戴帥盔，搭魂帕、白紙錢，執旛。引蕭升魂，搭魂帕、白紙錢，同從東傍門上遶場科，同從下場門下〕

第廿二齣　爲搶書將軍送命（古風韻）

昆腔

〔小生扮哪吒，戴綫髮，穿采蓮衣氅，軟紮扮，繫風火輪，帶乾坤圈，執鎗。小生扮黃天化，戴綫髮，穿采蓮衣氅，軟紮扮，繫跳包，執鎚。生扮楊戬，戴三叉冠，穿蟒箭袖紮氅，執鎗。净扮雷震子，戴道冠髮，穿飛翅鬼衣，執金棍。雜扮方相，戴紮巾額，紮靠，執器械。雜扮黃龍真人、太乙真人、玉鼎真人，生扮廣成子，副扮赤精子，外扮陸壓道人，各戴道冠，穿道袍，繫縧，執劍，陸壓道人背葫蘆，赤精子携陰陽鏡。引净扮燃燈道人，戴佛瞌腦，虬眉，虬髯，穿道袍，繫縧，執劍，從上場門上，同唱〕

【仙吕宫正曲·步步嬌】破陣同施仙法巧(韻)，妙道原微奧(韻)。邪魔空見招(韻)，保合元神(句)，難侵正覺(韻)。〔合〕名姓列仙曹(韻)，那毒氛兇焰空紛擾(韻)。〔燃燈道人白〕我自從被趙公明追趕，遇了蕭升、曹寶，收取定海神珠，得以含元煉性，固本安神。趙公明被我一乾坤尺打敗，又到三仙島借了金蛟剪來與吾對陣。那邪物十分兇惡，無計破除。忽來了陸壓弟子，獻了奇方，授了妙法，傳了子牙丁頭七箭之書，射死公明。子牙自去作法行事去了。忽聞商營又有金鰲島衆道人來求破陣，我與衆弟子前來走遭。你看那邊陣門開處，衆仙來也。〔從下場門下，衆隨下。雜扮四軍卒，各戴馬夫巾，穿蟒箭袖卒褂，執器械。雜扮鄧忠、陶榮、張節，各戴紮巾額，穿打仗甲，執器械。雜扮辛環，戴竪髮額，穿打仗甲，紮飛翅，執鎚鏨。雜扮栢禮、姚賓、王變、張詔，各戴道冠，穿道袍，繫絲，執劍。引浄扮聞仲，戴黑貂，紮靠、背令旗，佩劍，執金鞭，同從上場門上，同唱〕

【又一體】嫋旌旗萬道霞光繞韻，仙陣門開了韻。擒他不費勞韻。忿怒興戎句，使他顛倒韻。〔合〕玄妙數吾曹韻，今番管取成功效韻。〔聞仲白〕列位道兄，方纔公明要戰，使金蛟剪殺敗姜尚諸人，回營之後，未曾飲食之頃，忽覺心煩神動，不知何故。想是勞苦過度，因此安置營中，我與衆道兄前來對陣。〔衆引燃燈道人，仍同從下場門上，作對陣科。栢禮白〕聞兄，待我當先。〔作出陣科，白〕玉虚門下，誰來會吾此陣？〔陸壓白〕此陣何名？〔燃燈道人白〕此名烈焰陣。〔陸壓白〕我去會他一番。〔作出陣科，白〕我來也。〔栢禮白〕你是何人？〔陸壓白〕我也非仙也非聖，西崑崙閒人陸壓是也。〔栢禮白〕既非仙聖，何事上前？〔陸壓白〕既來破陣，何必仙聖。自有玄微，你焉能料。〔場東側地平上預設高臺、桌椅，用火焰圍桌椅。搭火焰旛架，插火焰旛，上書「烈焰奇陣」字樣。桌上安香爐、蠟臺、花瓶插花科。各虚白對戰科。栢禮引陸壓入陣，作上高臺摇旛科，地井内出烈火科。陸壓白〕此火如何制我，你的大難難逃也。〔作取葫蘆科。葫蘆内出黄烟，栢禮作驚下高臺科。天井内下飛劍切末，作斬栢禮科，從下場門下。陸壓道人作出陣，場上隨撤烈焰陣一應物件科。陸壓白〕烈焰已破，栢禮被吾飛劍所斬也。〔姚賓白〕陸壓休走，我來擒你。〔作出陣科，白〕何人破我此陣？〔燃燈道人白〕方相前去。〔方相應，作出陣科，白〕呔！妖道休走。〔姚賓白〕你是何人？〔方相白〕我乃大將方相，奉命誅你。〔姚賓白〕隨我入陣來。〔場西側地平上預設高臺、桌椅，用灰色圍桌椅。搭灰色旛架，插灰色旛，上書「落魂奇陣」字樣。桌上安香爐、蠟臺、花瓶插花科。姚賓作引方相入陣，上高臺作摇旛科。天井隨下黑紙片科，方相作落魂科，從上場門暗下。姚賓下高臺，作出陣科，白〕燃燈，你乃名士，爲何使凡夫俗子，枉受誅戮。可着一道德人來。〔燃燈道人白〕赤精子走遭。〔赤精子應科，白〕姚賓慢來。〔姚賓白〕赤精子，你入陣二次，尚不知懼，畢竟自來送死。〔赤精子白〕胡説！〔作對戰科。姚賓作引赤精子入陣，赤精子作指科。天井内下慶雲切末。姚賓作法，天井作下落黑紙片科。赤精子以陰陽鏡照姚賓倒地，復作斬科，從上場門暗下。赤精子出陣，場上隨撤落魂陣一應物件科。赤精子白〕落魂已破，姚賓自落其魂矣。〔聞仲白〕氣死我也！待我上前對戰。〔燃燈道人白〕聞兄，日月尚多，何必今日。異時再會，勿負前言，請。〔引衆仙同從下場門下，聞仲白〕罷了嗄罷了！八陣之内皆未有功，衆位道兄俱各有失，不知趙兄此時怎樣，且待回營看視一番。衆將官就此回營。〔衆應科，同唱〕

【正宫正曲・四邊静】無端惹起閒煩惱(韻)，此事如何了(韻)。總難勝似他(句)，有何計除强暴(韻)。〔合〕俺心中甚焦(韻)，再别尋計高(韻)。怨天意不由人(句)，人偏把天心拗(韻)。〔同從下場門下。場上預設高臺、桌椅，安趙公明像，眼上出箭切末，戴黑貂，穿蟒，束帶，命燈七盞，香燭、符、劍，弓一張、箭七支科。外扮姜尚，披髮，穿法衣，從上場門上，唱〕

【黄鐘調隻曲・醉花陰】異術催他歸去早(韻)，自將吾工夫運到(韻)，相送入陰曹(韻)。休怨俺無情(句)，怨伊行行事多顛倒(韻)。〔白〕我姜尚爲因聞仲請得趙公明前來相助，十分兇惡。虧得陸壓道兄授吾秘訣，用丁頭七箭之法射死公明，設下高臺，紮一像，上寫趙公明名姓，用燈七盞、桃箭七支，每用子午二時，拜他七拜。先射左眼，次射右眼，然後射入心窩，管使他一時喪命。燃燈老師與衆道兄同去對陣，我自在營中作法行事。今朝正到七日工夫，圓滿之期，不免射他便了。〔作上高臺執劍燒符科，仍下高臺，向四方書符拜科。復上高臺，於趙公明像上書符科，唱〕

【仙呂宮正曲・解三醒】歎時來遭逢殺戒(韻)，誰教恁動無明妄下瑶臺(韻)。怎禁俺神方異術將伊敗(韻)，墮落在黃泉難耐(韻)。〔雜扮四招魂使者，各戴鬼髮額，穿蟒箭袖，繫肚囊，執招魂旛，同從上場門上，跳舞科，同從下場門下。姜尚作燒符下高臺拜科，復上高臺書符科，唱〕則這七言秘語追魂魄(句)，棄毁恁千載工夫實可哀(韻)。〔合〕俺虔誠拜(韻)，這是恁自投法網(讀)，路入泉臺(韻)。〔雜扮焦面鬼王，戴套頭，穿鬼衣，軟紮扮，繫跳包，執烟旗，從上場門上，跳舞科，從下場門下。姜尚作燒符下高臺拜科，復上高臺書符科，唱〕

【黃鐘調隻曲・耍孩兒】只爲着商家氣運應傾敗(韻)，犯紅塵神劫應該(韻)。可歎伊無知空自惹飛災(韻)，一朝命入泉臺(韻)。〔雜扮四追魂使者，各戴竪髮額，穿蟒箭袖氅，軟紮扮，繫跳包，執花紙錢，同從上場門上，跳舞科，同從下場門下。姜尚作燒符下高臺拜科，復上高臺書符科，白〕一擊天清，二擊地靈，三擊趙公明魂魄速散。〔四招魂使者、四追魂使者、焦面鬼王，同作擁護雜扮趙公明魂，戴道冠髮，穿道袍氅，繫縧，同從上場門上。姜尚唱〕恁苦功修煉應辜負(句)，一旦無常誰痛哀(韻)。〔衆同從下場門下，姜尚白〕公明魂魄已散，俺就此射他二目便了。〔作取弓箭下高臺射科，趙公明像眼内出箭切末科，姜尚唱〕非是我將伊害(韻)。誦先天秘傳法語(句)，管教你一霎哀哉(韻)。〔白〕二目已射，今夜子時再射他心窩，斷送無常可也。〔場上隨撤高

臺、假像一應物件科，姜尚唱〕

【煞尾】他自送死(句)，犯殺戒(韻)，動嗔貪一念誰哀(韻)。可憐他千載煉(讀)，工夫付污埃(韻)。〔從下場門下。雜扮陳九宮、姚少司，各戴紮巾額，紮靠，執器械，同從上場門上，唱〕

【越調正曲·水底魚兒】暗害吾師(韻)，施來毒計奇(韻)。若教奪取(句)，〔合〕還報不相遺(韻)，還報不相遺(疊)。〔分白〕吾乃陳九宮是也，吾乃姚少司是也。〔同白〕師傅趙公明，自從交戰回營，頓覺精神恍惚，魂夢不安，耳目異常，昏沉思睡，不知是何原故。師傅數演先天，知是姜尚受陸壓道人邪書，用丁頭七箭之法暗算吾師，七日之内必死無疑，因此命我二人前去搶回此書，使他西岐一個不留，即以其法還治其身。我等出了大營，駕遁而行，已離西岐不遠，須索趲行前去。〔同唱〕

【又一體】霧駕風馳(韻)，行行去似飛(韻)。西岐在望(句)，〔合〕速去莫相遲(韻)，速去莫相遲(疊)。〔同從下場門下。楊戩從上場門急上，唱〕

【正宮正曲·四邊靜】奇方只説吾師會(韻)，他人更善計(韻)。預卜自先知(句)，搶書來竊取(韻)。〔白〕我楊戩奉燃燈之命，知趙公明使陳九宮、姚少司來搶丁頭七箭之書，還用了法術，驅他座下黑虎相助施威，因此命我與哪吒、黄天化、雷震子同來，趕到營中守護。我四人各分一路前來。〔唱合〕若教奪書(韻)，害非細微(韻)。還報治吾師(句)，西岐人盡廢(韻)。〔内作怪風科，楊戩白〕呀，此風來得古怪。我師傅曾授我以捕風卜事之法，待我捕來看看。〔作捕風驚科，白〕呀，不好了！原來是師叔用箭射趙公明像之心，自不小心，被他二人搶了書去。幸喜秘法用完，公明已死，但是一件，被他拿到商營，按法處治，這却怎處？他三人未曾到來，只我一人，怎生奪取？〔作想科，白〕哦，有了。待我用法先到商營，我變作聞仲模樣，再施法術，教衆人再變些他的手下牙爪，等他二人來時，隨機應變，誆他們便了。〔作抓土變科，白〕變。〔從上場（門）暗下。雜扮四軍卒，各戴馬夫巾，穿蟒箭袖卒褂，執旗。雜扮鄧忠、張節，各戴紥巾額，穿打仗甲。雜扮辛環，戴竪髮額，穿打（仗）甲，紥飛翅。引净扮楊戩化身聞仲，戴黑貂，紥靠、背令旗，襲蟒，束帶，隨上。楊戩化身白〕妙嗄。待他二人來時，保管成功。〔中場設椅，楊戩化身轉場坐科。陳九宫、姚少司執書，持器械，同從上場門急上，白〕金風未動蟬先覺，暗算無常死不知。我二人搶書到彼，姜尚未防，被我二人輕輕得來。呀，已到大營，太師如何在營外等候？〔作見科，白〕太師在上，末將等相見。〔楊戩化身白〕我方纔回營，聞得趙公明説命你二人搶書去了，故此我出營在這遠處探望。你二人可能得來？〔陳九宫、姚少司同白〕弟子等奉命到彼，姜尚正行法術，等他拜下身去，弟子等坐遁將書搶回。〔楊戩化身白〕好！着實虧你二人，將書與我。〔陳九宫遞書科，楊戩化身接書科，白〕後營去稟你師傅。〔陳九宫、姚少司應，作虚白科。衆軍卒、四將、楊戩化身同從上場門急隱下。内忽作雷鳴科。楊戩持鎗隨上，白〕二賊，還我書來！〔陳九宫白〕吱呀，師弟，不好了，被他賺了去了。〔姚少司白〕擒了這厮，不怕不得。〔各虚白對戰科。哪吒、黄天化、雷震子同從上場門急上，白〕呔！休得無禮。〔作助戰科。哪吒作刺死姚少司，楊戩作刺死陳九宫科，同從上場門暗下。楊戩白〕岐山一事如何？〔哪吒白〕我三人纔到營中，聞得師叔不見了書，知被此二人所奪，幸喜秘法用完，公明射死，命我等前來追趕。〔楊戩白〕我正行時，忽有風來怪異，故爾隨設一謀。我却變作聞仲，又施法術變作他的牙爪，將書奪回。正在交戰，多虧三位師弟來助。〔哪吒白〕這是你變化玄功，得成大事。〔楊戩白〕此皆丞相道德、主公福庇。二將已斬，我等就此回營交令去者。〔内作虎嘯科，楊戩白〕三位師弟，你看趙公明用法驅了他座下黑虎，爲二人之助。公明已死，他二人又已被斬，此虎何足懼哉。大家用功，除此業畜可也。〔衆各虛白科，雜扮黑虎，穿黑虎切末衣，從上場門上，跳舞科，與四人對敵科，忽從下場門下，作分身科。雜扮四黑虎化身，各穿黑虎切末衣，隨上作跳舞與四人對戰科，作不支科，從下場門下。四人追下。黑虎原身從上場門上，四人追上作殺科。楊戩白〕大功已成，就此回營交令去者。〔衆各虛白科，同唱〕

【有結果煞】他陰謀詭計應無濟㊟，怎當俺玉虛門神方靈異㊟，空落得斷送殘生還没個外人知㊟。〔虛白作擡虎科，同從下場門下。生扮柏鑑，戴帥盔，搭魂帕、白紙錢，紥靠，執旛。引栢禮、姚賓、方相、陳九宫、姚少司魂，各搭魂帕、白紙錢。净扮趙公明魂，戴黑貂，搭魂帕、白紙錢，紥靠。同從東傍門上，黑虎隨上，遶場科。同從下場門下〕

第廿三齣　申公豹報信説仙(古風韻)　弋腔

〔丑扮申公豹，戴道冠、陀頭髮，紥金箍，穿道袍，繫縧，執拂塵，從上場門上，唱〕

【越調正曲・小桃紅】千年功行(句)，一旦没安排(韻)。只爲無明動(句)也(格)，妄染紅塵惹非灾(韻)，四肢不能擡(韻)。恨殺那(讀)惡人儕(韻)，無故的相殺害(韻)也(格)。〔合〕常辭人世難上天台(韻)，一旦裏身喪蒿萊(韻)。〔白〕貧道申公豹，與姜尚結下深仇，十分痛恨。三山五嶽遍請名人，誰知都不取勝。聽得聞太師請了趙公明相助，又被陸壓傳了姜尚，用丁頭七箭法射死了他。他有三個妹子，十分兇惡，我不免前去傳報訃音，令他們下山復仇。不免往三仙島走遭。〔從下場門下。東邊山子安「三仙島」匾額科。旦扮雲霄、瓊霄、碧霄，各戴過梁額、仙姑巾，穿宫衣，執拂塵，從上場門上，分唱〕

【仙吕宫引・奉時春】寂寂丹崖仙子居(韻)，悟玄功蓬壺棲住(韻)。金磬一聲(句)，天花亂舞(韻)。〔同唱〕白雲一片常封户(韻)。〔場上設椅，各坐科，分白〕〖浣溪沙〗混元煉就大光明，霧駕星馳不現形。玄功修得自長生。養作金身天地共，幻成珠相海山同。憑誰參透個中情。吾乃雲霄是也，吾乃碧霄是也，吾乃瓊霄是也。〔碧霄白〕姐姐，哥哥借了金蛟剪，去要回法寶，不知得了未曾。〔雲霄白〕

妹子，我這數日精神恍惚，夢寐不安，不知何故。莫非哥哥有甚麼不好？〔各虛白科。申公豹從上場門上，唱〕

【仙呂宮正曲·不是路】疾走如飛（韻），心事憑誰得早知（韻）。來這清涼地（韻），但見蒼猿白鶴遶松隄（韻）。〔白〕已到三仙島了。〔唱〕世塵稀（韻）。他尚然姊妹相歡喜（韻），怎曉得手足情拋一旦離（韻）。〔白〕不免徑入。〔作虛白進洞科。從東傍門上，作相見科。各起，隨撤椅科，白〕申道兄那裏來，有何事體？〔場上設椅，各虛白坐科。申公豹唱〕無他意（韻）。只因有件難爲事（韻），特來傳遞（韻），特來傳遞（疊）。〔三姑白〕有甚麼難爲之事？〔申公豹白〕特爲令兄。〔三姑白〕哥哥怎樣？想是有甚麼原故？〔申公豹白〕原故倒是有一點在那裏，只是不消說罷了。〔三姑白〕這是何言？既爲哥哥而來，爲何不說事故？〔申公豹白〕三位，我說了不要着惱，令兄呵，〔唱〕

【又一體】一到西岐（韻），誰想偏逢造化底（韻）。空施技（韻），一朝失志被人欺（韻）。〔白〕令兄可曾來此？〔三姑白〕前者到來借了金蛟剪去了。〔申公豹白〕可知借了去的後事怎樣？〔三姑白〕這却不知。〔申公豹白〕却又來。〔唱〕又誰知（韻），未將失物追回矣（韻），一命先傷尚饗之（韻）。〔三姑各作大驚科，白〕怎麼我哥哥死了？却不知怎生廢命，只怕未必實確。〔申公豹白〕三位，有一陸壓道人呵，〔唱〕未曉他從何至（韻），丁頭七箭神功異（韻）。命歸泉世（韻），命歸泉世（疊）。〔三姑白〕怎麼有這等事！哎呀，我那哥哥嗄！〔各起，隨撤椅科，三姑同作哭科，唱〕

【中呂宮正曲・駐雲飛】聽説魂飛（韻），斷送同胞把吾道欺（韻）。妄逞妖邪技（韻），絶我恩和義（韻）。嗏（格）。〔滚白〕想我兄妹四人同修正果，指望同成大道，共上瑶池。誰知中道分離，其實可憐，思之可恨，思之可恨了，苦。〔唱〕一旦割倫彝（韻），不堪提起（韻）。淚眼盈盈（讀），寸寸肝腸碎（韻）。〔合〕手足深情一旦違（韻）。〔申公豹白〕三位且免悲傷，人死不能復生，哭也哭不活了。常言道得好：若還哭得死人轉，我亦傷心淚萬行。别作道理要緊。〔雲霄白〕話雖如此，吾師有言，截教門人不許下山。哥哥不尊此言，遭逢大厄。〔碧霄白〕姐姐説那裏話來！難道他治死哥哥，就平白地罷了不成。〔瓊霄白〕姐姐你好無情！他人還有熱心，何況手足，反不理會起來。〔向碧霄白〕姐姐，你我姊妹二人，下山復仇。各帶寶物，施展神通，就是爲兄而死，亦所甘心。〔雲霄白〕二位賢妹，不可造次。〔碧霄、瓊霄同白〕哎，罷！姐姐自享清閑，我二人一定是要去的。〔各虚白科，同從上場門下。申公豹白〕貧道告辭，還要到别處請人相助。〔各虚白科，申公豹從東傍門下，隨出洞科，從下場門下。雲霄白〕二位妹子不聽吾言，一定要去，必將飛霞寶劍、混元金斗亂害玉虚門人，萬一惹下禍來，怎生是好。吾不免隨了他二人前去，相機行事便了。〔從上場門下。碧霄、瓊霄各執飛霞劍、混元金斗切末，從洞門上，白〕辭了姐姐，下山報仇去也。〔雲霄從洞門上，白〕我想二位既去，我豈有不去之理，不如大家一同前去。〔碧霄、瓊霄各作冷笑科，白〕姐姐最諳時務，不去罷了。〔雲霄白〕二位何必如此反目。你二人此去，恐遇邪魔，多一人支持不好？况我金蛟剪也在彼處，待我一同下山，見機而作可也。〔内白〕三位姐姐慢行，我等來也。〔旦扮菡芝仙、彩雲仙，各戴魔女髮，穿宮衣，同從上場門上，白〕三位姐姐請了。我二人正要下山，路遇申道兄，説趙兄被姜尚治死，他報知三位姐姐下山復仇。因此我二人急急前來。〔三姑白〕有勞二位賢妹，多謝高情，就此一同前去。〔各虚白科，同唱〕

【慶餘】無端灾禍從空至㊙，殺戮同胞虐焰施㊙，擒惡還仇好將他種類夷㊙。〔同從下場門下〕

第廿四齣　南極翁誅邪破陣（尤侯韻）　弋腔

〔雜扮四軍卒，各戴馬夫巾，穿蟒箭袖卒褂，執旗。雜扮四軍卒，各戴大頁巾，穿蟒箭袖排穗褂，執標鎗。小生扮哪吒，戴綫髮，穿采蓮衣氅，軟紮扮，繫風火輪，帶乾坤圈，執鎗。小生扮黄天化，戴綫髮，穿采蓮衣氅，軟紮扮，繫跳包，執雙鎚。生扮楊戩，戴三叉冠，穿蟒箭袖紮氅，執鎗。浄扮雷震子，戴道冠髮，穿飛翅鬼衣，執金棍。雜扮曹寶，戴綫髮，穿道袍，繫絲，執劍。生扮清虚道德神君，戴道冠，穿道袍，繫絲，執劍、五火七禽扇。浄扮燃燈道人，戴佛膛腦、虬眉、虬髯，穿道袍，繫絲，執劍。外扮姜尚，戴道冠，穿道袍氅，繫絲，執打神鞭、杏黄旗。引生扮姬發，戴王帽，紮靠，執刀。同從上場門上，唱〕

【中吕宫正曲·駐馬聽】萬隊戈矛（韻），只爲妖邪魔難久（韻）。須削平大難（句），收伏群仙（讀），萬事方休（韻）。今朝一陣掃殷憂（韻），葛藤斬斷無僝僽（韻）。〔燃燈道人白〕賢王，今朝破陣，不比往常。貧道看那緑沙惡陣，須得福德齊天之主方可成功，所以貧道奉請賢王親臨此陣。〔姬發白〕老師之言，敢不祗承。衆位降臨，俱爲西土而發此惻隱，老師如此費心，孤家怎反束手。破陣一事，孤家當得。但是道德淺薄，難當邪惡。〔燃燈道人白〕賢王不必憂心，我自有靈符奉送，可保無虞，還差哪吒、雷震二人相助護駕。〔姬發白〕如此甚好。亞父，傳下令去，就此前行。〔姜尚應，作虛白傳科。衆合應科，作遶場科，同唱〕都則爲天賜洪庥(韻)，妖邪盡敗(讀)，道根堅厚(韻)。〔同從下場門下。雜扮四軍卒，各戴馬夫巾，穿蟒箭袖卒褂，執旗。雜扮四將官，各戴紥巾額，穿打仗甲，執器械。引雜扮王變、張詔，各戴道冠，穿道袍，繫縧，執劍。同從上場門上，分唱〕

【中吕宫引·菊花新】雪冤惡陣怎輕收(韻)，爲恨他行苦作仇(韻)。今日且相酬(韻)，管使形消骨朽(韻)。〔分白〕俺王變是也，俺張詔是也。〔同白〕吾等同道十人，俱在金鰲島一處修煉，只因姜尚那廝欺吾截教，被聞兄請下山來，煉了十絶惡陣，思欲害他性命。不料闡教諸人，同心合志，十陣已破其八，他們俱遭陷害，只餘我二人之陣，未見雌雄。今日周營有人來下戰書，要來破陣。聞兄自在營中守着公明趙兄靈柩，我二人親自前來。〔張詔白〕王道兄，你看周營有人來也。〔各虚白科。衆引姜尚、姬發、燃燈道人同從下場門上，姜尚白〕二位道兄請了。〔王變、張詔同白〕請了。子牙公，今日前來破陣，須要見個高低。〔姜尚白〕正該如此。〔王變白〕周營中可有高人破俺紅水陣麽？〔燃燈道人白〕曹寶前去。〔曹寶應，作出陣科，白〕妖道慢來。〔王變白〕你是何人？〔曹寶白〕吾乃五夷山散人曹寶，奉命來破此陣。〔王變白〕好生無禮。〔各虚白作對戰科。場西側地平上預設高臺、桌椅，用粉紅圍桌椅。搭粉紅旛架，插粉紅旛，上書「紅水奇陣」字樣。桌上安香爐、蠟臺、花瓶插花。王變作引曹寶入陣，王變上高臺摇旛。地井内出紅水幃幔，作淹化曹寶科，從地井内暗下。地井内收紅水幃幔科。王變下高臺，作出陣科，白〕燃燈，你好無知，枉自斷送閒人。爾等玉虚門下還有高人敢來破陣麽？〔燃燈道人白〕清虚道德神君走遭。〔清虚道德神君應，作出陣科，白〕王變，死在目前，尚來妄語。吾來破陣，視如兒戲耳。〔王變白〕哎呀，氣死我也！〔各虛白作對戰科。王變作引清虛道德神君入陣，清虛道德神君作指科。地井内出五色蓮花科。王變上高臺搖旛，紅水作不現科。王變作慌下高臺虛白科。清虛道德神君作以扇搧科，地井内出火彩作燒王變科，從下場門暗下。地井内收五色蓮花，清虛道德神君作出陣，隨撤紅水陣一應物件科。清虛道德神君白〕紅水陣已破，王變已化爲血水也。〔作歸本陣科。張詔怒科，白〕哎呀，氣死我也！無端害吾道兄，俺這緑沙陣還敢再來破麽？〔燃燈道人白〕哪吒、雷震保護主公破陣走遭。〔哪吒、雷震子應科，燃燈道人向姬發白〕賢王只管放心前去，自有貧道靈符護體。〔姬發白〕多謝老師。〔作出陣科，張詔白〕來者何人？〔哪吒白〕無知妖道，此乃吾主西伯，特來破爾惡陣。〔張詔白〕妙嗄！正爲誅勦爾身，你却自來送命。〔各虛白作對戰科。中場上設高臺、桌椅，用緑圍桌椅。搭緑旛架，插緑旛，上書「緑沙奇陣」字樣。桌上安香爐、蠟臺、花瓶插花科。張詔作引姬發、哪吒、雷震子入陣，張詔作上臺搖旛科。天井作下緑紙片科，作將姬發、哪吒、雷震子俱打入陷坑科，同從地井内下。張詔作下高臺出陣科，白〕姜尚嗄姜尚，你主姬發與那兩個賊將，都已陷在陣中，爾等還敢有人來破麽？〔場上隨撤緑沙陣一應物件科。姜尚虛白大驚科，燃燈道人白〕子牙休驚，貧道已經占得主公當有此厄，不能逃却。灾完難滿，自有解救，但自放心。且回營去，再作道理。〔姜尚白〕老師之言有理。〔燃燈道人向張詔白〕張道兄休得自誇，天意所定，貧道預知。且自各回，再爲決斷。〔張詔虛白科，從上場門下。燃燈道人向姜尚白〕子牙可就此回營。〔姜尚虛白科，同從下場門下。净扮南極仙翁，戴壽星套頭，穿壽星衣，繫絛，執拂塵，袖金丹，從上場門上。雜扮白鶴童兒，戴綫髮，穿采蓮衣，執如意、寶劍隨上。南極仙翁唱〕

【中呂宮正曲・駐雲飛】日月如流(韻)，眼見紅塵亂未休(韻)。磨難隨時有(韻)，道德應相佑(韻)。嗏(格)，奉命下瓊洲(韻)，玄功不朽(韻)。破陣誅邪(讀)，左道難輕宥(韻)，〔合〕好去軍帳成功占一籌(韻)。〔白〕下界紛忙又幾年，旁門偏欲害金仙。不因正道根堅厚，早被魔頭着意纏。吾乃南極仙翁是也。只因商家當滅，周室當興，神仙弟子一千五百年犯了殺戒，所以三教師尊會僉天榜，入於劫數者即入封神臺上。昊天大帝命元始天尊掌此大劫，元始天尊命弟子姜子牙下山代勞。遇了多少魔頭，遭了無窮顛險。截教門人，往往不守清規，來作魔頭。今有金鰲島十個道人，被聞仲請下山來，煉了十絶惡陣害子牙。虧得玉虚門下諸位道兄，法術高强，十陣已破其九。諸仙皆滅，只剩張詔一人。昨日元始天尊知他在下方布了緑沙之陣，用邪法陷住西伯、哪吒、雷震三人。天尊道西伯乃天命之君，天數已定，不能逃却。如今當難滿之期，命我下山破陣成功。只索前往。〔唱〕

【又一體】急駕雲頭(韻)，遥見萬隊星霜列戰矛(韻)。旌節如霞繡(韻)，不遠營門首(韻)。嗏(格)，前去莫遲留(韻)，肯教拖逗(韻)。天命人君(讀)，福德如天厚(韻)，〔合〕難滿扶持邪惡休(韻)。〔從下場門下。雜扮四軍卒，各戴馬夫巾，穿蟒箭袖卒褂，執旗。雜扮鄧忠、陶榮、張節，各戴紥巾額，穿打仗甲，執器械。雜扮辛環，戴竪髮額，穿打仗甲，紥飛翅，執鎚鏨。引净扮聞仲，戴黑貂，紥靠、背令旗，佩劍，執金鞭。張詔同從上場門上，分唱〕

【仙呂宮引・番卜算】惡陣肯輕收(韻)？姬發應無救(韻)。好從今一鼓寇氛休(韻)，答報君恩厚(韻)。〔場上設椅，各坐科，分白〕俺聞仲是也，俺張詔是也。〔聞仲白〕張道兄，多虧你神術無邊，道根堅厚，緑沙之陣陷住姬發。眼見得大功垂成，西岐當滅。俺與你趁此進兵，長驅直入，擒拿姜尚諸人，何如？〔張詔白〕聞兄，説來奇怪，俺這緑沙陣非他可比，無論人仙入此，不過一時三刻，化爲膿血。這番陷住姬發等三人，爲何不見損傷？只怕有邪方相護。俺用九九玄功，每日入陣作法，只待害了姬發等三人，然後再擒姜尚未遲。〔聞仲白〕道兄之言有理。〔各虚白科。雜扮一中軍，戴中軍帽，穿蟒箭袖通袖褂，佩刀，從上場門上，作跪科，白〕啟上太師爺：周營姜尚前來破陣。〔聞仲白〕知道了。〔中軍應，作起科，仍從上場門下。張詔白〕哎呀，氣死我也！姜尚何人，敢來作怪。聞兄，我與你同去會他。〔各虚白起，隨撤椅科，聞仲白〕衆將官，就此出營拒戰去者。〔衆應科，同唱〕

【越調正曲・水底魚兒】怒氣難收(韻)，無知惹禍尤(韻)。今朝此戰(句)，〔合〕管使一齊休(韻)，管使一齊休(疊)。〔同從下場門下。八軍卒、楊戩、黄天化，生扮金吒、木吒，各戴陀頭髮，穿采蓮衣氅，軟紥扮，繫跳包，執器械，外扮南宫适，生扮武吉，雜扮太顛、閎夭，各戴帥盔，紥靠，執器械。引燃燈道人、姜尚、南極仙翁，同從上場門上，白鶴童兒隨上。衆同唱〕

【又一體】巨惡應收(韻)，妖仙命合休(韻)。誰當闡教(句)，〔合〕道體與天悠(韻)，道體與天悠(疊)。〔南極仙翁白〕子牙公，今朝破陣，不比尋常。聞仲所請十人，已滅其九，其心斷不服輸，定有一場惡戰。我去破陣之後，聞仲如若相争，子牙公自帥諸將拒戰可也。〔姜尚白〕果不出道兄所料。你看聞仲帥領諸將，與那妖道來也。〔衆引聞仲、張詔同從下場門上，聞仲白〕姜尚答話。〔姜尚白〕太師請了。〔聞仲白〕姜

姜尚白〕子牙可令人扶起西伯來，待我用金丹醫治。〔姜尚虛白科，衆作扶起姬發科，南極仙翁作出金丹納口中科，唱〕

【中呂宮正曲・駐雲飛】一顆入咽喉(韻)，片刻驚開十二樓(韻)。邪氣全無有(韻)，元氣應歸候(韻)。嗏(格)。〔姜尚唱〕使我見而愁(韻)，遭逢僝僽(韻)。〔衆同唱〕天意相扶(讀)，自有天仙救(韻)。〔合〕只見體固神完氣自周流(韻)。〔姬發作醒科，白〕是誰救孤？〔作見南極仙翁科，白〕原來老師相救。〔起作謝科，白〕謝老師救命之恩。〔南極仙翁虛白科，姜尚白〕姜尚無能，使主公遭此大難，皆老臣之罪也。〔姬發白〕此乃天數使然，亞父何罪之有。〔燃燈道人白〕十絕惡陣，俱已打破，十個妖道已除，賢王就此回營，再作理會。〔姬發虛白科。一卒扛刀，衆各執器械，同作出陣科。隨撤綠沙陣一應物件科。衆作遶場科，同唱〕

【慶餘】妖邪空自生僝僽(韻)，怎當這福德兼全天賜鴻庥(韻)，好則是伐罪安民，從此後國運悠(韻)。

〔衆同從下場門下〕

尚，你主同雷震、哪吒三人，已死陣中，你尚負辜不服，是何道理？〔姜尚白〕聞仲休得胡言，吾主乃天命之君，諒此小難何妨。你也是有道之人，爲何不知進退？〔張詔白〕聞兄休得與他多言。〔向姜尚白〕子牙，你既來此破陣，何必徒逞口舌？可來破陣，以見高低。〔南極仙翁作出陣科，白〕張詔，你可認得我麽？〔張詔白〕南極仙翁，你爲何不守清規，自取喪敗？諒你乃清閑之士，亦非破陣之流。〔南極仙翁白〕張詔不必多言，我今奉命下山，原爲破陣，料你也不久矣。〔張詔白〕氣死我也，看劍！〔各虛白作對戰科。中場仍設緑沙陣一應物件科。張詔作引南極仙翁入陣，作上高臺摇旛，天井作不下緑紙片科。南極仙翁作指科，天井内下大壽字祥雲切末科。張詔慌作下臺科。南極仙翁作祭如意，天井内下如意，作打死張詔科，從上場門暗下。天井内收如意、大壽字祥雲切末科。南極仙翁作出陣科，白〕緑沙已破，張詔被我打死也。〔作歸本陣科。聞仲大怒科，白〕哎呀，氣死我也！姜尚嗄姜尚，十位道友俱被爾害，待我與你大戰一場。衆將官一齊上前。〔衆應，作冲戰科，姜尚帥衆作對戰科。聞仲帥衆作大敗科，同從上場門下。姜尚帥衆追下。生扮柏鑑，戴帥盔，搭魂帕、白紙錢，紥靠，執旛。引曹寶、王變、張詔魂，各搭魂帕、白紙錢，同從東旁門上遶場科，同從下場門下。衆引姜尚同從上場門上，南極仙翁白〕子牙可隨我到陷坑中救他君臣去者。〔姜尚虛白科，衆同作入陣科。衆各抛器械，從地井内扶姫發、哪吒、雷震子上，地井内隨出刀鎗、金棍科。姜尚虛白科，南極仙翁白〕子牙休驚，哪吒、雷震二人，俱有仙體，只用掌雷一擊，便可回生。〔姜尚白〕如此甚好。〔南極仙翁虛白，作發掌雷科。哪吒、雷震子作驚醒，見南極仙翁科，白〕原來老師到此。〔各虛白作拜謝，各拾器械科。南極仙翁向